U0137862

国家社科基金
后期资助项目
GUOJIA SHEKE JIJIN HOUQI ZIZHU XIANGMU

莎士比亚与早期现代英国物质文化研究

Shakespeare and Material Culture in Early Modern England

胡 鹏 著

华东师范大学出版社
·上海·

华东师范大学出版社六点分社　策划

国家社科后期资助项目"莎士比亚与早期现代英国物质文化研究"（19FWWB017）

国家社科基金后期资助项目
出版说明

　　后期资助项目是国家社科基金设立的一类重要项目,旨在鼓励广大社科研究者潜心治学,支持基础研究多出优秀成果。它是经过严格评审,从接近完成的科研成果中遴选立项的。为扩大后期资助项目的影响,更好地推动学术发展,促进成果转化,全国哲学社会科学工作办公室按照"统一设计、统一标识、统一版式、形成系列"的总体要求,组织出版国家社科基金后期资助项目成果。

全国哲学社会科学工作办公室

目　　录

第一编　莎士比亚作品中的个人物品

第二编　莎士比亚作品中的饮食（大众消费与饮料、兴奋剂）

第三编　莎士比亚作品中的能源与技术

绪论　莎士比亚与早期现代英国物质文化

一、早期现代英国与物质文化

自 1940 年代以降,许多历史学家采用"早期现代"(early modern)来替代"文艺复兴"(Renaissance),这两个词经常被混用,它们指的都是中世纪末到 17 世纪末这个大致时期。当然,对于它们的确切起点与终点,评论家们的意见并不一致。一般来说,文艺复兴强调的是所谓古希腊和古罗马文化的"黄金时代"与 16、17 世纪英国的连续性。因此,文艺复兴可以说是一个"向后看"的术语。它把介于古希腊、罗马与英国文艺复兴的中世纪视为"黑暗时代",而文化的最高形式只能存在于黑暗时代的两端。相对而言,早期现代则强调与文艺复兴之后的现代性的一种延续性,因而是向前的。现在有许多评论家喜欢用"早期现代"这个术语,部分原因是因为这个术语允许他们追踪现代文化的形成。[①] 对这一时期的社会、文化具有代表性的研究著作有基德·托马斯(Keith Thomas)的《人类与自然世界:1500—1800 年间英国观念的变化》(*Man and the Natural World*:*Changing Attitudes in England 1500—1800*)以及彼得·伯克(Peter Burke)的《欧洲早期现代的大众文化》(*Popular Culture in Early Modern Europe*),两者的共通之处在于打破了我们长久以来对于西方文化中的二元对立研究,揭示出这一历史时期的过渡性和特殊性。[②] 具体到英国,其最初的、影响最深的"早期现代"时段恰好是莎士比

---

① Mark Robson, *Stephen Greenblatt*, New York: Routledge, 2008, p. 2.; Leah S. Marcus, "Renaissance/Early Modern Studies", in Stephen Greenblatt and Giles Gunn, eds., *Redrawing the Boundaries*:*The Transformation of English and American Literary Studies*, New York: Modern Language Association of America, 1992, pp. 41—63.

② Keith Thomas, *Man and the Natural World*:*Changing Attitudes in England 1500—1800*, London: Allen Lane,1983; Peter Burke, *Popular Culture in Early Modern Europe*, New York: Harper & Row, 1978.

亚所生活的、充满无限可能性的变革的时代,因为从历史时期上看,1558 至
1641 年间的 80 多年是一个非常令人满意的时间单位,它包括亨利八世革命
之后的稳定期及随之而来的崩解期。其间经历了政治、社会、思想和宗教根
本性变革的最关键阶段。著名史学家劳伦斯·斯通(Lawrence Stone)进一
步指出:"中世纪和现代英国真正的分界线应当在 1560—1640 年,更精确地
应定在 1580—1620 年。"①而后,他大段指出这一时期出现的变化:

　　　　国家全面树立起了它的权威,贵族的数十名武装侍从被一辆四轮马
车、两名步兵和一个小听差取而代之,私人城堡让位于私人宅邸,贵族叛
乱最终逐渐消失;北部和西部被纳入了国家控制的范围之内,并且抛弃
了他们旧的个人暴行的恶习;不列颠群岛、英格兰、威尔士、苏格兰和爱
尔兰首次有力地联合为一体;开始从抽象自由和公共利益而不再从个体
自由和古老习俗的角度阐释政治目标;激进的新教教义把个人良知置于
家庭、教会和国家的传统忠诚要求之上;不从国教和非国教意识成了英
国人社会生活中的固有特征;下院脱颖而出成为两院的主导,并切实从
行政部门手里夺得了一些政治主动权;财政大臣逐渐成为了国王的首席
大臣,财政署也成为了最重要的管理部门;贵族和乡绅自己接受书本教
育以适应在社会中的新角色,因此,知识分子在历史上首次成了有产阶
级的一支;遍游欧洲教育旅行的世界性感受,成了年轻人为生活而锤炼
的一个共同要素;伦敦和宫廷首次对乡村地主唱起了"塞壬的歌声";乡
村山野庄严的理想生活遭到了富裕的、私人欢愉的城市理想生活的挑
战;对外贸易的充分发展让政治家们开始为之着迷,在财政上把伦敦市
议员和男爵等而视之;第一次公开制定了高利贷法律,利率降至现代标
准,股份公司开始繁荣兴盛,英国人的殖民地跨洋而立;英国抛却了其欧
洲的领土野心,朦胧地认识到了它的未来在于海权;资本主义伦理、人口
增长和通货膨胀摧毁了旧租佃关系,打破了旧的地产管理方式;英国首
次开始享受到诸如私人马车和公共交通工具、私人时事通讯和公共报纸
等现代交流工具的乐趣;莎士比亚和斯宾塞、西德尼和多恩改造了我们
的文学,伊尼戈琼斯引入了帕拉迪奥建筑风格,培根致力于现代实验科
学之路,赛尔登和斯佩尔曼论证了严肃历史研究的可能性。②

---

　　① 劳伦斯·斯通:《贵族的危机(1558—1641 年)》,于民、王俊芳译,上海:上海人民出版社,
2011 年,第 1 页。
　　② 同上,第 11—12 页。

法国学者菲利普·阿利埃斯（Philippe Ariès）也指出："物质和精神生活、个人与国家之间关系及家庭内部关系的众多变化，使得我们必须将早期现代时期当作自发的、源初的阶段，甚至考虑到它是归属于中世纪的（当然是以一种新的眼光来看）。早期现代也并非简单地是现代的先驱；它是独特的，既非简单的中世纪延续，也非未来的雏形。"①这一时期社会方方面面都得到了极大发展，随着生产力和科技进步以及对外贸易的扩展，整个英国呈现出前资本主义时期的物质大繁荣状态。

而这一时间段中，最重要、影响最大的英国作家无疑就是莎士比亚。恩格斯在 1873 年 12 月 10 日写给马克思的信中就说道："单是《风流娘儿们》的第一幕就比全部德国文学包含着更多的生活气息和现实性。单是那个兰斯和他的狗克莱勃就比全部德国喜剧加在一起更具有价值。"②恩格斯在 1859 年 5 月 18 日致拉萨尔的信中提出了"福斯塔夫式背景"：

> 我认为，我们不应该为了观念的东西而忘掉现实主义的东西，为了席勒而忘掉莎士比亚，根据我对戏剧的这种看法，介绍那时的五光十色的平民社会，会提供完全不同的材料使剧本生动起来，会给在前台表演的贵族的国民运动提供一幅十分宝贵的背景，只有在这种情况下，才会使这个运动本身显出本来的面目。在这个封建关系解体的时期，我们从那些流浪的叫花子般的国王、无衣无食的雇佣兵和形形色色的冒险家身上，什么惊人的独特的形象不能发现呢！这幅福斯泰夫式的背景在这种类型的历史剧中必然会比在莎士比亚那里有更大的效果。③

显然，恩格斯认为，仅从福斯塔夫和其相关作品中的社会矛盾和语言对比中，就能真实地反映出莎士比亚时代——英国资本主义初期——的社会现实。而马克思在 1859 年 4 月 19 日致斐·拉萨尔的信中批评了《济金根》的错误创作思想并指出："你就得更加莎士比亚化，而我认为，你的最大缺点就是席勒式地把个人变成时代精神的单纯的传声筒。"④莎士比亚也是马克思最为喜爱的作家之一，其文本和人物在马克思的论述（如《资本论》《1844 年

---

① Philippe Ariès and Georges Duby, eds., *A History of Private Life*: *iii*, *Passions of the Renaissance*, Arthur Goldhammar, trans., Cambridge, MA: Harvard University Press, 1989, p. 2.

② 恩格斯：《恩格斯致马克思》，中共中央编译局编译，《马克思恩格斯全集》，北京：人民出版社，1973 年，第 33 卷，第 107 页。

③ 恩格斯：《恩格斯致斐·拉萨尔》，中共中央编译局编译，《马克思恩格斯全集》，北京：人民出版社，1972 年，第 29 卷，第 585 页。

④ 同上，第 574 页。

经济学手稿》)中多次出现,特别是在分析资本主义经济活动中加以引用。马克思在《资本论》中指出:"资本主义生产方式占统治地位的社会的财富,表现为'庞大的商品堆积',单个的商品表现为这种财富的元素形式。因此,我们的研究就从分析商品开始。"①可见马克思将商品这一"物质文化"范畴视为分析社会的必需的出发点,但在马克思这里,他所指的物质文化是由货币交换体系内产生的特定关系决定的,是资本主义社会关系的产物。在马克思看来,物有两大功能:首先,由于它们是资本主义内部有组织的人类劳动的产物,因此体现了资本主义劳动剥削关系。其次,物在被剥削的社会阶层内部产生虚假意识,以至于忽视了他们被剥削的地位。而马克思承认"人们可以通过直观他们所创造的客观世界来了解自己并深化对人性的认识",这种认识的最高形式就是"形成一种异化意识,厘清商品这一物质文化如何体现这种异化的"。②可见马克思的观点前提即一定要把物当作"商品"来理解,商品即是马克思所指的物质文化,是由货币交换体系内产生的特定关系来决定的,是资本主义社会关系的产物,这一观点无疑为我们进行物质文化研究提供了参考和依据。

伊恩·伍德沃德(Ian Woodward)在《理解物质文化》(*Understanding Material Culture*)中指出,我们在生活中都会接触到数不清的物,它已经程式化地成为我们世俗生活的一部分,即便是最平凡无奇的物,也能体现出人类"最深处的焦虑感和需求欲",一方面,我们认为人掌控物、操纵物,但另一方面,人需要借助物来了解自我、表现自我。③伍德沃德这样定义物质文化:

> 物是人们随处可见、与人相互影响并为我所用的物质的东西。物就是人们常说的物质文化。而"物质文化"这一术语强调,在一定的环境下,貌似没有生命的物是如何在实现社会功能、调节社会关系、赋予人类活动象征意义过程中对人施加影响,又如何反为人所用的。④

在他看来,物质文化研究是近期的研究术语,"它纳入了一系列对物的用途和意义的学术探索"。⑤而"把物看作是一种独创的、活态的文化,我们

---

①　马克思:《资本论(第一卷)》,中共中央编译局编译,《马克思恩格斯文集》,北京:人民出版社,2009年,第47页。

②　同上,第36页。

③　Ian Woodward, *Understanding Material Culture*, Los Angeles: Sage, 2007, p. vi.

④　Ibid., p. 3.

⑤　Ibid.

就可以更好地理解社会结构和更大的系统性维度"。① 他在英文定义中指出，"物质文化"经常与"thing，objects，artefacts，goods，commodities，actants"等词一起混用。② 在辨析这些词语的微妙区别时，他指出"物的存在是因为社会、文化和政治力量将其界定为与他物的关系体系下的物"。③ 实际上，他对物与他物的关联性的强调，为我们讨论物与人关系中物的作用和功能提供了依据。

韩启群在文章中指出，最近众多学科领域的"物转向"（The Material Turn）趋势愈演愈烈，而且在新物质主义（New Materialism）、思辨实在论（Speculative Realsim）、新活力论（Neovitalism）等各种"客体导向哲学"（Object-Oriented Philosophy）的合力推动下，俨然成为西方近十年来人文社科领域最炙热的话题之一。④ "物质文化研究"（Material Culture Studies）兴起于上世纪七八十年代，其最早的实践领域是人类学、社会历史学、艺术史等，这些领域的专家学者对于器物及其反映的观念和文化的关注促进了上个世纪末诸多学科领域"物质文化研究主题的广泛复兴"。⑤ 自上世纪 90 年代以降，跨学科研究的兴起促使物质文化研究进入了众多学科的视域，当然也就包括了文学研究领域。特别是近年来，受"后人文主义"和"去人类中心主义"思潮的影响，国内外学界已经出现了所谓"物转向"，或称"物质转向"（material turn）或"新物质主义"（new materialism）的批评流派。⑥ 其理论话语是"所有重新思考人与物质世界关系的新话语"。⑦ 它试图让我们重新回到客体自身，去探索人类之外的"物"。"物转向"的批评视角转向文本中的物质细节书写，强调那些文学文本中作为背景存在的像"谦卑的奴仆一般"被边缘化的客体。⑧ 如礼物、建筑、植物、食物、消费物品等不同形式的物质书写，都在新的理论观照中产生令人耳目一新的审美内涵。同时，批评家的分析强调关注物的

---

① Ian Woodward, *Understanding Material Culture*, Los Angeles: Sage, 2007, p. 4.

② Ibid., p. 15.

③ Ibid., p. 16.

④ 韩启群：《物转向》，《外国文学》2017 年第 6 期，第 89 页。

⑤ Daniel Miller, ed., *Material Cultures: Why Some Things Matter*, Chicago: University of Chicago Press, 1998, p. 3.

⑥ Christopher Breu, *Insistence of the Material: Literature in the Age of Biopolitics*, Minneapolis: University of Minnesota Press, 2014, p. 7.

⑦ Andrew Epstein, "The Disruptive Power of Ordinary Things", *Journal of Modern Literature*, 2016(40)2: 184—188, p. 185.

⑧ Elaine Freedgood, *The Ideas in Things: Fugitive Meaning in the Victorian Novel*, London: University of Chicago Press, 2006, p. 1.

具体形态书写,物的大小、毁损程度、色彩、属性、所处方位等都被赋予了文化与审美意蕴,①从而"解释主体和客体之间的关系……以描述作为能指符号的物的复杂性"。② 这一转向已然发展出多种形式:以布鲁诺·拉图尔(Bruno Latour)为代表突显"物"的主体性和能动性、以格拉汉姆·哈曼(Graham Harman)为代表突显"物"的本体实在性、以伊丽莎白·格罗兹(Elizabeth Grosz)为代表突显身体的"物质性",以比尔·布朗(Bill Brown)为代表突显"物无意识"(material unconscious)的"物"理论等等。"物转向"试图从本体上解构"人类中心主义",承认物的重要性。③ 尹晓霞和唐伟胜进一步指出"物"在文学叙事中可能承担三种叙事功能:一、作为文化符号,映射或影响人类文化;二、作为具有主体性的行动者,作用于人物的行动,并推动叙事进程;三、作为本体存在,超越人类语言和文化的表征,显示"本体的物性"。④ 目前的物转向理论"最基础的假设"或"争论的核心"是"能动力"(agency):世界是由物构成,人类和非人类的自然界都是物,任何物都具有"能动力"。⑤ 人类和非人类的自然界都是通过"内在互动"(intra-action)施展能动力。⑥ 因此,物不仅成为了文本阐释的出发点和起源,还被赋予了与人一样的主体地位,与人类之间有内在互动,且会对"人类与其他身体产生有益或有害的影响"。⑦

可见,在"物质文化研究"的视角下,物从依附于主体的存在变成了解构主客体边界乃至于成为主体的存在。实际上,对文本中"物"的强调,意味着我们对文本的解读都必须考虑文本的社会历史语境与文化背景,更进一步说是物质文化背景。一方面,作家的创作离不开物质世界,作为创作主体的人是无法脱离"物"而存在的,因此,对物的生产、消费、流通等可以发掘人物的身份问题,同时也可以从文本的物细节发现同时代社会历史文化结构,甚

---

① 韩启群:《物转向》,《外国文学》2017 年第 6 期,第 95 页。

② Jennifer Sattaur,"Thinking Objectively:An Overview of "Thing Theory", in Victorian Studies, *Victorian Literature and Culture*,40 (2012), p. 347.

③ 尹晓霞,唐伟胜:《文化符号、主体性、实在性:论"物"的三种叙事功能》,《山东外语教学》2019 年第 2 期,第 77 页。

④ 同上,第 78 页。

⑤ Serpil Oppermann, "Introduction", in Serenella Iovino and Serpil Oppermann, eds., *Material Ecocriticism*,Bloomington and Indianapolis:Indiana University Press, 2014, p. 2.

⑥ Karen Barad, "Posthumanist Performativity:Toward an Understanding of How Matter Comes to Matter",in Stacy Alaimo and Susan Hekman, eds., *Materail Feninisms*. Bloomington and Indianapolsn:Indiana University Press, 2008, p. 135.

⑦ Jane Bennet, *Vibrant Matter:A Political Ecology of Things*. Durham:Duke University Press, 2010, p. vii.

至我们能够从文本发现作者乃至当时的社会是如何以物来进行边界划分的。正如伍德沃德的精辟总结:"社会个体必须要在物中确立、调解自身的意义,同时也要把物融入个人文化系统和行为中去,有时是在对社会结构形成挑战,有时只是在复制社会结构",此外,"物有助于建构或消解人际依恋和群体依恋,有助于间接促成自我同一性和自我尊严的形成,有助于整合、区分不同的社会群体、社会阶层或部落"。①

莎评家凯瑟琳·理查森(Catherine Richardson)也进一步指出,从物质文化角度观察同时代有关物质的观念,能够帮助我们更好地理解物在舞台上所起的作用,也赋予我们关注戏剧及其接受的全新视角。② 首先,客体(objects)的意义仅仅是其物质形式功能的一部分。实际上,根据不同的感知和情感价值,物体具有不同的所指。批评家哈里斯(Jonathan Gil Harris)指出,就是这些不同的背景"制造"了物品/客体,他提出疑问:"物品是否先于其所构建的欲望领域(即物先存在;主体对其进行选择或拒绝)?或者说,欲望领域导致、拒绝、产生了客体/物品(即物品客体是由哪些塑造消费者欲望或憎恶的技术力量所构建)?"物体是通过主体的欲望之眼得到观照的,没有任何"物"是中立客观、游离于意义网络之外的。③ 物质文化这一术语"压缩"的不仅仅是物体的物理属性,也包含着丰富的、流动的广泛内容和意义。④ 因此,主体在欲望和拒绝的想象形式下"制造"了客体。但同样,客体也制造了主体:"通过客体的物质性——它们的形状、功用、修饰等,客体在创造和塑造经验、身份、关系等过程中扮演重要角色。"⑤物的物理属性携带着社会实践的信息。正如萨拉·彭内尔(Sara Pennell)指出的那样,物"不仅仅是实践的证据,也是获得、学习、吸收实践的工具,同样通过这些实践的价值……理解为人进行实践所拥有的复杂而自觉的意识塑造"。⑥对舞台上物的研究,涉及到更为复杂的问题:物到底是如何"产生的"? 因

---

① Ian Woodward, *Understanding Material Culture*, Los Angeles: Sage, 2007, p. 4.

② Catherine Richardson, *Shakespeare and Material Culture*, Oxford: Oxford University Press, 2011, p. 29.

③ Jonathan Gil Harris, "The New New Historicism's Wunderkammer of Objects", *European Journal of English Studies*, 4:2(2000), pp. 111—123.

④ Karen Harvey, ed., *History and Material Culture*, London: Routledge, 2009, p. 3.

⑤ Margreta de Grazia, Maureen Quiligan, and Peter Stallybrass, eds., *Subject and Object in Renaissance Culture*, Cambridge: Cambridge University Press, 1996.

⑥ Sara Pennell, "Mundane materiality, or, should small things still be forgotten? Material culture, micro-histories and the problem of scale", in Karen Harvey, ed., *History and Material Culture: A Student's Guide to Approaching Alternative Sources*, second edition, London: Routledge, 2018, p. 227.

此,我们既需要同时将舞台上的物视作戏剧叙事的一部分,又要将其和舞台之外的经济、社会和文化意义相联系。

二、国内外研究现状

"莎士比亚研究"或"莎士比亚批评"在欧美学界有着悠久的历史和传统。它肇始于 1598—1741 年(以本·琼森、弥尔顿、约翰·德莱顿等为代表),成型于 1741—1904 年(以塞缪尔·约翰逊、莱辛、歌德、济慈、柯勒律治、哈兹列特、史文朋、王尔德等为代表),随着 19、20 世纪之交英国文学成为大学科目,"莎士比亚批评"逐渐发展成为一项"产业",蔚为大观(以布莱德利、奈特、斯铂津、蒂利亚德、柯特等为代表)。尤其是二战结束后各种新文论流派的出现,"莎士比亚批评"更是百花齐放,积累起了丰富的学术资源,发展成为一个成果丰硕的学术领域,并成为英美经典文学研究中的一门"显学":一方面,借助于新理论范式的深刻洞察力,莎士比亚作品多元而复杂的面相得到了全方位的揭示,如新批评对莎士比亚诗歌和戏剧悖论语言的揭示、新历史主义对莎士比亚戏剧社会能量"颠覆"与"含纳"的分析、女性主义批评对《驯悍记》的研究以及后殖民主义对《暴风雨》的研究等;另一方面,我们看到当代西方文论的多种流派在很大程度上都与莎士比亚研究密切相关,如布鲁克斯和燕卜苏的新批评理论、格林布拉特的新历史主义理论、西苏的女性主义理论和赛义德的后殖民批评理论等。

而莎士比亚的"物质文化研究"并非凭空而来,其自有批评传统,一直延续到目前的"物转向"潮流。我们可以大致将其分为三种类型。

第一类是传统的批评研究,特别是意象分析。在早期的文学批评中,众多批评家都注意到了莎士比亚剧中的"物",但往往将其作为研究的背景使用。20 世纪上半叶,意象分析的代表批评家卡洛琳·斯珀津(Carolin Spurgeon)就在其著作《莎士比亚的意象及其意义》(*Shakespeare's Imagery and What It Tells Us*, 1935)中首次对莎士比亚运用的意象进行了全面分析,斯珀津归纳整理出莎士比亚常用的几类意象:自然意象、室内生活和习俗意象、各种阶级和类型的人物、幻想和想象等,其中就包含了剧作中出现的大量"物",在她看来,这些反复出现的意象正显示了作品的主要问题或主题。但斯珀津的意象研究流于肤浅,因为她重视的是"物象(subject-matter)",即比喻中的本体,并不深究喻体或象征意义。

第二类则是类似历史学路径的"以物观世",即将物作为微观的引子,导出宏观的背景。这类研究往往从具体的物(莎士比亚同时代的文物)出发,进而展示并探讨伊丽莎白时期大众的生活,且作者大多为非文学研究的跨界学者。代表性的研究有原大英博物馆馆长尼尔·麦克格雷格(Neil MacGregor)所著的《莎士比亚的动荡世界》(*Shakespeare's Restless World*,2012)以及乔纳森·贝特和多拉·桑顿所著的《莎士比亚:上演世界》(*Shakespeare: Staging the World*,2012),实际上,这两本著作都和博物馆及展览有关,前者本身就是博物馆从业者,后者则是一次特展形成的作品,意在通过物件讲述历史。在《莎士比亚的动荡世界》中,麦克格雷格通过诸如环球航行纪念章、斯特拉福德的圣餐杯、玫瑰剧院的铜柄果叉、都铎王朝肖像、长剑与匕首、亨利五世的作战装备、学徒的帽子、迪伊博士的魔镜、帆船模型、谋杀手册、威尼斯的高脚杯、非洲宝藏、货郎的箱子、大不列颠的国旗、音乐时钟、疫情公告、伦敦凯旋门、圣徒的眼睛、印行的剧本等莎士比亚同时代的"物",结合莎士比亚作品中的阐释,详细描述了这一时期的历史风貌。而在《莎士比亚:上演世界》这一"莎士比亚的舞台世界"展览目录中,作者也是以实物来解释戏剧文本和用戏剧文本阐释实物,其中有地图、杯子、肖像、骷髅、指环、地球仪、花卉画册、服装、配饰、武器、绘画、钱币等等,作为学者的贝特和策展人的桑顿共同为我们呈现出莎士比亚舞台所反映的整个世界。此外,还有迪莉娅·盖瑞特(Delia Garratt)和塔拉·哈姆林(Tara Hamling)所编的《莎士比亚和生活物品:莎士比亚诞生地信托基金会的珍宝》(*Shakespeare and the Stuff of Life: Treasures from the Shakespeare Birthplace Trust*,2016),该书以莎士比亚著名的"人生七阶"为线,通过莎士比亚故居及其他重要的收藏品,展示了物质文化、戏剧表演和当地历史背景,从而折射出伊丽莎白一世和詹姆士一世时期大众生活中普遍流行的观念。其共同的缺陷在于从文本走向背景,但落脚点却是历史而非文本及作家的意图。

　　第三类研究则是"物转向"研究,即新历史主义之后、最近兴起的明确定义为"物质文化"的文学研究,这类专业学术研究聚焦于莎士比亚作品中的"物",研究其承载的文化与社会意义,且往往和其他学术批评流派如生态批评、女性主义批评、后殖民批评、马克思主义批评等合流,揭示"物"背后的身份(生理的、阶级的、性别的等)问题,从而凸显作家对"物"意义的建构与解构。比较有代表性的研究有丁普娜·卡拉汉(Dympna Callanghan)、马格利特·德·葛拉齐亚(Margereta de Grazia)、莫林·奎尔利根(Maureen Quilligan)、安妮·罗瑟琳·琼斯(Ann Rosalind Jones)、彼得·斯坦利布拉斯(Peter Stallybrass)、乔纳森·吉尔·哈里斯(Jonathan Gil Harris)等人的成果。如卡拉汉的论文《留心照看织物:〈奥瑟罗〉和莎士比亚时代英国的女性与文化生产》("Looking well to linens: women and cultural production in *Othello* and Shakespeare's England",2001)就从手帕谈到了这一时期女性手工织绣和文化生产的关系。德·葛拉齐亚、奎尔利根和斯坦利布拉斯在《文艺复兴文化中的主体和客体》(*Subject and Object in Renaissance Culture*,1996)中探讨了商品的主客体存在转换。斯坦利布拉斯和琼斯的《文艺复兴时期的服装和记忆材料》(*Renaissance Clothing and the Material of Memory*,2000)则主要关注服装在早期现代文化中和舞台上的身份构建和实践问题。哈里斯在《莎士比亚时代不合时宜的事物》(*Untimely Matter in the Time of Shakespeare*,2009)中也谈到了物在窥见时代中的重要作用。最重要且开宗明义、旗帜鲜明地提出莎士比亚与物质文化研究的是凯瑟琳·理查森(Catherine Richardson),她在《莎士比亚与物质文化》("Shakespeare and Material Culture",2010)一文中概述了近年来将莎士比亚的戏剧与早期现代物质文化联系起来进行研究的各种方式,并为这一领域未来的学术研究指出了方向。该文探讨了关于物质文化和身份建构问题,关于早期现代戏剧作为生产和消费实践其中一部分的重要性,以及关于莎士比亚戏剧中舞台属性的使用,理查森认为物质文化的研究导致了我们关于早期现代阶段的两个重大变化——它使我们能够在没有道具的情况下挑战和质疑关于"全是男性"演员和"无装饰"舞台的概念。这表明,对物质文化的形式——对早期现代物品及其相关过程——给予更多的学术关注,将为我们探索莎士比亚戏剧影响观众的方式提供富有成效的新途径。而随后她的专著《莎士比亚与物质文化》(*Shakespeare and Material Culture*,2011)更是践行了这一研究,分别从个人物品、装扮与易装、家庭与房屋空间、宴会与庆典、词与物几方面的各种使用物品探究莎士比亚舞台上物的文化意义。

三、本研究的思路与内容

本研究的思路是结合历史主义、新历史主义、文化研究与物质主义等理论视角,一方面通过莎士比亚作品中出现的物,了解物在同时代具有的典型和普遍意义,更好地理解作家创作的社会、文化、历史背景,另一方面则通过"物转向"批评,即探讨莎士比亚作品里(无论是文本内、剧本中,还是舞台上)的物是如何呈现并具备何种意义,它们在作家创作、演员演出、观众看戏、读者阅读的过程中起着怎样的作用,对人物形象塑造、剧情发展、主题凸出等方面有着何种功能,进而展现出作家是如何利用物的社会文化意义为文本服务的,同时也试图探讨作家利用文本中的物进行其意义的增减以参与社会文化意义的建构。

　　然而,实际上,我们可以发现,上述(特别是文学研究中)对"物质文化"的定义和研究还处于一个比较狭义的范围之内,目前的定义也仅仅是为了缩小范围进行更有针对性的研究所采用的,正如亚瑟·阿萨伯格(Arthur Asa Berger)所说:"物质文化,我们必须承认,是一种有着数百种定义的术语。"① 因为"物"不仅仅是没有生命的东西,我们日常生活中的花卉、宠物等等鲜活的生命同样也是"物",这些物也是商品,也在市场中被生产、制造、消费,因此,我们有必要将"物质文化"放入一个更为宏大的定义之中。本研究所使用的"物质文化"一词依循的是近年来人类学与历史学较为广义的概念。过去,人类学的"物质文化研究"常狭义地专指研究博物馆内收藏的民族学文物,近年来,人类学学界对物质文化研究的定义和研究范围则有扩大的趋势。例如,黄应贵认为物质文化研究至少包含四个主要探讨路径:物自身、交换、物的象征化以及和其他分类的关系、物与社会生活方式和心性。② 同样地,近年来,科学史的物质文化研究对此一概念也采取较为宽广的界定。科学史学者彼得·加里森(Peter Galison)指出:"人类学家和考古学家对'物质文化'一词有各式各样的使用方式,从研究所谓物的本身(objects taken by themselves),到把物与它们的用途和象征意义放在一起分析。"③ 如立兰德·弗格森(Leland Ferguson)认为,物质文化是"人类留下的所有物品","物质文化不仅是人类行为的反映,也是人类行为的一部分"。④ 詹姆斯·迪兹(James Deetz)认为,物质文化"不是文化本身,而是文化的产物"。⑤ 托马斯·施勒雷特(Thomas Schlereth)更是说物质文化包括"所有人们从物质世界制造出来的东西",还包括如树木、石头等"有时也体现了人类的行为模式"的自然物品。⑥ 著名年鉴学派历史学家布罗代尔对物质文

---

　　① Arthur Asa Berger, *What Object Mean: An Introduction to Material Culture*, Walnut Creek: Left Coast Press, 2009, p. 16.

　　② 黄应贵:《导论——物与物质文化》,黄应贵主编,《物与物质文化》,台北:"中央研究院"民族学研究所,2004年,第1—26页。

　　③ Peter Galison, *Image and Logic: The Material Culture of Microphysics*, Chicago: University of Chicago Press, 1997, p. 4.

　　④ Leland Ferguson, "Historical Archaeology and the Importance of Material Things", in Leland Ferguson, ed., *Historical Archaeology and the Importance of Material Things*, East Lansing: Society for Historical Archaeology, 1977, p. 6.

　　⑤ James Deetz, *In Small Things Forgotten: The Archaeology of Early American Life*, New York: Anchor Books, 1977, p. 24.

　　⑥ Thomas Schlereth, "Material Culture Studies in America, 1876—1976", in Thomas Schlereth, ed., *Material Culture Studies in America*, Nashville: American Association for State and Local History, 1982, p. 2.

化的讨论肇始于其 1967 年问世的、影响深远的著作《十五至十八世纪的物质文明、经济和资本主义》第一卷,当时的书名是《物质文明与资本主义》,其中"物质文明"(civilisation matérielle)的英译文就是"物质文化"(material culture)。在布罗代尔笔下,物质文明"代表尚未成形的那种半经济活动,即自给自足经济以及近距离的物物交换和劳务交换"。[1] 物质文化的主角是其第一卷论述的主体:维持人类生存最低需求的食物、奢侈和普通的饮食、住宅、服装与时尚、能源和冶金技术、技术革命、货币等。正如刘永华指出的那样,布罗代尔对物质文化的研究超越了经济分析,将物还原到日常生活当中,是一种重新把握人与物关系的尝试。他的探讨以物为中心,打通了经济史、社会史与文化史,进而把握物质文化与日常生活的关系,可以说,他是物质文化研究的一个先行者。[2]

因此,本研究试图跳出"物质文化"的狭隘定义,而将"物"的范围扩大,即所有物(非生命的和生命的)的研究,一方面,"没有生命的物"是"物转向"所关注的基本面,无论是个人物品、礼物、建筑、食物、消费品等,其固有的生产—消费历程无疑会以不同的物质书写形式展现不同的审美内涵,另一方面,如动物和植物等"有生命的物",特别是那些经过人类制作、驯化进入流通环节的动植物(如阅读作品时头脑中产生的动植物想象、用于舞台表演或其他艺术形式中的动植物)都从属于物质文化,因为这时它们已经成为人类制造的物质对象。在这种情况下,它们被用来表现艺术作品,并通过人类的技术手段进行展示,所以可以被视为物质文化的一部分。通过对人类改造后并赋予意义的动植物的关注,我们可以就"我们如何同动物联系、我们如何呈现和想象动物以及我们如何运用动物构建人类自身的思考和探索"、"挖掘人类和非人类动物在过去和现在的关系,这些关系的呈现以及它们的伦理内涵,以及这些关系造成的社会、政治和生态影响"。[3] 同时,我们也可以扭转多年来学术界"既不关注环境中的植物,也不承认植物在环境中的价值"的"植物盲视"(Plant Blindness)倾向[4],另一方面呼吁关注"植物的生命"(Botanical Being),[5]关注某种内在于植物本身、不以人类意志为转移的

① 〔法〕费尔南·布罗代尔:《十五至十八世纪的物质文明、经济和资本主义(第一卷 日常生活的结构:可能和不可能)》,顾良、施康强译,北京:商务印书馆,2017 年,第 2 页。

② 刘永华:《物:多重面向、日常性与生命史》,文汇报 2016 年 5 月 20 日第 W12 版,第 1 页。

③ 转引自姜礼福,孟庆粉:《英语文学批评中的动物研究和批评》,《天津外国语大学学报》2013 年第 3 期,第 67 页。

④ Mung Balding and Williams Kathryn J. H., "Plant Blindness and the Implications for Plant Conservation", *Conservation Biology*, 2016, 30(6), p. 1192.

⑤ John Charles Ryan, *Plants in Contemporary Poetry: Ecocriticism and the Botanical Imagination*, New York: Routledge, 2018, p. 6.

本内特(Jane Bennett)意义上的"活力"(vitality)。① 本尼特也指出,"物"拥有独立于人类主体的时刻,可以"影响其他物体,提升或削弱这些物体的力量"。② 人与"物"之间的这种鸿沟不一定非要造成恐怖效果,正如哈曼所说,不同作家可以利用这个鸿沟来实现不同的意图。③

实际上,这些在人类活动中经过改造的所有物都被我们深刻地打上了社会、历史、文化的烙印。因此,本书借用布罗代尔的讨论框架,将正文分为四个部分,即分别讨论莎士比亚作品中四种基本的物质文化板块。

涉及本书的布罗代尔目录图表

第二章 一日三餐的面包	小麦	……产量低下、弥补办法和灾荒袭击……小麦的地方贸易和国际贸易……小麦价格和生活水平……
	稻米	……
	玉米	……
	……	
第三章 奢侈和普通:饮食	饭桌:奢侈菜肴与大众消费	迟到的奢侈……肉食者的欧洲……暴饮暴食……糖征服世界……
	饮料和"兴奋剂"	……葡萄酒……啤酒……苹果酒……
第四章 奢侈和普通:住宅、服装与时尚	世界各地的住宅	……
	屋内设施	……
	服装与时尚	假如社会不稳定……假如只有穷人……欧洲对时装的癖爱……时装是否轻佻浅薄?……关于纺织品的地理分布……广义的时尚和长期摇摆……
第五章 技术的传播:能源与冶金	关键问题:能源	船帆:欧洲船队的情况……日常的能源——木柴……煤
	……	
第六章 技术革命和技术落后	三大技术革新	火药的起源……火炮变得可以移动……船上的火炮……火铳、火枪、击发枪……从纸张到印刷术……活字印刷的发现……印刷业与历史进程……西方的壮举:远洋航行……旧大陆的航海事业……世界的海上航道……
	……	
第七章 货币		

---

① Jane Bennet, *Vibrant Matter*: *A Political Ecology of Things*, Durham: Duke University Press, 2010, p. viii.

② Ibid., p. 3.

③ Graham Harman, *Tool-Being*: *Heidegger and the Metaphysics of Objects*, Chicago: Open Court, 2002, p. 5.

　　第一编"莎士比亚作品中的个人物品"，对应布罗代尔著作的第四章
"住宅、服装与时尚"，讨论的是戏剧中所呈现的舞台道具——那些早期现
代英国人日常生活中的物件在塑造主体方面的作用。该编讨论的对象是
戒指、手帕、服饰、香水和礼物的交换。如通过《威尼斯商人》中的三个戒
指——夏洛克的绿玉戒指、波希霞和奈莉莎的戒指，特别是夏洛克的绿玉
戒指，着力分析该剧自始至终贯穿的两种不同的戒指价值：一种是经济上
的交换价值，即将戒指视为商品；另一种是情感价值，即将戒指看作具有
个人感情、宗教和种族印记的物品。《威尼斯商人》在呈现物品价值的同
时，也见证了莎士比亚对物品文化意义的深入思考；通过探讨《奥瑟罗》中
奥瑟罗送给苔丝德梦娜的具有魔法的手帕，分析其手帕的来源、材料、制
成方式等，结合同时代的性别与种族意识，指出手帕不仅与苔丝德梦娜作
为妻子的品德相关，更是奥瑟罗本人异国性的象征，具有"魔法"的手帕正
是剧中一切悲剧的根源；通过分析《李尔王》中服饰的意象和意义，探讨其
在塑造舞台性别、表达社会秩序和凸显英国性方面的作用；通过分析《安
东尼与克莉奥佩特拉》中香水、香气与嗅觉的文化意义，以埃及艳后的"异
香"为出发点，指出其所代表的异国和女性身体政治；通过以莫斯为代表
的"礼物经济"研究模式，从友谊、金钱、政治三个方面指出莎士比亚同时
代礼物经济和交换模式的特征，揭示出《雅典人泰门》所体现的经济过渡
特征与政治讽喻。

　　第二编"莎士比亚作品中的饮食"，对应布罗代尔著作的第二章"一日三
餐的面包"和第三章"饮食"，讨论的是戏剧中所呈现的有关饮食消费的奢侈
与普通，探讨饭桌上的奢侈菜肴与大众消费、饮料和兴奋剂。本编所挑选的
对象是糖、酒、韭葱、粮食、橘子等日常生活必不可少的佐料和奢侈消费品，
探讨食物与文本的关系。如将《亨利四世》中的糖作为切入点，联系同时代
糖在英国的流行及其与贸易、战争、帝国扩张之间的关系，指出莎士比亚对
糖所带来的结果的敏锐预见；从莎士比亚历史剧中的酒精饮料出发，指出其
中大量出现的麦芽酒、啤酒和葡萄酒等酒精饮品所展示的同时代有关阶级、
性别和国族等的核心问题；通过《亨利五世》中韭葱的食物本体意义及象征
意义，指出这一食物的有害、有益的双面性，凸显国族性问题；通过《捕风捉
影》中大量有关食物（如橘子、肉等）的指涉，结合同时代医学和政治背景，指
出食物定义了角色的身份，并触及诸如性、阶层、国族、文化背景等因素，也
关系到特殊的角色性格特点；从《科利奥兰纳》文本中的饥饿、米尼涅斯"肚
子寓言"及同时代暴动、天气因素等方面切入，分析剧中吃的逻辑，指出莎士
比亚在改编罗马历史叙事以拷问政治制度的同时，暗含的"脱责"意图，以更

好地理解此剧内涵。

　　第三编"莎士比亚作品中的能源与技术",对应布罗代尔著作的第五章"技术的传播:能源与冶金"及第六章"技术革命和技术落后",探讨的是莎士比亚作品中描述的早期现代英国能源冶金及火药、印刷、航海等技术革命。本编所选取的对象是木材、煤炭以及火药、印刷术、航海术等。如通过《温莎的风流娘儿们》中的故事情节和地点设置,梳理其体现出森林需求带来的矛盾,皇家利益、城市发展、煤的替代所带来的包括环境恶化等一系列问题,从而指出莎士比亚时期人们对待环境的态度;通过分析《温莎的风流娘儿们》《亨利六世》《暴风雨》三部作品中关于印刷术和印刷书籍的表述,指出莎士比亚戏剧角色对印刷革命所表现出的适度的、健康的怀疑主义;以莎士比亚的《亨利五世》为例,结合同时代关于火器的古典派与现代派之争,描绘出莎士比亚戏剧角色对待这一新军事技术复杂而微妙的态度;通过借助康托洛维茨"国王的两个身体(政治之体与自然之体)"的概念,结合同时代科学技术(天文学、地球仪、镜子、钟表)的发展状况,由科技角度切入探讨《理查二世》的身体政治;通过梳理《哈姆莱特》中诸如指南针和地球仪、风图等航海术、制图术的表达,结合莎士比亚的环球剧场本身,指出莎士比亚对新科技的推崇和英国的全球主义野心。通过上述几章,由点带面地重新审视早期现代英国科技与文学的相互影响和促进作用。

　　第四编"莎士比亚作品中的人与动植物",则是基于"物质文化"宽泛定义中所包括的、经过人类处理的动植物,试图讨论莎士比亚作品中出现的(特别是可能出现在表演中作为道具的)动物与植物花卉(及其相关的园艺知识),进而讨论这一时期人与动植物(即人与自然)之间关系的变化。本编所选取的对象是马、狗、熊和观赏花卉植物,这些或真实或假制的"物"都是当时表演时极有可能出现的道具。如以莎士比亚长诗《维纳斯与阿董尼》中马的意象为例,指出莎士比亚对奥维德《变形记》的创造性改动,诗人通过扩展有关马的细节,将维纳斯、阿董尼与骏马、骒马的求爱行为平行,在对应和比较中突出了异性恋与同性恋的讨论,更表达出反西班牙的情绪及对女性统治的批评;以《维罗纳二绅士》中的狗为切入点,通过联系喜剧舞台传统及同时代人对动物的认知,探讨剧中所体现的人与狗及主仆关系;从《冬天的故事》中"被一头熊追下"的舞台指示入手,结合对舞台上真假熊的争论及演剧文化背景、颇受欢迎的逗熊活动及历史背景,探讨熊的人物象征意义,指出剧作家之所以选择熊,一方面是因为它代表着残暴和无情,另一方面则是因为其意象在改变戏剧氛围和悲喜剧文类上起到了重要作用;以《哈姆莱特》中的植物话语为出发点，结合同时代的植物学知识，指出莎士比亚文本中潜在体现出的植物隐喻逻辑及同时期植物学的发展转变情况，从而探讨植物学语言在表达早期现代主体时所起的构建作用；以《亨利六世（中篇）》《罗密欧与朱丽叶》《亨利四世（下篇）》《奥瑟罗》及《安东尼与克莉奥佩特拉》中出现的曼德拉草为例，结合同时代的迷信和医学知识，指出早期现代时期人们观念的转变。

余论则反过来通过关照、梳理莎士比亚的生平，凸显物对莎士比亚本人的影响和剧作家对物孜孜不倦的追求，体现出莎士比亚文本之外的物所包含的社会、政治、文化意义，重申对莎士比亚进行物质文化研究的必要性和可能性。

附录一和二列举了莎士比亚作品年表及材料来源、年谱及大事记以馈读者。

本书认为，莎士比亚作品中的物参与了早期现代英国物质文化的构建，进一步而言，物中体现出早期现代英国社会形态的方方面面，通过物与文本特别是物与人关系的研究，我们能够发现莎士比亚对政治、国族、性别、阶级、人与自然关系等方面的探讨。为此，本书通过从小到大、从部分到整体构建一个"文本与物质"互动的理论模型，结合年鉴学派布罗代尔的观点，将早期现代英国的物质文化分为四个板块，即个人物品、饮食、能源技术、动植物进行研究。在每一个板块中，本书都详尽讨论了几部具有代表性的作品或不同作品中典型的同一"物"，透过对作品的分析，我们看到物质文化显然参与到了文本的书写之中，而文本的书写反过来又和物质文化在不同层面和侧面相互碰撞、对话，共同构成了早期现代英国文化社会生活的壮丽景观。

四、引文说明

现今较为权威的莎士比亚全译本主要有朱生豪版、梁实秋版、方平版和辜正坤版等，其中朱生豪版是影响最大、流传最广的通用版本，但本书所用《莎士比亚全集》均使用方平版，这是因为方平版均使用诗体翻译且在词汇翻译上相对更加精准且符合当代语境。

书中所引莎士比亚著作译文均只在括号内随文标识出处页码，不另作注，特此说明。

方平主编：《新莎士比亚全集（十二卷）》，石家庄：河北教育出版社，

2000 年。

第一卷：

《错尽错绝》（方平译）；《维罗纳二绅士》（阮珅译）；《驯悍记》（方平译）；《爱的徒劳》（方平译）

第二卷：

《仲夏夜之梦》（方平译）；《威尼斯商人》（方平译）；《温莎的风流娘儿们》（方平译）

第三卷：

《捕风捉影》（方平译）；《皆大欢喜》（方平译）；《第十二夜》（方平译）；《暴风雨》（方平译）

第四卷：

《罗密欧与朱丽叶》（方平译）；《哈姆莱特》（方平译）；《奥瑟罗》（方平译）

第五卷：

《李尔王》（方平译）；《麦克贝斯》（方平译）；《安东尼与克莉奥佩特拉》（方平译）

第六卷：

《泰特斯·安德洛尼克斯》（汪义群译）；《居里厄斯·恺撒》（汪义群译）；《科利奥兰纳》（汪义群译）

第七卷：

《理查二世》（方平译）；《亨利四世（上篇）》（吴兴华译，方平校）；《亨利四世（下篇）》（吴兴华译，方平校）；《亨利五世》（方平译）

第八卷：

《亨利六世（上篇）》（谭学岚译，辜正坤校）；《亨利六世（中篇）》（谭学岚译，辜正坤校）；《亨利六世（下篇）》（谭学岚译，辜正坤校）

第九卷：

《理查三世》（方平译）；《约翰王》（屠岸译）；《亨利八世》（阮珅译）

第十卷：

《结局好万事好》（阮珅译）；《特洛伊罗斯与克瑞西达》（阮珅译）；《自作自受》（方平译）；《雅典人泰门》（方平译）

第十一卷：

《冬天的故事》（方平、张冲译）；《佩里克里斯》（方平、张冲译）；《辛白林》（方平、张冲译）；《两贵亲》（张冲译）

第十二卷：

《维纳斯与阿董尼》(方平译);《鲁克丽丝失贞记》(屠岸、屠笛译);《十四行诗诗集》(屠岸译);《恋女的怨诉》(屠岸、屠笛译);《热情的朝圣者》(屠岸、屠笛译);《凤凰和斑鸠》(屠岸、屠笛译)

第一编　莎士比亚作品中的个人物品

第一章 《威尼斯商人》中戒指的价值问题

《威尼斯商人》作为莎士比亚最受欢迎的喜剧之一,剧中夏洛克(Shy-lock)的贪婪、波希霞(Portia)的智慧、安东尼(Antonio)与巴珊尼(Bassanio)的友谊都是批评家们长期关注的议题。而剧中的三个戒指以不同寻常的特殊设定出现在一个强大的商业城市和东方珠宝贸易中心——威尼斯:夏洛克的绿玉戒指、波希霞送给巴珊尼的戒指和奈莉莎(Nerissa)送给葛莱兴(Gratiano)的戒指则构成了文本的另一条线索,其中尤为重要的是夏洛克的戒指。[①] 无论是假货,抑或是从珠宝商那里租来的道具,这些戒指和同时代戏剧中的其他珠宝一样,都在舞台上非常显眼。[②] 因此,众多批评家都指出,《威尼斯商人》中的戒指不论在实际意义或隐喻层面上都扮演了至关重要的角色。[③] 本章拟从物质文化角度出发,关注剧中的戒指,通过戒指的质地和交换,勾勒人物关系,指出作为饰品之物的戒指所包含的交换价值和情感价值,从而更好地理解本剧。

一、夏洛克绿玉戒指的交换价值

《威尼斯商人》中,犹太人夏洛克和女儿吉茜卡(Jessica)住在一起,屋子里是夏洛克的全部身家,有货币、金子、珍贵的珠宝。夏洛克曾吩咐女儿照

---

① M. M. Mahood, ed., *The Merchant of Venice*. Cambridge: Cambridge University Press, 2003, pp. 12—13; Diana Scarisbrick, *Jewellery in Britain*, *1066—1837: A Documentary*, *Social*, *Literary and Artistic Survey*, Great Britain: Michael Russell, 1994, p. 79.

② John Leland and Alan Baragona, *Shakespeare's Prop Room: An Inventory*, Jefferson, North Caroline: McFarland & Company, Inc., 2016, p. 184.

③ Karen Newman, "Portia's Ring: Unruly Women and the Structure of Exchange in *The Merchant of Venice*", *Shakespeare Quarterly*, 38 (1987), pp. 19—33; Suzanne Penuel, "Castrating the Creditor in *The Merchant of Venice*", *Studies in English Literature*, *1500—1900*, 44.2 (Spring 2004), pp. 255—275.

看好门户,岂料女儿将金银细软席卷一空,和基督徒情人罗伦佐 (Lorenzo)私奔。夏洛克被女儿的私奔行为气疯了,我们看到索拉尼 (Salanio)这样描述夏洛克当时的状况:"(夏洛克)满街乱嚷:'我的女儿呀! 噢,我的金子银子啊! 噢,我的孩子呀! 跟基督徒逃跑啦! 我那基督徒的金 子银子呀! 公道呀! 法律呀! 我的金子银子,我的女儿哪! 一袋封好的、两 袋封好的银子,都是二两的银子,给我女儿偷走啦! 还有珠宝! ——两颗宝 石、两颗值钱的名贵的宝石,都给我女儿偷走啦! 公道呀! 给我把姑娘追回 来! 宝石,还有金子,都在她身边哪!'"(206)①那么,让夏洛克最心痛的到 底是什么呢,是女儿不告而别的私奔? 还是她跟基督徒私相结合并皈依基 督教? 抑或是她本身偷窃父亲财物的行为?

　　夏洛克最生气的事情,是听闻女儿用戒指换了一只猴子的消息,正如 凯尼(Arthur. F. Kinney)指出的那样,戒指在莎士比亚生活的时代是不 论男女、地位高低都容易获得且普遍购买携带的物品。② 那么,夏洛克戒 指到底包含什么样的价值? 为何莎士比亚此处所设定的夏洛克的戒指, 不是宝石戒指、翡翠戒指、钻石戒指等,而是绿玉戒指(turquoise)呢? 实 际上,莎士比亚所有戏剧中只有《威尼斯商人》提到了绿玉戒指。夏洛克 的绿玉戒指显然是镶嵌上绿松石的戒指,阿登版编辑者作出了如下解释: 乃是一枚镶嵌有在波斯发现的、天蓝色或苹果绿宝石(或被称为"绿松石/ 土耳其石"[Turkey Stone]的戒指,于是在四开本中写作 Turkies。实际 上,它成为了财富的标志,常被镶在金子中以彰显美丽,但也是最容易伪 造的宝石。③ 卡罗尔·莱文和卡桑德拉·奥布尔(Carole Levin and Cas- sandra Auble)考察了早期现代估价很高的商品绿松石的贸易情况,指出 在 16 世纪的英国,绿松石来自波斯和阿拉伯,是一种比较昂贵的石头。 绿松石常常被人们镶在金子上,具有异国情调且价格昂贵。④ 伊丽莎白一 世和玛丽一世都非常喜欢佩戴绿玉戒指,并将之赏赐给臣下。特别是玛 丽女王,在其生命中各个重要的场合(如加冕仪式)都佩戴有绿松石。威

---

① 莎士比亚:《威尼斯商人》,《新莎士比亚全集(第二卷)》,方平译,石家庄:河北教育出版社, 2000 年,第 206 页。后文出自该著作的引文,将随文在括号内标出引文出处页码,不另作注。

② Arthur F. Kinney, *Shakespeare and Cognition: Aristotle's Legacy and Shakespearean Drama*, New York and London: Routledge, 2006, p. 51.

③ John Drakakis, ed., *The Merchant of Venice*, London: Bloomsbury, 2010, p. 289.

④ Carole Levin and Cassandra Auble, "'I would not have given it for a wilderness of mon- keys': Turquoise, Queenship, and the Exotic", in Estelle Paranque, Nate Probasco, and Claire Jowitt, eds., *Colonization, Piracy, and Trade in Early Modern Europe: The Roles of Powerful Women and Queens*, London: Palgrave Macmillan, 2017, p. 170.

尼斯大使观察到玛丽一世戴着两枚绿玉戒指："女王的手指上有两枚戒指，代表着她曾两次被求婚，第一次是在她登基时（被加冕并确认与法国的和约），第二次是在她成为西班牙现任国王的妻子时。"①戴安娜·斯卡利斯布里克（Diana Scarisbrick）也指出，在早期现代英格兰能获得的次等宝石中，"绿松石似乎是最有价值的"，大的绿松石常单独镶嵌在佩戴的戒指上，而小一点的则捆串或镶边直接戴在手指上。② 由于绿松石的经济价值，我们可以看到，当时很多财产清单上都出现了将之镶嵌在戒指上制成的绿玉戒指。1514 年的一份皇室清单中就列出了支付米兰商人 10 镑购买一枚绿玉戒指的记录，同样 1527 年也有 10 镑购买绿玉戒指的记录（当时的 1 镑约合现在的 500 镑）。③ 如托马斯·克伦威尔（Thomas Cromwell）1527 年的清单上就有两枚绿玉戒指。其中一枚"极好的绿玉金戒指"在汉斯·霍拜因（Hans Holbein）给他画像时佩戴着。这个戒指价值 7 镑，清单上比它价值更高的只有一枚价值 13 镑的红宝石金戒指。另一枚金戒指上镶嵌着"心脏模样的绿松石"，大概值 6 镑，可能是妻子送给他的礼物。④ 1527 年亨利八世的一份戒指清单上写道："在一个手指架上有七枚戒指，一枚是红宝石，一枚是祖母绿，一枚是绿松石，一枚是表钻，一枚是三角钻，一枚是岩钻。"⑤而当时的很多遗嘱都提到了绿玉戒指，如 1548年简·斯特雷利（Jane Strelley）在遗嘱中留下两枚戒指给妻子，一枚绿玉戒指，一枚钻石戒指。⑥ 这样的例子举不胜举，而且列文和奥布勒同时指出，在早期现代英国，绿玉戒指常常被王室、贵族在出席外交活动时佩戴，也被当作王室礼物用以赏赐、馈赠，或是在外交上发挥作用，比如 1530 年2 月，亨利八世为了安抚红衣主教，派人送去一枚镶着绿松石的大金戒指作为信物。当亨利八世在 1513 年决定入侵法国时，法王路易十二的王后布列塔尼的安妮送给苏格兰的詹姆斯四世一枚镶有大绿松石的金戒指，

---

① Arthur F. Kinney, *Shakespeare and Cognition*: *Aristotle's Legacy and Shakespearean Drama*. New York and London: Routledge, 2006, p. 66.

② Diana Scarisbrick, *Tudor and Jacobean Jewellery*, London: Tate Publishing, 1995, p. 91.

③ J. S. Brewer and R. H. Brodie, eds., *Letters and Papers*, *Foreign and Domestic*, *of the Reign of Henry VIII*, London: H. M. Stationery Office, 1862—1920, Volume I, Part 2, p. 1495.

④ Robert Hutchinson, *Thomas Cromwell*: *The Rise and Fall of Henry VIII's Most Notorious Minister*, New York: Thomas Dunne Books, 2007, p. 121.

⑤ Arthur F. Kinney, *Shakespeare and Cognition*: *Aristotle's Legacy and Shakespearean Drama*, New York and London: Routledge, 2006, p. 66.

⑥ Maria Hayward, *Rich Apparel*: *Clothing and the law in Henry VIII's England*, Burlington, VT: Ashgate, 2009, p. 242.

请求詹姆斯帮助法国人。[①] 更为神奇的是,这一时期的绿玉戒指不仅被描述、形容为漂亮的饰品,同样也因传说中绿松石的特性被人们当作具备治愈疗效的物件,莎士比亚很可能已经意识到绿松石被认为具有暗示和治疗的作用,因为绿松石的传说在流行和文学论述中无处不在。[②] 佩戴后"能够消除一切敌意,让夫妻和睦",并"随着佩戴者的健康状况而变亮变暗"。[③] 比如,法国人文主义者皮埃尔·博阿斯图(Pierre Boaistuau)认为,根据大多数哲学家的说法,绿松石可以"赶走大脑中的杂念和烦恼"。托马斯·布朗(Thomas Browne)认为绿松石"再造心灵和视觉"。[④] 此外,当时的人们相信绿松石能够让人们得到警示、远离危险,还可以防止摔倒。最后,绿松石比其他宝石更有价值,因为它与异域风情有关。如杰克逊·坎贝尔·博斯韦尔(Jackson Campbell Boswell)就指出:"绿松石是第一批为观赏目的而收集和打磨的石头之一;它们是在埃及第二王朝第二任统治者的妻子泽王后的王冠上发现的……波斯和阿拉伯神话强调,梦到绿松石的人会获得数不尽的财富。古代波斯人非常珍视这些石头……"[⑤]由此可见,吉茜卡偷走的绿玉戒指并非一文不名。

　　进一步而言,夏洛克的愤怒交织着人财两空的因素,显然用戒指交换猴子在他看来是不划算的。实际上,夏洛克的同行犹太人杜巴(Tubal)有关戒指和猴子交换的消息还有待探究,他四处为夏洛克打听女儿的消息,其实都是"道听途说",他碰到了几个安东尼的债主同路到威尼斯,"其中有一个,拿着一个戒指给我看,说是你的女儿给他的,换了他的一只猴子"(221)。可见消息的准确性并不高,或许是作为商业对手对夏洛克的落井下石,或者可能只是出于同样憎恨安东尼的动机以此助长夏洛克的愤怒。但为何夏洛克会一口咬定此戒指是他的绿玉戒指呢?因为他十分清楚女儿偷走的珠宝里

---

① Carole Levin and Cassandra Auble, "'I would not have given it for a wilderness of monkeys': Turquoise, Queenship, and the Exotic", in Estelle Paranque, Nate Probasco, and Claire Jowitt, eds., *Colonization, Piracy, and Trade in Early Modern Europe: The Roles of Powerful Women and Queens*, London: Palgrave Macmillan, 2017, pp. 175—176.

② Ibid., p. 177.

③ Jay L. Halio, ed., *The Merchant of Venice*, Oxford: Oxford University Press, 1993, p. 164.

④ Carole Levin and Cassandra Auble, "'I would not have given it for a wilderness of monkeys': Turquoise, Queenship, and the Exotic", in Estelle Paranque, Nate Probasco, and Claire Jowitt, eds., *Colonization, Piracy, and Trade in Early Modern Europe: The Roles of Powerful Women and Queens*, London: Palgrave Macmillan, 2017, p. 178.

⑤ Jackson Campbell Boswell, "Shylock's Turquoise Ring", *Shakespeare Quarterly* 14:4 (Autumns 1963), p. 482.

面有在法兰克福用两千两银子购买的"一颗金刚钻",还有别的"珍贵的、值钱的珠宝"(220)。因此,杜巴仅仅只是告诉他,"说是他女儿的戒指"(221),夏洛克就立马认定了,可见他十分清楚女儿带走物件的价值,也从侧面突出了绿玉戒指在经济意义上的重要性。当然,也有可能消息中吉茜卡用来换取猴子的仅仅是戒指本身,并没有包括上面镶嵌的珠宝。显然,台词本身存在着不确定性,但观众会被夏洛克的语言所诱导,偏向于他将自己的绿玉戒指视为珍宝,一想到女儿用它换了一只猴子,他就心痛不已,一是因为这是一项不划算的买卖,二是戒指本身的意义重大。

二、夏洛克绿玉戒指的情感价值

西德尼·霍曼(Sidney Homan)发出这样的疑问:"我们没有看到莉娅(Leah)在剧中出现,也没有必要在财产中出现绿玉戒指。为何会出现这个突兀的、特殊含义的物件暗示夏洛克的过往,暗示他结婚之前、杰茜卡出生之前的过去?"①答案显然是为了丰富这个犹太人的形象。实际上,夏洛克的戒指不仅具备经济价值,还体现出与他本人相关的情感价值,并能凸显其高利贷商人和犹太人等职业与种族身份。当杜巴提到吉茜卡在私奔途中的挥霍无度时,观众能够体会到夏洛克的感受,他的反应既体现出愤怒的父亲形象,又展现了视财如命的典型犹太人喜剧形象。剧中最具张力的冲突莫过于犹太人和基督徒在对待金钱的不同态度上。我们能够在第一幕第三景中感受到这种强烈的对比,夏洛克的精确借出"三千两银子(165)"替换了巴萨尼形容波希霞身价的"在贝尔蒙,有一位继承巨产的闺秀(157)"。高利贷是剧中犹太人的主要营生,但是戒指同样也"展现出对待金钱和物件态度的张力"。② 如果我们认为犹太人没有国家归属,他们的社会状态是"漂浮的",那么他们的财富、物品也是漂浮的,因为财富、身份与物件的形式保持着高度一致。③ 相较于资金不稳定的流动性,贵重的财物才是所谓"犹太性"的中心,这就是夏洛克戒指至关重要的物质性内容,更进一步而言,"戒

① Sidney Homan, *Directing Shakespeare: A Scholar Onstage*, Athens: Ohio University Press, 2004, p. 50.

② Catherine Richardson, *Shakespeare and Material Culture*, Oxford: Oxford University Press, 2011, p. 51.

③ Janet Adelman, "Her Father's Blood: Race, Conversion, and Nation in 'The Merchant of Venice'", *Representations* 81 (2003), p. 20.

指更接近其本人的实质"。① 对夏洛克的种族形象解读必然会忽略莎士比亚所塑造人物性格的微妙之处,但戒指赋予了夏洛克人性的光芒,蕴含着夏洛克与过世妻子之间的美好回忆。②

　　虽然夏洛克是嗜钱如命的高利贷商人,他衡量珠宝都是以价格为标准,但提到戒指时未讲价格反而讲的是一段私人史,而这段关于戒指的历史正是夏洛克自己的过去,我们从未听说过也不知道的夏洛克的过往:"那是我的绿玉戒指,是我跟莉娅还没结婚的时候她送给我的。"(221—222)这段话立马与前面场景中夏洛克著名的有关种族的演说形成了鲜明对比,虽然方式不同,但修辞效果同样是为了让视财如命的犹太人角色形象呈现对照和反差的戏剧效果:"犹太人就没有眼睛了吗? 犹太人就缺了手,短少了五官四肢,没知觉、没骨肉之情、没血气了吗? 犹太人不是同样吃饭的吗? 挨了刀枪,同样要受伤;同样要害病,害了病,同样要医药来调理;一年四季,同样地熬冷熬热——跟基督徒有什么不同? 你们用针刺我们,我们不也要流血吗?"(219)这段名台词显然激起了观众对夏洛克的同情,但随后夏洛克在与杜巴的对话中却采用了喜剧角色的话语,立马让观众从之前的情绪中脱离出来。夏洛克的话同样采用了重复的词汇和物质性描述:"我宁愿看见我女儿死在我的脚下,那些珠宝都挂在她的耳朵上! 宁愿看着她入殓,那些金子银子都放进她的棺材里! 打听不到他们两个的下落? 正是:为了追她,又不知花了我多少钱。唉,这叫损失上再加损失! 贼卷了这么多,跑了,还要花这么多去追贼;结果还是一无所获,还是出不了这一口气! 结果晦气倒霉的,不是我还有谁;唉声叹气的,不是我还有谁;流眼泪的,不是我还有谁!"(220)这种语言和态度的大转变,将珠宝、女儿、小偷等混杂的语无伦次,显示出夏洛克暴躁而愤怒的心理状态。

　　正如凯瑟琳·理查森(Catherine Richardson)所言,"间接塑造夏洛克形象的戒指正是体现其角色复杂性的关键部分",戒指在剧中的意义是含糊的,它所体现的单身汉、丈夫、父亲等夏洛克的角色也是复杂的。它让我们想象夏洛克从过去到现在的悲剧性,因为夏洛克是一个失去爱、失去希望的人,显然,夏洛克的绿玉戒指反映出拥有者复杂的情感状态。③ 正如希瑟·杜布罗(Heather Dubrow)在研究中指出的那样,莎士比亚戏剧中如奥瑟罗

---

① Catherine Richardson, *Shakespeare and Material Culture*, Oxford: Oxford University Press, 2011, p. 51.

② Jonathan Bate and Eric Rasmussen, eds., *The Merchant of Venice*, New York: The Modern Library, 2010, p. xvii.

③ Catherine Richardson, *Shakespeare and Material Culture*, Oxford: Oxford University Press, 2011, p. 45.

的手帕等物件的故事,都赋予了物件"与死亡遗物相关的护身符式的宝贵意义",所以和缺席的死者有关。她继续指出戏剧在场的意义,认为莉娅还活在角色的心中,"但是却远离他们的日常世界"。① 因此,"物质文化中的物件是一种具现的形式,与身体和在场者的记忆、悲痛相关"。② 而有关戒指的简单陈述则将两者结合,将人性的修辞深化为更内在的情感因素。尽管夏洛克的语言有些过度夸张,他宁愿女儿死在脚下、将金银作为陪葬品跟着女儿的棺椁下葬,显然也包括了戒指。夏洛克谈到了女儿私奔对他的折磨:"该死,该死,这丫头! 你在折磨我(torture),杜巴! (221)"这里提及的折磨包含肉体和精神两个层面,显然把夏洛克的身体和被偷的戒指结合在了一起。正如理查森指出的那样,夏洛克对女儿交易戒指的反映体现出"深层次情感相关的人性修辞……戒指成为了女儿伤害他的武器和工具。显然,戒指和珠宝等物品将夏洛克置于张力之中,即在失去女儿和钱财的喜剧犹太人角色和作为有着过去经历的个体男性之间"。③ 夏洛克愤怒于女儿交换绿玉戒指的话同时也给我们提供了另一种视角,他对妻子礼物的反应赋予了其同情与人性:他是以个人历史而非经济价值来衡量、看待这个戒指的。批评家和演员都认为这几句话非常重要,如演员帕特里克·斯特瓦特(Patrick Stewart)在谈到其扮演夏洛克的经历时指出了"单身汉(bachelor)"这个词的重要意义:"这个词让我们想象到夏洛克也曾经是个单身汉,也曾年轻、天真、陷入热恋中。莎士比亚不需要写夏洛克的史前史。这两行显然说明了一切",而戒指作为支撑物"使观众认识到其对夏洛克的重要性"。④ 戒指扰乱了角色间的设定,因为它有着背景故事,牵涉到了此时的戏剧情节与行动。夏洛克在法兰克福用 2000 两银子(折合约 180000 镑)这些精确的数字被包含"情感价值(sentimental value)"的历史所替代。⑤ 正如芭芭拉·本尼迪克特(Barbara Benedict)所言,"莉娅的戒指在戏剧中只通过交换和所有权的历史而存在,这与它的货币价值相反"。⑥ 他暗示这枚戒指象征着

---

① Heather Dubrow, *Shakespeare and Domestic Loss*, *Forms of Deprivation*, *Mourning*, *and Recuperation*, Cambridge: Cambridge University Press, 1999, p. 136.

② Catherine Richardson, *Shakespeare and Material Culture*, Oxford: Oxford University Press, 2011, p. 45.

③ Ibid., p. 42.

④ Peter Holland, "Introduction", in W. Moelwyn Merchant, ed., *The Merchant of Venice*, London: Penguin Books, 2005, pp. xxii—lxiii.

⑤ Peter Holland, "The Merchant of Venice and the Value of Money", *Cahiers Élisabéthains* 60(2001), p. 26.

⑥ Barbara M. Benedict, "Jewels, Bonds and the Body: Material Culture in Shakespeare and Austen", in Marina Cano and Rosa García-Periago, eds., *Jane Austen and Willam Shakespeare: A Love Affair in Literature*, *Film and Performance*, Palgrave Macmillan, 2019, p. 103.

他们的订婚,是一枚"希伯来护身符"——"他与过去的联系以及对他妻子记忆的温柔情感".①

　　紧接着剧中的夏洛克在谈到绿玉戒指后指出:"哪怕人家用漫山遍野的猴子来跟我交换,也别想我会答应呀."(221—222)这段话短小但有力,它没有之前夏洛克种族陈述中那些铿锵有力的修辞,也没有上升到种族高度,反而使用"我、我的"这类表现个体的词汇,显然以个体经历解构了其种族历史.② 这句话突显了传统、宗教、记忆和婚姻承诺与外来宠物所代表的无聊娱乐之间的对比,与此同时,"荒野"的概念暗示着一种"可怕的无限的浪费,在那里,意义消失在混乱中——也充当了夏洛克不善言辞的标志".③ 其中"满山遍野(wilderness)"是一个关键词汇,根据《牛津英语词典》(OED)的解释,其本意为"一片荒野或未开垦过的地区或大片土地,没有人烟,或只有野生动物存在";"一片孤寂而野蛮的土地".④ 但此处却涉及两种意义:一是《圣经·民数记》(Numbers 14:33)中的耶和华惩罚埋怨民众的故事:"你们的人必在旷野(wilderness)漂流四十年,担当你们淫行的罪,直到你们的尸首在旷野中消灭."⑤这种惩罚实际上是切断与其他人类和上帝的关系,彼得·霍兰德(Peter Holland)就分析了"爱与痛两种情感在'荒野'中的结合,而那些猴子,则是'欲望的象征'".⑥ 另一种解释在文本中非常明显:"混杂的,混乱的或大量的人或物的集合或聚合"(OED),⑦那么在这种解释中,荒野正是由于猴子的混杂而存在."满山遍野的猴子"让人颇为好奇,它将一片广袤、未经探索的土地与一群小巧而有趣的动物联系在一起.根据约翰·罗素·布朗(John Russell Brown)的说法,这"可能是一个讽刺或无

① Judith W. Page, "Shylock's Turquoise Ring: Jane Austen, Mansfield Park and the 'Exquisite Acting' of Edmund Kean", in Marina Cano and Rosa García-Periago, eds., *Jane Austen and Willam Shakespeare: A Love Affair in Literature, Film and Performance*, Palgrave Macmillan, 2019, p. 227.

② Catherine Richardson, *Shakespeare and Material Culture*, Oxford: Oxford University Press, 2011, p. 43.

③ Barbara M. Benedict, "Jewels, Bonds and the Body: Material Culture in Shakespeare and Austen", in Marina Cano and Rosa García-Periago, eds., *Jane Austen and Willam Shakespeare: A Love Affair in Literature, Film and Performance*. Palgrave Macmillan, 2019, p. 103.

④ *OED, wilderness, n. 1. b.* 〈https://www.oed.com/view/Entry/229003? redirectedFrom = wilderness♯eid〉

⑤ 《圣经》,南京:中国基督教三自爱国运动会,中国基督教协会,2000 年,第 228 页。

⑥ Peter Holland, "The Merchant of Venice and the Value of Money", *Cabiers Élisabéthains* 60(2001), p. 28.

⑦ *OED, wilderness, n. 4.* 〈https://www.oed.com/view/Entry/229003? redirectedFrom = wilderness♯eid〉

奈的玩笑……犹太人立刻主宰了整出戏,使剧本似乎无法遏制他;那些驱使和威胁着他的情感无法用文字完全表达出来"。① 因此,第一种解释可以视为对犹太人群体的惩罚,而第二种解释中动物的混杂和狂乱也符合夏洛克对人财两空的狂躁心理,两者都充分说明了戒指本身所富含的夏洛克个人与犹太群体的文化表达意义。②

三、戒指的交换意义

我们看到剧中夏洛克不断重复着失去珠宝的后果:"咱们犹太人要遭灾殃,这诅咒到现在才算应验了;到现在我才懂得这诅咒的厉害了。一颗金刚钻就是两千两银子,还有别的珍贵的、值钱的珠宝(precious, precious jewels)呢。"(220)重复出现的"珍贵的"显示出其他珠宝的巨大价值,也可能意味着其他珠宝价值远超金刚钻,即后来解释的绿玉戒指包含了更多的交换及情感价值。③ 因为情感的表现方面也可以在使用物质作为情感意义的载体上看到,爱情的象征——戒指、手镯、梳子、扇子、诗歌——是求爱的主要标志,是情感纽带的触感证据。④

那么,我们再进一步分析戒指特别是戒指交换行为背后的意义。在文艺复兴时期,戒指常作为爱情的信物在求婚的男女之间交换,最常见的是刻有诗文的戒指,样式简单朴素,刻有铭文,方便大众消费。⑤ 琼·埃文斯(Joan Evans)也指出:"在所有的戒指上都可以找到有特色的铭文;在所有这些铭文中,没有一种能比订婚和结婚戒指上的爱情铭文以及朋友和恋人之间交换的其他信物上的铭文更能让我们与前佩戴者的思想和感情有更密切的接触。"⑥查尔斯·欧曼(Charles Oman)如是解释这些简朴的戒指:"一位年轻

① John Russell Brown, "The Realization of Shylock: A Theatrical Criticism", in John Russell Brown and Bernard Harris, eds., *Early Shakespeare* (*Stratford-upon-Avon Studies 3*), London: Arnold, 1961, pp. 187—209.

② Catherine Richardson, *Shakespeare and Material Culture*, Oxford: Oxford University Press, 2011, p. 43.

③ Ibid., p. 46.

④ David Cressy, *Birth*, *Marriage*, *and Death*: *Ritual*, *Religion*, *and the Life-Cycle in Tudor and Stuart England*, Oxford: Oxford University Press, 1997, pp. 263—266.

⑤ Carole Levin and Cassandra Auble, "'I would not have given it for a wilderness of monkeys': Turquoise, Queenship, and the Exotic", in Estelle Paranque, Nate Probasco, and Claire Jowitt, eds., *Colonization*, *Piracy*, *and Trade in Early Modern Europe*: *The Roles of Powerful Women and Queens*, London: Palgrave Macmillan, 2017, p. 174.

⑥ Joan Evans, *English Posies and Posy Rings*. London: Oxford University Press, 1931, p. xi.

男性可能会送给女朋友戒指，因为他的现代后裔会发现这比保存一盒巧克力安全得多。"①这些更便宜、样式简单的刻字戒指意味着廉价的承诺，而以绿松石之类镶嵌的戒指则更昂贵，通常用来作为婚约和婚姻的信物。早期现代和我们现在一样，婚姻都是在公开场合进行宣誓与戒指的交换。戒指在基督教婚礼仪式中不可或缺，同样也是犹太人婚姻习俗中重要的组成部分。② 杰奎琳·玛丽·穆萨奇奥（Jacqueline Marie Musacchio）就指出犹太人的订婚戒指是"仪式物品"，"代代相传"，而且男女都会接受戒指，就和夏洛克接受莉娅的戒指一样。③ 那么，莉娅送给夏洛克的戒指就包含了走向婚姻的契约，因为在莎士比亚时代，订婚戒指也常被用作最后的结婚戒指。④

　　为了全面理解夏洛克的戒指，我们有必要联系剧中的同类物件——波希霞和奈莉莎的戒指。这两个戒指和夏洛克的戒指完全不同，它们作为剧中三个匣子情节中的物品，指向的是爱情和婚姻，由此给戏剧提供了喜剧结局。正如大卫·科雷西（David Cressy）写道："伴随着广为人知的规则，求婚并不是游戏，也不是无所事事的调戏……在伊丽莎白时期的社会生活中，从社会底层到中层到精英阶层，求婚是迈向婚姻的社会认同步骤……求婚需要信物，钱币、戒指、丝带、手套等均起着信物的作用……它们的象征意义大于经济上的价值意义。"⑤同时代一位教会法学家亨利·斯温伯恩（Henry Swinburne）也指出："爱情的礼物和信物……如手镯、项链和戒指都常被用作完美承诺的保证。"⑥因此，科雷西也指出："这些礼物并不是简单的商品，而是潜在包含着承诺与义务的能指。"⑦那么，莉娅送给夏洛克的戒指就包含了走向婚姻的契约，而且在莎士比亚时代，订婚戒指也常被用作最后的结婚戒指。波希霞同样清楚戒指在夫妻关系中的角色："我所有的一切，连我

---

① Charles Oman, *British Rings: 800—1914*, Totowa, NJ: Rowman and Littlefield, 1974, p. 38.

② Deborah L. Krohn, "Rites of Passage: Art Objects to Celebrate Betrothal, Marriage, and the Family", in Andrea Bayer, ed., *Art and Love in Renaissance Italy*, New York: The Metropolitan Museum of Art, 2009, p. 63; Teresa McNally, "Shylock's Turquoise Ring and Judaic Tradition", *Notes and Queries* (September 1992), pp. 320—321.

③ Jacqueline Marie Musacchio, "Jewish Betrothal Ring", in Andrea Bayer, ed., *Art and Love in Renaissance Italy*, New York: Metropolitan Museum of Art New York, 2008, p. 102.

④ B. J. Sokol and Mary Sokol, *Shakespeare, Law and Marriage*, Cambridge: Cambridge University Press, 2003, p. 81.

⑤ David Cressy, *Birth, Marriage, and Death: Ritual, Religion, and the Life-Cycle in Tudor and Stuart England*, Oxford: Oxford University Press, 1997, pp. 233—234, 263.

⑥ Ibid., p. 263.

⑦ David Cressy, *Birth, Marriage, and Death: Ritual, Religion, and the Life-Cycle in Tudor and Stuart England*, Oxford: Oxford University Press, 1997, p. 265.

自个儿都归给了你……我交给你这个戒指，就算把这一切都献给了你；要是你跟这个戒指分离了，把它丢掉了，或者把它送掉了，给了人，那就是断绝了恩情——把心变了的征兆，我可要责怪你的。"巴珊尼随即发誓："要是这戒指有一天离开这手指，那么我的生命也跟着离开了我。"(231—232)显然，这里的戒指和夏洛克的戒指有着一样的作用，即充当着单身人士结合的媒介。接着，巴珊尼用类比向观众表达内心的情感并希望得到观众的回应："那兴奋的臣民涌起了一片欢腾，爆发出一阵阵欢呼（where every something being blent together/turns to a wild of nothing save of joy）"（232），其中的 wild 也和前文的 wilderness 具备重复的含义（OED）。[①] 由此，他的话与之前夏洛克"满山遍野的猴子"相呼应，通过戒指所表达出人类普世感情的一致性。但个人物品的交换"在社会学术语下总是有着潜在的冒险性"，因为其包含着"非法的亲密关系（illegitimate intimacies）"，戒指和身体紧密接触，其移动、交换就拥有了道德维度。[②] 波希霞对巴珊尼的话表明了她对戒指的清晰态度："要是你懂得它的价值：这戒指；或是多少体会到；怎样一片情意我送你这个戒指；只要你想得到这本是你的荣誉；保存这戒指；那你就不会轻易送掉这戒指。"（290—291）在波希霞眼中，"价值""情意""荣誉"都是有关声誉的语言，女性道德与男性荣耀通过戒指联系在一起，作为夫妻间的契约物，"保存它也同时意味着赠与者与接收者之间关系亲密"。[③] 实际上，"戒指""荣誉""珠宝""贞洁"等具备的隐喻性关联在伊丽莎白时代的人们看来理所当然，但在《威尼斯商人》中，这种关联则由于加入了"犹太人/珠宝（Jew/jewel）"的双关以及物质财富、贞洁、人类性欲的连通而变得更加纠缠混乱。[④] 最初，波希霞是将戒指作为财产和身体的象征交付给巴珊尼的，同时也就"含有通过物质替身结合的可能性"，[⑤]但剧中，巴珊尼最终被安东尼劝说，将戒指交给波希霞假扮的法学博士，从而变成了一个在第三者怂恿下由一个男人送给另一个男人的礼物。巴珊尼回到贝尔蒙后，安东尼劝和并保证"拿我的灵魂做担保，你的丈夫决不会再发了誓，又故意失信啦"。（293）"波希霞要求安东尼做保人，拿出戒指给了巴珊尼，由此戒指再次成为两人亲密关系的契约物，但是却加入了第三者。因此，史蒂夫·帕特森

---

① *OED*, *wild* ⟨https://www.oed.com/view/Entry/228988? rskey = gXe78s&result = 1♯eid⟩

② Catherine Richardson, *Shakespeare and Material Culture*, Oxford：Oxford University Press，2011, p.61.

③ Ibid.，p.61.

④ John Drakakis, ed., *The Merchant of Venice*. London：Bloomsbury, 2010, p.92.

⑤ Catherine Richardson, *Shakespeare and Material Culture*, Oxford：Oxford University Press，2011，p.61.

(Steve Patterson)认为,夏洛克和安东尼在本质上有相似之处,他指出"两个角色都极为相信市场之外的价值",他们在"威尼斯没有立足之地",而戒指就是明证:"夏洛克和金钱的关系就与安东尼和金钱的关系一样,都是自私自利的缩影,也是犹太人惋惜失去莉娅珍贵无价戒指的证据。"①戒指将安东尼和波希霞、夏洛克相连,跨越了戏剧中最广阔的意义鸿沟,最终戒指成了"爱抚和肉体亲密关系的物质替代品"。② 对《威尼斯商人》中戒指交换意义的探讨还能在另一个戒指中看到。我们看到,葛莱兴将奈莉莎送给他的戒指转送给了法官的书记,他暗示着戒指的不重要和无价值,无所谓地谈到上面刻着诗句:"天底下的刀匠都会在刀子上刻那么几个字——什么'相亲相爱不分离'"(288),即是说这个戒指并不是具有审美价值的精致物品,这只是他们定情的一个信物。奈莉莎也非常生气。虽然诗句可能是刀匠刻上去的,但感情却是给予者赋予、接受者认可的。最后,葛莱兴在戏剧的结尾简化了男女性行为及物件之间的关系说:"天不怕,地不怕,怕就怕这一桩:丢了奈莉莎的戒指,这罪名怎么当?"(296)由此可见,波希霞和奈莉莎的戒指与夏洛克的极为不同,一方面它们是婚姻的保证,另一方面则是对男性忠诚的测试品,但背叛的威胁最终被喜剧结尾所消解,仅仅呈现为爱和性欲望的象征物。

那么,我们如何看待吉茜卡将绿玉戒指换了一只猴子的行为呢? 在莎士比亚时代,猴子和鹦鹉、哈巴狗一样都是流行的家庭宠物,而且都被视为有色情意味声誉的动物。吉茜卡将戒指换猴子的行为可以视为一种独立自主的象征性行为:性、经济、情感上的独立。③ 她的消费心理和习惯在其谈吐和行为中展现无遗。布鲁斯·博立尔(Bruce Boehrer)就认为吉茜卡把戒指换成昂贵的、奇异的、不实用的猴子,"完全否定了夏洛克的珍宝,将象征离世妻子爱情的犹太人的绿玉戒指变成了纯粹只具备交换价值的商品"。④ 而剧中猴子的隐喻则有助于我们理解这种差异的重要性:"稀少而珍贵、奇异的、难以捕获,其意义不在于作为有用的家庭劳力,而是体现出宠

① Steve Patterson, "The Bankruptcy of Homoerotic Amity in Shakespeare's *Merchant of Venice*", *Shakespeare Quarterly* 50 (1999), p. 27, 29.

② Catherine Richardson, *Shakespeare and Material Culture*, Oxford: Oxford University Press, 2011, p. 60.

③ Carole Levin and Cassandra Auble, "'I would not have given it for a wilderness of monkeys': Turquoise, Queenship, and the Exotic", in Estelle Paranque, Nate Probasco, and Claire Jowitt, eds., *Colonization, Piracy, and Trade in Early Modern Europe: The Roles of Powerful Women and Queens*, London: Palgrave Macmillan, 2017, p. 173.

④ Bruce Boehrer, "Shylock and the Rise of the Household Pet: Thinking Social Exclusion in The Merchant of Venice", *Shakespeare Quarterly* 50 (1999), p. 158.

物拥有者的逻辑。"①一方面，吉茜卡通过戒指换猴子，将自己与父母的情感联系切断了。另一方面，这种行为代表着她从犹太教到基督教的转变，亦可视为从一种经济模式到另一种经济模式的转变，"她对父亲的背叛很大程度上是经济模式的背叛，她选择了夏洛克所反对的挥霍浪费的基督徒的经济模式"。② 而霍兰德指出的吉茜卡在热那亚一顿晚餐花费 7200 镑和巴珊尼借安东尼 270000 镑向贝尔蒙求婚都体现了基督徒的经济模式。③ 杰克逊·坎贝尔·博斯韦尔（Jackson Campbell Boswell）则认为绿玉戒指是一种东方的护身符，她之所以特意舍弃它，是因为在西方观念中它会导致不育。④ 同时也"贬低了戒指作为父母权威和夫妻团结的象征意义"。⑤ 因此，她用戒指换取猴子的行为不仅背叛了父母，也背叛了犹太教和犹太人群体。

　　正如理查森指出那样，在《威尼斯商人》中，几乎所有婚姻关系都与非法的戒指交换行为有关。戏剧的最后，有着一系列复杂意义的戒指却成为了喜剧的"无物"（comic no-thing），成为了一个笑话。"其意义的改变正体现出戏剧中词与物的不同时间维度，物件依然保持着原初的形态，它们的意义却在不同的网络话语中变化着。"⑥因此，通过分析戏剧的物质性话语中戒指的作用和意义，我们能够理解作为物体的戒指的价值，也可以看到"在戏剧的情感动力学中是如何展现小物件作为不确定性的比喻和缩影存在的"。⑦ 通过对《威尼斯商人》中的戒指特别是夏洛克绿玉戒指价值的探讨，我们能够发现戒指在当时所具备的经济交换价值，同时夏洛克的戒指与他本人的职业种族身份息息相关，也蕴含了其个人的情感价值，剧中所有的戒指都具备基本的经济交换价值和情感价值，但夏洛克的戒指的交换更是体现出其女儿对种族、宗教的背离，让我们对戏剧中物的深层次含义有了进一步了解。

---

① Bruce Boehrer, "Shylock and the Rise of the Household Pet: Thinking Social Exclusion in The Merchant of Venice", *Shakespeare Quarterly* 50 (1999), p. 157.

② Ibid., p. 157.

③ Peter Holland, "The Merchant of Venice and the Value of Money", *Cabiers Élisabéthains* 60 (2001), p. 26.

④ Jackson Campbell Boswell, "Shylock's turquoise ring", *Shakespeare Quarterly* 14 (1963), pp. 481—483.

⑤ John Drakakis, ed., *The Merchant of Venice*, London: Bloomsbury, 2010, p. 109.

⑥ Catherine Richardson, *Shakespeare and Material Culture*, Oxford: Oxford University Press, 2011, p. 63.

⑦ Ibid., p. 53.

第二章 《奥瑟罗》中的手帕与性别、种族问题

《奥瑟罗》是莎士比亚四大悲剧之一,讲述了摩尔人奥瑟罗因嫉妒杀死妻子的故事。这个故事中有一个关键物品:手帕。它总是在错误的时间内从一个人的手里转到另一个人的手里,并造成严重的后果。苔丝德蒙娜不小心把手绢儿落下了;爱米莉亚把它拾起并转给伊阿哥,错误地认为伊阿哥自己希望得到,当他希望栽赃卡西奥时;卡西奥把手绢儿给了碧安卡,错误地认为她会开心地"拿手绢儿",并把花样儿描下来;碧安卡把手帕摔给卡西奥,说"这一定是哪个妖精送你的东西",并认为卡西奥不忠;而嫉妒的奥瑟罗则把突然出现的手帕当成卡西奥和苔丝德蒙娜私通的证据。正如哈里斯(Jonathan Gil Harris)指出的那样,如果手帕在从一个角色到另一个角色的活动中是不合时宜的,那么它在多维时间(polychronicity)中就更加不合时宜了。① 在托马斯·雷默(Thomas Rymer)的《漫谈悲剧》(*Short View of Tragedy*)一书中,雷默就抱怨过《奥瑟罗》及主人公奥瑟罗的悲剧原因仅仅归咎于一个物体:"这么乱,这么重要,这么有激情和重复一张手绢儿? 为何不叫手绢儿的悲剧? 怎样可以更加荒谬?"回应爱米莉亚把手绢儿比作"小东西"的谴责,雷默认为它"是个如此细微的小东西"。②正如亨德尔森(Henderson)指出的那样,在莎学研究中,戏剧的某些价值是由莎士比亚活生生舞台表演中的物质部分所塑造和共享的,所以演员的肢体在强烈表现感情的同时和物品一起交互作用共同构建出具备隐喻的想象世界。③ 因此,本

---

① Jonathan Gil Harris, *Untimely Matter in the Time of Shakespeare*, Philadelphia: University of Pennsylvania Press, 2009, p.170.

② Thomas Rymer, "A Short View of Tragedy" (1693), in Curt Zimanksy, ed., *The Critical Works of Thomas Rymer*, New Haven: Conn., 1956, p.164. 莎士比亚:《奥瑟罗》,《新莎士比亚全集(第四卷)》,方平译,石家庄:河北教育出版社,2000年,第618页。后文出自该著作的引文,将随文在括号内标出引文出处页码,不另作注。

③ Diana E. Henderson, "Magic in the Chains: *Othello*, *Omkara*, and the materiality of gender across time and media", in Valerie Traub, ed., *The Oxford Handbook of Shakespeare and Embodiment*, Oxford: Oxford University Press, 2016, p.677.

章则试图从物质文化的角度出发,结合剧中男女主人公和情节的发展,以手帕为切入点,深入探讨剧中涉及的性别及种族问题。

一、手帕的价值

伊恩·史密斯(Ian Smith)从欧洲文化史的角度为我们详细梳理出了手帕的价值。[①] 自中世纪起,手帕开始出现并逐渐成为了昂贵的奢侈品,如在英王理查二世统治时期的 1380 年代,宫廷中有关御用衣橱的记录中就对手帕作出这样的定义:"用以给国王擦及覆盖鼻子的小块的亚麻布",这被视为英国最早关于手帕的记录。[②] 诺伯特·埃利阿斯(Norbert Elias)就指出人类不再用手或衣服而是用手帕来抹擦鼻子等,标志着人类文明的进步,而且这一举动也起到了划分阶层的作用。"女人们腰带上挂着昂贵的、刺绣的织品。文艺复兴时期'自命不凡'的年轻人以此作为礼物或衔在嘴里携带。"[③]可见理查二世的宫廷衣橱记录中的手帕显然与贵族的财富和地位展示相关,其昂贵与奢华显示了拥有者的某种特权。[④] 同时,在宫廷的新年礼单中也记录了贵妇进献的手帕数量并详细描述了手帕的质材,如由丝绸、细棉布或亚麻制成,辅以金、银和蕾丝边等。其中一条典型的记录是 1562 年的 6 块"用金线、银线绣花,带金边"的手帕。相似的是,1589 年,有 12 块"以黑色丝线装饰"的亚麻制手帕以及"两条以黑丝装饰的荷兰式手帕",显示出纺织品在奢侈品市场上的重要地位。其他的装饰物包括珠宝或纽扣,如有 6 条"以银线和纽扣镶边"的手帕。实际上,手帕的制作费用不菲,例如,1589 年,爱德华·华利(Edward Whalley)记录了 2 块手帕,总共花费 26 先令。1599 年,亨利四世情妇死后的财产清单提到了价值 100 顶王冠的 5 块手帕。[⑤] 胡安娜·格林(Juana Green)就指出"手帕在中世纪的富人阶层中是时尚的饰物","尽管在 15、16 世纪的英格兰和欧陆,特别是伊丽莎白一世统治时期,手帕变得越发普通,但依然是早期现代男女财富和地位的象征"。[⑥] 因此,手帕可被视为

①　Ian Smith, "Othello's Black Handkerchief", *Shakespeare Quarterly* 64. 1 (2013), pp. 4—8.

②　George B. Stow, "Richard II and the Invention of the Pocket Handkerchief", *Albion* 27 (1995), pp. 226, 233—234.

③　Norbert Elias, *The Civilizing Process*: *Sociogenetic and Psychogenetic Investigations*, trans. Edmund Jephcott, Oxford: Blackwell, 2000, pp. 126—129.

④　Ian Smith, "Othello's Black Handkerchief. ", *Shakespeare Quarterly* 64. 1 (2013), p. 5.

⑤　Ibid., pp. 5—6.

⑥　Juana Green, "The Sempster's Wares: Merchandising and Marrying in *The Fair Maid of the Exchange* (1607)", *Renaissance Quarterly* 53 (2000), p. 1087.

一种能够体现财力、带来愉悦感官的制造品和装饰品,高档材质的应用、华丽繁复的刺绣都让其成为财富与权势的象征。①

凯瑟琳·利斯特(Katherine Lester)和贝斯·欧尔克(Bess Oerke)在探讨手帕时引用了《奥瑟罗》中的选段,认为在剧作家所处的时段即"文艺复兴时期的手帕变得更加普遍,关于手帕使用的观察和著述开始出现",手帕"是新兴物件,刚刚开始普及,我们不能过度解读它们在这一时期服饰史中的地位"。② 直到 17 世纪早期,由于进口及本土制造数量的增多,手帕的种类和制造来源多样化,导致价格下降,于是满足了不同消费阶级的需求。③ 格林也指出,"17 世纪早期不同品质的手帕能够满足不同阶层消费者的需求","纺织产品的多样化,不仅仅源于日益增长的进口布料满足了消费者,同时也是由于国内生产出不同品质的纺织品能够满足花费更少的消费者需求"。④ 因此,正如琳达·利维·佩克(Linda Levy Peck)指出的那样,我们需要关注该时代出现的经济和文化背景,如"新的购买方式和渠道、皇室对奢侈品贸易的追捧、由印刷和旅行塑造的在购买、建造、布置和收藏中都有体现的新的愿望、通过人造制品进行的身份重塑,以及跨越文化作为客体进入新语境的意义变化"。⑤ 这种消费文化体现的正是个体对物品的占有欲望和对权力的追求,体现出"物质财富富余的新文化途径",于是多样化的商品重新定义、塑造了早期现代消费者的个体身份。⑥

史密斯认为,早期现代文化批评家发现了这种商品化身份的其他例子,将其解读为主体和客体之间相互依赖的关系,同时也呈现出基于客体甚至转变为客体的主体。⑦ 道格拉斯·布鲁斯特(Douglas Bruster)就指出,"就像手帕一样","服饰变成了身体"。⑧ 他认为,像手帕这类新的文化人工制品参与了他所谓"身份的商业化刻印"的进程,"由文化和历史决定的身份进

---

① Ian Smith, "Othello's Black Handkerchief", *Shakespeare Quarterly* 64. 1 (2013), p. 6.

② Katherine Lester and Bess Viola Oerke, *Accessories of Dress*, Peoria, IL: C. Bennett, 1940, p. 426.

③ Ian Smith, "Othello's Black Handkerchief", *Shakespeare Quarterly* 64. 1 (2013), p. 6.

④ Juana Green, "The Sempster's Wares: Merchandising and Marrying in *The Fair Maid of the Exchange* (1607)", *Renaissance Quarterly* 53 (2000), p. 1089.

⑤ Linda Levy Peck, *Consuming Splendor: Society and Culture in Seventeenth-Century England*, Cambridge: Cambridge UP, 2005, p. 2.

⑥ Lisa Jardine, *Worldly Goods: A New History of the Renaissance*, New York: Norton, 1996, p. 15.

⑦ Ian Smith, "Othello's Black Handkerchief", *Shakespeare Quarterly* 64. 1 (2013), p. 7.

⑧ Douglas Bruster, *Drama and the Market in the Age of Shakespeare*, Cambridge: Cambridge UP, 1992, p. 86.

程是通过写入或写在物体上而被建构的"。① 而威尔·费舍（Will Fisher）则接着试图探讨"客体是如何帮助建构身份的"，"物品的物质形式通过物品本身调和了身份"，从而"不同的物件（如手帕、鞋等）是如何通过其物理形式和功能塑赋予不同的身份的"。② 更进一步而言，手帕的使用是不分高低贵贱、男女老少的，特别是妇女在手帕制造业中承担了关键的角色，即女性物质生产与消费有着密切关系。苏珊·弗莱（Susan Frye）甚至认为，在《奥瑟罗》和《辛白林》中，"女性变成了织物而非其制造者和消费者"。③ 显然，这些批评家们的观点为我们从手帕角度解读《奥瑟罗》提供了新的视角，即早期现代社会和剧场中客体之物所具备的潜在多重意义，如手帕之类的物件在其物质价值之外还拥有更多的文化价值意义。

二、苔丝德梦娜与手帕

正如格林指出的那样，《奥瑟罗》中带有草莓图案刺绣的手帕是早期现代戏剧中最有名的手帕。④ 对现代观众而言，手帕一般都是和女性息息相关的，那么当我们关注女性、手帕和其他物品时，必须要讨论的是早期现代的性别政治。

首先让我们关注手帕的颜色，批评家们一般都认为《奥瑟罗》中的手帕都是白色的，集中探讨其与苔丝德梦娜本人的性欲、忠贞和婚姻问题，正如琳达·布斯（Lynda Boose）产生较大影响的论文中指出的那样，莎士比亚"不断为他的观众在一块绣着红色水果草莓的白色织造品上创造出一幅高度视觉化的图景"。她接着说道："莎士比亚所呈现的是奥瑟罗与苔丝德梦娜新婚被褥的视觉上易辨别的缩影，即他们新婚圆房的可见证据。"⑤ 在这一基础上，斯诺（Edward A. Snow）声称，这块手帕"成为苔丝德梦娜通奸的

---

① Douglas Bruster, *Drama and the Market in the Age of Shakespeare*, Cambridge: Cambridge UP, 1992, p. 69.

② Will Fisher, *Materializing Gender in Early Modern English Literature and Culture*, Cambridge: Cambridge UP, 2006, p. 42.

③ Susan Frye, "Staging Women's Relations to Textiles in Shakespeare's *Othello* and *Cymbeline*", in Peter Erickson and Clark Hulse, eds., *Early Modern Visual Culture: Representation, Race, and Empire in Renaissance England*. Philadelphia: U of Pennsylvania P, 2000, p. 221.

④ Juana Green, "The Sempster's Wares: Merchandising and Marrying in *The Fair Maid of the Exchange* (1607)", *Renaissance Quarterly* 53 (2000), p. 1086.

⑤ Lynda E. Boose, "Othello's Handkerchief: 'The Recognizacne and Pledge of Love'", *English Literary Renaissance* 5 (1975), p. 362.

可视证据很大部分是由于它唤起了奥瑟罗潜意识中圆房后染血的新婚被褥这一妻子失去贞操之处"。① 而贾内尔·靳斯坦德(Janelle Jenstad)也反复提及对"手帕、新婚被褥及苔丝德梦娜身体之间的转喻联系"。②显然,布斯和斯诺都提到了另一种连接非洲与欧洲的风俗,即在新婚之夜后展示染血的寝被以证明新妇的贞洁。通过将手帕与对女性贞操测试的床单并置,布斯承认,尽管"不能绝对证明这种实践在伊丽莎白一世时期的实行情况,但是我们能从几个重要的观念中推测出这一时期的仪式意识"。③ 布斯进一步指出,伊丽莎白时期的民众已经对于这种测试有所认识,《圣经·申命记》中就有此先例,其中"有关贞洁的条例"记载了要把"布"铺在城门口以证实女子的贞洁:"人若娶妻,与她同房之后憎恶她,信口说她,将丑名加在她身上,说:'我娶了这女子与她同房,见她没有贞洁的凭据。'女子的父母就要把女子贞洁的凭据拿出来,带到本城门长老那里。……其实这就是我女儿贞洁的凭据。父母就把那布铺在本城长老面前。"④而且在亨利八世与其首任妻子凯瑟琳王后离婚案中,王后也援引此例试图说明在嫁给亨利八世之前未和其兄亚瑟王子圆房,可见实际上贞操测试"在整个欧洲是广泛传播的民间习俗"。罗伯特·波顿(Robert Burton)注意到了在《忧郁的解剖》(*The Anatomy of Melancholy*)中非洲人与犹太人展示新婚圆房后染血床单的习俗,但他认为"这些极端的例子和行为都是非英国的、非新教的人"。⑤ 不过,在一位生长于北非伊斯兰教地区的摩尔人里奥·阿非利加努斯(Leo Africanus)1526 年出版的《非洲地理史》(*Geographical Historie of Africa*)一书中,却收入了关于贞操测试的一手资料:在圆房之后,一位妇女将负责把一块"染血的布"展示给所有的客人,"大声宣告新娘在此前都是纯洁的处女"。可见手帕的白色与欧洲的新婚之夜测试本质相关,特别适用于威尼斯人苔丝德梦娜,由此"白(whiteness)"与"欧洲性(Europeanness)"为我们提供了有关手帕种族讨论的可能性。⑥

① Edward A. Snow, "Sexual Anxiety and the Male Order of Things in *Othello*", *ELR* (1980) p. 390.

② Janelle Jenstad, "Paper, Linen, Sheets: Dinesen's 'The Blank Page' and Desdemona's Handkerchief", in Peter Erickson and Maurice Hunt, eds., *Approaches to Teaching Shakespeare's "Othello"*, New York: Modern Language Association of America, 2005, p. 196.

③ Lynda E. Boose, "Othello's Handkerchief: 'The Recognizacne and Pledge of Love'", *English Literary Renaissance* 5 (1975), p. 363.

④ 《圣经》,南京:中国基督教协会,2000 年,第 304—305 页。

⑤ Lynda E. Boose, "Othello's Handkerchief: 'The Recognizacne and Pledge of Love'", *English Literary Renaissance* 5(1975), pp. 363—364.

⑥ Ian Smith, "Othello's Black Handkerchief", *Shakespeare Quarterly*, 64. 1 (2013), p. 2.

其次,我们看到与白色手帕相呼应的则是手帕上绣着的具体草莓样式,伊阿哥描述手帕是"绣着草莓"的,正是新婚圆房后寝被的缩影。实际上,草莓也象征着一种家庭传统,因为"草莓的果实、花朵及叶子都是这一时期英格兰家庭生活中物品上极为常见的元素"。① 罗斯(Lawrence J. Ross)在《莎士比亚作品中草莓的意义》一文中对莎士比亚时代草莓的意义进行了梳理。首先,草莓象征着圆满的正义、公道,或者是成果丰硕的正直男性的化身;其次,草莓与圣母玛利亚相关,很多有关植物的画作中都以草莓来表现其美德;再次,草莓与耶稣基督、上帝相关;最后,草莓是时序女神的象征。她认为绣着草莓图案的手帕代表了奥瑟罗对苔丝德梦娜让人神魂颠倒的美貌、通奸、伪装纯洁女人的歪曲想象。② 蒂格(Frances N. Teague)也指出手帕是背叛的具现物,手帕上绣着的"草莓"这种水果曾在某些符号书中被当作背叛的标志,因为毒蛇常常隐藏在草莓丛后,待那些粗心大意之人摘取草莓时发出致命一击。莎士比亚显然很清楚这种象征,如他在《理查三世》中也使用了这一意象,理查在叛乱前就送了草莓给主教,而在《奥瑟罗》中,莎士比亚使用漂亮的手帕来设计奥瑟罗,破坏他的幸福生活。③ 关于手帕的这类家庭生活用品引起了批评家们的颜色美学关注,如法拉·卡利姆-库伯(Farah Karim-Cooper)在分析化妆品时,就将手帕的红色和白色视为"盎格鲁-欧洲女性的典型"象征,特别是苔丝德梦娜:"红得像玫瑰和草莓,白得像百合和雪花;红得像血液,白得如肉体。"④他的分析不仅证明了将手帕与苔丝德梦娜相联系的批评倾向,也精确表明了学者间将红色样式和手帕与苔丝德梦娜身体相关联的种族预设批评:处女之血与白色的肉体。

再次,实际上,剧中的手帕和被褥也有联系。剧中几次讨论了奥瑟罗和苔丝德梦娜的新婚被褥,首次是两人在塞浦路斯的当晚,伊阿哥对卡西奥说奥瑟罗"还没跟新娘快活过呢",所以邀请卡西奥一起饮酒,"让他们在被窝里快活吧"(500)。观众能够从听觉上回忆起伊阿哥早先的话语,即奥瑟罗"在被窝里代表"他"行使职权"(480)。苔丝德梦娜显然认为她的"新婚被褥"是自己对奥瑟罗爱的私人象征。这也准确地解释了为何她在奥瑟

①　Lawrence J. Ross,"The Meaning of Strawberries in Shakespeare",*Studies in the Renaissance* 7 (1960),p. 226.

②　Ibid.,p. 239.

③　Frances N. Teague,*Shakespeare's Speaking Properties*,London and Toronto:Associated University Presses,1991,p. 26.

④　Farah Karim-Cooper,*Cosmetics in Shakespeare and Renaissance Drama*,Edinburgh:Edinburgh UP,2006,pp. 170—171.

罗称她是"威尼斯手段高明的妓女"后还要求爱米莉亚把新婚的被褥"铺"在床上(579)。她天真地认为新婚被褥可以展示自己的坚贞、爱和纯洁。她甚至要求如果她死在爱米莉亚的前头,请"从这里挑一条被单做我的尸衾"(588),因为她一直以来都认为这被褥可以呈现并投射出她的爱。但是,戏剧却展示出私人物品是如何轻易地在公共话语中被赋予了色情意味,由此戏剧从如手帕这样细小的私人物品转向了更大的新婚寝被乃至整个床。迈克尔·尼尔(Michael Neill)在追溯了舞台上苔丝德梦娜死于床上的整个过程后,指出此剧后来的发展转向了色情意味,因为它"屈服于伊阿哥的毒计,特别是在重申他们爱的卓越和伟大时"。①《奥瑟罗》最后一场发生在床边,床上是被杀死的苔丝德梦娜,奥瑟罗承认他的谋杀罪名。这一幕最开始是奥瑟罗和妻子两人的私人空间,随着谋杀的进行却变成了公共空间,爱米莉亚、蒙坦诺、葛莱兴诺、伊阿哥、罗多维科、卡西奥从不同角度切入,最终代表威尼斯和塞浦路斯政府的各色人物悉数进入了苔丝德梦娜的寝室。

最后,我们还可以将手帕理解为既非奥瑟罗或其嫉妒心的象征,也非背叛的标志,而是"魔法之网(magic web)"。一旦苔丝德梦娜丢失了奥瑟罗的手帕,爱情的魔力就开始消失,他们的婚姻也走到了尽头。相似的是,伊阿哥的妻子爱米莉亚和卡西奥的情人碧安卡都得到又交出手帕,最终两人都失去了所爱之人。那么,在我们将手帕理解为一种文字魔力而非具体代表象征时,就拥有了更为广阔的讨论空间。我们看到,苔丝德梦娜试图否认奥瑟罗的指控和质疑是完全徒劳的,正如她要求爱米莉亚在床上铺上"新婚的被褥(wedding sheets)"那样可悲(580)。女巫的诅咒已经渗入她的婚姻,不管她如何说、如何做,在奥瑟罗看来都是"喜新厌旧(should hold her loathed)"(550)。从这点上看,手帕既没有象征意义,也没有典型价值,而是文学上悲剧的魔怔(tragic enchantment)。② 在这种解读中,新婚的被褥成为了象征新娘贞洁的物品,并成为手帕的另一种替代物,两种白色布料制成的物品都与苔丝德梦娜作为妻子的贞操相关。在戏剧最后一场中,新婚被褥成为了婚姻的象征,被无端的猜疑所破坏,婚床成为死亡之床。与之相似的是手帕,我们也可以认为它成为了"死亡之帕"。

---

① Michael Neill, "Unproper Beds: Race, Adultery, and the Hideous in *Othello*", *Shakespeare Quarterly* 40 (1989), p. 412.

② Frances N. Teague, *Shakespeare's Speaking Properties*, London and Toronto: Associated University Presses, 1991, pp. 26—27.

三、异国与魔法

正如布斯总结的那样,通过将钦蒂奥故事中的手帕具现为新婚男女房事等的象征,莎士比亚借助戏剧表演的方式把情节的设置变成了有关婚姻毁灭、审判证据、谋杀等主题合体的中心象征。因此,奥瑟罗的魔法手帕"不仅展示了戏剧主题,同时也揭露了一个男人心里最深层次有关其性、神话、宗教、法律等认知"。[①] 那么,让我们转回到手帕的源头和出处,从奥瑟罗的角度看,手帕代表着家族的传承和父母的故事,更为重要的手帕来自异国而且具有魔力,他是这样告诉苔丝德蒙娜的:

> 那块手绢儿,
> 是一个埃及女人送给我母亲的。
> 她是个女巫,能把人心都看透;
> 她对母亲说,只消把手绢儿放身边,
> 会让她仪态万方,把父亲笼住了。
> 叫他只知道一心爱她;可要是
> 她把手绢儿掉了,或是送了人,
> 我父亲会喜新厌旧,只想到外边去
> 寻欢作乐。母亲临死,把它传给我,
> 叮嘱我,将来有一天我结婚成亲,
> 交给新娘收藏好。我这样做了。
> 小心哪,珍惜它就像自己的眼珠,
> 万一丢失了,或是给了人,只怕
> 天大的灾祸要来啦。(551)

《奥瑟罗》(1604)首演于伊丽莎白一世晚期和詹姆士一世早期,是众多评论家一致认为的英国历史上具有象征意义的转型时代。[②] 这部戏剧不仅表达了关于种的转型观念,同时也呈现出观众有关种族观念的张力。语

---

① Lynda E. Boose, "Othello's Handkerchief: 'The Recognizacne and Pledge of Love'", *English Literary Renaissance* 5 (1975), p. 374.

② Douglas Bruster, *Drama and the Market in the Age of Shakespeare*, Cambridge: Cambridge UP, 1992, p. 1.

言、宗教、地理及色彩在早期现代的种族话语中混合交织。然而,剧场中有关种族的内容呈现自 16 世纪到 17 世纪早期。丁普娜·卡拉汉(Dympna Callaghan)认为,黑色面孔是最为明显的"种族体现的历史方法"。同时,她认为"羊羔皮(lambskin fur)"是在模仿非洲人的头发或异国性的表达,她找出最恰当的关于皮肤黝黑的表达是"焦炭和一点石油的混合","最引人注目的是着装的相异性和其他特点如赤裸或显眼的服装",而"决定性的其他种族特点显然是皮肤的颜色"。① 可见"黑色的奥瑟罗"是戏剧的中心关注点,正如卡利姆-库伯(Karim-Cooper)所指出的:"演员将脸涂黑是将文本带向舞台的物质性指涉。"②

　　实际上,莎士比亚对《奥瑟罗》材料来源中的手帕描述有所背离,其源头是意大利小说家、戏剧家钦蒂奥(G. Cinthio,1504—1573)的《故事百篇》(*Gli Hecatommithi*,1565)中的《威尼斯的摩尔人》,只提到了"这方手帕绣着摩尔民族的精细花纹"。③ 来源中并没提到草莓,这方手帕只是外国的、唯一的摩尔式设计。娜塔莎·科达(Natasha Korda)找到了西奥博尔德(Theobald)的翻译,其中提到了其详细制作工艺,"稀奇的刺绣……通过惊心地制作、对异国情调的好奇心抓住了时代的魅力",指出手帕在英格兰是"拥有异国情调的典型商品"。④ 因此,戏剧中异国的手帕与奥瑟罗的身份遥相呼应,同时也体现了他的经历,即作为一位雇佣的外族将军,一位摩尔人,显然莎士比亚更为慎重地考虑了手帕的"摩尔民族时尚"。

　　进一步而言,这种设置也回答了为何苔丝德梦娜会迷恋上奥瑟罗的原因——即异国的魔法,因为一位白人贵族小姐和一个"无根无胚"的黑人的结合,在当时来说,这是异乎寻常的事件。威尼斯的元老勃拉班旭凭着他的"常情"和"理性",怎么也不能理解他女儿出走的意义,为何像她这么一个娇生惯养的闺秀被城邦中的王公贵族所追捧,但偏偏被奥瑟罗的"妖法迷住了",乃至"背弃尊亲,投进你这丑东西的漆黑的怀抱"?(458)后来,伊阿哥在竭力煽动奥瑟罗的猜疑时,几乎就是接过勃拉班旭的这段话加以发挥;他

① Dympna Callaghan, *Shakespeare without Women*: *Representing Gender and Race on the Renaissance Stage*, New York: Routledge, 2000, p. 76, 78.

② Farah Karim-Cooper, *Cosmetics in Shakespeare and Renaissance Drama*, Edinburgh: Edinburgh UP, 2006, p. 168.

③ Geoffrey Bullough, ed., *Narrative and Dramatic Sources of Shakespeare*, 8 vols, New York: Columbia UP, 1957—1975, 7:246.

④ Natasha Korda, *Labors Lost*: *Women's Work and the Early Modern English Stage*, Philadelphia: U of Pennsylvania Press, 2011, pp. 124—125.

固然是在耍两面派手法,但也可以说是吐露出了自己的真实想法,即苔丝德梦娜一心嫁给奥瑟罗显然是"反常"而"怪癖"的(534)。在他们的心目中,所谓"美满姻缘"就是门第、财富和社会权势的结合。面对着冲破这旧观念的婚姻,他们无所适从;因此,不是一口咬定奥瑟罗"行使邪术",就只可能是苔丝德梦娜的一种"怪癖",一种反常的心理表现。在威尼斯人看来,奥瑟罗的异国性、"邪术"显然是与手帕的异国性和魔法是一致的,除了提及手帕源于埃及女巫之外,奥瑟罗更是将手帕制作的邪恶方式讲述得一清二楚,女巫"经历了两百寒暑",用不同寻常的丝线"在神灵附体的时候缝了这手帕",再辅以"一颗颗闺女的心,给魔法提炼成了颜料,再把它染红"(551)。而且,我们看到,奥瑟罗就曾经以自己的异国经历捕获了苔丝德梦娜的芳心(466—467)。对奥瑟罗而言,手帕是自己的象征,将手帕赠予苔丝德梦娜保管意味着将自己交付于妻子。作为其父母婚姻的象征和结晶,手帕和他一样,因此具有了维持婚姻的魔力。

然而,不可否认的是,奥瑟罗所讲述的手帕故事是邪恶的,它从反面讽刺了奥瑟罗"不幸的苦难"(466)。语言既是毒药,也可称为良药,正如朱迪斯·巴特勒(Judith Butler)指出的那样:"如果语言能够支撑身体,它同样也能威胁身体的存在。"[①]苔丝德梦娜"用心地听",把奥瑟罗所言"吃人的生番"等等"字字句句地听进去"。当然,她也对奥瑟罗故事的某些内容感到不适,但是其困惑和着迷的反应希望"从没好好地听过"(467)。但是苔丝德梦娜对手帕的理解却是不同的,对她而言,这只是丈夫行为突变的借口和引子:"这块手帕当真在作怪呢。"(552—553)在她听到奥瑟罗对手帕魔力的描述后,其第一反应是不相信,因为她担心手帕的重要性和丈夫的嫉妒心:"天哪,我从不曾看见它,该多好。"(551)显然,苔丝德梦娜明白了手帕是其性贞洁的象征,意识到丢失手帕的危险,因为手帕指向了女性的范例和精髓:女性身体保存着完全的可能性——完整的、童贞的、纯洁的,使之成为后人类的衍生物(post-human derivative)。[②]她的话毫无疑问是对奥瑟罗所宣称手帕可怕魔力的拒绝,但是奥瑟罗显然认为妻子对手帕的拒绝也意味着对自己的否定,他对苔丝德梦娜描述母亲手帕的复杂性时所用的语言,是和对女性及其身体的邪恶欲望交织在一起的,两种对手帕的不同理解最终导致

---

① Judith Butler, *Excitable Speech: A Politics of the Performative*, New York: Routledge, 1997, p. 5.

② Karen Newman, "'And wash the Ethiop white': Femininity and the Monstrous in *Othello*", in Anthony Gerard Barthelemy, ed., *Critical Essays on Shakespeare's Othello*, New York: G. K. Hall, 1994, pp. 135—138.

了两人的悲剧结局。

因此，我们可以看到，剧中的手帕成为了转喻的象征，奥瑟罗失去了"亲眼目睹的证据"（541），这一证据决定了苔丝德梦娜是否对他不忠，从而让读者和观众质疑原料究竟是什么。伊恩·史密斯（Ian Smith）为我们提供了另一种有趣的解读，即手帕是黑色而非白色，她认为黑色反映出早期现代舞台表演的种族隐喻，因为黑色常用来描述布制面罩和手套，黑色的手帕"构建出一种恰当的、视觉上一目了然的戏剧象征，即处于中心位置但具有争议性的不同种族间的婚姻"。[①] 不论手帕的颜色如何，它无疑将奥瑟罗和苔丝德梦娜连接，同时也连接了非洲的过去和欧洲的现在，把两人的爱缝在一起，同时也连接了苔丝德梦娜的财富，而当卡西奥让塞浦路斯岛上的妓女碧安卡将手帕上的"花样儿描下来"（567）时，也拆解了两人的婚姻生活。因此，观众和读者会认为手帕确实具有魔力，此二人的悲剧自爱米莉亚偷出手帕给伊阿哥的那一时刻起就已注定。

哈里斯（Jonathan Gil Harris）和科达（Natasha Korda）认为，"所有舞台上可移动的物质客体"，即舞台道具，都被批评家所忽视，或只是起辅助作用，支撑戏剧文本。[②] 但是，舞台道具有着"文化传记（cultural biography）"功能，它们源于剧场外的真实世界，在不同的舞台上起着不同的作用、构建不同的身份。[③] 某些物质文化研究者为我们提供了有关客体积极力量的新观念：与期待相反，客体不仅与主体协商意义，也"构建主体"。[④] 正如艾安娜·汤普森（Ayanna Thompson）指出的那样，在《奥瑟罗》中，特别的物品与宫廷政治、爱情、婚姻以及性、文化/种族差异相关，戏剧特别关注的乃是手帕、被褥及床本身，这些物体在从私人领域转移到公共空间时意义发生了相应改变。[⑤] 戏剧中的手帕用来包头、抹胡子或擦鼻子、耳朵、嘴巴，《奥瑟罗》中的手帕不能摆脱表演时的身体行为，甚至手帕有着对肮脏和男女乱交

---

① Ian Smith, "Othello's Black Handkerchief", *Shakespeare Quarterly*, 64. 1（2013），p. 24.

② Jonathan Gil Harris and Natasha Korda, eds., *Staged Properties in Early Modern English Drama*, Cambridge: Cambridge UP, 2002, p. 1.

③ Igor Kopytoff, "The Cultural Life of Things: Commoditization as Process", in Arjun Appadurai, ed., *The Social Life of Things: Commodities in Cultural Perspective*, Cambridge: Cambridge UP, 1986, pp. 64—91.

④ Grazia, Margreta de. Maureen Quilligan, and Peter Stallybrass, eds., *Subject and Object in Renaissance Culture*, Cambridge: Cambridge UP, 1996, p. 5.

⑤ Ayanna Thompson, "Introduction", in E. A. J. Honigmann, ed., *Othello*（Revised Edition），New York: Bloomsbury, 2016, p. 49.

的更有力的能指意义,因为它和身体的毛孔和臭气也紧密相关。①

那么,手帕到底是不是拥有实际上促成戏剧情节发展的关键力量呢? 当然,戏剧里有另一处让人困惑的场景,特别是当我们发现戏剧的最后奥瑟罗讲述出有关手帕的另一个完全不同的起源:"那是一块手帕,从前我父亲送给我母亲的一件传家之宝。"(618)显然与他之前对苔丝德梦娜的说辞(母亲从女巫处获得,再传给他)大相径庭,这是作者的疏忽? 抑或是象征着奥瑟罗的手帕只是一个故事? 毕竟,奥瑟罗是通过讲述他小时候的传奇故事俘获妻子的芳心,也许这只是他编造用以控制妻子的手段,从这点上讲,奥瑟罗讲述故事的可信度值得怀疑。但不可否认的是,手帕是剧中重要的线索,推动着整部戏剧的发展,为观众构建了一幅复杂的人物关系图:奥瑟罗的父母、奥瑟罗和苔丝德梦娜、爱米莉亚和伊阿哥、卡西奥和碧安卡、卡西奥和苔丝德梦娜、奥瑟罗和伊阿哥,同样也融入了其所包含的有关爱情、性别、种族等的文化意义。

---

① Peter Stallybrass, "Patriarchal Territories: The Body Enclosed", in Margaret W. Ferguson, Quilligan, Maureen and Nancy Vikers, eds., *Rewriting the Renaissance: The Discourses of Sexual Difference in Early Modern Europe*, Chicago: University of Chicago Press, 1986, pp. 123—142.

第三章 《李尔王》中服饰的文化意义

　　服饰,作为日常生活的一部分,是人们生活的基本使用物品,而服饰的文化表征意义则在不同的历史时期和阶层呈现出不同的面貌。年鉴学派著名史学家费尔南·布罗代尔就指出服饰史的研究包含着"原料、工艺、成本、文化固定性、时装、社会等级制度"。实际上,布罗代尔是将服饰这类"物"的研究放置在"物质与话语"的关联之中,而这里的"话语"指向了人赋予或通过物件所暗示的各种意义和内涵。① 罗兰·巴特(Roland Barthes)就指出服饰是一种"沟通的模式",即"服饰符码"(the clothes code),在他看来,我们穿上一件衣服就赋予了这件衣服意义,着装的行为就是在执行赋予意义的行为,所以人穿衣不仅是为御寒、遮羞或装饰,也是为了传达意义,从而使服饰成为"符码化的对象"。② 早期现代时期,文艺复兴、人文主义、宗教改革、国际贸易与新航路开辟,为欧洲宗教、政治、思想与文化带来震荡,个人与社会、国家的关系也处于重新定义的状态,而服饰作为重要的连接物,"自然被带入各类政治、宗教、文化议题的辩论中,成为被思考的对象"。③ 此外,舞台表演是一个模仿、虚构、扮演的过程,而表演总是需要着装打扮的,因此服饰是演员跨越"真实生活"与扮演之间有限空间过程中不可或缺的因素。正如奥菲·蒙克斯(Aoife Monks)指出的那样,"服饰包含着服装的权力和力量,塑造着身份、构建着身体",它们"重新确定着演员的构成"。④ 因此,本章拟以《李尔王》为例,联系当时的社会政治经济背景,指出服饰在戏剧舞台上的重要象征意义,同时映射出舞台之外的秩序和国族构建问题。

---

　　① [法]费尔南·布罗代尔:《十五至十八世纪的物质文明、经济和资本主义(第一卷 日常生活的结构:可能和不可能)》,顾良、施康强译,北京:商务印书馆,2017年,第401、404页。

　　② Roland Barthes, *Roland Barthes*:*The Language of Fashion*,Andy Stafford, tran., Andy Stafford and Michael Carter, eds., Oxford:Berg, 2006, pp. 26、96—97.

　　③ 林美香:《身体的身体:欧洲近代早期服饰观念史》,台北:联经出版事业股份有限公司,2017年,第42页。

　　④ Aoife Monks, *The Actor in Costume*,London:Palgrave MacMillan, 2010, p. 142.

一、身　份

在一个舞台场景布局简陋的时代,服饰是非常重要的,只有它可以明确表现出身份和角色关系,安德鲁·格尔(Andrew Gurr)和马里科·市川(Mariko Ichikawa)就指出:"戏剧的骗局很大程度上可以说是服装的问题,而观众将短暂的视觉接受当作了戏剧的真实。"[①]在演员上演莎士比亚戏剧登台说出台词之前,观众首先看到的是他的衣着,并由此判定他的角色和性别,这表明了早期现代英国观众所接受的服装文化,也是社会意义在表演中的构建结果。但是,由于所有公共剧场的演员都是男性,所以服装不仅反映也定义了表演中的性别。正如斯蒂芬·奥格尔(Stephen Orgel)所说:"服装定义了男人,服装定义了女人,服装是本质核心。"[②]值得注意的是,女性是被排除在舞台之外的,朱丽叶·狄森伯莉(Juliet Dusinberre)就指出:"是否(为女性)? 显然,他们不是……莎士比亚的舞台上是没有遮蔽之处的,舞台上并没有真正的国王、王后、谋杀者、怪物、精灵、政治家、智慧的律师乃至傻子。舞台上只有演员。因此,他们是否在生理上为女性,是否高贵,是否是罗马人、摩尔人、埃及人或意大利人都无关紧要。"因此,她总结指出,莎士比亚舞台上呈现的多姿多彩的身份"是演员艺术的虚构之物"。[③] 事实上,在早期的英国戏剧历史上,台上的演员均为男性,通常由男童扮演女角,直到斯图亚特王朝王政复辟时期的 1660 年,才出现第一位职业女演员玛格丽特·休斯(Margaret Hughes)。[④] 因此,同时代的观众可以通过男童角色所穿着的女式服装判断剧中李尔王的三个女儿:贡纳莉、瑞干和柯苔莉亚。

同样,莎士比亚的戏剧中各种角色都有其对应的等级身份、职业甚至宗教的服装。戏剧开场分江山一幕中,李尔王与三个女儿以及众大臣都身着与自己身份地位相符的服饰登场。我们看到剧本中标注了[一廷臣捧小王

---

① Andrew Gurr and Mariko Ichikawa, *Staging in Shakespeare's Theatres*, Oxford: Oxford University Press, 2000, p. 53.

② Stephen Orgel, *Impersonations: The Performance of Gender in Shakespeare's England*, New York: Cambridge University Press, 1996, p. 104.

③ Juliet Dusinberre, "Women and Boys Playing Shakespeare", in Dympna Callaghan, ed., *A Feminist Companion to Shakespeare*, Malden, MA: Blackwell, 2000, p. 251.

④ Frank Ernest Halliday, *A Shakespeare Companion 1564—1964*, Baltimore: Penguin, 1964, p. 347.

冠前导,李尔王上]。李尔王的帝王服装和王冠象征着他至高无上的权力,他"已把国土一分为三……郑重宣布三个女儿名下,各自该得多少嫁妆",任何人对他的决定都只有服从,不能提出异议。① 甚至由于不满柯苔莉亚的答案,直接剥夺了女儿的继承权"割断父女的恩情"(29)。面对坎特的劝谏,暴怒之下的李尔王"行使君权",放逐了坎特,此时,李尔王的身份是与着装一致的。同样,忠诚的坎特虽被放逐,但他改头换面后忠心耿耿陪伴李尔王,而"要是连我说话的口音也能够改变了,那么我这番乔装改扮,弄得面目全非,也许会成全我这一片苦"(50),其装扮及说话和行为也是符合其扮演的仆人身份。此外,剧中另一些角色如军官、将士、骑士、传令官、侍从等没有具体姓名的角色显然只有通过服饰来体现身份。比较典型的是剧中的傻子,我们看到第一幕第五景中傻子带着鸡冠帽上场,这是中世纪在王公贵族跟前逗乐的傻子,穿五色衣,戴鸡冠小帽,帽顶上还缀着一颗小铃铛(50),而且他也唱到自己"穿着花花衣"(57),正是如此,他才会有特许的发言权而不受到惩罚。正如斯蒂芬·格林布拉特(Stephen Greenblatt)声称:"在这个服装决定身份的文化中,允许或强迫穿着,因为在穿着上没有什么自由。"② 而在第四幕第六景中,埃德加穿着农民的装束,引领父亲葛乐斯德,好像穿上衣服的埃德加变了一个人似的:

> **葛乐斯德**:我听你口音变了,说话也比方才文气、有条理了。
> **埃德加**:你可大大弄错啦。我一切是老样——除了我这身衣裳。
> **葛乐斯德**:我听你说话变了,很有条理了。(163)

此外,剧中最令人印象深刻的是埃德加假扮成疯乞丐,他是被通缉的犯人,为了保全性命,只得扮成那穷途末路、跟畜生差不多的苦人儿:

> 我要在脸上涂一把污泥,腰里裹一破毯子,披头散发,一绺绺都是乱结,又袒裸着胸膛,只管去承当那风吹和雨打。我要借乡下的那些疯叫花做榜样——他们大喊大闹,把针、木钉子、铁钉子、迷迭香的树枝,刺进他们袒露的臂膀,那麻木无知的皮肉里。他们就凭着这吓人的光景,有时候发疯似地诅咒,有时苦苦地哀求,到穷乡僻壤、羊棚,还有那

---

① 莎士比亚:《李尔王》,《新莎士比亚全集(第五卷)》,方平译,石家庄:河北教育出版社,2000年,第 23 页。后文出自该著作的引文,将随文在括号内标出引文出处页码,不另作注。

② Stephen Greenblatt, "General Introduction", in Stephen Greenblatt, et al, eds., *The Norton Shakespeare*, New York: WW Norton, 2008, p. 59.

磨坊去,做赖皮叫花子。'苦疯子! 穷汤姆'! 还算不错啦! 埃德加,早没他这人儿啦。(89)

实际上,可怜的汤姆是乞丐类型中特殊的一个——疯癫的乞丐,是从贝德兰姆医院(Bedlam Hospital)逃出或释放的疯丐。这种乞丐被认为获得了乞讨的许可(因而不会成为逮捕的目标),但贝尔(A. L. Beier)的研究表明,没有确凿的证据能证明这一点。① 然而,对伊丽莎白时期的观众而言,他也是一种固定的骗子形象,他"假装疯癫","说自己是从贝德兰姆出来的",其面部形象在 16 世纪有着固定的特征,无数的书籍、小册子、王室法令都对流浪者有着准确的描述。② 在相关题材的英语文本中,可怜的汤姆被视为亚伯拉罕(Abraham) 或亚伯拉罕汉子(Abram man),而在欧陆的文本中也出现了同样的人物类型。诸如约翰·阿德里(John Awdeley)、托马斯·哈曼(Thomas Harman)等同时代英国流浪汉文学作家都详尽描述了可怜的汤姆的角色特点,包括他名字的自我宣告以及贝德兰姆的出身。我们可以发现,可怜的汤姆是一个广为人知的角色,是社会底层的典型代表,而且最重要的是其外表和装扮有明显特点。阿德里在 1561 年就为我们提供了可怜的汤姆的典型描述:他"自我命名为可怜的汤姆","一个亚伯拉罕汉子,光着膀子,裸着腿,乐意疯癫,带着一个羊毛包,里面装一根硬面包,或者是玩具,并说自己是可怜的汤姆"。③ 可怜的汤姆有着"粗头发,呆滞的眼神",而另一些作家笔下的可怜的汤姆还在肩膀上绑着一个金属板子表明其来自于贝德兰姆医院。④ 可怜的汤姆毕竟是指那些精神有疾,只剩肉体的人,他的语言呈现出无逻辑和碎片化的特征,而且其残缺的身体也反映了这种无序和可怕。因为可怜的汤姆只能用自己的身体作为表达意愿的方式。格林布拉特注意到:"莎士比亚为爱德伽挪用了……一个文献中的疯子",一个"伪造的模式"。⑤ 但贝尔警告:"这种反驳的证据认为接

---

① A. L. Beier, *Masterless Men*：*The Vagrancy Problem in England 1560—1640*, London：Methuen, 1985, p. 115.

② G. R. Elton, *England Under the Tudors*, London：Methuen, 1974, pp. 188—190, 260—261；D. M. Palliser, *The Age of Elizabeth 1547—1603*, London：Longman, 1983, pp. 93—94, 119—125.

③ Edward Viles and F. J. Furnivall, eds., *The Rogues and Vagabonds of Shakespeare's Youth*：*Awdeley's "Fraternitye of Vacabondes" and Harman's "Caveat"*, London：Chatto and Windus, Publishers, 1907, p. 3.

④ Gamini Salgado, *The Elizabethan Underworld*, London：J. M. Dent, 1977, p. 198.

⑤ Stephen Greenblatt, "Shakespeare and the Exorcists", in Patricia Parker and Geoffrey Hartman, eds., *Shakespeare and the Question of Theory*. London：Methuen, 1985, p. 175.

受文学中所有贝德兰姆的汤姆是骗子的刻画是不明智的。"①众多批评家对此进行了讨论,如珍妮特·阿德尔曼(Janet Adelman)就指出,"不管爱德伽是否试图让自己从可怜的汤姆中解脱出来,但他与可怜的汤姆之间的相似性最终有惊人的差异"。②而佩克(Russell A. Peck)则指出,"爱德伽利用了这一感染罪孽的疯子角色,使得其'贝德兰姆可怜的汤姆'身份成为替罪羊"。③对莎士比亚的观众而言,贝德兰姆的汤姆不是一个值得怜悯的角色,而是一个逃跑的角色。我们所同情的是汤姆,而非扮作汤姆的爱德伽。表面上看,贝德兰姆的汤姆是一个让人讨厌的残障者。正如麦克·古德曼(Michael Goldman)所指出的那样,爱德伽是一个乞丐,"你给他(施舍)……让他走开……不是演员频繁刻画的高贵人士降级到社会底层,而是那种会把腿戳到你脸上的人"。④流浪汉与乞丐很容易辨认,他们的衣服破破烂烂,表明无法获得收入购买衣服这一体现社会资本层次结构的物件。他们的服饰,首先表现的就是在服装指涉系统中的缺场,是被边缘化的群体,正是威廉·卡罗尔(William Carol)所指出的乞丐就是社会中的"无物/不存在(nothing)",但早期现代舞台上的乞丐实际上并非真正的乞丐,而多是由绅士、贵族乔装打扮。⑤因为角色的身份首先是观众由演员服饰所理解的,演员的服饰遵循着完美的伪装。

我们可以说,在早期现代英国的戏剧舞台上,服饰实际上就是角色,因此,从某种意义上说,不是演员的身份塑造了作品,而是演员所穿着的服装构建了角色。我们必须悬置以往认为的角色进入早期现代英国剧场舞台是作为填满剧作家词句表达的旧有观念,而应该考虑这一时期的戏剧是如何利用已有演员的服饰所确定的角色身份。⑥因为戏服对观众而言是非常熟悉的,观众经由戏服能够立即理解其多样而具体的视觉符码。

---

① A. L. Beier, *Masterless Men: The Vagrancy Problem in England 1560—1640*, London: Methuen, 1985, p. 117.

② Janet Adelman, *Twentieth Century Interpretations of King Lear: A Collection of Critical Essays*, Englewood Cliffs, NJ: Prentice-Hall Inc., 1978, p. 15.

③ Russell A. Peck, "Edgar's Pilgrimage: High Comedy in *King Lear*", *Studies in English Literature*, 7 (1967), p. 228.

④ Michael Goldman, *Shakespeare and the Energies of Drama*, Princeton: Princeton University Press, 1972, pp. 97—98.

⑤ William C. Carrol, *Fat King, Lean Beggar: Representations of Poverty in the Age of Shakespeare*, Ithaca: Cornell University Press, 1996, p. 208.

⑥ G. K. Hunter, "Flatcaps and Bluecoats: Visual Signals on the Elizabethan Stage", *Essays and Studies* 33 (1980), p. 27.

二、秩　序

历史学家基思·赖特森(Keith Wrightson)注意到早期现代英国最重要的就是偏向以社会等级制度来理解自身,因为等级制度展示了"高度等级化的英国社会最基本的结构特色,以及独特而全方位的社会不平等系统"。① 正如亨特指出的那样,早期现代剧场致力于表达个人的社会阶层,演员表显示出对人物社会地位的优先考量,并不是按照名字来排列,更多的是以身份地位排列。② 而服装就是秩序的集中体现。

我们透过舞台上李尔王和其他角色的服装变化,可以发现由其体现的秩序在剧中经历着从有序—失序—有序发展的整个过程。出场时,李尔王的服饰符合其国王身份,但他却做出了分江山的错误决策,从而导致国内原有的秩序崩塌:"我授予你们——由你们共同享用:我的权力、尊荣和君王无上的尊严……除了君王的名义,国王的尊称,我依然保持以外;一切实权、税收等,都交给你们,由两位爱婿发号施令。为了取信,这顶小王冠就归你们俩分配吧。"(30)我们可以看到,李尔王试图在放弃国王权利的同时保留国王的身份地位,殊不知这和他将象征权力地位的王冠交出去一样,将导致自己被驱逐和国家大乱,随之而来的就是剧中人物在服饰上出现的混乱状况。我们看到,埃德加为躲避追杀不得不放弃自己原有身份象征的服饰,赤身裸体装扮成疯乞丐;被放逐的忠臣坎特乔装服侍李尔王,弄人要让坎特戴自己的鸡冠帽:"老二,你还是戴了我这顶鸡冠帽吧",他甚至奚落李尔王,让其去向女儿讨要鸡冠帽带上:"把我这顶拿去吧! 再跟你那两个女儿去讨一顶。"(55—56)柯苔莉亚让人寻找发疯的父亲,此时,李尔王"戴王冠的头上胡乱地插满了延胡索,田头的野草,以及牛蒡、毒芹、荨麻、野樱草花、毒麦,和杂生在五谷间的乱草"(159)。这些混乱的服饰意象都表明了原有秩序的崩塌,正如傻子预言:"英格兰这个国家,准会乱得收拾不下。"(115)此外,批评家注意到,《李尔王》是一个有关国王通过逐步脱去其帝王衣服导致从有到无的故事。③ 李

---

① Keith Wrightson, *English Society, 1580—1680*, New Brunswick: Rutgers University Press, 1982, p. 17.

② G. K. Hunter, "Flatcaps and Bluecoats: Visual Signals on the Elizabethan Stage", *Essays and Studies* 33 (1980), pp. 25—27.

③ Ibid.; Ann Rosalind Jones and Peter Stallybrass, *Renaissance Clothing and the Materials of Memory*, New York: Cambridge University Press, 2000, p. 198.

尔王的华贵服装和王冠在很大程度上代表着其国王的身份,因而它们的除去与李尔王的转变是一致的。正如李尔王自陈:"这儿有哪一个认识我吗?……谁能告诉我,我是谁?"(62)后来李尔王扯掉了自己的衣服,他将自己社会身份的解体与根据服装暗示的舞台上的视觉相关联,将赤裸和一无所有联系起来。因此,服装的缺失意味着乞丐与流浪汉在与国王的自然对立中的存在,证明了社会等级制度对服饰规范的定义。我们可以说,这一切的根源都在于李尔王放弃了象征权力的王冠,却没有放弃国王相应的权力,正如贡纳莉说的那样:"好不懂事的老头儿,交出了权力,还想摆当初的威风。"(50)在回应李尔王时,她明确指出父亲已不再是国王,而只是"上了年纪的老人家,就该懂事些",认为李尔王的随从都是"荒唐、放肆和无耻之辈",将宫廷弄得乌烟瘴气,而她留下的人"既知道(李尔王)的地位,也懂得他们的本分"(62—63),显然,这些从侧面印证了李尔王带来的失序状态。

而戏剧的最后,我们看到,剧中人物通过服饰的变化再次回归到有序的状态,第四幕第七景中,柯苔莉亚找到发疯的父亲,询问侍臣"替他换过衣服没有?",侍臣趁他睡得好熟的时候,给他换上了一身新衣裳,新的服饰是国王应有的服装,可以让李尔王从失序中恢复,所以大夫说:"我相信他现在神志已经清明了。"(181)柯苔莉亚让坎特"去换上一套体面的服装","这身破衣裳,只当作落难的见证;请你把它脱下吧"(180),而埃德加也在战场上换下了"一身疯叫化穿的破衣裳","穿戴盔甲"上阵,从而恢复了自己的身份。他们三人身份的最终确定是穿戴整齐在奥尔巴尼的见证下实现的:"在老王的有生之年,自该把国家大权交还在他手里[向坎特和埃德加]你们二位,恢复原来的爵位,还另有加封,对你们的一片忠诚聊表谢忱。"(214)

正如蒂利亚德指出的那样,"人们认为秩序理所当然,它已经成为了集体思维的一部分",除了说教文本以外,还有包括含莎士比亚、斯宾塞等作家也谈到了秩序主题。[①] 批评家指出,在欧洲传统服饰文化下,服装一方面能够让个人与其所处群体及社会融为一体,另一方面则可以改变个人身份。但服装本身并不具备意义,只有通过诸如君权、神权、父权、夫权等力量的赋予才具备意义。也就是说,服装成为了权力实践的具现物,我们常常说"人靠衣装",也就是通过实物向外界展示新的身份与角色,同时也展示了权威者的权力。[②] 特别在一个阶级社会中,人的各种服饰体现出其在国家、教

---

① E. M. W. Tillyard, *The Elizabethan World Picture*, London: Chatto& Windus, 1950, p. 7.

② David Kuchta, *The Three-piece Suit and Modern Masculinity*: *England*, *1550—1850*, Berkeley: University of California Press, 2002, p. 23.

会、家庭中的不同角色、阶级、身份,无论古今中外,上层阶级的服饰是庄严、尊贵、华丽的,而中下层则往往简单、朴素。这一点呼应了福柯所说的"类比的层次(hierarchy of analogies)",现实物质世界中,服装与饰品的价格高低往往是服饰尊贵还是低贱的体现,从而对应世俗世界中社会地位的高低用以彰显人的身份阶级秩序。[1] 得体的着装让社会秩序的等级状态得以被"看得见",因而服饰也就拥有了社会识别功能。但事实上,都铎时期的英格兰,失序的现象正在发生,人口增加、物价上涨、修道院解散、圈地运动以及国际贸易发展,都让原有的社会秩序处于剧烈的变动中。[2] 而其中一个最重要的表征就体现在着装上,整个社会盛行奢靡之风,贵族竞相攀比以彰显其特权身份,乡绅、富裕市民、约曼等阶层则求新求变模仿上层时尚,他们穿戴着社会上层留下的二手服饰出入各种公共场合,实际上却是跨越了本阶级,是对着装特权的一种僭越。这一风气大大冲击原有尊卑等级制度,使等级差异不彰,从而直接导致了贵族和王室的激烈反弹,他们试图规范错误社会地位的展示。在王室的鼓励下,议会通过了根据经济收入严格规范各个阶层着装和举止方式的抑奢法。阿兰·汉特对抑奢法的历史进行了研究:"英国抑奢法最明显的形式就是建构了一套按等级着装的规范,肇端于1363 年的'饮食和服装法令',在其后的两百年间,陆续有七套着装规范颁布。"[3]但这种法令在社会变迁缓慢或停滞的时期较能维持一定的作用,在社会急剧变革时期,人们着装的变化却是禁令难以阻挡的。[4]

伊丽莎白时代的廷臣哈林顿(Sir John Harington,1560—1612)在1606 年写给罗伯特·马克汉姆(Robert Markham)的信中就记录了女王与其侍女之间发生的一件趣事,他提到女王"很喜欢华丽的衣服,可是经常指责那些穿着过于华丽、不符合其身份地位的人,但也常常责备那些华丽服饰买得过多的人",某日侍女霍华德(Howarde)穿着一件镶着金线和珍珠的天鹅绒套装,引起众人一阵羡慕,但却令女王不快,因为女王认为自己的服装都比不过,于是隔天令人暗自取来试穿,然后走进了侍女们聚集的房间。但是,对于女王来说,这件衣服太短不合身,她询问每位侍女是否喜欢她所穿的新衣裳,又问原主人是不是太短不合身,可怜的侍女很快回答"是",女王于是

---

① Michel Foucault, *The Order of Things：An Archaeology of Human Sciences*, New York：Vintage Books, 1970, p. 55.

② Keith Wrightson, *English Society*, *1580—1680*, New Brunswick：Rutgers University Press, 1982, pp. 91—179.

③ Alan Hunt, *Governance of the Consuming Passions：A History of Sumptuary Law*, New York：St. Martin's Press, 1996, p. 303.

④ 巫仁恕：《品味奢华:晚明的消费社会与士大夫》,北京:中华书局 2008 年,第 34—35 页。

训斥："如果因为它太短而不适合我,我想它也不适合你,因为它太漂亮了。所以我们俩都不适合。"霍华德无地自容,于是将其束之高阁直到女王去世。① 这种对穿错衣服的批评还体现在同时代菲利普·斯塔布斯(Philip Stubbes)的记述中,他指出:"现在英格兰的人们着装相当混乱,每个人都按照自己的意愿着装,使自己尽量显得光鲜漂亮,甚至出身卑微的人也不甘落后,以至于很难区分谁是贵族、谁是教士、谁是绅士……在我看来,这是巨大的混乱和普遍的失序。"②

我们可以看到统治者对着装的规范进而凸显背后的社会秩序,抑奢法的不断颁布和女王的实例都证明了这一点,但大部分臣民对此却不屑一顾,法令收效甚微,却为舞台上的角色提供了重要参考。换句话说,作为重要宣传工具的戏剧和受到政府严格审查的剧本,其内容不能脱离统治者的意志。显然,莎士比亚在《李尔王》中透过服饰变化所展现的有序——混乱——有序的变化过程,从侧面展现出同时代社会的剧烈变化以及抑奢法的实施目标,以维护"明尊卑、别贵贱"的等级制度,达到"望其服而知贵贱,睹其用而明等威"的理想社会。

三、国　族

由于 16、17 世纪欧洲社会人口与商品流通大规模加速,也使得各地的服饰风尚互相影响。一方面,它带动时尚的区域性变化。另一方面,时尚的传播加上异国纺织品的流入,使许多本土的服饰特色逐渐消失,从而减弱了其国族辨识功能。但这段时间同时也是欧洲各地国族意识高涨之时,由此服饰也成为了建立国族认同的对象,而交杂异国特点的物品与风尚,则成为了国族认同的敌人与讨伐的目标。这也就使得服饰成为了思索国族特性的重要物件。③ 显而易见的外在展示物服饰就是最易识别的符码,因为各个国家都有自己明显的代表性服饰。服饰之所以成为早期现代英格兰国族想象中重要的部分,既是由于所处时代的文化思维方式,也是因为毛纺织业是

① 　John Harington, *Nugae Antiquae: Being A Miscellaneous Collection of Original Papers in Prose and in Verse*, vol. I, Henry Harington, ed., London: Vernor and Hood [etc.], 1804, pp. 361—362.

② 　Philip Stubbes, *The Anatomie of Abuses* (1583), Margatet Jane Kidnie, ed., Arizona: Arizona Center for Medieval and Renaissance Studies, 2002, p. 71.

③ 　林美香:《身体的身体:欧洲近代早期服饰观念史》,台北:联经出版事业股份有限公司,2017 年,第 44—45 页。

英国的经济命脉，是最传统而古老的产业，乃至于羊毛纺织品在文化意义上等同于英格兰。再加上宗教改革、经济发展、对外贸易扩张等社会的变革与发展。① 因此，早期现代英国文学中出现有关产业问题、文化焦虑与国族认同等主题屡见不鲜。

我们可以透过两处细节发现莎士比亚对这一问题的影射。第一处是李尔王批评女儿瑞干："你是个贵妇人，穿暖了就算豪华，就无需这豪华的丝绸上你的身"（105），第二处是发疯的李尔王对可怜的汤姆说："我收你为一百名随从中的一名，不过我不喜欢你那么一副打扮。你会跟我说：这是一身波斯服装呢；可还是换了的好（only I do not like the **fashion** of your garments：you will say，they are Persian attire；but let them be changed）"（133）。此处需要注意的是关键词"时尚（fashion）"，在当时的语境下，"时尚"并不完全具备我们现代的新潮之意，反而意味着传统秩序、持久风俗习惯的反面。直到 16 世纪晚期，它"获得了一个新意义：伪造或扭曲（counterfeit or pervert）"。② 可见，在此时，该词衍生出指称时尚变化这一新意义的同时，依旧保留了其旧有意义，即指社会长久以来形成并持续的行为模式、生活方式、礼仪与习俗。③ 正如林美香指出那样，"fashion"一方面指短暂且变化不断的服装形式，个人可以根据其财富能力"选择、创造或模仿出高尚的表象"，造成伪造效果。另一方面，又指社会长久而固定存在的着装模式，服装因而"具备深入内里的力量"，凸显个人的阶级、职业、国族等身份属性。"新奇与传统、变动与惯常、表与里，两种矛盾的意义同时存在着，而显得早期正是这两种矛盾意义交错的年代。"④从 14 到 17 世纪，除了服装风尚发生变化外，珠宝、帽子、头饰、手套、手帕、鞋子等各类配件也在变化着，而且时尚的节奏也越来越快。⑤

显然，此处李尔王的立场是与同时代很多批评外国风尚的作家一致的。比如，史学家威廉·哈里森（William Harrison）批评英格兰各阶层对外国服

① Roze Hentschell，*The Culture of Cloth in Early Modern England*，Burlington：Ashgate，2008，p. 8

② Ann Rosalind Jones and Peter Stallybrass，*Renaissance Clothing and the Material of Memory*，New York：Cambridge University Press，2000，p. 1.

③ Ibid.，pp. 1—2，6.

④ 林美香：《身体的身体：欧洲近代早期服饰观念史》，台北：联经出版事业股份有限公司，2017 年，第 42—43 页。

⑤ Francis M. Kelly and Randolph Schwabe，*European Costume and Fashion 1490—1790*，Mineola，New York：Dover Publications，2002，pp. 29—119；Bella Mirabella，ed.，*Ornamentalism：The Art of Renaissance Accessories*，Ann Arbor：University of Michigan，2011；Evelyn Welch，"Art on the Edge：Hair and Hands in Renaissance Italy"，pp. 241—268.

饰的追捧:"今天,西班牙的服装赛过所有;明天,法国的玩意儿成了最精致、最让人愉悦的。不久之后,日耳曼的时装又开始流行;再来,土耳其风成了最受欢迎的。接着是摩洛哥礼服……除非它是一条穿着紧身上衣的狗,否则你不会看到任何比我的英格兰同胞更会乔装打扮的。"这造成英格兰服饰最大的特点就是"易变性",哈里森认为英格兰人对异国服饰的模仿,"最后是各种程度上的反复无常和愚蠢",从而遭到各个国家的耻笑。① "乔装改扮(disguised)"一词在早期现代英语中有两种含义,要么是跟上潮流而改换,要么是为了隐藏身份而改换。这意味着英格兰人不断变化自己的着装,导致遮蔽了自己的原有身份,甚至混杂异国服饰与身份于一身。② 斯塔布斯也指出:"世界上没有一个民族像英格兰民族那样对新时尚如此好奇",也没有任何国家服饰的多样性比得上英格兰,"就像乌鸦用其他所有鸟类的羽毛让自己漂亮,为了自己喜欢的服饰,英格兰人借用每个民族的服饰,在世界面前展现自己的英勇。他是英格兰人、意大利人、西班牙人、土耳其人、法国人、苏格兰人、威尼斯人……"③李尔王对女儿的"奢华"服装及侍从的"波斯"时尚的蔑视都表明了英国国族性的混杂,这种对外国时尚和奢靡之风的批评正体现出对英国人国族特色缺乏的担忧。

　　进一步而言,剧中的李尔王经历了服饰及地位的从有到无,他深切地体会到人与服饰的本质关系。李尔王揭示道:"只因为千疮百孔,才露出浑身罪过;锦袍轻裘,遮盖得干干净净。'罪恶'披上了黄金铠甲,折断那'王法'的长枪,也伤不了它分毫;穿得一身破烂,哪怕是个小矮人用一根茅草,也刺穿了他。"(172)在李尔王看来,贡纳莉和瑞干豪华高贵的衣服和她们浮夸的言辞一样华而不实,仅仅是为了彰显其强权,掩盖其罪恶。在戏剧第三幕第四场中,李尔王质疑女儿们所体现的皇室堂皇豪华的同时代观念:"难道人,只不过是这么一个样儿吗? 把他上上下下看一下吧。你不曾借光蚕儿一根丝,不曾欠畜生一张皮,也不欠样儿身上一根丝,雄猫身上什么香。"(123)而且剧中贡纳莉的总管奥斯华被坎特骂道:"你这个恶棍本来是个脓包,你哪儿算是人;是裁缝把你缝出来的。"(82)我们可以看到,莎士比亚实际上是将奥斯华、贡纳莉、瑞干等人"服饰化"且"异国化"了,因为在早期现代英格兰,

---

① William Harrison, *The Description of England* (1587), Georges Edelen, ed., Washington and New York: The Folger Shakespeare Library and Dover Publications, 1994, pp. 145—146.

② *OED*, Disguised 〈https://www.oed.com/view/Entry/54411? rskey = wEKQ7E&result =1♯eid〉

③ Philip Stubbes, *The Anatomie of Abuses* (1583), Margatet Jane Kidnie, ed., Arizona: Arizona Center for Medieval and Renaissance Studies, 2002, p. 69, 134—135.

底层人民由于新衣的昂贵价格而无法购买,即便那些有收入保障的人们,普遍购买、穿着的也是二手乃至三手的服装,[①] 而裁缝定做的服饰价格不菲,且往往追求同时代最流行的款式,特别是"异国的时尚"。于是,李尔王感受到暴风雨的寒冷时,终于领悟,他扯开衣服说道:"去你的吧,你们这些身外之物!来,把纽扣解开,这儿!"(123)"可怜你们赤身裸体的穷鬼呀,没处可躲,逃不了狂风刮、暴雨淋,头上没一片瓦,肚里没半粒米,披一片、挂一块,千疮百孔,怎对付眼前这天气?"(119—120)"没穿戴的人,原来就是这么一个可怜巴巴的、赤条条的两脚动物。"(123)显然,李尔王的主张是追求内在心灵之美,远胜于外在服饰之华丽,所以实际上莎士比亚是在通过李尔王之口劝诫英格兰人重视内在,由此才能重建身体的本貌。林美香以"文雅的国体"来指代当时英格兰人的国族想象,其核心概念在于通过外在优雅而得体的举止体现内在道德涵养,同时指代一地的总体文化成就。[②] 在"文雅的国体"下,男人可以真实展现心与体的相映之美,不再有"裸露的国体"所表现出的焦躁不安,也不再有"混杂的国体"所带来的异化。[③]

实际上,我们可以看到,纺织品及纺织行为都被生动地赋予了道德意义。原本的羊毛纺织品才是英格兰的本土风格和化身,展现真正且未受污染的英格兰特质。这正是因为英国的毛纺织品自 15 世纪下半叶到 16 世纪中叶,不仅能满足国内消费,而且出口量一直呈现增长态势,16 世纪上半叶是英国工业出口的第一个黄金时代,绝大部分出口产品是毛纺织品,尤其是传统的厚重宽幅毛呢占据的比例最大。[④] 但在莎士比亚的时代,由于奢靡之风和外国货物的浮滥,既导致了国家财富流失,又带来了攀比之风破坏社会秩序,因而无论是颁布抑奢法,还是当时主流观念,都希望刹住不良风气、稳定社会秩序、限制外国进口、鼓励本土消费,如法令就特别提到:"任何人在贵族及嘉德骑士阶级以下,不得使用在英格兰、爱尔兰、威尔士……等地以外所制的毛布(wollen cloth)……"[⑤]

由此可见,剧中对异国服饰的批评一方面表明了同时代对外国奢侈服

① Robert I. Lublin, *Costuming the Shakespearean Stage: Visual Codes of Representation in Early Modern Theatre and Culture*, Burlington: Ashgate, 2011, p. 73.

② 林美香:《十六、十七世纪欧洲的礼仪书及其研究》,《台大历史学报》2012 年第 49 期,第 157—212 页。

③ 林美香:《身体的身体:欧洲近代早期服饰观念史》,台北:联经出版事业股份有限公司,2017 年,第 328—329 页。

④ David Jenkins, ed., *The Cambridge history of western textiles*, New York: Cambridge University Press, 2003, vol. 1, p. 411.

⑤ 转引自林美香:《身体的身体:欧洲近代早期服饰观念史》,台北:联经出版事业股份有限公司,2017 年,第 341 页。

饰进口的限制,另一方面则侧面鼓励本国产品的消费,体现出一种本土保护主义思想。此外,我们可以看到,戏剧的最后,李尔王从赤裸、衣衫褴褛到恢复国王服装,埃德加从赤裸到农民装束再到恢复身份的装束,坎特从乔装打扮的仆人恢复其爵位穿戴相应服饰,恶人得到报应,国家恢复正常,正展示出文雅的国体也将是一个阶级秩序分明、上下融洽相处的国度。

　　罗兰·巴特曾指出,"服饰关乎人的全部,整个身体、人与身体,以及身体与社会的一切关联"。[①] 琼斯与斯坦利布拉斯(Ann Rosalind Jones and Peter Stallybrass)也认为,服装是一种"物质的助记符(a material mnemonic)",能够让"记忆与社会关系被真实地具象化",[②]也让"社会关系的世界被穿在穿戴者的身体上"。[③] 正如威尔·费舍(Will Fisher)将胡须、头发、股囊、手帕等视作可拆卸但不能舍弃的"假体"(prostheses)一样,[④]服装于是成为人体的延伸,让自然的身体具备了社会意义,一方面连接了个人的其他肢体部位共同构建其社会身份,另一方面也透过这个假体连接社会中的个体与其他个体,进而成为一体构建共同体身份。正像《李尔王》中的服饰不只是让演员得以表演不同的角色,更是透过服饰的变化来展现情节中社会秩序的变动,同时也体现了同时代人对外国时尚的担忧,表面上看是讽刺英格兰人追新求异的嘲讽,事实上却是对国族特质缺乏的深层焦虑,显然,莎士比亚明白服饰的重要性并付出了自己的努力。

---

① 　Roland Barthes, *Roland Barthes：The Language of Fashion*, Andy Stafford, tran., Andy Stafford and Michael Carter, eds., Oxford：Berg, 2006, p. 96.

② 　Ibid., p. 20.

③ 　Ann Rosalind Jones and Peter Stallybrass, *Renaissance Clothing and the Materials of Memory*, p. 3.

④ 　Will Fisher, *Materializing Gender in Early Modern English Literature and Culture*, New York：Cambridge University Press, 2006, p. 26.

第四章 《安东尼与克莉奥佩特拉》中的香水与香气

在西方文化中,香气唤起的是奢华和高雅的梦境、对浪漫爱情的向往、自我改变的幻想以及对自由的渴望。[①] 但是我们或许会感受到对嗅觉、气味描述的局限性,正如伍尔加在其中世纪晚期英格兰气味的研究中所说,我们对嗅觉描述的忽视源于对味觉的物质历史和隐喻语言之间关系的错误认知,"嗅觉跟其他的感官不一样……(我们往往)借用描述其他感官的术语词汇(来描述气味),特别是借用味觉词汇(如甜、苦、辣),或者用类推的方式,描述东西'闻起来像某物',如(闻起来)像玫瑰或腐败物"。[②] 对伍尔加而言,气味的难以表述是由于其无形、存在短暂、缺乏物质证据所造成的,因而"我们完全依赖于书写描述来提供感官信息及其运作方式"。[③] 正如乔治·莱考夫(George Lakoff)和马克·约翰逊(Mark Johnson)指出的那样,隐喻语言泄露了感官的认知模式:"隐喻作为我们触觉方式的一部分是非常重要的。"[④]苏珊·斯图尔特(Susan Stewart)也指出,我们主观的感官经验感受

---

① 正如有的学者所论述的那样,香气被预设为很多矛盾的事物。首先,它是一种语言,有着自己的特殊语法和句法。第二,它是一种对现在已过去或过去已湮没但仍能够唤醒和修复的符号和轨迹。第三,它是静默身体和无言皮肤的一种表达,通过气味的扩散、挥发和消散得以展现。第四,它是一种身份和他者,我们可以捕捉到其秘密表达的他者本质。第五,它是一种记忆,能唤起我们对遗忘的人、地点、事件轨迹的回忆。第六,它是一个名称,香味成为一种植入了文化集体想象物所构建的有关欲望、幻想、情欲的叙述或场景。第七,它是诱惑的欺骗或借口。第八,它是一种巧妙的掩饰物,能够隐藏衰老、腐朽、死亡等。第九,它是一种音乐,是由植物与动物的香料混合编织出的和谐乐章。第十,它是物质与精神、大地与空气之间的物质纽带,让嗅觉难以名状,超越了语言和书写。第十一,它是一种控制性欲的工具,将自然气味转变为美学意义上更愉悦的、更被社会接受的、减少"威胁"的气味,以此来约束女性的身体。最后,它是由社会集体欲望系统通过操纵、设计、书写、展示、广告等进行文化表征明确表达的商品生产。参见 Richard Stamelman, *Perfume: Joy, Obsession, Scandal, Sin: A Cultural History of Fragrance from 1750 to Present*, New York: Rizzoli, 2005, pp. 21—22。

② C. M. Woolgar, *The Senses in Late Medieval England*, New Haven, CT: Yale UP, 2006, p. 117.

③ Ibid., p. 117.

④ George Lakoff and Mark Johnson, *Metaphors We Live By*, Chicago: U of Chicago P, 1980, p. 239.

是通过文化角度所共享的比喻和隐喻塑造的,比如,我们说"玫瑰味"或"芬芳"的香水。因此,对隐喻的研究能够"让他人感受到物质感觉经验"。① 实际上,隐喻所揭示的是个体对文化或实际事件的反应,如果我们仔细观察则可发现文学中的隐喻修辞为其他领域(如数学、地理学和植物学)提供帮助的可能性。②

霍利·杜根(Holly Dugan)回顾了近年来对早期现代时期的感官研究,指出人类的五感(视觉、听觉、嗅觉、味觉和触觉)为我们理解物质环境和身体经历、现在和过去的感官世界之间的联系提供了一种重要方法。③ 事实上,我们可以发现,早期现代时期所记述的感官隐喻尤为突出,而且同时代的英语中包含了大量感官描述的词汇(虽然其中大部分现在均已弃用)。④ 但是,由于早期现代时期的科学对嗅觉反应缺乏连贯的理解,认为鼻子、嘴甚至子宫都能"闻到",而且男女对香气及其效果、对香水和熏香、对宗教、医学和性经验中的气味有着不同的言说方式,导致同时代的嗅觉评论者(包括科学家、艺术家、行会学徒、剧作家、家庭主妇、神学家)对无形的自然气味更加困惑。莎士比亚的作品作为这一时代的全息镜像,同样包含着气味的文化符码,不可避免地参与了对气味的言说。⑤ 克莉奥佩特拉是莎士比亚著名悲剧《安东尼与克莉奥佩特拉》的女主人公,其美貌与情欲历来为人们熟知,本章拟从剧中其"异香"出发,结合当时人们对于香气的理解,揭示香气对身体的隐喻表达,指出克莉奥佩特拉与伊丽莎白的相似性,以阐释早期现代时期香气复杂的文化意义。

一、克莉奥佩特拉的异香

《安东尼与克莉奥佩特拉》第二幕第二场中,艾诺巴勃斯回忆起自己跟随安东尼初见埃及艳后克莉奥佩特拉的场景,这一段完全感官体验式的描

① Susan Stewart, *Poetry and the Fate of the Senses*, Chicago: U of Chicago P, 2002, p. 15.

② Franco Moretti, *Graphs*, *Maps*, *Trees*: *Abstract Models for a Literary History*, New York: Verso, 2005, p. 2.

③ Holly Dugan, "Shakespeare and the Senses", *Literature Compass* 6. 3 (2009), p. 726.

④ Dominique Laporte, *History of Shit*, Trans. Nadia Benabid and Rodolphe El-Khoury, Cambridge, MA: MIT Press, 2002, p. ix.

⑤ Holly Dugan, *The Ephemeral History of Perfume*: *Scent and Sense in Early Modern England*, Baltimore: Johns Hopkins UP, 2011, p. 4.

述让观众和读者对艳后印象深刻：

> 让我跟你们说一说吧：她乘坐的那艘华丽的船儿，像宝座，火焰般在水面上大放光彩；那舵楼，用黄金打成；帆是紫绛色的，熏得香喷喷（so perfumèd），逗引得风儿害了相思；桨是白银的，随着悠扬的笛声，划破了碧波；那浪花，像受到了爱抚，如痴如醉地追随着银桨。至于她本人，美得简直没法好形容！只见她斜躺在锦绣的帐篷底下，比栩栩如生的维纳斯画像还娇艳。她旁边，站着一对可爱的酒涡的男孩，像微笑的小爱神，手拿着五彩的羽扇，替他打扇，好让她柔嫩的脸蛋儿凉快些，却反而叫她的双颊飞起了红云。（472）①

正如艾诺巴勃斯观察到的，克莉奥佩特拉是戏剧场景的焦点，他采用了多重的感官描述来讲述克莉奥佩特拉的出场。在视觉上，她的画舫像"发光的宝座"、舵楼是金黄色、帆是紫色、船桨是银色，还有金色的锦绸、五彩的羽扇。脸带酒窝的小童为她打扇，克莉奥佩特拉的美貌"难以用笔墨形容"。而在听觉上，我们仿佛也听到了船桨划水时拍击水面的声音，以及那富有节奏的指挥笛声。但艾诺巴勃斯尤为注意的是她的香气："从船身散发出一阵阵奇妙的暗香（a strange invisible perfume），向两岸飘送；满城的男女老少涌出来争看那女王，只剩下安东尼独自坐在市场上向空气吹口哨。"（473）剧中克莉奥佩特拉与《红楼梦》中王熙凤的出场方式颇为相似，只不过前者是以"香"夺人，而后者则是以"声"夺人。可见克莉奥佩特拉的香气表现出一种大范围的环境影响，她不仅吸引了整座城的注意力，更是以此"在西德纳斯河上第一次跟马克·安东尼见面，她就把他那颗心装进自己的腰包了"（472）。艾诺巴勃斯的解释反驳了戏剧开场时安东尼对克莉奥佩特拉一见钟情的表达，我们甚至可以说，安东尼并非是一见钟情，而是一"闻"钟情。

狄安娜·艾克曼（Diane Ackerman）在《感觉的自然史》（*A Natural History of the Senses*）中谈到克莉奥佩特拉在双手上涂抹一种用油、玫瑰、番红花、紫罗兰制成的名为西腓（Kyphi）的混合物，所以她的双手散发出一种古代埃及熏香的神秘气味，而其脚上散发出来的气味则是由杏仁油、蜂蜜、肉桂、香橙花、指甲花混合制成的一种称为 *aegyptium* 的香气，所以极

---

① 本章所引译文均采用莎士比亚：《安东尼与克莉奥佩特拉》，《新莎士比亚全集（第五卷）》，方平译，石家庄：河北教育出版社，2000 年。后文出自该著作的引文，将随文在括号内标出引文出处页码，不另作注。

度浓烈的味道从克莉奥佩特拉的画舫上逸出，就像庄严宏伟的喇叭声一样在宣告其抵达。① 显然，这种"异香"是与克莉奥佩特拉的女性身体相联系的，我们看到剧中将其描述为"艳后"，突出其情欲本质。正如理查德·史丹蒙曼（Richard Stamelman）指出香水/香味使身体变得更加色情，它带来了身体自我展示的表演，展现出身体的物质和肉欲存在，制造出一种私密感，并将性欲和性行为植入了戏剧和剧场。自恋式的化妆打扮以及让手腕、肘部、脖子、胸口充满香气的行为，不仅能让身体散发可闻的味道，更是一种身体的传播方式，即凸显身体并使隐私公开化，可以说，香气在一种受控制的、可衡量的方式中"输出"了身体。②

香水/香味言明了身体，它让身体能够改变其在世界上的存在方式，调整其特征并重新进行自我定义。而人们对香水/香味的选择则说明了自己的身体特征，或者说是选择了一种身体的表达方式。女性身体的独特气味，特别是对香水的选用，体现出矛盾的双重作用，即同时暴露又隐藏着个人的隐私（比如，采用特殊气味的香水增加女性特点，或掩盖个人体味缺点），克莉奥佩特拉的"异香"无疑构建着其独特身份。正如安德森和津泽（B. S. Anderson and J. P. Zinsser）指出的那样，几个世纪以来的罗马书写中均称其为"埃及艳后（regina meretrix/ the prostitute queen）"。③ 剧中很多地方遵循了这一设定，对克莉奥佩特拉的描述包含着很多近似"娼妓（whore）"的同义词，但实际上剧中"whore"一词只出现了四次，其中有三个涉及克莉奥佩特拉。在凯撒（即屋大维）与妹妹屋大维娅关于其丈夫安东尼行踪的对话中，凯撒说道："克莉奥佩特拉已经招手把他叫去了，他把他的帝国送给了一个淫妇（whore）"（523），而在第四幕中，安东尼由于克莉奥佩特拉的不战而逃导致退败，显示出无尽的悔恨：

> 什么都完啦！这无耻的埃及女人葬送了我；我的舰队已向敌人投降了，他们在那边把他们的帽子抛向空中，大伙儿喝着酒，像久别重逢

① Diane Ackerman, *A Natural History of the Senses*, New York: Vintage Books, 1990, p. 59.

② Richard Stamelman, *Perfume: Joy, Obsession, Scandal, Sin: A Cultural History of Fragrance from 1750 to Present*, New York: Rizzoli, 2005, p. 18.

③ B. S. Anderson and J. P. Zinsser, *A History of Their Own: Women in Europe from Prehistory to the Present*, Vol. 1, London and New York: Penguin, 1988, p. 56. 剧中克莉奥佩特拉的"荡妇"属性可详见戴文森的分析，参见 Clifford Davidson, "Antony and Cleopatra: Circe, Venus, and the Whore of Babylon", in Harry Raphael Garvin, ed., *Shakespeare, Contemporary Critical Approaches*, London: Associated UP, 1980, pp. 31—55。

的朋友。玩弄过多少男人的淫妇（triple-turned whore）！就是你把我出卖给那个初出道的小子；现在我的心只跟你一个人作战。吩咐大伙儿都逃走吧。只要让我向这迷人精报了仇、泄了恨，我此生就可以了结啦。吩咐大伙儿都逃走吧。（580—581）

他的失败及最终自尽的结局，全在于相信了这样一个"淫妇"，而克莉奥佩特拉在第五幕第二场中预言了自己最终的命运，她告诉伊拉丝："你，一个埃及来的木偶，在罗马示众，跟我一个样。"（619）她继续说道："放肆的差役像抓娼妓（strumpets）似地抓住了我们；无聊的文人把我们编进了小调，扯开破嗓门，唱了起来；演丑角的灵机一动，把我们搬上了舞台，即兴演出我们埃及宫里的欢宴。只见出场的安东尼成了个醉鬼，我还看见尖嗓子的克莉奥佩特拉，男扮女装，把我的尊严演成了婊子（whore）的搔首弄姿。"（619—620）克莉奥佩特拉预言着自己的失败和身后事，她所提到的男性扮演女性角色，正说明了莎士比亚时代男童演员扮演女性角色的舞台特征，由此体现出对性别的个人和政治身份范畴的滑稽模仿，因为若要实现更好的舞台效果，剧团势必会让男童穿上女装、梳妆打扮，甚至喷上香水。杜根总结说，关键的前提是当时英格兰的舞台是男性的舞台，剧作家对女性身体进行了限制和政治化处理，而嗅觉为表达性别和欲望提供了丰富的物质和隐喻素材，它们让戏剧幻象中那些构建性别和欲望的无形、短暂而变化的愉悦感具体化，更为重要的是在男性空间中表现出女性的欲望。[①]

二、权力与埃及的香气

我们可以发现，剧中地点的设置同时强调异国与香气的关联：由于罗马统治者试图从富庶的埃及得到财富，克莉奥佩特拉被传召到塔苏斯。实际上，土耳其的塔苏斯（Tarsus）是传说中国王卡斯帕的故乡，他是《圣经》中东方三圣贤之一，为初生的基督献上了没药香精作为礼物，而这在早期现代时期因《圣经》与主显节的结合——与香气的结合——而广为人知。[②] 剧中克莉奥佩特拉利用香料满足了罗马对奢华埃及的异国情调的想象，因而她的

---

① Holly Dugan, "Scent of a Woman: Performing the Politics of Smell in Late Medieval and Early Modern England", *Journal of Medieval and Early Modern Studies* 38. 2 (2008), p. 246.

② 关于东方三贤故事的源头及其在中世纪后期欧洲的流行情况，参见 Marcia Rickard, "The Iconography of the Virgin Portal at Amiens", *Gesta* 22. 2 (1983), p. 149.

异香是与异域风情密切相连的。

　　尽管评论家们再三认为此剧中的嗅觉策略表现了克莉奥佩特拉是一个浓妆艳抹的王后、女巫和娼妓，但她对男性的吸引力是巨大的，而且她还将其帝国定位为让罗马士兵愉悦的地区。在戏剧开场时，性别的倒置，狂欢的无节制，以及性别角色模仿都似乎指向了失去男子气概和尚武英勇精神的罗马。① 因此，批评家指出，莎士比亚强调了女性而非战士的死亡，并将其作为戏剧的高潮部分，说明此剧可能是一部"女性化"的古典悲剧：埃及的烹饪、奢华的长椅、太监与僵化的罗马建筑和元老院的政治交易形成对比。② 与僵化的罗马相对应，埃及带来的愉悦是多种形态的，它/她以诱人的身体作为武器让罗马迷恋、堕落。然而，克莉奥佩特拉的香气并无确切名称，剧作家没有列出特别的材料，仅仅概括地描述了其香气的迅速、强烈和醉人的特点，而且也只是通过描述安东尼与克莉奥佩特拉相遇之地（河边、公海、坟墓）或她的香气所激发的身体效果（将一个城市的人口吸引到海滨，诱使安东尼放弃战斗，甚至鼓励死亡），从而描绘出香气强大的影响范围。③ 戏剧的最后，她赞颂自己的气味就像死亡本身，"多香啊，像香膏；多轻啊，像微风；多温柔啊"（627）。进一步而言，剧中在介绍克莉奥佩特拉时，把她和空气联系在了一起，菲罗嘲讽安东尼被她迷住，情愿当扇风的扇子，而旁边就是拿着扇子的太监（423）。随后，艾诺巴勃斯注意到她的激情是与一种自然力量相同的："我们不能用风啊雨啊形容她的叹息，她的眼泪；那可是特大的狂风暴雨啊，就连历书上也从没有记载过"。（436）他对她的能力感到惊讶："有一次我眼看她跳着步子过大街，才四十跳，喘不过气来了，一边说话一边喘，她却叫断断续续变成了完美无缺：从娇喘里呵出的是媚力。"（474）即便临终前，克莉奥佩特拉还在试图改变自己，她声称："我是火，我是风"（624），想要丢弃身上其余的元素，舍弃自己的皮囊，从而进入另一个国度。夏蜜安也注意到坟墓中转变的氛围："乌云啊，都化作雨水降落下来吧，我就可以说，连天神都在哭泣呢"。（625）因此，可以看到，克莉奥佩特拉的"变化无穷"（infinite variety）包含了她的对周围空气的故意操纵。④

　　这是一个女性统治的女性化的世界，埃及的女性统治者克莉奥佩特拉显

---

　　① Holly Dugan, *The Ephemeral History of Perfume: Scent and Sense in Early Modern England*, Baltimore: Johns Hopkins UP, 2011, p. 22.

　　② Jonathan Bate and Eric Rasmussen, eds., *William Shakespeare Complete Works*, New York: The Modern Library, 2007, p. 2159.

　　③ Holly Dugan, *The Ephemeral History of Perfume: Scent and Sense in Early Modern England*, Baltimore: Johns Hopkins UP, 2011, p. 22.

　　④ Ibid.

然在特征、声调、权力政治上与男性统治下罗马的屋大维娅完全不同。正如剧中将克莉奥佩特拉与屋大维娅并举，使者形容屋大维娅是"一个没有生命的形体，不会呼吸的雕像"，而克莉奥佩特拉的性别权力却是广泛而鲜活的。通过赋予香气权力，她的影响力从自身、宫廷延伸到了其统治帝国之外并以微妙的方式运作着。我们看到的很多场景都是克莉奥佩特拉及其侍女伊拉丝和夏蜜安所处的女性空间，这些场景中仅有的"男性"代表则是太监玛狄安，其男性特征器官的缺失导致其女性化。① 她们之间的话题在性、性关系、回忆乡愁、安东尼在罗马的私生活之间循环往复，而玛狄安在对话中对这些话题的反复提及巩固了她们的"女性气质"。此外，杨科夫斯基还指出克莉奥佩特拉与夏蜜安、伊拉丝之间存在一种情色关系，但是剧中没有明确的有关女人间情色（woman-woman eroticism）出现的证据。② 我们可以发现，在克莉奥佩特拉出现的埃及场景中，出现的主要人物是她和侍女以及太监，而且三个女人在一起时展现出高度的情色修辞，首先是她们对多个情人和性伴侣的渴望，如夏蜜安的愿望就是："让我一个上午嫁了三个国王，又接连三次做了寡妇吧；让我五十岁生下一个贵子，犹太的希律王都要向他低头致敬呢；看我的掌纹，让我嫁给屋大维·凯撒吧，好跟我的娘娘平起平坐了。"（430）其次也反映出埃及宫廷这一女性空间中，玛狄安无法满足她们的生理需求，如玛狄安就自陈："我什么也干不了，只懂得干那当真是干净的事儿；可我的情欲好凶呢，叫我尽想着维纳斯和战神马斯干的好事儿。"（452）最后还体现出了她们渴望与任何对象进行任何性行为的强烈愿望，甚至克莉奥佩特拉也声称："女人跟太监玩，还不是女人跟女人玩"。（479）实际上，在与预言者对话的场景中，伊拉丝流露出她和夏蜜安共享同一张床的事实："去吧，你这个小淫妇（wild bedfellow），你会算什么命。"（431）我们一般认为这是"床伴"的意思，即两个侍女共睡一张床，但戈登·威廉姆斯认为这个词意为"性伴侣"，③而《牛津英语词典》对此的一个定义则是"丈夫或妻子；或者情妇"。④ 可见伊拉丝称呼夏蜜安为"小淫妇"含有某种情色意味，沃尔特·科恩（Walter Cohen）对此

① 太监被认为是将男人"女性化"的产物，参见 Dympna Callaghan, *Shakespeare Without Women*: *Representing Gender and Race on the Renaissance Stage*, London and New York: Routledge, 2000, pp. 49—74。

② Theodra A. Jankowski, "… in the Lesbian Void: Woman-Woman Eroticism in Shakespeare's Plays", in Dympna Callaghan, ed., *A Feminist Companion to Shakespeare*, Malden: Blackwell Publishers Ltd., 2000, p. 310.

③ Gordon Williams, *A Glossary of Shakespeare's Sexual Language*, London: Athlone, 1997, p. 41.

④ OED 的定义有两个。第一个定义认为是"与他人分享床的人"。〈http://www.oed.com/search? searchType = dictionary&q = bedfellow&_searchBtn = Search〉

加注了一个形容词"放纵的"(licentious)。① 一方面,我们可以理解伊拉丝的对夏蜜安"小淫妇"的称呼指向了夏蜜安与男性之间的性行为,另一方面,这句话同样也暗指了伊拉丝与床伴夏蜜安之间的情欲行为,展现出克莉奥佩特拉宫廷这一女性空间中浓重的情欲氛围,实际上,我们看到,埃及艳后和她的侍女和仆人都在等待着彼此的情欲伴侣,那么在这种空间中,女仆为女主人打扮以及展现出对她亲密的忠诚时,意味着她们的关系已远超主仆。②

对现代批评家而言,莎士比亚笔下的埃及是一个与其女王形象重叠、充满情色之处。他们描述莎士比亚笔下的埃及是一个"狂欢的"、"善变的"、"柔弱的"、"让人陶醉的"、"永恒的"和"激情四溢"的地区,是罗马的对立面,从而提出了其如何呈现的问题。③ 剧史学家芭芭拉·霍奇登(Barbara Hodgdon)指出,空间和地理的极端呈现在《安东尼与克莉奥佩特拉》中似乎是不能表演的,一直到近来才有可能实现。④ 文学批评家乔纳森·多利莫尔(Jonathan Dolimore)则提出了相似的疑问:"(安东尼)的性欲……罗马为了埃及……如何在戏剧表演中向观众传达?"⑤克莉奥佩特拉的多变暴露出早期现代舞台在描绘其强大性欲和诉求上的局限,戏剧的隐晦嗅觉指涉则说明了香气意味着克莉奥佩特拉的权力和愿望通过视觉是不能被捕捉到的。正如哈里斯指出,克莉奥佩特拉在昔特纳斯河上的权力依赖于视觉壮观的叙述:"艾诺巴勃斯对克莉奥佩特拉的身体缺乏物质细节的奇怪叙述表明,她的权力存在于其隐身和公共游行的缺席上。"⑥哈里斯总结这种隐匿状态强调了窥视癖,实际上,早期现代剧场正是为观众提供了可窥视的娱乐场所,也许这种隐匿正挪用了早期现代剧场实践和娱乐对其他感官机制的依赖,特别是"奇异的"和"无形的"气味。显然,埃及宫廷这一空间也充斥着克莉奥佩特拉的"香气",剧中罗马权力的更迭和战争的爆发,都被认为是其

① Stephen Greenblatt, ed., *The Norton Shakespeare*, London: W. W. Norton & Company, 2008, p. 2646.

② Theodra A. Jankowski, "… in the Lesbian Void: Woman-Woman Eroticism in Shakespeare's Plays", in Dympna Callaghan, ed., *A Feminist Companion to Shakespeare*, Malden: Blackwell Publishers Ltd., 2000, pp. 310—311.

③ 关于埃及形象分析,参见 Richmond Tyler Barbour, *Before Orientalism: London's Theatre of the East*, New York: Cambridge UP, 2003, p. 58。

④ Barbara Hodgdon, "Antony and Cleopatra in the Theatre", in Claire McEachern, ed., *The Cambridge Companion to Shakespearean Tragedy*, New York: Cambridge UP, 2002, p. 241.

⑤ Jonathan Dollimore, "Shakespeare, Cultural Materialism, Feminism, and Marxist Humanism", *New Literary History* 21. 3 (1990), p. 487.

⑥ Jonathan Gil Harris, "'Narcissus in Thy Face': Roman Desire and the Difference It Fakes in *Antony and Cleopatra*", *Shakespeare Quarterly* 45. 4 (1994), p. 418.

"异香"的结果,正如艾诺巴勃斯所言,她的香气代表着罗马的责任与埃及的愉悦之间的隐喻和地理差异。① 因此,我们看到,剧中克莉奥佩特拉的"异香"不仅是其个人的,也是埃及宫廷的,更是整个埃及的,由此构建出一个充满致命诱惑的女性空间,从这个角度而言,克莉奥佩特拉的"异香"不仅代表着性,也代表着强势女王对周遭的控制。

三、克莉奥佩特拉与伊丽莎白女王

气味能让过去经历中难以回想起来的记忆浮现在脑海,并使之以异常生动的形式撞进当下。神经学家开始意识到,部分经历嗅觉经验的大脑处于同样参与巩固记忆的杏仁核的皮质外层,因而气味和记忆互相转喻相连。② 气味的指涉性和暂时性同样揭示出历史现象学的潜在问题,即它的表达目标是在单一的历史瞬间将感官体验转化为意义信息。③

尽管莎士比亚笔下的克莉奥佩特拉被罗马人和很多批评家看作非洲女王和情欲的他者(exotic Other),但其在戏剧的进程中更多的是白皮肤的英国人而非黑肤的埃及人,所以戏剧中的描述和舞台上的呈现存在巨大的差异。④ 剧中克莉奥佩特拉的智慧、猜忌、对彼特拉克体对话的使用和对悲痛的表达方式等特点,与伊丽莎白女王非常相似,所以同时代观众在看到克莉奥佩特拉时无疑会联想到熟悉的伊丽莎白女王,用彼得·艾瑞克森(Peter Erickson)的话来说就是激发了对女王的"洁白崇拜"。⑤ 首先,两位女王都扮演着神明的角色并将自己装扮成被崇拜的偶像。⑥ 其次,克莉奥佩特拉

① Holly Dugan, "Scent of a Woman: Performing the Politics of Smell in Late Medieval and Early Modern England", *Journal of Medieval and Early Modern Studies* 38. 2 (2008), p. 240.

② R. S. Herz and T. Engen, "Odor Memory: Review and Analysis", *Psychonomic Bulletin and Review* 3 (1996), pp. 300—313.

③ Jonathan Gil Harris, "The Smell of Macbeth", *Shakespeare Quarterly* 58. 4 (2007), p. 470.

④ Lisa S. Starks, "'Immoral Longings': The Erotics of Death in *Antony and Cleopatra*", in Sara Munson Deats, ed., *Antony and Cleopatra: New Critical Essays*, New York and London: Routledge, 2005, p. 251.

⑤ Peter Erickson, "Representations of Blacks and Blackness in the Renaissance", *Criticism* 35 (1993), p. 517.

⑥ 关于伊丽莎白女王与克莉奥佩特拉的平行研究,参见 Theodora A. Jankowski, "'As I am Egypt's Queen': Cleopatra, Elizabeth I, and the Female Body Politic", *Assays* 5 (1989), pp. 91—110;Keith Reinhart, "Shakespeare's Cleopatra and England's Elizabeth", *Shakespeare Quarterly* 23 (1972), pp. 81—86。

让使者将她与屋大维娅对比的对话，显然就是对伊丽莎白女王在听到苏格兰女王玛丽的消息后反应的辛辣讽刺。① 再次，克莉奥佩特拉对待使者的态度反复无常，很可能也暗示着伊丽莎白女王对待侍从的善变态度。此外，克莉奥佩特拉关于无辜和雷电的话语，让那些了解伊丽莎白女王最后几年宫廷生活的人们心有戚戚。进一步说，两位女王更广泛的平行关系体现在都是强势且怀有自我戏剧化意愿的女王。比如，两者都有陷入继承人问题的政治危机中，她们实际上也都已经不是童贞之身（伊丽莎白有众多情人，而克莉奥佩特拉的情人则是拥有政治权力的罗马人），但一直保持未婚来维持其权力。当然，更为重要的是，她们都将身体作为获取、维护政治权力的有力武器，克莉奥佩特拉的异香就是一种政治塑形工具，而伊丽莎白女王同样采用了香气作为一种统治策略。② 克莉奥佩特拉的堂皇出场无疑会让观众回忆起伊丽莎白女王的傲慢风格以及对公开展示奢侈的喜爱。③ 因此，斯塔克斯指出，此剧将克丽奥佩塔拉作为刚刚过去时代的伊丽莎白女王的替身，她们都懂得如何塑造自我形象并使之流行。④

以伊丽莎白时期的视角来看，安东尼与克莉奥佩特拉的悲剧代表着以分裂和倒置为特点的对身体政治的威胁。莎士比亚在剧中明确告诉我们，罗马的威胁是源于外部而非内部，直白地说就是克莉奥佩特拉这个女性带来的。我们看到，莱比多斯率领军队攻击罗马在亚洲边界的部队，随后庞贝攻击罗马的地中海边界。两个事件中，戏剧明确了罗马被围攻是因为安东尼，以凯撒的话来说就是，因为他陷入了埃及的温柔乡而背弃了罗马，于是庞贝在听到安东尼回归罗马后爽快承认停战。进一步而言，这说明了罗马的世界不容许分裂。安东尼与凯撒的竞争并非坏事，男人才是公共政治的一部分，女性是被排除在外的。即便凯撒打败了莱比多斯或违背了与庞贝的盟约，但他没有真正威胁到这个国家的根基。简言之，所有对罗马的威胁都源于安东尼与

---

① Arthur L. Jr. Little, *Shakespeare Jungle Fever*: *National-Imperial Re-Visions of Race*, *Rape*, *and Sacrifice*, Stanford: Stanford UP, 2000, p. 160.

② Richard Madelaine, ed., *Antony and Cleopatra*, Cambridge: Cambridge UP, 1998, pp. 12—13. 伊丽莎白女王喜欢公开展示身体，她会使用来自安特卫普的玫瑰水以及私人订制的从马郁兰中提取的香水，参见 Victoria Sherrow, *For Appearance' Sake*: *The Historical Encyclopedia of Good Looks*, *Beauty*, *and Grooming*, Westport: Oryx Press, 2001, p. 106。

③ Helen Hackett, *Virgin Mother*, *Maiden Queen*: *Elizabeth I and the Cult of the Virgin Mary*, Basingstoke: Palgrave Macmillan, 1995, pp. 41—49.

④ Lisa S. Starks, "'Immoral Longings': The Erotics of Death in *Antony and Cleopatra*", in Sara Munson Deats, ed., *Antony and Cleopatra*: *New Critical Essays*, New York and London: Routledge, 2005, p. 251. 关于伊丽莎白女王自我形象塑造，参见 Louis Montrose, "Shaping Fantasies: Figurations of Gender and Power in Elizabethan Culture", *Representations* 2 (1983), pp. 61—94。

克莉奥佩特拉的结合。在伊丽莎白时期的戏剧中,与贵族女性的联姻往往都是一种政治行为。实际上,对女性和政治权力的欲望并不能完全割裂开来。但是,在詹姆士一世时期的戏剧中,贵族女性和身体政治的象征关系破裂了,贵族女性也有成为个体和国家污染源的可能,剧中的克莉奥佩特拉就是典型代表。莎士比亚通过她这位高度自主的女性强调了伊丽莎白时期权力表征的中心,即女性统治下的男性社会。伦纳德·特尼豪斯(Leonard Tennenhouse)就指出克莉奥佩特拉等同于埃及,剧中对比着埃及的富饶、奢华和享乐主义与罗马的贫穷、严酷和克己主义,而莎士比亚对她的身体采用了狂欢化处理。[①] 正如艾诺巴勃斯的描述,就将她的身体定义为最终的客体和违反欲望的主体:"年龄不能使她见老;熟悉她也无法叫她变化无穷的伎俩变得平淡;别的娘儿们让你尝到甜头,你就没胃口了;她可是越给人满足,越叫你贪馋;最丑恶的搬到她身上,也赏心悦目;哪怕她在卖弄风情,最神圣的祭司也要为她祝福呢。"(474)因此,克莉奥佩特拉是作为一种对罗马的危害物出现的,而且正如凯撒向其朋友梅西那斯和阿格里帕所解释的那样,安东尼与埃及的错配,特别是他们所生的后代,将恣惠其他拥有血缘关系、非法的贵族挑战罗马的合法权威,从而具有颠覆秩序的危险:

> **凯撒:** 他干下这些事——还不止这些事,都为了表示对于罗马的蔑视——你且听我说,在亚历山大城的集市广场上筑起了一座铺上白银的高坛,克莉奥佩特拉和他两个,当众坐上了黄金宝座;在两人脚下,坐着凯撒里昂——他们这么称呼我父亲的儿子,还有这一对男女在淫乱的结合中生下的那些私生子;于是他正式把埃及的统治权授予了那个女人,立她为女王,全权统治叙利亚、塞浦路斯和吕底亚。
>
> **梅西那斯:** 是当众举行的吗?
>
> **凯撒:** 他们俩就在那群众聚集的广场,演出了这出戏。他几个儿子,他当场封他们做王中之王。(520—521)

在凯撒看来,这是"儿戏",是对罗马的蔑视和原有秩序的破坏。为了摧毁安东尼与克莉奥佩特拉,莎士比亚完成了两件事。他首先重置了罗马合法权威的来源(回归罗马),然后塑造强硬的男性力量角色(凯撒)以压制异

---

① Leonard Tennenhouse, *Power on Display: The Politics of Shakespeare's Genres*, London: Methuen, 1986, pp. 144—145.

国的女性力量角色（克莉奥佩特拉）。因此，他不仅将角色和奇怪的身体特征相结合，让这些角色的力量非法化，同时还让"他者"的身体在仪式中净化。最后一幕中，克莉奥佩特拉充分体现出非法权威的特点，她拒绝以罗马的形式自杀，而是以埃及皇后的仪表用埃及的毒蛇完成自尽，这一煞费苦心的处罚场景显然是为了净化剧中一切非罗马的事物。①

在残酷的政治世界中，克莉奥佩特拉仅仅证明了观众已知的事情，即她不是凯撒的对手，只有残忍无情的男人才能够抛弃和消灭其竞争者。当安东尼和克莉奥佩特拉退入私人空间死去时，凯撒成为了舞台的中心。在最后一幕中，胜利的屋大维命令埋葬其死去的敌人，克莉奥佩特拉的尸体依然在舞台的床上，那是她和安东尼同生共死的地方。屋大维和他的军队"将要为他们俩举行盛大的葬礼，然后再返回罗马"建立新的帝国（630）。莎士比亚将剧中的世界通过这一仪式父权制化，从而展现出女性权力的废止，实际上也就是在抹除伊丽莎白女王权力合法化的符号和象征。特尼豪斯指出，在莎士比亚的戏剧中，最重要的角色是那些有欲望的女性，其身体与装饰性的外表等同，而埃及艳后则集中代表着詹姆士一世时期那些想要成为污染源头的女性，她们对男性和国家的身体政治产生了极大威胁。② 卡罗尔·库克（Carol Cook）注意到，如同香气的多变一样，"此剧不断将克莉奥佩特拉置于对立冲突的特征之中：背叛/完美、满足/渴望、卑劣/神圣……克莉奥佩特拉的身份在无穷变化中拒绝了固定的本质身份，同时也就否定了屈从、满足罗马的稳定身份"。③ 因此，克莉奥佩特拉的香气被描述为强烈、快速、让人迷醉的，同时也唤起了英国观众的欲望与忧虑，因为她的奢侈、性欲与异国的芳香对男性身体有致命的影响。④ 此剧一开场菲罗对安东尼的负面评论立即被安东尼等人的入场证实，由此在剧中出现了语言和视觉想象的平行修辞。菲罗为狄米特律描绘了他们将军安东尼的糟糕变化："他那颗将军的心，在激烈的血战中曾经迸飞了胸前的扣子，现在却不顾一切地，甘心充当风箱，做一把扇子，去扇凉那吉卜赛骚娘儿的欲火。"剧场提示"喇叭齐奏。安东尼挽克莉奥佩特拉上，侍女、侍从等随上，太监为她打扇"（423—424）。之后，菲罗立即说道："好好地看一下"，提醒观众注意安东尼等人的出场，强调了其论断的正确

---

① Leonard Tennenhouse, *Power on Display: The Politics of Shakespeare's Genres*, London: Methuen, 1986, p. 146.

② Ibid., pp. 144—146.

③ Carol Cook, "The Fatal Cleopatra", in Shirley Nelson Garner and Madelon Sprengnether, eds., *Shakespearean Tragedy and Gender*, Bloomington: Indiana UP, 1996, p. 252.

④ Holly Dugan, "Scent of a Woman: Performing the Politics of Smell in Late Medieval and Early Modern England", *Journal of Medieval and Early Modern Studies* 38. 2 (2008), p. 231.

性。此处安东尼和阉人有着极大的相似性，就像菲罗所说，伟大的战士被迷惑而变得柔弱、不像男人了："他本是当今世界的三大台柱之一，现在却变成给婊子玩弄的傻瓜了。"(424)在埃莱娜·西苏(Hélène Cixous)看来，对女性的"身体书写"消解着男权文本，而莎士比亚的戏剧是无尽的、成为他者的场景，剧作家让"男人回归到女人，女人回归到男人"。① 她认为《安东尼与克莉奥佩特拉》示范了阴性书写(écriture féminine)，因为戏剧通过将他者植入身体从而书写身体。我们只需要让安东尼穿上克莉奥佩特拉的服装、让克莉奥佩特拉佩带上安东尼的宝剑，那么性别的错乱就成为了可能，正例证了西苏的论断。因此，我们看到，安东尼与克莉奥佩特拉的性联系导致他丧失了军事判断力，让其在战争中失去力量，并以自戕告终。

　　尽管此剧上演的是作为埃及人的克莉奥佩特拉，但她的香气(及莎士比亚对此的挪用)则代表着早期现代英国文化中气味的文学及物质意义。杜根指出，16—17世纪伦敦的市政游行队伍常采用气味来展示其经济实力，同时气味也是一种舞台道具(气味常被用以暗示角色的阶级、性别等社会差异，如低贱卑鄙的角色散发着臭气，而贵族则有香气，戏台上出现的花草水果等各种实际道具也散发着气味)，它在广泛而多样的戏剧性演出中隐秘展现出对民众的控制、宗教象征主义、王室权力、公民财产、重商主义兴趣等主题内容，以此践行着很多实际目的。② 哈里斯在《麦克白的气味》一文中问道："总之，什么意味着观赏戏剧的同时不但会用到眼睛和耳朵，还有鼻子？"他试图去除嗅觉(特别是臭气)的文化污名，"嗅觉……臣服于无处不在的文化，直到最近都受到了批评家的低估和轻视；而视觉至少在19世纪就开始与理性和文明关联，但嗅觉常被视为原始的领域"。他认为气味有着突破界限的能力，特别是记忆与嗅觉之间有着紧密联系，因为气味体现出过去与现在的瞬间交替重合，特别在莎士比亚的戏剧中，"气味的多元性时间观(polychronicity)通过对过去的呈现以及对现在自我身份的粉碎，进而产生一种爆发的暂时性(explosive temporality)"。③

---

① Hélène Cixous, "Sorties: Ways Out/Attacks/Forays", in Hélène Cixous and Catherine Clément, eds., Betsy Wing, trans., *The Newly Born Woman*, Minneapolis: U of Minnesota P, 1986, p. 98.

② Holly Dugan, "Scent of a Woman: Performing the Politics of Smell in Late Medieval and Early Modern England", *Journal of Medieval and Early Modern Studies* 38.2 (2008), pp. 233—234.

③ Jonathan Gil Harris, "The Smell of Macbeth", *Shakespeare Quarterly* 58.4 (2007), p. 467.

　　通过对《安东尼与克莉奥佩特拉》中香气的多变性、现在与过去的重合性进行分析，我们能够明确此剧不仅是一部罗马悲剧，更是一部詹姆士一世时期的现实戏剧。在戏剧的最后，只剩下年轻的凯撒（屋大维）独自掌控帝国，他将成为奥古斯都、文明帝国的化身，这正是莎士比亚赞助人詹姆士一世所渴望的统治模式。不过，剧中所有的描述似乎都偏向埃及一方，从艾诺巴勃斯对画舫场景的回忆到最终埃及艳后毒蛇的死亡之吻，克莉奥佩特拉这一角色的形象和语言是观众记忆最深刻的。通过对香气与身体政治的分析，我们发现此剧唤起了观众对刚刚经历过的女性统治时代的记忆，展示出长期在女性统治下被扭曲和压抑的男性心理，强调着对父权制统治世界的回归与巩固。

第五章 《雅典人泰门》的礼物经济

由法国人类学家马塞尔·莫斯(Marcel Mauss)的重要著作《礼物》(*The Gift*, 1925)所开创的"礼物研究范式",一直是 20 世纪人类学和社会学研究中最活跃的领域之一。[①] 在这一模式中,"礼物"并不是简单的物质性的物,而是在"礼物之成其为礼物"的事件中所呈现的纷繁复杂的神人关系、物我关系、社会交往关系和文化象征关系。同样,我们在文学作品中也能发现这一模式,费莉希蒂·黑尔(Felicity Heal)指出,早期现代时期对礼物本质的反映无疑在莎士比亚的作品中体现得尤为突出。16 世纪晚期礼物文化的赠与和接受,尤其在《雅典人泰门》、《威尼斯商人》以及《李尔王》中有非常明显的体现,礼物经济甚至成为了这些作品的核心。可以说,《雅典人泰门》是早期现代文本中与礼物理论相关的一部关键作品。[②] 本章试图借助礼物经济这一独特视角,通过友谊、金钱与同时代詹姆士一世的宫廷政治三方面对《雅典人泰门》进行细读分析,指出戏剧所体现的经济过渡时期的社会特征与政治讽喻。

一、《泰门》中的友谊

莫斯在《礼物》中讨论了西北美洲部落的"夸富宴(potlatch)"现象,即过度慷慨且富有竞争性的狂欢宴会。他认为宴会的接受者具有义务并最终需要提供回报,因为"夸富宴本身就是交换礼物的制度","送礼和回礼都是义务性的"。[③] 对深受莫斯影响的巴塔耶(Georges Bataille)而言,经济领域的本质就是耗费,只有耗费才能体现社会等级与财富的拥有,而财富就是用

① 张旭:《礼物:当代法国思想史的一段谱系》,北京:北京大学出版社,2013 年,第 2—3 页。

② Felicity Heal, *The Power of Gifts-Gift-Exchange in Early Modern England*, Oxford: Oxford University Press, 2014, p. 19; John Jowett, ed., *The Life of Timon of Athens*, Oxford: Oxford University Press, 2004, p. 31.

③ Marcel Mauss, *The Gift: Forms and Functions of Exchange in Archaic Societies*, Trans. Ian Cunnison. London: Cohen & West Ltd., 1966, p. 33, 1.

来赠予的,所以赠与者就是通过对耗费的失去和破坏,从而获得声望和道德感。简言之,"对财富的蔑视充实了他自己,他所提供的仅仅是自己的慷慨"。[①] 我们可以看到,在《雅典人泰门》中,尽管泰门并未由此提高自己的社会地位,也没有需要"夸富"的竞争对手,但他所展示出的奢侈、慷慨与夸富宴的本质是一致的。[②] 而剧中所体现的礼物经济观点,显然是将礼物赠予行为的个体置于社会结构之中并暗示获得某种回报。那么,泰门通过礼物经济(如慷慨的宴会、金钱的借出赠予等)想得到什么呢? 答案显而易见,即通过"礼物赠予"而获得"友谊"。

泰门悲剧的首要原因在于迷信"慷慨"所带来的"友谊"。在莎士比亚时代,人们普遍认为礼物赠予的最理想状态是塞内加《论恩惠/论施恩与受惠》(De Beneficiis)中所阐释的,"不过度"的赠予是积极的或"有益的","不送不必要的礼物"给受赠方,而是选择那些能够"改善生活"的礼物。[③] 与此理想模式恰恰相反,泰门以特别的方式大量赠予财物,部分来讲是为了满足他自己塑造公众声望和影响这一心理,从塞内加的角度来看,这是由其自尊心所造成的放纵。[④] 因此,《泰门》常被批评家视为对塞内加式准则的驳斥。[⑤]剧中的泰门被视为给予者的典型,他慷慨地挥霍自己的财富去满足那些忘恩负义之徒,正如泰门的总管弗莱维斯在第四幕第二景指出的那样,实际上,泰门并没有收获友谊:

> 谁愿意给名利嘲弄,或是生活在"友谊"的幻梦中? ——虚浮的荣华富贵就像花言巧语的"朋友"般不可靠! 可怜的老爷,就因为他老实、心地好,只落得把家产都败落了!(621)[⑥]

---

① Fred Botting and Scott Wilson, eds., *The Bataille Reader*, Oxford: Blackwell Publishing, 1997, p. 203.

② John Jowett, ed., *The Life of Timon of Athens*, Oxford: Oxford University Press, 2004, p. 32.

③ Seneca, *Moral Essays*, John W. Basore, trans., London: William Heineman, 1964, vol. 3, p. 37.

④ Ibid.

⑤ John M. Wallace, "*Timon of Athens* and the Three Graces: Shakespeare's Senecan study", *Modem Philology* 83(1986): 349—363; Coppélia Kahn, "'Magic of bounty': Timon of Athens, Jacobean Paronage and Maternal Power", *Shakespeare Quarterly* 38 (1981), pp. 34—57.

⑥ 本章所有引文参考莎士比亚:《雅典人泰门》,《新莎士比亚全集(第十卷)》,方平译,石家庄:河北教育出版社,2000 年。后文出自该著作的引文,将随文在括号内标出引文出处页码,不另作注。

可见泰门的慷慨是有问题的，其关键在于他对如何、怎样赠予礼物，缺乏恰当的判断，由此也就丧失了塞内加所指出的"正确情境下的赠予"。我们可以看到，剧中的泰门仅仅出于别人的要求，就不分青红皂白给予二十倍的回报。他慷慨的礼物交换方式对于构建真正互惠互利的关系而言毫无必要，反而带来了他人的轻视与利用。正如元老在第二幕第一景中指出：

> 如果我需要金子用，那好办，只消偷乞丐的一条狗，去送给泰门，这条狗就会给我变出金子来，要是我想把我的马卖掉了，再买进二十匹更好的马，怎么办？把我的马送给泰门——也不用开口要什么，给他送去就是了，它会立刻为我生下二十匹马。(571)

因此，我们从戏剧的开场部分就能够理解，正是不恰当的礼物赠予，才导致了泰门的衰败及其"朋友"的"忘恩负义"，此间我们不断被提醒着塞内加关于礼物的观点，并被告知对于赠予的错误理解将给人带来毁灭性灾难。最终，这位慷慨的主人最终变得众叛亲离、无人记起：

总管：唉，荣耀带来了多残酷的打击！在财富面前谁不想掉头就走呢——既然金钱只带来苦难和轻蔑？谁愿意给名利嘲弄，或是生活在"友谊"的幻梦中？——虚浮的荣华富贵就像花言巧语的"朋友"般不可靠！可怜的老爷，就因为他老实、心地好，只落得把家产都败落了！(621)

正如罗娜·哈特森(Lorna Hutson)指出的那样，"在16世纪，关于人与人之间的'友谊'已然从以好客的行为(acts of hospitality)和家庭内、家庭间礼物的流通所塑造的'忠实'(faithfulness)，变成了甚至是陌生人之间通过感情交流和物品交换而产生的工具性、情感性的关系"。① 哈特森所暗指的两种广义经济，即"礼物经济"和"早期商业交换经济"，实际上在早期现代英格兰是共存的。从这点来讲，礼物的话语变成了哈特森所言的有关"友谊"全新观念特性中情感沟通的一部分，但同时这种新型的友谊也摒弃了某些古代礼物交换的伦理（如蒙田认为理想的友谊是一种"解除所有责任义务

---

① Lorna Hutson, *The Usurer's Daughter*: *Male Friendship and Fictions of Women in Sixteenth-Century England*, London: Routledge, 1994, pp. 2—3.

的单一的、有原则性的友谊")。① 尽管哈特森主要关注的是男性友谊系统
下的女性角色,她的研究同样也反映出早期现代友谊及与之密切相关的礼
物赠予的理想状态,两者都以男性朋友之间交换真正礼物时所塑造的不断
发展和互惠互利的契约为核心。通过强调赠予的亲密性,双方互视对方为
忠诚的朋友,同时通过强调友谊的亲密性,在理论上保证了其礼物的价值。
正如西塞罗指出的那样,"互惠是一种自然属于友谊的好处……甚至那些用
虚情假意博得别人好感和出于不纯洁的动机赢得别人敬重的人,也能得到
这种好处。但是,友谊就其本性来说是容不得半点虚假的:就其本身而言,
它是真诚的,自发的"。② 我们看到,在《泰门》的例子中,哈特森所指出的以
慷慨好客为特征的旧式"友谊"变得支离破碎,莎士比亚认为,没有效率和互
惠的友谊是脆弱的。泰门的恣意赠予只能带来"表面粉饰的友谊"。除了强
调友谊与赠予之间的联系外,总管弗莱维斯反思了泰门的悲剧,并提出了有
关过度赠礼的问题。从这点上讲,此剧强调了"礼物系统中塞内加从未解
决"的问题,即"真正的慷慨和轻率的铺张浪费间的界限"。③ 倘若我们将慷
慨大方的人看作好人,那么泰门之所以"败落"实际上是"被好心所害",因为
他理解的礼物赠予是一种单方面的信贷,而非一种互惠的社会交换,正如我
们看到剧中的泰门要么拒绝接受他人的礼物,要么认为别人的礼物不值当,
或许他可以行使权威并获得浅薄的荣誉,但是其行为却最终解构了他的权
威,反映出他所处的社会是唯利是图和可耻的,友谊与荣誉也就变成了
幻想。

　　进一步而言,泰门的错误还在于将等级社会制度下的各色人等都平等
地视为"朋友",我们看到他的仆人和放债人、借债人都如同贵族和元老一般
作为平等的"朋友"坐在餐桌上。我们甚至还可以发现艾帕曼特对泰门铺张
好客的反应充满了关于消费、浪费和食人主义的比喻:"噢,天上的神明啊,
有多多少少在吃泰门呀,他却视而不见! 我的心好痛啊,眼看着那么多人都
把他们的肉块蘸着一个人的血,吃得好不高兴! 而那个人呢,疯到了没救的
地步,还一股劲儿地招呼大家快来吃我呀。"(558)苏珊·肖尔兹(Susanne
Scholz)在《身体叙述》(Body Narratives,2000)中追溯了餐桌礼仪与社会
形态之间的联系,并注意到早期现代作家如伊拉斯谟等所著的礼仪指导书

---

① Michel de Montaigne, "Of Friendship", in John Florio, trans., L. C. Harmer, intro.,
Montaigne's Essays, London: Dent; New York: Dutton, 1965, vol. 1, p. 205.

② 西塞罗:《论老年论友谊论责任》,徐奕春译,北京:商务印书馆,2003 年,第 57 页。

③ John M. Wallace, "*Timon of Athens* and the Three Graces: Shakespeare's Senecan stud-
y", *Modem Philology* 83(1986), p. 352.

常常告诫读者不要狼吞虎咽地进食，因为这是正直的人所不屑的。[1] 肖尔兹特别指出，"在礼仪指导书中讨论了行为举止规范，其中餐桌礼仪极度重要，因为吃是在社会环境中进行的活动……进食者处于被观察的位置，并由此体现其社会地位"。[2] 显然，泰门所招待的食客在吃肉时既没有显示他们的诚实正直，也没有体现他们的社会地位，泰门认为他的食物、礼物惠及了这些朋友，而实际上，食客们仅仅是贪婪的消耗者和破坏者，正如莫斯描述与食物礼物密切相关的"夸富宴"有着"滋养"和"消耗"双重意义一样。[3] 剧中的礼物经济观念是基于同时代的赞助人系统，所以这种礼物赠予经济和莫斯分析的西北美洲部落"夸富宴"的本质相同。[4] 因此，在艾帕曼特眼中，自私自利的食客对主人肉食的消费与他们对主人的谄媚是同步结合的。

可见，泰门通过礼物经济获得"友谊"是失败的，一方面是由于他对"朋友"定义的错误理解。莎士比亚时代的"朋友"一词既有我们现代意义上的含义，也指等级制度家庭中的其他成员。[5] 正如泰门自己认识到："把朋友们的财富认为就是我自己的一份财产——还有什么比这更合适、更天经地义的吗？噢，这是多么让人欣慰的美事啊——有那么多亲兄弟一般的朋友，大家都可以支配彼此的财产。（561）"他没有将自己的身份定位在自己的财产或身体上，也不是他的家庭和家族，而是他认为自己在身边所构建的暂时的、由消费缔造的"家人"之中，朋友间彼此都是父母和长辈权威的替代品。另一方面则是因为他通过慷慨获得的"友谊"是虚假的。泰门混淆了单方面的礼物赠予（如父亲对儿子、贵族对庇护者、赞助人对赞助者）与互惠互助为基础的两种"友谊"。作为主人的泰门，实际上是想通过父权制下单方面的赠予，来获得平等互惠的友谊，显然这只是他的一厢情愿而已。

---

① Susan Scholz, *Body Narratives*: *Writing the Nation and Fashioning the Subject in Early Modern England*, London: Macmillan Press, 2000, p. 21. 博赫尔在其文章中列举了 1621 年海（Hay）勋爵招待法国大使的晚宴，他注意到菜单的丰富，认为"对勋爵而言，大量摆上餐桌的食物都被浪费了，而这种浪费既证明了他的身份地位，也表明了其客人的尊贵，其'值得他这样接待'"，参见 Bruce Thomas Boeher, "Renaissance Overeating: The Sad Case of Ben Jonson", *PMLA* 105 (1990), p. 1077.

② Susan Scholz, *Body Narratives*: *Writing the Nation and Fashioning the Subject in Early Modern England*. London: Macmillan Press, 2000. p. 23.

③ Marcel Mauss, *The Gift*: *Forms and Functions of Exchange in Archaic Societies*. Ian Cunnison, trans. London: Cohen& West Ltd. 1966. p. 4.

④ Anthony B. Dawson and Gretchen E. Minton, eds., *Timon of Athens*, London and New York: Bloomsbury, 2008, p. 72.

⑤ John Jowett, "Middleton and Debt in *Timon of Athens*", in Linda Woodbridge, ed., *Money and the Age of Shakespeare*: *Essays in New Economic Criticism*, New York: Palgrave Macmillan, 2003, p. 224.

二、《泰门》中的金钱

泰门的管家弗莱维斯一早就警告他的主人，"收买这一片赞美声的金钱一旦花完了，众口交赞的声浪也寂灭了"。那些酒肉朋友就会"脚底上了油"：

> 神明保佑吧，咱家的整个大宅院吆五喝六的，挤满了酒色之徒；我们的酒窖里，酒，满地泛滥，像痛哭流涕；每个厅，每个房，全都是灯火辉煌，歌声喧嚣，我就独个儿躲在漏个不停的酒龙头边，我的泪水也在哗哗地直流。(582)

显然，泰门用以交换获得友谊的礼物实际上是金钱，剧中明显压缩了礼物和金钱的流通过程，泰门和其他人之间的礼物交换就像一个骗局："这回事可真是把人搞糊涂了，要泰门归还的，比他欠下的多得多；就好比你家大爷戴了他那许多珍贵的珠宝，再向他讨珠宝的钱。"(598)换句话说，债务人骗债权人付钱。剧中诸如"友谊"、"荣誉"之类的词仅仅是金钱利益关系的核心词罢了。正如柳西乌斯讲道："说来真让我痛心，刚好在前天我用去了一笔小钱，就此失去了这天大的荣誉(592)"，以此为借口拒绝借钱给泰门。[1] 莎伦·奥戴尔(Sharon O'Dair)就指出："莎士比亚的戏剧对那些为了解决不平等和从属关系而将马克思及马克思主义阶级分析作为背景的批评家而言，解读起来十分困难，他们会忽视或低估早期现代社会已确认的、竞争性的分层化模式，即在一个声望经济替代货币经济的等级制度展示出的模式。"[2]而维克多·科尔南(Victor Kiernan)同意这一观点，认为对马克思主义者而言，莎士比亚的戏剧"似乎凸显出当时的困境……我们没有看到封建贵族和注定取代其的阶级之间的悲剧冲突"。[3] 但即使有部分差异，马克思和莎士比亚同享了广义上相似的理论视角。实际上，马克思将莎士比亚

---

[1] John Jowett, "Middleton and Debt in *Timon of Athens*", in Linda Woodbridge, ed., *Money and the Age of Shakespeare*: *Essays in New Economic Criticism*, New York: Palgrave Macmillan, 2003, pp. 219—236.

[2] Sharon O'Dair, *Class*, *Critics and Shakespeare*: *Bottom Lines on the Culture Wars*, Ann Arbor: University of Michigan Press, 2000, pp. 46—47.

[3] Victor Kiernan, *Eight Tragedies of Shakespeare*: *A Marxist Interpretation*, London: Verso, 1996, p. 34.

视为一位经济问题上的严肃权威，多次引用泰门的反金钱论述。剧中的泰门因为厌恶雅典市民的自私自利，选择自我流放，坐在城墙外大声诅咒，挖着泥土中的草根为食：

> 这是什么玩意儿？金子吗？黄澄澄的，亮光光的，最贵重的黄金？不，老天，我可不是那不干事光念经的信徒。苍天在上，我要的是树根。这东西，就这么一点儿，就能把黑的变成白的，使丑的变成美，没理变成有理，卑贱变尊贵，白头变成了青春，怯懦变英勇。嘿，你们这些天神，干吗拿这个来？这算是什么东西？唉，这东西把你的祭司和仆人从你的身边拉走；把壮汉的枕头从他的头颅地下突然抽去。都是你这个黄脸的奴才，使异教联合，却又使同宗分裂，使该遭诅咒的蒙受祝福，又能叫白斑点点的麻风病受众生的爱慕；能举抬小偷，偏叫他高高在上，受屈膝的敬礼，和元老们平起平坐。正是这黄金叫干瘪的寡妇重又当了新娘。哪怕禁锢在病房，长一身肿瘤，人人见了她都要倒尽了胃口，可只消有了这黄金，就像洒一身香水，又焕发了青春，像四月艳阳天。来，该死的"泥土"，你这千人万人手里经过的娼妓，你这在民族间挑起争端的害人精，我倒要叫你使展出你黄金的本领。嘿，战鼓声？你倒是很有灵性呢，可我要埋了你。（624—625）

《圣经》中《以赛亚书》记载了禁止迷信"人类双手创造物"的观点，如"他们必不仰望祭坛，就是自己手所筑的"，"将列国的神像都扔在火里，因为他本不是神，乃是人手所造的，是木头、石头的，所以灭绝他"。① 此处莎士比亚将《圣经》的观点应用到戏剧中，对金钱这一人为制造定义物品的作用进行了精确的诊断。② 而马克思写作时正经历着旧体制下欧洲封建社会的最终解体阶段，他发现资本主义的种子早在 16 世纪的英格兰已然种下，金钱的力量正在不断膨胀。他对于泰门所焦虑的金钱异化印象深刻，随后在《1844年经济学哲学手稿》中认为"莎士比亚把货币的本质描绘得十分出色"，并强调了两种特性：

（1）它是看得见的神，它把一切人的和自然的特性变成它们的对立物，把事物加以普遍的混淆和颠倒；它能使各种冰炭难容的人亲密

---

① 《圣经》，南京：中国基督教三自爱国运动委员会，中国基督教协会，2000 年，第 1101、1134 页。

② David Hawkes, *Shakespeare and Economic Theory*. Bloomsbury：London，2015，p. 39.

起来。

（2）它是人尽可夫的娼妓，是人们和各民族的普遍的撮合人。把一切
　　人的和自然的性质加以颠倒和混淆，使各种冰炭难容的人亲密起
　　来——货币的这种神力就包含在它的本质中，即包含在人的异化
　　了的、外化了的和出让了的类的本质中。它是人类的外化了的能
　　力。凡是我作为人所不能做到的，亦即我个人的一切本质力量所
　　不能做到的，我借助于货币都能做到。因此，货币把这些本质力量
　　中的每一种本质力量都变成它本来所不是的那个东西，亦即变成
　　它的对立物。①

马克思评论道："我的货币岂不是把我的一切无能变成它的反面吗？……货
币岂不是一切纽带的纽带吗？它岂不是能够束紧和松解任何纽带吗？"他将
货币视为"它把一切人的和自然的特性变成它们的对立物……把一切人的
和自然的性质加以颠倒和混淆……它是社会普遍的化合力"。② 这里的话
与泰门对金子的批评和对雅典的诅咒不谋而合，而且泰门实际上想用金子
给雅典带来诅咒，更准确地说，是用金钱的力量达到自己的目的，用马克思
的话来讲就是"从想象的存在转化为实在的存在"。③ 马克思从莎士比亚作
品中提炼出的两个关键观点已经被历史明证。首先，货币的本质变得明显、
外露。其次，货币将人变成了物。因此，莎士比亚实际上是将历史融入了作
品，剧中泰门对货币、金钱意义的阐释，无疑是源自以市场为导向的资本主
义社会诞生的历史背景中。④

　　我们可以毫不奇怪地发现，剧中大量出现有关经济的词汇，如"金子"
（gold）在剧中出现了 36 次，远超莎士比亚的其他戏剧。此外，"高利贷（u-
sury）"一词出现了 8 次，甚至超过了《威尼斯商人》中出现的次数，而且《泰
门》中没有任何女性角色，剧中也仅仅探讨了男性之间的关系。除了泰门晚
宴上献舞艺人扮演亚马逊女战士说了两行话外，仅剩的女性台词来自于与
雅典将领阿西巴弟存在经济关系的两个情妇，显然此剧的语言是男性的、商
业性的。⑤ 正如肯尼斯·博克（Kenneth Burke）指出，"因为此剧几乎完全

　　① 马克思：《1844 年经济哲学手稿》，刘丕坤译，北京：人民出版社，1979 年，第 104—106 页。

　　② 同上，第 106 页。

　　③ 同上，第 107 页。

　　④ David Hawkes, *Shakespeare and Economic Theory*, Bloomsbury: London, 2015, p. 40.

　　⑤ Peter F. Grav, *Shakespeare and the Economic Imperative*: *"What's aught but as 'tis valued?"*, Routledge: New York, 2008, p. 133.

关注男人之间的关系(这个世界就是崇拜金钱之神的世俗修道院),女性角色完全是多余的"。①《泰门》中几近于零的女性声音,反映出的正是男性占压倒性优势的商业贸易世界,而这正是与雅典和莎士比亚写作时代英格兰一致的。同时《泰门》也提供了将家产(estate)视为金钱的逻辑,剧中的 8 个关于家产(estate)的例子都直接指向金钱。泰门的仆人卢西留斯拒绝女儿自己选择求婚者,因为"辛苦积下了一笔家产(estate),绝不愿让一个站在餐桌边伺候的奴仆做我的继承人"(546),但当泰门允诺付出相同陪嫁数额的金钱时又欣然同意。总管试图警告泰门他的"钱财像退潮一般在落下去,债务却像涨潮般汹涌地往上升(581)",之后又讲到"往往是人到走投无路了(an estate is least),这才醒悟:花言巧语是信不得的"(651—652)。文蒂狄斯在埋葬了父亲之后,"继承了一大笔财产"(585)。在街上的路人讨论着泰门的"产业已经败落了"以及他对柳西乌斯的照顾:"拿钱来替他还债,维持他门庭"(591,593),辛普洛尼就指出其他人"有今天这份家产,都全靠他(泰门)"(594),而诗人也告诉画师:"有好处到手,偏是迟到了一步,对自己怎么交代——又怎么对得住(then do we sin against our own estate)?"(656)因此,《雅典人泰门》中有关"财产(estate)"的逻辑和意义,细致地描述出同时代社会经济的变化情况。②

由此可见,泰门的悲剧就在于他误解了所处世界的社会和经济需求。前资本主义社会中的礼物赠予者,在现代社会的功利主义驱动下已经消失,作为早期现代文本的《泰门》深刻参与了由货币发展所驱动的社会体系,泰门成为前资本主义社会下的慷慨礼物赠与者,这正是他在剧中和社会现实中的中心角色。③ 泰门宣扬着残余的中世纪自由的美德(virtue of freedom),但在一个不再重视高尚美德的现实经济社会,他缺乏必需的节俭美德和适时的经济关注。泰门不关心如何获得金钱,而是迷信旧有的封建等级制度经济体系,即依靠男人之间的血缘和友谊所建立的经济形态。对于总管以及现代观众所意识到的明显社会经济事实,泰门选择视而不见,他在剧中的一系列行为,如操办盛宴、解救入狱的朋友、促成欢喜的婚姻、资助艺术家等等,都需要金钱的支撑。显然,观念落后、对现实经济状况不敏锐的

① Kenneth Burke, *Language as Symbolic Action*: *Essays on Life*, *Literature and Method*, Berkeley: University of California Press, 1966, p. 118.

② Peggy A. Knapp, *Time-Bound Words*: *Semantic and Social Economies from Chaucer's England to Shakespeare's*, New York: Palgrave Macmillan, 2000, pp. 46—47.

③ John Jowett, ed., *The Life of Timon of Athens*, Oxford: Oxford University Press, 2004, p. 32.

泰门从富裕到贫穷的命运是必然的。

三、《泰门》与詹姆士一世

雷蒙德·威廉姆斯(Raymond Williams)曾认为霸权是"一套意义和价值的存在系统……处于一种强势的'文化'中,但这种文化也被视为特殊阶层的现实支配和从属关系"。① 因此,我们可以发现,在戏剧开场所描述的以好客与尊重为关键因素的仪式和庆祝系统中,以利益与礼物为核心的权力正悄然进行着社会操控,因为在早期现代,礼物赠予并不是一项慷慨的自发性行为,这种习俗是社会义务与事务处理网络中不可或缺的一部分。② 考比利亚·库恩(Coppélia Kahn)也指出:"伊丽莎白及詹姆士一世时期的赞助制度是包含礼物赠予、经济债务、高利贷等构成赞助人制度的文化形式,而《泰门》则探讨了伊丽莎白和詹姆士一世宫廷中,权力斡旋下,隐含于礼物与借贷之下危险的不确定性。"③

我们在剧中看到一个关键词"慷慨(bounty)",泰门邀请他的客人"共度良宵(bounteous time),好好地欢乐一番(554)",而他的客人十分愿意"领受泰门老爷的热情(bounty)(555)",泰门的总管则讲出实际上"'慷慨'没能在它背后生眼睛",所以吃了大亏(565)。阿谀奉承的柳西乌斯告诉泰门的仆人赛维留斯"替我多多问候这位好老爷(commend me bountifully to his good lordship)(592)"。后来仆人则伤心地讲:"从来也不知道上锁的大门,今后那许多岁月里(many a bounteous year),只得关门落闩了,好保护无力偿还债务的主人(596)"。"bounty"在剧中的不同变化形式(bounty, bounties, bounteous, bountiful, bountifully)比莎士比亚其他戏剧都多,而且都是伴随着泰门的名字出现的:他是一个"助人为乐的好老爷、好主人(bountiful good lord and master)"和"出手阔绰的君子(a bountiful gentleman)"(587—589)、"慷慨大方(the very soul of bounty)(568)""慷慨的泰门(bounteous Timon)(631)"等等。相关的另一个词(plenteous)同样在《泰

---

① Raymond Williams, *Marxism and Literature*, Oxford: Oxford University Press, 1977, p. 110.

② Jonathan Bate & Eric Rasmussen, eds., *William Shakespeare Complete Works*, Beijing: Foreign Language Teaching and Research Press, 2008, pp. 1744—1745.

③ Coppélia Kahn, "'Magic of bounty': Timon of Athens, Jacobean Paronage and Maternal Power", *Shakespeare Quarterly* 38 (1981), p. 35.

门》中出现的频率最高。例如,丘比特奉承泰门"慷慨的胸怀(plenteous bosom)"(562)。剧中对"慷慨"的不断强调以及语言的夸张,都是对无尽挥霍的刻画。奉承的贵族从铺张浪费中获得好处,甚至无法用言语表达他们的喜悦之情,因为他们几乎不用付出什么。贵族甲指出:"有哪一位慈善家能比他更慷慨的?"贵族乙则回应:"他的恩惠像海洋,管金银的财神普鲁托,不过是他的管家罢了。"(555)这种对泰门言不由衷、具有讽刺性质的颂扬话语,明确表现出奉承者的阿谀奉承,同时也成为了剧中视觉与语言符号化讨论的一部分。① 正如画师希望以"一千幅醒世图,比文字更触目惊心"胜过诗人(544),同样,剧场也能以视觉表现来展示泰门的宴请活动的铺张浪费。这类词汇实际上揭示的是詹姆士一世宫廷生活的铺张浪费,"揭示了赞助人和受助人间可接受行为的界限",使用了"同性性行为的语言"来描述特别是男性社会的过度浪费,反过来也与经济交换的崩塌和"慷慨之举"的全面消费(exhaustive consumption of "bounty")密不可分。② 由于其随意和过度的礼物,泰门被描绘为社会和性方面都堕落了。如果莎士比亚给我们的讯息是"当父亲失去赠予礼物的权力,孝道也就消失",那同样也意味着对国王的"慷慨之举""魔法"消失的担忧:詹姆士一世即位后,在处理王室赞助事务上明显缺乏辨别力,"酒肉之徒"威胁着那些更加值得的受助人。③

礼物的赠予显然不完全是利他的:可以视为一项投资,某天又能够给予赠与者巨大回报。④ 詹姆士一世就像泰门一样,坚定期待着慷慨也能换来慷慨。他想象着赠予中的互惠互利将在国王和臣民间互通。正如他在1610年3月告诉国会的那样:"我慷慨大方;但我希望你们会考虑我对你们的赠予,反过来,你们也要对我有所回报。"⑤臣民有义务满足国王的财政需要。他确信"好的臣民应该选择满足国王的需求而不是只想着自己"。⑥ 大卫·贝文顿(David Bevington)梳理了詹姆士一世和《泰门》的关系,认为詹姆士一世挥霍无度的原因显而易见。⑦ 詹姆士一世来自北方遥远的苏格

① David Bevington and David L. Smith, "James I and *Timon of Athens*", *Comparative Drama* 33 (1999), p. 71.

② Jody Greene, "'You Must Eat Men': The Sodomitic Economy of Renaissance Patronage", *Gay and Lesbian Quarterly* 1 (1994), p. 185.

③ Ibid., p. 180.

④ David Bevington and David L. Smith, "James I and *Timon of Athens*", *Comparative Drama* 33 (1999), p. 66.

⑤ Johann P. Sommerville, ed., *James VI and I: Political Writings*, Cambridge: Cambridge University Press, 1994, p. 197.

⑥ Ibid., p. 192.

⑦ David Bevington and David L. Smith, "James I and *Timon of Athens*", *Comparative Drama* 33 (1999), pp. 56—87.

兰,一个更小也更贫瘠的王国,他在抵达繁荣的伦敦时经历了震撼。① 在苏格兰,他需要和要求严苛的长老会争斗,他的童年经历了 1567 年父亲被谋杀及次年玛丽王后的流放,童年的创伤经历让他渴望"买到"对他人的影响。这种强烈愿望显然导致了他后来的挥霍浪费。② 尽管詹姆士能够拈熟而成功地处理苏格兰政治事务,但英国王位让他有一种摆脱束缚的自我膨胀感,导致后期政治上的混乱和不稳。③ 他沉溺于进行慷慨的赏赐,而苏格兰和英格兰货币的差异性又加深了这种沉迷度,因为苏格兰镑只值英镑的十二分之一,詹姆士一世对他掌控的金钱仅仅有模糊的概念。他的轻率膨胀最著名的例子莫过于册封骑士。伊丽莎白一世在位 45 年间仅册封了 878 名骑士,而詹姆士一世仅在继位的最初 4 年里就册封了 906 位。④ 同时,从他继位到逝世,他把王国中的贵族家庭从 55 个扩展到 120 个。⑤ 伴随这种"荣誉贬值(inflation of honors)"而来的,则是前所未有的财政开支。詹姆士一世在继位的最初 4 年里就赏赐了价值 68153 镑礼物和每年近 30000 镑年薪。其服装的开支,由伊丽莎白一世最后 4 年的 9535 镑每年,增长为其统治前 5 年的 36377 镑每年。伊丽莎白一世逝世时,王室的净债务为 100000 镑,而到了 1608 年则达到 597337 镑。⑥ 库恩注意到,历史学家们"赞同詹姆士一世治下财政收支不平衡的根源,主要在于国王无法控制的赠予赏赐行为"。⑦ 另一方面,詹姆士一世的开支,大部分用于宫廷娱乐活动。宫廷财务大臣的账簿表明,宫廷庆祝活动的开支,从伊丽莎白最后 4 年的 13975 镑,增长到詹姆士一世前 5 五年的 20096 镑。作为财务办公室文员的历史学家阿瑟·威尔森(Arthur Wilson)就写到,宫廷是"一个不停歇的化装舞会,王后及侍女就像众多的海妖和海女一样,穿着多姿多彩的服装让观看者眼花缭乱。……国王让黑夜比白天更光辉灿烂"。⑧ 为了庆祝继位

---

① Menna Prestwich, *Cranfield*: *Politics and Profits under the Early Stuarts*, Oxford: Clarendon Press, 1996, p. 10.

② Derek Hirst, *Authority and Conflict*: *England*, *1603—1658*, London: E. Arnold, 1986, p. 97.

③ Jennifer M. Brown, "Scottish Politics, 1567—1625", in A. G. R. Smith, ed., *The Reign of James VI and I*. London: Macmillan, 1973, pp. 22—39.

④ Lawrence Stone, *The Crisis of the Aristocracy*, *1558—1641*, Oxford: Clarendon Press, 1965, pp. 71—74, 81—82.

⑤ Ibid., pp. 97—104.

⑥ Menna Prestwich, *Cranfield*: *Politics and Profits under the Early Stuarts*, Oxford: Clarendon Press, 1996, pp. 12—17.

⑦ Coppélia Kahn, "'Magic of bounty': Timon of Athens, Jacobean Paronage and Maternal Power", *Shakespeare Quarterly* 38 (1981), p. 42.

⑧ Arthur Wilson, *The History of Great Britain*, *being the Life and Reign of King James the First*, London: Richard Lownds, 1653, pp. 53—54.

后的第一个圣诞,詹姆士一世在汉普顿宫举行了几场舞会,花费了 2000—3000 镑以及超过 20000 镑的珠宝。① 伊丽莎白一世时期的朴素宫廷,被"奢华和丰富多彩""服装和花费菲靡"所取代。② 这一行为的直接结果,就是王室的债务很快成为主要的政治问题,伊丽莎白时期从未出现的问题,成为了当时众议院和枢密院常常争论的议题,由此詹姆士一世获得了"基督教国家中最聪明的傻瓜"这一外号。③ 所以,我们可以看到,"《泰门》代表着一种对奢侈浪费危害的批评视角,适用于当王室靠借贷来处理事务的特别时刻"。④

进一步而言,剧中还揭示出同时代贵族由于挥霍无度而造成的窘迫经济状况。在 17 世纪的前 20 年里,慷慨大方这一传统的贵族美德和对花销的毫不在意,与贵族们实际采取的紧缩方针产生了激烈的矛盾。随着英格兰变成世界贸易强国,奢侈品也成为了人们易于购买的商品。同时,随着时尚品味变得复杂,那些希望给身份相当的人和下属留下拥有大量"财富"印象的贵族们,被迫增加开支,其结果就是借贷市场的极度繁荣。截至 1608 年,王室的债务变成了严重的危机,其他上层贵族的状况也"犹如大海里的一叶扁舟"。⑤ 16 世纪后期和 17 世纪早期的债务流通,被劳伦斯·斯通(Lawrence Stone)称为"巨大的旋转木马,伦敦的有钱人每 6 个月左右就相互支付金钱",⑥就像剧中元老们所做的一样:

> 要跟他(泰门)说:"急用逼得我好紧,立等着拿我的钱来救自己的急,他的欠款早已过期了。"(572)

表面上,作为一个入不敷出、财务状况紊乱的贵族,泰门成为了历史与

---

① Roger Wilbraham, "The Journal of Sir Roger Wilbraham, Solicitor-General in Ireland and Master of Requests for the Years 1593—1616", in Harold Spencer Scott, ed., *Camden Miscellany* 10, no. 1, 3rd series, vol. 4, London: Camden Society, 1902, p. 66.

② Godfrey Goodman, *The Court of King James the First*, vol. 1, J. S. Brewer, ed., London: R. Bentley, 1839, pp. 199—200.

③ Bruce Galloway, *The Union of England and Scotland, 1603—1608*, Edinburgh: J. Donald, 1986, pp. 59—60.

④ Jonathan Goldberg, *James I and the Politics of Literature: Jonson, Shakespeare, Donne, and Their Contemporaries*, Baltimore: Johns Hopkins University Press, 1983, p. 268.

⑤ Stephen Greenblatt, ed., *The Norton Shakespeare (Third Edition)*, New York: W. W. Norton & Company, 2016, p. 2573.

⑥ Lawrence Stone, *The Crisis of the Aristocracy, 1558—1641*, Oxford: Clarendon Press, 1965, p. 528.

文学类型的具现。克里斯托弗·克雷（Christopher G. A. Clay）指出：
"……日益增长的挥霍消费，再加上普遍的通货膨胀，很容易出现严重的债
务危机。"①克雷的话同样适用于泰门卖掉土地来筹措资金的行为：1602 至
1641 年间，37 个历史悠久的贵族家庭中就有 14 个失去了家产中至少一半
的庄园，同时 22 个失去了四分之一。② 但《雅典人泰门》中主人公的悲剧，
强调的是个人经济衰败的过程和影响，以及恢复和重新整合的不可能。在
戏剧第一幕中，泰门认为他的金钱业务是与部分赠与者的影响和对待部分
接受者的态度所一致的。在一个非正式的、小规模的信贷系统中，爱与金钱
的差异、借贷与礼物的差异变得模糊不清，因为朋友间会偶尔给予对方财务
帮助。但是，在詹姆士一世的英格兰，无能的上层阶级才会过分约束"善意
的理解（friendly understanding）"：只有非常少的人，才会借贷超出承受范
围的大量金钱。借贷于是从友谊的延续和赞助人制度分离出来，逐渐成为
相对陌生人之间的一门生意。特别是高利贷这种非法活动，也快速扩张，并
成为实际生活中不可或缺的一部分。③

　　大部分学者认为《泰门》写于 1606 至 1608 年间，即詹姆士一世继承英
国王位后几年。剧作家正是由于观察到这几年的时局，于是泰门的经济窘
境成为其写作焦点。如果正如众多批评家认为的那样，这部戏剧之所以未
完成、未上演，其原因在于其所反映和批判的正是詹姆士一世的宫廷政治生
活。④ 尽管没有《泰门》在莎士比亚生前演出的记录，但这部戏剧依然反映
出 17 世纪早期历史和经济状况。"实际上，泰门的演说以及超越了戏剧本
身所具有的社会和经济意义，莎士比亚透过泰门……作为发表自己对于同
时代社会发展态度的代言人。"⑤因此，莎士比亚实际上已经观察到了社会
上经济形态的激烈转型，这种转型的影响不只限于财政事务，也体现在宫廷
政治和贵族社会生活方面，戏剧显然对詹姆士一世及同时代贵族的经济生
活提出了批评。

　　在莫斯对礼物的经典研究中，对礼物发展的认识有两个方面：一方面，

---

① C. G. A. Clay, *Economic Expansion and Social Change: England 1500—1700*, vol. I, Cambridge: Cambridge UP, 1984, p. 150.

② Ibid., p. 157.

③ Stephen Greenblatt, ed., *The Norton Shakespeare*, third edition, New York: W. W. Norton & Company, 2016, p. 2574.

④ Ibid., p. 2573.

⑤ E. C. Pettet, "*Timon of Athens*: The Disruption of Feudal Morality", *Review of English Studies* 23 (1947), p. 329.

他认为，随着时代的变化，礼物交换的范围逐渐收缩；另一方面，他又坚持说，礼物交换是生活的一个永恒的组成部分。在莫斯的影响下，不少人类学家、历史学家从进化的角度，讨论了礼物经济与商品经济之间的消长关系，认为在市场经济扩张的影响下，礼物交换将逐渐但不可逆转地退出历史舞台。① 而剧中后部分，泰门的疯癫行为和态度，更是体现了德里达提出的问题："经济流通的疯癫（mad）在等价性中废除了礼物？ 或者是超越、消费或解构？"②这个问题在泰门的戏剧性经济衰落中特别有意义，因为交换的经济流通是脆弱的：它们以商品和服务为中心，而这些事物从根本上讲是过度的、浪费的，因而也是自我解构的。所有的都是疯癫（mad），都是由交换的分解变成了虚无（nothingness），因而能够将内部功能毁灭的能力。③ 此剧确实暗示了一系列与不当交换（improper exchange）相关的疯癫（madness），同样也唤醒了对詹姆士宫廷铺张浪费消费观念的修正。④ 从这点上来看，德里达所讲的礼物交换的疯癫，对塑造和解构礼物交换观念而言都是恰当的，所以我们既可以以将泰门的悲剧视作对礼物经济理解不当的结果，也可以将其视为对詹姆士一世挥霍无度的宫廷政治的讽喻，更为重要的是提醒观众理解同时代的经济过渡特征，达到警醒世人的目的。

---

① 刘永华：《戴维斯及其〈马丁盖尔·归来〉》，娜塔莉·泽蒙·戴维斯著，《马丁盖尔·归来》，北京：北京大学出版社，2009 年，第 VIII 页。

② Jacques Derrida, *Given Time：I. Counterfeit Money*, Peggy Kamuf, trans., Chicago：University of Chicago Press, 1991, p. 37.

③ Howard Caygill, "Shakespeare's Monster of Nothing", in John J. Joughin, ed., *Philosophical Shakespeare*, London：Routledge, 2000, pp. 105—114.

④ Alison V. Scott, *Selfish Gifts：The Politics of Exchange and English Courtly Literature, 1580—1628*, Madison, WI：Fairleigh Dickinson University Press, 2006, p. 23.

第二编　莎士比亚作品中的饮食
（大众消费与饮料、兴奋剂）

第六章 《亨利四世》中的糖与权力

糖是我们生活中最普通和必需的日常用品之一。西敏司指出糖在语言和文学中有着多样化的意义，而其在语言中的意象不仅仅意味着与甜的物质相关联的特定情感、欲望和氛围，同时很大程度上也反映出它在历史过程中对蜂蜜的替换。在 17 世纪末以前，蔗糖一直是一种珍贵的稀罕事物。而在莎士比亚的时代，提到糖的文献便多了起来，此时虽然关注的焦点依然是糖作为珍稀品的一面，但这些文献所呈现的意象却颇为多样。从 17 世纪以来——值得一提的是，莎翁的去世先于蔗糖从巴巴多斯（即英国的第一个"糖之岛"）运抵英伦差不多半个世纪——糖的意象在英语文学中变得越来越普遍。[①] 这些都可以视作糖"内在"意义的表现，而其"外在"意义则与环伺在外的经济、社会、政治乃至军事状况有关。实际上，正如西敏司指出的那样，英国人开始有用糖与喝茶的习性，正好是在该国海外扩张与夺取殖民地的时期，当时非洲奴隶买卖风气日盛，殖民地农场数目也不断增加。[②] 可见，糖、奴隶和战争（争夺殖民地与霸权）构成了天然的循环。那么，莎士比亚戏剧中是否有提及糖的"外在"意义呢？据统计，莎士比亚所有作品中共在 16 部作品中出现"sugar"18 次，《亨利四世（上篇）》中出现次数最多。[③] 本章试图通过对《亨利四世（上篇）》的细读，联系同时代的糖

[①] Sidney Wilfred Mintz, *Sweetness and Power：The Place of Sugar in Early Modern History*, New York：Viking Penguin Inc., 1985, pp. 154—155. 后文出自该著作的引文，将随文在括号内标出该著作名称首词和引文出处页码，不另作注。

[②] Sidney Wilfred Mintz, *Tasting Food, Tasting Freedom：Excursions into Eating, Culture, and the Past*, Beacon：Beacon Press, 1996, p. 19.

[③] Henry Nicholson Ellacombe, *The Plant-lore& Garden-craft of Shakespeare*, second edition, London：W. Satchell and Co., Simpkin, Marshall, and Co., 1884, pp. 285—286. 《亨利四世（上篇）》是莎士比亚极为成功的一部历史剧，登记于 1598 年 2 月 25 日，很可能在 1596—1597 年写就并上演，并于 1598 年出版，1599/1604/1608/1613/1622 年多次再版，参见 Jonathan Bate and Eric Rasmussen, eds., *The RSC Shakespeare：William Shakespeare Complete Works*, New York：The Modern Library, 2007, pp. 898—899；G. Blakemore Evans and J. J. M. Tobin, eds., *The Riverside Shakespeare*, second edition, Boston & New York：Houghton Mifflin Company, 1997, pp. 884—885.

与奴隶贸易、帝国殖民扩张战争之间互为表里的关系,指出莎士比亚文本背后的思想。

一、糖的流行

《亨利四世(上篇)》第二幕第四景中让人印象深刻的是哈尔在野猪头酒店对福斯塔夫的捉弄,但让我们惊异的是此幕一开始却看似是与此毫不相关的哈尔王子对酒保法兰西斯的戏弄。哈尔一开始就告诉奈德,他已经"跟那批酒保拜了把子啦,每个人的小名我都叫得出:汤姆,狄克,法兰西斯",甚至把酒店中的市井行话都弄得一清二楚,"我在一刻钟已经把门路都精通了,以后一辈子都可以和补锅的聊天饮酒"。① 乃至于一个倒酒的(酒保法兰西斯)把价值一便士的糖硬塞在他手中,哈尔也来了兴致,以此让波因斯配合开起了对酒保的玩笑。

这里略让我们感到奇怪的是酒店里为何会出现糖呢?② 实际上,糖在此时的流行有着复杂的因素,这与糖的功用密不可分,其主要用途分别是药品、香料、装饰品、甜味剂和防腐剂,而且这几种用途难以截然分开。③ 那么,下面就让我们回顾并梳理一下糖在莎士比亚时期流行的缘由。

糖最早于11世纪和其他香料一起进入英国,由于大多是由热带进口的昂贵稀有品,即便用得起的人也不敢随便浪费。而在欧洲菜色中加糖的做法,则与欧洲中世纪晚期的香料热潮息息相关。糖是富异国风情的佐料,和胡椒、肉桂、肉豆蔻、丁香等并列,是可以让食物产生变化、令风味不凡的东

---

① 莎士比亚:《亨利四世(上篇)》,《新莎士比亚全集(第七卷)》,吴兴华译,方平校,石家庄:河北教育出版社,2000年,第249—250页。后文出自该著作的引文,将随文在括号内标出引文出处页码,不另作注。

② 蔗糖是糖的一种,主要榨取自甘蔗。整个关于蔗糖的故事可以用几句话来概括:在公元1000年时,还很少有欧洲人知道蔗糖的存在;不过,在这之后,他们开始逐渐了解蔗糖;到1650年时,英格兰的贵族和富翁们变得嗜糖成癖,而蔗糖则频频现身于他们的药品、文学想象以及社会等级的炫耀过程中。最迟到1800年,在每一个英格兰人的日常饮食中,蔗糖已经成为了一种必需品。参见 Sidney Wilfred Mintz, *Sweetness and Power*: *The Place of Sugar in Early Modern History*, New York: Viking Penguin Inc., 1985, pp. 5—6。

③ 皮滕杰列举糖的用途如下:1.防腐剂;2.抗氧化剂;3.溶剂;4.定形;5.起安定作用;6.掩盖刺激品的苦味和令人不快的味道;7.作为糖浆;8.作镇痛剂;9.作为食物;10.甘油的替代品;11.炼金药;12.粘板胶;13.作为迟缓剂;14.作糖衣;15.作为稀释和甜味剂;16.糖果的原料;17.油糖的原料;18.芳香糖的原料;19.顺势疗法液体药剂的原料;20.顺势疗法固体药剂的原料;21.润喉糖的原料;22.测试食品;23.钙糖;24.药用。参见 Paul S. Pittenger, *Sugars and Sugar Derivatives in Pharmacy*, New York: Sugar Research Foundation, Inc., 1947。

方滋味。① 威廉·爱德华·米德(William Edward Mead)就指出:"从中世纪人们对日常饮食的看法中,可以找到人们无节制地使用香料的部分答案……甚至在餐桌之外也随意地吃有香料的糖果:一方面是为了促进消化,另一方面则是为了满足口腹之欲……无论何种原因或需要与否,在任何情况下,菜肴总是为香料所笼罩。糖被归入香料,而且很可能被人们认为源自东方。"② 英国王室对糖的喜爱远超欧陆任何王室,伊丽莎白一世的宫廷提供大量的甜品,如蛋糕、果馅饼和点心以及淋上糖浆的水果。杏仁糖是由磨碎的杏仁和糖制出的甜点,被雕琢成动物、水果、鸟类和篮子等形状。有时会将砂糖做成碗状或镜子状或其他形状用以进行精心装饰。③ 一位见过伊丽莎白一世的德国旅行家这样记述道:"65 岁(我们被告知)的女王陛下极其庄严,鹅蛋形的面庞虽起了皱纹,但仍显得平和美丽。她眼睛小而乌黑并显得亲切;她鼻子有些钩,嘴唇薄,而她的牙齿已发黑了,这是由于英国人大量食用糖而造成的一项缺陷。"④ 不列颠史学家赖伊(William B. Rye)也写道:"我国男女同胞对于糖的钟爱使 1603 年随同维拉姆·迪安那伯爵及其随员来访的西班牙人感到震惊。在坎特伯雷,他们形容说,英国女士透过格子窗户死死盯着……这些西班牙贵族,他们向这些'好奇、粗鲁而漂亮'的女士们展示了桌子上摆放的各种糖果、蜜饯和甜肉。她们对此十分喜爱,因为据说女士们除了加糖的食物,其他什么都不吃,她们在酒和肉里也都要加上糖。"⑤ 显然,这些"女士"既非仆人,也不是女佣,而是上层阶级的成员。⑥ 而同时代的烹饪书中也大量提及糖的用法。⑦

---

① Felipe Fernández-Armesto, *Near a Thousand Tables*: *A History of Food*, New York: The Free Press, 2002, p. 181.

② William Edward Mead, *The English Medieval Feast*, London: George Allen and Unwin, 1967, p. 77.

③ Myra Weatherly, *Elizabeth I*: *Queen of Tudor England*, Chanhassen, MN: Compass Point Books, 2008, p. 74.

④ P. Hentzner, *A Journey into England*(*1598*), London: Strawberry Hill Press, 1757, p. 109.

⑤ W. B. Rye, *England As Seen By Foreigners*, London: John Russell, 1865, p. 190.

⑥ 桑巴特认为糖(与其他物品一起)影响了资本主义的兴起,由于女性对奢侈品的热爱导致了奢侈品本身在欧洲中心生产和进口的增长。而霍尔通过分析女性在 17 世纪英国殖民扩张中的作用,指出糖和女人、非洲奴隶的关联,揭示出女性在消费糖这一外国商品和塑造英国性中的重要地位。参见 Werner Sombart, *Luxury and Capitalism*. Ann Arbor: University of Michigan Press, 1967, p. 99; Kim F. Hall, "Culinary Spaces, Colonial Spaces: The Gendering of Sugar in the Seventeenth Century", in Valerie Traub, M. Lindsay Kaplan, and Dympna Callaghan, eds., *Feminist Readings of Early Modern Culture*: *Emerging Subjects*, Cambridge: Cambridge University Press, 1996, pp. 168—190。

⑦ 沃尔就通过对当时的家庭指南和烹饪书的分析,指出糖在家庭日常生活中的重要地位,参见 Wendy Wall, *Staging Domesticity*: *Household Work and English Identity in Early Modern Drama*, Cambridge: Cambridge University Press, 2001, pp. 44—52。付默顿则分析了糖的药物作用和与一般食物作用的分离,参见 Patricia Fumerton, *Cultural Aesthetics*: *Renaissance Literature and the Practice of Social Ornament*, Chicago: University of Chicago Press, 1991, pp. 134—136。

　　不过,蔗糖作为药物的特殊身份,很大程度上是在伊斯兰教传播的过程中,随记载了医学知识的古典著作附带传入欧洲的。① 到 16 世纪时,其药用价值在欧洲已经得到广泛采纳,具体的用法也被详细记录下来。塔贝内蒙塔努斯(Tabernaemontanus,约 1515—1590 年)曾写道:"……适当使用可以清洁血液,强身健脑,特别是胸部、肺和咽喉。但它对体热和多胆汁的人不好,因为它很容易转化成胆汁,同时也会使牙齿变钝和被蛀。糖的粉末对人眼睛比较有益,气态的糖对一般感冒很有效,结晶的糖可以愈合伤口。糖混合牛奶和明矾可以使酒变清。糖水本身,或者伴着肉桂、石榴和温柏树汁,对咳嗽和发热特别有益。有肉桂的甜酒给老年人以活力……冰糖拥有所有这些效力且功效更强。"16 世纪晚期开始,英国的医学文献里便经常提到蔗糖。沃恩(Vaughan)的《天然保健与人工保健》(*Naturall and Artificial Directions for Health*)一书提到:"蔗糖可使阻塞减轻和通畅。它能清洗肠道,帮助利尿,同时使腹部感到舒适。"②

　　另外,用蔗糖和酒,特别是葡萄酒的混合,构成了英国饮料的另一大类,蔗糖和干白葡萄酒——福斯塔夫的最爱——就是其中之一。然而,最流行的是希波拉,一种通常用包括蔗糖在内的香料调制而成的甜葡萄酒,当葡萄酒和糖的进口增长之后,它就取代了过去的蜂蜜酒和发酵蜂蜜饮料。英国人素以往酒里加糖的习惯知名。亨泽纳(P. Hentzner)在 1598 年写道,英国人"在饮料里加不少糖",③ 而 1617 年,费因斯·莫瑞森(Fynes Moryson)在讨论英国人的饮酒习惯时,有这番评语:"贩夫走卒只管大灌啤酒或麦芽酒……而贵族绅士则只品尝葡萄酒,许多人还会掺糖,对于这点,我走遍世界各地,也没看过糖有类似的用法。也因为英国人好甜,所以酒店里(我可不是指商人或绅士们的酒窖),通常在倒酒给客人时会加些糖,让味道更美。"④

　　蔗糖最初只是与富人以及权贵发生关联,平头百姓则很多世纪都与之无缘。16 世纪以前糖在普通英语和习语中还未广泛出现,但在莎士比亚的时代已开始变得比较普通。同时也变得便宜,开始慢慢替代蜂蜜这一早期

---

　　① Sidney Wilfred Mintz, *Sweetness and Power: The Place of Sugar in Early Modern History*, New York: Viking Penguin Inc., 1985, p. 96.

　　② Ibid., p. 103.

　　③ Sidney Wilfred Mintz, *Tasting Food*, *Tasting Freedom: Excursions into Eating*, *Culture*, *and the Past*, Beacon: Beacon Press, 1996, p. 59.

　　④ W. B. Rye, *England As Seen By Foreigners*, London: John Russell, 1865, p. 190.

的甜味物质。① 总体而言,在英格兰,即使在 13 世纪和 14 世纪时,对蔗糖的需求也相当可观,当时的蔗糖价格超出了绝大部分人所能承受的范围。蔗糖的价格最早被提及是在 1264 年,一磅糖大约需要 1—2 个先令不等,而这已相当于今天的数个英镑了。当大西洋岛于 15 世纪末开始生产蔗糖时,蔗糖在英格兰的价格降到了 3—4 便士一磅。它的价格在 16 世纪中期时再一次上涨,这大概是由于亨利八世时的货币贬值以及美洲白银的大量流入。② 在 17 世纪期间,蔗糖的价格持续下跌。1600 年时,最上等的糖价格为两先令一磅;而 1685 年时的价格为 8 便士一磅。③ 因此,糖在人们日常生活中的使用越发普遍和频繁,虽然价格也不便宜,但已成为中上阶层日常饮食中常见的物品,对普通人而言已非高不可攀。④ 爱德华·科克爵士(Sir Edward Coke)的妻子布丽奇特(Bridget)在伦敦生活的记账本中记录了 1596 年 11 月 21 日那周的采购花费,其中就包括 6 磅糖(非常贵,1 先令一磅)。⑤ 在莎士比亚时代,1 镑等于 20 先令,1 先令定于 12 便士,也就是说,240 便士等于 1 镑。但一位未经培训的劳工可挣得 5—6 便士/天,大约每年 7 镑左右。1600 年左右的剧场"雇工",那些没有股份的演员,每周可获得 10 先令或半镑左右的收入。当时一条面包的价格是 1 便士,同样也是酒店里一份麦芽酒的价格。⑥虽然关于早期现代英国的物价问题与生活水平的研究仍未达成共识,"新马尔萨斯主义"史学家菲利普斯·布朗(E. H. Phelps Brown)和霍普金斯(S. V. Hopkins)认为,人口增长、物价上涨,而土地生产率无法满足大量人口的需求,进而导致农民生活水平的下降;⑦而帕利泽(D. M. Palliser)则认为这一时期物质富裕程度的普遍提高,穷人的生

---

① 例如,乔叟(1340—1400)在"托马斯先生的故事"中就提到:"他们先为他取来甜酒和木碗中盛着的菜食;宫中所用的香料、姜饼、甘草和莳萝加细糖",参见杰弗雷·乔叟:《坎特伯雷故事》,方重译,上海译文出版社,1983 年,第 267 页。

② Ellen Deborah Ellis, *An Introduction to the History of Sugar as a Commodity*, Philadelphia: J. C. Winston Co., 1905, pp. 66—67.

③ Sidney Wilfred Mintz, *Sweetness and Power: The Place of Sugar in Early Modern History*. New York: Viking Penguin Inc., 1985. p. 159.

④ 详见 Ian Mortimer, *The Time Traveller's Guide to Elizabethan England*, London: The Bodley Head, 2012, pp. 252—255。

⑤ Craig Muldrew, *Food, Energy and the Creation of Industriousness: Work and Material Culture in Agrarian England, 1550—1780*, Cambridge: Cambridge University Press, 2011, p. 46.

⑥ Russ McDonald, *The Bedford Companion to Shakespeare: An Introduction with Documents*, second edition, Boston and New York: Bedford/St. Martins's, 2001, pp. 234—235.

⑦ E. H. Phelps Brown and S. V. Hopkins, "Seven Centuries of Prices of Consumables, Compared with Builders' Wage-Rates", *Economica*, vol. 92, no. 23(1956): 296—314.

活状况也有所改善。① 但我们对比劳工的收入和糖的价格则发现糖对普通人已不再陌生,莎士比亚的时代即 16 世纪后半期,糖已经变得便宜并得到广泛使用,绅士和约曼阶层都在使用。②

西敏司在《糖与权力:糖在近代历史上的地位》一书中全面概括指出了促成英国人食用糖的诸多因素。③ 那么,从莎士比亚时代看来,糖的流行无疑有三大主要原因:一、作为烹饪香料及其具备的药用价值;二、对上流社会的效仿;三、价格的逐渐下降。因此,剧中酒保在卖酒时兼卖糖也就毫不奇怪了。显然,从这点上看福斯塔夫和其他英国人偏爱加糖的甜酒无疑是正确的,一是满足了口腹之欲,二是展现出跟风上流社会的炫耀心态,三是自觉有益于身体健康。

二、贸易与奴役

进一步而言,糖的流行与英国不断发展的跨洋、跨国商品贸易密不可分。实际上,开设于依斯特溪泊(Eastcheap)的野猪头酒店本身就是依斯特溪泊这一地区的转喻和象征,历史上这一片区曾经是"中世纪的肉类市场",因此一般和屠夫及肉类生意紧密联系在一起。④ 随后,该区域因在莎士比亚时代充斥着各种市场和酒馆而成为了伦敦商品贸易文化的中心。显然,《亨利四世(上篇)》隐晦提到了这一商品流通和消费的世界。除了特别提到如腌肉(腌猪后腿培根)、生姜、羊毛、鳕鱼干等英国本土的商品,还提到了西班牙皮革、荷兰亚麻布、挂织毯(很可能以英国羊毛为原料在欧陆加工制造)以及福斯塔夫喝的从西班牙进口的甜酒(干白葡萄酒)。这些物质文化的痕迹都反映出一种变化的经济,即给那些"中产阶级"商人及相关行业(特

---

① D. M. Palliser, *The Age of Elizabeth: England under the later Tudors 1547—1603*, New York, 1992.

② Darra Goldstein, ed., *The Oxford Companion to Sugar and Sweets*, Oxford: Oxford University Press, 2015, p. 753.

③ 西敏司指出:一、茶和其他新兴饮料,如咖啡和可可,都含有效力强大的兴奋物质,而这些饮料都要加糖;二、当时英国劳工阶级都有营养不良的问题,所以含有高热量的糖,便让人们主动或不自觉地喜爱上它;三、人类显然普遍天生就喜好甜味;四、如果情况允许,在绝大多数的社会里,人们总是想效仿上流社会的生活;五、"新奇"本身可能也有其影响力;六、烟草与具有兴奋作用的饮料,有助于舒缓劳累的工业生活,参见 Sidney Wilfred Mintz, *Sweetness and Power: The Place of Sugar in Early Modern History*, New York: Viking Penguin Inc., 1985。

④ Ben Weinreb, et al., *The London Encyclopedia*, third edition, London: Macmillan, 2008, p. 263.

别是法律和银行业)带来大量财富的日益增长的对跨洋贸易的依赖。[1] 剧中描述的野猪头酒店的掌柜就是这一经济繁荣的化身,他"身穿皮背心,水晶扣子……玛瑙戒指,酱色袜子,毛绒袜带,快嘴利舌,挂着西班牙式腰包……"(252)哈尔王子调笑酒保"为了这点糖,我要给你一千镑"(252)。以笔者看来,这一方面是王子的玩笑,另一方面则含蓄地表现出了糖的高额利润。而后飞将军在第三幕第一场讽刺的反话更是印证了这一点:你这些个口头语就跟糖果商(comfit-maker)的老婆一样……什么'拿我的命起誓'……用这些软绵绵的话起誓。"(289)

专门提到糖果商并非偶然,直到近16世纪中期,蔗糖的提炼主要是在低地国家,特别是安特卫普。1544年以后,英国开始自己提炼蔗糖,"到1585年以后,伦敦成为替整个欧洲贸易服务的重要提炼中心"。[2] 同样的转变也发生在海运方面。蔗糖最早用船直接运往英国的记录是1319年。在1551年时,托马斯·温德姆(Thomas Wyndham)船长,一位活动在非洲西海岸的商人和冒险家,从摩洛哥的阿迦蒂尔(Agadir)把整船的蔗糖运回了英国,"这大概是第一次没有经过分拆货物后转船,而直接从货源地用英国的船把货物运回本土"。[3] 到1675年,有400艘平均载货150吨的英国船把蔗糖运往英格兰,其中差不多一半是转口贸易。[4] 英格兰在地中海地区的商业贸易从依赖服装业出口转移为依赖进口原料的国内制造业、广阔的国内消费市场和对欧洲直至新大陆的再出口。[5] 16世纪后半期至17世纪前20年间,英格兰成立了许多大型股份合作公司,如1555年成立的莫斯科公司,1592年的利凡特公司和1599年的东印度公司,1609年的弗吉尼亚公司。1580—1620年间,受益最高的海外贸易代表是利凡特公司。[6] 这一时期,随着海外进出口贸易增长的附加产业如制糖、造船等行业的兴起,伦敦的经济发展也突飞猛进。[7] 1544年,

[1] Barbara Hodgdon, ed., *The First Part of King Henry the Fourth*: *Texts and Contexts*, Boston and New York: Bedford Books, 1997, p. 206.

[2] James E. Gillespie, *The Influence of Overseas Expansion on England to 1700*, New York: Columbia University Press, 1920, p. 147.

[3] Neol Deerr, *The History of Sugar*, vol. 1., London: Chapman and Hall, 1949, p. 86.

[4] Sidney Wilfred Mintz, *Sweetness and Power*: *The Place of Sugar in Early Modern History*, New York: Viking Penguin Inc., 1985, p. 45.

[5] 有关商业转向情况和合资公司的兴起状况,详见 Robert Brenner, *Merchants and Revolution*: *Commercial Change, Political Conflict, and London's Overseas Traders, 1550—1653*, Princeton, NJ: Princeton University Press, 1993.

[6] Jane Hwang Degenhardt, "Foreign Worlds," in Arthur F. Kinney, ed., *The Oxford Handbook of Shakespeare*, Oxford: Oxford University Press, 2012, p. 434.

[7] Ian W. Archer, "Economy", in Arthur F. Kinney, ed., *The Oxford Handbook of Shakespeare*, Oxford: Oxford University Press, 2012, p. 175.

俄罗斯公司的大商人威廉切斯特与其他 4 个商人合伙开创了英国的制糖业。之后还有伦敦杂货商乔治·霍尔曼等也投资于制糖业。1615 年,伦敦共有 7 家制糖厂,商人仍积极投资,投资者人数相当可观。① 从 16 世纪 16 年代起,西欧开始进入全面海外扩张时期。贸易变成英国财富的生命线,是从 16 世纪开发美洲和印度而肇始。② 英国商人随之频频出现在美洲、非洲和亚洲各地,贸易规模越来越大。哈德夫妇指出:"我们必须追溯到继哥伦布和他同时代的探险家们的发现而来的那个商业革命……商业终于能够把茶叶之类的货品运来供给大众消费。"③

卡希尔(Patricia A. Cahill)指出,戏剧通过哈尔王子在野猪头酒店与他人的交流暗示着新国族身体(new national body),因为他将自己置于前资本主义经济(proto-capitalist economy)之下并表达出对劳动阶层的尊敬,其中最清晰的连接莫过于《亨利四世(上篇)》中哈尔与酒保法兰西斯的邂逅。④ 哈尔告诉波因斯他要设计圈套来自娱自乐并消遣酒保,他指示波因斯一个劲儿地呼叫酒保法兰西斯的名字,而他自己则拖着酒保讲话,询问其年龄和对"契约"(indenture)的忠诚度,许诺赠予他 1000 磅作为回礼,并问他是否会劫掠老板而逃。哈尔把酒保弄得团团转,以至于不知道听谁的指令,只能不停应答:"来了,来了。"(251—252)当哈尔厌倦这个游戏时,他驱走了酒保,最后告诫酒保逃离这一工作岗位的危险性:

> **太子:** 好,那你就等着卖你的红甜酒吧! 因为你知道,法兰西斯,你这身白帆布的紧身衣早晚要脏的。⑤ 就是在巴巴里,老兄,你也得不到这样的好价钱。
>
> **酒保:** 什么价钱,殿下?
>
> **波因斯:** (自内)法兰西斯!
>
> **太子:** 快点走吧,糊涂虫,你没听见人家在喊你吗? [太子及波因斯两人同时喊酒保,酒保张皇不知所从](251—252)

---

① 赵秀荣:《1500—1700 年英国商业与商人研究》,北京:社会科学文献出版社,2004 年,第 173 页。俄罗斯公司是 1555 年 12 月 26 日,玛丽女王向从事英俄贸易的英商颁发许可证书允许垄断同俄国的贸易而成立的。

② 艾伦·麦克法兰:《现代世界的诞生》,上海:世纪出版集团,2013 年,第 26—27 页。

③ 哈孟德夫妇:《近代工业的兴起》,韦国栋译,北京:商务印书馆,1959 年,序言第 9 页。

④ Patricia A. Cahill, "Nation Formation and the English History Plays", in Richard Dutton and Jean E. Howard, eds., *A Companion to Shakespeare's*, *Works Volume II: The Histories*, Oxford: Blackwell Publishing, 2003, p. 88.

⑤ 意为你没有胆量逃走,那就做一辈子酒保吧。

早期现代伦敦的观众将比我们现代观众更容易把哈尔关于糖贸易的谈话和巴巴里(北非地区)的提及联系起来,因为糖是早期现代奴隶贸易中的一个关键商品,而巴巴里又是使用黑人奴隶的葡萄牙蔗糖种植园的生产运输之地,糖与奴隶贸易和奴隶制显然是并存的。① 回顾伊丽莎白时期的老生常谈"不能把埃塞俄比亚人洗白",从哈尔评论酒保的话中,唤起了人们对白人酒保与巴巴里黑人奴隶相比而感到羞愧的想象,从而提醒着酒保其白种人的特权和能够逃离这种厄运的幸运。②

英国人最初面对黑人大约是在 1550 年代中期,英国贸易者从几内亚带回伦敦 5 个黑人,这些几内亚人一直待在伦敦直到学会英语,③随后其中 4 人回到几内亚,而另一人则留在伦敦并娶了"一位白皙的英国女人",随后生下了"和他父亲一样黑"的婴儿,这则新闻在当时轰动一时,因为一个白人妇女在英国居然生下了"炭黑的埃塞俄比亚人(黑人)(a coal-black Ethiopean)",这一现象被视为白种人的耻辱。④ 随着对美洲殖民活动的兴盛,据估计,从霍金斯(John Hawkins) 1563 年开启奴隶贸易到 18 世纪中叶期间,英国的商船仅向西印度群岛就输送了超过 200 万黑奴,而其中很多都是通过英国港口进行转运的。⑤ 而与巴巴里官方关系的建立则早于 16 世纪末,1580 年代王室通过颁发贸易许可证从官方层面鼓励贸易公司从事黑奴贸易。⑥ 据说,蔗糖种植园只要有 100 人左右的劳动力,每年就能够生产 80 吨砂糖。1645 年,巴巴多斯的一个英国人在信中这样写道:"只要让一名黑人奴隶劳动一年就能够赚回成本。"⑦而伊丽莎白一世更是于 1596 年 7 月 18 日颁布了

---

① G. B. Masefield, "Crops and livestock", in E. E. Rich and C. H. Wilson, eds., *Cambridge Economic History of Europe*, vol. IV, Cambridge: Cambridge University Press, 1967, pp. 289—290.

② 有关白种埃塞俄比亚人的想象,参见 Karen Newman, "'And wash the Ethiop white': Femininity and the Monstrous in *Othello*", in Anthony Gerard Barthelemy, ed., *Critical Essays on Shakespeare's Othello*, New York: G. K. Hall, 1994, pp. 124—143; Kim F. Hall, *Things of Darkness: Economies of Race and Gender in Early Modern England*, Ithaca, NY: Cornell University Press, 1995, pp. 62—122。

③ Winthrop Jordan, *White Over Black: American Attitudes Toward the Negro*, 1550—1812, Chapel Hill, N. C.: The University of North Carolina Press, 1968, p. 6.

④ Sir Sidney Lee, "The American Indian in Elizabethan England", in F. S. Boas, ed., *Elizabethan and Other Essays*, Oxford: The Clarendon Press, 1929, p. 273.

⑤ Wylie Sypher, *Guinea's Captive Kings: British Anti-Slavery Literature of the XVIIIth Century*, Chapel Hill, N. C.: The University of North Carolina Press, 1941, p. 17.

⑥ Elliot H. Tokson, *The Popular Image of the Black Man in English Drama*, 1550—1688, Boston, Massachusetts: G. K. Hall and Co., 1982, p. 2.

⑦ 宫崎正胜:《航海图的世界史:海上道路改变历史》,朱悦玮译,北京:中信出版社,2014 年,第 232 页。

《驱逐黑人法令》(*Edict Arranging for the Expulsion from England of Negroes and Blackamoors*)，其中她考虑到了不列颠岛上过多数量的"黑人"，颁发许可证给卡斯珀·范·山登(Casper van Senden)，此人将西班牙的89名囚徒运到了英格兰，以运输同等数量的居住在英格兰的黑人奴隶到西班牙和葡萄牙。此法令解释了这是对山登个人债务的抵偿，同样也体现出更广泛的经济因素推动：这些奴隶从英国人手中夺去了工作岗位。① 此外，随后的1601年，伊丽莎白一世继续签发法令，其中讲道："极度不满地看到大量黑人被运到这个国家……特别说明这类人必须马上迅速驱逐出境。"②

　　哈尔对酒保的权威判定，更准确地说是他间接暗示了英国酒保比巴巴里的奴隶拥有更好的生活，提供了一种早期的国族劳工观念，即出生卑微的英国人能够自由劳动。③ 就像威廉·哈里斯提到自己划分同时代英国社会阶层时所说的"第四种和最后一类人"，他自豪地宣称英格兰没有奴隶："至于奴隶和非自由人，我们英格兰是一个也没有。没有！承蒙上帝的特殊恩宠和历代国王的慈悲为怀，我们国家有了这份特权：只要奴隶从他们各自的国家来到这里，他们甫一踏上我们的国土，就变成了与他们的主人一样自由的状态，奴役枷锁的一切痕迹也从他们身上彻底抹去。"④哈尔的话唤起了英国人因奴役非洲而让自己获得自由的骄傲，他拒绝巴巴里的奴隶那样的世界，似乎暗示着像酒保这样头脑简单的人必须为精英阶层服务才是正确的。在卡希尔看来，"哈尔的话召唤着一个劳工阶层，他们可被视为英国工人阶级的先驱，而在这里，这个阶层是处于奴隶制和雇佣服务的阴影之下"。⑤

　　剧中的酒保已经在酒店干了两年，还有五年。在哈尔的引诱下，他讲出了想逃跑的欲望："我敢拿所有英国的书(indenture)起誓，我心里真恨不得——"(251)实际上，"indenture"契约书/合同"的使用对象，显然可以既是军事的(如入伍的雇佣契约)，也是民用的(如学徒契约)，同样还出现在哈

　　① Russ McDonald, *The Bedford Companion to Shakespeare: An Introduction with Documents*. (Second Edition), Boston and New York: Bedford/St. Martins's, 2001, p. 302.

　　② Ibid., p. 277.

　　③ Patricia A. Cahill, "Nation Formation and the English History Plays", in *A Companion to Shakespeare's, Works Volume II: The Histories*, Richard Dutton and Jean E. Howard. Oxford: Blackwell Publishing, 2003, p. 89.

　　④ R. Holinshed, *The Chronicles of England, Scotland and Ireland*, London, Reprinted 1808, London: J. Johnson et al, p. 118, 275.

　　⑤ Patricia A. Cahill, "Nation Formation and the English History Plays", in *A Companion to Shakespeare's, Works Volume II: The Histories*, Richard Dutton and Jean E. Howard. Oxford: Blackwell Publishing, 2003, p. 89.

尔游戏的一幕中,法兰西斯一直被雇主和客人点名召唤就是如此,他这类的人分享同一个名字"酒保"。然而,通过哈尔看待酒保反抗其雇主的视角,戏剧展示了这一幕和后面考文垂场景的对比,另一场景中,福斯塔夫将"酒保们"视为自己赤贫士兵中的一部分。①他描述自己所征召的手下是那些"开发掉了的仆役","逃跑了酒保"、"褴褛得跟画布上的拉撒路"(317)。因此,正如卡希尔所言,这些段落和描述不仅指出了戏剧"通过商品化劳工定义国族的成见",同时也指出了哈尔和福斯塔夫的关键区别:福斯塔夫将所有出生卑微的人看作"权力的食物",是战争中仅用作炮灰的商品,哈尔则仔细区别了奴隶和雇佣劳工,将法兰西斯和他的同事视为能够被训练成执行命令之人,而他也预言了这一点:"我要是一旦做了英国国王,东市所有的年轻小伙子一定全会为我尽力效劳。"(249)②

实际上,早期现代伦敦并没有经历持续一贯的经济繁荣,因为1590年代是最糟糕的时候。1593年瘟疫爆发让大量工人失业、无家可归,1594年农作物歉收导致严重的通货膨胀,从1596到1598年,面粉价格翻了两番多,食物整体价格上扬46%。更甚者,伊丽莎白一世统治的最后15年,在欧陆、苏格兰边境、爱尔兰的军事行动导致军队与民众争夺消费品且花费甚巨。③经济压力导致人们把外国人(包括黑人奴隶)、流浪汉当作替罪羊,认为他们是导致通货膨胀、食物和住房短缺、严重失业、物价上涨的主要原因。④再结合新大陆种植园对奴隶的大量需求,我们就不难理解为何剧中会直接把酒保和奴隶的待遇作比较了。

因此,我们看到,剧中体现出16—17世纪英国社会正在以缓慢的速度向雇佣劳动制度演进,被制造出来的劳动力往往没有任何生产资料,而不得不把自己的劳力贩卖给生产资料的所有者。不过,就在同一个世纪的英国殖民地,为了满足那里的需求,当地正采用强制劳动制度。这两种极端不同的劳动榨取模式是在两个社会生态条件极不一样的环境下发展起来的,同时它们在形式上也彼此区别。尽管如此,两者都服务于共同的宏观经济目

---

① Charles Whitney, "Festivity and Topicality in the Coventry Scene of *1 Henry IV*", *English Literary Renaissance* 24. 2 (1994), p. 420.

② Patricia A. Cahill, "Nation Formation and the English History Plays", in *A Companion to Shakespeare's*, *Works Volume II: The Histories*, Richard Dutton and Jean E. Howard, Oxford: Blackwell Publishing, 2003, p. 89.

③ Steve Rappaport, *Worlds within Worlds: Structures of Life in Sixteenth-Century London*, Cambridge: Cambridge University Press, 1989, pp. 13—14.

④ Ian Archer, *The Pursuit of Stability: Social Relations in Elizabethan London*, Cambridge: Cambridge University Press, 1991, p. 5.

的,都在同一个政治体系的发展过程中被创造出来。①

三、扩张与帝国

以获取殖民地为目标,进而让殖民地为宗主国的大城市生产蔗糖(以及其他产品),这一意图早在 17 世纪以前就已存在。以美洲为重心的"大英第二帝国"还有一个组成部分,那就是西印度群岛,尤其是巴巴多斯和嗣后的牙买加。除了三角奴隶贸易以外,食糖、咖啡、烟草贸易也构成了帝国财富的基础。② 实际上,英格兰对外贸易扩张的欲望正导致了 1585—1763 年间的对外战争。③ 战争、贸易和帝国是一个互相交织的包裹,这三个部分相辅相成。④ 在自己的殖民地能够生产蔗糖以前,劫掠是英格兰获取蔗糖的不二法门。1591 年,一个西班牙间谍的报告中提到:"英格兰在西印度(指美洲)掠夺的战利品数量巨大,以至于蔗糖在伦敦的价格比在里斯本或者西印度群岛当地还要便宜。"⑤

表面上看,剧中只是在讲述英国的内乱,并没有明确提及英国的对外扩张导致的战争,但我们能够透过福斯塔夫这一核心人物隐约看到英西战争的冲突。我们知道,1588 年,英国舰队击败西班牙无敌舰队,一时间,英格兰本土爱国主义高涨。其实英西战争从 1585 年持续到 1604 年,以西班牙的微弱优势取胜,1604 年,由西班牙腓力三世与英格兰詹姆士一世代表签订伦敦条约后才画下句点。1590 年代则正是英西冲突不断的时期,1595 年8 月,伊丽莎白任命德雷克和霍金斯为总指挥,进攻西班牙舰队,霍金斯病死于 11 月,而 1596 年 1 月初,德雷克战死,英国舰队大败。⑥ 在这一背景

---

① Sidney Wilfred Mintz, *Sweetness and Power*: *The Place of Sugar in Early Modern History*, New York: Viking Penguin Inc., 1985, pp. 43—44.

② 艾伦・麦克法兰:《现代世界的诞生》,上海:世纪出版集团,2013 年,第 29 页。

③ Robert Bucholz, Newton Key, *Early Modern England 1485—1714*: *A Narrative History*, Oxford: Wiley-Blackwell, 2009, p. 360.

④ 艾伦・麦克法兰:《现代世界的诞生》,上海:世纪出版集团,2013 年,第 32 页。

⑤ Sidney Wilfred Mintz, *Sweetness and Power*: *The Place of Sugar in Early Modern History*, New York: Viking Penguin Inc., 1985, p. 37.

⑥ 1596—1604 年间,英格兰对外战争持续不断,特别是 1596—1598 年间的英西战争(1585—1604)进入白热化阶段,而英国胜多败少。起因是双方在政治宗教上分歧严重(英格兰国教-西班牙天主教),而且在经济上相互竞争和敌对(英格兰的跨大西洋奴隶贸易和殖民掠夺、扩张与西班牙冲突),详见 Paul E. J. Hammer, *Elizabeth's Wars*: *War, Government and Society in Tudor England*, *1544—1604*, New York: Palgrave Macmillan, 2003, pp. 190—211。

下书写并上演的《亨利四世》不可能逃避这一问题。

剧中与糖同时出现的甜酒（Sack），其实是西班牙殖民地加那利群岛的产品。这一时期，糖与葡萄酒同样是英国贸易中最多的进口商品，但前者是消费与加工出口，而后者则是纯消费。安德烈·西蒙（André Simon）搜集整理了诸多伊丽莎白一世时期的物质消费档案和材料，提供了"此120年间有关伦敦精英们饮食的多样性以及食物和葡萄酒花费的一手材料"，表明了进口葡萄酒的巨大消费量和花费。① 其中就记录了1590年星室法庭成员在拟定条款期间15次会餐的账单，其中仅单价3先令4便士的Sack就有55加仑，远超其他种类的葡萄酒。② 但我们尤为需要关注的是，1585—1604年间，英西正处于交战并互相禁运的状态之下。因此，实际上，甜酒的输入是非法走私的。正如波林·克罗夫特（Pauline Croft）指出的那样，"即便英格兰和西班牙之间战事不断升级，但贸易也只是暂时中断而秘密贸易（走私）随即开启"。③ 因此，虽官方禁绝，但走私贸易却稳定甚至更加繁荣，所以我们毫不奇怪剧中波因斯在福斯塔夫口袋里发现了签账单上最多的物品就是甜酒："……甜酒两加仑五先令八便士；晚餐后的鱼和酒 二先令六便士……"（275）其中提及的甜酒和酒都是"Sack"，比较两种记述，仅福斯塔夫一人就喝了两加仑多的酒，无怪乎哈尔惊呼"骇人听闻……灌了这么多得要死的酒"（275），但莎士比亚记述的2先令10便士一加仑的甜酒仅仅比1577年的单价多了2先令，意味着莎士比亚提供的数字在伊丽莎白时期是异常精确的。④ 此外，哈尔提到的获得糖的"巴巴里"地区，西班牙所属的加那利群岛在葡萄种植和葡萄酒出口贸易之前就是蔗糖的主要产地，而英格兰正是其出口市场。⑤

巴巴拉·赛贝克（Barbara Sebek）指出，福斯塔夫战场上的刀剑匣里装着酒表明了这种特别饮品在国内国际宴会活动中的受欢迎程度和敌对象征意义。对1590年代的观众而言，刀剑变成酒暗示着这一时期英国人热衷的

---

① André Simon, *The Star Chamber Accounts*, London: George Rainbird for the Wine and Food Society, 1959, p. vii.

② Ibid., p. 40.

③ Pauline Croft, "Trading with the Enemy 1585—1604", *The Historical Journal* 32, no. 2 (June 1989), p. 284.

④ André Simon, *A History of the Wine Trade in England*, 3 vols, London: Wyman and Sons, 1906—1909, vol. 2, p. 127.

⑤ Alberto Vieira, "The Sugar Economy of Madeira and the Canaries, 1450—1650", in Stuart B. Schwartz, ed., *Tropical Babylons: Sugar and the Making of the Atlantic World, 1450—1680*, Chapel Hill: University of North Carolina Press, 2004.

广阔的世界贸易与海岛活动。① 费彻在分析作为"典型英国食物"隐喻的福斯塔夫时,特别指出"甜酒在 1587 年德雷克率队于加的斯劫掠西班牙舰队后就成为了一种明显的国族性饮品……喝甜酒则成为了一种爱国主义表现"。② 福斯塔夫就在《亨利四世(下篇)》第四幕第三景中大谈喝甜酒的好处:"……可以起双重作用:先是冲到你脑子里,把包围着它的各种愚昧迟钝的邪气都给你驱除了,使它变得开朗,敏锐,有创造性……第二个好处就是使血液暖起来……"(477)但笔者以为还需加上一条,甜酒加糖才是真正变成了一种英国式典型做派,哈尔就称呼福斯塔夫为"喝甜酒加糖的约翰爵士(Sir John Sack and Sugar)"(213),显然加糖的白葡萄酒才是福斯塔夫一直以来所推崇的饮品。与此同时,匣子场景一方面可以唤起人们的国族主义勇气和海盗冒险行为,因为匣子也是这一时期西班牙葡萄酒在英格兰售卖的一部分,往往是通过海上劫掠活动获取,所以可以唤起人们的国族主义勇气,但另一方面也会招致人们的反感,正如莫尔顿指出的那样,福斯塔夫"在战场上带着一瓶酒……是在国家的危难时刻"。③ 因为很多英国商人到法国港口进口甜酒或者到西班牙统治区域进行走私活动。④同样,赛贝克也指出,这一幕可以解读为军事行动中的紧张舒缓,或是侵略者的胜利庆祝,也可以视为对统治者"暴政"(指穷兵黩武)的狂欢反抗。⑤ 此外,如同伪造身份走私葡萄酒的商人被西班牙加那利当局揭穿逮捕,如同哈尔王子是其父篡夺王位的继承人,甜酒这种饮料的身份也是胡乱编造或误传的,正如福斯塔夫喝酒后骂道:"混账东西,这个酒里也能掺上石灰水。"(255)实际上,直到 1627 年,巴巴多斯殖民地的建立才是不列颠蔗糖史的转折点,同时以甘蔗为原料蒸馏的朗姆酒大量生产才逐渐替代了西班牙葡萄酒的份额,在16、17 世纪变成流行饮品。⑥

---

① Barbara Sebek, "'More natural to the nation':Situating Shakespeare in the 'Querelle de Canary'", *Shakespeare Studies* 42 (2014), p. 110.

② Joshua B. Fischer, "Digesting Falstaff: Food and Nation in Shakespeare's *Henry IV* plays", *Early English Studies* 2 (2009), p. 12.

③ Ian Frederick Moulton, "Fat Knight, or What You Will: Unimitable Falstaff", in Richard Dutton and Jean Howard, eds., *A Companion to Shakespeare's Works Volume III*:*The Comedies*, Malden, MA: Blackwell, 2003, p. 237.

④ Barbara Sebek, "Canary, Bristoles, Londres, Ingleses: English Traders in the Canaries in the Sixteenth and Seventeenth Centuries", in Jyotsna Singh, ed., *A Companion to the Global Renaissance*, Chichester: Wiley-Blackwell, 2009, pp. 279—293.

⑤ Barbara Sebek, "'More natural to the nation':Situating Shakespeare in the 'Querelle de Canary'", *Shakespeare Studies* 42 (2014), p. 110.

⑥ Manfred Weissenbacher, *Sources of Power:How Energy Forges Human History*, 2 vols, Santa Barbara, California: ABC-CLIO, LLC. 2009, vol. 1, p. 154.

　　因此,透过糖与葡萄酒和殖民扩张战争的纠葛,一方面,我们可以看到对沉溺酒精的反感以及对西班牙甜酒品尝的刺激共存;另一方面,也引起了观众的文化焦虑,因为福斯塔夫对近在眼前的国族危机漠不关心,对酒消费的坚持会吸引那些戏剧书写和上演时期希望在加那利群岛从事和平贸易的人。为了满足英国人的口味和买卖葡萄酒,商人拼命隐藏英国身份,也同样对酒中加糖这一英国特性推波助澜。桑贾伊·苏布拉马尼亚姆(Sanjay Subrahmanyam)提醒我们任何跨文化欺骗的行为并非如某些旅行者所声称的那样成功:"尽管早期现代世界在描绘跨文化往来时有很多著名的欺骗案例,好像很容易夸大身份的变化多端。但比假设更容易的是模拟、冒充、放大某人的特点,在面对有辨识能力的观众时,一系列的文化属性实际上并不存在。"①这一观点同样适用于本剧。剧中福斯塔夫饮酒的同时提出了合法性、王权、国族等等身份问题,将福斯塔夫和野猪头酒店的场景置于实际的殖民贸易和扩张冲突中,我们能够发现这一时期英国人试图在西班牙所控制的跨大西洋贸易中取得立足之地的努力。莎士比亚的野猪头酒店和福斯塔夫那个"塞满罪恶的大地球"(429)显然成为了各种能量汇集和碰撞的场所。②

　　百年后,多尔比·托马斯(Dalby Thomas)这样讲道:"欧洲人在五百年来的时间里,对它(糖)的用途感到全然陌生,甚至不知道它的名字……然而,药剂师们不久发现它堪与蜂蜜媲美而无害于人。于是,它迅速成了权贵青睐的商品,虽然价格比今日高出10倍不止,但它流行得极为迅速,消费量也变得极为惊人……过去仅在药房里以糖饴的名称正式售卖的糖蜜的品质,现今已经为蒸酒师和酿酒师所熟知……同样地,我们也无法想象这一来自蔗糖种植园里的产品,每天在使用和消费中会有多少种新用途被发明出来:它以若干不同的造型在洗礼、宴会和富人们的餐桌上出现,巨大的愉悦和装饰效果是它最基本的卓越品质。正如我们对待葡萄牙一般,当荷兰或法国从我们手中夺取了蔗糖生产的主动权时,当蔗糖生产的前景不再乐观时,结果便会是像葡萄牙那样,不仅仅是航运的衰落,财政岁入也滑落了一半……"③殖民主义者爱德华·吉本·韦克非尔德(Edward Gibbon Wake-

---

　　① Sanjay Subrahmanyam, *Three Ways to be Alien*: *Travails and Encounters in the Early Modern World*, Waltham, MA: Brandeis University Press, 2011, p. 13.

　　② Barbara Sebek, "'More natural to the nation': Situating Shakespeare in the 'Querelle de Canary'", *Shakespeare Studies*, 42(2014):106—121, p. 118.

　　③ J. Oldmixon, *The British Empire in America*. 2vols, London: John Nicholson [ect.], 1708, vol. I, p. 17.

field)就曾作出这样的评论："在英格兰,最伟大的进步正不断展开,从最初到现在,殖民地在英国持续制造出新的欲望,以及交易这些欲望客体的新的市场。随着糖和烟草在美洲的生产,谷物在英格兰被更加熟练地种植。因为在英格兰,糖被伴饮时喝下而烟草被抽掉,谷物的栽种只需要较少劳力;而越来越多的英国人既饮糖、抽烟又吃面包。"①

　　糖在英国人日常生活中的地位在一个半世纪以来发生了戏剧性变化。到 1600 年代后期,糖从作为香料、佐料、药品的珍稀品变成了甜味剂(通常与咖啡、茶、巧克力等进口产品合用)。最初是上层阶级使用,而后变成了中产阶级乃至穷人日常生活饮品的一部分。"随着喝新口味饮品的英国人越来越多,这些饮品本身也变得越来越英国化,这体现在两个层面上:一个是饮用的礼仪化过程,另一个则是它们在英属殖民地源源不断的生产。"②显然,莎士比亚透过《亨利四世(上篇)》第二幕第四景发生在野猪头酒店看似毫不相关的场景,敏锐而有预见性地抓住了糖—奴隶贸易—帝国殖民扩张这三个相互促进又互为因果的循环核心,而这正是英国走向"现代"工业国家的基石。英格兰从自地中海商人手中购买有限的蔗糖到用自己的商船进口略多的蔗糖,再到从葡萄牙大量购买蔗糖,最后发展到建立自己的蔗糖殖民地。这一步步的过程一方面彰显了一个帝国的扩张态势,另一方面也标志着一个国家将蔗糖消费"吸收"、融入本民族的习惯中。就如同茶一样,蔗糖也成了英国人"国民性格"的一部分。③

---

① Edward Gibbon Wakefield,"England and America",in M. F. Lloyd Prichard, ed., *The collected works of Edward Gibbon Wakefield*, Glasgow and London: Collins, 1968[1833], p. 409.

② Sidney Wilfred Mintz, *Sweetness and Power: The Place of Sugar in Early Modern History*, New York: Viking Penguin Inc., 1985, p. 110.

③ Ibid., p. 39.

第七章 莎士比亚历史剧中的酒

伊丽莎白一世和詹姆士一世时期,随着英国国力的增强和人们生活的日益富足,对酒的大量消费成为当时社会生活的一个显著特征。与之相应的是卖酒场所的迅速增加,1577 年,英国政府第一次对全国的酒馆进行统一调查登记时,全英格兰共有小酒馆 2161 个,客栈 339 个,啤酒馆 15095 个,合计 17595 个,①平均每 87 个居民就拥有一家酒馆。之后,酒馆的数量继续猛增。1618 年,伦敦地方官员抱怨道:"本城每天都有许多啤酒馆和饮食店新冒出来。"②到了 1628 年,伦敦人理查德·罗利奇说,五六十年以前,该城"啤酒馆很少……(但是)现在,每一条街都是"。③ 酒馆也是人们消遣娱乐的重要场所,特别是当时的文人、剧作家等都是酒馆的常客,由此我们不难发现同时代众多文学作品中都出现了有关酒和酒馆的描述,如据特拉威克(Buckner B. Trawick)统计,莎士比亚的作品中就出现了 12 种不同的葡萄酒 162 次,麦芽酒和啤酒 20 次,烧酒和果汁饮料等 15 次。④ 本章拟以莎士比亚历史剧(特别是《亨利四世》)为中心,探讨其中出现的各类酒精饮料及售卖场所酒店的文化含义,结合同时代的历史、政治观念,探讨莎士比亚剧作所反映出的相关性别、阶级和国族问题。

一、性　　别

莎士比亚亨利系列历史剧中最受欢迎的角色之一便是好色、贪吃、爱酒

---

① Peter Clark, *The English Alehouse: A Social History, 1200—1830*, London: Long-man, 1983, p. 42.

② Peter Clark, "The Alehouse and the Alternative Society", in Donald Pennington and Keith Thomas, eds., *Puritans and Revolutionaries: Essays in Seventeenth-Century History Presented to Christopher Hill*, Oxford: Clarendon Press, 1978, p. 50.

③ Peter Clark, *The English Alehouse: A Social History, 1200—1830*, London: Longman, 1983, p. 39.

④ Buckner B. Trawick, *Shakespeare and Alcohol*, Amsterdam: Rodopi, 1978, pp. 43—44.

的福斯塔夫,而剧中最常出现的场景地则是野猪头酒店,我们可以看到,剧中的男性角色对于酒馆和酒具有着强烈的兴趣。酒馆里什么酒都有,但顾客的主体是男性,如《亨利四世(上篇)》中太子在酒店"跟三四个饭桶在六七十个酒桶中间聊天",他们把"大口喝酒叫做'上点大红颜色'。……要是一口灌不下去,喘一口气,他们就会喊:'嗨',叫你'干了'"。① 剧中主要的男性如喝醉的火枪等角色在酒店轮番登场,其中最突出的好酒人莫过于福斯塔夫,皮多在熟睡的福斯塔夫口袋里找到的若干纸片:

波因斯

　　　烧鸡一只　二先令二便士

　　　酱油　四便士

　　　甜酒两加仑　五先令八便士

　　　晚餐后的鱼和酒 二先令六便士

　　　面包　半便士

太子

　　　唉呀! 真是骇人听闻! 仅仅半便士的面包就灌了这么多得要死的酒!(275)

从这一幕我们看到了福斯塔夫的贪吃,但哈尔王子的激烈反应更是强调了福斯塔夫嗜酒的习惯,福斯塔夫的大腹便便和吃喝习惯将其变成了贪食好酒者,虽然其他角色对他总以食物作比,但剧中他却坚持对酒的偏爱。②

　　值得注意的是,剧中的酒不仅和男性相关,更是与女性角色密不可分。野猪头酒店经常出现的女性角色有两人:快嘴桂嫂和妓女桃儿,两人都与酒有着密切关联。早期现代英格兰的酒馆一般不欢迎女性顾客,但许多酒馆的老板却是女子,而且酒馆中往往有女仆在此工作。③ 因此,我们看到酒馆里出现的女性一般不喝酒,反而是售卖酒。实际上,长期以来,英国本土的

---

　　① 莎士比亚:《亨利四世(上篇)》,《新莎士比亚全集(第七卷)》,吴兴华译,方平校,石家庄:河北教育出版社,2000 年,第 249 页。后文出自该著作的引文,将随文在括号内标出引文出处页码,不另作注。

　　② 有关福斯塔夫的吃喝分析,详见胡鹏:《食物、性与狂欢:〈亨利四世〉中福斯塔夫的吃喝》,《浙江艺术职业学院学报》2016 年第 3 期,第 16—23 页。

　　③ 例如,高英(L. Gowing)就通过 17 世纪法庭档案记录中酒馆女仆苏珊·李的案件,分析了酒馆的仆与男主人及其子的暧昧关系,探究由此产生的私生子问题、与女主人的矛盾等问题,从而揭示当时社会下层女性家庭生活和她们在社会结构中承担的角色,参见 L. Gowing, "The Haunting of Susan Lay: Servants and Mistresses in Seventeenth-Century England", *Gender and History* 14. 2 (2002), pp. 183—201.

饮品是由发酵的麦芽和水酿制而成的"麦芽酒"(ale)，酿制者是被称作"酒婆"(ale-wife)的家庭妇女，她们中既有来自富裕家庭以此换取额外收入的，也有来自寻常或贫困人家借此糊口的。《温莎的风流娘儿们》中出现的快嘴桂嫂就列出了酿酒这项替东家干活的项目："我在替他洗衣裳、晾衣裳，酿酒烘面包，擦铜器铁器，烧肉沏茶，铺床叠被。"①到14世纪早期，无论在城镇还是乡村，麦芽酒零售都已成为一项常见的经济活动。受限于当时的运输和贮藏技术，此种经营多是在每年农作物收获之后，有了充足的酿制原料而进行的间歇行为。由于没有专门的饮酒场所，平时仅以桶装或罐装的形式在自家房屋前零售，或者挨家挨户地沿街叫卖。在人流量多的集市日，尤其在比较大的定期集市，大量邻村居民或远地商人蜂拥聚集，摆摊售卖酒水。②朱迪斯·班纳特(Judith Bennett)指出，尽管中世纪时一般是女性酿造、售卖大部分麦芽酒，但随着"更加资本化和工业化"的早期现代，她们渐渐变成了少数派。到1600年时，酿酒业特别是啤酒业已被男性支配，但"女性也并未完全被排除在饮料贸易之外……在村镇等小地方，她们依然在酿造和售卖旧式的麦芽酒"。③

　　由于具备货物管理、酒店经营和计算交涉等能力，酒店女掌柜常被描绘为异常机智的人物形象，而莎士比亚笔下的女掌柜则还具备宽厚及色情等特点。我们在《驯悍记》中发现了"玛丽安·哈克特(Marian Hacket)——那个温柯村(Wincot)卖酒的胖娘儿们"，④根据希尔巴德(G. R. Hibbard)的分析，莎士比亚脑海中存在着一位真实的酒店老板娘/酒母："此处提及的女人是一位真实人物，因为罗伯特·汉克特(Robert Hacket)的女儿萨拉(Sara)于1591年11月21日在奎顿教堂接受洗礼。"⑤叫花克里斯朵夫斯赖以此作证说自己原本出身是个小贩，而今改行成了补锅匠。剧中卖酒的哈克特和野猪头酒店的快嘴桂嫂一样非常宽厚，容许斯赖挂欠了14便士的麦酒钱。快嘴桂嫂最先出现在《亨利四世(上篇)》中，福斯塔夫对太子提到："你看我那酒店的老板娘是不是一个娇滴滴、香喷喷的娘儿们?"太子回应：

---

　　①　莎士比亚：《温莎的风流娘儿们》，《新莎士比亚全集(第二卷)》，方平译，石家庄：河北教育出版社，2000年，第341页。

　　②　Peter Clark, *The English Alehouse: A Social History, 1200—1830*, London: Longman, 1983, p. 21, 22.

　　③　Judith M. Bennett, *Ale, Beer, and Brewsters in England: Women's Work in a Changing World, 1300—1600*, New York: Oxford University, 1996, p. 146, 152.

　　④　莎士比亚：《驯悍记》，《新莎士比亚全集(第一卷)》，方平译，石家庄：河北教育出版社，2000年，第311页。

　　⑤　G. R. Hibbard, ed., *The Taming of the Shrew*, Harmondsworth: Penguin, 1968, p. 171, n. 20.

"香得就跟海伯拉出的蜜一样。"(210)此时桂嫂的丈夫虽未出场,但常被提到以回应男性角色对她的调戏,她将自己称为"安分良民的妻子"(304)。正如辛格(Jyotsna Singh)指出的那样,桂嫂"反复回击福斯塔夫对其妇道的污蔑,在尊重其高于自己社会地位的同时,也强调了他的无赖品行及自己的高尚"。① 当然,酒店的顾客形形色色,也包含上层阶级,女店主桂嫂必须对他们表示尊重,同时也试图维护旅店和自己的名声。当福斯塔夫宣称自己在酒店被盗后,桂嫂表明自己和丈夫都去寻找、打听过:"你当我在店里养着贼吗?我哪儿都找了,哪儿都问了;我爷们儿也找了,也问了,连大人,带小孩,带佣人。我这店里以前连半根头发都没丢过。"(301)待哈尔王子上场后,福斯塔夫又抱怨:"这个店简直成了窑子啦,连人的口袋都要掏。"(303)实际上,桂嫂让客人赊了一大笔的账:"约翰爵士,饭钱、平常喝的酒钱,借给你的钱,一共二十四镑。"(302)然而,罪犯并不是旅店员工,而是王子和皮托。相似的是,《亨利四世(上篇)》中并未有任何证据表明野猪头酒店是"肮脏的黑店(bawdy house)"。然而,在《亨利四世(下篇)》中,情况发生了变化,快嘴桂嫂称自己是"可怜的无依靠的妇道人家",童儿用巴道夫的红脸开起了色情玩笑:"我还当他在酒店女掌柜的新裙子上挖了两个窟窿,从那里面望着我呢!"②这或许是因为桂嫂和《亨利四世(上篇)》中的潘西夫人一样,在战争中失去了丈夫,只能在其男性顾客中出卖肉体寻找依靠。

　　进一步而言,酒店中另一个女性角色妓女桃儿也是和酒息息相关。在《亨利四世(下篇)》第二幕第四景这一有关色情幽会的场景中,桂嫂和桃儿上场讨论桃儿的身体状况:

桂嫂:实在的,好妹妹,我觉得你这会儿的健忘真可以说是怪好的;你的脉络跳得也是要多反常就多反常,你的脸色呢,不瞒你说,红得就跟一朵玫瑰花似的,这是实话,啦!可是,实在的,你刚才喝的加那列葡萄酒(canaries)太多了,那个酒往身子里走的劲儿可凶着哪,你三句话还没说完,它就能把你浑身的血都热得香喷喷的。你现在觉得怎么样?

---

① Jyotsna Singh, "The Interventions of History: Narratives of Sexuality", in Dympna Callaghan, Lorraine Helms, and Jyotsna Singh, eds., *The Weyward Sisters: Shakespeare and Feminist Politics*, Oxford: Blackwell, 1994, p.36.

② 莎士比亚:《亨利四世(下篇)》,《新莎士比亚全集(第七卷)》,吴兴华译,方平校,石家庄:河北教育出版社,2000年,第396、407页。后文出自该著作的引文,将随文在括号内标出引文出处页码,不另作注。

桃儿：比刚才好点了。(咳嗽)哼!

桂嫂：对呀,这个说得好;好心肠,金不换。(416—417)

桂嫂指出桃儿的身体异样,可能是因为"喝了太多的加那列葡萄酒",显然桃儿是刚刚过度饮酒而呕吐过。此外,我们注意到了桃儿称呼福斯塔夫为"一个大桶"用以回复快嘴桂嫂对男女之间差异及性关系的传统观念:

快嘴桂嫂：……要受着点就该你受……人家全那么说,女人不比男人,你是软弱的器皿,中空的器皿。

桃儿：软弱的中空的器皿哪儿受得了这么一大桶酒(Hogshed)的重量啊?他肚子里灌的波尔多酒足够商人装一船的,你上哪儿也找不着一艘大货船的舱里塞得比他更结实。好了,我还说跟你有交情的,杰克……(418)

桂嫂话中的"大酒桶"指通常用来装葡萄酒或啤酒的大桶,娜塔莉·维埃娜-格伦(Nathalie Vienne-Guerrin)就指出这个词半是赞扬半是误用,就像自相矛盾的赞颂一样,从而将快嘴桂嫂提及的"软弱的器皿"以 bear、vessel、stuffed 等词汇从整个色情的含义中剥离,由此使福斯塔夫转化为一个容器。[1] 随后,福斯塔夫上场,当听闻桃儿生病后,他说:"她这行姑娘们全是这样",并反问:"我们(男人)的病不是你传的吗?",将可能男女互相传染性病的全部责任推给了女性。桃儿反驳了福斯塔夫的观点,并以"链子首饰全给你"来谴责福斯塔夫的花言巧语(417)。正如斯坦利·威尔斯(Stanley Wells)指出的那样,桃儿在调笑福斯塔夫时的跟跄醉酒是严肃的,也是诙谐的,两者的对话表明了对性病的暗示和担忧。显然,此剧中的性暗示是莎士比亚同时代日益增长的对性病忧虑的反映。[2] 16 世纪的食谱作家安德鲁·博德(Andrew Boorde)反对给年轻未婚女性葡萄酒喝:"喝葡萄酒让老年男性和女性感到舒适,但无益于儿童和小姐,因为在德国没有小姐喝葡萄酒,但她可以在结婚前喝水。"[3]葡萄酒被认为有提供热量、暖和身体从而促进

---

① Nathalie Vienne-Guerrin, *Shakespeare's Insults*: *A Pragmatic Dictionary*, London: Bloomsbury, 2016, p. 234.

② Stanley Wells, *Shakespeare*, *Sex*, *and Love*, Oxford: Oxford University Press, 2010, p. 220.

③ Andrew Boorde, *A Compendyous Regyment or a Dyetary of Healthe Newly Corrected with Dyuers Addycyons*, London: William Powell, 1547, D2r.

性欲的作用，因此不建议年轻未婚女子饮用。同时代另一位食谱作家威廉·沃恩（William Vaughan）也提醒大众注意某些类型的葡萄酒如麝香葡萄酒、马齐姆甜葡萄酒和混合葡萄酒等"仅仅适用于结了婚的人，因为它们能增强某种力量"。① 剧中桃儿是一位妓女，虽然喝葡萄酒的后果没有其他女性那样严重，但醉酒带来的问题也是严重的。正如霍华德（Jean E. Howard）指出的那样，喝酒和性在桃儿这一酒店角色中结合得尤为紧密，旅店是进行食物、饮品和性交易的社会场所。② 1602 年，一位德国旅客这样记载："英格兰是女人的天堂，仆人的监狱，马的地狱"，这里"女性极为自由，就像主人一样，而可怜的马劳动繁重"。另一位瑞士旅客托马斯·普拉特（Thomas Platter）则记录下了英国女性的"生活之乐"："她们以获赠加糖甜酒为荣；倘若一位女性受邀，她会带着三四个其他女性，喜气洋洋地一起干杯。"③凯瑟琳·阿诺德（Catharine Arnold）也指出伦敦的"愉悦英格兰"既有丰盈的少妇举起泛着泡沫的啤酒杯和殷勤的男子干杯，也有莎士比亚笔下的桃儿和快嘴桂嫂那样出卖身体的女性兴高采烈地进行交易。④ 虽然剧中的野猪头酒店并不实际存在，但我们毫不怀疑它是 16 世纪后期伦敦众多酒店的集合体，而剧中王子喝啤酒的故事及桃色新闻显然也是真实存在的。⑤

二、阶　　级

我们可以发现，《亨利四世》中出现了各种类型的酒，主要有麦芽酒、啤酒及葡萄酒，而售卖酒的地点既有客栈（the inn），也有酒店（the tavern）和啤酒馆（the alehouse）。《理查二世》中王后在遇见被押往伦敦塔的理查时就比较了客栈和酒馆："你啊，你是古代的京城特洛伊废墟的象征——是昔日荣华的缩影，理查王的墓碑；可你不是理查王啊！你华丽的大厦怎会偏

---

① William Vaughan, *Natural and Artificial Directions for Health*, London: Richard Bradocke, 1600. 〈https://quod. lib. umich. edu/e/eebo/A14295.0001.001〉

② Jean E. Howard, *The Stage and Social Struggle in Early Modern England*, London and New York: Routledge, 1993, p. 144.

③ Catharine Arnold, *The Sexual History of London: From Roman Lodinium to the Swinging City-Lust, Vice, and Desire Across the Ages*, New York: St. Martin's Press, 2011, p. 69.

④ Catharine Arnold, *The Sexual History of London: From Roman Lodinium to the Swinging City-Lust, Vice, and Desire Across the Ages*, New York: St. Martin's Press, 2011, p. 70.

⑤ 关于时代谬误，参见 P. Rackin, *Stages of History: Shakespeare's English Chronicles*, Ithaca: Cornell University Press, 1990, pp. 86—145.

收留了愁眉苦脸的'哀怨',让得意的欢笑响彻在下等的酒店?(ale-
house)。"①这从侧面体现出面向下层的啤酒馆在莎士比亚时代的迅速扩
张,1577 年英国对全国的客栈、酒店和啤酒馆进行统一登记时,斯塔福德
郡的啤酒馆仅 105 个,但到 1605 年从季审法院取得执照的啤酒馆就达 736
个,1618 年上升到 869 个,1629 年 921 个,1640 年 1090 个。② 16、17 世纪
英国啤酒馆的迅猛增长首先与啤酒制作技术的改进有关。中世纪英国的
啤酒不加酒花,由发酵的麦芽、水和香料制作而成,这种酒被称为"麦芽酒"
(ale)。16 世纪初,啤酒花被引进英国,诗曰:"啤酒花、宗教改革、鲤鱼和啤
酒,同一年抵达英格兰。"③添加了啤酒花的酒带有啤酒的苦味和酒花的香
味,颜色清亮而不易变质,这种近现代意义上的啤酒(beer)受到消费者热
捧。啤酒花还可以使麦芽的出酒率大大提高,一位生活在斯图亚特王朝早
期的作者称,1 蒲式耳麦芽只能产 8 加仑麦芽酒,但可产 18 加仑啤酒,结果
使得啤酒的价格大大下跌,啤酒成为包括雇佣工人在内的普通人都能享用
的大众消费品。④ 同时,啤酒还有麻醉功效,可以使穷人忘记饥饿和烦恼,
可以"抚慰沉重和烦躁的心,使寡妇破涕为笑,忘却失去丈夫的悲伤……使
饥者饱、寒者暖"。⑤

　　尽管莎剧中的下层民众,如仆人、商人等,会喝一切可获得的酒精饮
料,但其中必包含啤酒或麦芽酒,如《维罗纳二绅士》中,斯皮德和朗斯计
划去酒馆,"那儿五便士一杯酒,你可以买到五千个欢迎"。⑥《驯悍记》中
的叫花赖斯"这辈子还没喝过什么白葡萄酒",他要求"来一壶淡麦酒……
再给我来一壶最淡的淡麦酒"(310,314)。而《亨利四世(下篇)》中的巴道
夫则取笑童儿脸红得像"给一小壶酒开了苞(意为喝了两夸脱麦芽酒)"
(407)。实际上,正如莫里森(Fynes Moryson)指出的那样,只有"乡巴佬

　　① 莎士比亚:《理查二世》,《新莎士比亚全集(第七卷)》,吴兴华译,方平校,石家庄:河北教育
出版社,2000 年,第 140 页。

　　② Rong Xiang, "The Staffordshire Justices and Their Sessions, 1603— 1642", PhD thesis,
University of Birmingham, 1996, p. 153.

　　③ R. F. Bretherton, "Country Inns and Alehouses", in Reginald Lennard, ed., Englishmen
at Rest and Play: Some Phases of English Leisure, 1558—1714, Oxford: Clarendon Press, 1931,
pp. 168—169.

　　④ Peter Clark, The English Alehouse: A Social History, 1200—1830, London: Long-
man, 1983, p. 97.

　　⑤ Keith Thomas, Religion and the Decline of Magic: Studies in Popular Beliefs in Six-
teenth and Seventeenth Century England, London: Weidenfeld& Nicolson, 1971, p. 23.

　　⑥ 莎士比亚:《维罗纳二绅士》,《新莎士比亚全集(第一卷)》,阮珅译,石家庄:河北教育出版
社,2000 年,第 212 页。

和粗汉子"才喝啤酒和麦芽酒。1600 年出版的小册子中加入了对喝酒的热忱注解:"再见英格兰,穷人一便士一壶麦酒——新鲜的麦酒、浓烈的麦酒、参差不齐世俗的麦酒、勇气的麦酒、传染的麦酒、炼金术般神奇的麦酒。"威廉·哈里森(William Harrison)也讲道:"麦酒和啤酒让人兴奋,因此被称为'疯狗'、'天使的'食物、'龙的牛奶'、'扶墙走'、'大步跳'、'踢腿'等等。"①莎士比亚多次提到麦芽酒和酒馆,一般而言,麦芽酒和酒馆与酗酒及危害社会行为同义。

葡萄酒在贵族中是最受欢迎的饮品,他们在谈论啤酒和麦芽酒时常报以蔑视态度,很少喝这些下层民众的饮料。如《亨利四世(上篇)》中的飞将军希望哈尔王子出意外,"巴不得要他遭逢什么灾难,我准会叫人用一壶烧酒(ale)毒死他"(229),而《亨利四世(下篇)》中的福斯塔夫则称巴道夫的脸是"琉息弗(魔鬼)的私厨,琉息弗在那里别的事不干,专门拿火烤酒鬼(maltworms)"(431)。在《亨利五世》中,高厄奚落火枪"酒醉糊涂的脑子(626)",弗罗伦则讲述亚历山大大帝"凭着这几盅酒和一股怒火"把他最好的朋友克莱特给杀了。(676)②甚至哈尔王子也由于想喝小啤酒而感到羞愧:

> **太子**:你看我直想喝淡啤酒(small beer);这是不是很不像话?
>
> **波因斯**:是啊,一个王太子的想法应该高尚一点,不该还记得这种淡薄无味的东西。
>
> **太子**:那么说来,也许我的口味不是像我的出身一样高贵,因为凭良心说,我现在确实记起那下流可怜的东西淡啤酒来。可是,咳,这些卑下的想法也着实使我厌倦了我这尊贵的身份。(404)

甚至部分下层人民也鄙视喝麦酒和啤酒,如《亨利六世(中篇)》中凯德起义时宣布"喝淡啤酒是重罪",③《亨利四世(上篇)》中盖兹山蔑视那些酒鬼,"别当我是跟那些地痞流氓、打闷棍儿的、吹胡子瞪眼的青面酒鬼们往来的人"(236)。《亨利四世(下篇)》中的桃儿则骂火枪是"酒鬼"(bottle-ale

---

① Buckner B. Trawick, *Shakespeare and Alcohol*, Amsterdam: Rodopi, 1978, p. 32.

② 莎士比亚:《亨利五世》,《新莎士比亚全集(第七卷)》,方平译,石家庄:河北教育出版社,2000 年,第 626、676 页。后文出自该著作的引文,将随文在括号内标出引文出处页码,不另作注。

③ 莎士比亚:《亨利六世(中篇)》,《新莎士比亚全集(第八卷)》,谭学岚译,辜正坤校,石家庄:河北教育出版社,2000 年,第 212 页。后文出自该著作的引文,将随文在括号内标出引文出处页码,不另作注。

rascal）（421），而在《亨利六世（中篇）》第二幕第三景中，我们可以看到霍纳的邻居都没有选择麦酒和啤酒：

> **邻甲**：来，霍纳邻友，我敬你一杯西班牙酒（a cup of sack），不用害怕，你一定会打得很好的，邻友。
>
> **邻乙**：来，邻友，我敬你一杯甜葡萄酒（a cup of charneco）。
>
> **邻丙**：这是一樽加料烈性啤酒（a pot of good double beer），邻友，喝吧，不用害怕你的那个徒弟。（209）

《亨利四世（下篇）》中，福斯塔夫的长篇大论表达了对葡萄酒的爱和对小啤酒的轻视：

> 说真的，这位年纪轻轻冷冰冰的孩子可不喜欢我；想叫他笑一笑吗？办不到。不过这也不稀奇，因为他根本不喝酒（drinks no wine）。这些稳重的孩子们从来就不会有什么出息，因为淡而无味的饮料（thin drink）把他们的血都变得凉透了；再加上顿顿吃鱼，结果就害上了一种男性的经期失调，外带上贫血病；等他们娶了老婆，也只能生小妞儿。他们大多数都是些傻蛋和脓包；要不是仗着酒把血液燃烧起来，我们有些人也会变成那样的。"（476—477）

实际上，在都铎时期的上层人士看来，啤酒馆的增加意味着怠惰的下层民众聚会、饮酒增加，以及浪费更多的时间和钱财。[1] 1616 年 6 月 20 日，詹姆斯一世在星室法庭的著名演说中抱怨该国"啤酒馆泛滥"，它们是"堕落的流浪汉、无业游民和身强力壮的懒汉的出没之处和栖身之地"，他要求"关闭所有有恶名的啤酒馆"。[2] 彼得·克拉克认为啤酒馆是"穷人为穷人开的"，是社会下层人聚集的场所，它们往往同酗酒、犯罪和不道德行为相联系，所以被那时的人们看成是社会下层人颠覆现存社会秩序的指挥中心。[3] 基思·赖特森也认为，啤酒馆问题是由多种因素引起的，包括当时人对社会秩

---

[1]　J. Warner, "Good Help Is Hard to Find: A Few Comments about Alcohol and Work in Preindustrial England", *Addiction Research* 2:3 (1995), pp. 262—263.

[2]　Johann P. Sommerville, ed., *King James VI and I: Political Writings*, Cambridge: Cambridge University Press, 1994, pp. 224—225.

[3]　Peter Clark, "The Alehouse and the Alternative Society", in Donald Pennington and Keith Thomas, eds., *Puritans and Revolutionaries: Essays in Seventeenth-Century History Presented to Christopher Hill*, Oxford: Clarendon Press, 1978, pp. 47—72.

序的担心,对穷人态度的变化,以及新教对酗酒及与罗马天主教有关的传统社交活动的敌视等。[①] 因此,我们毫不奇怪莎士比亚笔下的盗贼、不法分子都出现在酒店,他们酗酒、打架斗殴,太子在酒店混迹后能"把最低下的调子弹出来",甚至"跟那批酒保拜了把子,每个人的小名都叫得出:汤姆,狄克,法兰西斯",从而把对地下世界的"门路都精通了"(249)。显然,酒与酒馆扰乱了社会阶级秩序。

三、国　族

进一步而言,酒的品类与国族问题相关。在莎士比亚戏剧中,来自低地国家的弗兰德人和荷兰人常被认为是酗酒者及油腻食物的爱好者。在《温莎的风流娘儿们》中,裴琪在福斯塔夫不在场时称呼其为"弗兰芒醉鬼"(346)。费什(Joshua B. Fisher)就指出,16、17 世纪的英格兰,在对食物的呈现和消费,与英国礼仪及国族身份之间,展现出矛盾态度。一方面,英国人敞开胸怀接受那些多是进口的奢侈品以彰显英国在国际舞台上的富裕、强盛形象;另一方面,排外情绪及与国外的腐化堕落、享乐主义导致对铺张浪费的抨击。[②]

英国有酿酒、饮酒的悠久历史,尤其 16 世纪啤酒花开始在英国大规模种植以来,啤酒已经融入英国民族特性之中。其不仅成为民众生活中不可缺少的日常饮料,而且被称为"国民饮品"(national drink),成为英国人将自己与喝葡萄酒的法国人区别开来的一个标志。不过,是英国最初的国民饮品是麦芽酒,莉莎·皮卡德(Liza Picard)就指出:"1574 年,伦敦城中依然有58 位麦芽酒酿造商和 33 位啤酒酿造商,而啤酒则逐渐取代麦酒成为了国民饮料。"[③]正如历史学家彼得·克拉克(Peter Clark)指出的那样,啤酒和麦芽酒是水的安全替代之物的观点:"特别在城镇中变得越来越让人质疑,因为这种观念是由人口增长导致的日益恶化的环境卫生所带来的。"[④] 16

①　Keith Wrightson, "Alehouses, Order and Reformation in Rural England,1590—1660", in Eileen Yeo and Stephen Yeo, eds., *Popular Culture and Class Conflict 1590—1914: Explorations in the History of Labor and Leisure*, Atlantic Highlands, N. J.: Humanities Press, 1981, pp. 1—27.

②　Joshua B. Fisher, "Digesting Falstaff: Food and Nation in Shakespeare's *Henry IV* plays", *Early English Studies* 2 (2009), p. 3.

③　Liza Picard, *Elizabeth's London*, London: Phoenix Press, 2003, p. 187.

④　Peter Clark, "The Alehouse and the Alternative Society", in Donald Pennington and Keith Thomas, eds., *Puritans and Revolutionaries: Essays in Seventeenth-Century History Presented to Christopher Hill*, Oxford: Clarendon Press, 1978, p. 54.

世纪,啤酒的日益普及意味着麦芽酒慢慢变成了过时的饮品,有关国族的套话和固定观念也在饮料中有所扩展。同时代的饮食作家安德鲁·博德(Andrew Boorde)特别警告了国族身份,他认为"麦芽酒是英国人的天然饮料",并指责"外国"饮料啤酒"是最近……多数英格兰人饮用且损害了很多英国人健康(的饮品)"。①由于酿造啤酒所用的啤酒花通常为进口之物,且酿造者为佛兰德移民,因而啤酒带有异国属性。在莎士比亚的《亨利五世》中,童儿在法国战场上除了思乡外,最想念的就是英国麦芽酒:"但愿我这会儿是在伦敦的酒店(alehouse)里! 我愿意拿我一世英名去跟一壶酒(a port of ale)和眼前的平安交换。"(605)

不过,葡萄酒是昂贵的、远离普通大众生活的饮品,尽管托马斯·柯甘(Thomas Cogan)认为喝葡萄酒比麦芽酒更容易烂醉,但饮食作家一般认为它比啤酒和麦芽酒更好。② 福斯塔夫所偏爱的白葡萄酒/甜酒(sack)是一种加强版葡萄酒,乃是从西班牙和加那利群岛进口。白葡萄酒通常比较干,而英国人常在售卖前往其中加入糖增加甜味,福斯塔夫对白葡萄酒过度的欲望解释了为何他在《亨利四世(上篇)》中被波因斯称为"喝甜酒加糖的约翰爵士(sack-and-sugar Jack)"(213)。福斯塔夫的话中也谈到了白葡萄酒的好处,认为它带来热量和勇气(477)。他的观点显然是对博德的回应,因为博德指出葡萄酒"制造好的血液,让大脑及身体舒适,唤起激情、产生热能、抵抗抑郁及忧伤"。③ 同时,饮食书也倾向赞同喝葡萄酒的好处,福斯塔夫在结尾的陈述中指出,如果他有儿子,他将"教给他们的头一个世俗的道理就是禁绝一切淡薄的饮料,专心致志地喝酒"(478)。与福斯塔夫一样,同时代的托马斯·艾略特(Thomas Elyot)也更喜欢葡萄酒:"吾以为,葡萄酒远超麦芽酒及啤酒,因后两者缺乏热量和水汽。适度饮之,可增加人体热量和水分。同样啤酒、麦芽酒过量饮用时比葡萄酒产更多废液并影响性情。"④但是,在谈到盖伦医学知识时,他警告"年轻人只需喝一点葡萄酒,否则会轻易导致愤怒、色欲及灵魂中被称为非理性的部分,会带来麻木和迟钝"。同样,沃特·巴列伊(Walter Baley)也注意到葡萄酒有利于"保护视力……因葡萄酒水汽是干性的……能够减轻不快和抑郁",但同样认为"葡

---

① 〈https://quod.lib.umich.edu/e/eebo/A16471.0001.001〉

② Joan Fitzpatrick, "Die and Identity in Early Modern Dietaries and Shakespeare: The Inflections of Nationality, Gender, Social Rank, and Age", *Shakespeare Studies*. 42(2014), p.86.

③ 〈https://quod.lib.umich.edu/e/eebo/A16471.0001.001〉

④ Joan Fitzpatrick, *Food in Shakespeare: Early Modern Dietaries and the Plays*, Burlington: Ashgate, 2007, p.27.

萄酒对眼睛的某些效果是被禁止的"。① 沃恩赞扬了白葡萄酒,认为"清晨快速饮用有清肺之效:用红洋葱一同饮用,它会快速到达膀胱,消除结石"。但如果是像暴食的福斯塔夫那样将没有效果:"胀腹时饮用则损害身体,破坏肉的分解。"他同样提出警告,福斯塔夫最爱的白葡萄酒"会导致肥胖和茫然",特别告诫年轻人,赞扬了约翰王子(Prince John)选择的饮料是明智之举。他认为甜酒"应在饭前饮用……以刺激食欲、愉悦精神"。② 这点对于不断吃喝的福斯塔夫不适用。沃恩和福斯塔夫不一样,他对啤酒尤为忠实:"啤酒由上乘麦芽制成,经过良好酿造,既不新,也不陈,滋润身体,快速排出。夏天尤为被人们喜爱,整体上有益健康:因其含有麦芽,除滋养身体外,啤酒花也具有某种医学特征。"③

　　莎士比亚笔下的福斯塔夫显然符合沃恩的描述,但将福斯塔夫和葡萄酒结合也体现出英国人的饮食身份。首先,甜酒是从西班牙和加那利群岛进口之物,其品种多样(如有 Malaga,palm,jerez 或 sherry),酒的名称显示了它们的外国属性和产地。然而,甜酒自 1587 年弗朗西斯·德雷克爵士(Sir Francis Drake)在西班牙港口加的斯偷袭劫掠西班牙舰队后,便被视为特殊的国族主义饮品。在这一次行动中,德雷克获得了原本供给无敌舰队的 2900 大桶雪利酒(原产自西班牙南部的烈性葡萄酒),由此喝甜酒成为一种爱国的行为。而随后英国打败西班牙无敌舰队,更是巩固了甜酒和英国强大国力的国族主义关联。④ 福斯塔夫在《亨利四世(下篇)》中强调了酒激发活力的本质,这种效果不仅对哈尔王子等个人有益,而且对增强英国国族力量也不无裨益:

> 这就是为什么缘故亨利太子那么勇敢善战;因为他虽然从父亲那儿天然传来一股冷血,可是他拿它就当干硬枯瘠不长庄稼的土地一样,用尽苦心地下肥料、保养、耕种,喝了不知多少白葡萄酒(sherris)来灌溉它,归终他果然变得非常火热勇敢了。即使我有一千个儿子,我要教给他们的头一个世俗的道理就是禁绝一切淡薄的饮料,专心致志地喝酒(sack)。(478)

① 　Joan Fitzpatrick, *Food in Shakespeare: Early Modern Dietaries and the Plays*, Burlington: Ashgate, 2007, p. 27.

② 　〈https://quod. lib. umich. edu/e/eebo/A14295. 0001. 001〉

③ 　〈https://quod. lib. umich. edu/e/eebo/A14295. 0001. 001〉

④ 　Jancis Robinson, ed., *The Oxford Companion to Wine* (3rd edition), New York: Oxford University Press, 2006.

正如约书亚·费雪(Joshua B. Fisher)指出,过度饮酒从不得体的恶习变成了对自我和国家民族而言都高贵的美德。① 福斯塔夫与酒的联系抑制了英格兰对国族自我确认的渴求,同时也满足了观众希望经由喜剧场景认识到放纵饮酒的危害的争议性讨论。但是将甜酒与英格兰关联的认同并未根除长久以来英国人对包括葡萄酒在内的国外进口食物的敌视。毫无疑问,甜酒在此处变成和饮食相关的广义连接部分,即强调了福斯塔夫和通过食物、饮料展现内聚英国性的紧密关系。

莎士比亚时代的伦敦,公共戏剧是一种全新的商业娱乐形式,面向社会各个阶层。观众付钱进场后主要的活动就是吃喝,由于没有现代意义上的酒吧和门廊,小贩们会进入剧场,兜售坚果、水果、啤酒,以及麦芽酒这些可以就地享用的吃食。如瑞士游客托马斯普莱特记述了 1599 年到环球剧院的经历:"场间有小食酒浆巡售,如愿破钞,自可提神。"②进一步说,正如安德鲁·格尔(Andrew Gurr)所指出的那样,瓶装的麦芽酒在露天剧场表演戏剧时是戏迷们常见的饮料,③甚至环球剧院 1613 年失火,整个剧院夷为平地,当时一个男人身穿的裤子烧起来,就是用麦芽酒扑灭的。④ 杰维斯·马卡姆(Gervase Markham)也注意到,好的英国主妇"在提供面包和饮品前会加入蜂蜜",饮料的供给远超面包,他甚至给出了主妇们如何在厨房酿造啤酒和麦芽酒的建议。⑤ 进一步而言,莎士比亚曾按照同时代著名剧团经纪人和酒馆主詹姆斯·伯比奇的建议,在《温莎的风流娘们儿》一剧中把主角福斯塔夫塑造成一个酒馆中常见的爱吹牛的下层冒险家,还按照观众的喜好修改剧本中的台词,让情节适合酒馆里取乐的需要,变得"更粗俗和热闹"。⑥

由此可见,酒在莎士比亚时代的受欢迎程度远远超出舞台的想象,莎士比亚笔下和酒相关的人物角色不仅涉及性与性别,同时也表现出英国社会

---

① Joshua B. Fisher, "Digesting Falstaff", p. 13.

② Neil MacGregor, *Shakespeare's Restless World*, New York: Penguin Group, 2012, p. 40.

③ Andrew Gurr, *Playgoing in Shakespeare's London*, Cambridge: Cambridge University Press, 2004, pp. 43—44.

④ Neil MacGregor, *Shakespeare's Restless World*, New York: Penguin Group, 2012, p. 38.

⑤ Gervase Markham, *The English Housewife*, Michael R. Best, ed., London: McGill-Queen's University Press, 1994, p. 204.

⑥ Stephen Greenblatt, *Will in the World: How Shakespeare Became Shakespeare*, New York: W. W. Norton & Company, 2005, p. 94

转型时期阶级秩序的不稳定性,我们可以看到,酒馆及麦芽酒(与啤酒和葡萄酒相对立)常常于社会底层相联系,女掌柜因而常被清教徒视为颠覆和失序的帮凶,而大众对待麦酒、啤酒和葡萄酒的复杂矛盾态度更是展现出英国国族塑造过程中的不确定性。

第八章 《亨利五世》中的韭葱书写

《亨利五世》讲述了雄主亨利五世带领军队攻入法国，取得阿尔金库战役的胜利，最终逼迫法王嫁女割地赔款的战争故事。正如 RSC 版导言所说："'亨利五世'早已成为英国爱国主义的代名词。一位年少志猛的国王，纯粹以雄辩辞令之力激发其将士们的非凡勇气，力克一切危难险阻，取得惊世骇俗的军事胜利。"①伊文思（H. A. Evans）于 1917 年写道："这是作者最接近一部民族史诗的部分"，②而凯恩斯（David Cairns）和理查德（Shaun Richards）则认为这是"在舞台上呈现统一英国民族国家的一次尝试"。③ 实际上，在 16 世纪的不列颠群岛上，强大的联合王国尚未形成，以英格兰为主导的英国国族意识尚在建构之中。④ 亨利王的军队是一个四重奏的组合，有分别来自爱尔兰的麦克摩里斯上尉、威尔士的弗罗伦上尉、苏格兰的杰米上尉和英格兰的高厄上尉，从某种意义上说，该剧通过四位上尉展现了同时代四个民族间复杂而微妙的民族关系以及国族认同问题。⑤ 而异常有趣的是戏剧发展进程中突兀出现的第五幕第一景中威尔士上尉弗罗伦与英格兰士兵火枪（Pistol）之间的冲突，而其导火索只是韭葱以及戴、吃韭葱的问题。本章拟从韭葱这一普通的烹饪草本食物出发，联系同时代的医学和食谱知

---

① Jonathan Bate and Eric Rasmussen, eds., *The RSC Shakespeare*: *William Shakespeare Complete Works*, New York: The Modern Library, 2007, p. 1026.

② Lily B. Campbell, *Shakespeare's 'Histories'*: *Mirrors of Elizabethan Policy*, San Marino, Calif.: Huntington Library, 1947, p. 255.

③ David Cairns and Shaun Richards, *Writing Ireland*: *Colonialism*, *Nationalism*, *and Culture*, Manchester: Manchester University Press, 1988, p. 11.

④ 狭义的 England 仅指英格兰，而 Britain Isles 则包含了英伦诸岛。直到 1707 年，苏格兰和英格兰才正式合并，而直到 1801 年，爱尔兰才并入联合王国（1921 年，爱尔兰政府成立，只剩北爱尔兰），参见 Krishan Kumar, *The Making of English National Identity*, Cambridge: Cambridge University Press, 2003, pp. 1—17。

⑤ 莎士比亚：《亨利五世》，《新莎士比亚全集（第七卷）》，方平译，石家庄：河北教育出版社，2000 年。后文出自该著作的引文，将随文在括号内标出引文出处页码，不另作注。此外，方平版中将 leek 翻译为韭菜，现替换为韭葱。

识,指出莎士比亚既利用了其作为威尔士的象征意义,也从吃的层面突出了两人之间的差异和冲突。

一、韭葱与威尔士、威尔士性

在《亨利五世》中,韭葱(leek)首次出现在第四幕第一景中,亨利化名"亨利·勒·劳华",假扮一个普通的威尔士士兵与火枪对话,从而展现出火枪与弗罗伦的矛盾。火枪让他传话给弗罗伦:"到圣大卫节那天,我就要动他头上的韭葱(I'll knock his leek about his pate Upon Saint Davy's day)。"(644)而后,弗罗伦也在与亨利王拉关系的言语中再次提及了韭葱:"要是陛下还记得起来,威尔士军队在一个长着韭葱的园圃里也立过大功,那时候,大家在蒙毛斯的帽子上插了韭葱;如今——陛下也知道——这韭葱成为军队里光荣的象征了;我相信在圣大卫节那天,陛下决不会不愿意戴棵韭葱在头上的。"而亨利则回答:"我要戴的,这是一种光荣的纪念(I wear it for a memorable honour)。因为好乡亲,你明白,我是个威尔士人";弗罗伦也强调了亨利"身子里的威尔士血液"(679),而到了第五幕第一景,英格兰上尉高厄登台就对弗罗伦说:"可是你干吗今天头上还插着韭葱呀?圣大卫的日子已经过啦。"(693)随后,弗罗伦教训了火枪,而高厄则总结并劝告火枪:"去吧,去吧。你这个装腔作势的胆小鬼。你以后还要取笑古老的习俗吗?当初人家只为尊敬英勇的祖先,把韭葱插在头上,当作胜利的纪念,理由完全正当。"(696)

因此,我们不难发现圣大卫节-带韭葱-威尔士传统之间的关联,表面上看,正是火枪冒犯了威尔士的传统,从而让弗罗伦大怒。从《杰出圣人的生命之花》(*Flowers of the Lives of the Most Renowned Saints*)中,我们得知圣大卫于公元550年3月1日去世,这一日,不仅是威尔士,也是整个英格兰家家户户纪念圣大卫的日子。在这悲痛的日子里,我们最庄重的仪式便是头戴一棵绿韭葱,要是当天有谁的帽子上少了类似的装饰,那便足以成为某个狂热的威尔士人找他挑衅的话柄。① 但盖瑞·泰勒(Gary Taylor)指出,弗罗伦是提到这一秘闻的唯一来源,而编辑者们所描述的戴着韭葱的"传统"阐释,即庆祝公元540年威尔士人战胜撒克逊人,则直到17世纪晚期才有记载,而直到19世纪,韭葱才和卡德瓦拉德(Cadwallader)联系起来。② 赫伯特·亚

---

① 转引自西德尼·比斯利:《莎士比亚的花园》,张娟译,北京:商务印书馆,2017年,第152页。

② Gary Taylor, ed., *Henry V*, Oxford: Oxford University Press, 2008, p. 248.

瑟·尹文斯(Herbert Arthur Evans)也认为:"威尔士人在韭葱园所做的一切……弗罗伦仍然是我们唯一的权威。"[1]安德鲁·古尔(Andrew Gurr)同样指出菜园一说没有明确来源,而佩戴韭葱是威尔士传统,以庆祝公元540年3月1日圣大卫节战胜撒克逊人的胜利,但这一说法在莎剧提及后又过了几十年才又出现。不过,伊丽莎白时期的大众接受了这一威尔士传统以及对圣大卫节的庆祝。某些传统可能在文献记载之前就已经具备较长的发展历史了。莎士比亚的戏剧不太可能是首创。[2] 此外,亨利王出生在蒙毛斯,但只有一位先祖而非爱德华三世为威尔士人。从历史角度看,他对威尔士的主要了解来自其打败反抗父亲军队的包围战中所接受的长期训练。[3]在克雷西战役中(1346年),爱德华三世及其拥有数量优势的军队通过高超的战术和强大的长弓手战胜了法王菲利普,其军队中约有7000名威尔士士兵,身着绿白色的统一服装(这是韭葱的颜色),如猛虎般英勇作战。[4] 权威的《牛津英语词典》(OED)中也明确指出韭葱是威尔士的国家象征,而威尔士语中的谚语"像韭葱一样干净"(as clean as a leek)意为完美地、完全地、彻底地。[5]

由此可见,韭葱始终与圣大卫节、"威尔士性"的传统息息相关。在有关国族讨论的焦点情节中,四个上尉体现出不列颠内部的不合。四个上尉的场景被认为是"莎士比亚对殖民化表述的最常被引证的章节"。[6] 不仅引出了麦克摩里斯的爱尔兰民族问题,同时也引出了其他国族问题。正如爱德华兹指出的,这似乎不是出于爱尔兰民族主义的感情,而是"愤怒,威尔士人应该把爱尔兰视为一个独立于伟大的(英国)国家的国家,而威尔士人显然认为自己属于这个国家"。[7]

一方面,我们看到,作为威尔士代表的弗罗伦展现出对王室的忠诚。正如弗罗伦所说,他效力于亨利五世的英格兰王国,他的骄傲也是其军队的骄

---

① Herbert Arthur Evans, ed., *The Life of King Henry the Fifth* (The Arden Shakespeare, London), Methuen, 1903, p. 136.

② Gary Taylor, ed., *Henry V*, Oxford: Oxford University Press, 2008, p. 248.

③ Andrew Gurr, ed., *King Henry V* (NCS), Cambridge: Cambridge University Press, 2017, p. 189.

④ Geraint H. Jenkins, *A Concise History of Wales*, Cambridge: Cambridge University Press, 2014, p. 106.

⑤ *DED*, Leek, 4. a. ⟨https://www.oed.com/view/Entry/106937? redirectedFrom=leek#eid⟩

⑥ David J. Barker, "'Wildehirissheman': Colonialist Representation in Shakespeare's *Henry V*", *English Literary Renaissance* 22 (1993), p. 43.

⑦ Philip Edwards, *Threshold of a Nation: A Study in English and Irish Dram*, Cambridge: Cambridge University Press, 1979, p. 76.

傲,每一句都在表明心迹,在他看来,所有的追随者都是杰出的、值得赞颂的。他告诉高厄,"埃克塞德公爵就跟阿迦曼农一样伟大;这个人呀,我又敬又爱……桥头上有一个旗官中尉,我从心里认为,他就像是马克·安东尼,好一条汉子……"(622),但另一方面,弗罗伦对历史的利用别有用心,他的狂热不能视为政治的无知和天真,而是坚信不列颠的威尔士基础,他的类比和对他人的赞扬会作为历史的脚注,并揭示伊丽莎白一世时期英格兰治下不列颠性书写下的威尔士根基。正如弗罗伦所言,他所知道的过去和神话、合法性现在都隶属于不列颠王。亨利五世告诉弗罗伦自己是个威尔士人,而弗罗伦则非常高兴并宣告自己"是陛下的乡亲"(680)。因此,我们看到了《亨利五世》中英国王室权力的威尔士根源出现了,而这正是弗罗伦所有忠诚行为的源泉。

　　然而,另一方面,弗罗伦的盎格鲁-威尔士混杂的语言带来一种"威尔士性",这或许是由混乱的不列颠历史造成的。通过描述弗罗伦对过去的沉溺,莎士比亚利用了当时闻名的盎格鲁-威尔士人的特质,威廉姆斯指出,即便早期现代的威尔士被并入了英国版图,但威尔士人仍将自己视为"原初独立而至高无上的不列颠身份"的继承人,史学家们描述道:"神话历史将特洛伊的布鲁特斯视为不列颠的祖先,而建立独立基督教的约瑟夫则被烧死在……格拉斯顿堡(位于英格兰西南部)。不列颠的亚瑟将布鲁特斯视为不列颠伟大的英雄。"[1]这里的历史早于英国对威尔士的入侵并将威尔士看作"不列颠最古老、最辉煌、最真实的居民,因此依然有最好的大义来统治整个岛屿"。[2] 尽管弗罗伦自己完全没有提到这段威尔士的历史,但有趣的是英格兰人高厄提到了这种地理历史学在他警告火枪时所说的"古老的习俗"(696)中得到体现,我们还看到火枪通过称呼弗罗伦为"下贱的外国蛮子(低劣的特洛伊人[base Trogjan])"(694),从而激起决斗,"特洛伊人"正是特洛伊的布鲁特斯的血统。尽管弗罗伦自己的历史回忆已然抛弃了古老的希腊和罗马,但却暗藏在英国王室的历史中:"你那大名鼎鼎的祖父——请陛下原谅我这么说——还有你那叔祖'威尔士黑太子'爱德华,在这儿法兰西——我曾经从历史上读到——狠狠地打了一仗。"(679)他对过去的借用实际上包含了英国皇家的编年史,也就必然不会省略某些威尔士神话史及其激发的"威尔士性",因为从某种程度上讲,伊丽莎白时期的皇家历史就是威尔士历史。

---

① Gwyn Williams, *Madoc: The Making of a Myth*, London: Eyre Methuen,1979, p. 35.

② Glanmor Williams, *Renewal and Reformation: Wales c. 1415—1642*, Oxford: Clarendon Press,1987, p. 452.

因此,当我们被告知此剧促进了英国君王聚集不列颠各族人们时,我们需要记得不列颠这个群体并非只是精准地被王室政权所控制,也并非是对政权的逢迎,而是各民族多声部的矛盾统一体。"新的不列颠性""不可避免从那些拥有最直系继承者和最初的威尔士人那里汲取口音和色彩"。① 而对于威尔士人来说,族裔认同最重要、最明显、最持久的标志就是本族语言。在讲英语的官员和道德论者看来,这个民族热血、爱吃韭葱,骨子里不服管教,但最令人愤怒的是他们居然顽固地使用本族语言。②

莎士比亚的确有可能在对伊丽莎白一世的忠诚下,以整个不列颠的视角写下此剧提供给伦敦观众,但是这一联合的名义已经假定了王国的分裂,弗罗伦所代表的威尔士既为不列颠的基石,同时也具备着某种颠覆力量。众多批评家将弗罗伦视为威尔士本土王子的象征,如菲利普·斯维茨就认为莎士比亚利用弗罗伦的形象"反对虚假空洞的英国性(Englishness),并以此作为不列颠当局深层次的为英国身份服务之手段",③而卡尔也指出弗罗伦是一个被阴影所笼罩的、被征服的威尔士本土王子,他认为如果说涉及卢埃林(Llewelyn ap Gruffydd)这位最后的威尔士本土国君的历史和戏剧传统将威尔士的王位和继承权乃至其祖先的英勇特质都转移到英格兰君王身上的话,那么《亨利五世》中韭葱的出现和故事则几乎以喜剧的形式再现了这种传递和转移。④

同时,在约翰·科里根(John Kerrigan)看来,弗罗伦与火枪情节非常吸引人,对火枪的殴打则"有意反映出之后亨利与威廉姆斯绑定语言的情节(binding-language plot)"。如在被视为典范的爱德华一世对法战役中,威尔士士兵"表现卓越",亨利与弗罗伦都认同韭葱是"值得纪念的荣耀",但火枪在圣大卫节当天带来面包和盐让弗罗伦吃韭葱的行为使得这一荣耀受辱。他进一步指出亨利与弗罗伦在后面手套决斗情节中的三点意义:一、弗罗伦再次站在国王一方,带上国王的手套成为代理人,在火枪的阴谋中他捍卫了韭葱的荣誉,亨利则利用韭葱把自己的战斗与爱德华三世联系起来;二、韭葱叶子很像手套;三、荣誉的誓言还在,但是由于物体的移动而产生了问题,因为抵押物变成了一棵韭葱,就像由于承担者亨利被移到弗罗伦而产生的问题

①　Gwyn Williams, *Madoc: The Making of a Myth*, London: Eyre Methuen, 1979, p. 36.

②　Geraint H. Jenkins, *A Concise History of Wales*, Cambridge: Cambridge University Press, 2014, p. 136.

③　Philip Schwyzer, *Literature, Nationalism, and Memory in Early Modern England and Wales*, Cambridge: Cambridge University Press, 2005, p. 47.

④　Marisa R. Cull, *Shakespeare's Princes of Wales: English Identity and the Welsh Connection*, Oxford: Oxford University Press, 2014, p. 115.

一样。更重要的是,现在,韭葱成了一种威胁的嘲弄化身,这种威胁是承诺的誓言作为词语的对象总是要承担的 当火枪被迫吃东西的时候,蔬菜,或者说是绿纸,把神圣的字眼和惩罚的东西结合在一起。① 也正如费瑞克(Jean E. Feerick)指出的那样,亨利通过韭葱作为威尔士和英格兰合作的象征将不同的力量汇集起来,而其早些时候向威尔士人致敬时头戴韭葱模仿威尔士习俗,乃是承认了"英格兰人从联盟中获益"。因此,韭葱成为了两个民族结成伙伴的标志和象征,正如弗罗伦提醒我们想起"长满韭葱的菜圃",暗示着这个花园在威尔士和英格兰的联合击退了入侵的撒克逊军队并得到蓬勃发展。通过模仿英格兰邻国的风格、象征、修辞和姿态,亨利有意修改——甚至是破坏——大自然设定的种类界线,把英国变成了一个混杂的国家。②

二、有害的韭葱:恶心、低等与异国性

我们看到,剧中的韭葱更多是作为一种国家民族象征出现的,但不可忽略的是,第五幕第一景中,弗罗伦和火枪的冲突却具现化为食物,疏离了穿戴而靠近了"吃"。③弗罗伦对高厄说,他之所以在圣大卫节过了还戴着韭葱,正是因为火枪的挑衅:"昨天,他赶到我这儿来,一手拿着面包,一手抓了把盐,你说怎么着,他拿这两样来要我把那韭葱吃下肚去。"因此,他要"公然把韭葱插在我的帽子上,不碰见他决不拿下来"(693)。火枪上场后继续挑衅说:"我闻到那股韭葱的臭味儿就作呕(Hence! I am qualmish at the smell of leek)。"(694)愤怒的弗罗伦则逼迫他:"给我把这几根韭葱吃下去。

---

① John Kerrigan, *Shakespeare's Binding Language*, Oxford: Oxford University Press, 2016, p. 250.

② Jean E. Feerick, "The Imperial Graft: Horticulture, Hybridity, and the Art of Mingling Races in *Henry V* and *Cymbeline*", in Valerie Traub, ed., *The Oxford Handbook of Shakespeare and Embodiment: Gender, Sexuality, and Race*, Oxford: Oxford University Press, 2016, p. 221.

③ 正如苏福忠指出的那样,这一场景中,leek 多次出现,在短短几段对话中出现了十余次,"最密集的是:the smell of leek, this leek, mock a leek, eat a leek, my leek, by this leek, leek to swear by, leeks is good。有的是词组,有的是短语,有的是动宾结构,只有一个是完整的句子。从这些简单的词组中,我们大概能猜出 leek 是一种食物,有味道,能吃,能当东西说事,唯一的一个句子像是作总结:'leeks 是好东西'或者'是好吃的'。读者如果细心一点,就会发现这么多次提及 leek,全部是单数,只有唯一的完整句子里用了复数;有趣的是,leeks 后面仍用 is,而没有用 are,这应该是写弗吕林这人是粗人,没有文化,对英语中的复数的语法现象缺乏教育和训练,日常生活中不会使用;或者就是莎士比亚时代英语不严谨的表现。"苏福忠,《莎士比亚剧本的翻译问题——谈把 leek 译作 leek》,《中国莎士比亚研究通讯》2015 年第 1 期,第 118 页。

为的是，你听着，韭葱你不喜欢；为的是，你的鼻子、你的口味、你的肠胃跟它不对劲；可我就要你给我把它吞下去！"接着用棍子逼火枪就范："不识抬举的流氓，请你给我把韭葱吃了"，"把韭葱吞下去。来吧，这儿替你加些"酱油……你有胆量取笑韭葱，那你也能把韭葱一口吞掉……我非要叫他把这韭葱吃一口不可"（694—695）。

根据《牛津英语词典》，形容词"qualmish"表示"受影响的，或可能受影响的，有一种不安的感觉；（现在尤指）受恶心、反胃的影响"。[①] 不管火枪是感到身体上的厌恶，还是只是用这种语言进一步侮辱弗罗伦，他声称，无论是弗罗伦的民族自豪感，还是他的口臭，都让他快要呕吐了。肯尼迪指出，在《亨利五世》中，如此突出的韭葱不仅仅是一种辛辣的蔬菜，也是威尔士的象征，因而嗅觉和文学之间呈现出更加复杂的关系。[②] 韭葱可能被视为神圣的或亵渎的，是一种民族自豪感的象征，可能令人安心，也可能具有威胁性。[③] 韭葱的气味创造了一个丰富的嗅觉能指，如果将其与威尔士人的身体气味相类比，就会使对这部戏剧的民族主义解读复杂化。[④] 我们看到唯有火枪在强调韭葱的味道问题，可见对外来的威尔士韭葱气味的强调，与观众感知到的没有味道、占统治地位的英格兰气味成对比，也就是说，对火枪而言，韭葱味道就是威尔士味，而弗罗伦尽管尽力说着英语、对国王忠诚、为英格兰而战，但他闻起来不是英格兰人。进一步而言，实际上，这反映出火枪无法融入一个统一而多元的不列颠，而不是弗罗伦作为潜在的外国人。不过，显然，火枪的话中不管是"下贱"还是"作呕"，都在表达一种对弗罗伦的厌恶之情。茱莉亚·克里斯蒂娃向读者介绍了她对"卑贱"概念的理解，即人们用最简单、最普遍的反应来拒绝融入身体或灵魂的东西，比如说，她讨厌某种食物"牛奶表面上那层皮"，在她看来，对食物的厌恶"也许是最基本和最古老的抑斥形式（form of abjection）"。[⑤] 对某种特定食物的退缩也高度表明了种族差异，正如感官心理学家雷切尔·赫兹（Rachel Herz）指出的那样：

---

① *OED*, qualmish. 〈https://www. oed. com/view/Entry/155891? redirectedFrom = qualmish♯eid〉

② Colleen E. Kennedy, "'Qualmish at the smell of leek': overcoming disgust and creating the nation-state in Henry V", in Natalie K. Eschenbaum and Barbara Correll, eds., *Disgust in Early Modern English Literature*, New York: Routledge, 2016, p. 124.

③ Ibid., p. 125.

④ Joan Fitzpatrick, *Food in Shakespeare: Early Modern Dietaries and the Plays*, Hants: Ashgate, 2007, p. 38, 41.

⑤ Julia Kristeva, *Powers of Horror: An Essay on Abjection*, Leon S. Roudiez, trans., New York: Columbia University Press, 1992, p. 2.

通过我们的文化传统，我们知道了哪些食物恶心，哪些食物不恶心。食物在当地如此有意义的一个原因是，它们来自特定地区的植物群、动物群和微生物，这在地理区域之间可能存在显著差异。另一个原因，为什么文化是如此重要的决定食物意义的因素，是因为我们把食物作为一种建立兄弟或敌人关系的方式，作为一种种族区分模式。我吃这个，你不吃。我来自这里，你来自那里。食物的意义不仅是通过文化来学习的，食物还被用来建立文化的边界。①

赫兹继续说："在每一种文化中，'外国人'吃的奇怪的食物有奇怪的香味，他们的身体散发着奇怪的食物的气味。这些不熟悉的香味传统上被认为与不受欢迎的外来入侵有关，因此被认为不受欢迎和令人厌恶。"②赫兹发现克服对外国食物的厌恶及融入社群之间的重要性："一个人可以变得更加接受吃正确的食物，不只是因为他们的身体不再感觉闻到的气味是陌生和'不快的'，也因为对食物的接受意味着身处更大的文化价值系统。"③那么，如果能吃下有味道的韭葱，就说明了英国文化已经融入了威尔士文化，这就与当时所谓的英格兰人合并威尔士人的主流看法相矛盾。因此，火枪必须慢慢适应自己身上的威尔士化的身体和气味。

早期现代英国人认为某些食物有益健康，而另一些则有害。琼·菲茨帕特里克（Joan Fitzpatrick）指出："一些奇怪的观念出现，特别是要小心选择蔬菜和水果，而动物的肉则对身体很好。"④在莎士比亚之前的时代，"绿色蔬菜和水果被认为只适合穷人或那些选择修道院生活的人"，直到莎士比亚的时代，蔬果流行，"各式新品种的蔬果被进口到英格兰"。⑤ 其中如桃子、柠檬、柑橘、樱桃等水果则只有贵族才能全部享用。⑥《牛津英语词典》中首先将韭葱定义为一种烹饪草本植物，韭葱属（百合科），与洋葱同属，但与洋葱不同的是其球茎部分呈圆柱形，叶扁平而宽。⑦ 菲茨帕特里克总结

---

① Rachel Herz, *That's Disgusting: Unraveling the Mysteries of Repulsion*, New York: W. W. Norton, 2012, p. 7.

② Ibid., p. 8.

③ Pauline Kiernan, *Staging Shakespeare at the New Globe*, New York: St. Martin's Press, 1999, p. 19.

④ Joan Fitzpatrick, *Food in Shakespeare: Early Modern Dietaries and the Plays*, Hants: Ashgate, 2007, p. 4.

⑤ Joan Thirsk, *Fooles and Fricassees: Food in Shakespeare's England*, Seattle: University of Washington Press, 1999, 16.

⑥ Kristin Olsen, *All Things Shakespeare: An Encyclopedia of Shakespeare's world*, Westport, Conn.: Greenwood Press, 2002, p. 291.

⑦ *DED*, Leek, 1. 〈https://www.oed.com/view/Entry/106937? redirectedFrom = leek # eid〉

道:"在饮食中,韭葱并没有特别与威尔士或威尔士人联系在一起。在《亨利五世》中,韭葱的异国意义源于弗鲁伦对韭葱的描述:韭葱是威尔士人骄傲的象征,也是生吃韭葱的危险。"①在他看来,火枪最初让弗罗伦吃韭葱,这意味着对弗罗伦的侮辱,因为韭葱已经从威尔士骄傲高贵的象征降级为一种将与面包和盐等基本食物一同食用的蔬菜,从而失去了其象征意义,无需任何仪式即可食用。菲茨帕特里克进一步指出,火枪将韭葱与世俗身体持续相连,他询问弗罗伦:"你渴吗? 外国蛮子",还有"恶心呕吐的味道",口渴及对气味的不喜都表明了韭葱是一种低等蔬菜。②

　　来自同时代的食谱表明,早期的现代人相信吃生韭葱对健康特别有害,可能会导致一系列症状:呕吐、口渴、催尿、头痛、做噩梦、胃痛,"甚至死亡"。③ 如威廉・布伦(William Bullein)就指出:"韭葱是有害的,会引起痛苦的睡眠。"④同样,托马斯・科根认为,它们毫无营养,伤害眼睛,会导致产生黑色的忧郁质血液,诱发噩梦,其锐利的叶子会伤害肌肉筋腱。韭葱会伤害牙齿和牙龈,胆汁质和忧郁质的人不应该吃它们,尤其是生吃。⑤ 托马斯・埃利奥特把韭葱列为"伤害牙齿"的食物之一,认为韭葱"导致多梦"。⑥安德鲁・布尔德(Andrew Boorde)也指出"韭葱确能打开胸腔,促进多饮水,但却增加了有害血液"。⑦ 托马斯・特威尼(Thomas Twyne)同样声称

---

　　① Joan Fitzpatrick, *Food in Shakespeare: Early Modern Dietaries and the Plays*, Hants: Ashgate, 2007, p. 4.

　　② Ibid., p. 41.

　　③ Ibid., p. 43.

　　④ William Bullein, *A Newe Booke Entituled the Gouernement of Healthe, Wherein is Vttered Manye Notable Rules for Mannes Preseruacion, with Sondry Symples and Other Matters, no Lesse Fruiteful Then Profitable: Colect Out of Many Approued Authours. Reduced Into the Forme of a Dialogue, for the Better Vnderstanding of Thunlearned. Wherunto is Added a Sufferain Regiment against the Pestilence*, STC 4039, London, Iohn Day, 1558. 〈https://quod. lib. umich. edu/e/eebo/A17162. 0001. 001.〉

　　⑤ Thomas Cogan, *The haven of health Chiefly gathered for the comfort of students, and consequently of all those that have a care of their health, amplified upon five words of Hippocrates, written Epid. 6. Labour, cibus, potio, somnus, Venus. Hereunto is added a preservation from the pestilence, with a short censure of the late sicknes at Oxford*, London: Printed by Anne Griffin, for Roger Ball, and are to be sold at his, [sic] shop without Temple-barre, at the Golden Anchor next the Nags-head Taverne, 1636, pp. 64—65. 〈https://quod. lib. umich. edu/e/eebo/A19070. 0001. 001.〉

　　⑥ Thomas Elyot, *The castell of health, corrected, and in some places augmented by the first author thereof*, London: Printed by the Widdow Orwin, 1595, p. 39. https://quod. lib. umich. edu/e/eebo/A21308. 0001. 001.

　　⑦ Andrew Boorde, *A Compendyous Regyment or a Dyetary of Healthe Made in Mountpyllyer, By Andrewe Boorde of Physycke Doctour, Newly Corrected and Imprynted with Dyuers Addycyons Dedycated to the Armypotent Prynce and Valyent Lorde Thomas Duke of Northfolke*, STC 3380, London, Wyllyam Powell, 1547.

"会导致头痛并诱发噩梦"。① 菲利普·摩尔(Philip Moore)还提到了它们能够"制造有害液体……诱发尿频……多梦、伤胃",但他补充说,"它们会产生气体……常吃的话会损害视力……伤腰损肾及膀胱"。②有证据表明,虽然煮熟的韭葱有利于一个人的健康,但生韭葱必须不惜一切代价避免。菲茨帕特里克指出,在剧中,弗罗伦将韭葱作为对抗火枪的武器,从而把降级为蔬菜的韭葱之地位恢复,更为重要的是他强迫火枪吃韭葱的情节,考虑到当时人们认为生吃韭葱的危害,从而呈现出更黑暗、暴力的一面,因为火枪很可能因此生病乃至死亡。③

因此,生韭葱无疑有贬损之意,弗罗伦似乎对有关身份的侮辱特别敏感:"昨天你管我叫'高山绅士',今天我就请你做一个'矮人一头的绅士'吧。我请求你,别客气了。你有胆量取笑韭葱,那你也能吃韭葱。"(395)在科根眼中,生韭葱是乡下人而不是学生吃的,这就解释了为什么火枪的侮辱会对自认为是学者的弗罗伦产生重大影响。最后,这些食谱似乎为火枪向弗罗伦提出的问题增加了一个维度:"你这个下贱的外国蛮子,你可是活得不耐烦了,要我做'命运之神',把你的'生命之线'一刀切断吗?(694)然后宣布韭葱的味道让他感到恶心。不管火枪是否有意侮辱,弗罗伦显然是在重复火枪早先的建议,即威尔士队长吃生韭葱。可以说,弗罗伦和莎士比亚的观众可能会认为吃生韭葱和口渴之间存在联系,因为食谱强调了蔬菜和频繁排尿之间的联系。法兰克·鲁宾客斯坦(Frankie Rubinstein)就指出,韭葱又称威尔士葱(Welsh onion, chibol or scallion),后者可能是一个双关语"scullion"(侮辱性的蔑称)和"cullion"(睾丸),它总是用与之相关的洋葱来定义。葱是无能的象征,也是阳痿、淫荡好色的象征。④

---

① Thomas Twyne, *The Schoolemaster, or Teacher of Table Philosophie. A Most Pleasant and Merie Companion, Wel Worthy to be Welcomed (for a Dayly Gheast) Not Onely to All Mens Boorde, to Guyde Them with Moderate [And] Holsome Dyet: but also Into Euery Mans Companie at All Tymes, to Recreate Their Mindes, with Honest Mirth and Delectable Deuises: to Sundrie Pleasant Purposes of Pleasure and Pastyme. Gathered Out of Diuers, the Best Approued Auctours: and Deuided Into Foure Pithy and Pleasant Treatises, as it May Appeare By the Contentes*, STC 24411, London, Richarde Jones, 1576.〈https://quod. lib. umich. edu/e/eebo/A14103.0001.001.〉

② Philip Moore. *The Hope of Health Wherin is Conteined a Goodlie Regimente of Life: as Medicine, Good Diet and the Goodlie Vertues of Sonderie Herbes*, STC 18059.5, London, Ihon Kingston, 1564.〈https://quod. lib. umich. edu/e/eebo/A07669.0001.001.〉

③ Joan Fitzpatrick, *Food in Shakespeare: Early Modern Dietaries and the Plays*, Burlington: Ashgate, 2007, p. 43.

④ Frankie Rubinstein, *A Dictionary of Shakespeare's Sexual Puns and their Significance*, London: Macmillan Press Ltd., 1989, p. 145.

在鲁本·埃斯皮诺萨(Ruben Espinosa)看来,弗罗伦在战场之外的表现可以被视为英国阵营中的一个外国邻居,因为火枪嘲笑了威尔士人的传统。对威尔士习俗的嘲笑在英国舞台上是很常见的,但这一集是在舞台下发生的,因而观众不得不从外国人的角度来看待这件事。因为这段插曲"发生在[弗罗伦]不能与[皮斯托]产生任何争执的地方",我们可以假定,皮斯托在证人面前令弗罗伦难堪。然而,那个滑稽的时刻——一个可以成为喜剧的时刻,我们可以把火枪在后台对弗罗伦的嘲讽解读为英国男性权威得到拥护的时刻。也就是说,弗罗伦在战场上享有更高的上尉地位,而火枪在幕后的情节中,作为一个英国人,似乎享有比外国弗罗伦更"优越"的地位。火枪似乎享受着——至少在那一刻——一种男性优越感,而这种男性优越感与弗罗伦的另类截然相反。[①] "男子气概",布鲁斯·史密斯写道,"就像其他任何东西一样,只有在它不为人知的情况下才为人所知",而"女性、外国人、地位较低的人和鸡奸者"作为英国男子气概的"对比点"存在。[②] 史密斯的继续说到,在性别方面,英国直到 1603 年都是由一位女性君主统治。她在社会等级的顶端所享有的权力引发了男性特权丧失的焦虑。就国家地位而言,1600 年的伦敦是一个国际大都市,各种各样的外国人都住在这里,与那些自称出生在英国的人近在咫尺。受宗教压迫的法国难民、德国商人、意大利银行家和非洲仆人遭到早期现代英格兰定义的排斥,但是来自于威尔士、苏格兰和爱尔兰等国的移民则与英格兰一同构成了新兴的民族国家"不列颠"。[③]

三、有益的韭葱:疗伤与病症

我们还需要注意韭葱好的一方面。威廉·科尔斯在《亚当在伊甸园》中写道:"韭葱汁常被用来治疗新伤。从前,韭葱是英格兰和其他国家的人们常吃的食物,尤其是在大斋节期间。可是在我们当今这个精致的年代,人们的嘴巴无疑也变得讲究起来,韭葱成为穷人的专利,甚至穷人也几乎不沾。

---

① Ruben Espinosa, "Fluellen's Foreign Influence and the Ill Neighborhood of *King Henry V*", in Ruben Espinosa and David Ruiter, eds., *Shakespeare and Immigration*, London and New York: Routledge, 2016, pp. 85—86.

② Bruce Smith, *Shakespeare and Masculinity*, Oxford: Oxford University Press, 2000, p. 104.

③ Ibid.

然而,威尔士的绅士们却对韭葱推崇备至,他们不仅爱吃韭葱,还在圣大卫节那天把韭葱插在帽子上。"①卡克斯顿(Caxton)在 1500 年出版的《威尔士概况》(*Description of Wales*)里介绍了威尔士人的礼仪,其中有如下描写:"他们用稀粥替代浓汤,用美味的韭葱作伴菜。缺菜少肉,节衣缩食,盐和韭葱是唯一的慰藉。"②

当弗罗伦教训火枪后,他列举了韭葱的药用特性以及如何使用韭葱来抵消他的棍子造成的伤害:"这对你皮肉上的乌青,对你那流血的狗头都大有好处(It is good for your green wound and bloody coxcomb)",而且务必吃光:"不,请你一点儿也不要抛掉。它的外皮对你那开了口子的狗头是有好处的。"(695)实际上,费利·蒙霍兰德(Philemon Holland)1634 年翻译的老普林尼的《自然史》中就记载着用韭葱根茎制成糊状膏药的治疗方法:"膏药可以治疗新的伤口(green wounds)。"③正如肯尼迪所言,韭葱的烹饪和治疗用途是复杂的,转向草药和饮食可以让我们明白韭葱更大意义上的社会文化重要性。④ 著名的草药学家和植物学家约翰·帕金森(John Parkinson)在他的《植物剧场》(*Theatre of Plants*,1640)中列举了韭葱的药用价值,并根据嗅觉的相似性将洋葱和大蒜归为一类。他发现了韭葱的很多积极作用:刺激气味治疗肠胃胀气,增加食欲,促进喝水、缓解胃痛、利尿及帮助女性排经,"帮助治疗疯狗及其他有毒生物的咬伤",以及"将汁液滴入鼻孔,可提神醒脑"。⑤ 这一时期大部分使用韭葱治疗的方法为煮韭葱、提取汁液并与其他食材(如牛奶、醋、油等)混合,而生吃也可治疗醉酒、中毒、蘑菇中毒、咳嗽多痰、失声等少量病症。⑥ 韭葱的顺势疗法和药用功效是由于它的芳香效力。约翰·弗洛伊(John Floyer)其书的"花园和商店中的植

---

① 转引自西德尼·比斯利:《莎士比亚的花园》,张娟译,北京:商务印书馆,2017 年,第 152 页。

② 同上。

③ Pliny the Eider, *The Historie of the World*: *Commonly called*, *The Naturall Historie of C. Plinius Secundus*, Philemon Holland, trans., London: Adam Islip, 1634, p. 43.

④ Colleen E. Kennedy, "'Qualmish at the smell of leek': overcoming disgust and creating the nation-state in Henry V", in Natalie K. Eschenbaum and Barbara Correll, eds., *Disgust in Early Modern English Literature*, New York: Routledge, 2016, p. 129.

⑤ John Parkinson, *Theatrum botaricum*: *The theater of plants*, London: Thomas Cotes, 1640, pp. 873—874.

⑥ Thomas Hill, *Gardeners Labyrinh*, London: Henry Bynneman, 1577, p. 86; Pliny the Eider, *The Historie of the World*: *Commonly called*, *The Naturall Historie of C. Plinius Secundus*, Philemon Holland, trans., London: Adam Islip, 1634, p. 43; John Parkinson, *Paradisi in sole paradlisus terrestri*, *or*, *A choise garden of all sorts of rarest flowers*, London: Humfrey Lownes and Robert Young, 1629, p. 513.

物"一章中提到了韭葱,这表明在英国,人们经常种植、购买和消费韭葱。他这样描述韭葱:"韭葱的味道和气味浓烈而难闻,就像大蒜一样,富含挥发性盐。"①本着同样的精神。对于草药学家托马斯·帕金森来说,其药用价值似乎超过了其可能造成的伤害或令人不快的恶臭。他提出了几种对付韭葱臭味的方法:"要改变或减弱其强烈刺激气味,需之后吃其他东西,如某些人吃芸香或慈悲草,某些吃生豆,或小火炙烤的甜菜根,或某些香菜。"②许多早期的植物学家都提到韭葱的药用价值。保卢斯·艾吉勒塔指出,韭葱的叶子和汁液可用作止血剂。施罗德在《药品处方大全》里指出:"韭葱用于外敷可治疗引发肿胀和疼痛的痔疮。"③食谱学家们注意到煮好的韭葱作为食物有利健康,而无论生熟韭葱都是有用的药材。托马斯·莫菲特(Thomas Moffett)还指出:"如果先在牛奶中浸泡,然后再用于肉中,它们就脱去了所有的不良品质,对胃有益,对肝脏有营养。"④同样,埃利奥特也认为韭葱汁液"的确能减轻和清洁身体,使得体液可溶[即促进体液健康流动]利尿,而且,它有助于人们吐出胸中浊气"。⑤布伦列举了作为药用的韭葱的价值:"一位名为迪奥斯科里季斯的总督头上涂抹韭葱汁液,从而刺激了发根,阻止了脱发。"⑥布伦特别指出烹饪这种蔬菜对健康至关重要:"首先要把它浸透,把水倒掉,然后再用肥羊肉或肥牛肉浸透,这些根茎就能滋补很多。"托马斯·科根(Thomas Cogan)也认为,为了避免伤害,有必要煮韭葱:"特别是如果他们是煮着合着蜂蜜吃可以催吐,让人吐出胸中的淤积之气,舒展肺部。"⑦托马斯·莫菲特(Thomas Moffett)注意到韭葱"在我们国家,它是如此有益健康,几乎没有人离开它也能做浓汤。……希腊人对韭葱的评价

---

① John Floyer, *Pharmxako-Basenos*, *or the Touchstone of Medicines*, *Discovering the Vertues of Vegetables*, *Minerals*, *and Animals by Their Tastes and Smells*. Strarfordshire: Michael Johnson, 1687. p. 252.

② John Parkinson, *Theatrum botaricum*: *The theater of plants*, London: Thomas Cotes, 1640, p. 874.

③ 转引自西德尼·比斯利:《莎士比亚的花园》,张娟译,北京:商务印书馆,2017 年,第152 页。

④ Thomas Moffett, *Healths Improvement*: *or*, *Rules Comprizing and Discovering the Nature*, *Method*, *and Manner of Preparing all sorts of Food used in this Nation*, *Written by that ever famous Thomas Muffett*, *Doctor in Physick*: *Corrected and Enlarged by Christopher Bennet*, *Doctor in Physick*, *and Fellow of the Colledg of Physitians in London*, London: Printed by Tho: Newcomb for Samuel Thomson, at the sign of the white Horse in Pauls Churchyard, 1655, F3v. ⟨https://quod. lib. umich. edu/e/eebo/A89219. 0001. 001⟩

⑤ Elyot, F3v—F4r. ⟨https://quod. lib. umich. edu/e/eebo/A21308. 0001. 001⟩

⑥ Bullein, H2r.

⑦ Cogan, H4r. ⟨https://quod. lib. umich. edu/e/eebo/A19070. 0001. 001⟩

和我们的威尔士人一样；在阿波罗的宴会上，他总是把头最大的韭葱带到那里来的。有些人认为他的母亲拉托娜在怀了阿波罗后对韭葱的渴望是原因。另一些人则说，阿波罗之所以如此尊敬它们，是因为它们产生了大量的种子，人类因此而得到了极大的发展。这是我最喜欢的观点，在威尔士听到和看到如此丰硕的成果，很少或没有发现贫瘠的，许多在他们的时代之前就已经硕果累累"。① 这些食谱可能也有助于解释在 3 月 1 日庆祝的圣大卫节（St. David 's Day）穿戴韭葱的传统，正如我们上面看到的，威廉布伦报声称韭葱"在三月净化血液"，②沃恩指出，在 3 月份"吃一些清洁的东西是有益的"，比如"韭葱汤"。③ 因此，威尔士人佩戴这一标志可能与食用韭葱的最佳时间有关。在基督教日历中，大斋节的第一天，被称为圣灰星期三，也发生在这个时候，这可能会鼓励韭葱和净化的概念之间的联系，科根指出："在英格兰的一些郡，他们在大斋节吃生韭葱，或以蜂蜜浸泡辅以大豆或豌豆，如果不影响他们的健康，对学生来说就不算什么了。［如果］学生们想吃韭葱，首先要把它们煮熟或做成浓汤，因为韭葱浓汤对健康有益，不仅对那些暴躁的人有益，对那些有疝气或结石的人也有益。"④

　　正如肯尼迪指出的那样，火枪和福斯塔夫一样是野猪头酒店的常客，醉酒失声更是家常便饭，所以很可能经常使用这种疗法，乃至于产生某种厌恶之情。⑤ 其"恶心呕吐"恰如其分地表达出他对韭葱气味就像对韭葱本身一样的厌恶。进一步来说，"qualmishness"一词常用以形容晨吐，其治疗方法中也包含韭葱的气味疗法。根据雅克·吉耶莫（Jacques Guillemeau）在《顺理分娩》（ *Child-birth or , The Happy Deliuerie of Women* ，1612）中的记

---

① 　Thomas Moffett，F3v.〈https://quod. lib. umich. edu/e/eebo/A89219. 0001. 001〉

② 　William Bullein，*A Newe Booke Entituled the Gouernement of Healthe*.〈https://quod. lib. umich. edu/e/eebo/A17162. 0001. 001〉

③ 　Vaughan，William. *Natural and Artificial Directions for Health* ，*Deriued from the Best Philosophers* ，*as Well Moderne* ，*as Auncient...* ，*Newly Corrected and Augmented By the Authour* ，STC 24615，London，T. S［nodham］for Roger Iackson，1612，K1v.〈https://quod. lib. umich. edu/e/eebo/A14298. 0001. 001〉

④ 　Thomas Cogan，*The Haven of Health Chiefly Gathered for the Comfort of Students* ，*and Consequently of All Those that Have a Care of Their Health* ，*Amplified upon Five Words of Hippocrates* ，*Written Epid. 6* ，*Labour* ，*Cibus* ，*Potio* ，*Somnus* ，*Venus. Hereunto is Added a Preservation from the Pestilence* ，*with a Short Censure of the Late Sicknes at Oxford* ，London：Printed by Anne Griffin，for Roger Ball，and are to be sold at his，［sic］shop without Temple-barre，at the Golden Anchor next the Nags-head Taverne，1636，H4r—H4v，p. 65.〈https://quod. lib. umich. edu/e/eebo/A19070. 0001. 001〉

⑤ 　Colleen E. Kennedy，"'Qualmish at the smell of leek'：overcoming disgust and creating the nation-state in Henry V"，in Natalie K. Eschenbaum and Barbara Correll，eds.，*Disgust in Early Modern English Literature* ，New York：Routledge，2016，p. 129.

载,要确定"女人是否怀孕",医者需注意病患是否恶心呕吐:"如果近几天她呕吐不断、厌食、恶心、多疑、不安、喜欢奇怪的东西、肚子下垂并变平。"[1]而伦伯特·德登斯(Rembert Doedens)在《新草本志》(*New Herball*,1578)中则将韭葱汁液洗浴和熏蒸法用来治疗某些妇科病症:"以盐海水和韭葱洗澡,可焕发女性青春、治疗停经及软化子宫,使用熏蒸亦可。"[2]

另一方面,更为有趣的是,我们发现高厄这个英格兰上尉并没有站在同族火枪一方,反而和亨利王子一样为弗罗伦说话。高厄谈到由韭葱所代表的"祖先的英勇(predeceased valour)"时,他似乎在承认弗罗伦对威尔士的夸耀,但同时也表明了这种英勇在传达"尊敬的(honourable respect)"方面的价值。琼·里斯(Joan Rees)假设认为高厄的名字本身在莎士比亚那里就具备一种威尔士回响,她认为莎士比亚曾阅读中世纪著名诗人威廉·卡克斯顿(William Caxton)的作品,其中将约翰·高厄(John Gower)视为"一位出生在理查二世时代威尔士的士兵"。[3] 卡尔进一步指出了高厄与威尔士南部海岸的高尔半岛(the Gower peninsula),而且剧中的高厄与弗罗伦总是一起出现,他的话语无疑展现出威尔士对英格兰过去现在影响的理解,由此帕克总结说高厄是《亨利五世》中第三个威尔士角色,是一个英格兰化的威尔士人。[4]

奥特兰(Allison M. Outland)提出了一个令人信服的论点:"把韭葱喂给火枪,开启了一种可能性,即他也可以通过摄入及具现群体的象征性代表而成为之中的一员。"那么,韭葱就成为了"不列颠民族改变的文化谜团"的一部分。[5] 当时的很多威尔士精英、乡绅公开认同英格兰和威尔士在政治和文化上的统合。威廉·沃恩爵士就指出:"我们的绿色韭葱虽然有时候让你们挑剔的鼻子不舒服,但是它却具有你们钟爱的玫瑰般芬芳的气质。"[6]

---

[1] Jacques Guilemeau, *Child-birth or, The happy deliuerie of women. Written in French by Iomes Guillimeau the French Kings chirurgion*, London: A. Hatfield, 1612, p. 5.

[2] Rembert Dodoens, *A Nievve Herball, or Historie of Plantes wherin is Contayned the Whole Discourse and Perfect Description of all sortes of Herbes and Plantes*, Henry Lyte Esquyer, trans., London: Henry Los, 1578, p. 642.

[3] Joan Rees, "Shakespeare's Welshmen", in Vicent Newey and Ann Thompson, eds., *Literature and Nationalism*, Savage, MD: Barnes and Noble, 1991, pp. 22—40.

[4] Marisa R. Cull, *Shakespeare's Princes of Wales: English Identity and the Welsh Connection*, Oxford: Oxford University Press, 2014, p. 115.

[5] Allison M. Outland, "'Eat a Leck': Welsh Corrections, English Conditions, and British Cultural Communion", in Willy Maley and Margaret Tudeau-Clayton, eds., *This England, That Shakespeare: New Angles on Englishness and the Bard*, Farnham: Ashgate, 2010, p. 100.

[6] Geraint H. Jenkins, *A Concise History of Wales*, Cambridge: Cambridge University Press, 2014, p. 149.

　　我们可以看到，一方面，韭葱是威尔士的国族象征，在圣大卫节穿戴韭葱更是威尔士的传统习俗。另一方面，作为食物和治疗物品存在的韭葱在嗅觉、味觉等本体表现中则呈现出有害与有益两种面相，从而让剧中的国族性讨论更加复杂化。韭葱的多重属性显然与剧中复杂的"威尔士性"是一致的，即威尔士在大不列颠民族构成中既具有独特的"威尔士性"，同时也是被吸收、同化成为基石的存在，甚至在某些特质方面优于英格兰。因此，韭葱作为食物本身及其象征意义都说明了剧作家反映自然与构建"不列颠性"的努力。

第九章 《捕风捉影》中的饮食书写

在近来人类学和社会学的研究中,食物被研究者们视为身份与差异的符码,折射出性别、年龄、阶级和伦理等诸多社会学上的变化。[①] 而食品生产加工及消费的模式同样如是。[②] 阿兰·博德斯沃斯(Alan Beardsworth)与特丽萨·凯尔(Teresa Keil)也指出:"饮食行为是根植于作为整体的一系列生理的、精神的、生态的、政治的、经济的、社会和文化交叉发展进程中的。"[③]那么,作为高度浓缩凝练生活的符码,文学无疑也涉及饮食行为。在谢尼亚·乔治波罗(Xienia Georgopoulou)看来,莎士比亚戏剧中的食物指涉不仅定义了一个角色的身份,触及其年龄、性别、阶级、宗教、国族、文化背景等因素,更是涉及特殊的角色性格特点。[④] 诺顿版《莎士比亚全集》中《捕风捉影》的导论这样写道:某些食物的甜与美味是建立在苦的基础之上的,苦味自身是味道差、惹人厌的,而单独的甜腻味道也会让人厌烦。一切都依靠味道的编织调和,自然界如此,受过训练的厨师也是如此。《捕风捉影》首次出版于 1600 年,可能写于 1598 年,就是如此一道珍贵的食物。戏剧将两个故事串联起来:欢喜冤家贝特丽丝与班尼迪从争吵到爱慕以及克劳第误解其未婚妻喜萝不贞。[⑤] 进一步说,正是食物与宴会在剧中穿插,从而推动着整个情节的发展。我们可以看到剧中一直持续不断的宴会模式:比如,彼得罗请班尼迪到廖那托那儿走一趟,替他向廖那托致意:"对他说晚餐(supper)的时候我准到——他为了铺排酒席,当真很费了一番

① Pat Caplan, "Approaches to the Study of Food, Health and Identity", in Pat Caplan, ed., *Food, Health and Identity*, London: Routledge, 1997, p. 9.

② Alan Beardsworth and Teresa Keil, *Sociology on the Menu: An Invitation to the Study of Food and Society*, London: Routledge, 2000, p. 5.

③ Ibid., p. 6.

④ Xienia Georgopoulou, "Food and Identity in Shakespeare's Plays", in Emilia Parpală, ed., *Signs of Identity: Literary Constructs and Discursive Practices*, Newcastle upon Tyne: Cambridge Scholars Publishing, 2017, p. 67.

⑤ Stephen Greenblatt, ed., *The Norton Shakespeare*, third edition, New York & London: W. W. Norton & Company, 2016, p. 1395.

工夫呢。"(27)①卜拉丘谈到廖那托的宴席："那边正在大摆酒席呢（great supper），我才从那儿来。"(33)唐·约翰接话道："咱们也到宴会上去吧（great supper）。"(34)廖那托招呼彼得罗："殿下，请移步吧；晚饭已经准备好啦（dinner is ready）。"(67)贝特丽丝去请班尼迪："真没法儿想，他们硬是要我来请你进去吃饭（dinner）"(68)，等等。因此，本章拟以《捕风捉影》为例，从文本中的食物书写出发，探讨不同的食物及饮食习惯乃至宴会在推动情节发展、塑造人物形象中的关键作用。

一、橘子的异国性与功效

我们可以发现剧中出现了一种特殊的、特别显眼的水果——橘子。莎士比亚在《捕风捉影》中两次提到橘子。第一次的情景是贝特丽丝说起害相思病的克劳第是"一位庄严的伯爵，庄严得像是一只橘子，并且脸上带着一点那种嫉妒的颜色（a civil count-civil as an orange）"(49)，此处的橘子是塞尔维亚橘子（Seville orange）的双关语，一种稍苦涩、进口自西班牙、用于制作柑橘酱的原材料，她嘲笑的基础是观众都知道以酸橙闻名的西班牙城市塞尔维亚。克劳第因嫉妒而愤怒，就像塞尔维亚橘子一样，但同样可解释为像橘子般来自西班牙的人惹人不快。也可以阐释为贝特丽丝的评论是一种更加巧妙的批评，即"庄严的伯爵"就是他们中的一员，一位"塞尔维亚"伯爵，英国的新盟友之一。

第二次提到橘子是克劳第错误地认为喜萝不忠贞，从而进行公开指责的时候：

> 这里就是，廖那托，把她拿回去吧；可别把这个烂橘子塞给自己人！她只是给自己挂了个"贞洁"的幌子——瞧，她脸儿都红了，多像个闺女！啊，狡猾的"罪恶"，它真会把自己装扮得冠冕堂皇、一派正经！那两片羞答答的红晕不是正好给她的纯朴作证？你们瞧着她这一副表情，不是都愿意发誓说，她是个黄花闺女？那可大错特错啦；她早已领略了火热的枕席上的风情。她脸红，不为了害羞，是为了罪恶！（102）

---

① 莎士比亚：《捕风捉影》，《新莎士比亚全集（第三卷）》，方平译，石家庄：河北教育出版社，2000年，第27页。后文出自该著作的引文，将随文在括号内标出引文出处页码，不另作注。部分译文参考朱生豪及梁实秋版，特此说明。

克劳第再次确认爱人的"背叛",于是在婚礼圣坛前将未婚妻塞回其父亲那里:"别把这个烂橘子塞给自己人!"(102)除本剧之外,莎士比亚仅仅在《科利奥兰纳斯》第二幕第一场与《冬天的故事》第四幕第四场中各提到一次橘子。因此,本剧中两次出现的"橘子"一词引人注目。从苦橘子到烂橘子,在彼得·卡内罗斯(Peter Kanelos)看来提供了有关爱的两极,更为重要的是开启了剧中有关食物、爱与政治的话语模式。①

首先,我们发现剧中的橘子与异国性相关,因为当时橘子还是一种进口的奢侈水果。早在 1568 年,就记载了装有 4000 个橘子的单个船只从西班牙抵达伦敦。随后,贵族开始尝试在英国本土种植栽培这种奢侈水果:"一份宫廷记事年表就表明了 1600 年左右对此的极大关注,开始在冬天用玻璃以及可加热升温的墙体来保护这种外来水果树。实际上,当时富人们对果树栽培种植抱有极大的雄心。"②而橘子园及养橘温室在英格兰的流行始于 16 世纪晚期,已知最早的橘园是 1580 年左右由弗朗西斯·卡鲁爵士(Sir Francis Carew)在其萨里郡的地产上投资兴建的,到了 1587年,正如威廉·哈里森(William Harrison)所记载的那样,富人种植了品种繁多的非本土植物:"因此,我们储藏了很多奇怪的水果,如杏子、杏仁、桃子、无花果、玉米秆都能在贵族的果园里找到。我还看到过马槟榔、柑橘和柠檬,听说野生的橄榄树也在此生长,还有很多其他奇怪的树木植物,它们来自遥远的异国,我都叫不出名字。"③到 1631 年,杰维斯·马卡姆(Gervase Markham)告诫人们要保护一些脆弱的水果树,有"柑橘树、柠檬树、石榴树、肉桂树、橄榄树、杏树",将它们放置在"紧邻花园的一些低矮拱形走廊边"。④ 正如"柑橘暖房"(orangery)这一术语所表达的那样,柑橘是贵族特别偏好的水果,也是当时最时髦的外国进口水果,所以能否培育柑橘也是此人政治身份的一种象征符号。农史学家就写道:"当 1604年詹姆士一世和他的王后在白厅举行宴会庆祝英格兰与西班牙缔结和约

---

① Peter Kanelos, "So Many Strange Dishes: Food, Love, and Politics in *Much Ado about Nothing*", in David B. Goldstein and Amy L. Tigner, eds., *Culinary Shakespeare: Staging Good and Drink in Early Modern England*, Pittsburgh: Duquesne University Press, 2016, p. 57.

② Joan Thirsk, *Fooles and Fricassees: Food in Shakespeare's England*, Seattle: University of Washington Press, 1999, p. 21.

③ William Harrison, *Description of England* (1577), from *Modern History Sourcebook*, chap. 3, "Of Gardens and Orchards". ⟨https://sourcebooks.fordham.edu/mod/1577harrison-england.asp#Chapter%20III⟩

④ Joan Thirsk, *Fooles and Fricassees: Food in Shakespeare's England*, Seattle: University of Washington Press, 1999, p. 21.

时,詹姆士一世递给自卡斯蒂利亚王国的重要客人一节绿枝,上面有一个柠檬和六个橘子。他说这是西班牙的水果,但现在已经移植到了英格兰。"①"西班牙的水果"显然是来自弗朗西斯·卡鲁爵士的果园,他为国王在这一场合提供新鲜的柑橘是希望能够得到国王的赏识,从而增强其在宫廷中的影响力(早先时候,伊丽莎白女王也曾拜访过卡鲁所拥有和管理的位于贝丁顿的庄园,通过小心地延迟水果的成熟期,他为女王提供了新鲜的樱桃)。詹姆士一世所庆祝的英西和约的缔结,标志着长达 19 年英西战争的终结,而战争是从 1588 年西班牙无敌舰队入侵英国开始的,同样此举也表明西班牙的水果现在已经生长在英国的土地上并拥有了英语名称。②

　　进一步而言,橘子之所以受到追捧还因为其食用价值高,具备医学疗效。一方面,与其他水果不同的是,橘子被那些食谱作家所认可,他们认为橘子能刺激食欲,即便直接生吃也毫无问题。饮食作家安德鲁·博德就是那些认为橘子"让人有好胃口"的典型代表之一,橘子皮以糖腌制"能让胃部舒缓",而橘子汁"是一种很好的调味汁并能刺激食欲"。③ 他的观点得到了托马斯·艾略特的回应:"少许橘子皮在消化时能舒缓肠胃,特别是以糖腌制处理后小块空腹食用。将一块烤面包蘸橘子汁食用,此果汁中加入少许薄荷、糖、肉桂混合而成,是非常好的刺激食欲的调味汁。在发烧时喝加糖橘子汁是不应反对的。"④托马斯·柯甘同样也推荐这种水果:"由橘子汁制成的糖浆对发烧有效,特别是对那些胃部发热病人。同样,橘子汁放入少许薄荷、糖、肉桂制成的果汁对胃部虚弱者有效,能刺激肠胃。橘皮以糖腌制保存,橘子花同样如此。两者任意取少许服用对肠胃虚弱无力者甚佳。"但是,柯甘也记录下了某位权威(意大利医学家马修欧鲁斯)的不同意见:"橘子的主要吃法是直接食用果肉,或作为果汁,但马修欧鲁斯并不赞同此吃法,而古拉夫人则不仅赞成将橘子与肉一起食用,同时也发明了用切成薄片

① Joan Thirsk, *Fooles and Fricassees: Food in Shakespeare's England*, Seattle: University of Washington Press, 1999, p. 21.

② Peter Kanelos, "So Many Strange Dishes: Food, Love, and Politics in *Much Ado about Nothing*", in David B. Goldstein and Amy L. Tigner, eds., *Culinary Shakespeare: staging food and drink in early modern England*, Pittsburgh: Duquesne University Press, 2016, p. 63.

③ Andrew Boorde, *A Compendyous Regyment or a Dyetary of Healthe Newly Corrected with Dyuers Addycyons*, London: William Powell, 1547, H1v, D1v. 〈https://quod. lib. umich. edu/e/eebo/A16471. 0001. 001〉

④ Thomas Elyot, *The Castell of Health, Corrected, and in Some Place Augmented By the First Author Thereof*, London: The Widdow Orwin for Matthew Lownes. 1959, F1r. 〈https:// quod. lib. umich. edu/e/eebo/A21308. 0001. 001〉

的橘子撒上糖而做成的宴会料理。"①托马斯·墨菲特特别推荐了塞尔维亚橘子,他将此写作"Civil-orenges"并认为其"果汁和果肉能促进食欲、压制胆汁(愤怒)、解渴",对那些"胃部不能消化肉类"的人很好,但是他抵制那些他认为"难吃的"橘子,指出它们"既不营养,也没其他用处,只会在胃部坠胀,在腹部产生气体并妨碍消化"。② 另一方面,很多食谱作者也认为橘子会唤起性欲,我们毫不奇怪像橘子这类被认为可以刺激食欲、对肠胃有特殊作用的食物,会与性欲刺激乃至怀孕联系在一起。实际上,这种联系也是暂时出现的:班纳特注意到在帕斯顿家族(1422—1509)的信件中提到"橘子……是妇女分娩时所极度渴望的;约翰·帕斯顿(John Paston)认为有必要获取一些送给伊丽莎白·卡尔索普(Elizabeth Calthorpe),因为她'虽然没怀小孩,但渴望橘子'"。③ 早期现代英国人认为某些食物有益健康,而另一些则有害。琼·菲茨帕特里克指出:"一些奇怪的观念出现了,特别是要小心选择蔬菜和水果,而动物的肉则对身体很好。"④在莎士比亚之前的时代,"绿色蔬菜和水果被认为只适合穷人或那些选择修道院生活的人",直到莎士比亚的时代,蔬果流行,"各式新品种的蔬果被进口到英格兰。"⑤其中如桃子、柠檬、柑橘、樱桃等水果则只有贵族才能全部享用。⑥ 水果可生吃、可做成馅饼,亦可用糖腌制。"水果的食用价值是无法估量的",一些作家认为过多食用会导致疾病。这种观念到 16 世纪末期逐渐没落:"在贵族和上流社会人士的推动下,水果逐渐在英格兰得以推广",因为他们能够进口外国品种、引领饮食习惯。⑦

① Thomas Cogan, *The Haven of Health*. *Chiefly Gathered for the Comfort of Students, and Consequently of All Those That Have a Care of Their Health, Amplified Upon Five Words of Hippocrates…*. *Hereunto is Added a Preservation form the Pestilence, with a Short Censure of the Late Sicknes at Oxford*, STC 5484, London: Anne Griffin for Roger Ball, 1636, p. 118. ⟨https://quod. lib. umich. edu/e/eebo/A19070. 0001. 001⟩

② Thomas Moffett, *Healths Improvement: Or, Rules Comprizing and Discovering, the Nature, Method, and Manner of Preparing All Sorts of Food Use in This Nation*, 1st edition, Wing M2382, London: Thomas: Newcomb for Samuel Thomson, 1655, Ee1r. ⟨https://quod. lib. umich. edu/e/eebo/A89219. 0001. 001⟩

③ H. S. Bennett, *The Pastons and Their England: Studies in an Age of Transition*. London: Cambridge University Press, 1922. p. 58.

④ Joan Fitzpatrick, *Food in Shakespeare*, Burlington: Ashgate, 2007, p. 4.

⑤ Joan Thirsk, *Fooles and Fricassees: Food in Shakespeare's England*, Seattle: University of Washington Press, 1999, p. 16.

⑥ Kristin Olsen, *All Things Shakespeare: An Encyclopedia of Shakespeare's world*, Westport, Conn. : Greenwood Press, 2002, p. 291.

⑦ Joan Thirsk, *Fooles and Fricassees: Food in Shakespeare's England*, Seattle: University of Washington Press, 1999, p. 19.

但是,实际上,人们对待食物存在着偏见,尤其是英国人对待柑橘类水果的态度值得怀疑,因为绝大部分柑橘都是进口货物。橘子大量而广泛地进口到英格兰,但是由于售卖时已经超出最佳时期,很多时候,人们无法通过外表来判断是否变质,很可能"金玉其外,败絮其中"。而正因为柑橘和柠檬一类水果是从地中海地区进口,所以在英国人看来柑橘的品质与产地的人们是一致的,因此,橘子就和放纵与轻浮、无节制和欲望的阴暗面联系在了一起,正如阿登版莎士比亚中所讲道的:"柑橘与卖淫者相关(或许是因为性病所带来的皮肤上的痘疮);它们同时也象征着欺骗和诡计,因为没人能够根据表皮判断里面是什么味道。"因此,柑橘一方面是少部分人所享用的时髦奢侈品,另一方面也是大众所共享的知识和疾病认知中相关的物品。从历史上看,这种相互关系也是正确的:买柑橘的人和卖淫者的关联在后来得以巩固和加强,实际上,剧中克劳第的"烂橘子"就"被认为令人非常讨厌"。[①] 我们看到莎士比亚和他的观众很可能将橘子与西班牙的、时髦的、异国的、激情的、稀罕的、想拥有的、易损坏的、骗人的等等形容和概念相联系,因为我们知道吃是基于欲望与基本需求的联合,这也正是橘子在《捕风捉影》中能够为爱情这一浪漫关系提供完美转喻的原因。

二、宴会与食人、捕手与猎物

食物从来就不是中性之物,正如菲茨帕特里克指出的那样:"早期现代的食谱书明确指出了食物与饮料并不仅仅是一个人的必需之物,同样也暗示着他在有关阶级、国族、灵性等复杂观念中的位置;有分寸的消费能够修正道德上和肉体上的缺陷。"[②]进一步而言,莎士比亚在戏剧中以食物塑造人物身份,甚至食物是"一位剧作家描述角色最简单有效的方法"。[③] 因此,首先我们可以发现食物与人物性格特点的联系。根据盖伦(Galen)的描述,如唐·约翰这类忧郁症患者:"贪婪、自私、怯懦……恐惧、谨小慎微、孤独……顽固、有野心、善妒",由于他们不完善的消化能力,所以会避免过量的吃喝。[④] 因此,我们看到唐·约翰只会在饿了的时

---

① Claire McEachern, ed., *Much Ado About Nothing*, London and New York: Bloomsbury, 2016, p. 296.

② Joan Fitzpatrick, *Food in Shakespeare*, Burlington: Ashgate, 2007, p. 3.

③ Ibid., p. 10.

④ Ibid., pp. 2—3.

候才吃东西,他说:"我胸中有了气恼,谁也别想逗引我笑一笑;肚子饿了,我就吃我的,别人有没有功夫我管不着。"(32)他宣称克劳第对喜萝的兴趣是他的机会,"出一口气的机会也许来到了"(33)。他假设自己战场上的对手依旧在和平时期对其敌对:"咱们也到宴会上去吧。他们看见我低头服小,更可以开怀畅饮了。"(34)因此,他不是要和他人一起用餐,而是想以他们为食,正如乔治·莱曼·基特里奇(George Lyman Kittredge)注意到的那样,暗示着"欢宴——特别意味着有好东西可以吃"。① 随即,唐·约翰恨不得把宴会上的宾主都毒死,险恶地加了一句:"要是那厨子的心思跟我一个样,该有多好。"(34)其下毒的欲望将喜剧的欢宴转向了悲剧的氛围,突出了食人的意图,因为他不仅想将欢饮的宴会变成复仇的场所,同时也将其作为实现复仇的手段,而且在剧中,爱的推动是跟随着宴会这一交流符号同时进行的。当贝特丽丝去班尼迪那儿邀请他赴宴时说:"真没法儿想,他们硬是要我来请你进去吃饭。"(68)班尼迪高兴地接受了邀请,甚至可以说是欣喜若狂,因为这是由他的爱人所传达的。与其说食用女性,倒不如说是与特定的女性共同赴宴,他也说:"真没法儿想,他们硬是要我来请你进去吃饭。"(69)这句话里包含着双关的意义,在他看来,贝特丽丝的话中有话,代表着两种乃至多重意义。即便班尼迪愿意向贝特丽丝妥协,但贝特丽丝还没有准备好。②

　　更进一步而言,在这个残酷的社会中,人与人是吃与被吃的关系,所以剧中的人物既是食客,也是食物,换句话说,既是猎物,也是猎手。首先,我们可以发现的是男性将女性视为物品和食物。一方面,克劳第将喜萝完全具体化为物:"全世界的财富能买得到这样一颗珍珠吗?",而班尼迪则回应:"当然啰,还可以奉送一只安放珍珠的锦盒呢。可是你说这样的话,是心里亮堂堂的呢,还只是满口胡言,把盲目的小爱神说成猎兔的好手,把打铁的佛尔干说成是出色的木匠呢?"(22—23)他把丘比特和捕猎联系起来,让猎物落入陷阱并被杀死。另一方面,克劳第将喜萝视为可口的甜品,他坚持认为喜萝是"是我从没见过的、最可爱的姑娘了"(23)。这一克劳第反复坚持的概念后来又被班尼迪在阐释食物时所证实。当克劳第认为自己失去喜萝时,情绪失控,从而被班尼迪取笑:"小孩儿偷了那瞎子的肉,他却去打一根柱子。"(45)卡内罗斯指出,肉是基础的食物之一,在这一句中,小

---

① Peter Kanelos, ed., *Much Ado About Nothing*, Newburyport: Focus, 2010, p. 53.

② Peter Kanelos, "So Many Strange Dishes: Food, Love, and Politics in *Much Ado about Nothing*", in David B. Goldstein and Amy L. Tigner, eds., *Culinary Shakespeare: Staging Food and Drink in Early Modern England*, Pittsburgh: Duquesne University Press, 2016, p. 68.

孩儿偷了肉似乎指的是偷了糖果蜜饯果脯。然而,从物质性和肉欲上都暗示着女性是肥肉,只适合短暂的食用,同时也镶嵌了班尼迪的评论。① 剧中另一女性角色贝特丽丝后来出场时,班尼迪宣告:"殿下,这道菜我可不爱吃!——我吃不消咱们这位尖嘴姑娘。"(48)而在描述克劳第对喜萝难以自拔的爱时,班尼迪嘲弄他"满嘴儿都是些稀奇古怪的词儿,好像是一桌摆满了山珍海味的酒席"(58)。随后,班尼迪上了克劳第的当,将他们编造的贝特丽丝对他疯狂的爱信以为真,也以食物摄入作比形容自己的变化:"可是人的口味儿难道不会改变的吗?年轻的时候爱吃的是肉,到老来,也许一看见肉就厌了。"(68)"肉"代表着他现在所拒绝的以前固执的习惯和看法,即以往他对女性的捕猎和食用。我们看到喜萝和贝特丽丝女性都被当作了肉和菜肴,在父权制社会形态下,毫不奇怪剧中出现更多的是与女性相关的食物指涉。此外,食物会腐烂变质,于是我们看到莎士比亚特别使用水果的腐烂来比喻出轨、不忠的女性和未婚妻,例如烂橘子,洗不掉腐烂之处,只能扔掉。

其次,不只是剧中的男性这样看待女性,女性也是如此,同样的情况就发生在了贝特丽丝身上。喜萝与欧秀拉采用了钓鱼的比喻来描述她们的计划:"钓鱼,最有趣不过的就是看着鱼儿用它那金划子拨开了银浪,贪馋地吞下了那引它上钩的香饵。现在,这条鱼儿就是贝特丽丝"(71),所以她们要让贝特丽丝"吞下那引诱她的香饵"(72)。这一意象从钓鱼的角度进行暗示,意味着作为猎手捕捉香饵的鱼也会成为钓者的猎物。喜萝的目的就在于让贝特丽丝相信班尼迪表面讨厌,实则爱慕,甚至"害了相思",从而"用一串谎话铸成一支爱神的利箭",趁机射进她的心房,正如后来对欧秀拉所说:"谈爱情全靠碰巧——有的中了爱神的箭,有的中圈套。"(75)具有讽刺意味的是,喜萝自己随后也中了自以为是的爱人(克劳第)所设置的圈套,在婚礼上颜面扫地。

再次,剧中的男性也毫不例外地成为了食物和猎物。对班尼迪而言,爱情把一位老老实实的"士兵"汉子变成了"咬文嚼字的博士",爱情的魔力远远超出了他的想象,他宣称:"我不敢发誓爱情不会叫我变成一个牡蛎;可是我能赌咒,在这个爱情没有把我变成牡蛎以前,它别想叫我变成这样一个傻瓜。"(58)班尼迪通过有关牡蛎的比喻将愚蠢和想象结合起来,变成他形容爱情的不理智行为。他恐惧自己会因为爱情脱离自身,也担忧自己会像牡

---

① Peter Kanelos, "So Many Strange Dishes: Food, Love, and Politics in *Much Ado about Nothing*", in David B. Goldstein and Amy L. Tigner, eds., *Culinary Shakespeare: Staging Food and Drink in Early Modern England*, Pittsburgh: Duquesne University Press, 2016, p. 67.

蛎那样被人"吃掉"。① 正如克莱尔·麦克伊辰的注释写道:"牡蛎代表着一个男人在不忠的女性胃口面前的脆弱性。"②而后面的场景更是证明了他的忧虑,即成为别人的猎物。我们看到克劳第召集同伙设计演戏来诓骗班尼迪,克劳第对彼得罗悄声说:"挨近一步,挨近一步";"小鸟儿在打盹"(62)。他暗示着猎人偷偷行近,枝头的小鸟还安然自得,毫无戒备,那时就说:"小鸟儿在打盹",根据舞台指示,克劳第说这话的时候,向班尼迪躲藏的地方窥视了一下班尼迪就像小鸟一样,落入了克劳第的圈套之中。因此,我们发现自己身处霍布斯式的原子个体世界,杀戮或被杀,更野蛮的说法是吃或被吃。③

莎士比亚作品中提到的食人指涉是让人恐怖的,有趣的是,其剧中的食人告诉观众更多的是发生在文明欧洲世界的传说。塞德里克·瓦茨指出:"在莎士比亚的戏剧世界中提到了异国的食人主义,但真实食人的上演就在家门口。"④戈德斯坦也认为剧作家"关心食物"是因为它们是"刺激了自我与他者边界的互相渗透"。⑤ 通过这些隐喻,莎士比亚描述了一个食人的社会,同样也展示出人与人之间吃与被吃的关系,所有的男女都是桌上的菜肴。

三、饮食与爱情、战争

人与食物的关系——吃什么、什么时候吃、怎样吃等等都构成了此人的关键以及此人所从属的社会经济或宗教群体。班科这样论断:"吃是最基本的社会行为,而食物的准备、食用、选择等都表达出个体在不同群体中所构

① Peter Kanelos, "So Many Strange Dishes: Food, Love, and Politics in *Much Ado about Nothing*", in David B. Goldstein and Amy L. Tigner, eds., *Culinary Shakespeare: Staging Food and Drink in Early Modern England*, Pittsburgh: Duquesne University Press, 2016, p. 67.

② Claire McEachern, ed., *Much Ado About Nothing*. London and New York: Bloomsbury, 2016, p. 244.

③ Peter Kanelos, "So Many Strange Dishes: Food, Love, and Politics in *Much Ado about Nothing*", in David B. Goldstein and Amy L. Tigner, eds., *Culinary Shakespeare: Staging Food and Drink in Early Modern England*, Pittsburgh: Duquesne University Press, 2016, p. 67.

④ Cedric Watts, "How Many Shakespearian Canibals?", in John Sutherland and Cedric Watts, eds. *Henry V, War Criminal? And Other Shakespeare Puzzles*, Oxford: Oxford University Press, 2000, p. 198.

⑤ David B. Goldstein, *Eating and Ethics in Shakespeare's England*, New York: Cambridge University Press, 2013, p. 30.

建的身份。"①进一步而言，"因为吃的价值远不止填饱肚子，它的本质是无意识层的、深深根植于情感中的有关自我与世界的关系"。② 批评家彼得·帕洛林(Peter Parolin)就写道："食物承载着象征的权力，构建出一种表达文化与个体身份的语言。"③罗伯特·阿佩尔鲍姆(Robert Appelbaum)也同样赞同食物"是社会结构、宗教仪式、经济行为乃至身份结构的中心"。④

首先，我们可以看到剧中的饮食话语与战争、战场有着密切的关系，特别是在贝特丽丝与班尼迪起初剑拔弩张的关系中，爱、战争、性都是一体的。第一幕第一场中，贝特丽丝特意询问使者班尼迪的讯息："请问，那位'摆花架式'大爷(Signor Mountanto)从战场上回来没有？"(15) Mountanto 来自于 montanto 或 montant，为剑术用语，指以剑"往上一刺"，同时也指性投机者(sexual opportunist)，这一术语还暗示着一种傲慢、流行的室内击剑格斗(类似于诙谐戏谑)，而不是勇敢的军人职责，也具备吹牛士兵的意义，同时也有性暗示。⑤ 显然，贝特丽丝有意略去了本来战场上英勇战斗的班尼迪形象，嘲讽这位刚刚从战场上归来的吹牛士兵总是花架子、说大话摆谱，同时也本能地混合了爱与战争，从而一开始就制造出冤家对头争锋相对的喜剧效果。我们接着看到贝特丽丝说道："从前他在这儿墨西拿，公开宣布，要和小爱神较量较量，说是那小爱神丘比特见了他就望风而逃，吓得箭都不敢放了。我家叔父的小丑听得了他说这些大话，还拿着钝箭头替小爱神打抱不平呢。"(15—17)。一方面，贝特丽丝暗示了班尼迪是女性憎恨者，心房不会被爱情的利箭所攻破，同时也指出其对待爱情的态度：爱是一种竞争和较量，或者说是一种零和游戏，即一方得益，另一方遭受相应损失，正如哈利·伯格(Harry Berger)指出的那样："爱的竞争让步于爱是竞争"；⑥而另一方面，贝特丽丝是在说自己，赋予自己在叔父家中的角色，因为钝箭头是王公

① Kurt W. Back, "Food, Sex and Theory", in Thomas K. Fitzgerald, ed., *Nutrition and Anthropology in Action*, Amsterdam: CanGorcum, 1977, p. 31.

② Peter Farb and George Armelagos, *Consuming Passions-The Anthropology of Eating*, Boston: Houghton, 1980, p. 97.

③ Peter A. Parolin, "'Cloyless Sauce': The Pleasurable Politics of Food in *Antony and Cleopatra*", in Sara Munson Deats, ed., *Antony and Cleopatra: New Critical Essays*, New York: Routledge, 2005, p. 217.

④ Robert Appelbaum, "Aguecheek's beef", *Textual Practice* 14. 2 (2000), p. 330.

⑤ Peter Kanelos, ed., *Much Ado About Nothing*, Newburyport: Focus, 2010, p. 23; Claire McEachern, ed., *Much Ado About Nothing*, London and New York: Bloomsbury, 2016, p. 190.

⑥ Harry Berger, "Against the Sink-a-Pace: Sexual and Family Politics in *Much Ado About Nothing*", in Peter Erickson, ed., *Making Trifles of Terrors Redistributing Complicities in Shakespeare*, Stanford: Stanford University Press, 1997, p. 20.

贵族家中所养小丑可以作耍的射鸟而不伤鸟儿羽毛的工具。接下来的对话,贝特丽丝直接采用了有关吃喝饮食的话语:

> **贝特丽丝:**请问,他这次打仗,杀了多少人,吃掉了多少人? 可是我只问:他杀了多少人? 因为,可不,我早就答应过,他杀死多少人,都由我吃下去,我包办。
>
> ……
>
> **使者:**这一次打仗,他也立了大功呢。
>
> **贝特丽丝:**那大概是你们那些发霉的军粮多亏他帮忙"消灭"的吧。他是第一号大饭桶,吃饭的本领可真了不起啊
>
> **使者:**他可也是了不起的军人呀,小姐。
>
> **贝特丽丝:**在小姐面前,他倒是个了不起的军人;可是碰见了爷儿们呢?
>
> **使者:**在爷儿们面前是大爷,男子汉中间是男子汉——他一身装满了各种美德。
>
> **贝特丽丝:**说得对,他还塞满一肚子稻草;稻草之外,还有——唉,别提了吧,反正咱们都是要吃饭的人。(17)

在贝特丽丝的问题"他这次打仗,杀了多少人,吃掉了多少人?"这一有关战争的场景中,班尼迪的"钝箭头"以及"快乐战争"(merry war)都一起崩塌了,①从而被日常生活中饮食的隐喻所替代,揭示了战争和战斗者(士兵)与饮食之间的关系。一方面,班尼迪是"大饭桶"(trencherman),当时粗面包大多会放在盘子的底部,这些面包也被称为 trencher。有时候,上层阶级也用面包作为 trencher,很多时候实际上他们自己不吃,而是把过滤酱汁的面包切下来给仆人或狗食用。② 另一方面,她指出了战争的残酷性,胜利者在征服的同时也消耗乃至毁灭战败者,而"在小姐面前,他倒是个了不起的军人"有四重含义,一为将士兵和女人作比,二为侵略、进攻(特指性方面),三为男性将女人视为士兵而非求婚者,四为在女性面前吹牛的士兵。③ 显然,

---

① Peter Kanelos, "So Many Strange Dishes: Food, Love, and Politics in *Much Ado about Nothing*", in David B. Goldstein and Amy L. Tigner, eds., *Culinary Shakespeare: staging food and drink in early modern England*, Pittsburgh: Duquesne University Press, 2016, p. 65.

② Maguelonne Toussaint-Samat, *History of Food*, Anthea Bell, trans., Cambridge: Basil Blackwell, 1999, p. 229.

③ Claire McEachern, ed., *Much Ado About Nothing*, London and New York: Bloomsbury, 2016, p. 191.

这是符合贝特丽丝对班尼迪的看法,因为对班尼迪而言,爱就是竞赛,他对待他人专横霸道而自私,乃至于结交朋友也不认真,"每隔一个月要换一个把兄弟呢"(18)。正如贝特丽丝明确指出的那样,将情感依恋当作游戏是不道德的、应当受到谴责的。贝特丽丝暗示捕食者将被猎物所吃:"有班尼迪大爷那样丰盛的酒菜在供养她,'傲慢小姐'(指贝特丽丝本人)能死得了吗?"(20)可见"快乐战争"并非是两个自由而平等对手之间的轻松巧辩,而是一场由班尼迪强加在贝特丽丝身上的消耗战,贝特丽丝不得不迫使自己放弃自己的意愿和判断来应对班尼迪。①

　　其次,爱情的变化也与饮食的变化一致。随着剧情的发展,班尼迪决定改变他的观念和行为方式,而克劳第则站到了相反的一端,两人交换了最初的立场:对爱情蔑视的人变得相信爱情,而坚信爱情的人则变得蔑视爱情。② 第三幕第二景中,彼得罗对克劳第说:"但等喝过了你的喜酒(your marriage be consummate),我就此动身,到阿拉贡去了。"(76)"consummate"指具备性意味的庆祝仪式,暗示着克劳第将与喜萝同房,也可以说喜萝对他而言是可口的甜品,一个异国的、奢侈的物件。在卡内罗斯看来,这就是彼得罗这位海岛拥有者、剧中"荣耀"的男人的态度,他以女性为食物塑造出一副理想的哥们儿关系,因此莎士比亚隐藏了彼得罗的残酷无情和贪婪。③ 随从卜拉丘(Borachio)给唐·约翰出主意,让其去对彼得罗进言:"你只管去对王爷说,他让克劳第这样一位大名鼎鼎的英雄——你把他的身价拼命往高里抬——去跟一个臭婊子(contaminated stale),像喜萝这样的女人结婚,难道王爷不怕连累自己的名誉吗"(54—56),"contaminated stale"指堕落的娼妓,"stale"也是意味着引诱、圈套的术语,含有窃贼通过妓女诱骗受害者之意,同时也意指放置过久的食物变得腐臭难闻让人作呕。④ 对应剧中两对情侣感情的变化,我们看到班尼迪改变了自己的初衷,从最开始不吃贝特丽丝这道"菜",到后来改变了口味;而对克劳第而言,最初爱慕、珍贵的事物变得普通,喜萝从"最甜美的姑娘"变成了"烂橘子",这是因为克劳第眼中的黄花闺女已经在"火热的枕席(102)"上领略风情,成为了卜拉丘口中不检点的女人。同样,彼得罗也自责自己落入了女

---

　　① Peter Kanelos, "So Many Strange Dishes: Food, Love, and Politics in *Much Ado about Nothing*", in David B. Goldstein and Amy L. Tigner, eds., *Culinary Shakespeare: Staging Food and Drink in Early Modern England*, Pittsburgh: Duquesne University Press, 2016, p. 65.

　　② Ibid., p. 68.

　　③ Ibid., p. 69.

　　④ Claire McEachern, ed., *Much Ado About Nothing*, London and New York: Bloomsbury, 2016, p. 240.

人为男人设下的圈套:"叫我说什么好呢?我套进在里头,自己先没了光彩。我干了什么事?叫自己的好友去跟淫妇结合在一起。"(104)至此,喜萝不再是可口的甜品,而成为了"淫欲里打滚的畜生/纵欲的禽兽(savage sensuality)(103)",甚至其父亲廖那托深信不疑:"她如今落进了乌黑的墨缸里,就连汪洋大海也没有这么多清水能给她洗刷个干净,没有这么多盐好给她解除肉体上的腥臭。"(108)她成为了一片腐烂变质的肉,就连水和盐都没有办法去除异味,所以可以说如果她是不贞的,那么就不能得以储存和保留。

再次,班尼迪与贝特丽丝在宣誓相互之间坦诚的爱情时也采用了饮食语言:

> 班尼迪:凭着这把刀起誓,贝特丽丝,你是爱我的。
> 贝特丽丝:快别发誓赌咒,免得这刀把子成了你的话柄子(do not swear it,and eat it)。
> 班尼迪:我就是凭我的刀起誓:你爱我;谁要是说我不爱你,这把刀子就要叫他做我的活靶子(make him eat it)。
> 贝特丽丝:你不会嘴巴硬、心里虚吗?(will you not eat your word?)
> 班尼迪:我嘴巴硬,心里甜;可再甜也不会把自己说过的话吃下去。我发誓,我爱你。(114)

这一段对话非常有趣,有起誓、吞下自己的话等表述。凭刀剑起誓乃是骑士荣耀的体现,作为骑士的班尼迪自开始就以刀为参照物,将他对贝特丽丝的爱置于他与刀的关系之中,这恰好证实了贝特丽丝之前的嘲弄,即他并没有吹嘘得那么英勇。反而是贝特丽丝将誓言饮食化,挪揄着男性征服与消耗的癖好。同时,贝特丽丝谴责克劳第婚礼上污蔑、抛弃喜萝时说道:"上帝啊,但愿我是个男子汉!我要在十字街头吃他的心。"(115)正如卡内罗斯指出的那样,贝特丽丝实际上点明了这出戏的真相:男人是心的食用者。他们极度自私,以荣誉为名掩盖自己兽性的胃口,容纳的既不是同情,也不是爱。而贝特丽丝的话还可以反过来理解,即班尼迪对她要求的拒绝正是贝特丽丝一直以来所恐惧的——他在一点一点地啃食贝特丽丝的心。然而,在看到爱人的悲痛之后,班尼迪改变了。正如廖那托所言:"可是兄弟,这样的人世上不会有。不曾尝到痛苦的滋味,大家都能慰劝别把苦痛忍耐些;一旦自个儿遭遇了惨痛(tasting it),他的洞达变成了心摧肠裂。"(124)正是由于班尼迪经历过了,他才认识和体会到自己对贝特丽丝的感情,最终理解了激情和爱。当他说:"够了,一言为定!(Enough,I am en-gag'd)"(116)时,不仅说明他理解了克劳第,同时也表明他发现了自我。①于是,面对克劳第,班尼迪不禁发声:"你已经害死了一位好姑娘(sweet la-dy),这深重的罪孽一定会落在你头上。"(131)他所采用的称呼正是克劳第反复称呼喜萝的。彼得罗要么误会了班尼迪挑战的严重性,要么认识到了重要性,所以试图以喝酒来搅浑两人之间剑拔弩张的状态:"什么,请酒吗,是请酒吗?"(131)但克劳第这样回应:"我要是不施出全身本领,宰割得好好的,就算我这把刀子不中用。也许我还能吃到一只呆鸟吧。"(131)宴会彻底变质了,一场宴会的前提是狩猎和宰杀并提供新鲜的食物,但现在饮酒狂欢的人却做出了互相切割的姿态,而作为和谐氛围象征的宴会则变成了争斗的场所。

正如奥康奈尔(Patrick O'Connell)说道:"若了解食物,也会了解历史、语言与文化",食物不仅是我们生理上的必需品,它也同样指涉社会身份、物质财富、多元农业、贸易、宗教信仰、价值观、同时代医学观念以及生活方式。② 研究莎士比亚戏剧中的食物是因为戏剧和食物是同时被享受的,"食物和饮料作为戏剧欣赏经历的一部分……伊丽莎白一世时期的人们在欣赏戏剧的同时吃吃喝喝"。③ 而莎士比亚通过食物探讨着舞台上人生的各个阶段:诞生、个人身份的形成,社会群体的定义,生理需要的满足,爱和性,死亡,他同样以作为生理基本需求的食物作为表达更加复杂情感的手段。戈德斯坦指出,没有吃的伦理,只有作为吃的伦理,吃就是伦理(eating is as ethics)。吃不仅关乎我们怎样正确对待自己的身体、动物、植物和环境,也关乎我们认识自我的起点。吃塑造了我们的伦理自我(ethical selves)。④我们看到结尾处依旧是以饮食结束:

贝特丽丝:一半儿也是为了要救你一条命——我听人家说,你一天比
　　　　一天的瘦了。

----

① Peter Kanelos, "So Many Strange Dishes: Food, Love, and Politics in *Much Ado about Nothing*", in David B. Goldstein and Amy L. Tigner, eds., *Culinary Shakespeare: Staging Food and Drink in Early Modern England*, Pittsburgh: Duquesne University Press, 2016, p.71.

② Francine Segan, *Shakespeare's Kitchen: Renaissance Recipes for the Contemporary Cook*, New York: Random House, 2003, p.13.

③ Joan Fitzpatrick, *Food in Shakespeare*, Burlington: Ashgate, 2007, p.5.

④ David B. Goldstein, *Eating and Ethics in Shakespeare's England*, New York: Cambridge University Press, 2013, p.209.

班尼迪：别闹！看我不堵住你的嘴。(152—153)

显然，莎士比亚通过剧中的饮食书写，告诉我们食物及吃喝细节是如何一步步推动剧情发展，乃至对整个故事有着统摄和暗示的作用。

第十章 《科利奥兰纳》中吃的意图

　　莎士比亚最后一部罗马悲剧《科利奥兰纳》(以下简称《科》)讲述了公元前5世纪古罗马城邦的阶级斗争状况,其中主人公与护民官、民众、元老院贵族等之间的政治博弈尤为激烈。该剧向来备受研究者关注,但研究多从政治角度出发,如研究政府组织功能、统治者品质、贵族与民众关系,甚至同时代政治状况等。[1] 莎士比亚主要依据古希腊史学家普鲁塔克(Plutarch,约50—130年)的《名人传》中的科里奥兰纳传记构思这一罗马悲剧,使用的是诺斯(T. North)的英译本(1579),但其主要的改编是将两次国内的动乱合二为一。在普鲁塔克的文本中,贫穷的民众恼怒于高利贷而非谷物价格及饥荒,在元老院无法作出处理决定时,他们抛弃并离开了城市。米尼涅斯通过用肚子和四肢的寓言安抚平民,保民官是指定而非民选的。传记中只有攻取科瑞欧利的战役之后才提及了食物短缺带来的饥馑(耕地荒废、战时缺乏运输工具及时间、不许进口外国粮食)。[2] 显然,莎士比亚则认为戏剧中民众的暴动一次就能达到戏剧效果,从而本剧将重点放在平民的饥荒及他们认为贵族囤积大量的粮食之上。本章则试图将此剧放置在饥荒、暴动和小冰期的背景之下,从"吃"的细节出发,剖析剧中政治背后莎士比亚的隐含意图。

---

　　[1]　Stephen Orgel & Sean Keilen, eds., *Political Shakespeare*, London & New York: Routledge, 1999.; John A. & Sean D. Dutton, *Perspectives on Politics in Shakespeare*, Lanham: Lexington Books, 2006.; Robin H. Wells, *Shakespeare's Politics: A Contextual Introduction*, London & New York: Continuum, 2009.

　　[2]　普鲁塔克:《希腊罗马名人传》,席代岳译,长春:吉林出版集团,2009年,第1卷,第404—405、410页。

一、饥 饿

《科》很可能是在 1608 年创作初演的,①那时英格兰全国都陷入了食物短缺的困境,因此批评家们都注意到此剧的时事性。② 我们毫不奇怪地看到戏剧甫一开场,饥饿的罗马市民手持棍棒及其他武器准备暴动,他们下定决心"宁可死不愿挨饿"(320):

> 我们不过是穷百姓,贵族才是'好'市民。那些掌权的吃饱喝足了。剩下的才救济我们。要是他们趁着那些过剩的食品还没有发霉变质就施舍给我们,我们还以为他们的救济是出于人道之心;但他们太抬举我们了。我们那副骨瘦如柴的苦相,我们那副受苦受难的模样,是一张用来衬托他们财富的清单;他们的收获来自于我们的苦难。让我们举起钉耙来报仇雪恨,趁我们还没有瘦成骨架。天上的神祇知道我说这话是出于饥饿,而不是渴于复仇(320—321)。③

剧中的市民们抱怨统治他们的罗马贵族,同时也对比了饱受饥饿之苦的市民和脑满肠肥的贵族,更是鲜明地指出了暴动的原因——饥饿,而并非我们在《凯撒》等剧中看到的出于政治目的的暴动。暴动的根本原因似乎是贵族与平民之间源于粮食问题的尖锐矛盾,就如同平民所控诉的那样:"让我们忍饥挨饿,他们的谷仓却堆满粮食;颁布了庇护高利贷的法令;针对有钱人的法令取消了,替代的是苛刻的束缚穷人的条文。"(323)他们的怒火指向了一个个体,即凯厄斯·马修斯(即科利奥兰纳)这个"老百姓的头号敌人(320)",认为只要杀死他,粮食问题便可迎刃而解。而科利奥兰纳之所以成为民众的第一个对付对象、"全体人民的众矢之(321)",是因为他是最典型、

---

① Stanley Wells, Gary Taylor, John Jowett and William Montgomery, eds., *William Shakespeare: A Textual Companion*, Oxford. Clarendon Press, 1987, p. 131.

② E. C. Pettett, "*Coriolanus and the Midlands Insurrection of 1607*", *Shakespeare Survey 3* (1950), pp. 34—42; Annabel M. Patterson, *Shakespeare and the Popular Voice*. Oxford. Basil Blackwell, 1989, pp. 127—146; W. G. Zeeveld, "*Coriolanus and Jacobean Politics*", *Modern Language Review* 57 (1962), pp. 321—324.; Richard Wilson, *Will Power: Essays on Shakespearean Authority*, New York. Harvester Wheatsheaf, 1993, pp. 88—117.

③ 莎士比亚:《科利奥兰纳》,《新莎士比亚全集(第六卷)》,汪义群译,石家庄:河北教育出版社,2000 年。后文出自该著作的引文,将随文在括号内标出引文出处页码,不另作注。

最激进的贵族代表,认为不应该满足民众的请愿,平白分配给他们粮食,瞧不起这些只会空口白话、毫无贡献的愚民。但是正如盖尔·克恩·帕斯特(Gail Kern Paster)指出的那样,"此剧根本不允许我们查明平民控告囤积粮食的贵族是否正确"。①

由此,我们可以进一步梳理剧中其他人物及群体有关"吃"、"饥饿"的细节上,特别是连接科利奥兰纳和其母亲的食物及喂养意象上。我们看到剧中有两次伏伦妮娅都提到了母乳喂养,第一次是在第一幕第三景中,她让儿媳维吉莉娅劝诫丈夫英勇杀敌时说道:"当赫卡柏哺乳赫克托时,她的乳房还不及赫克托流血的额头姣美,这额头把血轻蔑地溅向希腊人的利剑。"(338)第二次是在第三幕第二景中,她鼓励儿子时又讲道:"你只管干吧,你的勇敢是吮吸了我奶汁才获得的,你的骄傲却属于你自己。"(421)这两处指涉无疑会让读者和观众认为科利奥兰纳所有的才能和力量都源于母乳喂养。珍妮特·阿德尔曼(Janet Adelman)从精神分析角度详细梳理了此剧的食物及喂养主题,她将伏伦妮娅第一段关于乳汁的话这样解读:

> 血液比乳汁、伤口比乳房、战争比和平的喂养都更美……赫克托将婴幼儿的母乳喂养转移到流血的伤口,而乳房和伤口之间无言的中介者则是婴儿的嘴唇:在这一想象性转移中,喂养即受伤,嘴成为了伤口而乳房成为刀剑……但正如伏伦妮娅的想象指出了哺乳中固有的脆弱性,这同时也指出了避开脆弱性的一种方法。在她的想象中,哺乳/消化吸收转化成为了倾吐,一种具有进攻性的驱逐排出行为;伤口再次变成了能吐的嘴……伤口流血由此没有变成脆弱性的符号而是进攻的手段。②

在斯坦利·卡维尔(Stanley Cavell)看来,一方面,赫克托既蔑视希腊人的刀剑,但同时自己也使用刀剑战斗,因此"嘴似乎变成了一把切割武器:哺乳的母亲似乎变成了被英雄儿子劈砍的对象,被她所喂养的对象吞噬"。另一方面,将母乳与男子鲜血相提并论,意味着"男人在战场上流血战斗并

① Gail Kern Paster, "To Starve with Feeding: The City in *Coriolanus*", *Shakespeare Studies* 11 (1978), p. 126.

② Janet Adelman, "'Anger's my meat': feeding, dependency and aggression in *Coriolanus*", Murray Schwartz and Coppélia Kahn, eds., *Representing Shakespeare*, Baltimore: The Johns Hopkins University Press, 1980, p. 131.

不是简单的攻击,同样也是以男性的方式在提供食物"。① 科利奥兰纳母子俩一直都处于持续性的"饥饿"状态且贯穿全剧始终,"母子俩以人类的名义或定义展示了这种饥饿状态,展示出一种贪得无厌、不知足(insatiability)的状态(由喂养带来的饥饿,喂养即贫困/剥夺),有时这种状态也被描述为强加在有限身体上的欲望的无限性。但他们母子俩的饥饿体现出这种无限性不是人类不知足的原因,而是结果。"②

此外,母子俩的饥饿对象实际上从食物转向了荣誉。科利奥兰纳反复告诫我们要提防吃的欲望,在荣誉面前克制其身体欲望。他忍受着内心的厌恶出现在市民面前公开展示自己作战的伤口,但却在市民走后吐露心声:"我们宁可死去,宁可挨饿,也不愿向别人乞求我们分内应得的工价。我为何披着这身粗羊皮的外衣,站在这儿向每一个路过的人乞讨那不必要的担保? 习俗逼着我这样做。"(387)甚至于他后来被放逐时也谈道:"让他们宣判将我从峻峭的大帕岩上推下,将我放逐、鞭打、囚禁起来,每天只给吃一粒谷子;我也不愿用一句好话做代价买通他们的慈悲,更不愿为了乞求他们的恩赐而短了自己的志气,去向他们道声早安。"(428)而在科利奥兰纳被放逐之后,米尼涅斯询问伏伦妮娅是否愿意一起用膳时,她如此回应:"愤怒是我的食物;光是咽下这么多的愤怒便要把我撑死。"(438)这句话正好与早前科利奥兰纳"宁可死去宁可挨饿"的话一致。可见科利奥兰纳乃至她的母亲伏伦妮娅都是饥饿的,他们想"吃"的"食物"不是普通的粮食,而是所谓的"血气"还有荣耀。③

进一步而言,食人与同类相食贯穿整部戏剧。首先,民众是贵族的食物。我们不能忽视的是市民在控诉贵族时所讲的话:"咱们要是不死在战场上,也会死在他们的手里! (if the war eat us not up,they will),这就是他们对我们的爱护。"(323)此处意味着贵族就像捕食者而平民则成为了猎物,因为这是一个饥荒的时代,同时也是面临战争和被入侵的实际威胁而充满危机的年代。其次,贵族也可能是他人的食物,我们需要注意的是米尼涅斯问护民官西西涅斯和勃鲁托斯的问题:"请问,狼喜欢什么?",西西涅斯回答为"羔羊",而米尼涅斯则回应:"正是,为的是把它一口吞掉,正像饥饿的平

---

① Stanley Cavell,"'Who Does the Wolf Love?': *Coriolanus* and Interpretations of Politics", in Patricia Parker and Geoffrey Hartman, eds., *Shakespeare and the Question of Theory*, New York: Methuen, 1985, p. 253.

② Ibid., p. 249.

③ 陈雷:《对罗马共和国的柏拉图式批评——谈〈科利奥兰纳斯〉并兼及"荣誉至上的政体"》,《外国文学评论》2012 年第 4 期,第 5—20 页。彭磊:《荣誉与权谋——〈科利奥兰纳斯〉中的伏伦妮娅》,《国外文学》2016 年第 3 期,第 87—94 页。

民恨不得把尊贵的马修斯吞下肚里一样。"而勃鲁托斯则说:"他实在是一头羔羊,叫起来却像头熊。"(363)显然,这里反转地说明了那些如科利奥兰纳这样的"羔羊"也是贵族"狼"的食物。再次,米尼涅斯也谈到了可能发生的食人现象:"善良明智的天神不会允许我们名扬四海的罗马会蚕食自己的儿女,像一头灭绝天性的母兽一样!"(412)此外,我们还可以看到食人的循环往复,即进食者被他们所吃的食物所吞没,贵族与平民的可以将角色置换颠倒,乃至互相吞没毁灭。如同科利奥兰纳对市民所言:"攻击尊贵的元老院,是怎么回事? 若不是他们在诸神的帮助下使你们慑手畏惧,你们早就彼此相食了。"(328)而科利奥兰纳后来被放逐从贵族沦为平民被各方利用也说明了这一点。因此,我们可以这样认为,剧中的所有人都处于一种"饥饿"状态,而由此带来的有关"吃"与"食人"的逻辑则贯穿了整部戏剧,实际上《科》就是一部"吃"的戏剧。

二、寓　　言

戏剧一开场的暴动让我们看到罗马城的分裂状态,当市民准备冲向议会时,米尼涅斯登场试图劝说、安抚民众,在最初的辩护无果的状态下,他决定讲一个"有趣"的故事——即肚子的寓言,这实际上也就是一个关于"吃"的故事。米尼涅斯从人的生理学概念出发向饥饿的暴民解释元老院在罗马政治生活里的中心地位。他将元老院比作身体中的胃,想象着肚子向身体其他器官的争辩,它们指责它"像只无底洞占据身体中央的部位,终日无所事事,无所作为,只顾着把食物往里面装,却从不分担别人的劳苦。"(324)面对这种潜在的叛乱,肚子这样回答,尽管他接收了食物,但却把精华都输送给了其他器官,"但是如果你们没有忘记",他告诉那些不满的器官:"是我通过你们血液之河把这食物输送到心脏的宫殿和头脑的宝座;并流经曲折的管道和各个脏器,最强健的筋肉和最微小的血管得以生存,都因从我这儿获得精力的滋养。"(325—326)

米尼涅斯的故事源于古有的寓言和人们已有的认知,因为他自己就承认这个寓言很可能听众都听过,"你们或许已经听过,但我还得老生常谈一边"(323),以此来抚慰市民们对元老院统治日益增长的不满。[①] 虽

---

　　① 关于此寓言故事的来龙去脉,参见 David G. Hale, "Intestine Sedition: The Fable of the Belly", *Comparative Literature Studies* 5 (1968), pp. 377—388。

然他的故事似乎没有提到医学知识，但却说出了一个当时的流行观点，即有形的个体身体运作可以用来解释无形的政治身体的运转，当时的流行医学理论认为所有身体器官都在这一过程中扮演了至关重要的作用。迈克尔·费尔特（Michael Schoenfeldt）就指出，这一时期的解剖学家和医生认为，消化是发生在整个身体内部的，这一过程一直持续到各个器官吸收并获取需要的营养后才会完成。① 其结果就是消化并不是由胃分配的过程，也不是身体其他部分被动接受的过程，而是构成身体的所有器官平等、相互依赖、通力合作的系统性过程。因此，我们看到米尼涅斯有关肚子的寓言，正回应了古代医学家盖伦所描述的胃，即不是被动接受而是主动提供营养的仓库，仿佛主动把麦子和糠分开："就像工人熟练地制备麦子一样，将混在里面对人体有害的泥土、石头或外国种子清除，胃的功能就在于将那些（无用的、有害的）东西往下推排，而把那些剩下的、有营养的物质分配到胃肠延伸的血管中。"② 盖伦认为消化道在维持身体体液平衡方面十分重要，如果肠胃受到损害，那么身体其他部分的官能也将受损。"很多文艺复兴时期的作家将身体分为政治之体和由大脑、心脏、肚子组成的三位一体等级秩序之体，而大脑往往指上层阶级、肚子则是下层阶级。"③从这点来看，这些描述是与盖伦有关胃与工人类比一致的。但市民们曾在米尼涅斯的故事中途插话，讲出了另一个表述："那戴着王冠的头，那警惕的眼睛，那运筹帷幄的心，那打仗的手臂，那作为坐骑的腿，那作为号手的舌，联合起来我们这个组织里各尽其职的防御部门……要是他们受制于贪婪的肚子，那个身上的下水道。"（324—325）安德鲁·哈德菲尔德（Andrew Hadfield）就指出，市民甲有关不同身体部分相互依赖、共同作用，造就一个健康整体的身体政治观念的表述，实际上"更加符合早期现代政治话语中对身体隐喻的用法"。④ 但也正如费尔特指出那样，《科》中肚子的寓言故事是对身体政治秩序典型阐释的违背，因为"基于上层和下层区分的等级秩序"被"基于中心和边缘区分的等级秩序"所

① Michael Schoenfeldt, "Fables of the Belly in Early Modern England", in David Hillman and Carla Mazzio, eds., *The Body in Parts: Fantasies of Corporeality in Early Modern Europe*, New York: Routledge, 1997, p. 245.

② Galen, *On the Usefulness of the Parts of the Body*, 2 vols, Margaret Tallmadge May, trans., Cornell Publications in the History of Science, Ithaca, Cornell University Press, 1968, vol. 1, p. 204.

③ Joan Fitzpatrick, *Food in Shakespeare: Early Modern Dietaries and the Plays*, Burlington: Ashgate, 2007, p. 95.

④ Andrew Hadfield, *Shakespeare and Renaissance Politics*, London: Thomason Learning, 2004, p. 174.

取代,后者"强调了消化、分配食物以维持身体各个部分的极度重要性"。费尔特将米尼涅斯的寓言看作一个"有关社会资源自然而然从少数特权阶级流向大众"的幻想,"(利用)有关胃部生理上的中心位置将社会的不平等神秘化,并掩盖了作为生产和分配食物的一部分实际劳动"。① 但是我们看到,米尼涅斯的解释并未得到市民的认可,市民甲就反问:"你引用这话用意何在?""我是大趾头! 为什么是那个大的?"(326)米尼涅斯试图让饥民们理解贵族的视角,实际上也就是他自己的视角,他的话激起市民的愤怒,提出、展示了问题,却并未给出解决方案,因此没能成功安抚愤怒的市民。正如帕斯特所指出的,米尼涅斯的寓言"最深刻的意义是作为城市稳定的喜剧可能性,剧中无情的主要行动留下了孤立和悬而未决的痕迹,标志着理想与现实之间的分裂,标志着可能的想象、甚至有时会实现的喜剧与无法避免的悲剧之间的分裂"。② 也正如卡维尔将莎士比亚与西德尼在《为诗辩护》中的米尼涅斯对比时指出那样,莎士比亚的米尼涅斯是"党徒,有限的……作为故事的讲述人"。③ 而情况在《科》中的暴动和敌视状况在马修斯进场之后变得更加恶化,因为他坚持认为市民们是"暴乱的无赖"和"疥癣"(327),恨不得"将那成千个砍成碎段的奴才堆成尸山"(329)。

　　进一步而言,我们必须注意到,科利奥兰纳采用了食人的想象来指责当时罗马的民主,在他看来,恰恰是贵族的独裁专制威慑了平民,得以使他们避免"彼此相食"(328)。这实际上又再次提醒着我们,肚子的寓言是一个有关人的生理乃至人"吃"东西(食物与人)的故事。从这一角度讲,莎士比亚特意透过米尼涅斯将罗马的"头和心脏"——元老院沉降到了"腹部",显然是与口腹之欲相关,诚然,剧中米尼涅斯出于谈话效果而特意选择的器官,同时也契合罗马社会财富增长过程中贵族所起的作用,即财富是由贵族对外掠夺获得的,而非由平民劳动所获。但若从戏剧效果上看,这则寓言实际上也将贵族、元老院与下层阶级等同,说明了所有人实际上都处于一种"吃"与"被吃"的状态之下。

---

① Michael Schoenfeldt, *Bodies and Selves in Early Modern England: Physiology and Inwardness in Spenser, Shakespeare, Herbert, and Milton*, Cambridge: Cambridge University Press, 1999, p. 29.

② Gail Kern Paster, "To Starve with Feeding: The City in *Coriolanus*", *Shakespeare Studies* 11(1978), p. 126.

③ Stanley Cavell, "'Who Does the Wolf Love?': *Coriolanus* and the Interpretations of Politics", in Patricia Parker and Geoffrey Hartman, eds., *Shakespeare and the Question of Theory*, New York. Methuen, 1985, pp. 245—272.

三、暴动与天气

那么,为何莎士比亚会将饥饿与吃放置于如此重要的地位呢? 实际上,此剧写成时,英国先后发生过 1597 年的粮荒、牛津郡民起事和 1607 至 1608 年英格兰中部各郡的骚乱。1607 年 6 月 28 日英国王室曾发表公告称:"国内最低微的民众近来多诱人啸聚作乱。"[①]1586—1587 年制定的相关法令《王国救济及粮食饥荒……法令》(*Orders … for the relief and stay of the present dearth of Graine within the Realme*)在 1594、1595、1608 年及后反复颁布,其中规定法官有权检查囤积粮食的商人,让他们将囤货上市、抑制粮价、雇佣失业者,同样也鼓励富农以"慈善的价格"卖粮食给穷人。[②] 诚然,有很多富人出于慈善,施舍穷人钱购买食物,或直接提供食物,但有时却是在当局的压力下不得已而为之,例如,1597 年,在布里斯托尔,"所有城市中有能力的人均被责成给每 8 个穷人一顿肉"。同年,伍斯特最富有的市民"收留了 200 多名穷人和老人并供养他们"。[③] 某些城镇也自建有粮仓以备粮备荒,这种行为就如同剧中马修斯所说那样,敌人"伏尔斯人有的是谷子,把这些耗子带去,去啃啮他们的谷仓"(331—332)。城镇当局就利用这些谷仓在饥荒之年购入粮食以补贴价售卖给穷人,比如,1596 年,在布里斯托尔,当局购买了 3000 夸特的波罗的海黑麦,以低于市场价的价格出售粮食,"并向城市的穷人分发了许多食物"。[④] 如果补贴销售的数量足够大,那么以这种方式使用粮食库存也可以降低市场价格。但是,在 1590 年代中期后英国其他地区收成逐渐恢复的时候,米德兰兹地区依然谷物缺乏且价格上涨。其中一个重要原因就是都铎时代盛行的圈地运动,它将原来公有的开放耕作土地变成了富农养羊的牧场,这一"羊吃人"运动的快速发展的进程导致农民群体被迫变得更穷更饿。甚至于谷物价格没有在收获前的夏季达到峰值,而是

[①] Alexander Leggart, *Shakespeare's Political Drama*: *The History Plays and Roman Plays*, London: Routledge, 1982, p. 208.

[②] R. B. Outhwaite, *Dearth*, *Public Policy and Social Disturbance in England*, *1550—1800*, Basingstoke, 1991, p. 40.

[③] John Walter, *Crowds and Popular Politics in Early Modern England*, Manchester: Manchester University Press, 2006, p. 153.

[④] Quoted in John Walter, *Crowds and Popular Politics in Early Modern England*, Manchester: Manchester University Press, 2006, p. 156.

略有下降——这表明需求的下降足以抵消日益严重的短缺,因为"穷人已经用完了他们的现金储备,转而购买燕麦等劣等谷物"。① 实际上,农村的动荡在 1607 年并非新出现的现象,它们"既没有宗教也没有广义上的政治要求,起义者所抗议的是圈地和食物短缺,并将前者视为后者的主要原因"。② 不愿失地的农民能抵抗圈地的唯一方式就是暴力抵抗,而且失地农民也易于被纳入叛乱者队伍,威胁社会稳定,虽然都铎时期政府也曾颁布一系列反圈地法令,但由于经济发展潮流的不可违逆而收效甚微。正如约翰·马丁(John Martin)所指出那样,这是"在像中部这样的地区,农业资本主义者与农民阶级在为商业放牧而圈地和改地为牧场的问题上发生了正面冲突"。③ 但实际上,圈地只是导致农业减产和粮食价格上升的原因之一。

　　另一个关键原因其实是气候,因为古代农业本来就是靠天吃饭。根据气候史家的观点,从 14 世纪初开始,人类气候进入了长达近 5 个半世纪的小冰期,这一时期的气候变得不可预测,更加寒冷,时常出现暴风雨和极端气候。而全球范围内同期出现的极寒期(1590—1610)约 20 年,恰好与莎士比亚写作年代(1590—1613)吻合。④ 小冰期带来的不仅仅是气温下降,还使得植物生长季节变短,粮食减产,谷物价格上升,造成全球各地饥馑与瘟疫频发,因此,小冰期也是暴乱、死亡及王朝更迭的高发期。文艺复兴时期英国文学的所谓"黄金时代"大概指 1575—1625 年这段时间,与其相应的就是我们熟知的小冰期,中世纪温暖的时期被寒冷所替代。⑤ 杰弗瑞·帕克(Geoffery Parker)专注于 17 世纪中期欧洲的"普遍危机(General Crisis)",他将气候科学与历史研究相结合,指出"主要气候类型的改变,特别是冬季更长更冷、夏季更加潮湿……带来了饥荒、营养不良及疾病;物质条件恶化,战争、暴动、革命频发"。⑥ 而且正如沃尔夫刚·贝林格(Wolfgang Behringer)与布莱恩·费根(Brian Fagan)指出那样,气候

---

①　John E. Martin, *Feudalism to Capitalism*:*Peasant and Landlord in English Agrarian Development*,London:Macmillan Press, 1983, p. 162.

②　Peter Holland, ed., *Coriolanus*, London and New York:Bloomsbury, 2017, p. 57.

③　John E. Martin, *Feudalism to Capitalism*:*Peasant and Landlord in English Agrarian Development*, London:Macmillan Press, 1983, p. 132.

④　Brian Fagan, *The Little Ice Age*:*How Climate Made History 1300—1850*,New York:Basic Books, 2000, pp. 48—50.

⑤　"小冰期"这一词汇最初由马修斯于 1939 所使用,参见 F. E. Matthes, "Report of Committee on Glaciers, April 1939", *Transactions*, *American Geophysical Union* 20 (1939):518—523。

⑥　G. Parker, *Global Crisis*:*War*, *Climate and Catastrophe in the Seventeenth Century*,New Haven, CT:Yale University Press, 2013.

的改变是文化反应及创新的巨大推动力。① 1575—1625 年间,英格兰、苏格兰、威尔士及欧陆大部分地区都经历了气候的干扰,潮湿夏季之后急剧变化的冬季导致了一连串的歉收。16 世纪 90 年代,严寒笼罩着伊丽莎白一世治下的英格兰,坚冰紧锁横贯伦敦的泰晤士河。贝林格就指出:"当冰层能够承载足够的重量时,首都伦敦的生活就会转移到泰晤士河上,其中包括货摊交易和冬季运动。"②16 世纪 90 年代为 16 世纪最冷的 10 年,1591—1597 年作物歉收,举国抱怨食物匮乏,甚至很多郡县都发生了食物暴动,市民生活举步维艰。一篇 1596 年的日志记录了当年的饥荒情况:"市场上谷物供应有限,市民也没有钱买得起粮食。供应萎缩导致市场上时常发生哄抢,哀鸿遍野,这在以前是闻所未闻的。"③到了 17 世纪初,严寒依旧,在反常的极端天气影响下,饥民们往往被迫揭竿而起。④ 而 1607 英国爆发了史称"米德兰兹起义(The Midlands Revolt)"的民众起义运动,短短一个月的时间就席卷了北安普敦郡、莱斯特郡及沃里克郡,部分原因在于长期以来特别是 1590 年代中期以来的粮食歉收所造成的饥荒人数激增、死亡率上升、地区的严重社会动荡。⑤ 布莱特·斯特林(Brents Stirling)认为米德兰兹地区叛乱对戏剧的影响,⑥而皮特特也指出"1607 年叛乱在《科》中的反映有着非常好的基础"。⑦ 他们的研究为我们理解同时代文本及戏剧的可能创作年份提供了基础,因为悲剧《科利奥兰纳》恰好写作于这一段时期,剧中穷人们的诉求是古罗马社会矛盾尖锐的体现,同时也是小冰期伊丽莎白一世治下粮食危机的写照。⑧ 剧中诸如"冰上的

① Wolfgang Behringer, *A Cultural History of Climate*, London: Polity, 2011; Brian Fagan, *The Little Ice Age: How Climate Made History, 1300—1850*, New York: Basic Books, 2000.

② 沃尔夫刚·贝林格:《气候的文明史:从冰川时代到全球变暖》,史军译,北京:社会科学文献出版社,2012 年,第 107 页;另参 H. H. Lamb, *Climate, History, and the Modern World*, New York: Routledge, 1995, pp. 230—231。

③ Brian Fagan, *The Little Ice Age: How Climate Made History 1300—1850*, New York: Basic Books, 2000, p. 90.

④ Brian Parker, ed., *The Oxford Shakespeare: The Tragedy of Coriolanus*, Oxford: Oxford University Press, 2008. p. 6.

⑤ R. B. Outhwaite, *Dearth, Public Policy and Social Disturbance in England, 1550—1800*, Basingstoke, 1991, pp. 46—47.

⑥ Brents Stirling, *The Populace of Shakespeare*, New York: AMS Press, 1949, p. 225.

⑦ E. C. Pettett, "*Coriolanus and the Midlands Insurrection of 1607*", *Shakespeare Survey* 3 (1950), p. 35.

⑧ 在普鲁塔克的原文中,饥馑是由于平民脱离运动导致的废耕及战时交通运输不便这两个原因造成的,与天气无关,参见 Arthur Hugh Clough, et al, eds., *Plutarch: The Lives of the Noble Grecians and Romans*, John Dryden, trans., New York: Modern Library, 1932, p. 270;而莎士比亚在剧中添加了某些寒冷的词汇表达,则显然与同时代的天气相关。

炭火、阳光中的雹点"(327)之类的修辞,也具有现实基础:马修斯将平民的无信比作"冰上的炭火"实际上指涉的是 1607—1608 年冬季的"大严寒"(Great Frost),据艾德蒙·豪斯(Edmund Howes)记载:"12 月 8 号开始的严寒持续了 7 天……同月 20 号严寒再次袭来,仅仅 4 天之内,人们即可行走于泰晤士河中间的冰面上……乃至横穿河面……很多人在冰上摆摊设点售卖商品……"而在 1607/1608 年 1 月 8 日的一封信中,约翰·张伯伦(John Chamberlain)写道:"确信的是有年轻人在冰上加热一加仑的红酒,让所有的路人都参与其中。"1608 年,作家托马斯·迪克(Thomas Dekker)写了一本小册子《大严寒》(*The Great Frost*),描绘了"数锅的炭火"怎样被放置在冰面上供路人取暖。① 因此,我们毫不奇怪莎士比亚通过米尼涅斯劝告民众的话,实际上是在为政府与贵族乃至粮食商人"脱罪",把饥荒的罪责归咎于天:

> 至于因为贫困和饥荒,你们便要举起棍棒来反抗罗马政府,那我奉劝你们倒不如去打那老天,因为罗马政府始终如一地替你们解除种种困难,那困难比你们的反抗所造成的危害要严重得多。因为这次灾荒是上天而不是贵族造成……(322—323)

实际上,透过米尼涅斯与马修斯的对白,莎士比亚明确表达出对平民这群乌合之众的蔑视,因为在马修斯看来,平民的要求是无理的、空想的、不切实际的:

米尼涅斯:要按他们的要求分配谷物,他们说城里储藏着好多粮食。
马修斯:绞死他们!他们说!他们只会坐在火炉旁边,假装知道议会里发生的事情。(328)

剧中的平民是只管肚子饿不饿,而不会理会政府、贵族等是否真的有罪,他们性格暴躁、易冲动、极其易变、容易被煽动,根本没有理性思维,每一个作为个体的罗马平民在人口众多的罗马城中微不足道,倘若政局发生重大变化时,他们就能够汇聚成一股不容忽视的政治力量登上舞台,表现出让人难以想象的力量。正如古斯塔夫·勒庞所言:"孤立的个人很清楚,在孤

---

① Brian Parker, ed., *The Oxford Shakespeare*: *The Tragedy of Coriolanus*, Oxford: Oxford University Press, 2008, p. 5.

身一人时,他不能焚烧宫殿或洗劫商店,即使受到这样做的诱惑,他也很容易抵制这种诱惑。但是,在成为群体的一员时,他就会意识到人数赋予他的力量,这足以让他生出杀人劫掠的念头,并且会立刻屈从于这种诱惑。"①因此,正如乔纳森·贝特(Jonathan Bate)所言:"小冰期时代的饥馑与粮食短缺可以为理解莎士比亚作品提供新的思路。"②正是在缺粮和饥荒的状态下,罗马的市民才会让整个社会陷入失序和动荡。

杰妮·阿彻(Jayne Archer)和她的两个同事通过仔细梳理历史文献,发现来自斯特拉特福镇的这名剧作家在作为粮食商人以及房产主时的不为人知的细节,而他的一些行径有时也会和法律发生冲突。"在 15 年间,他不断的购买和储藏谷物,麦芽以及大麦,然后以高价卖给邻居和当地商人",她还说莎士比亚"喜欢找那些无法(或者说不会)全额支付购买其谷物的人,然后用这些收益来近一步扩大其放贷活动"。甚至在 1598 年,他还因为在粮食短缺时期囤积谷物而被起诉过。因此,对于当时粮食危机的了解可以帮助我们更好地了解莎士比亚的作品,其中就包括《科》,"记住把莎士比亚当作一个肚子会饿的人,这么一想的话,我们就觉得他更加的人性,更加的可以理解,也更加的复杂",③而且在阿彻看来,莎士比亚不仅仅是以写作来为其粮食买卖的投资提供资金支持,同时也呈现并再定义对都铎王朝后期及斯图亚特王朝前期政治中的核心观点——可持续性(sustainability)的争论。包括琼·菲茨帕特里克(Joan Fitzpatrick)及罗伯特·阿佩尔鲍姆(Robert Appelbaum)等学者都注意到莎士比亚戏剧中食物及食物相关意向的重要性。④ "由身体政治与自然政治所支撑的营养与食物的政治,已经写入了社会结构、粮食,乃至莎士比亚自己笔下的角色、语言与情节之中。"⑤阿彻提醒我们注意莎士比亚粮食囤积交易商人及地主的角色,所以

① 古斯塔夫·勒庞:《乌合之众:大众心理研究》,冯克利译,桂林:广西师范大学出版社,2007年,第 27 页。

② 〈https://www.cnbc.com/id/100607063〉

③ 〈https://www.cnbc.com/id/100607063〉

④ 相关研究著作参见 Joan Fitzpatrick, *Food in Shakespeare: Early Modern Dietaries and the Plays*, Burlington: Ashgate, 2007; Joan Fitzpatrick, *Renaissance Food from Rabelais to Shakespeare: Culinary Readings and Culinary Histories*, Aldershot: Ashgate, 2010; Robert Appelbaum, *Aguecheek's Beef, Belch's Hiccup and Other Gastronomic Interjections: Literature, Culture and Food among the Early Moderns*, Chicago, IL: University of Chicago Press, 2006。

⑤ Jayne Elisabeth Archer, Howard Thomas & Richard Marggraf Turley, "Reading Shakespeare with the grain: sustainability and the hunger business", *Green Letters: Studies in Ecocriticism* 19.1 (2015), pp.13—14.

我们有必要将莎士比亚与粮食联系起来解读。① 值得注意的是,莎士比亚写作《科利奥兰纳》剧作时所处的 1607—1608 年正是米德兰兹起义的时段,此时莎士比亚自己的财产也受到了威胁,《科》剧展示出外族入侵是罗马城的命运,如何最好地应对"饥荒",是否应该囤积粮食。剧中的俚语"饥饿能毁墙"、"狗也要吃食"、"肉是为果腹"、"天神降五谷不仅为富人"(329)等等无疑佐证了这一点。莎士比亚学者乔纳森·贝特对媒体说道:阿彻和她的同事们做了非常有价值的工作,说他们的研究"给在《科》悲剧中因为粮食囤积而发生的抗议与真实的抗议活动发生在同一时代的观点注入了新的证据"。②

　　因此,我们可以说莎士比亚通过《科》剧透露出其商人的思维逻辑,首先他透过第一幕让平民发泄自己的饥饿怨气,实际上疏导了同时代观众的怨气;其次他也为政府、贵族乃至自己这样的囤粮商人脱罪,引导观众把导致饥荒的罪责归咎于气候;最重要的是,剧作家也由此探讨了政治的本质问题,那就是——"吃",在这一点上,粮食等谷物与人实际上是一样的。

---

① Jayne Elisabeth Archer, Howard Thomas & Richard Marggraf Turley, "Reading Shakespeare with the grain: sustainability and the hunger business", *Green Letters: Studies in Ecocriticism* 19. 1 (2015), p. 16.

② https://www.cnbc.com/id/100607063.

第三编　莎士比亚作品中的能源与技术

第十一章 《温莎的风流娘儿们》中的
木材、海煤与环境

《温莎的风流娘儿们》讲述了没落骑士福斯塔夫的轶事。1702 年,诗人和批评家约翰·迪尼斯(John Dennis)重新改编了莎士比亚的《温莎的风流娘儿们》,他声称此剧是莎士比亚在伊丽莎白一世"下令 14 天内完成的",这一说法随后被尼古拉斯·罗维(Nicholas Rowe)的传记采用,说女王"极为喜爱《亨利四世(下篇)》中的福斯塔夫一角",并令莎士比亚",写一出他陷入爱情的戏"。① 这说明了福斯塔夫这一角色当时的舞台魅力以及《温》剧与《亨利四世》之间的必然关联。实际上,《温》剧也是莎士比亚创作成熟期后唯一一部充满浓郁生活气息、有关市民阶层家庭生活的喜剧,因此本章力图以莎士比亚时代伦敦乃至英国的家庭日常生活为切入点,聚焦剧中有关燃料危机及环境污染的细节,特别是剧中呈现的森林需求带来的矛盾,皇家利益、城市发展、煤的替代等所带来的包括环境恶化等一系列问题,指出莎士比亚及同时期人们隐约的生态思想萌芽。

一、《森林法》与皇室利益

我们可以看到此剧的环境背景是毗邻皇家城堡并被农田和森林包围的东部伯克郡,这里拥有良好的自然和人文生态系统(树林、公园、捕猎、田地、蜂蜜酒、乡村和城镇建筑)并由相隔的通道(泰晤士河、水沟、小径及街道)连接。莎士比亚有关温莎名字和地形的知识很可能来源于当时最新的地图和地方志,或描述英国城市乡村历史的地理书,其对空间准确的指涉同样意味着他曾经到访过这一地区,极有可能源于剧团的一位赞助人——休斯顿勋

---

① William Shakespeare,*The Merry Wives of Windsor*,T. W. Craik, ed., Oxford:Oxford University Press, 2008, p. 4.

爵（他在 1597 年被封为温莎的嘉德骑士），而批评家也指出快嘴桂嫂在戏剧快结束时扮演仙后就具有某种暗示意义。① 不管莎士比亚对温莎的地理知识来源是直接的还是间接的，"《温》剧不仅是具有地方色彩的喜剧，而且也是表述温莎森林和城市生态的作品"。②

然而，奇怪的是，莎士比亚以法官夏禄和福斯塔夫的争吵开场，因为福斯塔夫恶意闯入他的狩猎小屋："你打了我的人，杀了我的鹿，硬闯进了我的门房。"(319)③这说明夏禄的私人小屋及周边林地是他租赁王室的林地，因而在夏禄看来福斯塔夫是以强盗的身份出现的，所以他叫嚣要去法庭申诉："我可要告状告到京师衙门去。"但厚脸皮的福斯塔夫毫不畏惧："我看你还是告状告在你自个儿后门口吧，免得闹得大家都笑话你。"(320)而在戏剧后半部分，裴琪大娘让其子女威廉、安妮和几个小孩子扮演成"小仙子、小精灵、小鬼头"预先埋伏在"锯木坑(sawpit)"中等待教训福斯塔夫。(436)于是，这里的锯木坑首先成为了福斯塔夫入侵夏禄林地的某种"象征性惩罚"。但矛盾的是，它同样"通过剧中民间传说的仪式和浪漫结局得以再现并娱乐化其违法行为"。④ 进一步来说，"锯木坑"也是对私人或皇家林地特权威胁的象征。伊丽莎白时期的法律学家和王室森林看护者约翰·曼伍德(John Manwood)在《森林法简集》(A Brefe Collection of the Lawes of the Forset,1592)中指出，皇室林苑用以为草木动物创造庇护所。地方上不受保护的公共土地由于人口增加和资源消耗而被过度开发，森林法也包括了保护其不受当地滥伐和侵害。⑤

然而，诸如温莎林苑之类的王室森林长久以来遭受着英国政府有关砍伐森林和圈地法令的破坏，政府对待森林的态度就如同公共土地，并日益理所当然，表现在他们利用林地在私人许可猎户那里获取收益，就跟收佃租、伐木及玻璃、铸铁等工业一样。⑥ 如剧中的夏禄、傅德以及裴琪很可能就是

---

① 批评家指出快嘴桂嫂所扮演的仙后影射了伊丽莎白女王，而且《温》剧也是为了 1597 年册封嘉德骑士所作，参见 Jonathan Bate and Eric Rasmussen, eds., *The Merry Wives of Windsor*, New York：The Modern Library, 2011, p. x。

② Randall Martin, *Shakespeare and Ecology*, Oxford：Oxford University Press, 2015, p. 33.

③ 莎士比亚：《温莎的风流娘儿们》，《新莎士比亚全集(第二卷)》，方平译，石家庄：河北教育出版社，2000 年，第 319 页。后文出自该著作的引文，将随文在括号内标出引文出处页码，不另作注。

④ Randall Martin, *Shakespeare and Ecology*, Oxford：Oxford University Press, 2015, p. 47.

⑤ Ibid.

⑥ Andrew Watkins, "The Woodland Economy of the Forest of Arden in the Later Middle Ages", *Midland History* 18 (1993), pp. 27—31.

缴纳钱财获得特许的民众，我们看到福斯塔夫与傅德大娘幽会时，傅德"一大早就去打鸟去了"（411），而裴琪之前也说："吃罢早饭，我们就一起打鸟去。我养了一头很好的猎鹰，追捕矮树上的燕雀，十分灵活。"（401）从中世纪晚期开始，英国王室及政府就将林地转化为一个多种商品制造的来源地。那么，从这点来看，剧中的锯木坑因此可以被视为"王室对自己林地资源和自然环境保护原则的商品化暴力破坏的阴暗反映"。[①] 而《温》中有关温莎林苑锯木坑、赫恩的橡树及相关环境政策可以追溯到亨利八世，且持续到伊丽莎白一世时期，君王们在不同的年份颁布了有关皇室林地的王室法令，其中严格规定了树木的种植和保护。从中世纪开始，皇室就利用林地获得木材、进行游戏娱乐、打赏臣下。[②] 到了早期现代，虽然伊丽莎白和詹姆士一世个人喜爱打猎，林地里的鹿依然具有重要的地位价值，但鹿肉作为社会资本的重要性降低。在《温》剧中，法官夏禄模仿着皇家森林赞助工具的作用，将从他的私人林地或公园获取的"鹿肉"赠予裴琪大娘，"送给你的鹿肉可真不像话，说起这鹿，也是死于非命呢"（318），或许他拥有在王室林地打猎的许可。夏禄的礼物显然也是"封建关系的典型例子，表明了戏剧中对林地不可调和的冲突态度"。[③]

　　在 13 世纪，可能英格兰的四分之一都被认为是皇家森林，受特殊森林法保护。律师说，森林是块特定领地，"树木丛生的地方，是水果飘香的牧场，为森林中飞禽走兽特许的地方，供猎物们休养生息，受到国王的安全保护，为他高贵的娱乐消遣所用"。森林法禁止侵占、浪费（破坏树木）以及开垦（连根拔起），司法权限下世袭地所有者未经允许不得砍伐自家的树木。但在经济利益的驱使下，国王往往容易把对林地的处置权看作有利可图的权限，而不是保护的手段。效率低下的管理从未有效阻止平民未经许可侵入林地放牧、偷盗林木，而皇家森林的娱乐目的只不过是为了少数特权阶层而已。另一方面，文学传统与实际经验一起道出了 17 世纪的共识：森林居民往往是违法占地者，穷困潦倒、固执粗野。不过，不可否认林区的确有一些像乞丐一样的人建造的小屋。他们到那里寻找生存空间，或者在木炭业寻找就业机会，于是非法占地者，往往不受领地法庭和教会的社会约束，依赖偷木材与打猎为生。王室林地长久以来都是主要的收入来源，著名史学家基恩·托马斯（Keith Thomas）指出，在市场力量的作用下，"林地在普遍

---

① Randall Martin, *Shakespeare and Ecology*, Oxford: Oxford University Press, 2015, p. 48.

② Ibid., pp. 46—47.

③ Ibid., p. 48

萎缩,这个过程是看得见的,人人都强烈地意识到"。伊丽莎白时代的诗人迈克尔·德雷顿(Michael Drayton)以怀旧的笔触描绘了"整个国家的表面都是森林"的时代;与他同时代的乔治欧文发现:"记录表明,各种庄稼过去都是森林和林地。"1610 年,詹姆士一世甚至直言,"如果继续容忍森林砍伐,每天像现在这样,就连一课树木也剩不下了"。① 温·纳迪兹(Vin Nardizzi)在其文章中就将《温莎的风流娘儿们》与莎士比亚同时代律师曼伍德的《论森林法》(*A Treatise and Discourse of the Lawes of the Forrest*,1598)并置分析,《论森林法》整理了自盎格鲁–撒克逊时代以来英格兰森林活动法规的历史,记录了对于橡树及"特殊草木"(王室森林中的草木或其他鹿所喜爱的草木)的保护,他指出观众会感受到"挤压、烧灼一个木制的福斯塔夫",从《温》剧最后一幕转化为特殊草木的象征,"演出了在王室土地上关于环境破坏的想象"。在他看来,《温》剧中居民对锯木坑的利用是一种对福斯塔夫的惩罚,福斯塔夫无法抑制的性欲是居民偷伐王室木材的一种隐喻。通过违反森林法、侵占皇室管辖权以及诸如夏禄和史兰德这类上流社会人士的社会和经济特权,市民的反应体现出新兴城镇中产阶级的个人自由主义,他们团结起来捍卫自己的私人权力,但对福斯塔夫无关痛痒、玩笑似的惩罚仿佛就是对"王室土地环境破坏"的象征性宽宥行为,原因在于他们其实也是破坏皇家权益的一员。② 可见,《森林法》其实是皇家为保护自己的利益而设立的,而不是出于生态目的。

二、森林、木材与社会发展

在《温莎的风流娘儿们》中第一幕第四场中,快嘴桂嫂对仆人鲁贝如是说:"去吧,今天晚上我们趁早烤一会儿火(at the latter end of a sea-coal fire),我请你喝杯甜乳酒。"(336)据笔者统计,莎士比亚剧作中出现 coal 和 sea-coal 共计 27 处。实际上,英国大众当时用于日常生活的燃料是木炭,后来才开始采用煤炭。英国人不把煤称为"煤",因为"煤"是他们对木炭(charcoal)的称呼。③ 燃料(特别是木材、木炭)的匮乏在这一时期一直困扰

① Keith Thomas, *Man and the Natural World：Changing Attitudes in England 1500—1800*, London：Allen Lane,1983, p. 200, 194, 192, 197.

② Vin Nardizzi, "Felling Falstaff in Windsor Park", in Lynne Bruckner and Dan Brayton, eds, *Ecocritical Shakespeare*,Burlington：Ashgate Publishing Company, 2011, p. 124.

③ Barbara Freese, *Coal：A Human History*, New York：Basic Books. 2016, p. 21.

着英国,《灰衣修士日志》(*The Chronicle of Grey Friars*)提到了 1543 年的"木头和木炭极为缺乏"。当人们偏爱的燃料木头和木炭严重不足时,便以煤取而代之。① 那么,为什么会出现这样的情况呢? 一方面,工业的发展和人口的增长对燃料的需求进一步加剧,导致木材被大量砍伐。莎士比亚时代英国人口从 1564 年的约 306 万增长到 1600 年的约 406 万,1616 年达到了 451 万左右。② 另一方面,小冰河期的气候和糟糕的路况进一步增加了人们在运输燃料(木头、木炭)时的困难。陆路运输的困难和运费增加,让河流运输燃料变得具有吸引力。自然而然,当靠近适宜航运河流的木头资源完全枯竭时,从北部港口通过海陆运输的煤就可以有效地加入竞争了。③

木炭的原料当然是源于森林中的树木,英国林地历史学家奥利弗·雷克汉姆(Oliver Rackham)指出,"timber, wood"两个词"从传统上讲是不同的事物",前者包括"适合制作木板、梁、门柱的大型物",而后者则指"杆子、灌木及用于轻型建筑的木料或燃料"。④ 但这两种木产品,都是约翰·F·理查德(John F. Richard)所言的"早期现代世界全方位的原材料"。⑤ 1577年,威廉·哈里森(Willam Harrison)指出木材是早期现代英国生活的支柱:"英格兰的市镇中最好的商品仅有木材"。⑥ 从 16 世纪中叶开始到 17世纪,伦敦木材价格的增长,这让它成为一种特别昂贵的燃料,到 1590 年代更出现了东南部的燃料危机,也出现了国家首次主要的环境问题论战。难怪我们能够在《科利奥兰纳》第五幕第一场中看到,米尼涅斯欢呼:"炭价便压了下来,不朽的功绩。"⑦持续的木材短缺和价格飙涨逼迫国内消费者和工业制造者转向了煤——特别是海煤,开采于纽卡斯尔煤田和英格兰,通过货船运送到英格兰东部海岸。⑧ 莎士比亚注意到了这一重大改变,通过不起眼的角色快嘴桂嫂告知我们这一情况。同时,在《亨利四世(下篇)》中,桂

① M. W. Flinn, "Timber and the advance of technology: a reconsideration", *Annals of Science* 1959 (15), pp. 109—120.

② Stephen Greenblatt, ed., *The Norton Shakespeare* (*second edition*), New York and London: W. W. Norton & Company, 2008, p. 3.

③ Barbara Freese, *Coal: A Human History*, New York: Basic Books, 2016, p. 28.

④ Oliver Rackham, *Trees and Woodland in the British Landscape*, London: Dent, 1981, p. 23.

⑤ John F. Richard, *The Unending Frontier: An Environment History of the Early Modern World*, Berkeley: University of California Press, 2003, p. 240.

⑥ Raphael Holinshed, *The Chronicles of England, Scotland and Ireland*, London: J. Johnson *et al.*, 1807, vol. I, p. 314.

⑦ 莎士比亚:《科利奥兰纳》,《新莎士比亚全集(第六卷)》,汪义群译,石家庄:河北教育出版社,2000 年,第 467 页。

⑧ Randall Martin, *Shakespeare and Ecology*, Oxford: Oxford University Press, 2015, p. 2.

嫂在大法官面前和福斯塔夫对质,她控诉后者以婚姻为幌子骗取她的钱财,通过回忆房间里的细节来证实自己所言非虚:"那回在降灵周的礼拜三,在我的'人鱼'房间里,你坐在一个圆桌旁边,靠着一堆烧硬煤的火(by a sea-coal fire),不是还凭着一个镀了几块金的杯子对我起誓来着吗?"①

莎士比亚时期的作家发现英格兰乡村地区的成材树木越发稀少,而林地也被大量且快速地侵占并枯竭。在木材成为了商品后,特别是在 1604 年圈地法案(Enclosure Acts)颁布后,森林和木材就成为了早期现代有关自然的更富争议的部分。这项法案将原本所有公民(特别是农民)都可以分享和耕作的公有的土地私有化。同时,森林在文艺复兴时期的诗歌和戏剧中所象征的世外桃源,仿佛回到了古典的田园诗模式,但实际上集体的乡村已经成为了过去式,而同时打猎活动变得贵族化。② 木材供应的压力,部分是由现代史学家所说的早期现代英格兰"大重建"(the Great Rebuilding)的巨大需求导致的。③ 所谓的"大重建"是霍斯金斯(W. G. Hoskins)于 1953 年提出的术语,指的是都铎王朝晚期和斯图亚特王朝时期英格兰掀起的一场建筑革命,1570—1640 年间在整个国家蔓延开来,这与社会科技的繁荣发展以及新绅士阶层的兴起密不可分。④ 同时代的托马斯·斯密斯爵士(Sir Thomas Smith)感叹道:"我们近些时候英格兰的建筑论过度和奢靡程度远超从前",建筑上的花费在所有人的支出中是最多的,他提及了一些装饰和器具,首要就是"玻璃器皿、玻璃窗户"。⑤

不过,木材供应的压力更多源于日常燃料和工业使用,房屋建造、造船业、冶铁铸造、玻璃制造等行业持续不断的需求,这在莎士比亚的戏剧中随处可见。⑥ 如《约翰王》、《奥瑟罗》的大炮武器、窗户装饰及造船所需的玻璃制造等,而与《温莎的风流娘儿们》密切相关的无疑是玻璃工业。伊丽莎白时期的玻璃工业快速发展并成为重要的出口产业。1568 年,伊丽莎白最为

---

① 莎士比亚:《亨利四世(下篇)》,《新莎士比亚全集(第七卷)》,吴兴华译,方平校,石家庄:河北教育出版社,2000 年,第 399 页。后文出自该著作的引文,将随文在括号内标出页码,不另作注。

② Grace Moore, "Nature", in Susan Broomhall, ed., *Early Modern Emotions: An Introduction*, New York: Routledge, 2017, p. 348.

③ W. G. Hoskins, "The Rebuilding of Rural England", *Past & Present* 4 (November 1953), pp. 44—59.

④ Colin Platt, *The Great Rebuildings of Tudor and Stuart England*. Oxford: Routledge, 2004, p. 1.

⑤ Mary Dewar, ed., *A discourse of the Commonweal of this Realm of England, Attributed to Sir Thomas Smith*, Charlottesville: University Press of Virginia, 1969, pp. 63—64, 83—84.

⑥ 例如,纳迪兹在其文章中详细分析了莎士比亚的环球剧场重建重要材料木材,指出其在英格兰的建筑功能、运输手段、木材危机等及其在剧中的反映,详见 Vin Nardizzi, "Shakespeare's Globe and England's Woods", *Shakespeare Studies* 39 (2011), pp. 54—63。

倚重的大臣威廉·西塞尔（William Cecil）就曾颁发许可，让两位法国玻璃制造者在温莎林苑（Windsor Great Park）砍伐树木，用以制造玻璃。树木在树林里被锯下并加工，这种状况反映在《温》剧中就是"赫恩的橡树（Herne's Oak）"的表述。① 裴琪大娘说："想来有这么个传说，猎夫赫恩——有时候他也做温莎林子的看守人，常在冬天的半夜里鬼魂出现，只管围绕着一株橡树，团团打转；他头上长着一对粗大的鹿角，手里摇着根铁链，发出一串阴森可怕的当啷声；他来过之后，树木就枯落……"（434—435）在如皇家莎士比亚剧团版文本中，猎夫赫恩的故事被解释为："技艺高超的猎人为了将国王从狂暴的鹿角下救出而深受重伤，鹿角刺入猎人头部，但他侥幸活命。后来，猎人由于在温莎林苑中偷猎而被吊死在一棵橡树下，据传他常常于此出没。"②以笔者看来，剧中特别设置温莎林苑这一皇家林苑作为故事发生地并提及赫恩的橡树传说并非偶然。诚然，这只是一个传说，进一步而言，在当时的社会历史语境下，猎夫的"团团打转"及"当啷声"和"树木的枯落"暗示着森林里锯木场的工作，另一方面则体现出人们以朴素的鬼神观恐吓、阻止对森林的破坏。

我们看到，《亨利四世（下篇）》中福斯塔夫就曾要求快嘴桂嫂将酒店银盘子典当更换成玻璃制品："有玻璃就成，喝酒就应该用玻璃杯"（40），想借此骗钱以偿还他自己的债务。福斯塔夫并未明确是哪一种玻璃杯，但就上下文其目的看，最有可能是森林里粗制的"绿"玻璃，即把好玻璃杯换成劣等玻璃杯以获取差价利润。实际上，直到1507年发现如何制造更纯净的水晶玻璃之前，人们只能使用有杂质的深色绿玻璃。③ 用玻璃装饮料意味着优雅，所以他也是"在奉承快嘴桂嫂对同时代消费趋势的敏感性"，而绿玻璃显然是水晶玻璃的平价替代品。④

玻璃制造业对树木的需求是巨大的，1575年一场大火烧毁了伦敦商人雅各·维泽利尼（Jacob Verzelinni）的水晶玻璃作坊，霍林舍德（Holinshed）这样记载："9月4日星期天，大约在凌晨的时候……伦敦塔附近一玻璃作坊

① Randall Martin, *Shakespeare and Ecology*, Oxford: Oxford University Press, 2015, p. 39.

② Jonathan Bate and Eric Rasmussen, eds., *The RSC Shakespeare: William Shakespeare Complete Works*, New York: The Modern Library, 2007, p. 143.

③ 关于当时的玻璃制造情况，参见 Adam Max Cohen, *Shakespeare and Technology: Dramatizing Early Modern Technological Revolutions*, New York: Palgrave Macmillan, 2006, pp. 151—152。

④ Randall Martin, *Shakespeare and Ecology*, Oxford: Oxford University Press, 2015, p. 40.

燃发大火……此作坊之前极短时间内赶工制造上乘玻璃酒杯消耗巨量木材……附近4万坯木材均烧毁,仅剩石墙,从而阻止了火势进一步蔓延造成更大的伤害。"[1]戈弗雷(Eleanor S. Godfrey)估计维泽利尼在1575年就使用了50万坯木材,价格为12先令1000坯。[2]但是水晶玻璃制造需要得到王室许可且严格限制在伦敦附近,而绿玻璃的制造却是在地方上无序进行的。随着森林木材滥伐,资源变得相对紧张,为了减轻成本并解决燃料供应问题,生产者不断在各处林地间迁移生产地点,砍完一处又转移到另一处,比起远程运输的花费,搬迁作坊的费用小得多,而林地拥有者——地主、贵族和皇室也乐于和他们签订短期合同获取利益。截至1590年代,英格兰森林中的玻璃作坊至少有14、15家,每家每年生产3000—4000块窗户玻璃。持续不断的木材需求导致了地主砍伐林地换取金钱以满足物价的上涨和不断增长的消费。[3]第九任诺森伯兰伯爵亨利·珀西(Henry Percy)向儿子忏悔说他如何在佩特沃思(Petworth)的自有林地上"挥舞""斧头砍向树木"供应玻璃作坊换取收益,以购买"鹰、猎狗、马、骰子、玩牌、服装、情妇",尽管他后来在其林地上种植橡树进行忏悔。[4]兰德尔·马丁(Randall Martin)指出,像他这样的贵族能够维持挥霍无度、奢华的生活,正是如剧中富裕起来的福德、裴琪等中产阶级乃至莎士比亚这样的家庭的消费支撑的,即他们出售诸如木材等所有土地产出来获利以享乐,进而导致了伊丽莎白后期全国范围内的滥伐森林。[5]到16世纪末期,燃料短缺开始影响这一工业。议会曾要求在伦敦开玻璃熔炼炉的威尼斯玻璃制造业主雅各·维泽利尼在冬天停止制造玻璃,以"节省木头和燃料"。[6]在詹姆士一世统治下,人们通过了一些强制玻璃制造者使用煤作为燃料的法案。当时的文件表明,这一立法的原因旨在保护英格兰的森林。正如马丁指出的那样,莎士比亚对绿玻璃及温莎锯木坑的呈现,展现出英格兰新兴消费者的资本主义发展

---

① Raphael Holinshed, *The Chronicles of England, Scotland and Ireland*, vol. iv, p. 329.

② 坯(Billets)是木材计量单位,一坯约3.5英尺长9—12英寸宽。See Oliver Rackham, *Ancient Woodland: its history, vegetation and uses in England*. 2nd edition. Colvend, Kirkcudbrightshire, 2003. p. 140, pp. 142—3.

③ Eleanor S. Godfery, *The Development of English Glassmaking 1560—1640*, Oxford: Oxford University Press: Clarendon Press, 1975, p. 50—51.

④ Quoted in Eleanor S. Godfery, *The Development of English Glassmaking 1560—1640*, Oxford: Oxford University Press: Clarendon Press, 1975, p. 48.

⑤ Randall Martin, *Shakespeare and Ecology*, Oxford: Oxford University Press, 2015, p. 40.

⑥ A. F. Sutton and J. R. Sewell, "Jacob Verzelini and the City of London", *Glass Technology* 21(1980), pp. 190—192.

远超其林地生态承受能力。同样也暗指城市经济和国家经济间的界限，并暗示了地方森林生态的千疮百孔。[1]

三、煤与环境问题

随着木材的短缺，另一种替代品——煤进入了大众的视野。早在罗马人入侵英国之后，发现有一种露出地面的岩层，那是一种深黑色的矿石，被一位罗马作家称为"英国宝石"（best stone in Britain）。这种物资在罗马非常受欢迎，被当作首饰来佩戴。它不仅漂亮，而且还有易燃特性。这种被称为"煤精（gagate）"（这个词后来演变成了煤玉［jet］，如"乌黑的煤玉［jet black］"）的矿石，其实就是一种纯煤的特有形态。

13世纪伦敦的煤进口量在以后的几个世纪中可能只有微弱的增长。这点可以通过如下事实看出：从爱德华二世到伊丽莎白一世统治时期（1307—1558），负责对从比林斯门码头进入伦敦的海煤进行称量、负责收税的煤炭计量官人数并没有增多。[2] 伦敦的用煤量从中世纪以来持续增加，到伊丽莎白一世统治（1588—1603）结束时，这一数字已经达到了每年5万吨。[3] 著名史学家布罗代尔指出："欧洲范围内，只有列日煤田和纽卡斯尔煤田是很早取得成功和具有相当规模的两个煤矿……纽卡斯尔的成就更大，煤的革命使燃料需求很大的一系列工业都能用煤作燃料，从而推动英国于1600年向现代化方向迈进：海水煮盐、烧制玻璃和砖瓦、炼糖、明矾加工、烤制面包、酿造啤酒和家庭取暖等大量燃料消费尚不计在内。……在消费不断扩大的刺激下，纽卡斯尔的煤产量将不断增加……纽卡斯尔的煤矿除了运往伦敦外，部分向遥远的海外地区出口（海煤由此得名），于16世纪至少运往马耳他。"[4]

海煤虽然便宜，但由于燃烧的负面效应而不被时人所重视，只有在木头短缺的时候，穷人才被迫转而使用这种便宜但更具有污染性的热源。约翰·史杜威（John Stowe）的记述提供了相关证据：人们给穷人的燃料馈赠经常是

---

[1] Randall Martin, *Shakespeare and Ecology*, Oxford：Oxford University Press，2015，p. 41.

[2] Peter Brimblecombe, *The Big Smoke：A History of Air Pollution in London since Medieval Times*，London and New York：Routledge，1987，p. 26.

[3] Ibid., p. 22.

[4] ［法］费尔南·布罗代尔：《十五至十八世纪的物质文明、经济和资本主义（第一卷 日常生活的结构：可能和不可能）》，顾良、施康强译，商务印书馆，2017年，第449—450页。

海煤。当木炭短缺更为严重的时候,更多的人使用煤,但很显然即使在伊丽莎白女王时代的晚期(史杜威的写作时期),贵族仍然强烈抗拒使用煤这种燃料。有教养的贵妇人甚至不会进入曾经烧过煤的房间,更不用说食用在海煤火上烤制出来的肉食了。文艺复兴时期的英格兰人对于接受有煤烟味的啤酒的热情也不高。① 但这样的苛求在无情的经济压力面前不堪一击。

之前桂嫂的证词除了证明她的指控属实外,其中以海煤取暖同样证实了其节约的习惯。莎士比亚欣赏桂嫂的消费选择,因为他既是伦敦的租客,也是家乡大房子的拥有者。同样,他也理解像他一般努力实现阶级向上提升的裴琪大娘在《温莎的风流娘儿们》中最后提及的对昂贵燃料的使用。剧中,邻居与握手言和的对手聚在她们的房子前,为庆祝安妮和范顿喜结连理而点燃木材,"围着村舍的壁炉,有说有笑"(466)。莎士比亚对传统和现代取暖方式的区分,正反映出全国范围内对海煤的使用,因为从 1550 年代起,海煤产量以每十年 100％的速度增长。② 城市烟囱数量的增加,也反映了民众在家居使用中对于这一化石燃料的接受。莎士比亚在创作剧本时对霍林舍德的《编年史》甚为倚重,其中的撰写者哈里森(Williams Harrison)曾在一则边注中指出,从他年轻的时候(16 世纪中叶)起,烟囱的数目就开始逐渐增加了。他写道:想当年,人们认为室内的烟气可以让房屋的木材变硬,还把它看成一种能够避免疾病的消毒剂。③

煤在 16 世纪末和 17 世纪初伦敦的迅速成长中扮演了一个必不可少的角色,正如威尔逊(C. H. Wilson)曾经在他的著作《英格兰的学徒期:1603—1763 年》中所描述的那样:"对于伦敦来说",煤"是让它得以成长的一个赋能条件……没有煤,市民们既无法保持温暖,填不饱自己的肚子,也无法得到令城市生活可以忍受的必需品与奢侈品,更遑论令生活更为惬意的东西了"。④ 但海煤的硫含量远高于木材或沥青煤(pit coal,这种煤是从遥远的苏格兰和威尔士运往南部市场,价格昂贵),因此同时代的人们认识到,城市中燃烧海煤会带来窒息浓烟,而含硫的酸雨对花园及农田也造成了破坏。迈克尔·德莱顿(Michael Drayton)理想的"美好退休生活"就是在沃克里郡的亚登森林里当一名隐士,远离"城市令人厌恶的烟味"。⑤ 经历

① John Stowe, *Annals of England*, London: R. Newbery, 1592.

② Carlo M. Cipolla, *Before the Industrial Revolution: European Society and Economy, 1000—1700*, New York: W. W. Norton & Company, 1976, p. 134, 265—269.

③ Raphael Holinshed, *The Chronicles of England, Scotland and Ireland*, vol. I. p. 356.

④ Peter Brimblecombe, *The Big Smoke: A history of air pollution in London since medieval times*, London and New York: Routledge, 1987, p. 35.

⑤ J. William Hebel, ed., *The Works of Michael Drayton*, 5 vols., Oxford: Basil Blackwell, 1931—1941, iv. 279, ii. 164—166.

过煤烟的观众在听到快嘴桂嫂选择燃料的话时，会切身体会到这是事实而非为了喜剧效果的杜撰。这让伦敦人产生强烈共鸣，判断由于节约和短期利益采用海煤带来的环境破坏，而最先感知到这些的就是那些富裕的市民。① 在对海煤的交织叙述中，莎士比亚的戏剧展现了一种早期现代的生态意识。

在整个都铎王朝时期，有关城市烧煤引起的空气污染的投诉对象都是煤的工业使用。在都铎末期，伊丽莎白女王发现"她自己非常为海煤的气味和烟味而苦恼，并且感到不悦"，但这种烟气来自工业源。② 然而，人们更多地在家居消费中使用煤炭是在女王驾崩后，那时苏格兰的詹姆士六世已成为了英格兰的詹姆士一世。木头的短缺，以及更为坚硬、硫化物含量更少的煤炭在苏格兰矿山中被发现，这让苏格兰贵族在家中使用煤炭的历史远远早于英格兰贵族。新国王迁往伦敦后在他的家里使用了这种燃料，此举无疑有助于富有的伦敦家庭接受煤作为家用燃料。但不管是煤或者木炭，它们的燃烧都会带来严重的空气和环境污染。③ 16 世纪，1575—1583 年担任坎特伯雷大主教的艾德蒙得·格林达尔曾传令让一个名叫格兰姆斯的运煤船主到他面前听审。在今天桑顿西斯火车站的所在地附近，格兰姆斯修建了一座多烟的石灰窑，给人们造成了麻烦。格林达尔本人或许也受到了影响，因为他曾在邻近的克罗伊登住过一段时间，并担心过他的林地的状况。④ 有关这一事件没有留下多少实在的文字证据，但一个流传甚广的有趣传说却一直保留了下来，格兰姆斯甚至还成为了 16 世纪喜剧标题中的人物，这部喜剧的名字是《克罗伊登的运煤船主格兰姆：魔鬼和他的夫人，以及魔鬼与圣邓斯坦》(*Grim the Collier of Groydon: or the Devil and His Dame, with the Devil and St. Dunstan*)。⑤ 伦敦的煤用量增加的效果在 17 世纪初已经很明显了。无独有偶，最早使用"污染"(pollution)这一词汇指涉空气中的污染物则出现在 1605 年弗兰西斯·培根的著作《学术的进展》中。⑥

---

① Randall Martin, *Shakespeare and Ecology*, Oxford: Oxford University Press, 2015, p. 3.

② Ken Hiltner, "Renaissance Literature and Our Contemporary Attitude toward Global Warning", *Interdisciplinary Studies in Literature and the Environment* 16. 3 (Summer 2009), p. 432.

③ 有关空气污染和燃料的关系，详见 William H. Te Brake, "Air Pollution and Fuel Crises in Preindustrial London, 1250—1650", *Technology and Culture*, vol. 16, no. 3 (1975), pp. 337—359。

④ R. S. W. Fitter, *London's Natural History*, London: Collins, 1945.

⑤ J. Tatham, *Grim the Collier of Groydon: or the Devil and His Dame, with the Devil and St. Dunstan*, London: Printed by R. D. [etc.], 1622.

⑥ Todd A. Borlik, *Ecocriticism and Early Modern English Literature: Green Pastures*, London and New York: Routledge, 2011, p. 161.

肯·希尔德纳（Ken Hiltner）在《什么是田园诗？：文艺复兴文学与环境》中指出，早期现代伦敦不断向周边乡村扩张，而且空气污染在当时伦敦已成为环境问题，有识之士无不担忧焦虑，而对环境破坏的担忧和活动则成为最初的环境保护主义者的活动。① 莎士比亚在埃文河畔的斯塔拉福德镇出生长大，但其戏剧活动则在大都市伦敦，其乡村出生的身份天然和其他城市出生作家形成隔阂对比，而"双城记"的经历让他更加关注自然环境。②在莎士比亚的剧作中虽然没有出现"污染"一词，但大量的例子都谈到了空气的糟糕甚至对季节也产生了影响。如《哈姆莱特》第二幕第二场，哈姆莱特讲道："我的心好沉重啊，只觉得这宽广的大地就像一座荒凉的海岬；这氤氲清明的天幕，你们瞧，这覆盖大地的光辉灿烂的苍穹，这镶嵌着金色火球的庄严天顶——唉，在我眼里，不过是凝聚成一团的乌烟瘴气罢了。"③《温莎的风流娘儿们》第三幕第三场中的福斯塔夫说道："你不如担心我有一天会喜欢到坑得门边去溜达呢——要知道我最恨的就是这个坑得门了，它简直就是一座冒着浓烟的石灰窑。"（394）《亨利四世（上篇）》中，飞将军将对岳父的厌恶和烟气相提并论："他让人厌烦，就像困乏的马，或长舌的妻子，比烟熏的房子还闷气。"④（284）《亨利四世（下篇）》，国王讲道："睡眠，在烟熏的矮屋里，在干硬的草垫上，你反倒能舒展肢体，让嗡嗡的夜蝇催你酣然入梦。"《居里厄斯·凯撒》第一幕第二景，凯斯卡讲道："我不敢笑出声来，唯恐一开口就把那污浊的空气吸进肺腑。"⑤

四、处理与应对

那么，同时代的人们是如何处理滥伐森林、燃料带来的空气污染和环境问题的？他们有着怎样的态度或解决之道呢？莎士比亚又是怎样认为的呢？首先，将危机外移。此时的对外贸易中木材占了很大部分，

①　Ken Hiltner, *What Else is Pastoral?*: *Renaissance Literature and the Environment*, Ithaca, NY: Cornell University Press, 2011.

②　Jonathan Bate and Dora Thornton, *Shakespeare*: *Staging the World*, London: The British Museum Press, 2012.

③　莎士比亚：《哈姆莱特》，《新莎士比亚全集（第四卷）》，方平译，石家庄：河北教育出版社，2000年，第285页。

④　莎士比亚：《亨利四世（上篇）》，《新莎士比亚全集（第七卷）》，吴兴华译，方平校，石家庄：河北教育出版社，2000年，第284页。

⑤　莎士比亚：《居里厄斯·恺撒》，《新莎士比亚全集（第六卷）》，汪义群译，石家庄：河北教育出版社，2000年，第184页。

如威廉·霍金斯(William Hawkins)1540 年乘"保罗号"载价值 24 镑的斧头、梳子、刀、铜板于 2 月离开普利茅斯开展几内亚-巴西航线,10 月则带回了价值 615 镑的象牙和巴西木材。① 另一方面,在政府强迫玻璃从业者使用煤作为燃料前,国会和议会都认识到了地方供应的消耗速度远高于传统林地缓慢制造资源(如矮林作业)的速度,燃料、家具和工具的需求使得高大、坚硬的成材变少。② 伦敦和东南地区的燃料危机促使国会在 1589—1590、1593 年颁布多项法令要求将垄断工业和出口工业移往爱尔兰。然而,法令最终被那些从林地里获利且不愿外购玻璃的议员所挫败。

其次,是对污染严重的煤进行处理。同时代的人们越来越察觉到煤带来的空气污染和酸雨。1603 年,休·普拉特(Hugh Platt)在《煤球的火焰》一书中指出煤烟破坏了城市建筑、花园,弄脏了室内家具、墙帷、衣服,并给当地居民带来健康隐患。他提出的解决办法就是用煤和肥土制成煤球,以减少快嘴桂嫂在《温莎的风流娘儿们》中烧火带来的"呛人气味"和"原本海煤烟火"带来的灰尘。在伊丽莎白一世和詹姆士一世时期,人们不断采取新的实验或措施来降低煤造成的空气污染,如普特拉希望生产"煤球"、约翰·索恩布劳希望"纠正煤的含硫本性"、实业家试图制造焦炭,希望去掉烧煤时产生的"辛辣而刺激的怪味"。再次,是建立烟囱。随着烟囱的应用发展,通风问题部分得到了解决,尽管在 16 世纪以前,除了贵族家庭的家居以外,烟囱的使用并不普遍。但烟尘滚滚的烟囱一直是个问题,莎士比亚也曾说,解决这一问题之艰难犹如对付疲惫的马匹或抱怨的妻子。③

关于第一点,我们可以在莎士比亚后期作品中看到,如马丁就指出《暴风雨》中暗示了生态危机的转移,即以新大陆的资源补充英国的入不敷出。④ 1609 年 6 月,9 艘英国移民船驶往新大陆的弗吉尼亚,其中"海上冒险号"在百慕大海岛触礁沉没。幸存者记述了海岛上的情况,百慕大的丰富木材让船员得以修复船只驶回英格兰。⑤ 1588 年,托马斯·哈利奥特(Thomas Hariot)在其影响广泛的著作《弗吉尼亚新大陆真相略述》(A

① Johan A. Wagner and Susan Walters Schmid, eds., *Encyclopedia of Tudor England*, Oxford: ABC-CLIO, 2012, p. 571.

② Rackham, *Ancient Woodland*, pp. 413—438.

③ Peter Brimblecombe, *The Big Smoke*, p. 4.

④ Randall Martin, *Shakespeare and Ecology*, Oxford: Oxford University Press, 2015, p. 42.

⑤ Ibid., p. 40.

Brief and True Report of Virginia)中谈到了美洲大陆的丰富资源能够满足英国激增的人口。《暴风雨》则呈现了与哈利奥特乐观视角的讨论。卡力班对海岛生态系统的描述,回应了哈利奥特对弗吉尼亚环境以及当地土著人的自然观。另一方面,《暴风雨》展示出将英国木材短缺问题外移会带来难以预计的生态和社会后果。作品暗示了弗吉尼亚公司在詹姆士顿建立的一个玻璃作坊,这是英国在美洲殖民地建立的第一个工厂,同时也是最早关于新大陆的具有警戒意味的环境故事。这个工厂运作了一年,于 1609—1610 年关闭。① 最终,英国人没能将玻璃制造产业转移到爱尔兰或美洲,也没能解决国内增长的燃料短缺,随着熔炼技术的进步,议会强制以煤替代木炭。公众或议会讨论时,主要理由就是保护国内的林地。大法官爱德华·科克爵士(Sir Edward Coke)特别指出玻璃制造从业者"对木材的消耗"对公众的健康和林地都是"有害的"。莎士比亚的赞助人詹姆士一世两年后颁布了王室法令,他的理由和福斯塔夫对桂嫂的建议相反,但也反映出当时有很多人用玻璃杯喝酒是一种不必要的浪费。②

　　莎士比亚虽然没有注意到对煤的处理,但是他看到了更重要的方面,即对环境的保护。一种保护地方树木的方法就是对其命名或赋予民间传说,正如早先温莎居民对赫恩的橡树所做的一样。③ 自 18 世纪以来,学者们一直试图发现《温》剧之前或温莎林苑中有关这一名树的史料,但遗憾的是至今未有定论,现在普遍认为这棵树是剧作家想象的,是莎士比亚发明了赫恩的传说。④ 通过在舞台上呈现这一有环境意识的居民在王室林地上的传说故事,莎士比亚展示出即便短期内会带来经济利益,市民也有能力迫使对公共资源的使用作出限制。从这点上讲,《温》剧"通过有关系统植树造林的文化基础工作,想象了一种新的环境可持续发展模式"。同样,此剧通过展示赫恩橡树的物质力量"转移观察者的环境信念,塑造有关自然世界的人类视角"。⑤ 赫恩的橡树故事无疑体现出这一观点,即通过讲述居民由于地方传说而去保护一棵大树,将观众对民间传说的记忆与这个故事联系起来,唤起

① Randall Martin, *Shakespeare and Ecology*, Oxford: Oxford University Press, 2015, pp. 41—42.

② Eleanor S. Godfery, *The Development of English Glassmaking 1560—1640*, p. 67, 69.

③ Keith Thomas, *Man and the Natural World*, pp. 100—120.

④ Adam Zucker, *The Places of Wit in Early Modern English Comedy*, Cambridge: Cambridge University Press, 2011, pp. 1—53.

⑤ Randall Martin, *Shakespeare and Ecology*, Oxford: Oxford University Press, 2015, p. 52.

他们类似的经历。正如纳迪兹指出的那样,观众能够通过福斯塔夫晚上幽会的场面看到温莎林苑的树木,并制造出一种公共的共同"感受"。[①] 这也是裴琪大娘选择此地与福斯塔夫幽会的原因,虽然在她眼中这个传说好像只是"迷信不动脑筋的老年人"的产物。(435)但是,橡树的出现推翻、颠覆了观众的假设,因为在舞台表演的道具背景中,往往会有树木的出现。例如,玫瑰剧院就有几株舞台表演用的树木,同时国王供奉剧团首演《温》剧的剧场也有。

正如特里·吉德福(Terry Gifford)指出的那样,早期现代的诗歌和戏剧常常沿用古典田园传统,并涉及花园、森林和气候。他指出,莎士比亚的戏剧"被理所当然地认为是……关于自然的象征或寓言指涉……而现在则被理解为实际存在的、真实的对森林资源、城市污染或事物来源与伦理问题的生态环境关注"。[②] 泰斯(Jeffrey S. Theis)的《早期现代英格兰的森林书写》中关注文学批评与森林和树林的书写结合,其中就有莎士比亚的《如你所愿》《仲夏夜之梦》和《温莎的风流娘儿们》。[③] 显然,木材、木炭的不足及与之相关的森林滥伐问题已然成为了全国性的问题,即便其影响主要集中在中部和东南部。普通大众在其个人与地方森林景观及林地产品消费方面受到了广泛影响。这正是莎士比亚在《温莎的风流娘儿们》中对同时代英国森林逐步减少的担忧,这也是莎士比亚最接地气、最详细的一部戏剧。利奥波德(Leopold)认为进步的环境政策,必须在改变人们对自然世界的主观错误认识的基础上才能实施。[④] 而这正是《温莎的风流娘儿们》戏剧表演及最初环境批评所扮演的角色。实际上,生态的解决需要重塑人类与非人类的关系。斯泰西·阿拉莫(Stacey Alaimo)注意到要达成这一转变需要社会和文化的重塑及匹配的科学知识。[⑤] 正如托马斯在其著作结尾所写的那样,1500—1800 年英国出现了一种对待自然的新感觉和新态度,既不同于现代初期科技、理性启蒙之后对待自然的学术态度,也不同于传统对待自然

---

① Vin Nardizzi, "Felling Falstaff in Windsor Park", pp. 127—128.

② T. Gifford, "Pastoral, Anti-Pastoral, and Post-Pastoral", in L. Westling, ed., *The Cambridge Companion to Literature and the Environment*, Cambridge: Cambridge University Press, 2014, p. 20.

③ Jeffrey S. Theis, *Writing the Forest in Early Modern England: A Sylvan Pastoral Nation*. Medieval and Renaissance Literary Studies. Pittsburgh, PA: Duquesne University Press, 2009.

④ Aldo Leopold, *A Sand County Almanac and Sketches from Here and There*, New York and Oxford: Oxford University Press, 1987, pp. 173—174, 209—210.

⑤ S. Alaimo, "Sustainable This, Sustainable That: New Materialisms, Posthumanism, and Unknown Futures", *PMLA*, 2012, 127 (3), pp. 558—564.

的大众态度,最终人们认识到人类支配自然、利用自然的行为,与道德感和审美感格格不入。这种非功利的新态度与人类利益首位的物质文明进步之间产生了尖锐矛盾并不断加剧,"妥协与掩饰交织在一起一直阻碍矛盾的彻底解决,但人们不可能彻底逃避这个问题"。① 显然,莎士比亚在作品中所流露出的,正是早期现代英格兰人朴素的生态思想萌芽,但正如现代社会发展的历程那样,我们都陷入了发展与环境之间张力的两难困境。

① Keith Thomas, *Man and the Natural World*, p. 194, 302.

第十二章 《温莎的风流娘儿们》《亨利六世》《暴风雨》中的印刷术

　　文艺复兴时期诸如印刷术、航海术、火药等科学技术的发明极大地改变了人与自身、他者乃至世界的关系，而其中最具影响力、最重要的科技发明无疑是 1450 年代谷腾堡的活字印刷术及其促成的印刷革命。① 批评界对莎士比亚与印刷革命关系的讨论通常有两种方式：渊源学研究与目录学研究。前者挖掘莎士比亚所阅读过的书籍，后者则探讨莎士比亚的多种版本问题。莎士比亚经常在其作品中提及同时代重要的信息技术，几乎每一部作品或诗歌都提到了书籍，而且很多戏剧对白中都暗示了某些印刷的诗歌或民谣，而且莎士比亚作品中对读书人大部分持积极态度，有时也幽默地嘲讽书籍、诗歌、民谣甚至戏剧都是荒谬的、无聊的、肤浅的、误导的，但《亨利六世》中，凯德在起义时对法律、知识、书籍文化，甚至提供印刷的造纸业的抨击显然完全是愚蠢而无理的。印刷史学家艾德里安·约翰斯（Adrian Johns）注意到早期现代读者对印刷文本普遍保留着适度的怀疑态度："当读者阅读一本书时，心里必定有着对印刷制品的用途、状态和可靠性方面进行判断的知识，而这些知识正决定了他们对不熟悉对象（指新得到的书）的接受程度。" 同时，约翰斯也讨论了某些特殊文本与怀疑主义的关系。② 因此，本章将以《温莎的风流娘儿们》《亨利六世》《暴风雨》三部作品中关于印

---

　　① 之前西方流行一种观点，认为金属活字技术是谷腾堡没有受到外来影响下独立发明的。近年来，这种观点已被其他研究所否定，研究表明元代时沿丝绸之路的旅行者将中国活字印刷术带回欧洲，辗转传到谷腾堡那里，促使他热衷于研究金属活字，并取得成功。现代印刷过程中有几个要素：活字、排版、印刷机本身以及印刷的油墨，谷腾堡针对这些要素进行了重大的改进，例如，他发明了铸字盒、合金活字、冲压字模、油脂性油墨等等，更重要的是，他提出了一套完整且高效率的印刷程序，而印刷术讲求的正是大量的生产，否则一本手写书和一本印刷书并没什么太大的区别。谷腾堡正是整个印刷技术大改进的关键性人物。参见 Adam Max Cohen and David B. King, "Post-Posthumanist Me-An Illiterate Reads Shakespeare", in Stefan Herbrechter and Ivan Callus, eds., *Posthumanist Shakespeares*. New York: Palgrave Macmillan, 2012, p. 249。

　　② Adrian Johns, *The Nature of the Book*: *Print and Knowledge in the Making*, Chicago: University of Chicago Press, 1998, p. 31.

刷术和印刷书籍的表述为例,指出莎士比亚戏剧角色对印刷革命的适度怀疑主义。①

一、福斯塔夫的情书

对印刷术持怀疑态度最幽默的例子当属《温莎的风流娘儿们》中福斯塔夫的情书事件。他愚蠢地将完全相同的情书分别给了裴琪大娘(有趣的是,剧中火枪[Pistol]和裴琪大娘[Page]的名字实际上都指向了新的科学技术,分别指手枪和页码,与火药、印刷术有关)和傅德大娘。裴琪大娘读到傅德大娘相同的信件后异常愤怒:

> **裴琪大娘**：你有一封信,我这里也有一封信,就只差"裴琪"换了"傅德",两个名字不同罢了! 你可以大大地松一口气,不用害怕独个儿担当那莫名其妙的坏名声了,这儿是你那封信的孪生兄弟。不过还是让你那封信做老大,我的信做老二好了,我郑重声明,绝不跟你争夺名分。我敢担保,他有一千封这样的信写好着,只是在信的上面流出一块空白,好填上不同的姓名——没准儿还不止一千封呢! ——你我这两封信已经是翻版了(second edition)。不用问,他一定会把信一封封的印出来;他才不管把什么人的姓名拖进了他的印刷机——(He will print them……put into the press)你看,连你我都没有放过。叫我睡到他的床上去,我宁可像神话里的巨人那样,让一座培利恩大山压在我身上。嘿,你要我找二十头贪淫的鹁鸠还容易,找一个规规矩矩的男人可是难哪。(348—350)
>
> **傅德大娘**：嗳,这两封完全一模一样! 一样的笔迹,一样的字句! 他可是把我们俩看做了什么人呀。(351)
>
> **裴琪大娘**：唉,那我就说不上来了——这封信可差点儿叫我翻过脸来不承认自己的清白了。(351)

---

① 莎士比亚:《温莎的风流娘儿们》,《新莎士比亚全集(第二卷)》,方平译;《暴风雨》,《新莎士比亚全集(第三卷)》,方平译;《亨利六世 中篇》,《新莎士比亚全集(第八卷)》,谭学岚译,辜正坤校;石家庄:河北教育出版社,2000 年。后文出自该著作的引文,将随文在括号内标出引文出处页码,不另作注。

在裴琪大娘看来,复制的信件让人联想到印刷出版工厂,在那里可以无限制地复制任何作品,而且这段话里的"版本(edition)"、"印刷(print)"、"出版(press)"等词汇与"上千"封信件一起都指向了使用活字印刷机器生产的产品。显然,众人对福斯塔夫复制信件的反应为我们提供了早期现代英国大众对待印刷术的某些消极态度和观点。

首先,戏剧流露出人们对印刷术泛滥的忧虑。在裴琪大娘看来,福斯塔夫已经写好了上千封留有空白可填上不同姓名的情书,她暗示着由于印刷术的滥用而欺骗他人的焦虑。① 据传当时著名的人文学家伊拉斯谟所采取的"一石多鸟"策略就和福斯塔夫一模一样,他在新书封皮后插入不同的题献页再寄给不同的赞助人。② 倘若赞助人中有两人对比得到的书,也会像裴琪大娘和傅德大娘发现福斯塔夫骗局的反应一样,但是伊拉斯谟似乎比福斯塔夫更精明,显然他已经成功使用这一策略从不同赞助人处获得了资金。同时代剧作家托马斯·德克(Thomas Dekker)在《灯笼和烛光》(*Lanthorn and Candlelight*,1608)一书中就描述了类似的骗局:某个流浪者误导一位绅士,让他相信一本印刷的书籍是题献给他的。显然,莎士比亚知道这一异闻,从而在戏剧中表现出矛盾的态度。③

其次,作品还暗含性与印刷的类比。两种身体活动之间联系的中心就是"press"一词,在罗思德(J. F. Rossd)看来,"press"将两种语境区别开来,一种是印刷时的感觉,一种是身体活动的感觉,或者其他感觉中的一种。④更明确地说,这个图书出版词汇的比喻具有双关含义意义:一是印刷,二是性生活。⑤ 印刷和性活动的比喻性联系明显是低俗的玩笑,因为两种活动都意味着复制/生殖、释放(enfranchisemene),纯洁的事物变成商品并进入公共流通领域。⑥ 裴琪大娘对福斯塔夫的"印刷机"的讽刺无疑是对这种比喻的呼应。这种通俗的暗示无疑表现出诗人在将其作品付梓时是极其

① Adam Max Cohen, *Shakespeare and Technology*: *Dramatizing Early Modern Technological Revolutions*, New York: Palgrave Macmillan, 2006, p. 66.

② Elizabeth Eisenstein, *The Printing Press as an Agent of Change*, Cambridge: Cambridge University Press, 1979, p. 401.

③ Adam Max Cohen and David B. King, "Post-Posthumanist Me-An Illiterate Reads Shakespeare", in Stefan Herbrechter and Ivan Callus, eds., *Posthumanist Shakespeares*, New York: Palgrave Macmillan, 2012, p. 250.

④ J. F. Ross, *Portarying Analogy*, Cambridge: Cambridge University Press, 1981, p. 133.

⑤ Giorgio Melchiori, ed., *The Merry Wives of Windsor*, London: Bloomsbury, 2000, p. 168.

⑥ Michael Saenger, *The Commodification of Textual Engagements in the English Renaissance*, Burlington: Ashgate Publishing Company, 2006, p. 111.

小心避免这种情况发生的。福斯塔夫的求婚就像廉价的印刷纸张一样随意而不可靠。此外,这种文本假设既展示也挑战了潜在的读者观念,就像福斯塔夫明显将不同类型的读者(裴琪大娘和傅德大娘)当成了性伴侣,因此裴琪大娘的反映则暗示着福斯塔夫不会从对象读者那里实现自身的欲望。因为尽管有着新技术带来的改变,但不论其是用笔书写还是印制,书写的文字依然是作者书写的问题。进一步而言,裴琪大娘还将印刷与性背叛(sexual infidelity)联系在一起,特别是其中"press"一词的双重含义,既指向福斯塔夫的信件因为同一内容能够无限复制,同时又讽刺了其不检点的私生活。①伊丽莎白·皮腾格(Elizabeth Pittenger)就强调她们"对机械复制信件的蔑视态度,好像表达出她们会选择真诚、稀有的手写情书……印刷和复制代表着福斯塔夫的口是心非和永无止境的欲望"。② 温蒂·沃尔(Wendy Wall)也注意到了这一时期印刷产品的粗制滥造和性背叛盛行的类似之处:"印刷的多样性……与表里不一相似,并与没有经过鉴定的写作的放任相联系,制造出一种非法的独特因素的混合。"③莎士比亚在 pressing 上的双关既指印刷,也指对裴琪大娘的性欲望,因此沃尔称这是一种"文本的自我反身比喻(self-reflexive)"。④

实际上,印刷和性之间混合的比喻是正常的,因为印刷与生育都是通过复制/繁殖得以保留和延续的。大卫·斯科特·卡斯坦(David Scott Kastan)在比较印刷制品与舞台表演时就指出印刷是"更保守的媒介",因为"它为文本提供了持久的想象,避免了表演的短暂性"。⑤ 正如繁衍后代是保留了个体的物质和精神本质一样,印刷品的传播也能够宣扬保存作者的思想和精神。⑥ 裴琪大娘对信件充满智慧的描述指出了关于书写信件的某些关键文化假定条件:手写的文本是唯一的、私人的、真诚的;而印刷文本则是批量的、公共的、潜在虚伪的。尽管福斯塔夫的情书是手写的,但由于有多个相同版本,所以就像印刷的一样。因为真爱都是唯一对象,而情书的价值就

---

① Adam Max Cohen, *Shakespeare and Technology*: *Dramatizing Early Modern Technological Revolutions*, New York: Palgrave Macmillan, 2006, p. 67.

② Elizabeth Pittenger, "Dispatch Quickly: The Mechanical Reproduction of Pages", *Shakespeare Quarterly* 42:4 (Winter 1991), p. 394.

③ Wendy Wall, *The Imprint of Gender*: *Authorship and Publication in the English Renaissance*, Ithaca, NY: Cornell University Press, 1993, p. 347.

④ Ibid., p. 346.

⑤ David Scott Kastan, *Shakespeare and the Book*, Cambridge: Cambridge University Press, 2001, p. 7.

⑥ Adam Max Cohen, *Shakespeare and Technology*: *Dramatizing Early Modern Technological Revolutions*, New York: Palgrave Macmillan, 2006, p. 67.

在于唯一性,印刷的情书就是欺骗。复制则破坏了原本的真实和可靠。然而,印刷的情书在早期现代是非常普遍的——在 16 世纪成为了书信书籍的一大标准特色。在早期现代,所有的书信写作高度程式化。现代观点应用于 16 世纪则会误导我们认为信件并没有确切反映个体的真实想法,书信和其他写作一样,更多的是有着正式的规定和传统。① "Press"在这里首先和"Print"相关,福斯塔夫将手写和印刷混为一谈,因为他的情书是固定格式的套用信函。"He will"则通过未来时态表达一种夸张,这种语法修辞的逻辑展开即是暗示着他下一步同样的愚蠢行为。但是《温莎的风流娘儿们》的无序文本状态使得人们对于确认这是莎士比亚独立创作的观念变得难以证实。正如伊丽莎白·皮滕杰(Elizabeth Pittenger)指出:"《温莎的风流娘儿们》故事的传播和接受从某种程度而言是通过戏剧照本宣科的。"②戏剧中言语的控制不当、错误翻译的文本以及复制的信件正是恰当的例子。莎士比亚将印刷术性别化为男人对待女人的行为,而裴琪大娘把出版物看作是混乱的,换句话说,复制的信件表现出作者及其文本可以虚构和伪造。独一无二的真正的原本才能让她相信福斯塔夫的爱。③

再次,裴琪大娘虽不是贵族阶层,但其对印刷文本生产的随意性这一本质的强调,是符合桑德斯(J. W. Saunders)所提出的"印刷的污名(stigma of print)"这一概念的,桑德斯注意到一些贵族反对印刷自己的诗歌作品,因为印刷生产一方面将诗歌变成商品,沾上铜臭味,另一方面则能让任何人购买,阅读变得大众化。④ 福斯塔夫类似于爱情诗的情书,实际上是他套取女人钱财的商品和策略:"我要去接收这两个娘儿的家产;他们俩就好比我的国。这两个娘儿,一个是我的东印度,一个是我的西印度,这两笔生意买卖,我一笔也不放过。"(334)亚瑟·马洛提(Arthur Marotti)就指出印刷的污名是多种因素作用的结果:包括本土文学传统中缺乏的某种类型的抒情诗,认为爱情诗是粗糙而存在道德疑虑的,以及爱情抒情诗的私密属性,还

---

① Ian Frederick Moulton, *Love in Print in the Sixteenth Century*: *The Popularization of Romance*, New York: Palgrave Macmillan, 2014, p. 107.

② Elizabeth Pittenger, "Dispatch Quickly: The Mechanical Reproduction of Pages", *Shakespeare Quarterly* 42:4 (Winter 1991), p. 393.

③ Wendy Wall, "*The Merry Wives of Windsor*: Unhusbanding Desires in Windsor", in Richard Dutton and Jean E. Howard, eds., *A Companion to Shakespeare's Works*, *Volume III*: *The Comedies*, Oxford: Blackwell Publishing Ltd., 2003, p. 388.

④ J. W. Sauders, "Stigma of Print: A Note on the Social Bases of Tudor Poetry", *Essays in Criticism* 1(1951), pp. 139—164; "The Social Situation of Seventeenth-Century Poetry", in Malcolm Bradbury and David Palmer, eds., *Metaphysical Poetry*, London: Edward Arnold, 1970, pp. 237—259.

有抒情诗是与特定的社会语境相连的等等。① 实际上,印刷术开始应用时,行业中存在某些固定的规则,即对原本的尊重和模仿。② 虽然我们现在通常会区别对待手写和印刷,但文艺复兴时期这两者的界限并不明显,特别是印刷术的发明相对还是新技术,印刷与手写产品的联系依然紧密。布鲁日的克拉得·芒雄(Colard Mansion),是一位抄写员和译者,他加入威廉·卡克斯顿(Willam Caxton)的印刷厂工作过一段时间,但后来又重操旧业。此时的印刷依然保留了很多手写稿的特点。正如柯特·布勒(Curt F. Bühler)指出的那样:"15 世纪的手写和印刷书本的差异很细微。"③产品的原材料也可能是一样的:"很多手稿写于纸张之上,很多印刷的书籍也印在羊皮纸上",④而版式和格式也是类似的,早期的印刷书籍和大多数手稿一样缺少封面和页码,还缺少记录一些重要信息的封底,如出版地、出版人、作者等。哈罗德·洛夫(Harold Love)从印刷排版着手分析早期现代印刷技术的规范。早期的印刷者会为了模仿作家的手写而修饰打印稿并选择相应字体,而 16 世纪中期的印刷者则"开始重视有利于印刷的事物而非原稿本身",包括了"更加规范的信件形式"。到 1590 年代,印刷者开始摒弃单纯的黑体字,多采用像罗马体和斜体这类更易辨识的字体。这种转变"意味着印刷行业出现的一种新的自信,即不再需要伪装成原稿或为了原本的声誉而作出妥协"。⑤

此外,裴琪大娘对福斯塔夫情书的谴责呼应了同时代伦敦市民对印刷商店的不满,他们认为印刷商店是垃圾制造者。早期现代英国的印刷者会印刷任何可以用的手稿。班尼特(H. S. Bennett)指出伊丽莎白和詹姆士一世时期的印刷者渴望"印刷任何东西,不管是为自己或他人,因为这可以让他们收支平衡,获得利润"。很多印刷者采用的方法是批发给书商或承担古

① Arthur Marotti, *Manuscript*, *Print*, *and the English Renaissance Lyric*, Ithaca, NY: Cornell University Press, 1995, pp. 210—211.

② Adam Max Cohen, *Shakespeare and Technology*: *Dramatizing Early Modern Technological Revolutions*, New York: Palgrave Macmillan, 2006, p. 70.

③ Curt F. Bühler, *The Fifteenth-Century Book*: *the Scribes*, *the Printers*, *the Decorators*, Philadelphia: University of Pennsylvania Press, 1960, p. 40.

④ James Douglas Farquhar, "The Manuscript as a Book", in Sandra Hindman and James Douglas Farquhar, eds., *Pen to Press*: *Illustrated Manuscript and Printed Books in the First Century of Printing*, College Park: University of Maryland Art Department, 1977, p. 12.

⑤ Harold Love, "Manuscript versus Print in the Transmission of English Literature, 1600—1700", *Bulletin* (*Bibliographical Society of Australia and New Zealand*) 9 (1985), p. 96. Adam Max Cohen, *Shakespeare and Technology*: *Dramatizing Early Modern Technological Revolutions*, New York: Palgrave Macmillan, 2006, p. 71.

怪的自由职业作家的印刷项目,诸如"多种公告……多种事件的项目,描述庆典进程,葬礼……彩票公告、奖券、价格清单等"。① 众多作家都表达出对这一过度拥挤的书籍市场竞争的焦虑及对书籍声誉的损害,显然莎士比亚借裴琪大娘之口抨击了书籍印刷市场的乱象,因为莎士比亚在世时除长诗外从未出版过剧本,市面上流传的都是瑕疵颇多的所谓"坏开本"。

二、凯德的起义

倘若说"印刷的污名"属于贵族和上层阶级的话,那么《亨利六世(中篇)》中成衣匠杰克·凯德的起义则说明了劳动阶层对印刷革命的反抗。② 凯德抓住赛伊勋爵对其进行审判,但他的罪行很快就从政治和经济转向了对印刷术的使用上。赛伊勋爵辩解说:"对于饱学之士,我总是慷慨地大量馈赠,我蒙王上知遇之恩靠的就是我的学位;我看出了愚昧无知是上帝诅咒的东西,知识乃是助我青云直上飞上天堂的羽翼,除非你们是恶魔附体,你们绝对会克制自己,而断乎不忍下手置我于死地的。"(280)在赛伊勋爵这样的贵族看来,知识正是人们获得救赎的途径,但凯德则视之为欺骗。因为他曾经因此吃过亏,于是谴责对手:"你居心叵测地设立了一所文法学校,毒害腐蚀了咱们国家的一代青少年;从前,咱们的祖先除了记账用的刻痕标签,别无其他书籍;偏是你却使印刷术大行其道,还违背王上的王位和尊严,建立了一座造纸坊(paper mill)。我可以当面向你证实,你身边的那些人张口就是什么名词动词,以及诸如此类叫基督徒的耳朵不能容忍的可恶的词汇。"(278)凯德指出印刷的滥用和弊端并没有错,因为这正是我们所追寻的线索和原因,如印刷的书籍成为法律系统不可或缺的部分,正如凯德下令派人去"把律师学会夷为平地"(277)。对不识字的民众而言,所有书写和印刷制品都代表着一种潜在的威胁,所以凯德直接说"把国家的文件档案统一一把火都烧了"(277)。他坚持认为正是印刷和读写能力造成了阶级的划分,因为文盲总是不能完全了解宫廷法律中不利于自己的部分,他们也不能祈求神职人员宽恕其粗鄙的语言。虽然当局将印刷的公告广泛派发,但对未受教育的人来说依然是晦涩

---

① H. S. Bennett, *English Books and Readers 1558—1603*:*Being a Study in the History of the Book Trade in the Reign of Elizabethan I*,Cambridge:Cambridge University Press,1965,p. 274.

② Adam Max Cohen, *Shakespeare and Technology*:*Dramatizing Early Modern Technological Revolutions*, New York:Palgrave Macmillan,2006,p. 78.

而难懂的,因此凯德提出重返口头表达时代的主张:"我的这张嘴将来就是英格兰的议会。"(277)虽然他在听过赛伊辩护的理由后有一丝懊悔和同情,但依然将其处死,"象征着对英国印刷术的摧毁和消灭"。①

苏萨(Geraldo U. De Sousa)指出莎士比亚在农民起义的故事中发现了对书写权力的质疑,因此合并了 1450 年杰克·凯德起义和 1381 年的农民起义,并解读出凯德起义中农民的愿望。② 在凯德看来,写作、教育、印刷是兴起文艺复兴的国家用以保护富人和权势者特权的排他性工具,从而表达出他对读写和权力的质疑。实际上,英国都铎和斯图亚特王朝允许知识分子可免除刑讯的法律正说明了读写能力造成的更不公平的社会功能,由于被告可以仅简单通过读写能力请求牧师帮助,由此强调了阶级特权对法律责任的逃避。文艺复兴作家在骄傲地宣称印刷术促进了英国国族性构建时,也注意到了印刷技术成为政府进行更加有效宣传和控制的媒介,同时造成的社会阶层的分离。因此,莎士比亚通过将 1381 年农民起义和 1450 年凯德起义的史实编入《亨利六世(中篇)》中凯德的故事,进而提出了权力的滥用。在第四幕中,凯德及其追随者颠倒社会形式,其中之一就是重估写作和读写的价值。凯德言道:"无辜的羊羔之皮,被他们弄成羊皮纸,羊皮纸上涂上些密密麻麻的字把好端端的人整死,这种伤天害理之事岂不可恨可气。"(266)他感觉到印刷是与社会暴政紧密相连的,其政治表述出现在将出版与维护阶级社会秩序的镇压措施结合起来。沃尔就注意到凯德对赛伊勋爵的起义理由中包含印刷术,这在英国文艺复兴文学中并不是个例:"凯德的话中认为印刷与社会暴政和政治镇压有密切关系,而刑罚的公布出版往往用以保证阶级社会秩序。"③菲利斯·拉金(Phyllis Rackin)也指出莎士比亚对起义的描述最终通过凯德对写作/历史/印刷这些意识形态力量的恐惧得以表达。因此,凯德成为了印刷用以服务独裁主义的符码,成为莎士比亚表现此种功能最具说服力的批评家。④

实际上,这部戏剧中所体现的印刷术指涉相当奇怪,有着明显的时代谬

---

① Adam Max Cohen, *Shakespeare and Technology*: *Dramatizing Early Modern Technological Revolutions*, New York: Palgrave Macmillan, 2006, p. 79.

② Geraldo U. De Sousa, "The Peasants' Revolt and the Writing of History", in David M. Bergeron, ed., *Reading and writing in Shakespeare*, London: Associated University Presses, 1996, p. 185.

③ Wendy Wall, *The Imprint of Gender*: *Authorship and Publication in the English Renaissance*, Ithaca, NY: Cornell University Press, 1993, p. 342.

④ Phyllis Rackin, *Stages of History*: *Shakespeare's English Chronicles*, Ithaca: Cornell University Press, 1990, pp. 203—217.

误,因为 1476 年以前印刷术都还未传入英国。戏剧中凯德起义的实际时间则是 1450 年,而在 27 年之后才有威廉·卡克斯顿(William Caxton)在英格兰建立的第一家印刷厂。① 或许凯德提到的造纸厂是 1588 年设立的一家重要的新造纸厂,正是莎士比亚创作剧本 3 年之前。伊丽莎白一世的珠宝供应商约翰·斯皮尔曼(John Spilman)在肯特郡的达特傅德建立了英国首家造纸厂,之后一个世纪都在生产各种不同类型的纸张。② 而且 16 世纪和 17 世纪早期英国的纸张主要来自法国,17 世纪前半段英国印刷者所采用的纸张有 95％来自海外。阿尔弗雷德·肖特(Alfred Shorter)分析了英国依赖进口纸张的四大原因:一是进口纸张(特别是法国和意大利产的)价格相对便宜;二是制造纸张原料的匮乏;三是养羊的巨大规模导致羊皮纸盛行;四是英国缺乏足够的熟练工人和技术人员;③由于国家依赖纸张进口给英国人造成心理上的不适,从而也导致对印刷产品的怀疑。④

三、普洛士帕罗的魔法书

近年来,《暴风雨》引起了殖民主义及后殖民主义学派的持续关注,甚至大有变为研究该剧的唯一思路的趋势,从某种意义上而言,《暴风雨》批评从一个极端走到了另一个极端——那就是,从将殖民主义视为根本不值得研究的议题到将其称作唯一值得研究的议题。⑤ 但我们发现《暴风雨》中出现了一种特殊的文本——魔法书,这是讨论莎士比亚与印刷术所必须面对的对象,因为它本身具备的固有权力与危险因素具有典型意义。

当普洛士帕罗让蜜兰达"穿过倒退的时间,那黑沉沉的深渊(511)"去回忆是否还记得不满 3 岁前(即来到小岛之前)的事情时,他把自己描述为沉溺于神秘的书本知识而付出巨大代价的人,"专心致志研究学问,对朝政便越来越荒疏,把邦国大事都交给兄弟,自己却废寝忘食沉溺在玄秘的魔法中——"

① G. Blakemore Evans and J. J. M. Tobin, eds., *The Riverside Shakespeare*(*second Edition*), Boston&. New York: Houghton Mifflin Company, 1997. p. 696.

② C. H. Timperly, *Encyclopedia of Literary and Typographical Anecdote*, 2 vols, New York and London: Garland, 1977, vol. 1, p. 201.

③ Alfred Shorter, *Paper Mills and Paper Makers in England 1495—1800*, Hilversum: Paper Publications Society, 1957, p. 3.

④ Adam Max Cohen, *Shakespeare and Technology: Dramatizing Early Modern Technological Revolutions*, New York: Palgrave Macmillan, 2006, p. 79.

⑤ Deborah Willis, "Shakespeare's *Tempest* and the Discourse of Colonialism", *Studies in English Literature*, *1500—1900*, 29. 2 (1989), pp. 277—289.

(512—513)于是弟弟乘虚而入篡夺了权力,把自己的手下都调走换下重新安排,而"安插下他的人,国家大权全落在他手中,叫满朝文武都看他的脸色行事"(513)。普洛士帕罗因"研究学问"而不顾国王原本职责的行为折射出伊丽莎白一世和詹姆士一世时期典型知识分子的行为,如某些印刷史学家就注意到印刷革命鼓励社会精英和知识分子在阅读上花费更多的时间精力而罔顾其他。① 正如普洛士帕罗说道:"我这样摆脱了俗务,抛却了杂念,过着修身养性的隐士生活——要不是得与世隔绝,我这门学问胜过众生的一切。"(513)显然,在他眼中,学问才是人生的终极追求。马歇尔·麦克卢汉(Marshall McLuhan)就指出印刷革命使阅读大众分裂,进一步促进了个人主义的发展,在他看来,早期现代自我意识的觉醒正是新教强调独立阅读和个体阐释的直接后果,②而批评家芭芭拉·莫厄特(Barbara Mowat)则试图将《暴风雨》批评绕开印刷文化的争论,指出普洛士帕罗的魔术书最像一种被称为"魔法书(grimoire)"的纯手写书稿。③ 不管普洛士帕罗是否阅读手稿或印刷本,他在米兰的作为似乎告诉了我们,他所谓的"亲密(closeness)"的警告寓言即沉迷于知识的危险和自我毁灭。④ 我们能够想象普洛士帕罗在米兰坐在书轮(book-wheel)面前所感受到的对书本的控制感和权威感,甚至有某种全知全能的感觉。⑤ 有趣的是,虽然之后普洛士帕罗失去权力被逐出米兰,但其爱书之心未减。他告诉蜜兰达,正因为自己的爱书而失江山的声名在外,那个派来监视他的那不勒斯贵族"(贡扎罗)知道我爱书本儿,让我从我的书房把心爱的书带走——这些书对于我比一个公国还宝贵"(517),由此可见普洛士帕罗对书本极度重视。卡力班是个野蛮人,没有文化知识,他咒骂普洛士帕罗占领了小岛将他变为奴仆,普洛士帕罗则回口骂道:"可恶可恨的奴才,你心里'善良'留不下半点痕迹(any print of goodness wilt not take);坏事儿样样会!"(529)这显然是在讽刺卡力班不学无术。但是卡力班非常清楚普洛士帕罗正是凭借书本

---

① Elizabeth Eisenstein, *The Printing Press as an Agent of Change*,Cambridge:Cambridge University Press, 1979, p.131.

② Marshall McLuhan, *The Gutenberg Galaxy*:*The Making of Typographic Man*,London:University of Toronto Press, 2011, pp.176—180.

③ Barbara Mowat, "Prospero's Book", *Shakespeare Quarterly* 52 (2001), pp.4—5.

④ Adam Max Cohen, *Shakespeare and Technology*:*Dramatizing Early Modern Technological Revolutions*, New York:Palgrave Macmillan, 2006, p.86.

⑤ 书轮(bookwheel)是1531年意大利工程师阿戈斯蒂诺·拉梅利(Agostino Ramelli)设想的一个复杂奇妙的装置,它就像一个水车轮一样满载各种图书,而且以同一种角度展开,通过手或者脚来控制轮子转动,阅读者就能轻松地在不同的书之间穿梭浏览。批评家推断类似普洛斯彼罗的人或许从未使用过书轮,他们认为书轮是那些被贵族雇佣专门从事朗读和摘录古典作品的清贫学者或秘书的理想工具,参见 Lisa Jardine and Anthony Grafton, "'Studied for Action':How Gabriel Harvey Read His Livy", *Past and Present* 129 (November, 1990), pp.30—78。

即知识的理论控制着小岛。他告诉斯蒂番可以趁着普洛士帕罗吃完午饭睡觉的时候，"先把他的书偷过来"，并强调"记住，先要把他的书拿到手；没了书，他成了个傻瓜，跟我一样；就连个精灵也使唤不动了——各个精灵都恨他，跟我一样地恨如切骨。只消把他那些书烧了"（580），而之前普洛士帕罗也承认自己离不开书："我要去读我的书了，赶在晚饭前，我还有许多事要办呢。"（576）

虽然莫厄特后来又指出"普洛士帕罗的书不是一本魔法书"，或"同时是一本魔法书和舞台道具魔法书"，并最终得出就是"书本身（book *per se*）"的说法，但认为它"让普洛士帕罗的小岛统治成为可能"，即意味殖民者的科技知识。① 换句话说，虽然我们不能确定普洛士帕罗的魔法书是否有用，但他无疑是帝国主义者。导演彼得·格林纳威（Peter Greenaway）在其实验性电影《魔法师的宝典》（*Prospero's Books*）中注意到"普洛士帕罗的力量源自他的书"，所以决定设置其图书馆有"二十四卷书"，其中包含"动物志、草本志、宇宙志、地图集、天文集、语言书、理想国、游记、游戏集……色情书、运动书、爱情书、色彩书及建筑音乐书"。对格林纳威而言，之所以设置这些书籍"不只因为它们能让普洛士帕罗和蜜兰达在岛上身心健康地生存，同样也让普洛士帕罗获得可以拥有驱使死者、令海神俯首的强大力量"。② 因此，书本不仅仅是普洛士帕罗力量的象征，同样也是其力量的源泉。《暴风雨》结尾时作家并未交代书的最终命运，正如普洛士帕罗考虑离开小岛时，他承诺："那我就此折断我的魔杖，埋进地底的深处，我那魔法书，抛进海心，由着它沉到不可测量的万丈深底。"（611）但不能否定的是普洛士帕罗就像浮士德一样，试图利用对神秘书本的研究获得某种权力。虽然普洛士帕罗最终夺回了他的领国，浮士德的灵魂也最终进入了天堂，但其过程都说明了书本能够引诱有野心的学者走向堕落和毁灭。③

亚当·马克思·科恩（Adam Max Cohen）指出，在印刷革命开始的一个世纪内，多种文本和个体文本的多重版本让欧洲人生活在"透视法的轻松（perspectival lightness）"氛围之中。④ 而艾森斯坦认为在欧洲人印刷术的世纪能够"与存在的矛盾观点共相妥协，对相反的运动不做任何偏袒，也不会置放于过于简单的宏伟计划之中"。⑤ 这似乎是莎士比亚创造性天赋的最好注

① Barbara Mowat, "Prospero's Book", *Shakespeare Quarterly* 52 (2001), p. 27, 29, 32.

② Peter Greenaway, *Prospero's Books*: *A Film of Shakespeare's The Tempest*, New York: Four Walls Eight Windows, 1991, p. 9, 12.

③ Adam Max Cohen, *Shakespeare and Technology*: *Dramatizing Early Modern Technological Revolutions*, New York: Palgrave Macmillan, 2006, pp. 86—87.

④ Ibid., p. 87.

⑤ Elizabeth Eisenstein, *The Printing Press as an Agent of Change*, Cambridge: Cambridge University Press, 1979, p. 440.

解。莎士比亚以独特而有依据的视角排列角色,但他并没有为我们勾勒出一套系统的伦理和道德思想体系,而是真实再现问题的本身。蜜兰达在结尾时惊叹:"这个新世界多棒啊(a brave new world),有这么好的人们!"其父普洛士帕罗则回应:"对你是个新世界。"(620)在科恩看来,同一现实的不同视角并不是由于英国和欧陆印刷工厂所发行的文本造成的,而是折射出印刷品的流通扩散与技术发展巧妙地平衡。① 蜜兰达所提到的"新世界"常被置于后殖民话语中进行理解,但其同样也与早期现代印刷文化产生共鸣。有学者指出,16 世纪印刷品的暴增状态其本身就代表着一个全新世界的文本诞生,这对受过教育的欧洲人而言,比起之前跨越大西洋发现新大陆更加重要。尼尔·罗兹(Neil Rhodes)和乔纳森·索戴伊(Jonathan Sawday)认为"新奇的世界——纸媒的世界在哥伦布发现美洲大陆新世界约 50 年前就已经存在了",而纸媒世界的诞生是"欧洲文艺复兴关键性的运动"。② 不论《暴风雨》中普洛士帕罗的书是不是魔法书,我们可以肯定的是,众多不同类型的印刷出版物对剧作家莎士比亚来说是十分重要的,因为其笔下的大部分角色都是源于其他的剧本和故事,倘若没有大量阅读书籍的话,莎士比亚显然无法顺利发展其剧作家的职业生涯并取得空前成功。同样由印刷术发展带来的出版作品的涌现也为整个早期现代带来了知识的普及。

　　文艺复兴时期由于在诸如制图、玻璃制造、透镜磨光、锻造、造船、机械仪器制造、航海等领域的实践性(通常有着经济因素的促进)技术发展,人们了解到更多的知识,也更易获得知识。③文艺复兴时期的科学技术和数学仪器制造不仅直接丰富了知识的内容,更是开拓了知识的维度,但印刷术的发展却是这一时期欧洲在知识生产创造、传播和储备方面的最有力武器。为传播文艺复兴知识而进行的书籍印刷制造的巨大重要性在那时就常被提及。④印刷术与造纸、铸字、雕版、专业作家、出版等新兴行业相互促进发展。大量

① Adam Max Cohen, *Shakespeare and Technology*: *Dramatizing Early Modern Technological Revolutions*, New York: Palgrave Macmillan, 2006, p. 88.

② Neil Rhodes and Jonathan Sawday, eds., *The Renaissance Computer*: *Knowledge Technology in the First Age of Print*, London: Routledge, 2000, p. 1.

③ John W. Shirley, "Science and Navigation in Renaissance England", in John W. Shirley and F. David Hoeniger, eds., *Science and the Art in the Renaissance*, Washington, D. C.: Folger Livrary, 1985, pp. 74—93.

④ Anthony Grafton, "Humanism and Science in Rudolphine Prague: Kepler in Context", in James A. Parente Jr., Richard Erich Schade and George C. Schoolfield, eds., *Literary Culture in the Holy Roman Empire*, *1555—1720*, Chapel Hill: University of North Carolina Press, 1991, pp. 37—38.

相关的教育、文化产业从标准化的低价印刷书籍中获益。例如,印刷术鼓励对已知或新发现古籍的学习、编辑、整理和翻译,而这则进一步促进了哲学的发展。此外,印刷书籍的实用性也促使专业和私人图书馆的建立,大大拓展了大众文化和博物学文化。[①] 众所周知,作为戏剧家的莎士比亚在生前对印刷出版剧本并没有多大兴趣,剧场演出才是其剧本出版的唯一形式。他对出版漠不关心,甚至也不在乎那些市面上众多的盗版"坏开本"。他唯一关心的是叙事长诗的印刷出版。[②]

通过分析莎士比亚戏剧角色对待印刷术的态度,我们一方面能看到印刷术在早期现代英国的接受是一个极为错综复杂的过程,掺杂着政治、宗教、经济、爱国主义、婚恋关系等内容,但另一方面也体现出印刷广泛传播所扩大的书籍和书写的巨大力量。[③] 我们也看到不同的社会经济阶层、甚至同一阶层中不同人群对待印刷术的态度都是不同的,他们都不同程度地体现出了早期现代英国人的怀疑主义。莎士比亚对印刷术泛滥的担忧正体现出本雅明在《机械复制时代的艺术作品》中指出的大量复制所带来的原作的独一无二性和原真性的丧失,但他并未因噎废食,而是同时肯定了印刷术所带来的正面积极作用,因为实际上他也是印刷革命的受益者之一。[④]

---

① B. J. Sokol, *A Brave New World of Knowledge: Shakespeare's The Tempest and Early Modern Epistemology*, London: Associated University Presses, 2003, p. 98.

② David Scott Kastan, "Plays into Print: Shakespeare to His Earliest Readers", in Jennifer Anderson and Elizabeth Sauer, eds., *Books and Readers in Early Modern England: Material Studies*, Philadelphia: University of Pennsylvania Press, 2002, p. 23.

③ 宗教观念也影响了对待印刷技术的态度。因为新教徒高度提倡对圣经的个体阅读和阐释,于是印刷术与宗教改革紧密相关。本章限于篇幅省略了这一部分的讨论。

④ [德]瓦尔特·本雅明:《机械复制时代的艺术作品》,王才勇译,北京:中国城市出版社,2001年版,第7—8页。如加拉格尔(Captain William Jaaggard)、布鲁克斯(Douglas A. Brooks)、达顿(Richard Dutton)等都对莎士比亚与印刷出版的关系进行过讨论,有认为其生涯中"消失的那些年(lost years)"在从事印刷出版业的推测,参见 Andrew Murphy, *Shakespeare in Print: A History and Chronology of Shakespeare Publishing*, Cambridge: Cambridge University Press, 2003, p. 16。

第十三章 《理查二世》中的天文学与地球仪、镜子、钟表

理查二世出现在英国历史舞台上时,漫长的欧洲中世纪快要走到了其尽头,可以说,他是中世纪封建秩序的最有典型意义的最后一位国王。他恪守旧秩序,没有察觉新时期的社会变化,因此其被迫退出历史舞台显得格外可悲。方平曾指出,如果把这部剧当作历史教科书来读的话,相信将有助于我们感性地认识这一历史转折时期的时代风云(11)。[①] 但在笔者看来,莎士比亚所描述的历史都是基于伊丽莎白时期的历史背景和立场。15—17世纪早期出现在印刷术、航海、光学、测量学等领域的科技革命(technological revolution)为17世纪后半期欧洲科学的兴起奠定了基础,因为科学史有时被当作哲学的一个分支,使得学者们在人文主义教育中接受了这些知识,大部分愿意跨越学科界限的早期现代文学家通常都集中关注科学史而非技术史。前科学理论(protoscientific theory)和实践在这一时代常被称为"自然哲学"并与人文主义研究有着错综复杂的紧密联系,而且和我们现在明确区分人文主义和科学技术不同的是,早期现代并不存在两者的界限沟壑。[②] 因此,通过《理查二世》中出现的科学技术话语,结合恩斯特·康托洛维茨(Ernst H. Kantorowicz)在《国王的两个身体》中关于国王政治之体与自然之体的理论概念,更有助于我们理解莎士比亚生活时期的时代转折和变革。我们可以看到作为君主的理查二世从政治之体到自然之体,甚至发展为机械之体的过程,国王的身体政治也经历了从超凡到一般个体和群体的过程。

[①] 本章所有引文参考莎士比亚:《理查二世》,《新莎士比亚全集(第七卷)》,方平译,石家庄:河北教育出版社,2000年。后文出自该著作的引文,将随文在括号内标出引文出处页码,不另作注。

[②] Adam Max Cohen, "Science and Technology", in Arthur F Kinney, ed., *The Oxford Handbook of Shakespeare*, Oxford: Oxford University Press, 2012, p. 702.

一、天文学与地球仪：国王政治之体的巩固与隐忧

康托洛维茨这样引用了伊丽莎白一世时期编纂的《判例报告》：

> 盖因国王有两个身体，即一个自然之体，一个政治之体。其自然之体（若依其自身考量）是一切有朽之体，可遭受因自然或意外而导致的一切软弱，可遭受因幼年或老年而导致的能力低下，可遭受其他人的自然之体可能发生的类似败坏。然而，国王的政治之体乃是一个不可见、不可把握之身体，由政制和治理构成，是为指导民众、管理公共福祉而组建。并且，此政治身体完全免于自然之体可遭受的幼年、老年以及其他自然败坏和低能。借此，国王以政治之体所行之事，不因其自然之体的无能而失效或遭贬抑。[①]

政治之体超然地位的观念及其高于自然身体的自然法实际上是作者为创造所谓的"可变的时间内具有的某种不变性"[②]而提出的，政治之体不仅比自然之体"更加丰盛昌大"，而且前者之中蕴含了某种神秘的力量，能够削减乃至消除人类脆弱天性中的缺陷。[③] 因此，国王身份超越了时间和自然法则，正如他讲道："有朽的小写国王是上帝创造的，而不朽的大写国王则是人创造的。"[④]康托洛维茨认为国王两个身体的概念合并了一个多形态的人，同时包含着人性和神性，为难以捉摸、不稳定和自我塑型的流动自我设置了一种模式，这里的自我是现代的自我而不是古代的自我，而且这种模式也是国王自己在一个共享社会环境中所铸造、表现出的。[⑤] 斯蒂芬·格林布拉特（Stephen Greenblatt）认为，"戏剧性是权力的基本模式"，而"现代国家是建立在欺骗、算计和虚伪"之上的，这种政治权力和王权的观念就建立在戏剧的暴露和隐匿之间。[⑥]正是莎士比亚让国王二体的隐喻获得了永恒性，不仅

---

① Ernst H. Kantorowicz, *The King's Two Bodies: A Study in Mediaeval Political Theology*, Princeton, New Jersey: Princeton University Press, 1957, p. 7.

② Ibid., p. 8.

③ Ibid., p. 9.

④ Ibid., p. 423.

⑤ Neslihan Ekmekçioğlu, "The Unfolding of Truth and Self-representation within the Cracked Mirror in Shakespeare's *Richard II*", *Gender Studies* 2013, 12 (1), p. 33, 36.

⑥ Stephen Greenblatt, "Invisible Bullets: Renaissance Authority and its Subversion, Henry IV and Henry V", in Richard Wilson & Richard Dutton, eds., *New Historicism and Renaissance Drama*, London: Longman, 1992, p. 98.

作为符号之用,而且构成了实质和精华,"《理查二世》就是国王两个身体的悲剧"。①

那么,《理查二世》是如何发展国王二体悲剧的呢? 我们首先可以看到的是从戏剧一开始就一直不断强化、巩固的国王政治之体概念,其中特别有趣的是天文学及其制图学和地球仪知识的相关隐喻。理查明确有力地表达了国王二体的理论,即他和所有人类所共同具备的自然之体,以及"自大的"或象征的政治之体,后者超越了其人类的限制并将其与其他君王和上帝联系在一起。② 同时,理查的自然之体会接受失败和死亡,而政治之体则是无法触摸的:"哪怕波涛汹涌的大海,也休想冲洗掉君王额头上的圣膏——要知道,当初抹上这圣膏,有上帝的许可。上帝所挑选的君临人世的代表,世俗的凡人休想能推翻!"(88)③作为上帝选择的人间代理人,理查二世具现其作为国王的神圣权利,整个世界必须遵从他的意志。④ 倘若有人反对自己的尊荣,天使也会帮助他,受他支配:"上帝便派遣一个荣耀的天使去卫护他选中的理查。"(88—89)此处的天使护卫影射了耶稣基督在一位门徒拔剑保卫他时所说的话。⑤ 理查二世显然完全从心理上接受了基督君权的概念,他认为自己是"上帝的代言人",同时将自己比作耶稣基督。同样的理念在剧中的其他角色身上也有体现,如刚特采用了相似的修辞:"上帝的代理人,有上帝明鉴,抹上了神圣的油膏"(27),卡莱尔也说:"上帝所选定、委任、指派的领袖——他的大管家,他的代理人,抹了圣膏,扶上了王位,头戴着王冠,而且统治了天下这么多年。"(124)约克也将理查称为"抹上圣膏的君王"(77),即便在背叛理查投靠布林勃洛克之后,也称其为"神圣的国王"(98)。即便是篡位者本人布林勃洛克,也承认理查君权的标志性概念,如他想象理查是"烈火",有着"雷霆之威",而自己则是"柔顺的水"(100)。约克也形容他的眼睛"跟老鹰的一般明亮"(101)。正如蒂利亚德指出的那样,《理查二

---

① Ernst H. Kantorowicz, *The King's Two Bodies: A Study in Mediaeval Political Theology*, Princeton, New Jersey: Princeton University Press, 1957, p. 26.

② Frances E. Dolan, ed., *Richard II*, New York: Penguin Books, 2017, p. xxxii.

③《圣经·撒母耳记上》24.9 大卫不加害扫罗的故事中,大卫对随从说道:"我的主乃是耶和华的受膏者,我在耶和华面前万不敢伸手害他,因他是耶和华的受膏者。"(《圣经》,南京:中国基督教三自爱国运动委员会,中国基督教协会,2000 年,第 459 页)26.9 中,大卫对亚比筛说:"不可害死他。有谁伸手害耶和华的受膏者而无罪呢?"(《圣经》,南京:中国基督教三自爱国运动委员会,中国基督教协会,2000 年,第 464 页)

④ Paul Edmondson, "Introduction", in *Richard II*, Stanley Wells, ed., London: Penguin Classics, 2015, p. xxiii.

⑤《圣经·马太福音》26:53 中,耶稣说:"你想我不能求我父现在为我差遣十二营多天使来吗?"(《圣经》,南京:中国基督教三自爱国运动委员会,中国基督教协会,2000 年,第 54 页)

世》短短片段中就出现了四个传统的层级之首："元素中的火、星球中的太阳、人中之王以及鸟中之鹰。"①

　　更进一步而言，理查始终将作为君王的自己与天体——太阳等同，这与同时代主流的托勒密天文学知识以及天体"大宇宙"与自然界、人类社会乃至人体的"小宇宙"相对应的概念一致。在谈及上帝代言人身份前几行，理查对奥默尔谈到的天体的自比与天文学等相关知识以巩固自己不朽的政治之体，"洞察一切的天眼（the searching eye of heaven）隐没在西方"的夜色下，"照亮着地球的背面（Behind the globe and lights the lower world）"（87—88）。显然，此处的天眼指向了太阳，这是理查王用以自比最多的天体。因此，布林勃洛克对理查二世的谋反既是政治攻击，也是对宇宙秩序的冒犯。② 此外，剧中还有多处都涉及这一天体比喻意象。如索尔兹伯雷称其为"那轮太阳"（82），布林勃洛克形容其为"一轮怒火中烧的红日"（101），以及理查自比为太阳："下来，我下来了，像金光灿烂的菲顿，驾驭不了太阳神的烈马，从云端跌下来了"（107）。

　　实际上，太阳的意象（象征性地与君主联系在一起，是因为君主与太阳在伟大的存在之链中相似的位置）在剧中显然是主题性的和无处不在的。历史上的理查二世使用两种不同类型的徽章，一种是"云隙阳光"（sunburst），另一种则是"由射光环绕的太阳"（sun in splendour）。第一种刻在理查墓像的斗篷上，第二种则出现在克莱顿手稿（the Creton manuscript）的插图之中，显示了理查从爱尔兰回来时的船帆华丽的装饰。③

　　此外，天体的自比同样从侧面体现出关于天体的新知识——英国的地球仪及相对极（antipode）的概念。理查就提到了相对极以强化宇宙结构学比喻，他将波林勃洛克比作攫取其王位的小偷："现在这奸贼，这叛徒——布林勃洛克，趁着我在阳光普照下四巡出境（whilst we were wand'ring with the antipodes），他便在地球另一边，趁黑夜如漆，横行不法；可他的猖狂长不了，他马上会看到我从东方的宝座上升起。那万道金光逼射得他抬不起头，只因为大逆不道而丧魂落魄、脸红耳赤、浑身不住地打战。"（88）

　　史学家乔治·巴萨拉（George Basalla）注意到长期的文化压力、经济因素以及"广泛共有的价值观"对新科学技术的发展有着重要的刺激作用，

---

① E. M. W. Tillyard, *The Elizabethan World Picture*, London: Chatto & Windus, 1950, p. 43.

② Anthony B. Dawson and Paul Yachnin, eds., *Richard II*, Oxford: Oxford University Press, 2011, p. 207.

③ Charles R. Forker, ed., *King Richard II*, London: Bloomsbury, 2016, p. 491.

但短期现象同样也很重要。巴萨拉认为"席卷一个地区十余年的短暂热潮"也常常影响科学技术创新。1580 年,弗朗西斯·德雷克(Francis Drake)环游世界归来掀起了英国人对地球仪的追捧,而这也促成威廉·桑德森(William Sanderson)资助制造英国自己的地球仪。"①这用来描述莫利纽克斯(Molyneux)的地球仪,再恰当不过,这是第一个英语地球仪,它由英国人埃莫瑞·莫利纽克斯(Emery Molyneux)与荷兰雕刻师约库道斯·洪迪乌斯(Jocodus Hondius)于 1592 年在伦敦制作完成,以爱德华·赖特(Edward Wright)的世界地图为基础,用墨卡托(Mercator)投影法制成,最后通过多种形式在公众面前展出。② 倘若我们细察莫利纽克斯的地球仪,便可发现他对这一仪器的英国本土化包含着强烈而广泛的意义。地球仪上存在一红一蓝两条线,代表着环绕地球的英国航海家弗朗西斯·德雷克(Francis Drake)和托马斯·卡文迪什(Thomas Cavendish)两人的航线。类似缎带的两条线就像缠绕礼物一样,实际上制造的地球仪一直都宣称是进献给伊丽莎白女王的。同时,地球仪上的北美海岸还画着英国的船只,并用英语命名,无疑表达了英国对新世界的雄心。③ 在意大利大使佩特卢西奥·乌巴尔迪尼(Petruccio Ubaldini)看来,这个地球仪意义重大,因为伊丽莎白一世现在可以"瞧一眼就知道自己凭借海军可以控制多大的世界了"。这个地球仪是英国不断增长的全球意识的集中体现。④ 在莫利纽克斯于 1592 年制造出地球仪之后,英格兰对地球仪变得愈发热衷,而这一热潮在多方面影响了莎士比亚及其剧团。不只是由他们新建的剧场以此命名为"环球剧院(The Globe)",同样还促使莎士比亚使用了很多建筑科技词汇和地球仪相关词汇。特别是"antipodes(相对位置/相对极)"一词,从莫利纽克斯制造英国地球仪那一年起,直到宫内大臣剧团建造新剧院并取名"环球"为止,莎士比亚这一时期的戏剧就使用了 5 次"antipodes",而这一词汇其实是制图的专业词汇。⑤ 其意义为与某人自身位置相对的地球

① George Basalla, *The Evolution of Technology*, Cambridge: Cambridge University Press, 1989, pp. 176—177.

② 有关莫利纽克斯的地球仪详情,参见 H. M. Wallis, "Futher Light on the Molyneaux Globes", *Geographical Journal* 121 (1955), pp. 204—311; Jonathan Bate& Dora Thornton, *Shakespeare: Staging the World*, London: The British Museum Press, 2012, p. 52。

③ Adam Max Cohen, *Shakespeare and Technology: Dramatizing Early Modern Technological Revolutions*, New York: Palgrave Macmillan, 2006, pp. 53—56.

④ Jonathan Bate& Dora Thornton, *Shakespeare: Staging the World*, London: The British Museum Press, 2012, p. 52.

⑤ Adam Max Cohen, *Shakespeare and Technology: Dramatizing Early Modern Technological Revolutions*, New York: Palgrave Macmillan, 2006, p. 60.

仪上的一个地方或与之相对的某人所处之处。这一词语常在古代和中世纪旅行文学中出现，以此暗示一个地区或人群在地理上和文化上的遥远距离。① 对这一词汇和概念的兴趣在早期现代随着地球仪在欧洲的风靡而扩散，这一概念同样也在 1590 年代的记述文学中出现。托马斯·胡德（Thomas Hood）就这样定义："相对极有着相同的子午线，但在经度上则相差 180 度。它们有着相同的地平线，但是季节相反。换句话说，一方的垂直最高点就是另一方的地平线的最低点；反之，它们也拥有同样的纬度，但是朝着相反的极点弯曲。"②

显然，写于莫利纽克斯地球仪制成三年之后的《理查二世》（1595）受到了新知识的影响。尽管太阳与相对极这段话都在强调其"太阳王"的概念，说明只要君王出现在东方，就可以消除黑夜、谋杀与叛乱，但同时理查二世运用天体比喻与地球仪的相关知识具有双重含义：一是以不会消亡的太阳自比描述君王等次的崇高，确立自己神性的、不会毁灭的政治之体；二是借助同时代与天文学相关的地球仪和制图学相关知识，突出作为英格兰君王的中心位置。这两点无疑都是为巩固王权政治服务的。

然而，与此同时，通过细读文本我也发现其中包含的隐忧。正如勒布朗指出那样，此处的宣言将其身份扎根于圣油及神圣选举之上，至少存在两处缺陷。第一处是有关圣经的影射：通过其话语，理查把自身置身于基督徒的位置，将自己与基督同化（涂过圣油），国王似乎获得了一股不可战胜的力量。表面上看，国王像基督一样成为不可亵渎的存在，但《马太福音》中受难的"犹太人的基督国王"却被嘲讽、戏弄、钉十字架处死献祭，救得了别人而不能救自己，从而影射出荣耀下的荒谬。③ 第二处则是在历史层面，有关加冕礼的敷圣油。实际上，理查二世宣称自己是上帝的"敷过圣油的人"，但他可能并未受此礼。因此，国王宣称的合法性就有了疑问，而这正是在要求荣誉与皇室特权的时刻。可以说，从一开始，理查的国王身份，就从内部被侵蚀了。④

---

　　① 根据《牛津英语辞典》（OED）的定义，在莎士比亚的时代，作为名词的 antipodes 有如下意义：1. 在地球上背对背住的人；2. 那些和地球另一边的居民很相似的人；3. 在地球表面上直接相对的地方，或直接相对于另一个的地方。参见〈https://www. oed. com/view/Entry/8784？ redirectedFrom = antipode&〉。

　　② Adam Max Cohen, *Shakespeare and Technology*: *Dramatizing Early Modern Technological Revolutions*, New York: Palgrave Macmillan, 2006, p. 61.

　　③ 《圣经·马太福音》27:37 中，他（基督）头上安了一个牌子，写着他的罪状，说："这是犹太人的王耶稣。"《圣经》，南京：中国基督教三自爱国运动委员会，中国基督教协会，2000 年，第 7 页。

　　④ 勒布朗：《逊政君主论》，贾石，杨嘉彦译，上海：华东师范大学出版社，2018 年，第 186—187 页。

二、镜子:国王二体的分离

正如康氏敏锐地将《理查二世》阐释为基督君权的悲剧,其以君主称号作为剧名就逐渐证实了理查独特的身份危机:理查的双重本质不仅定义也放大了其遭遇,在舞台上展示出其人性从神秘身体中的致命分离,并最终导致他的自我堕落和毁灭。康氏指出了王权中不可避免的"复制"继承,也通过理查二世说"我一个人顶着好几个角色"(163),展示出理查内心中自我意识的决心。① 进一步而言,理查自己实际上也参与了政治之体的分离。比如,当他剥夺了布林勃洛克的领地和头衔时,已经对"父子相传、世代继承"的合法权利进行了破坏,从而会"招来成千万的危险"(59)。此外,我们看到了太阳意象从自身转移到布林勃洛克身上的过程,理查后来就描述布林勃洛克为太阳,自己在其照射下消散无形:"只怕我是个雪地里堆成个国王般形状的絮儿,正站在布林勃洛克的阳光底下,全身一点一滴地融化成一摊水。"(134)

而在理查二世被废黜后,这位前国王凝视着一面镜子,这一情节并非莎士比亚材料来源中的一处,显然是作者精心加入的。理查刚刚放弃了自己的王冠和王位,想看看把自我与角色分离后是否影响到其物质的身体:"立刻去拿面镜子来,我也好瞧瞧,君王的尊严已经倾家荡产了,我这一张脸又成了怎么个样儿。"(134)这一时刻表现出不合时宜的虚荣,因为当理查凝视着现在时,同时也放弃了自己的过去、抹去了自己的未来。②

16、17世纪随着英国国内玻璃、镜子制造量的不断进步增长,出现了大量各种各样的镜子。赫伯特·布拉布(Herbert Grabes)评论道:"尤其是通过它们(各式镜子)的新颖和技术奇迹般的崇高地位……玻璃镜子成为了流行时尚中让人垂涎、不可或缺的小道具。"(Grabes 4)他在研究中世纪和早期现代英国文学中镜子意象时专辟一章阐释莎士比亚的70段关于镜子的段落。他认为即便莎士比亚的镜子意象涵盖了传统领域,但作家常"利用这一意象的传统用法,在语境中拓展、改变乃至合并其意义,丰富了其功能性"。③

---

① Charles R. Forker, ed., *King Richard II*, London: Bloomsbury, 2016, p. 17.

② Paul Edmondson, "Introduction", in *Richard II*, Stanley Wells, ed., London: Penguin Classics, 2015, p. xxv.

③ Herbert Grabes, *The Mutable Glass: Mirror Imagery in Titles and Texts of the Middle Ages and the English Renaissance*, Cambridge: Cambridge University Press, 1982, p. 204.

我们看到《理查二世》中有关这一新技术道具描述的场次给人留下深刻印象。康托洛维茨就指出镜子那场戏构成了国王二体悲剧的顶点。[①] 镜子起到了魔镜的作用，与童话中走投无路的巫师类似，理查本人也被迫用巫术做出对己不利之事。镜子所反照出的那张人脸，不再与理查的内心保持一致。"难道就是这张脸吗？"这个三重的提问，与答案一起，再次反映了二重性的三个主要样态——国王，上帝（太阳）以及傻瓜："难道就是这张脸，就凭这张脸，千万个人天天托庇于它的眉宇下吗？难道就是这张脸，像当头的大太阳叫人睁不开眼吗？难道就是这张脸，赏脸给一大堆蠢事，却终于在布林勃洛克面前丢尽了脸？"（135）最后，当理查被自己脸上"瞬息易逝的荣华"激怒了，将镜子猛地掷向地面，碎裂的不只是理查的过去和现在，同时也包括超现实世界的方方面面。他的镜中幻象/魔镜（catopromancy）结束了。镜子所影射出的特征透露出，他已经被剥夺了一切拥有第二个、超现实身体的可能性——包括有国王威严的政治之体、被上帝挑选具有神性的代理人、有许多愚行的傻瓜，甚至还包括通过最具人性的悲伤遁入内在之人。碎裂的镜子意味着或者就是，一切可能的双重状态的破碎。所有这些面相都坍缩而归于一：一个可怜的人那平凡的面目以及无足轻重的本性。这个本性使得一切隐喻都失效，这是理查的移转，也是一个新的自然之体的诞生。[②]

实际上，早在第三幕第二场出现的高潮部分，理查二世就将国王的两个身体（有朽的和不朽的）分离。尽管二体构成教义性的合一，但二者的分离无论如何是可能的，就普通人来讲，这种分离常被称作死亡。[③] 国王神性的身体被降格到有朽的身体。理查二世谈到了死亡这一角色就像王冠内的小丑讥笑着君王可见的权力：

> 理查：死神的宫廷正营造在这个空洞的王冠内。
> 这"宫廷"里有一个小丑，只管在讥嘲
> 帝王的威严，在取笑他的排场，
> 容忍他透口气儿，扮演着国王
> 好威风，他一个颜色就叫人活不成；
> 怂恿他妄自尊大，不可一世，
> 仿佛他这个血肉之躯是一座

---

① Ernst H. Kantorowicz, *The King's Two Bodies: A Study in Mediaeval Political Theology*, Princeton, New Jersey: Princeton University Press, 1957, p. 39.

② Ibid., pp. 39—40.

③ Ibid., pp. 12—13.

不可摧毁的铜墙铁壁,正当他

趾高气扬,却不提防末日已来临;

经不起小小一枚针轻轻地一挑,

就刺破了他城堡——于是,再会吧,王上!(94)

理查感受到了作为有朽人类的国王的伤心,他接着讲道:

都戴上帽子吧,这么毕恭毕敬地的

对待一个血肉之躯,岂不是

在嘲弄那些凡人吗?抛开老一套的敬礼、

仪式和表示尊敬的规矩吧——都因为

这么些年来,你们始终把我错看了。

跟你们一样,我也是靠面包活命,

也感到饥渴,也咀嚼生命的悲哀,

也需要朋友——既然我身不由主,

你们怎么能对我说:我是个国王呢?(94—95)

正如康氏指出的那样,二体合一的拟制崩塌了,国王二体的人性与神性彼此对立。[①] 理查二世不再扮演君王,其政治之体消失,成为只具备了有朽自然之体的凡人。正如理查自述那样:"我没姓,没头衔,连我在洗礼时领受的名字也被人篡夺了。"(134)

而在随后照镜子的过程中,他自言自语地详细描述了神圣的权威是如何被破坏殆尽的,同时这也是"逐步自我实现和完全自我恣纵的最杰出的插曲"。[②] 首先,理查从"浅浅的皱纹"描述自己外貌开始,转向认识到其君主威严的外现——其脸部表象的脆弱性。此时的理查失去了尊贵的皇家身份,与拿在手上的镜子的脆弱暗示相结合,表明了世界的颠倒。透过镜子的框架,理查将镜中的脸当作了肖像画,从而能够通过打碎镜子进行破坏。理查修辞性的问题强调了国王两种身体之间的差异,政治之体决不会死亡,只会随着君主系统的存续而长久:"国王(的身体)死去了;君王万岁万万岁";但理查最终认识到作为人的理查的自然之体是决计不会

---

① Ernst H. Kantorowicz, *The King's Two Bodies*: *A Study in Mediaeval Political Theology*, Princeton, New Jersey: Princeton University Press, 1957, p. 31.

② Paul Edmondson, "Introduction", in *Richard II*, Stanley Wells, ed., London: Penguin Classics, 2015, pp. xxvi.

与政治之体一起再次同绵延的历史相结合的。当镜子破碎时,理查君王的人物角色最终也只剩下残余罢了。[1] 其次,破碎的镜子预示着疾病和死亡,这种迷信观念可能源于泛灵论,即一个人的镜面意象是其灵魂的组成部分或投射。理查最后决定摔碎镜子不只是去自我憎恶的象征,同样也预示着即将到来的死亡。[2] 穆瑞·施瓦茨(Murry Schwartz)就认为理查在"镜子"场景中的暴力行为需要将镜子摔得粉碎,因为这既是王室身份的纯粹戏剧呈现,也是认识到戏剧化背后的个体身份。[3] 镜子场景是该双重人格悲剧的高潮部分。镜子所反映的实际的脸已经不能展示理查的内心经历,他的外表也不再与其内心一致。[4] 在镜子里,表现为国王、傻瓜和上帝的复本无可避免地一同消散。[5] 最后,国王带着镜子的景象是一种混合象征传统的戏剧化,照镜子意味着寻求真理或自恋的自我吸收。戈达德(Harold. C. Goddard)就称摔镜场景中的理查二世为"自恋国王"(Narcissus-King),[6]实际上,纳西塞斯(Narcissus)是希腊神话里的美少年(他太恋自己的容颜,常在湖边照自己,死后就化为水仙,后世用来形容太自恋的人)。理查展示出自恋倾向,体现在他对服饰的选择、对骑马比赛的处理及雄辩语言的运用上,而镜子在中世纪就是自负、虚荣的具现,理查就称其为"奉承的镜子"(135),因此他的死在于对自己形象的过度痴迷。于是,镜子让理查感到不快,从而唤起其破坏、毁灭的欲望。如同神话中的纳西塞斯一样,理查通过镜子的破碎带来了对自身政治之体的解构。[7]

理查把这面镜子称为一个启示性的文本:"我会好好念的,只消我看到了记录着我一生罪恶的那本书,——那是说,让我看到了我本人。"(135)布林勃洛克的回答表明理查的行为和言语的空洞无聊:"是你哀怨的影子摧毁了你

① Paul Edmondson, "Introduction", in *Richard II*, Stanley Wells, ed., London: Penguin Classics, 2015, pp. xxvi—xxvii.

② Peter Ure, "The Looing-glass of *Richard II*", *Philological Quarterly* 34 (1995), pp. 219—224.

③ Murray Schwartz,"Anger, Wounds and the Forms of Theater in King Richard II: Notes for a Psychoanalytical Interpretation", in Peggy Knapp, ed., *Assays: Critical Approaches To Mediaeval and Renaissance Texts*, vol. 2, Pittsburgh: University of Pittsburgh Press, 1983, p. 128.

④ Ernst H. Kantorowicz, *The King's Two Bodies: A Study in Mediaeval Political Theology*, Princeton, New Jersey: Princeton University Press, 1957, p. 39.

⑤ Ibid., p. 27.

⑥ Harold. C. Goddard, *The Meaning of Shakespeare*, Chicago: The University of Chicago Press, 1951, p. 157.

⑦ Neslihan Ekmekçioğlu, "The Unfolding of Truth and Self-representation within the Cracked Mirror in Shakespeare's *Richard II*", *Gender Studies* 2013. 12 (1), p. 46.

的脸儿的影子。"(136)这个场景建立在理查和布林勃洛克关于镜子意义的争论之上,将我们带入内在人物塑造的新领域中。毕竟,在我们理解理查在镜子里寻找的是什么,以及他如何判断他的所见所闻之前,我们很难判断其中哪一个是对的。①理查的最终评论明确地说明了这个场景如何刺激我们与这个男人内心进行接触:"哀怨都埋在我心底,外表上的伤心落泪——都不过是影子——那看不见的悲哀默默地充塞在我受难的灵魂里。"(136)

正如理查后来所承认的那样,他放弃了自己地位的象征,因此背叛了王权并揭示自己仅仅是自然的、物质的:"是我,在这儿替自己的灵魂做主,容许把一个冠冕堂皇的君主,剥去了他的体面,熄灭了万丈光辉,叫帝王从万人之上堕落为贱奴,成了子民,成了一个乡巴佬。"(133)显然,他通过镜子场景表达出逊位是"君主自愿放弃权力并回归个人身份的行为"。②

三、钟表:理查二世身体的重构

那么,理查二世消解其不朽的政治之体,回归有朽的自然之体之后,其最终归宿是什么呢? 答案在理查最后的独白中显而易见——钟表,即机械之体。

在戏剧的最后,理查二世这位被废囚禁的国王将自己比作钟,表达出自己的可悲与失望:"我蹉跎了时光,现在时光消磨我了。我变成了它的一只报时的时辰钟。我一个接一个的思想就是一分分钟,一声声呻吟,就是那烦人的滴嗒声。把时光的偷换都显示在钟面——我的眼。我的手指儿一刻不停地在抹泪,像钟面上的时针,时时刻刻在活动。"(164—165)剧中的理查二世多次用到这一比喻,详尽阐释了钟表的立轴横杆式擒纵结构(verge-and-foliot escapement)。理查的思考带来了眼中的泪水,他将此描述为钟面或表面,他将抹去泪水的手指比作"时针",就像钟表的手一样,其比喻凸显了早期现代的类推和类比。③

这段话晦涩难懂,引发了众多学者的评论。理查的脸,尤其是他的眼睛,是时钟的表盘,他的手指指向一个表盘数字(即以哭泣的眼睛为标志),他的思想和叹息是驱动时钟的机制;也就是说,他们记录了悲伤的时间流

---

① Andrew Gurr, ed., *King Richard II*, Cambridge: Cambridge UP, 2018, pp. 52—53.

② 勒布朗:《逊政君主论》,贾石,杨嘉彦译,上海:华东师范大学出版社,2018年,第31页。

③ Adam Max Cohen, *Shakespeare and Technology*: *Dramatizing Early Modern Technological Revolutions*, New York: Palgrave Macmillan, 2006, p. 138.

逝,就像时钟的滴答声标记了分钟和小时的间隔。这使眼睛流着眼泪,同时伴随的"呻吟"通过敲打"钟"的心来敲响时间。为什么呻吟既能打动人心,又能发出声音? 这还没有解释清楚,这也是这段话的一个特点,令评论者感到沮丧。① 亚当斯(Richard Adams)这样解释道:"理查纷扰、繁复的形态在这段比喻的复杂性中表露无遗:他的思想是分钟,它们发出的频繁而有规律的叹息是钟摆发出的呻吟。与此同时,时钟的表面(就像理查眼神所呈现的外表)也通过其指针(就像理查擦拭泪水的手指)记录了时间的流逝。因此,理查脑海中穿梭的悲伤思绪的流露,既通过其呻吟,也通过其眼睛来表达。"②钱伯斯(E. K. Chambers)也评论说:"此处[在思绪与分钟之间]的对比的要点在于相同思绪的无变化重现、循环。"③牛津版的注释认为 watches 有两个意思:时钟上显示分时的标记;观看的时间(保持着焦虑的清醒),④而阿登版则说 watches 指时钟上的数字,也指失眠的时期。这一意象部分是基于钟面和人眼之间的相似性,因为时钟的指针指向一个小时,然后经过它的手指擦去眼泪。同时,人眼的作用是保持注视和观看,就像时钟在隐喻上保持注视一样,而且我们要知道在 16 世纪手表和钟表是同义词。然而,这段话通过使用 watch 这个词在几个重叠的意义上使理解复杂化,可以说是由时钟的滴答声标记的时间间隔,也可说是有数字表盘的钟面和手表的刻度(用以划分一天的时间),还可以认为是有夜视功能及闹钟作用的钟表设备和道具。⑤

　　理查德(Richard Quinones)指出,理查二世的独白表明,"时间并非文艺复兴时期人们所具备美德的一个因素,而是人意识中的一股力量,这股力量来源于他们象征着从旧世界中分离新的世界意识及自身位置的差异"。⑥接着,理查二世继续自己悲伤的独白,但钟却变成了令人不安的、奇怪的、甚至是危险的东西:"唉,老兄啊,那报时的钟声,就像是叩击着我的心弦所发出的呻吟。这么说,那些叹息啊,泪水啊,呻吟啊,就算是一分分、一刻刻,一个个小时;可是那得意洋洋的布林勃洛克,正兴高采烈呢,在他欢乐的宫廷

① Anthony B. Dawson and Paul Yachnin, eds., *Richard II*, Oxford:Oxford University Press, 2011, p. 277.

② Richard Adams, ed., *Richard II*, London:Macmillan, 1975, p. 252.

③ Charles R. Forker, ed., *King Richard II*, London:Bloomsbury, 2016, p. 446.

④ Anthony B. Dawson and Paul Yachnin, eds., *Richard II*, Oxford:Oxford University Press, 2011, p. 277.

⑤ Charles R. Forker, ed., *King Richard II*, London:Bloomsbury, 2016, p. 466.

⑥ Richard Quinones, *The Renaissance Discovery of Time*,Cambridge, MA:Harvard University Press, 1972, pp. 3—4.

里,我余生的时间只管在飞;可这儿,呆呆地站着我,像为他报时的机器人。"(165)早先理查将每一声叹息比作"烦人的滴答声",而这里则将心跳声与滴答声作比,人类心跳与机械的滴答类似在早期现代时期是普遍的认知。此外,理查二世最后的想象还从解剖学和生理学方面拓展了人类——钟表比喻,他将力量非凡的太阳王比作蠢笨的报时机器人,这一机械装置会在固定时间敲击铃铛。莎士比亚和他的观众应该看到过威尔斯大教堂中的报时机器人原物,这一木偶名为 Jack Blandifer,他会每隔一个小时移动自己的头并敲击铃铛。① 显然,对布林勃洛克而言,时间是愉悦而飞逝的,但对理查而言,在狱中憔悴的自己度日如年,唯有数着小时消磨时间。

　　实际上,在早期现代英格兰,钟表常用来象征人类的发明创造、宇宙中神圣的设计以及比古典和中世纪文明优越的现代性。②刘易斯·芒福德(Lewis Mumford)就曾声称钟表在欧洲技术殿堂中处于首要位置:"在时钟发展史的每一个阶段,它都是机器的出色代表,也是机器的一个典型符号……我们如果要求消耗确定量的能量,做到标准化、自动化,准确控制时间,直到生产出最终产品,从这几方面来说,时钟在现代技术中一直处于领先地位。它在每个发展阶段中都是带头的,它所达到的完美是其他机器所难以望其项背的。"③克劳斯·莫里斯与奥托·麦尔(Klaus Maurice and Otto Mayr)也注意到机械钟表对早期现代个体思想观念的显著影响:"(早期现代时期生产出)大量各种尺寸的钟表,它作为观念上的意象具备了整个文明的思想和精神,这是之前任何机器都无法比拟的……历史上没有哪一种机器得到如此直接的表现,反过来,它又影响了同时代的智识环境……激发了人们可探寻的思维方式和结构,从更大范围而言,人类所存在的宇宙是神秘的,而我们可以将宇宙比作钟表。"④正如梅西(Samuel L. Macey)指出的那样,对莎士比亚作品中钟表比喻的讨论值得我们注意,因为莎士比亚的职业生涯正与英格兰建立国内制表业的时间段一致:"莎士比亚的经典作品为我们提供了理解早期英格兰使用钟表比喻的最好标准。他的职业生涯时段涵盖了第一代英国制表业的发展历程,而就在他写作《暴风雨》最后告别

---

① Adam Max Cohen, *Shakespeare and Technology: Dramatizing Early Modern Technological Revolutions*, New York: Palgrave Macmillan, 2006. p. 140.

② 更多关于钟表象征意义的讨论,参见 Gerhard Dohrn-van Rossum, *History of the Hour: Clocks and Modern Temporal Orders*, Thomas Dunlap, trans., Chicago: University of Chicago Press, 1996, p. 8.

③ Lewis Mumford, *Technics and Civilization*, New York: HBJ, 1962, pp. 14—15.

④ Klaus Maurice and Otto Mayr, eds., *The Clockwork Universe: German Clocks and Automata 1550—1650*, Washington, DC: Smithsonian, 1980, pp. vii—ix.

语的一年之前,伽利略对望远镜的使用推动了科研发展,并最终导致钟表革命。"①

因此,毫不奇怪,莎士比亚笔下的角色常常将个体与钟表机械作对比,实际上,这也是长期以来的文学传统。早在 1400 年,克里斯蒂娜·德·皮桑(Christine de Pisan)就写道:"因为我们人类身体是由诸多部分构成的,所以需要理性控制,它可以用含有齿轮和度量的钟表述。"②莎士比亚并未直接将人与钟表作比,他运用了钟表的物理事实,即通过与钟表对比能更好地解释人作为整体和部分所具备的特性。③ 进一步而言,17 世纪正是身体作为小宇宙到身体作为机器的转变的关键时期。解剖教材的插图也从艺术、程式化转向对身体部分高度精确和模仿的描述。④ 乔纳森·索戴伊(Johnathon Sawday)称这种为"地理身体(geographic body)",它逐渐被笛卡尔的"机器身体(mechanical body)"所取代。身体不再作为微观宇宙而是作为机器:"身体作为机器,像一台钟表,一台自动机器,自身是没有智力的。它沉默地按照机械原理运作。……作为机器的身体变得具体化……但整个与世界言说和思考主体分离。笛卡尔的主体、肉体的客体之间,思考的'我'和'我们'所处的'在'之间,变得绝对了。"⑤正如我们看到的那样,早期现代欧洲日常生活中切实而具体的地方在逐渐机械化,并伴随着对此的哲学和科学回应。新的技术导致我们看待世界和自身有了一套与以往迥异的视角。

然而,理查在转向机械之体之后,在第五幕的最后,被杀害的理查可以说是灵魂与肉体分离了。不再是国王与人的躯体,而是人的,乃至是所有人的灵魂和躯体:"上天去吧,我的灵魂,直冲九霄云外,找你的归宿吧,我重浊的肉体倒下去,埋入黄土吧,我就死在这里吧。"(168)它们做着"双重运动",即灵魂的"上升"与粗俗的肉体而不再是躯体的"下降"。⑥ 因此,我们看到,理查最终以机械之体回归个人身份且以所有人类相同的方式

① Samuel L. Macey, *Clocks and the Cosmos: Time in Western Life and Thought*, Hamden, CT: Archon Books, 1980, p. 130.

② Otto Mayr, *Authority, Liberty, and Automatic Machinery in Early Modern Europe*, Baltimore: Johns Hopkins University Press, 1986, p. 35.

③ Adam Max Cohen, *Shakespeare and Technology: Dramatizing Early Modern Technological Revolutions*, New York: Palgrave Macmillan, 2006, p. 138.

④ Sarah Tarlow, *Ritual, Belief and the Dead In Early Modern Britain and Ireland*, Cambridge: Cambridge University Press, 2011, pp. 84—85.

⑤ Jonathan Sawday, *The Body Emblazoned: Dissection and the Human Body in Renaissance Culture*, London and New York: Routledge, 1995, p. 29.

⑥ 勒布朗:《逊政君主论》,贾石、杨嘉彦译,上海:华东师范大学出版社,2018 年,第 206 页。

走向了死亡。

　　《理查二世》是莎士比亚最为重要的作品之一，同时也是伊丽莎白时代最为现实的作品之一。伊丽莎白一世对于这部悲剧颠覆性的畏惧更凸显了其现实性，此剧被后人视为一部极其危险的政治剧。对我们而言，其力量远远超出了政治范畴。[①] 透过《理查二世》中科技物件反映出的国王身体政治的变化，我们可以看到从君王政治之体到凡人自然之体，再到凡人机械之体的整个变迁过程。史蒂文·穆兰妮（Steven Mullaney）将伊丽莎白时期的剧场描述为"集体思维产生的新公共场所"："早期现代伦敦的露天剧场……以相当文艺的形式将早期现代表演的广泛领域发展到新的维度，为剧作家、演员和观众展现和经历一种充斥着情感的技术创造出新的复杂的认知空间……构建着与观众共鸣的新近出现有关个体或集体身份的不确定性，由此用语言试探伊丽莎白时期社会身体核心所产生的分裂。"[②]穆兰妮将莎士比亚的剧场描述为一种思考政治的集体思维与感知的"技术"，就使得我们能够摆脱原有对该剧的传统批评方法，即认为《理查二世》具现了莎士比亚对王权的讨论，那么从这一视角出发，我们可以将此剧放置在更加准确和全面的角度，由此理查二世个人不仅是个体，更是集体的象征。通过剧中的天文学（及其相关的制图学、地球仪）、镜子、钟表等科学技术的书写，我们能够从侧面以科技发展的状况印证早期现代的身体政治，特别是作为中世纪尽头王室代表的理查二世。我们可以这样说，理查二世的失败正是新时代的必然，他的身体政治也表明了君主神性的丧失和人性的回归，而机械之体的追寻不只是其个人的，也是群体的。

　　① 勒布朗：《逊政君主论》，贾石，杨嘉彦译，上海：华东师范大学出版社，2018 年，第 170 页。

　　② Steven Mullaney, "Affective Technologies: Toward an Emotional Logic of the Elizabethan Stage", in Mary Floyd-Wilson and Garrett Sullivan, eds., *Environment and Embodiment in Early Modern England*, London: Palgrave Macmillan, 2006, pp. 73—74.

第十四章 《亨利五世》中的火药武器

莎士比亚的历史剧《亨利五世》在舞台上塑造了人们心目中的开明君主亨利五世,详细描述了英国历史上著名的阿金库尔战役,但这部作品争议极大。批评家们不断从国族等角度进行争锋相对的激辩,如爱德华·贝瑞(Edward Berry)就认为,"作为迄今为止最富争议的历史剧,《亨利五世》仍然处在长久以来的学术争论中心"。① 理查德·杜顿(Richard Dutton)也指出:"这是国家荣誉的颂扬吗? 那么亨利就是真正的英雄战士般的王子。这是对战争和权力滥用的黑暗讽刺吗? 是随后悲剧作品的前奏? ……是英雄国王的国族史诗,抑或是对自私、伪善统治者的反战讽刺? 多种解读都试图在张力和模糊中构建各种可能性。"②不论如何,这部戏剧与战争是无法割裂开的,而武器则与战争不可分割。虽然如英西战争、与爱尔兰的冲突等战争或战争的威胁在莎士比亚的一生中持续存在,但武装冲突的性质似乎经历了重大的变化。军事史学有一种观点肇始于迈克尔·罗伯茨(Michael Roberts)1955 年的一次演讲,即 1560—1660 年间欧洲出现过一场"军事革命(military revolution)"。③ 杰弗里·帕克(Geoffrey Parker)也注意到 1500—1700 年间的欧洲是"在战争爆发持续时间方面最长的一段时期(约 95%),期间战争频发(几乎每三年一次),且平均持续时间、范围、规模也是令人咋舌"。④ 帕克对罗伯茨的观点进行了如下概括:

第一是"战术革命",弓箭和滑膛枪(musket)代替了长矛和长

① Edward Berry, "Twentieth-century Shakespeare criticism: the histories", in Stanley Wells, ed., *The Cambridge Companion to Shakespeare Studies*, Cambridge: Cambridge University Press, 1986, p. 255.

② Richard Dutton, "The Second Tetralogy", in Stanley Wells, ed., *Shakespeare: A Bibliographical Guide*, Oxford: Clarendon Press, 1990, pp. 360—362.

③ Michael Roberts, *The Military Revolution 1560—1660*, Belfast: Marjory Boyd, 1956.

④ Geoffrey Parker, *The Military Revolution: Military Innovation and the Rise of the West, 1500—1800*, Cambridge: Cambridge University Press, 1988, p. 1.

枪……第二是欧洲各国军队规模显著扩大（1500—1700 年有些国家的军队人数增长至原来的 10 倍）。第三是采用了更具野心、更加复杂、旨在调动更庞大军队投入军事行动中的战略。第四，战争成本越来越高，造成的损失越来越大；而且，军队规模越大，军队管理面临的挑战也就越大。因此，发动战争给黎民百姓和统治者造成的负担都更加沉重，带来的问题也更多。①

可见火器的使用和火药的改良对部队及士兵产生了重要影响，甚至"火药部队缓慢增长带来的科技复杂性已经开始强迫士兵逐渐成为了技术人员"②，而帕克则更进一步，建议将欧洲 1560—1660 年的军事转型期向前推至 15 世纪，认为在此期间人们不得不面对黑火药引入战争给防御工事带来的变化，其观点虽有争议，但大部分学者都同意 16—17 世纪的欧洲在军事技术和战术上发生的重要改变。③

本章试图围绕莎士比亚历史剧《亨利五世》中与火药技术相关的武器和人物，指出其中体现的火药对英国军事的革新和对社会价值观变化的促进，乃至其中隐现的军事古典派与现代派之争。

一、大　炮

正如亚当·马克思·科恩（Adam Max Cohen）指出的那样，历史上亨利五世对哈弗娄城的围攻是火器第一次在欧洲战役中大放光彩的时刻，因此《亨利五世》"通过多种火器比喻以强调火器重要性是非常契合的"。④ 在《亨利五世》第三幕的序曲中，致辞者让观众想象英国的舰队横渡海峡到达法国，描绘出哈弗娄城下壮阔的战争图景：

　　你看见了炮车里大炮正张开血口，对准了被围的哈弗娄。假定吧，大使已从法兰西回来，向亨利报告，法兰西国外愿意把卡莎琳公主嫁给

---

① Geoffrey Parker, *The Military Revolution: Military Innovation and the Rise of the West, 1500—1800*, Cambridge: Cambridge University Press, 1988, pp. 1—2.

② Michael Roberts, *The Military Revolution 1560—1660*, p. 10.

③ Jeremy Black, *A Military Revolution? Military Change and European Society, 1550—1800*, Atlantic Highlands: Humanities Press International, Inc., 1991, p. 4.

④ Adam Max Cohen, *Shakespeare and Technology: Dramatizing Early Modern Technological Revolutions*, New York: Palgrave Macmillan, 2006, p. 108.

他，公主的陪嫁却只是区区几个不足道的公国。这条件可不能让人满意，于是，敏捷的炮手拿着引火的铁杆，伸向那可怕的炮口。[战号声。炮声大作。]一刹那只见对方墙坍城倒。还请多多地照顾，凭你们的想象，弥补我们的演出。①

　　这一段描述无疑将火药武器的威力凸显无疑，其背后有两个关键点，其一是有关英国威力无穷的大炮，此处的大炮（ordnance）指亨利五世的攻城炮，其最初的使用源自他对威尔士城堡的进攻，后成为其法国征战胜利策略的著名特征，②而炮车（carriage）则指装有大炮的导轮架。③ 亨利五世接着发动攻城动员以鼓励士气："战友们，再接再厉，向缺口冲去吧……叫两眼圆睁，那眼珠，从眼窝里突出，像碉堡眼里的铜炮（brass cannon）。"（602）实际上，最早的重型大炮是用黄铜（铜和锌或锡的合金）铸造的，后一种混合的金属直到 18 世纪才被称为"青铜"。加农炮（cannon）在莎士比亚时代是一个通用的术语，但严格来讲，加农炮在 16 和 17 世纪特指最大口径的炮，一般重达 7000—8000 磅，有一个 8 英寸口径 12 英尺长的炮管，要发射一颗 60 磅的弹丸则需要大约 45 磅的火药。它被细分为多种类型，从最大的"皇家加农"和"倍加农"，再到最小的"半加农"，亨利五世在阿金库尔战役中很大程度上依赖于攻城炮。④ 霍格（O. F. G. Hogg）就指出，围攻哈弗娄"是历史上第一次投资，在此期间，大炮证明了它的价值……（这是）炮手的胜利，因为如果没有大炮，围攻可能就失败了。……那门耳轴式大炮及炮车在此后 80 年消失不见……致辞者呈现了一个时代错误"。⑤ 舞台上随即响起了战号声和炮声，此处的 chambers 指用于致敬或表演使用的小型火炮。⑥

　　此外，在两国交战之前，战争导火索之一是法国皇太子给亨利送来一箱网球进行公然的嘲笑，愤怒的亨利直接告诉法国大使："去告诉那欢乐的太

---

　　① 莎士比亚：《亨利五世》，《新莎士比亚全集（第七卷）》，方平译，石家庄：河北教育出版社 2000 年，第 601—602 页。后文出自该著作的引文，将随文在括号内标出引文出处页码，不另作注。

　　② Russ McDonald and Lena Cowen Orlin, eds., *The Bedford Shakespeare*, Boston and New York：Bedford/ St. Martin's, 2015, p. 832.

　　③ Jonathan Bate and Eric Rasmussen, eds., *Henry V*, New York：The Modern Library, 2010，pp. 43，69—70.

　　④ Charles Edelman, *Shakespeare's Military Language：A Dictionary*, New Brunswick：Athlone Press，2000，p. 59，69.

　　⑤ O. F. G. Hogg, *English Artillery 1326—1716*, London：Royal Artillery Institute，1963，p. 205.

　　⑥ A. R. Humphreys, ed., *Henry V*, London：Penguin Books，1968，p. 163.

子尽管取笑吧，网球，给他取笑成了炮眼里的*石弹*（gun-stone）；他的灵魂，将要受到深重的责难（shall stand sore charged）。"（566）此处的"charged"既指负担，又有装满弹药的意思。① 亨利王提到的石弹是符合史实的，炮弹最开始的确由石头制成并一直持续到16世纪，因此石弹成为弹丸的通称。② 当埃克塞德作为使节到达法国王宫面对法国皇太子时，他宣称由于皇太子借网球"恶意嘲弄"，倘若法王不接受亨利王提出的全部要求，"那就别怪他大发雷霆，要向你追究，叫法兰西的山穴和洞窟到处回响起轰轰的炮声（ordinance），仿佛一声声都斥责你的狂妄，在回敬你的无礼"（598）。"ordinance"主要指火炮，也有"法令、命令"之意，此处使用这一双音节词乃是为了韵律。③ 这一比喻暗示着英国火炮爆炸的巨大声响将填满法国的山洞，回应了对法国皇太子的嘲弄，同时也是为了外交恐吓。实际上，在17世纪之交，英国兵工厂所生产的大炮约每年800—1000吨，英国制造的铸铁炮比铜炮更重，但是由于其相对的高质低价而不断扩大欧陆市场占有率。此时的英国是世界上首屈一指的重炮生产地，这种优势地位一直持续到17世纪20年代瑞典枪炮制造技术赶超英国之后。④ 可以说，莎士比亚剧中亨利五世的胜利与优质的武器相关，同时也表现出同时代人们对早期现代英国产武器的自信心。

　　其二则是关于早期现代炮手的描述，正如科恩指出的那样，早期现代的军事论著、诗歌、戏剧中常常以"敏捷的（nimble）"这一形容词来修饰炮手和枪手。⑤指向开火的速度，同时意味着在快速射击时需要躲避对方的攻击，杰拉德（Garrard）在《战争的艺术》（*Art of Warre*，1591）中就提倡发射时一次"敏捷、快速开火"的有效性。⑥ 大炮随时都有爆炸的可能，炮手的动作和反应"敏捷"有益无害，甚至经常被明确视为一种必需的职业要求，而"火绳杆（linstock）"则是火枪射击的主体部分，即保持引信燃烧的棍状物。⑦ 火

---

① Jonathan Bate and Eric Rasmussen, eds., *Henry V*, New York：The Modern Library，2010，p. 19.

② T. W. Craik, ed., *King Henry V*, London：Bloomsbury，2016，p. 150；Andrew Gurr, ed., *King Henry V*, Cambridge：Cambridge University Press，2017，p. 96.

③ Gary Taylor, ed., *Henry V*, Oxford：Oxford University Press，2008，p. 153；Andrew Gurr, ed., *King Henry V*, Cambridge：Cambridge University Press，2017，p. 122.

④ Adam Max Cohen, "Science and Technology", in Arthur F. Kinney, ed., *The Oxford Handbook of Shakespeare*, Oxford：Oxford University Press，2012，p. 711.

⑤ Adam Max Cohen, *Technology and the Early Modern Self*, New York：Palgrave Macmillan，2009，p. 115.

⑥ T. W. Craik, ed., *King Henry V*, London：Bloomsbury，2016，p. 200.

⑦ Andrew Gurr, ed., *King Henry V*, Cambridge：Cambridge University Press，2017，p. 124.

炮被作家以"可怕的(devilish)"进行修饰,这是因为在伊丽莎白一世时期的舞台上,其发射时产生的花火常与邪恶、恶魔相联系。[1] 而 touches 也指炮手的火柴被涂在火炮的触孔上以引燃火药。[2] 观众被告知要发挥想象,但实际上通过解说和声响,他们已经能够充分理解战争场面。在强大的火炮面前,城墙被打开了缺口,而亨利王让军队"攻入(breach)"哈弗娄城也是炮兵攻击的词汇:"战友们,再接再厉,向缺口(breach)冲去吧……耳边响起了战号的呼召(blast of war)。"(602)"战号(blast)"指爆破声或号声,亨利王鼓励士兵从大炮在坚固城墙上轰出的缺口发起冲锋。[3] 但攻城战中对防守方有利的一个方面是,即使敌人的大炮成功地在城墙上攻破了缺口,一旦士兵们试图进入城镇或要塞,就会暴露在炮火中,因此亨利五世描述了真实情况,他告诉手下:"冲不进,就拿咱们英国人的尸体堵住这城墙。"(602)随后,我们看到法军通过挖掘地道有效地抵消了英军的地道攻击策略,剧中弗罗伦注意到英军挖的地道还不够深:"这地道的深度不够;因为是——你听着,你不妨告诉公爵——敌人那边也在动手掘坑道对抗咱们,比咱们还深了四码。天哪,我看要是咱们拿不出什么好主意,地道可要给他们打通啦。"(607—608)他既批评己方地道的深度不够,又批评了挖掘爆破无法跟上攻击速度,早期现代的挖掘作业的目标就是调整火药爆炸装置以便于后面的步兵攻击碉堡。如果起爆过快,那么敌军将有时间重新集结,甚至在发动攻击之前加固城墙,反之则可能误杀前面的步兵。[4]

因此,我们可以看到剧中对火药武器在战争中的正面用途描述,在莎士比亚笔下,正是由于先进武器的运用与炮手的熟练、敏捷,英国的军队才能获得阿金库尔战役的胜利。

二、火 枪

早期现代英格兰不同类型的火器由于不同的因素拥有不同的含义。像

---

① Russ McDonald and Lena Cowen Orlin, eds., *The Bedford Shakespeare*, Boston and New York: Bedford/St. Martin's, 2015, p. 832.

② T. W. Craik, ed., *King Henry V*, London: Bloomsbury, 2016, p. 201.

③ Andrew Gurr, ed., *King Henry V*, Cambridge: Cambridge University Press, 2017, p. 125; Barbara A. Mowat and Paul Werstine, eds., *The Life of Henry V*, New York: Simon & Schuster Paperbacks, 2009, p. 84.

④ Adam Max Cohen, *Shakespeare and Technology: Dramatizing Early Modern Technological Revolutions*, New York: Palgrave Macmillan, 2006, p. 109.

铁炮这种国产武器,比起从海外进口的手持火器,被认为名声更好、更值得信赖、更爱国。虽然布坎南(R. A. Buchanan)指出技术是"本质上与道德无关、与价值脱离的事物,使用器物的人不分好坏。"①但也如阿诺德·佩西(Arnold Pacey)所言,只有当技术作为一种"属于特定生活方式和价值模式的活动类型"作用于文化时,才被认为有意义。②

我们看到,剧中提到的"炮手/枪手(gunner)"一词,自从火药武器发展以来,专业的炮手对任何军事力量都是必不可少的。迪格斯(Digges)指出炮手长(master gunner)要"让所有的低级炮手尽到自己的职责,熟练地准备好填弹、卸弹、冷却、调试和安装大炮;准备好子弹和火药、铁锤和海绵……还要照看炮车和车轮是否坚固……使它没有……缺陷,以及被破坏的危险"。③1562 年,伊丽莎白一世为"维护海军"颁布法律,赋予"每一个炮兵(gunner),通常被称为炮手(cannoeers)"权利可以"配备至少一个或多个学徒",且"学徒受其管束、驱使 10 年或以下"。④ 由于福斯塔夫缺少一名真正的枪手下属,莎士比亚在《温莎的风流娘儿们》及最后两部四部曲中给他配置了以手枪为名的人类——毕斯托尔/火枪(Pistol)。有趣的是,火枪和福斯塔夫并列出现在莎士比亚的三部戏剧名字中:1600 年四开本的《亨利四世(下篇)》,原名《亨利四世(下篇)……幽默的约翰福斯塔夫爵士,以及装腔作势的火枪》,而《温莎的风流娘儿们》则是《约翰福斯塔夫爵士,温莎的风流娘儿们……以及装腔作势的、自夸的火枪和尼姆》,《亨利五世》的一个版本是《亨利五世生平……以及火枪》。⑤ 一些批评家认为火枪仅仅是简单的固定角色,他是一位自吹自擂的士兵,是作为福斯塔夫的助手和补充出现的。⑥ 不过,正如科恩所言,虽然火枪暴躁和缺乏自制力使其成为福斯塔夫吹牛的缩影和象征,但显而易见他的角色不限于此。通过将火枪视作拓展的火药比喻,我们不仅能进入早期火器机械学的视角,也能进入伊丽莎白一世和詹姆士一世时期人们对待对火器这一早期现代武器的争论视角之中。⑦

---

① R. A. Buchanan, *Technology and Social Progress*, Oxford: Pergamon, 1963, p. 163.

② Arnold Pacey, *The Culture of Technology*, Cambridge: MIT Press, 1983, p. 3.

③ Leonard Digges and Thomas Digges, *An Arthmeticall Militarie Treatise Named Stratioticos*, London: R. Field, 1590, p. 257.

④ Charles Edelman, *Shakespeare's Military Language: A Dictionary*, New Brunswick: Athlone Press, 2000, p. 159.

⑤ G. Blakemore Evans and J. J. M. Tobin, eds., *The Riverside Shakespeare*, second Edition,. Boston & New York: Houghton Mifflin Company, 1997, p. 966, 356, 1017.

⑥ Larry S. Champion, *Perspectives in Shakespeare's English Histories*. Athens, Georigia: University of Georgia Press, 2011, p. 130.

⑦ Adam Max Cohen, *Shakespeare and Technology: Dramatizing Early Modern Technological Revolutions*, New York: Palgrave Macmillan, 2006, p. 112.

剧中的火枪之名不只是一个装腔作势的英格兰士兵,同样也是特殊武器的拟人化具现。在第二幕第一景中,火枪在与尼姆决斗前争锋相对地说道:"开枪这一手我还行,火枪把枪上的扳机扳开了,一道火光马上要射出来啦!(For I can take, and Pistol's cock is up, and flashing fire will follow)"(574)此处的"take"意为"开火",暗示着他的暴脾气,而"pistol's cock"指手枪的击杆,"cock is up"指敲击,即当扣扳机时会扣下并点燃火药,这种准备工作就叫作扳开扳机。① 虽然两人只是用剑在比划,但火枪的话无疑说明了其身份。科恩进而引申指出,与之相关的短语"昙花一现(flash in the pan)"指引火盘中点火装置发出的火花常常没能点着枪管中的火药而导致发射失败,实际上,16 世纪的手枪会发出大量噪音而又往往没有准头。由于手枪造价昂贵,最初只有贵族以及小偷、罪犯、偷猎者这两个团体使用,由于福斯塔夫是一位落魄贵族、讨喜的恶棍,所以他拥有火枪作为其随从是恰当的。②

另一方面,我们需要注意的是火枪的军事身份。《亨利五世》中的火枪是一位"旗官(ancient)",这是"少尉(ensign)"的一种变体,《奥瑟罗》中的小人伊阿古也是同样的角色,即在战斗中负责掌管连队旗帜。③ 对巴雷特而言,队伍旗帜"是组织的真正基础,象征着荣誉以及指挥官和士兵的声誉",④而迪格斯则指出:"他(旗官)应该严守纪律,只有这样才会被所有士卒爱戴,从而在危险战斗中,不仅自己会更安全,整个军队也会更加勇敢、光荣,因为旗官的价值和美德也体现出上尉和整个团队的美德和英勇……旗官应是一个品行端正、为人正直、行为高尚的人,以便上尉可以信任,而不像某些上尉喜欢把这种事(掌旗)托付给他们的低级仆人。"同时,旗官在罗马军团中是"仅次于他们的上尉,享有最高声誉的人"。⑤ 而剧中的火枪则不然,他的身份处于不稳定状态,弗罗伦在第三幕第六景赞扬他是"旗官中尉(ancient lieutenant)"(622),在桥头堡一战中立下战功。如果火枪确实是亨利五世军队中的一名旗官,他应该带着连队旗帜上战场。根据巴雷特的

---

① Andrew Gurr, ed., *King Henry V*, Cambridge: Cambridge University Press, 2017, p. 102; T. W. Craik, ed., *King Henry V*, London: Bloomsbury, 2016, p. 160.

② Adam Max Cohen and David B. King, "Post-Posthumanist Me- An Illiterate Reads Shakespeare", in Stefan Herbrechter and Ivan Callus, eds., *Posthumanist Shakespeares*, New York: Palgrave Macmillan, 2012, p. 245.

③ Charles Edelman, *Shakespeare's Military Language: A Dictionary*, New Brunswick: Athlone Press, 2000, p. 10.

④ Robert Barret, *The Theorike and Practike of Modern Warres*, *Discoursed in Dialogue Vvise*, London: William Ponsonby, 1598, p. 19.

⑤ Leonard Digges and Thomas Digges, *An Arthmeticall Militarie Treatise Named Stratioticos*, p. 94, 93.

说法,旗官除了部队旗帜之外,不应该携带任何武器,"在他确有必要尽义务去战斗时,他会跟随在那些士兵后面;就像当敌人击溃队伍时,甚至攻入他的前排和队列中……在炮台或城墙的进攻中,或者在其他类似的冲突中,他必须用他的旗端尖刺(进行战斗)。"巴雷特意识到这种有限的防御手段会将这位旗官的生命和部队的荣誉置于危险之中,于是补充说道:"因此,给他配备最勇敢、最专业的士兵。"①考虑到火枪身旁的是尼姆、巴道夫和童儿,我们可以理解他不愿意继续像伍长巴道夫所喊的那样"冲,冲,冲,冲,冲呀!向缺口冲去,向缺口冲去!"(605)可见,虽然人们都希望旗官在举旗时不会受到攻击,但战场上仍需面对危险。

　　16世纪和17世纪早期英国的枪支管理规定无疑体现出官方对火枪的忧虑,施沃雷尔(Lois G. Schwoerer)研究了早期现代英国的枪支管理法令,她注意到"所有早期现代英国政府都极为担忧的是暴动和社会剧变,而在16世纪,都铎王室采取措施来管控枪支"。②1541年通过的法令对枪支的长短作出规定,并明令拥有每年100磅以上收入者才可拥有,同样也严格规定了枪支的合法使用范围。1548年,另一部法令则要求那些"射击"者在当地的治安法官处登记注册。从1575到1600年间,伊丽莎白女王颁布了四部有关使用枪支的限制法令,一部比一部严格。就在莎士比亚即将离世前的1616年3月25日,詹姆士一世颁布了一项有关彻查制造、销售、携带枪支的法令,原因在于自称欧洲和平缔造者的君王极度渴望在自己的国度避免流血杀戮。他注意到自己已经"制止了……鲁莽的决斗和挑衅",也终结了"神职人员在枪伤中获得的利益,他们就像可憎的人类嘲笑者"。詹姆士一世指出法令是从"我们自己的笔下"推进的,强调自己亲自参与了该事务,声称现在想要消除枪支等武器的使用,因为这些"武器完全是对防御、军队训练或其他法律允许使用的地方没有益处,反而是可憎的,成为了谋杀和伤害的工具"。为了避免这些武器带来的破坏,詹姆士一世"直接要求和命令所有人不得携带任何诸如钢管、短剑、匕首或手枪等的武器,它们带来了愤怒和悲伤的疼痛,否则会被星室法庭审讯、监禁"。这部法令同样禁止这些武器的制造和销售,表明了詹姆士一世像伊丽莎白一世一样认为枪支对社会秩序造成了明显而迫切的威胁。③

---

　　①　Robert Barret, *The Theorike and Practike of Modern Warres*, *Discoursed in Dialogue Vvise*, London: William Ponsonby, 1598, pp. 19—20.

　　②　Lois G. Schwoerer, "To Hold and Bear Arms: The English Perspective", *Chicago-Kent Law Review 76* (2000), p. 35.

　　③　Adam Max Cohen, *Shakespeare and Technology: Dramatizing Early Modern Technological Revolutions*, New York: Palgrave Macmillan, 2006, pp. 113—114.

因此,莎士比亚在作品中塑造的火枪角色,显然是站在了官方的管制立场上,剧中的火枪虽然以"火枪"为名,但并没有火枪在身,也从侧面说明了舞台上如果出现枪支是危险的。

三、古今之争

保罗·乔根森(Paul A. Jorgensen)指出,"莎士比亚的战争观念首先是其同时代的战争观念",他将莎士比亚的战争观念及其军事角色放置在文艺复兴语境中,将戏剧与"莎士比亚在世时英国出版的大量军事书籍和新闻"作对比,指出"重要的是观念和争论在其中的表达,体现出(战争观念)在民间对话中的流通"。[①]

莎士比亚初出茅庐时正值英国军事史上"古今之争"激辩的高潮,这场辩论的焦点是新旧军事技术的优劣。"古代派"主张继续使用长弓,而"现代派"则认为在英国军事阵型中火器应该取代长弓。[②] 亨利·韦伯(Henry J. Webb)指出古典与现代之争实际存在三种不同的派别。大部分古典派认为指挥者所必须具备的素质都包含在古代战争的记述中,中间派从古代战例中汲取经验,但喜欢运用现代军事技术,而现代派则认为古代军事史已经完全不能用以指导枪炮时代的战争实践。[③] 在罗伯特·巴雷特(Robert Barret)的军事论著《现代战争的理论与应用》(*The Theorike and Practike of Moderne Warres*,1598)中,"一位绅士"向"一位上尉"指出:过去,英国人是用长矛长弓而非枪炮完成伟业的。对此,这位上尉轻蔑地回答:"先生,过去是过去,现在是现在,自从火器出现以来,战争已被改变太多了。"[④]大多数那个时代的职业军人都同意这种看法。作为一名退役军人,罗杰·威廉爵士(Sir Roger Williams)在1590年写道:"我们必须承认亚历山大、凯撒、西庇阿和汉尼拔,他们都曾是最杰出、最著名的勇士,但可以肯定的是……如果他们碰上的是像现在的法国、德国和其他低地国家一样装备起

---

① Paul A. Jorgensen, *Shakespeare's Military World*, Berkeley: University of California Press, 1956, p. viii.

② Adam Max Cohen, "Science and Technology", in Arthur F. Kinney, ed., *The Oxford Handbook of Shakespeare*, Oxford: Oxford University Press, 2012, p. 710.

③ Henry J. Webb, *Elizabethan Military Science: The Books and Practice*, Madison, WI: University of Wisconsin Press, 1965, pp. 169—170.

④ Robert Barret, *The Theorike and Practike of Modern Warres*, pp. 2—3.

来的对手,他们绝不会轻易地征服对方。"①在一个以继承和延续古人伟业为傲的时代,这样的认识是不同寻常的。但事实也不容置疑,新的防御工事体系以及"火器"(特别是大炮)在战争中的应用确实"革命"了战争。查尔斯·阿曼爵士(Sir Charles Oman)声称,16世纪英国在战争艺术上的最重要改变是逐步发生且高度争议的从长弓转向火器的军事变革。尽管实际上1588年战争中"长弓被直接废弃",但"弓手和火绳枪兵之间的新旧争论"仍然存在,并"延续至伊丽莎白一世统治后期"。②约翰·斯迈思爵士(Sir John Smythe)和其他军事保守派反对大规模使用火器,他们坚持认为,在很多情况下,长弓是更优越的武器,因为它的准确性和射速要高得多(一名熟练的弓箭手每分钟能射20多支箭),但此时政府频繁地责令射箭训练主要是为了阻止赌博和其他不受欢迎的社会活动。③甚至帕克也坚持认为英格兰在16世纪"最终抛弃长弓选择火器,尽管一些空想战略家依然热衷于长弓而采取一些无望的行动,但他们的例子仅仅是个案"。④对长弓的最后打击是1595年枢密院规定弓手不再被当作接受过军事训练的人,随后一二十年虽偶尔有试图在战场上恢复弓手的努力,但均以失败告终。⑤

在英法百年战争中,只有三场主要战役:克雷西(Crecy,1346)、普瓦捷(Poitiers,1356)和阿金库尔(Agincourt,1415),这三场战役都是英国人大获全胜。但《亨利五世》完全忽略了长弓部队对法国大军的毁灭性影响。英国人的胜利一方面改变了欧洲战争局势,另一方面却阻碍了火器在英国的应用。从历史的角度看,在亨利五世与法国的战役中并不存在火枪(特别是燧发枪)这一16世纪早期出现的武器,剧中火枪角色的出现无疑是时代的混乱。

莎士比亚在剧中虽未明确提到长弓,但却用隐喻的表达涉及射箭术。就在亨利号召士兵攻城时,他说了句:"咬紧牙关,扩张着你的鼻孔,屏住气息,把根根神经像弓弦般拉到顶点(bend up)!……好农民们(good yeomen),你们在英格兰土地上成长,这会儿展现祖国健儿的身手吧。"(602)这

---

①　J. X. Evans, ed., *The Works of Sir Roger Williams*, Oxford: Clarendon, 1972, p. 33.

②　Charles Oman, *A History of the Art of War in the Sixteenth Century*, London: Methuen, 1937, pp. 380—382.

③　Charles Edelman, *Shakespeare's Military Language: A Dictionary*, p. 13.

④　Geoffrey Parker, *The Military Revolution: Military Innovation and the Rise of the West*, *1500—1800*, Cambridge: Cambridge University Press, 1988, p. 18.

⑤　C. G. Cruickshank, "Military Developments of the Renaissance", in Robin Higham, ed., *A Guide to the Sources of British Military History*, Berkeley: University of California Press, 1971, p. 72.

里的"bend up"是射箭术术语,指拉满弓弦使之伸展到全部长度而让弓弯曲的准备动作,英格兰军队在历史上就以善射长弓而闻名于世。这一意象几乎是指涉长弓的唯一一处,但不能忽视的是,长弓是英国人在阿金库尔战役中大获全胜的重要武器。[①]

另一方面,我们可以将《亨利五世》中火枪与弗罗伦的争论视为这场新旧军事论争的体现和延续。剧中的"古代派"代表是弗罗伦,他是古代军事策略和纪律的坚定支持者,如他批评麦克摩里斯上尉"对于真正的打仗的一套规矩——你听着——罗马的规矩,不比一头叭儿狗懂得更多些"(608)。随即对比称赞杰米上尉是"一个了不起的上等人",因为杰米"一肚子全是古代打仗的知识和经验,老天哪,他谈起古罗马人用兵之道来,天下随便哪个当兵的都别想驳倒他"(608)。此外,弗罗伦喜欢军事理论,他邀请麦克摩里斯进行辩论,"内容多少接触到,或是牵涉到打仗的那一套规矩——罗马人的打仗;采取的是辩驳的方式,还有是,你听着,友好的讨论"(609)。他强调这些辩论的理论本质,"一半是为了满足我个人的私见,另一半是,呃,你听着,为了我个人的见解可以得到满足——内容接触到兵法方面,这就是要点"(609)。而且,弗罗伦像古代派军事学家一样热衷于将古代军事史和当代实践联系起来:"要是你好好地研究一下亚历山大的生平,就会觉得蒙毛斯的亨利跟他像得很呢,处处都可以比得起来"(676),但麦克摩里斯对辩论的拒绝则体现出老兵对纸上谈兵的不屑一顾。

另外,值得我们注意的是第五幕第一景中弗罗伦与火枪由于韭葱爆发的冲突,弗罗伦揍了火枪一顿,逼着他吃下韭葱。他使用的武器是棍子,高厄这样总结道:"你看见他不能说一口道地的英国话,还道他不会使用一根英国棍……且让一个威尔士人的教训让你懂得怎样做好一个英格兰人。"(696—697)从表面上看,两人的冲突不过是一场闹剧,但若从战争观的"古今之争"看,则给观众带来了共鸣。作为火器化身的火枪被传统支持者打败,而棍子由于其英国性变得重要,就像长弓被认为是英国整个国家民族的珍宝一样。[②]

这里我们不能忽视的是英国人在早期的火药战争时期是没有掌握相关技术的,即枪炮手并不是军队的一部分,而是私人承包商,通常是制造武器的工匠。亨利五世第二幕序曲中就提到了"卸下了宴会上的锦袍往衣橱里

---

① Andrew Gurr, ed., *King Henry V*, p. 125; Ann Thompson and John O. Thompson, *Shakespeare: Meaning and Metaphor*, Iowa City: University of Iowa Press, 1987, p. 143.

② Michael Neill, *Putting History to the Question: Power, Politics, and Society in English Renaissance Drama*, New York: Columbia University Press, 2000, p. 359.

放——风行的是披上一身戎装（thrive the armourers）"（568），此处的"ar-
mourer"即为武器制造商。英格兰在训练本国枪炮手方面很缓慢，那些在
哈弗勒为亨利五世效力的炮手都来自低地国家：主炮手杰拉尔德·范·威
利甘（Gerald Van Willighan）、海恩斯·乔伊（Haynes Joye）、沃尔特·斯托
梅克（Walter Stotmaker）、德罗万克斯·科伊克尔（Drovankesall
Coykyer）以及他们的 25 名助手。英格兰一直雇佣弗兰德人，后来亨利八世
开启了英国本土的火器制造和枪炮手训练，伊丽莎白一世则延续了该政
策。① 从这点看，我们就易于理解为何火枪被英国棍子所惩罚了，象征着弗
兰德炮手这样的雇佣兵被规训。而且，正如上文提到小偷和罪犯常使用枪
支，因此这与戏剧最后火枪成为罪犯是契合的："可怜我这一把年纪，手麻
了，腿软了——挨不得几下棍子，把脸面都丢光啦。好吧，我就改行开窑子
吧，去干近乎扒手之流的勾当吧。我要偷偷地溜回英格兰，偷偷地溜；那许
多棒伤我要用布扎起来，好发誓对人说：这全是我在法兰西战场上挂的彩！"
（697）

　　乔根森指出莎士比亚在军事科学问题上"并非是一个专业人员，也不是
一个认真的学生"。在他看来，莎士比亚由于专业知识的匮乏而在其作品的
大部分角色中拒绝"对当前局势的细节再生产"。② 然而，实际上，莎士比亚
的戏剧表现出对军事技术和战术的敏锐洞察和理解，正如查尔斯·埃德尔
曼（Charles Edelman）就指出，"莎士比亚实际上是'知道'一些的，在其戏剧
中的很多军事行动，以及其戏剧和诗歌中的军事想象，都表明了他确实对古
代和现代的战争有着极其详尽的了解"。③ 显然，莎士比亚通过剧中的弗罗
伦与火枪的冲突，具现了同时代对于战争策略的"古今之争"，但莎士比亚却
同时对两方采取了批评态度，剧中的弗罗伦是空谈、迂腐的，而火枪则是自
私、轻浮的。

　　我们可以分析莎士比亚戏剧与其直接的军事历史背景之间的关系，因
为许多英国军事专著从 16、17 世纪留存下来，有印刷本也有手稿、有本国的
也有外国的、有以前著作的再版也有当时的新著。④ 在英国海上大败西班

---

① Charles Edelman, *Shakespeare's Military Language*：*A Dictionary*，New Brunswick：
Athlone Press，2000，p. 158.

② Paul A. Jorgensen, *Shakespeare's Military World*，p. viii.

③ Charles Edelman, *Shakespeare's Military Language*：*A Dictionary*，New Brunswick：
Athlone Press，2000，p. 1.

④ Adam Max Cohen, "Science and Technology"，in Arthur F. Kinney, ed., *The Oxford
Handbook of Shakespeare*，Oxford：Oxford University Press，2012，p. 710.

牙无敌舰队的 1588 年左右,军事专著出版快速增长,这些论述被伊丽莎白时期各个阶层的民众广泛阅读。韦伯就注意到:"我们有着丰富的、详细的证据表明,伊丽莎白一世统治时期,所有种类的军事书籍被不同阶层的英国人阅读着。"①但莎士比亚的生涯也经历了詹姆士一世即位后和平主义的外交政策转向,新君王自称来是一位和平缔造者,亚瑟·弗格森(Arthur Ferguson)观察到国内庆祝的壮丽场景表现出对新统治者"回归阿斯特来亚(正义女神)而非亚瑟王的主题,想象着和平与富饶而非骑士的战争精神"。② 而詹姆士一世对国会的首篇演说就提到上帝赐予他英格兰,他的即位将"把和平播撒到所有的领邦"。③ 虽然迈克尔·莫林(Michael Murrin)认为由于枪炮在战争中的使用动摇了早期现代作家的写作基础并引发强烈反向,"很多作家都反应消极……他们对枪炮持有一种否定的批评态度"。④ 但这对莎士比亚而言则是片面的,通过对《亨利五世》中火药武器的分析,我们看到莎士比亚采取了一种折中态度,一方面肯定了大炮在战争中的巨大作用,另一方面也通过剧中人物火枪本人及隐喻体现出时人对火枪使用的担心,还展现了火器应用带来的军事观念论争,更为重要的是对战争所带来伤害的厌倦,正如剧中埃克塞德所言:"饕餮的战争张开着血口等待着可怜的苍生;想一想这一仗打下来,那寡妇的眼泪,孤儿的哭泣,阵亡者的鲜血。"(597)

---

① Henry J. Webb, *Elizabethan Military Science：The Books and Practice*, Madison, WI：University of Wisconsin Press, 1965, p. 147.

② Arthur B. Ferguson, *The Chivalric Tradition in Renaissance England*. Washington：Folger Shakespeare Library, 1986, p. 140.

③ Charles Howard McIlwain, ed., *The Political Works of James I*, Cambridge：Harvard University Press, 1918, p. 270.

④ Michael Murrin, *History of Warfare in Renaissance Epic*, Chicago：University of Chicago Press, 1994, p. 123.

第十五章 《哈姆莱特》中的地球仪、风图与指南针

　　15—17 世纪在印刷术、航海、光学、测量学等领域出现的科技革命（technological revolution）为 17 世纪后半期欧洲科学的兴起奠定了基础，因为科学史有时被当作哲学的一个分支，使得学者们在人文主义教育中接受了这些知识，大部分愿意跨越学科界限的早期现代文学家通常都集中关注科学史而非技术史。前科学理论（protoscientific theory）和实践在这一时代常被视为"自然哲学"并与人文主义研究有着错综复杂的紧密联系。和我们现在明确区分人文主义和科学技术不同，文艺复兴时期两者之间并不存在明确的界限。[①] 安德森（R. G. W. Anderson）在杰勒德·特纳（Gerard L'E. Turner）《伊丽莎白时期的仪器制造者》（*Elizabethan Instrument Makers*）一书的前言中，就鼓励学者们进行文学的科技研究，他认为"仪器并非是手稿或印刷书本的一个替换知识来源，它们是补充型的，可以激发我们对于文化史领域的重要理解"。[②] 实际上，无数的新工具、发明和机械在莎士比亚生活的时代得到大力发展，在航海领域就包括了新型的指南针、四分仪、星盘、浑天仪、地球仪等等。本章拟结合莎士比亚代表戏剧《哈姆莱特》，分析其中诸如指南针、风图、制图学、地球仪等的相关表述，联系莎士比亚剧团投资的环球剧场及哈姆莱特的心理活动，指出这一时期文学与航海技术的相互影响，并通过分析莎士比亚对当时新兴航海知识的推崇揭示哈姆莱特的内心纠缠。

---

　　① Adam Max Cohen, "Science and Technology", in Arthur F Kinney, ed., *The Oxford Handbook of Shakespeare*, Oxford: Oxford University Press, 2012, p. 702.

　　② Gerard L'E. Turner, *Elizabethan Instrument Makers: The Origins of the London Trade in Precision Instrument Making*, Oxford: Oxford University Press, 2000, p. v.

一、地球仪

在第一幕第五景老哈姆莱特的鬼魂消失后,独自一人在台上的哈姆莱特思索着鬼魂所言"记得我"的要求,他反复念叨着:

> 记住你? 当然! 可怜的阴魂,只要我还不至于昏头昏脑,把我的记忆都丧失了。记住你? 当然! 我要把印在我心版上无关紧要的无聊的记录,都抹掉,一切书本上的格言,形形色色的、少年时所见所闻,所留下的印象,统统都抹掉,只留下你对我的告诫,像印在书本上那样,印进我脑海(while memory holds a seat/In this distracted globe)。"(257)

编辑者们认为此时的哈姆莱特应该"将手放在头上",显然此刻的哈姆莱特强调了记忆的重要性,进一步阐释了他对于记忆的理解。首先,从解剖学上看,哈姆莱特表达出自己的头脑与记忆相关;其次,说明了记忆是哈姆莱特自己找到的更大的社会和文化世界中的一种批评成分。亚当·马克思·科恩(Adam Marx Cohen)就指出记忆是哈姆莱特的丹麦文化中的一种批评成分,扩展开来也是莎士比亚时期英格兰文化的批评成分。[①] 于是,最后一句话可以这么理解:1. 同时(我的)记忆能够覆盖、改变我破碎的记录和影像;2. 同时(一般意义上的、普遍的)记忆在这个失序的世界中是一股力量;然而,第三种意义则会浮现在环球剧院最早的那批观众脑海中(即有关剧场的记忆)。[②] 因此,说明了记忆是哈姆莱特内心活动、其所处世界以及莎士比亚剧团给观众留下深刻印象的剧场空间中重要的一面。[③] 伯纳德·理查兹(Bernard Richards)同样注意到了"globe"这个词在哈姆莱特独白中的三重共鸣,他指出:"文艺复兴时期的剧场被认为是能够将事物置于记忆系统中得以保留的地方。"[④]而且哈姆莱特意味

---

① Adam Max Cohen, "Hamlet as Emblem: The Ars Memoria and the Culture of the Play", *The Journal for Early Modern Cultural Studies* 3,(2003), pp. 77—112.

② Ann Thompson and Neil Taylor, ed., *Hamlet* (The Arden Shakespeare), Beijing: China Renmin University, 2008, p. 219.

③ Adam Max Cohen, *Shakespeare and Technology: Dramatizing Early Modern Technological Revolutions*, New York: Palgrave Macmillan, 2006, pp. 48—49.

④ Bernard Richards, "Hamlet and the Theater of Memory", *Notes and Queries* 233 (1988), p. 53.

着只要人们将对过去的评判作为处理未来的指南,那么鬼魂及其带来的可怖信息将会持续存在于人类的记忆之中,并铭记秩序、道德和公平正义。而其话中第二次出现的"记住你?",哈姆莱特则转向了自己和"我的记忆"。对他而言,他要抹去那些无关紧要和误导的记忆,只是保留那真正有价值的部分。① 最后,这句话历来得到批评家们的重视,但却冲淡了此段的舞台效果,让我们发现了此处"globe"的三种双关:头、世界及剧场。② 第一重含义显然指哈姆莱特初见老王鬼魂,得知父王突然逝去、宫廷大变的幕后隐情心乱如麻,他试图通过回忆来梳理错乱的心绪;第二重含义则指向剧中目前失序的世界;第三重含义则直接指向了剧场本身,特别是剧场名为"环球(The Globe)"。

实际上,这三重含义都指向了同一种工具——地球仪。正如编辑者指出的那样,"distracted globe"如果指困惑的头脑(confused head)的话,那么可见哈姆莱特在此处采用了科技术语来描述自己,从而与后文中的"这个机器(this machine)"(2.2.123)形成对比和呼应。③ 在《哈姆莱特》第二幕第二场中,朝臣波洛涅斯向国王和王后读着自己女儿转交的哈姆莱特写的私人信件。实际上,这是哈姆莱特写给奥菲莉亚的情书,其中写道:

> 许你怀疑星星会发光,许你怀疑太阳在远行,许你怀疑真理会说谎,切不可怀疑我对你一片情! 亲爱的奥菲丽雅啊! 要我做诗可真是要命! 我缺乏才华,不能把我一声声悲叹变成一行行诗;可我最爱最爱的就是你。亲人儿,请相信我吧。再见了。
>
> 最亲爱的小姐,只要我一息尚存,我永远是属于你的,哈姆莱特(whilst this machine is to him, Hamlet)。(276)

哈姆莱特的情书以一种非常奇怪的表述方式结尾——使用了"machine"一词。莎士比亚使用"machine"一词来描述人类的身体或身体部分,这是英语史上的第一次。《牛津英语词典》(OED)就引用这段话说明名词"machine"的首次出现"适用于指人类和动物的构造就像几部分的集

---

① Philip Edwards, ed., *Hamlet*, *Prince of Denmark* (The New Cambridge Shakespeare), New York: Cambridge University Press, 2003, p. 121.

② Ann Thompson and Neil Taylor, ed., *Hamlet* (The Arden Shakespeare), Beijing: China Renmin University, 2008, p. 219; Harold Jenkins, ed., *Hamlet*. London and New York: Methuen, 1982, p. 221; Philip Edwards, ed., *Hamlet*, *Prince of Denmark* (The New Cambridge Shakespeare), New York: Cambridge University Press, 2003, p. 121.

③ G. R. Hibbard, ed., *Hamlet*, Oxford: Oxford University Press, 2008, p. 190.

合体一样"。① 这新词的使用无疑说明了这一时期机器观念的重要发展。大部分莎士比亚戏剧的编辑者都将《哈姆莱特》中"机器"一词简单解释为"身体"。② 某位编者的注释更加具有阐释意义,在 Signet 版中,西尔万·巴尼特(Sylvan Barnet)就将该词定义为"一种复杂的设备装置(这里指他的身体)"。③ 而现代编者假设哈姆莱特也在某些方面提及了自己的身体和词语"机器";在 1982 年的阿登版中,哈罗德·詹金斯(Harold Jenkins)就是这种阐释的完美表现:"[whilst this machine is to him(只要这台机器属于他)]同时意味着这一身体的框架(bodily frame)属于他。"他详细阐释说:"伊丽莎白时期人们的通常自然观和特别的人类身体都是当作一种机械装置(mechanism),而机器(machine)一词未含有之后所具有的意义,指涉的是由多个部分组成的复杂结构。例如,布莱特就认为身体是作为通过灵魂激发行为的'引擎'。哈姆莱特的话无疑是与他对躯体生活的蔑视相结合的。"④

　　显然,这个机器在剧中就代表着地球仪。首先,哈姆莱特表达出自己球形头骨与地球仪在形状上的相似性;其次,地球仪本身就代表着对世界的探索,实际上,很多时候,莎士比亚都将"globe"与"world"通用;再次,与"globe"同时出现的"seat"一词一起暗示着环球剧场的实际空间,而剧场的名称又与英国自己的第一个地球仪相关。可见,三者最终都暗示着同一个事物。

　　那么,为何莎士比亚会特意采用"globe"一词呢? 显然,这与同时代航海技术的发展,特别是与地球仪相关的制图业的进步密不可分。大部分地球仪在今天是作为装饰物或帮助学生学习地理知识的辅具,但在 16 世纪晚期则是基本的航海工具,而 16 世纪的地球仪制造者始终注重地球仪的实用功能。罗伯特·休斯(Robert Hues)称地球仪为其工作开端的"仪器",并在其书中用很大的篇幅介绍地球仪的使用,在他看来:"工匠们认为有两种仪器是最美的,能够将整个宇宙编织而出……就是地球仪与地图。"⑤地理史

① *The Oxford English Dictionary*,second edition,Oxford:Clarendon Press,1989,vol. IX,p. 157.

② William Shakespeare,*The Complete Works of Shakespeare*,David Bevington,ed.,New York:Pearson Longman,2004,p. 1112;*The Norton Shakespeare*,New York:Norton,1997,p. 1693;*he Riverside Shakespeare*,New York:Houghton Mifflin,1997,p. 1202.

③ Sylvan Barnet,ed.,*Hamlet*,New York:Signet,1998,p. 44.

④ Harold Jenkins,ed.,*Hamlet*,London and New York:Methuen,1982,p. 243.

⑤ Robert Hues,*Tractaus de Globis et euorum usu:A Treatise Descriptive of the Globes Constructed by Emery Molyneux,and Published in 1592*,Clements R. Markham,ed.,London:Hakluyt Society,1889,pp. xi—l.

学家爱德华·斯蒂文森（Edward Stevenson）称之为"航海者完整装备中的基础仪器"，[①]而克罗格（Peter van der Krogt）也同样认为地球仪比起地图或罗盘更加有用，因为在地球仪上所有的陆地和海洋均以相称的比例勾勒在正确的相对位置上。[②] 史学家乔治·巴萨拉（George Basalla）认为，"席卷一个地区十余年的短暂热潮"也常常影响科学技术的创新。1580 年，弗朗西斯·德雷克（Francis Drake）环游世界归来掀起了英国人对地球仪的追捧，这也促成了威廉·桑德森（William Sanderson）资助制造英国自己的地球仪。[③] 而这用来描述由英国人埃莫瑞·莫利纽克斯（Emery Molyneux）的 1592 年在伦敦制作的地球仪再恰当不过，他于 1587—1592 年间制造的地球仪是第一个英国地球仪，并最终在公众面前通过多种形式展出。[④] 自此之后，英国人对地球仪变得尤为热衷，而这一热潮对莎士比亚及其剧团影响甚大。更让我们感到惊奇和巧合的是，莎士比亚剧团后来表演的剧场叫"环球剧院（the Globe）"。当时宫内大臣剧团在失去原有剧场租约后决定将旧剧场翻修重建，但他们没有沿用之前的剧场名称。学者们认为有很多因素可能影响他们选择"Globe"来命名剧场，例如，英格兰日益增长的殖民野心，或者是游记、罗盘、地图的迅速扩散。[⑤] 实际上，其中重要的一点即英国本土地球仪制造的影响。爱德华·斯蒂文森（Edward Stevenson）就这样评述莫利纽克斯的地球仪："在 16 世纪晚期制造并保留的地球仪中，没有比莫利纽克斯的作品更加有趣的了。"[⑥]这大大改变了英国人对待地球仪的态度，正如科恩指出的那样，地球仪的持久流行正是莎士比亚采用环球来命名新

[①]　Edward Luther Stevenson, *Terrestrial and Celestial Globe: Their History and Construction including a Consideration of their Value as aids in the Study of Geography and Astronomy*, 2vols, New Haven: Yale University Press, 1921, vol. 2, p. 1.

[②]　Quoted in Adam Max Cohen, *Shakespeare and Technology: Dramatizing Early Modern Technological Revolutions*, New York: Palgrave Macmillan, 2006, p. 57.

[③]　George Basalla, *The Evolution of Technology*, Cambridge: Cambridge University Press, 1989, pp. 176—177.

[④]　有关莫利纽克斯的地球仪详情，参见 H. M. Wallis, "Futher Light on the Molyneaux Globes", *Geographical Journal* 121 (1955), pp. 304—311。

[⑤]　约翰·吉利斯（John Gillies）将环球剧院置于早期现代丰富的制图传统中，认为剧场是"奥特柳斯（Ortelius）和墨卡托（Mercator）制作世界地图同类型的宇宙想象的类似制图产物"，他强调制图和剧场的象征关系，认为"诗性的绘图师和制图诗人的差别比起其相似而言微不足道"，参见 John Gillies, *Shakespeare and the Geography of Difference*, Cambridge: Cambridge University Press, 1994, p. 70, 182。

[⑥]　Edward Luther Stevenson, *Terrestrial and Celestial Globe: Their History and Construction including a Consideration of their Value as aids in the Study of Geography and Astronomy*, 2vols., New Haven: Yale University Press, 1921, vol. 1, p. 190.

建剧场的原因。① 16 世纪 90 年代,莎士比亚和他的同事坐下来讨论剧院命名问题时,想要的一定是一个能调动工作想象力,盖过所有同行的名字。他们选择了一个"富有时效性"的名字,涵纳了全人类的经验——"环球"——代表了思考、展示世界的新方式。② 那么,这样看来的话,这段话之前,罗森克兰提到了戏班子的近况显然就不是偶然为之了:"对啊,占了上风的是孩子们,殿下,连带赫克勒斯和他扛在肩上的地球,都成了他们的战利品。"(287)一方面暗示着此时的剧团面临与儿童剧团激烈的竞争,在"剧团之战"中处于下风,另一方面则再度强调了剧场之名与地球、地球仪之间的关联,因为莎士比亚所属的"环球剧场"以希腊神话中大力神赫克勒斯肩负地球为剧场标志。

二、风图/罗盘（wind rose/compass rose）

进一步而言,上文哈姆莱特段落话中的效果和重要意义在于提到了一个失序的世界,特别是"distracted globe"的指向性,从而成为哈姆莱特进行自我确认过程的序幕,即他并不只是要纠正个人的错误,而是去修复这个错乱的世界。正如他在后面提到的那句名言:"时代整个儿脱节了,唉,真倒霉,偏要我把重整乾坤的担子挑起来。"(263)在剧中世界里,丹麦宫廷内有宫廷阴谋发生,导致老王被弟弟所害并篡位、迎娶寡嫂,在众人(特别是哈姆莱特)看来完全是违反法律和道德禁忌的,而外有福丁布拉斯来势汹汹,带领军队前来复仇、夺回领土,可谓内忧外患。这一点与当时的英国也极为相似,在内面临着对伊丽莎白一世身后的担忧,在外面临着与其他国家进行商业竞争和争夺海上霸权的激烈斗争。而莎士比亚的剧场本身就是一个混乱失序之地,演出时各种商贩吆喝贩卖食物,各种气味交杂,乃至于会出现打架、斗殴、辱骂等等行为,很难约束与控制场下观众。实际上,我们很容易理解一个人在混乱、失序的状态下会导致抓狂、神经错乱、疯癫。

此外,剧中多次提到了海洋和坐船,一方面丹麦与英国一样是典型的海洋国家,另一方面则说明了海洋、航海文化对人们的深刻影响。我们看到第一幕第三景中莱阿提斯在波洛涅斯的催促下启程,他向妹妹告别坐船去法

① Adam Max Cohen, "Englishing the Globe: Molyneux's Globes and Shakespeare's Theatre Career", *Sixteenth Century Journal* 37 (2006), pp. 963—984.

② Neil MacGregor, *Shakespeare's Restless World*, New York: Penguin Group, 2012, p. 17.

兰西:"我一应行李都装上船了;再会了。妹妹,只要有顺风,有便船来往,别贪睡,写几行字,也好让我得知你的近况。"(240)而其父波洛纽斯却一再催促:"还没走,莱阿提斯? 不像话,上船去! 上船去! 好风正息在帆顶上要送你启程,人家都在等候你呢。"(242)

而初见鬼魂时,哈姆莱特是不相信鬼魂的,正如他讲道:"管你是精灵,还是万恶的妖魔,带来了天风,还是地狱里的狂飙,不管你居心不良,还是慈悲为怀,你这副模样形状,好叫人猜疑!"(249)更为重要的是,随后,霍拉旭明显将鬼魂与神话传说中著名的海妖塞壬联系起来,他劝告哈姆莱特远离老王的鬼魂,因为这是危险和不可信的:"殿下,万一他把你引向了浪潮呢? 或者领你到悬崖峭壁的顶峰上,俯视着汹涌的大海,于是它变成了狰狞的厉鬼,吓得你魂不附体,丢失了理智,发了疯,那可怎么得了? 想想吧,一旦身临其境,不说别的,只消看一眼万丈下那一片怒海,耳听得浪涛的一阵阵咆哮,那时候,莫名的恐怖就一下子主宰了你。"(250—251)但是,此时的哈姆莱特仿佛已经被迷住了,正如霍拉旭所说:"幻想主宰了他,他不顾一切了。"(251)而哈姆莱特实际上并未完全相信,他怀疑鬼魂的真实性:"我看到的那个阴魂,也许是魔鬼呢——魔鬼有本领变化成可亲的形状,也许是趁我一肚子苦闷,忧郁,正好是它下手的机会,迷惑我,坑害我。我不能偏听偏信,要有根有据。这台戏是个巧计谋,要掏出国王的内心,把它看个透。"(299)

甚至在克劳迪斯看来,要解决哈姆莱特的方法就是派他出海:"立即打发他去英国,去追索他们迟迟未献上的贡品。漂洋过海,踏上了异国的领土,耳闻目见的,都是新鲜的事物,也许能解开他盘踞在胸中的心事,那叫他失去本性的满脑子疙瘩,也得以缓解松动了。——你以为怎么样?"(309)然而,海面上始终是无序、混乱的,哈姆莱特一出海就遭遇了海盗,他让水手给霍拉旭带去了信件:

> 霍拉旭(读信):"……我们出海才只两天,就遭到一艘耀武扬威的海盗船追逐,我们的帆船走不快,终于被他们追上了,只得挺身迎战。在一场混战中,我跳上了对方的船。他们立即撇下我们的船,掉头而去。只有我一个人当了他们的俘虏……"但哈姆莱特并未慌张,而是镇定自若,继续探究着真相,心有定计,于是才让人送信并安排下一步的计划:"你先设法把我那封信送到国王手里,然后就像逃命一般火速前来看我。我有话要凑在你耳边说,叫你听了张口结舌,话都说不出来。尽管这样,语言的分量还是太轻了,事实的真相才真是可怕呢。这几个好伙计会把你带到我目前安身的地方。罗森克兰和吉登斯丹继续乘船

向英格兰航驶。他们俩的事,我有许多话要跟你谈呢。"(376—377)

那么,要如何走出或探索这一失序的世界,终结混乱呢? 显然,在于利用先进的工具和"机器"。火药、印刷术、指南针被视为欧洲走出中世纪,从封建社会走向资本主义社会的关键科技武器,林恩·怀特(Lynn Townsend White)称其为"世俗的三位一体"(secular trinity)。① 1580—1590 年代,随着英国数学家们对指南针的倾力研究,那么在莎士比亚的戏剧中出现一些有关指南针的表述就是顺理成章的。哈克尼斯(Deborah E. Harkness)在分析伊丽莎白时期的伦敦与科学革命关系时指出,伊丽莎白统治时期人们对一切关于数学和机械事物的兴趣一直持续到之后的世纪(17 世纪)并影响深远,例如,指南针的完善和望远镜及显微镜技术的发展。② 通常认为,指南针、火药、印刷术都发源于中国。历史学家们指出中国人在公元 1000 年左右首先将磁针用于航海。③ 但究竟指南针是通过阿拉伯商人的贸易从中国传入还是欧洲自行独立发现依然是个谜。西方世界最早记录磁针的文献是一位在巴黎大学发表过演说的英国僧侣亚历山大·尼克汉姆(Alexander Neckham,1157—1217)。他在其所著的《论器具》(De Utensilibus,1187)中描述了将带磁性的针放置在芦苇叶上让其浮在水碗中的情节。④ 到 1218 年,指南针已经被很多水手看作"海上航行的必需之物"。到 1269 年,皮埃·德·马立克(Pierre de Maricourt,南北极的发现和命名者)描述了最初的干罗盘(即无需漂浮在水上)。从 1275 年开始,指南针/罗盘就成为了重要的制图和航海工具,1294 年,一艘意大利船只的存货目录上就详细写明了有"两个罗盘(chart),一对指南针(compass),两个磁石(lodestones)"。⑤ 直到 14 世纪,领航员将磁针通过一个中枢附着在风向图(windrose)上,这就是我们现在看到的指南针的某种雏形。⑥

---

① Lynn Townsend White, *Medieval Religion and Technology*：*Collected Essays*, Berkeley：University of California Press, 1978, p. xiii.

② Deborah E. Harkness, *The Jewel House*：*Elizabethan London and the Scientific Revolution*, New Haven and London：Yale University Press, 2007, pp. 140—141；Adam Max Cohen, *Shakespeare and Technology*：*Dramatizing Early Modern Technological Revolutions*, New York：Palgrave Macmillan, 2006, p. 36.

③ David Watkin Waters, *The Art of Navigation in England and Early Stuart Times*, New Haven：Yale University Press, 1958, p. 19.

④ Ibid., p. 23.

⑤ E. G. R. Taylor, "Early Charts and the Origin of the Compass Rose", *Journal of Navigation* 4 (1951), pp. 351—356.

⑥ Adam Max Cohen, *Shakespeare and Technology*：*Dramatizing Early Modern Technological Revolutions*, New York：Palgrave Macmillan, 2006, p. 37.

　　有趣的是,第二幕第二景中,哈姆莱特在对罗森克兰和吉斯登丹进行模糊陈述时,首先谈到了罗盘(compass rose)或风图(wind rose),他讲道:"我疯了,那是在刮西北风;南风吹来了,我不会把一只老鹰当作了一只鹭鸶(I am but mad **north-north-west**;when the wind is southerly,I know a **hawk from a handsaw**)。"(288)

　　前一句的意思指"只有风向是西北时,我才是疯的"或者"我只是稍微偏离了真正准确的指南针上的一点",因此这意味着:1. 他仅仅只是稍稍偏离了真正的正北方向,即西北风描述了罗盘/指南针的指针会稍微比真正的北方偏西一点;2. 他并没有在罗盘所有的点上(即时间上)都疯了、错乱了。① 对于前一句,评论家们如是解释:鸟类在起风前飞起,如果"风来自于南方",那么观察者的视角将会避过太阳以便观察得更为清晰。不过,这看上去太平淡且缺乏想象力。实际上,在莎士比亚时代,对于疯癫的一般认识都集中于其波动的特性并随气候而变化。哈姆莱特的智慧在于将这一幻想详细具体化应用到自己的实例之中。因此,"when the wind is southerly"应该解释为"在我清醒的时候"。② 而这正回应了莎士比亚时代的医生蒂莫西·布莱特(Timothy Bright,c. 1549—1615)影响颇大的著作《论忧郁》(*A Treatise of Melancholy*,1586),他指出:"对于忧郁的人来说,空气似乎是稀薄的,纯净的,不易察觉的,敞开的,专属于所有的风:就他们的性情而言,尤其专属于南风和东南风。"③

　　正如批评家指出的那样,此处哈姆莱特将自己和克劳迪斯及乔特鲁德的心理精神状况作对比,他解释说自己的心理有那么一点不正常,就跟指南针应当正指北方却指向了北偏西一样。因此,他依旧能够区分一只老鹰(hawk)和鹭鸶(handsaw),两者的差异是显而易见的。哈姆莱特所有的话都在警告罗森克兰和吉斯登丹不要多管闲事。哈姆莱特发出了警告,他能够区分不同的事物,所以也能明白语言中的虚伪;也许还有当他看到鸟的时候能够认识这是猛禽。④ 虽然哈姆莱特认为自己在某种特定的状况下能够清晰分辨鸟的种类。⑤ 这种解读多年来取得了批评家的一致赞同。因此,马乔里·加伯(Marjorie Garber)从弗洛伊德精神分析学出发,认为哈姆莱

---

　　① Philip Edwards, ed., *Hamlet*, *Prince of Denmark* (The New Cambridge Shakespeare), New York: Cambridge University Press, 2003, p. 146.

　　② Harold Jenkins, ed., *Hamlet*, London and New York: Methuen, 1982, p. 258.

　　③ Timothy Bright, *A Treatise of Melancholy*, London: Iohn Windet, 1586, p. 250.

　　④ Harold Jenkins, ed., *Hamlet*, London and New York: Methuen, 1982, p. 258.

　　⑤ Philip Edwards, ed., *Hamlet*, *Prince of Denmark*, Cambridge: Cambridge University Press, 2003, p. 146.

特的陈述表明他仅仅是轻微的发疯。①

　　而后一句"a hawk from handsaw"的阐释则更为有趣,莎士比亚的独具匠心体现在了表现"hawk"和"handsaw"二词的意义及指向的重要性上:但很难发现剧场中的观众会有时间精力去捕捉其重要意义。虽然这一短语后来成为了英语中的谚语,但也没有什么意义,因为,《哈姆莱特》正是其源头。不过,其确实展现出普遍与个体、共性与特性、模糊与准确之间的差异,其重要性和意义是毋庸置疑的。② 这一缄默的假设强调了批评家们的一致看法,即哈姆莱特是一位贵族,这仅仅代表了他渊博的见闻和知识。因此,基于更广泛的历史阐释,这段话说明了哈姆莱特在某种状态下能够清晰辨别两种不同类型的工具。③ 因为"handsaw"实际上有两种完全不同的意义:1. 手锯,一种单手可用的小型锯;2. 或许是鹭(heron-shaw[heron])的错误拼写。④ "hawk"是砖瓦匠用于掘臿或涂敷灰泥的工具,而"handsaw"则是手锯(handheld saw)。《牛津英语词典》指出"hawk"首次出现工具意义是在莫克森(Moxon)1700 年版的《手工实践》(Mechanic Exercises)。实际上,该词在 1700 年和 1600—1601 年的意义是一样的,因此编辑者们在第二四开本(Q2)中将"heronshaw"误写成了"handsaw",而且很可能这是誊抄的错误,因为"heronshew"在莎士比亚的语料库中并没有出现,反而出现了"handsaw"。⑤ "handsaw"是 1744 年汉默(Hanmer)对于"hernshaw"(一种苍鹭)的修订,他是基于两种提到的事物具有高度相似性这一点进行订正的。约翰・瓦德(John Ward)也在其1740 年代带注释的第六四开本(Q6)的演员台本中进行了相同的改变。此外,近年来的编辑者们认为老鹰和苍鹭是完全不同的,道登(Dowden)就指出"hawk"意味着哈姆莱特认识到两个老同学在充当间谍套他的话。⑥那些假定哈姆莱特的"疯癫"智慧的批评家认为这两个词语应该指同一类相似的事物,因此"handsaw"应该是指"hernshaw"(一种苍鹭),而"hawk"

　　① Marjorie Garber, *Profiling Shakespeare*, New York: Routledge, 2008, p. 31.

　　② G. R. Hibbard, ed., *Hamlet*. Oxford: Oxford University Press, 2008. p. 223.

　　③ 详细分析参见 Charles and Mary Cowden Clarke, *The Shakespeare Key: Unlocking the Treasures of His Style, Elucidating the Peculiarities of His Construction, and Displaying the Beauties of His Expression; From a Companion to "The Complete Concordance to Shakespeare"*, London: Sampson Low, Marston, Searle&Rivington, 1879. p. 726。

　　④ G. R. Hibbard, ed., *Hamlet*. Oxford: Oxford University Press, 2008. p. 223.

　　⑤ *The Oxford English Dictionary*, second edition, Oxford: Clarendon Press, 1989, vol. VII, p. 24.

　　⑥ Ann Thompson and Neil Taylor, ed., *Hamlet* (The Arden Shakespeare), Beijing: China Renmin University, 2008, p. 261.

则是泥水匠所使用的工具。但最终老鹰和锯的彻底差异表明了哈姆莱特所表达的意义,即"我只是在某些时候神志不清,即便作为疯子,我在其他时候也能辨别。即便他偷偷地假装去透露自己并非疯癫,他也默认了自己的胡言乱语。① 无独有偶,福斯塔夫在《亨利四世(上)》中使用了"hand-saw",意为一种切割工具。福斯塔夫在被哈尔王子乔装打劫后狼狈而逃,但回到酒店则吹嘘自己的英勇,他讲道:"我单独一个就跟他们十几个人短兵相接,斗足了两个钟头。要是有半句假话,我就是个混蛋。我居然能脱身真是件奇迹。我的上衣被刺透了八处,裤子被刺透了四处。盾牌上全是窟窿,剑砍得成了锯齿啦。"(257)② 科恩总结说,对鹰和鹭鸶在《哈姆莱特》中意义的正确阐释成为了将莎士比亚的戏剧置于科学技术背景中解读所获得的一个额外收获,③ 而帕里墨(Daryl W. Palmer)则进一步指出了这一段与航海的紧密联系,认为此段的策略与剧作家对北方航行的论述相关。④

　　显然,正如其模糊提到的风图一样,哈姆莱特的话语从侧面强调了自己并没有完全疯癫或只是在某些时候疯癫,这意味着虽然他受到外界的影响变得混乱,但始终在尝试保持本心、坚守有序,这就可以解释为何他一直延宕的问题了,即要寻求一个准确的尺度和工具来进行判定,这个工具在现实生活中就是用途广泛的指南针及其衍生工具,而在哈姆莱特心中则既不是他人,也不是鬼魂,而是自己。

三、指南针

　　我们看到指南针/罗盘在《哈姆莱特》墓地场景中却有了更加积极的隐含意义,它被当作了精确的测量仪器。第五幕第一景中,哈姆莱特与霍拉旭

---

①　Philip Edwards, ed., *Hamlet*, *Prince of Denmark* (The New Cambridge Shakespeare), New York: Cambridge University Press, 2003, p. 146.

②　David Margolies, "Teaching the handsaw to fly: Shakespeare as a hegemonic instrument," in Graham Holderness, ed., *The Shakespeare Myth*, Manchester: Manchester University Press, 1988, p. 42; Ladina Bezzola Lambert and Balz Engle, eds., *Shifting the Scene: Shakespeare in European Culture*. Cranbury, NJ: Rosemont Publishing& Printing Corp., 2004, p. 273.

③　Adam Max Cohen, *Shakespeare and Technology: Dramatizing Early Modern Technological Revolutions*, New York: Palgrave Macmillan, 2006, p. 39.

④　Daryl W. Palmer, "Hamlet's Northern Lineage: Masculinity, Climate, and the Mechanician in Early Modern Britain", in Harold Bloom, ed., *William Shakespeare's Hamlet*, new edition, New York: Bloom's Literary Criticism, 2009, pp. 11—32.

在谈论某个掘墓人时，他们注意到掘墓人在挖一个新的墓地：

哈姆莱特：你是在给什么人掘坟呢？

掘墓人：不是为什么男人，大爷。

哈姆莱特：那么是为哪一个女人掘坟吧？

掘墓人：也不是为了哪一个女人。

哈姆莱特：那么究竟要把谁葬在里边呢？

掘墓人：她本来是个女人，可是但愿她的灵魂得到安息吧，现在她是个死人了。

哈姆莱特：这家伙倒是挺会抠字眼！看来我们只好说一是一，说二是二了（we must speak by the card）。绝对含糊不得，否则一开口就会出乱子。老天，霍拉旭，这三年来，我注意到，这时代变得咬文嚼字了，乡巴佬的脚尖以及紧逼着朝廷贵人的脚跟，快要擦破他们脚后跟的冻疮了——你做掘坟的已经多久了？（394）

　　根据不同的权威版本注释，"by the card"意为以绝对的精度（OED）与"by the book"（照章行事）基本相同。[①] 即水手和海员为了精确会用指南针来航海。"card"既可指海员的海图（chart），也可指指南针的表面。[②] 因此，可以理解为精确地根据标尺或海图，可能暗示着船员的航海图，或另一种不常用用法（指有三十二点的指南针）。[③] 可见大部分批评家认同哈姆莱特所指的"card"即指南针，那么"通过指南针讲话"则意味着精确的、有目的有选择的字斟句酌，就像领航员使用指南针来为船只选取航线一样。[④] 通过指南针和海图，领航员能够在理论上引导船只到达任何方位，最终指南针成为了值得信赖的精确仪器，从而可以让人们在远海进行冒险旅行。

　　在随后的第五幕第二景中，奥里克描述莱阿提斯为"他是上流社会的仪范和典型（指南针[the card or calendar of gentry]），在他身上，你可以看到

① G. R. Hibbard, ed., *Hamlet*, Oxford: Oxford University Press, 2008, p. 237.

② Philip Edwards, ed., *Hamlet*, *Prince of Denmark* (The New Cambridge Shakespeare), New York: Cambridge University Press, 2003, p. 230.

③ Harold Jenkins, ed., *Hamlet*, London and New York: Methuen, 1982. p. 384.

④ 如诺顿版全集中说明 by the card 为水手的海图或罗盘，参见 Stephen Greenblatt, ed., *The Norton Shakespeare*, second edition, New York & London: W. W. Norton & Company, 2008, p. 1771, n. 7；Pamela O. Long, *Technology, Society, and Culture in Late Medieval and Renaissance Europe, 1300—1600*, Washington, DC: Society for the History of Technology and the American Historical Association, 2000, pp. 45—48.

一个有教养的绅士的每一种品德"(408)。字面意思是地图或指南,因此引申为典范或模范。① 希巴德(Hibbard)认为,约翰逊博士(Dr. Johnson)解释为看来意为优雅的一般导师,对一位绅士而言,指南针能够引导其航线,而日历则指引其选择时间,以便让他作出最佳且及时的选择。虽然约翰逊博士的解释极好地表达出奥里克的意思,但并没有完整地处理好这一混合术语。"card"意为海图,属于航海技术语言(seamanship);而同时"calendar",意为指南,属于商业术语,特别是拉丁文中的"calendarium",指向的是账簿(account book)。将"card"与航海、"calendar"与贸易结合起来,哈姆莱特利用奥里克公开的话语以达到某种复杂的诡辩目的。②

显而易见,两处"card"的使用都在不断强调指南针及地图的准确性,因为这是航海最重要的工具,对水手和船队而言至关重要。在 16 世纪的英格兰,英国的领航员从事着多样的工作,包括探险、殖民、贸易、海盗行为,甚至宣战。根据米歇尔·福斯(Michale Foss)的描述,英国的扩张主义野心就是一种"不可能的对立的和谐统一,殖民者狂妄地认为他们能处理所有的事务:建立殖民地、打倒西班牙帝国、深入探险、发展科学、灌输文明和宗教、开启新贸易、取得无尽的财富"。③ 莎士比亚在其职业生涯中使用了五次相似的地理制图词汇,而含有这些词汇的剧本的创作时间都在莫利纽克斯的地球仪出现和剧团采用"环球"命名的新剧场诞生之间。一个可能的解释就是莎士比亚在莫利纽克斯制造首个英国地球仪的时期同时拥有了高度的地理意识。正如詹妮弗·兰普林(Jennifer Rampling)指出的,对剧作家和观众而言,全球野心(global ambition)和专门的科学技术之间的联系异常紧密:新技术同时激发了扩张并为扩张宣传造势。此外,她也认为 1599 年莎士比亚剧团新建的剧院以"环球"命名正是伊丽莎白时期国人欲望的恰当象征。④

另一方面,作为最新的航海及制图科技成果,莫利纽克斯地球仪上体现出莎士比亚在《第十二夜》中提到的那种"强调了印度的新地图"。它标识了英国探险家近期的航行路线,例如,弗罗比舍和德雷克于 1576 至 1577 年的航线,罗利在弗吉尼亚阿克诺获得的英国殖民地。在意大利大使佩特卢西奥·乌巴尔迪尼(Petruccio Ubaldini)看来,这个地球仪意义重大,因为伊丽

　　① Ann Thompson and Neil Taylor, ed., *Hamlet* (The Arden Shakespeare), Beijing: China Renmin University, 2008. p. 440.

　　② G. R. Hibbard, ed., *Hamlet*, Oxford: Oxford University Press, 2008, p. 367.

　　③ Michael Foss, *Undreamed Shores: England's Wasted Empire in America*, New York: Charles Scribner's Sons, 1974, p. 179.

　　④ Jennifer Rampling, "Shakespeare and science", in *Nature* 508 (03 April 2014), pp. 39—40.

莎白一世现在可以"瞧一眼就知道自己凭借海军能够控制多大的世界了"。可见这个地球仪是英国不断增长的全球意识的集中体现。① 而且,对莎士比亚及其同时代的人而言,指南针代表着一系列相互关联的提喻,最终成为了一种包括尾舵、星盘、直角十字杆、四分仪等在内的航海技术的象征。② 随着这些航海仪器和工具的广泛使用,人们能够进行远洋探险,扩大了对世界的认知,而对财富和贸易的追求又促进了相关行业——制图业——的繁荣。此外,制图学的改进也标志着早期现代技术革命的进展,因为地图、罗盘、地球仪等地理工具使航海、教育、探索等发生了改变。正如哈利(J. B. Harley)指出的那样,"对很多伊丽莎白时期的人而言,地图是他们每日生计中使用的一种图像工具……能够教会他们进行空间思考"。③ 到伊丽莎白一世统治末期,朝臣们极度依赖地图以进行国内外政策的规划和改动,贵族们也依靠地图来管理土地和庄园财产,领航员则使用罗盘、地图、地球仪来制定和完成探险行动。同样,15—16 世纪的印刷革命也与制图革命相互促进,因为人们可以更容易地将古代、中世纪和早期现代的地图进行比较、修正。④ 哈利提出"制图语义学(cartographic semantics)"以阐释制图工具的象征意义。⑤ 倘若我们细察莫利纽克斯的地球仪便可发现他对这一仪器的英国本土化包含着强烈而广泛的意义。地球仪上存在一红一蓝两条线,代表着环绕地球的英国航海家弗朗西斯·德雷克(Francis Drake)和托马斯·卡文迪什(Thomas Cavendish)两人的航线。类似缎带的两条线就像缠绕礼物一样,实际上,制造的地球仪一直都宣称是进献给伊丽莎白女王的。地球仪在礼物交换经济上是非常有价值的商品,让民众能够有机会一睹无法到达的异国世界。同时,地球仪上的北美海岸还画着英国的船只,并用英语命名,无疑表达了英国对新世界的雄心。⑥ 杰里·布罗顿(Jerry

① Jonathan Bate& Dora Thornton, *Shakespeare: Staging the World*, London: The British Museum Press, 2012, p. 52.

② Adam Max Cohen, *Shakespeare and Technology: Dramatizing Early Modern Technological Revolutions*, New York: Palgrave Macmillan, 2006, p. 41.

③ J. B. Harley, "Meaning and Ambiguity in Tudor Cartography", in Sarah Tyacke, ed., *English Map-Making 1500—1650*, London: British Library, 1983, p. 27. 关于地图和空间观念的关系的讨论,参见 J. R. Hale, *Renaissance Europe 1480—1520*, London: Fontana, 1971, pp. 52—53。

④ Adam Max Cohen, *Shakespeare and Technology: Dramatizing Early Modern Technological Revolutions*, New York: Palgrave Macmillan, 2006, pp. 44—45.

⑤ J. B. Harley, "Meaning and Ambiguity in Tudor Cartography", in Sarah Tyacke, ed., *English Map-Making 1500—1650*, London: British Library, 1983, p. 22.

⑥ Adam Max Cohen, *Shakespeare and Technology: Dramatizing Early Modern Technological Revolutions*, New York: Palgrave Macmillan, 2006, pp. 53—56.

Brotton)注意到早期现代的地图和地球仪存在多层面的奇迹,因为它们在不同的文本和语境中产生了多样的作用。①航海者用以导航,老师用以教授学生地理和宇宙知识,学者用以象征文学艺术的美德,统治者则用以彰显其帝国威严。②

顺理成章的是,这段话中提到的"准则"、"标准"、"典范"很有可能就是与指南针高度相关的地图册与地理书、地球仪。这个时期英国对于航海的激情实际上混合了掠夺与探索、科学考察与地缘政治斗争的需要。③ 莎士比亚学者乔纳森·贝特这样描述:"直到莎士比亚创作戏剧,也就是伊丽莎白女王统治的末期,人们才开始对世界形成比较完整的视觉印象,尤其是地球为球体这一事实。"《第十二夜》中有一个很滑稽的场景:马伏里奥被人捉弄,笑个不停,满脸都是皱纹,玛利娅说:"他笑容满面,脸上的皱纹比增添了东印度群岛的新地图上的线纹还多。"她指的是 1599 年发行的一张非常著名的地图,是哈克路特的《航海纪要》的配图。这本书记录了英国探险家环游世界的航行,图中经线和纬线交错纵横,看起来就像一张皱纹密布的脸。但是,绘有东印度群岛的地图——也就是说,把最新的地理发现也添加进去了——在当时显然是个非常新鲜的玩意儿。莎士比亚戏剧中涉及探险和发现题材的剧本大多集中在 16 世纪 90 年代,亦即伊丽莎白时代航海热的高峰期。④ 彼得·巴伯说:"16 世纪的英国水手反复告诉掌权的人,出海的时候,地图能派上大用场。所以,莎士比亚戏剧中提到的地图其实是为那些足不出户、坐在安乐椅上旅行的人准备的。他们的兴趣点主要在于象征意义和教育意义。直到 1570 年,第一本现代意义上的地图册才出版,书名为《寰宇之剧场》(*The Theatre of the Lands of the World*)"。⑤ 进一步而言,这一时期影响最大的航海书籍理查德·哈克路特的《英格兰之航海暨发现纪要》早在 1589 年就已出版,但是经过重大修订、更新,并最终扩充为三卷本的新版却是 10 年后问世的。这部书一方面纪念了英国航海的成就,另一方面也是鼓励更为深入的勘探及更为迅速的殖民行动。

正如塔拉·培德森(Tara E. Pedersen)指出的那样,《哈姆莱特》是一部

---

① Jerry Brotton, *Trading Territories: Mapping the Early Modern World*, Ithaca and New York: Cornell University Press, 1997, pp. 18—19.

② James Hall, *Dictionary of Subjects and Symbols in Art*, London: Harper and Row, 1974, p. 139.

③ Neil MacGregor, *Shakespeare's Restless World*, New York: Penguin Group, 2012, p. 6.

④ Ibid., p. 14.

⑤ Ibid., p. 14.

经常依靠参考资料的戏剧,这些参考资料暗示了人们对制图术语的痴迷以及他们掌握世界的能力。① 我们看到,整部戏都试图将这些已知世界与未知世界、新与旧编织成一个连贯的整体,体现出所谓的"全球意识"。早期现代文化学者丹尼尔·维提库斯(Daniel Vitkus)倡导一种"早期现代研究的新全球主义(globalism)"②,他认为一种更加全球化的视角对于早期现代研究是必要的,因为一种具有更多自我意识的全球主义是早期现代欧洲的鲜明特征之一。在伊丽莎白一世、詹姆士一世统治的英格兰,这种全球主义本身来源于日益开放的海洋探索航行、游记的创作贩卖、异国事物的输入、英国出口新市场的寻求、与西班牙的政治地理博弈,以及外国和本土多样化的航海科技的设计与制造。从这点上看,似乎更容易理解 1598—1599 年新建的剧院取名"环球"的意义,尽管 1613 年由于演出失误化为灰烬,但之后新建的剧场仍沿用这一名称。③ 就像克劳迪斯派哈姆莱特出海一样,可以去"去追索他们迟迟未献上的贡品,漂洋过海,踏上了异国的领土,耳闻目见的,都是新鲜的事物"(309)。

此外,我们发现了《哈姆莱特》中隐藏的全球野心,在第一幕第一景开头,老哈姆莱特被认为广为人知,霍拉旭就赞颂老哈姆莱特的英名:"咱们的先王……英武的哈姆莱特(在这半个世界里,他的英名是无人不晓的)(For so this side of our known world esteem'd him)。"(220)此处直译为"在我们已知世界的这一边",当指西半球而言,泛指西欧各国。但故事的结尾却是哈姆莱特死前请求霍拉旭为他活下去讲述他的故事:"上帝呀,霍拉旭,让事情不明不白,我身后的名声,该受到多大损害!要是你真把我放在你心头,慢些儿去寻找天堂的安乐,你就暂且忍耐着,留在这冷酷的人间,也好有人来交代我的事迹。"(421)换句话说,这部剧的结尾几乎和它的开始一样,一个人承诺要把另一个人的故事绘制到地球上黑暗的、未知的地方。④ 从而展现出探索未知世界的愿望,而这也正体现了哈姆莱特从"生存还是毁灭"那段中对未知恐惧的犹豫中走出,在自我准确地引导、指向下最终实现了复仇的坚定决心。

① Tara E. Pedersen, *Mermaids and the Production of Knowledge in Early Modern England*, London and New York: Routledge, 2015, p. 131.

② Daniel Vitkus, "Introduction: Toward a New Globalism in Early Modern Studies", *The Journal for Early Modern Cultural Studies* 2 (2002), p. v.

③ Adam Max Cohen, *Shakespeare and Technology: Dramatizing Early Modern Technological Revolutions*, New York: Palgrave Macmillan, 2006, p. 62.

④ Tara E. Pedersen, *Mermaids and the Production of Knowledge in Early Modern England*, London and New York: Routledge, 2015, p. 131.

在莎士比亚过世 4 年后的 1620 年,培根在其《新工具》(*The New Organon*)第 1 卷第 129 节中提及自己对这一时期科技的意见:

> 复次,我们还该注意到发现的力量、效能和后果。这几点是再明显不过地表现在古人所不知、较近才发现、而起源却还暧昧不彰的三种发明上,那就是印刷、火药和磁石。这三种发明已经在世界范围内把事物的全部面貌和情况都改变了:第一种是在学术方面,第二种是在战事方面,第三种是在航行方面;并由此又引起难以数计的变化来;竟至任何帝国、任何教派、任何星辰对人类事务的力量和影响都仿佛无过于这些机械性的发现了。①

实际上,早在 1592 年,培根在呈现给埃塞克斯伯爵的一部宫廷假面剧剧本的片段中,他就赞颂了火药、印刷术和指南针。马丁·埃尔斯基(Martin Elsky)指出其中包含的"许多核心思想都在培根后来的哲学著作中得到了发展"。② 正如编者丽莎贾丁所言:"要理解《新工具》的写作精神,我们需要明确的是,这是由对新技术科学仪器的坚定支持及其使越来越多的自然实验成为可能所推动的。"③正因为 1580 年代和 1590 年代的英国人对指南针倾注了如此多的关注,所以莎士比亚的戏剧中包含一些非常有趣的指南针及航海术指涉也就不足为奇了。

因此,我们看到,剧中哈姆莱特一直在强调对科技进步和全球主义的信心,同时也突出了人本身伟大的创造力和行动力。就剧中世界而言,哈姆莱特本人显然成功了,他的故事最终走向了全球,家喻户晓,就剧作家而言,莎士比亚也成功了,成为了世界上最有名、最伟大的作家之一,更进一步而言,英国也成功了,最终成功地探索了全球,成为海上霸主与"日不落帝国",由此看来,剧中有关航海、制图等的指涉与隐喻显然真实地反映出了同时代繁荣的科技进步及其对后世的推动作用,诚如哈姆莱特在剧中所言,戏剧的目的在于真实反映现实生活,就"好比得举起镜子照自然",从而"让这时代,这世道,显示出它的轮廓,留下它的印记"(311)。倘若"表演"的目的在于反映

---

① Francis Bacon: *The New Organon*, Lisa Jardine and Michael Silverthorne, eds., Cambridge: Cambridge University Press, 2000, p. 91. 译文参见培根:《新工具》,许宝骙译,北京:商务印书馆,1984 年,第 103 页。

② Martin Elsky, *Authorizing Words: Speech, Writing, and Print in the English Renaissance*, Ithaca, NY: Cornell University Press, 1989, p. 195.

③ Francis Bacon: *The New Organon*, Lisa Jardine and Michael Silverthorne, eds., Cambridge: Cambridge University Press, 2000, p. ii.

现实和自然,而莎士比亚的职业生涯中又确实遇到了科技的繁荣,那么我们就能够将莎士比亚的戏剧作为科技发展并对整体文化产生内在影响的证据。戏剧文化是整个社会(包括受教育的和不识字的人群)的大众流行文化中占优势的因素。① 剧场成为了寻找科技表征的自然之地,因为现实的科技发展和戏剧想象的杂交为其提供了可能。维克多·摩根(Victor Morgan)认为文学和科技之间的因果关系是双向的。不只是航海技术影响了文学创作,文学创作同样也影响了对特定航海工具的态度:"这些地图或地球意象的比喻性使用影响着对真正的地图或地球仪的看法和态度,鼓励性的描述、拟人化与其价值相关联,依附于文学中其意象的使用。"② 或许这种看法略为夸张,正如迈克尔·福斯(Michael Foss)指出的那样,"诗歌就像指南针一样强烈引导着发现探索的精神",但诗性和戏剧视角确实激起了人们采用地球仪、地图、海图、指南针等工具为自己和英格兰寻找名誉和财富的欲望。③

---

① 实际上,即便是同一种科技,在不同的社会阶层看来也有差异,但英国整体对技术的发展革新都非常感兴趣。哈克尼斯(Deborah Harkness)指出:"不像其他形式的自然科学实践,仪器制造和工程学引起了普通民众以及伊丽莎白一世政府高层官员们的一致关注",参见 Deborah Harkness, "'Strange' Ideas and 'English' Knowledge: Natural Science Exchange in Elizabethan London", in Pamela H. Smith and Paula Findlen, eds., *Merchants and Marvels: Commerce, Science, and Art in Early Modern Europe*, New York: Routledge, 2002, p. 150。

② Victor Morgan, "The Literary Image of Globes and Maps in Early Modern England", in Sarah Tyacke, ed., *English Map-Making 1500—1650*, London: British Library, 1983, 54—55.

③ Michael Foss, *Undreamed Shores: England's Wasted Empire in America*, New York: Charles Scribner's Sons, 1974, p. 11.

第四编　莎士比亚作品中（作为文本道具）的动植物

第十六章 《维纳斯与阿董尼》中马的文化意义①

《维纳斯与阿董尼》是莎士比亚两首长诗之一,出版后风行一时,仅莎士比亚生前,就已至少再版 9 次,逝世后 20 年间,又再版过 6 次。② 此诗集被同时代人提到或引用的次数,也超过了莎士比亚任何一个戏剧作品。该长诗讲述了维纳斯对阿董尼的爱情追求,而后者不幸在打猎时被野猪用獠牙扎死,除了两位主人公外,诗歌中还出现了马、野猪、兔、鹿、狐狸、鸟等动物,特别是其中马求偶的情节令人印象深刻。莎士比亚的作品中出现了各种各样马的形象,但众多批评家却忽视了其中马的意象。奚尼(P. E. Heaney)这样解释道:"莎士比亚经典中能让人注意的马非常少。当然,其作品中出现了很多马,但值得挑出来分析的少而又少。"③实际上,莎士比亚对马及其比喻意象的使用一方面是受古典传统的影响,另一方面也包含了早期现代马文化的意义,同时也具有同时代的政治意义。本章则试图以《维纳斯与阿董尼》为例,分析马这一动物意象在诗歌中的隐喻意义及在性别和政治话语中的同时代意义。

一、爱与性欲

莎士比亚作品中的爱情都有性因素,但是爱情与性欲之间是存在重

---

① 实际上,该长诗中还出现了另一种重要且有特点的野兽——野猪,但考虑到若公开展示诗歌抑或进行其他剧本的舞台表演,马是较容易找到并掌控的动物,而野猪则反之,而且马是可以驯服的动物,而野猪则是纯粹野生的动物。故本章的探讨仅限于马。

② G. Blakemore Evans and J. J. M. Tobin, eds., *The Riverside Shakespeare*, second Edition, Boston & New York: Houghton Mifflin Company, 1997, p. 1798.

③ P. E. Heaney, "Petruchio's Horse: Equine and Household Mismanagement in *The Taming of the Shrew*", *Early Modern Literary Studies* 4, 1(1998) 2. 1—12. http://extra. shu. ac. uk/emls/04—1/heanshak. html.

要区别的。性欲是欲望的产物，常常和食物、吃及动物意象相关。[①] 爱情与性欲在《维纳斯与阿董尼》中是二分的，但其中的主动出击者是维纳斯这位爱之女神。诗歌开头就可以看出维纳斯看上了年轻英俊的阿董尼："害了相思的维纳斯赶到他跟前，像缠绕的情人，开始献她的媚言。"（5—6）[②]同样，诗歌中以食物和胃口表现出性欲，维纳斯承诺："可决不会惹起你腻胃的餍饱，叫两片嘴唇尝够了还高嚷饥饿，叫它们泛红泛白地玩耍出花样——一口气十个短吻，一吻顶二十个。"（19—22）诗中的维纳斯被形容为一头贪婪而饥饿的老鹰："像一头饿鹰，空肚子在咕咕地响，用尖喙撕小鸟的羽毛和骨肉，振一振翅膀，恨不得一口就吞光，肚子填饱，或吃个不剩，才算满足；就这样，她捉住了他满脸亲吻，上下左右，吻到终点再吻一遍。"（55—60）不过，更值得注意的是，显然，成熟的维纳斯与青涩的阿董尼之间在年龄、经验上的差异，让阿董尼感到腼腆、羞愧、无所适从。虽然阿董尼这位温柔的男孩在性欲上冷漠以对，却在维纳斯的强力攻势下节节败退，甚至被维纳斯抱下马来："涨红了脸，撅起恼怒的嘴唇，情怀还没开，要逗弄他（toy），可真难！她滚烫的脸，像炭火发出红光，他羞红着脸，心却冷得像冰霜。"（33—36）在诗歌中，热烫和红光都代表激情，"toy"是类似性欲的词，表示玩弄地、好色地嬉戏。[③] 从而将爱情一下贬低至性欲之上。而诗歌中出现的马及其行为更是体现出自然、原始的性欲（兽欲）。洛林·弗莱彻（Lorraine Fletcher）就指出了诗歌中的马是诗人让动物与人界限模糊的症候："《维纳斯与阿董尼》中的动物意外地拟人化，而说话的角色意外地动物化"[④]；路易斯也概括道："从阿董尼的马欢快地求爱或著名的兔子诗行中，我们可以兴致勃勃地领略到真正的工作日的自然风光。"（498）[⑤]

　　实际上，这首诗并非是莎士比亚的原创，而是受到奥维德的影响，在莎士比亚时代，"六年级的男孩们专心背诵或模仿维吉尔与奥维德的作品。到

---

①　Maurice Charney, *Shakespeare on Love and Lust*, New York: Columbia University Press, 2000. p. 181.

②　《维纳斯与阿董尼》，《新莎士比亚全集（第十二卷）》，方平译，石家庄：河北教育出版社，2000年，第5—6页。后文出自该著作的引文，将随文在括号内标引出处行数，不另作注。另因采用译本原因，诗歌以阿董尼替代了通行的阿多尼斯。

③　*OED*, toy, v. 3. 〈https://www.oed.com/view/Entry/204134? rskey = A8fkQ8&result =2#eid〉

④　Lorraine Fletcher, "Animal Rites: A Reading of *Venus and Adonis*", *Critical Survey* 17. 3 (2005), p. 2.

⑤　C. S. Lewis, *English Literature in the Sixteenth Century, excluding Drama*, Oxford: Oxford University Press, 1954, p. 498.

1612年……高年级男孩必须在课堂上'翻译'或'掌握'……奥维德的《变形记》和维吉尔"。此外,这一时代的教育非常严苛,"一个男孩的选择有限:要么模仿'某位作者的片段',要么被罚鞭笞"。显然,古典作家及其作品在莎士比亚时代是人所共知的,而且莎士比亚的两部长诗《鲁克丽丝受辱记》和《维纳斯与阿董尼》都重写了奥维德笔下的两个神话故事,不能忽视的是在《维》的正文开头,莎士比亚就引用了奥维德《爱的悲歌》中的诗行以致敬:"让虚浮的头脑去崇拜那浅薄的东西,太阳神引领我们到缪斯女神们的泉边。"在奥维德的《爱的艺术》(Ars Amatoria)一书中,他对男女均给出了关于爱的艺术的指导,其很多例子都是以动物意象进行说明的,如在卷一中,奥维德说:"母牛通过眼神告诉公牛她的激情;嘶鸣的母马邀请公马加入游戏。"(I. 279—280)奥维德笔下的母马是性欲强烈主动出击的。他在卷二中继续说道:"母马情欲高涨,跟着远处来的公马,越过分隔的溪流。"(X. 477—478)①莎士比亚在《维纳斯与阿董尼》中特别提到了这一段落,阿董尼的坐骑发现了年轻而充满诱惑的母马:

> 他痴望着他的爱,向她嘶鸣引诱,
> 她应和着,似乎猜透了他的心;
> 可是像女性,看到有人来追求,
> 装得冷淡、骄傲,没一点柔情,
> 踢开他的爱情,不理他胸中的热潮,
> 并且用后蹄,抵拒他好意的拥抱。(307—312)

在这里,我们看到,莎士比亚轻微地改变了奥维德的视角,将母马追求公马变成了雄性追求雌性,但显然性欲与马之间的联系依然存在。另一个联系则来自于女神维纳斯。在奥维德的《变形记》中,维纳斯是自然的对立者:"青春、美貌、任何可以感动我维纳斯的那些东西,是决不会使狮子、浑身是刺的野猪或凶恶的野兽的耳目心窍有所感动的"(X. 547—549)②,而莎士比亚笔下的维纳斯则是原始的、自然的、充满野性的。此外,批评家们普遍赞同,1593年写就的诗虽取材于《变形记》,但也可能参考采纳了提香1553—1554年创作的同名油画中对奥维德原作的改变。在画家笔下,维纳斯抱住阿董尼试图阻止他去进行危险的打猎,但阿董尼不为所动,其急速的动作几

---

① Ovid, *The Art of Love*, James Michie, trans., New York: The Modern Library, 2002, I. 279—280, X. 477—478.

② 奥维德:《变形记》,杨周翰译,北京:人民文学出版社,1984年,第136页。

乎要把维纳斯拉倒在地。① 正如诺斯普罗·弗莱(Northrop Frye)指出:"有独创性的作家不是想出一个新故事的作家——实际上,没有什么新故事——而是一个能以新的方式讲述世间最伟大故事之一的那个人。"②

《维纳斯与阿董尼》中马示爱的情节暗含了阿董尼对欲望的自发处理,因为在西方的常规认识中,马象征着情欲(lust),而缰绳和骑士则象征着理性对情欲的控制。③"阿董尼蹑脚的骏骑"想摆脱主人的控制去追求母马,给阿董尼以性暗示,这一幕性欲场景高度凝练,但常提及的是"他两耳直竖"和马鬃"从他弯圆的颈上成束地竖起"(271)。高贵的公马"一双眼睛灼灼地瞪着,像火光闪烁出盛气的勇敢,热烈的欲望"(275—276),这一场景强烈表现出维纳斯的诱惑目的,但却是一种滑稽模式。马的性激情细节同样适用于人:"像一个失恋者,垂倒头,伤透了心,他垂下了尾巴,像一簇倒下的羽毛,给火热的臀部一些阴凉的遮荫,他踩踏大地,气呼呼地把飞蝇乱咬。他的情马,瞧他又气恼又难过,才动了怜意;他也就熄了怒火。"(313—318)维纳斯立即以马的自然例子对阿董尼进行教育:"你的马原本应当去拥抱那焕然光临的甜蜜欲望:爱情是通红的火炭,须得弄凉;要不,听凭它烧,会烧坏了心房。"(385—388)性欲常被比作火焰,必须在烧坏心房前熄灭。阿董尼对维纳斯马的例子充耳不闻,所以她决定更加直白:"谁见了情人赤裸着躺在床上(who sees his true-love in her naked bed),显露出比洁白的被褥更白的美色,他贪馋的目光饱餐得这么欢畅,别的感官却不想把这种享受获得? 谁这么懦弱,鼓不起一些勇气,去亲近火焰,正当烤火的天气?"(397—402)这一段诗行尽管语言平静而柔和,却是全诗中最具有性暗示的段落,特别是"别的感官"非常隐晦。正如怀特指出的那样,第一句是二词同意(hendiadys)的典型例子,把形容表述和实质行为紧密结合,所以维纳斯是在进行赤裸裸地诱惑和引导。④ 弗莱彻也将马与性欲望结合在一起:"就像人陷入爱河一样,叙述者记录下了马求爱的程序仪式。"⑤

进一步而言,我们可以在维纳斯的动作中发现同时代马术方面的影子。马术训练的最高境界就是人马合一,但这需要严格而长期的训练。我们通

---

① John Doebler, "The Reluctant Adonis: Titian and Shakespeare", *Shakespeare Quarterly* 33. 4 (1982), pp. 480—490.

② Northrop Frye, *Northrop Frye on Shakespeare*. Robert Sandler, ed., New Haven and London: Yale University Press, 1986, p. 29.

③ Robert P. Miller, "Venus, Adonis, and the Horses", *ELH* 19. 4 (1952), p. 256.

④ George T. Wright, "Hendiadys and *Hamlet*", *PMLA* 96 (1981), pp. 168—193.

⑤ Lorraine Fletcher, "Animal Rites: A Reading of *Venus and Adonis*", *Critical Survey* 17. 3 (2005), p. 5.

过公马的跨步、纵跳看得出这是一匹受过严格训练的优秀马匹："他一步一跨,仿佛在计数步伐,一忽儿,又直立起来,又连纵带跳"(277—279),其身体的每一部分都是良好素质的缩影:"不论外形、骨架、毛色,还是那气度! 高颈、短耳、小头、短骨节、圆蹄,宽阔的胸膛、大眼、张开的鼻孔,阔大的臀、挺直的腿骨、柔嫩的皮,修长的距毛、稠尾、稀疏的马鬃","缺少"的只是"一个神气的骑士"(294—300),这似乎证实了他旺盛的行为需要服从理性的缰绳。而在这一时代,马匹训练也意味着战争训练,米勒(Robert P. Miller)就认为诗歌中马的意象是爱情和战争的表现:"因此,莎士比亚能够以马与骑手这一常见比喻来反映其叙事内容。"[1]女性/马,男性/骑手的意象在莎士比亚的很多戏剧中出现,如罗伯茨就以《李尔王》中半人马的例子阐释了"马/骑手意象是标准的男/女关系表征",[2]但伊丽莎白·勒奎恩(Elizabeth LeGuin)强调"马完全需要另一种类型的对话:即使它们表现出了适应人类目的的非凡能力,它们也通过自己纯粹的差异性挑战人类的方法"。[3] 因此,我们看到正是情欲突破了一切,缰绳和主人的命令所代表的理性已经完全被公马的原始欲望所替代。

二、性别错乱

我们看到,莎士,比亚对马给予了足够的关注,其求爱情节的描述足有 66 行(258—324),用以描述一匹雄性骏马(courser)和一匹骒马(jennet)的交配仪式。两匹马显现出性别一致性和性欲的讨论,而马的浪漫表演与阿董尼对维纳斯的冷漠形成了鲜明对比。阿董尼一出场就是骑着自己那匹骏马,而随后被拴在林边的公马在一眼看到了母马,之后就立即变成了具有强烈性欲的角色:"一双眼睛灼灼地瞪着,像火光闪烁出盛气的勇敢,热烈的欲望。"(275—276)莎士比亚对公马"欲望"经历的强调回应了维吉尔和奥维德作品中马的色情描写。但是,莎士比亚的公马也是能够自决的控制者:"他嘴里那块衔铁,给咬成了几截:原是节制他

---

[1]　Robert P. Miller, "The Myth of Mars' Hot Minion in *Venus and Adonis*", *ELH* 36. 4 (1959), p. 481.

[2]　Jeanne Addison Roberts, *The Shakespearean Wild*: *Geography*, *Genus*, *and Gender*, Lincoln, NE: 1991, p. 107.

[3]　Elisabeth Le Guin, "Man and Horse in Harmony", in Karen Raber and Treva J. Tucker, eds., *The Culture of the Horse*: *Status*, *Discipline and Identity in the Early Modern World*, New York: Palgrave Macmillan, 2005, p. 180.

的,现在反受他节制。"(269—270)这里对马的性欲支配和欲望控制让观者联想到一匹急不可耐的马,但同时也清晰表明了诗歌中的男性气质是关于支配和控制的。在同一场景中,诗人赋予公马强烈的男性气质和威严:"一忽儿用温文的威严、谦和的自傲,一忽儿,又直立起来,又连纵带跳。"(278—279)随后,它不顾主人阿董尼的招呼,追向母马"像发了疯,一起向着林子奔,连飞翔的乌鸦也没法在后面跟"(323—324)。维纳斯乘机以此作为修辞和例子劝说阿董尼应该像他的马一样顺应自然动物的本性,或者说,顺从人类的异性恋欲望。"要学他的样,享受送来的机会吧,不久之后,来学习爱吧,那课程并不难。"(404—407)正如谢德莱(Sheidley)对马的评价:"通过描绘不受障碍或扭曲约束的性欲,莎士比亚提供了一个标准,可以精确地衡量和定义维纳斯和阿多尼斯之间关系的缺陷。"[1]此外,马的驯化与同时代男性气质紧密相连:"早期现代世界中最普遍的象征,即是将驯化马匹当作男性主义对动物的支配控制。"[2]诗歌中阿董尼的骏马是一匹经过驯化的文明的公马,同时是经过训练的真正男性气质和支配的象征符号,与此对应的母马则是自由成长而顺从的,性感而具有诱惑力:"有匹骒马,年富力强,好神气(A breeding jennet, lusty, young, and proud)。"(260)此处"breeding","lusty","young"都勾勒出一个具有强烈性欲望的母马形象,特别是"proud"一词的含义,既具有精神的、勇敢的(spirited, fearlessly vigorous),也包含"在发情"(undergoing oestrus)及性兴奋的、淫荡的(Sexually excited; lascivious)等含义。[3]对于早期现代的读者而言,无疑会唤起性的联想,因此母马通过身体肉欲的语言变成了女性欲望的化身。诗人使用大量细节对两匹马的行为进行生动鲜明的描绘,从而让这两匹马从背景中脱离而出,成为了独立的角色乃至两位主人公的另一种替代物,加深了我们对爱与被爱、男与女之间关系的解读。作为男性的阿董尼酷爱打猎"满身活力、血气旺盛"(26),而作为维纳斯则可以被视为"莎士比亚笔下最早拥有美丽、激情和金舌头的女人"。[4]虽然米勒指出:"如果两匹马与维纳

① William E. Sheidley, "'Unless It Be a Boar': Love and Wisdom in Shakespeare's *Venus and Adonis*", *Modern Language Quarterly* 35. 1 (1974), p. 9.

② Kevin de Ornellas, *The Horse in Early Modern English Culture: Bridled, Curbed, and Tamed*, Teaneck, NJ: Farleigh Dickinson University Press, 2013, p. 127.

③ *OED*, proud, A. 6. b; 7. a. 〈https://www. oed. com/view/Entry/153378? rskey = DNK7Yf&result = 1♯eid〉

④ Christy Desmet, *Reading Shakespeare's Characters: Rhetoric, Ethics, and Identity*, Amherst: University of Massachusetts Press, 1992, p. 137.

斯及阿董尼之间有很多方面平行的话,那么这一写作技巧就是所谓的'状态式相似(conditional parallelism)'。"①我们一般会将公马与阿董尼、母马与维纳斯对应,但公马追求母马的自然行为与阿董尼拒绝维纳斯的求爱形成了鲜明对比,公马"跨上了征鞍,准备交锋——但一切证明只是她的一场幻想,他虽然骑在她身上,可不把她摆弄(596—598)",呈现出一种性别错乱的特点。

　　一方面,维纳斯在诗歌中是作为主动的男性化角色出现的。尽管在希腊神话中的女神是具有侵略性和积极性的,但在莎士比亚的诗歌中,维纳斯在追求阿董尼时变得更有男子气概了,在情欲的刺激下,她变得力大无穷,从而能轻易拉下阿董尼:"一条手臂套住那骏马的缰绳,另一条抱下了嫩苗似的少年。"(31—32)在传统观念中,维纳斯是被爱慕追求的被动者,就连阿瑞斯那"煞星和凶恶的战神"也"甘心做俘虏"向她"乞求"(98—101),而在莎士比亚的诗歌中则变成了追求别人的主动者:"心头热热的,欲望助长了气力"(29)。她变成了身体和语言上巨似的支配者,从而抱下了阿董尼。诗歌中其性格和行为都让这位曾经的女性爱神矛盾地成为了异性恋男性气质的缩影。波伏娃在《第二性》中指出:"因为男人在世界上是统治者,他认为对他所渴望的人施以暴力是他拥有主权的标志:一个性交能力很强的男人,被说成是强有力的、雄赳赳的——这些形容在暗示主动和超越。然而,在女人那一方,由于只是个客体,她会被说成是'兴奋的'或'性冷淡'的。这就是说,她将永远只能表现出被动的特质。"因此,波伏娃指出"所谓具有女性气质,就是显得软弱、无用和温顺"②,而在《维纳斯与阿董尼》中,维纳斯的形象完全背离了传统女性的温柔、腼腆等特点,彻底拥有男性主动、攻击性强等特点。凯瑟琳·贝尔希(Catherine Belsey)曾指出:"毫无疑问,伊丽莎白时代的女主人公们,无论是悲剧性的,还是喜剧性的,都要比维多利亚时代的女性有更多自由表白爱情。"③正如弗莱彻所言:"维纳斯将此视为'自然的'异性求爱的典型,即富有攻击性的雄性和顺从的雌性,所以我们通常会注意到她在追求阿董尼时盗用了男性角色。"④

　　另一方面,阿董尼则成为了女性气质的化身。他比维纳斯更感性,连女

---

① Robert Miller, "Venus, Adonis, and the Horses", *ELH* 19.4 (1952), p. 255.

② [法]西蒙娜·德·波伏娃:《第二性》,陶铁柱译,北京:中国书籍出版社,1998年,第432、387页。

③ Catherine Besley, "Love as Trompe-l'oeil: Taxonomies of Desire in *Venus and Adonis*", *Shakespeare Quarterly* 46.3 (1995), p. 262.

④ Lorraine Fletcher, "Animal Rites: A Reading of *Venus and Adonis*", *Critical Survey* 17.3 (2005), p. 5.

神都禁不住感叹:"你的美胜过我三倍;好一朵芬芳的鲜花,人间少见;嬉水的仙女,见了你也自惭形秽"(6—9),而且形容他"少女似的"(21),"堂堂男子汉的相貌,但绝非男人"(214)。而诗歌所展示阿董尼的性格都是维纳斯所反对的。他态度恭顺,就像被迫与维纳斯待在一起,但只能消极反抗:"无可奈何,可绝不是甘心从命"(61),其躲避的姿态就像娇羞的少女一般。诗歌中的公马敏捷、强壮、性欲强烈,而其主人阿董尼阴柔顺从,缺乏性欲望。他的坐骑与主人阿董尼形成鲜明对照并成为了维纳斯期望阿董尼变成的理想状态,它做了维纳斯希望作为一个男人的阿董尼应该做的事。乔治亚·布朗(Georgia Brown)对此诗的评论就十分契合阿董尼:"比起追求男性气质作为权威的基础,小史诗的作者们反而拥抱女性气质,构建出一种雌雄同体的文学权威模式。"①女性主义批评家也认为,个人的性别身份特别是社会性别是由社会意识形态造成的,而不是生理性别所决定的,朱迪斯巴特勒就指出:"性和性别的关系并不是说你'是'什么样的性别决定了你'有'什么样的性取向。"②诗中的阿董尼接受维纳斯的拥吻但不接受其控制,为了反击维纳斯持续地"攻击",他的窘迫中能发现保护的愿望:"他羞得满脸通红"(49)这里的羞愧使得阿董尼叛逆性格复杂化,因为它成为阿董尼不适、尴尬的表现。阿董尼拒绝与维纳斯躺在一起不单单是他对爱情没有兴趣,更因为他"年纪还轻,还没开窍,还没认清我自己"(524—525)。

　　进一步而言,阿董尼的屈服并不意味着他变成了女性(feminine),而是非异性恋(non-heterosexual)。非异性恋的阿董尼持续出现在诗歌的对比语言之中。阿董尼并非挣扎是否和维纳斯躺在一起,而是在爱与"狩猎"(hunting)之间进行选择。莎士比亚将阿董尼描绘为对狩猎而非爱情的追求者:"打猎,他爱好;可是恋爱,他好笑。"(4)爱德华·贝里将诗歌中有关狩猎的性欲化意象与同时代对狩猎的情感相对应,他指出:"阿董尼对英雄般狩猎野猪行为的爱,维纳斯劝诱以更温柔、安全的公园中猎鹿和旷野中猎兔子来阻止他的这种偏爱……这些插曲很大程度上达到了妙趣横生的效果,因为其中包含了伊丽莎白时代有关狩猎的传统、实践、争论和价值观点的具现。"③打猎长期以来有作为性追求比喻的行为传统,在选择猎取带着男性生殖器象征尖牙的野猪和猎兔时,毫无疑问阿董尼已经作出了选择。劳

　　① Georgia Brown, *Redefining Elizabethan Literature*, London: Cambridge University Press, 2004, p. 108.

　　② Judith Butler, *Undong Gender*, New York: Routledge, 2004, p. 16.

　　③ Edward Berry, *Shakespeare and the Hunt: A Cultural and Social Study*, Cambridge: Cambridge University Press, 2001, p. 59.

伦·舒赫特(Lauren Shohet)指出野猪意味着菲勒斯中心主义:"诗中对野猪的描述,显然是很菲勒斯的……更为重要的是,与野猪意象相联系的不是阳具,而是菲勒斯这一具有文化特权的术语。"①她认为,这里的野猪能够让阿董尼变得更像一个性欲客体,诗中利用对动物比喻的语言来评价性。有关性行为和作为比喻的类似动物角色同样出现在公马和母马身上。正如诗歌中指出野猪并不想弄死阿董尼,而只是想亲吻他:"那多情的猪,鼻子擦着他的胴体,不料那长牙,刺入了他的鼠蹊"(1115—1116),而这头野猪实际上做了维纳斯一直想做的事情:"假使我的牙,也生得像那头野猪,我承认我还没吻他,先就把他杀戮。"(1117—1118)正如西德雷(William E. Sheidley)指出的那样,野猪是"失去阳具冲动的轨迹"——也就是说,当阿董尼拒绝向维纳斯提供她所渴望的性满足时,野猪闯入并用獠牙将"阳具冲动"施加于阿董尼身上,杀死了他。②

乔瑟夫·凯迪(Joseph Cady)指出现今意义的同性恋欲望在 16 世纪英格兰被以"男性之爱"频繁提及,他认为这一术语更接近于当今有关同性恋的理解,即同性恋是一种人际关系而非简单的肉体关系:"'男性之爱'举例证明了性欲望('性爱')与男-男之间自然欲望联合的这一过程(基于原始情绪的观念)。"③换句话说,"男性之爱"是浪漫理想与性吸引的结合。这一术语在早期现代文学中频繁出现,暗示着那时同性恋实践的存在及其辩护。马克·布里滕伯格(Mark Breitenberg)在讨论早期现代英格兰的男性欲望时指出,男性之爱在文化上的理解是互相矛盾的,以莎士比亚为例,即作家在很多方面更多只是嘲弄而非打击文化话语,他借用阿尔都塞的思想指出,在这种文化中,变得有男性气质矛盾地包含了对欲望的服从:"认识到身为男人,是通过早期现代文化中不断以男性主体身份进行质询,实际上已经包含了文化的悖论——其中之一就是对欲望的自我摧残"。④ 同时,阿董尼通过对这种隐喻式的同性恋追求展示出受虐倾向,莉莎斯·塔克斯-艾斯克斯(Lisa Starks-Estes)就进行过类似的讨论,认为通过维纳斯的宣扬和阿董尼

① Lauren Shohet, "Shakespeare's Eager Adonis", *Studies in English Literature*, 1500—1900 42. 1 (2002), p. 88.

② William E. Sheidley, "'Unless It Be a Boar': Love and Wisdom in Shakespeare's Venus and Adonis", in *Modern Language Quarterly* 35. 1 (1974), p. 10.

③ Joseph Cady, "'Masculine Love', Renaissance Writing, and the 'New Invention' of Homosexuality", in Claude J. Summers, ed., *Homosexuality in Renaissance and Enlightenment England: Literary Representations in Historical Context*, New York: Harrington Park, 1992, pp. 18—19.

④ Mark Breitenberg, *Anxious Masculinity in Early Modern England*, Cambridge: Cambridge University Press, 1996, p. 128.

后来的死亡让他成为了受虐狂和一个基督教式殉道者。①

　　更有趣的是公马在求偶途中撅起尾巴的行为,这个动作是任何一匹处于兴奋状态的马的特征,无论性别。它通常在休息时被低抬着,位于两侧之间,只有在排便时才抬起。但是在交配中,抬高尾巴是母马露出阴部准备好交配的信号。因此,在拉贝尔(Karen Raber)看来,一匹求偶遇挫的公马"垂下了尾巴"(314),混淆了参与者的性别。② 而布鲁斯·史密斯(Bruce R. Smith)指出,由于"他们的双性同体",即传统女性气质和男性气质的结合,阿董尼和其他两个男性形象在当代作品中"从字面上体现了英国文艺复兴时期文化中性欲的模糊性,尤其是同性恋性欲的矛盾。它们代表的不是一种专属的性品味,而是一种包容的性品味。用我们这个时代的分类来说,这些诗是双性恋的幻想"。③

　　显然,马求爱的情节与人物的对应存在着交错的关系,自然界中的凤求凰到了莎士比亚笔下变成了凰求凤,而维纳斯成为了男性气质的象征,阿董尼则成为了女性气质的具象,并通过打猎情节呈现出不同的性取向。

三、马的政治

　　进一步而言,我们需要注意的是"骔马(jennet)"这个词的同时代意义。在《牛津英语词典》中被就定义为:"小巧的西班牙马。"任何有相关特别知识的人都会怀疑这一定义过于宽泛。④ 但正如乔纳森·瑟斯顿(Jonathan W. Thurston)的研究所指出的那样,无数的早期印刷文本都记录骔马为小巧的用于骑乘的西班牙马。这些文本同样将骔马视为来自西班牙北部地区的阿斯图里亚斯自治区(Asturcón),同时骔马对同时代英国人而言也不特指来自这一地区,但总体而言成为了小巧西班牙马的固定说辞。⑤ 珍妮

　　① Lisa Starks-Estes, *Violence*, *Trauma*, *and Virtus in Shakespeare's Roman Poems and Plays*, Basingstoke: Palgrave Macmillan, 2014, p. 50.

　　② Karen Raber, *Animal Bodies*, *Renaissance Culture*, Philadelphia: University of Pennsylvania Press, 2013, p. 95.

　　③ Bruce R. Smith, *Homosexual Desire in Shakespeare's England*: *A Cultural Poetics*, University of Chicago Press, 1991, p. 136.

　　④ *OED*, jennet, n. 1. 〈https://www.oed.com/view/Entry/101047? rskey = 6E7AKK &result = 1♯eid〉

　　⑤ Jonathan W. Thurston, "Bestia et Amor: Equine Erotology in Shakespeare's 'Venus and Adonis'", *Филолог* 12 (2015), p. 149.

弗·弗莱厄蒂(Jennifer Flaherty)在分析莎士比亚亨利系列历史剧中的马意象时指出,莎士比亚通过剧中的马来让观众"了解"其主人;每个角色的马术及马的神话学诠释都清晰地描绘出主人的性情。四部曲中的主要角色都是在马术的简单描绘中得到定义的。因此,剧中的"马成为一种核心参考以便让观众了解个体和国族身份"。[1]

一方面,骒马的角色可被视为"反西班牙"的具现化。马唤起的是对西班牙帝国主义与天主教的修辞反抗,因为"反西班牙的仇外和反天主教——二者不可磨灭地联系在一起——在早期现代英语文化的许多方面都具有显著的特征"。[2] 1590 年代大众的仇恨心理弥漫,英格兰作家如托马斯·司各特(Thomas Scot)、詹姆斯·沃兹沃斯(James Wadsworth)、约翰·多恩(John Donne)等的作品反复出现马的主题以表现对西班牙人的嘲讽和厌恶。[3] 他们不约而同提到了一匹名叫摩洛哥的马。当时的伊丽莎白民众特别钟爱动物的表演,其中一位名叫班克斯(Banks)的苏格兰人有一匹叫摩洛哥(Morocco)的阉马特别受欢迎,"他们是伊丽莎白时代最常被提及的艺人"[4],"这匹马对提及西班牙国王(的名字)表示厌恶——摩洛哥对菲利普二世的蔑视是如此出名,以至于它已成为众所周知的事"。在伊丽莎白统治的最后 20 年里,无敌舰队的攻击似乎总是迫在眉睫,对西班牙的恐惧加剧了。班克斯和摩洛哥的表演利用了这种恐惧,强调与西班牙保持距离的好处。托马斯·纳什(Thomas Nashe)在其 1596 年作品《同去萨弗隆—瓦尔登》(*Have with Yov to Saffron-Walden*)中需要安全标志来强调一系列场景的不可避免时,摩洛哥对西班牙的厌恶就被选为了确定标准:"就像班克斯的马分辨西班牙人和英国人一样真实。"[5]这些作家都将马作为拟人化的反西班牙人形象进行塑造,因此成为了反西班牙的具体化身。亚历桑德拉·葛吉达(Alexandra Gajda)指出:"纵观 1590 年间,伊丽莎白政府调整了女王在战争中的参与度,以此对抗西班牙帝国主义野心。之前的宣传调整强调西班牙国王菲利普的官员们在荷兰的残暴统治,1591 年由伯利起草

① Jennifer Flasherty, "'Know us by our horses': Equine Imagery in Shakespeare's *Henriad*", in Peter Edwards, Karl A. E. Enenkel and Elspeth Graham, eds., *The Horse as Cultural Icon: The Real and the Symbolic Horse in the Early Modern World*, Leiden and Boston: Brill, 2012, pp. 307—308.

② Kevin de Ornellas, *The Horse in Early Modern English Culture: Bridled, Curbed, and Tamed*, Teaneck, NJ: Farleigh Dickinson University Press, 2013, p. 82.

③ Ibid., p. 84.

④ Ibid., p. 71.

⑤ Ibid., p. 83.

的侵略法令,设立针对神学牧师和耶稣会士的委员会,正式谴责西班牙国王本人的'暴力与恶毒',声讨他发起了'一场对所有基督教国家而言最非正义和危险的战争'。然而,埃塞克斯这位将英西战争描绘为对抗西班牙暴君为自由而战的人,则在后来的侵略战争中一败涂地并失去权力。"①实际上,正是1585—1604年间的英西战争造成了这种恐惧,英国人惧怕西班牙的帝国主义,即担忧、恐惧西班牙对英国的侵略与支配。因此,诗中维纳斯成为了小巧西班牙骒马的专制力量,她的身份与骒马相对应,其对骒马的控制与同时代对西班牙的暴政具有对比性,而阿董尼则成为了反抗权威的独立思考者,他代表着更加自由的思想与政治自由体系。

　　另一方面,骒马还与维纳斯、伊丽莎白一世构成平行。女王既是女性,更是一位男性社会中的女性统治者,乃至是雌雄同体的体现。首先,我们看到,维纳斯的攻击性和年龄实际上都和伊丽莎白一世类似。乔纳森·克鲁(Jonathan Crewe)评价说:"维纳斯作为一个年长的女人,暗示着年轻男性所经历的一种老套的威胁,即被要求苛刻、令人窒息的母亲形象压垮。"②彼得·埃里克森随后指出,如果这首诗本身是想表达对女性君主统治的不满,那么它也可能是想揭示"南安普顿伯爵作为阿董尼式朝臣的矛盾心理",同时诗中对这一动机的实现也表达了对女性权力的强烈抗拒。③ 安德鲁·哈德菲尔德(Andrew Hadfield)认为维纳斯的话语"你的肉体岂不像好深的一座坟,张开口把你的一大群子孙吞掉"(575—578)模仿了伊丽莎白一世的政治状况,因为女王即将死去且没有后代:"莎士比亚寓言式地指出伊丽莎白一世忽视了其臣民期望的稳定继承人的权利,以'黑暗的朦胧(dark obscurity)'破坏他们的权利,这一术语正是涉及她拒绝讨论下任继承人问题的表现。"④其次是作为女性权威的局限性。"她枉是爱神——枉爱着,可得不到爱"(610)这样矛盾的修辞体现出维纳斯作为女性权威的局限性,而这正是对伊丽莎白女王的反思,因为她把自己描绘成圣经中的女士师底波拉(Deborah)。希瑟·杜布罗得出了非常相似的结论:"维纳斯对权力的主张很可能反映了伊丽莎白本人的怨恨。"她也注意到了这首诗的交替语气,以

　　① Alexandra Gajda, "Debating War and Peace in Late Elizabethan England", *The Historical Journal* 52. 4 (2009), p. 859.

　　② Jonathan Crewe, "Introduction", in Jonathan Crewe, ed., *The Narrative Poems*, by William Shakespeare, New York: Penguin Books, 2019, p. xxxvi.

　　③ Peter Erickson, *Rewriting Shakespeare*, *Rewriting Ourselves*, University of California Press, 1991, p. 47.

　　④ Andrew Hadfield, *Shakespeare and Republicanism*, Oxford: Oxford University Press, 2005, p. 132.

及与之相关的对维纳斯时而有利时而不利的描述:"对一个操纵失败的女主人公的矛盾心理,呈现出对一个掌控大权的女王的矛盾心理。"①

因此,阿董尼的反抗修辞和他公马的自决行为也可以看作是反伊丽莎白一世的政治隐喻。实际上,伊丽莎白也只比西班牙统治者稍好一点,西班牙无敌舰队与英西战争同样都反映出英格兰自己的专制,特别是伊丽莎白在爱尔兰铁血政策。阿董尼非常明确地表示他蔑视的不是维纳斯而是她的操控:"爱,我不恨,恨的是你这一套:面不相识,也拉在怀中搂得紧。说为了'繁殖',嘿,少见的托词!"(789—791)阿董尼多次强调了维纳斯唯一的欲望"繁殖",他批评维纳斯的贪婪欲望,尽管这种是"天性"。接着,阿董尼声称以独立自主和倔强反抗维纳斯的暴力和修辞:"你把我的手扭伤了;让我们分离;算了吧,这些无聊的话,虚浮的谈论。"(421—422)他将维纳斯之前的话全推翻,认为是"虚浮的",只是一种欺骗和鼓吹。最后,公马在嘴里"咬着"铁块,以此来控制身体,而阿董尼也选择狩猎避开维纳斯。这些都可以视为是对强权的反抗。而公马最终求偶的成果,则表明了在自然的法则下的合理结果,从而隐射了英国将会回归男性君主统治。

进一步而言,若从政治术语来看,尽管帝国主义是1980年后在英国出现用以描绘英帝国扩张的词汇,但16世纪的英格兰也面对着西班牙和英格兰之外帝国的扩张威胁和焦虑。② 正如瑟斯顿指出,若母马代表西班牙帝国主义的话,那么公马唤醒的就是古典共和主义。③ 马库·皮尔汤(Markku Peltone)就曾言道:"古典共和主义在16世纪晚期及17世纪早期的英国政治观念中有着有限但实际的影响。"④维纳斯与阿董尼及平行的两匹马成为了对同时代西班牙帝国主义与古典共和主义对照的结构。不过,帕特里克·柯林森(Patrick Collinson)则指出:"伊丽莎白时期的英格兰既是共和的,也是专制的,反之亦然。"⑤伊丽莎白一世确实是英格兰所有政治活动的掌控者、统治者,但英格兰也同样经历着像城邦一样的政策制定组织程序。维纳斯力大无穷而典雅的行为举止正是这位君王的特征。共和在莎

---

① Heather Dubrow, *Captive Victors: Shakespeare's Narrative Poems and Sonnets*, Ithaca and London: Cornell University Press, 1987, p. 26, 34.

② V. I. Lenin, *Imperialism: The Highest Stage of Capitalism*, Sydney: Resistance Books, 1999. p. 7.

③ Jonathan W. Thurston, "Bestia et Amor: Equine Erotology in Shakespeare's '*Venus and Adonis*'", *Филолог ŭ* 12 (2015), p. 152.

④ Markku Peltonen, *Classical Humanism and Republicanism in English Political Thought, 1570—1640*, Cambridge: Cambridge University Press, 2004, pp. 11—12.

⑤ Patrick Collinson, "The Monarchical Republic of Queen Elizabeth I", *Bulletin of the John Rylands Library* 69. 2 (1987), p. 407.

士比亚的戏剧和诗歌中经常出现,但哈德菲尔德同样指出莎士比亚似乎不想英格兰快速采用这些价值体系:"莎士比亚可能认为共和价值观和美德不会在其生活的英格兰实现。通常共和的自由、公平和稳定观念在一个面临分裂和偏见、有着难以书写的复杂历史的世界中并非一个可操作的简单解决方案。"①那么,从这点上讲,《维纳斯与阿董尼》在反帝国主义的同时也提倡古典共和,对母马的征服成为了战胜帝国主义的象征,公马就成为了共和主义的象征物,而阿董尼则成为拥护者却最终死亡,马与政治之间呈现出复杂的张力。

正如德里达在《动物故我在》中指出,以"动物(the animal)"一词概括所有的动物在语言学上讲是不妥的。倘若所有动物之间比起动物与人之间更为接近类似的话,也就是说,灵长类动物比起人更接近蠕虫类。在他看来,动物他者无法被简化为一类生命,更无法被概括出一种所谓的"动物性"特征。他质疑"animal"这一过度简化、单数形式的称谓,因此杜撰了法语词"l'animot(Ecce animot)",它既不是物种,也不是性别,更不是个体,而是指不可简化的、多样性的生命。它不是一种克隆复制,不是一个合成词,而是一种怪诞的混合体。② 这充分说明了包含马在内的动物在文化意义上的丰富性和复杂性。实际上,对莎士比亚马的诗学探索根源在于探寻对他者的态度,正如哈维拉(Donna J. Haraway)指出:"现在,我们带着意识形态对其他生命进行描述,动物'捧'我们是因为它们和我们必须生存的状态,而我们将它们投入我们的构建中……"③她指出人类控制动物,同样也在文化上依赖动物。安东尼·登特(Anthony Dent)也指出,要理解伊丽莎白时期的文学,就必须检视人和动物之间的历史关系:"学识渊博的评注者会愉快地写'fives(一种马的疾病)',而不去细查是何种疾病;或者将'riggish'作注为淫荡的、恣意的(wanton),而不去思考阉马(rig)动作在文学上的局限。"④那么,通过将马置于莎士比亚同时代的历史政治背景中,我们可以发现,诗人利用了同时代人对马的认识,他巧妙地调整、扩展了奥维德的故事,拓展了有关马的细节,探讨了性别和政治

① Andrew Hadfield, "*Republicanism*", in Arthur F. Kinney, ed., *The Oxford Handbook of Shakespeare*, Oxford: Oxford Univeristy Press, 2012, p. 603.

② Jacques Derrida, *The Animal That Therefore I Am*, Marie-Luise Mallet, ed., David Wills, trans., New York: Fordham University Press, 2008, p. 41.

③ Donna Haraway, *The Companion Species Manifesto: Dogs, People, and Significant Otherness*, Chicago: Prickly Paradigm Press, 2003, p. 17.

④ Anthony Dent, *Horse in Shakespeare's London*, London: Allen, 1987, p. ix.

问题,将爱与性、异性恋与同性恋问题乃至于国族政治问题都摆在了读者面前,从而将马视作人们与周边世界互动的历史脚注,展现出其作品的多元复杂性。

第十七章 《维罗纳二绅士》中的狗

《维罗纳二绅士》是莎士比亚的早期喜剧作品,其主题和基调是爱情和婚姻关系,描述了意大利维罗纳城里两位年轻绅士瓦伦丁和普罗图斯各自的爱情故事,着重表现这一对朋友对待爱情的不同态度,因此批评家大多注意的是剧中爱情和友情的主题。① 该剧的特点之一是比较薄弱,批评家们认为这部早期喜剧有着众多的问题,特别是小问题密布,如克利福德·利奇(Clifford Leech)在其编撰的《维罗纳二绅士》版本的介绍中就指出剧中不小于 20 处"奇异"的地方,如角色、行为、情节的跳跃等等。② 哈罗德·布鲁姆(Harold Bloom)也称其为"莎士比亚喜剧中最弱的一部"。③ 特点之二则是朗斯的蟹儿狗,朗斯有大段独白都是单独和狗在舞台上完成的,其四处出场中有三次都是和狗一起。布鲁斯·博赫尔(Bruce Boehrer)甚至认为蟹儿狗可以"与哈姆莱特、奥瑟罗、夏洛克、福斯塔夫"等莎剧角色相提并论。④ 而本章拟以剧中的狗为切入点,通过喜剧舞台传统及同时代人对动物的认知,探讨剧中所体现的人与狗及主仆关系。

---

① 例子可参见 Jeffrey Masten, "*The Two Gentlemen of Verona*", in Richard Dutton and Jean E. Howard, eds., *A Companion to Shakespeare's Works*, *Vol. III*: *Comedies*, Oxford: Blackwell Publishing, 2003, pp. 266—288; Jonathan Bate, "Introduction", in Jonathan Bate and Eric Rasmussen, eds., *The Two Gentlemen of Verona*, New York: The Modern Library, 2011, pp. vii—xv。

② Clifford Leech, ed., *Two Gentlemen of Verona*, New Arden Shakespeare, London: Methuen, 1969, pp. xviii—xxii.

③ Harold Bloom, *Shakespeare*: *The Invention of the Human*, New York: Riverhead Books, 1998, p. 36.

④ Bruce Boehrer, *Shakespeare among the Animals*: *Nature and Society in the Drama of Early Modern England*, New York: Palgrave, 2002, p. 156.

一、喜剧传统

奥斯卡获奖大片《莎翁情史》(*Shakespeare in Love*,1998)一开场便是朱迪·丹奇(Judi Dench)所扮演的伊丽莎白女王观赏《维罗纳二绅士》的片段，此时舞台上由威尔·坎普(Will Kemp)所扮演的仆人朗斯带着不听话的蟹儿狗正在表演，逗得观众哈哈大笑。与此同时，台下的剧场管理者菲利普·亨斯罗(Philip Henslowe)对莎士比亚说："爱情，再凑上一条狗，那是他们(观众)要的"，似乎是回应他的评论，伊丽莎白女王极为高兴地说道："演得真好，蟹儿狗先生，我嘉奖你"，并向狗扔去一块果脯。此时，电影坦白写道："狗狼吞虎咽，众人鼓掌。"①而莎士比亚则在后台看着观众喜欢朗斯和蟹儿狗出场的第二幕第三景的低级趣味而摇头。这种喜剧场景设置甚至延续到电影后部分，亨斯罗希望莎士比亚在下一部作品《罗密欧》中也放上一条狗："你是说剧里没有狗？"②由此可见，舞台上的狗是观众喜闻乐见的喜剧因素。部分批评家认为蟹儿狗或许是人工缝制的玩具狗，我们可以从当时的剧团清单得知，有很多自然界和神话中存在的填充的、人造的动物都曾经出现在舞台上，例如，亨斯罗在1598年为玫瑰剧院投资的道具清单中就包括了(棉绒填充制成的)"黑狗"③。笔者倾向于蟹儿狗是由真实的狗所演，因为《维罗纳二绅士》中的场景必须依靠实际的狗才能达到预期的喜剧效果，正如格林布拉特所言："狗在舞台上的随意性和捣乱往往带来额外的舞台效果。"④

进一步而言，动物出现在舞台上大多与丑角演员和喜剧演出传统有关。莎士比亚时代也是莎士比亚工作剧团中最为著名的两个丑角演员是理查德·塔尔顿(Richard Tarlton)和威尔·坎普，前者从1583年女王剧团建团开始加入，并演出至1588年去世，而后者1594年加盟宫廷大臣剧团，在莎士比亚戏剧第一对开本中名列"主要演员"之一。⑤

---

① Marc Norman and Tom Stoppard, *Shakespeare in Love: A Screenplay*, New York: Hyperion, 1998, p. 18.

② Ibid., p. 86.

③ R. A. Foakes and R. T. Ricker, eds., *Henslowe's Diary*, 2nd edn, Cambridge: Cambridge University Press, 2002, p. 321.

④ Stephen Greenblatt, ed., *The Norton Shakespeare*, third edition, New York & London: W. W. Norton & Company, 2016. p. 145.

⑤ 西蒙·特拉斯勒：《剑桥插图英国戏剧史》，刘振前、李毅译，济南：山东画报出版社，2006年，第53、55页。

理查德·比德尔(Richard Beadle)在一篇讨论舞台上狗的文章中指出丑角带着狗是"一种熟悉的意象……根植于中世纪和古代喜剧传统的流行娱乐方式",莎士比亚剧团中的明星、同时也是当时最受欢迎的喜剧演员是理查德·塔尔顿,他"保留了流行艺人喜爱狗的传统,并将之视为一同工作的伙伴"。① 例如,在其死后出版的《塔尔顿的轶事录》(*Tarlton's Jests*)中就几处提到了狗,一处讲到塔尔顿"有一条品种优良的狗",但有一次却让他跌倒,没能达到预期的舞台效果,所以塔尔顿"再也不相信他的狗搭档的把戏了"。这种说法同样也被皇室档案的记载所证实,伊丽莎白女王"因为塔尔顿用剑和长棍与她的小狗法达斯(Perrico de Faldas)搏斗,并放出了她的獒,让它们(狗)戏耍无赖(塔尔顿),从而捧腹大笑"。② 莎士比亚一定看过塔尔顿和狗的表演,因此在剧中加上朗斯和蟹儿狗来增加舞台效果就理所当然了。

而凯瑟琳·坎贝尔(Kathleen Campbell)将剧本中的朗斯角色与莎士比亚时代最著名的两位丑角威尔·坎普和罗伯特·阿明(Robert Armin)联系起来,认为朗斯的角色"受到坎普的严重影响,而不仅仅是莎士比亚的自我创造"。③坎贝尔指出狗的重要性被忽略了,诚然,对阅读剧本的读者而言,狗在朗斯的独白中并不是真正存在,但对演员和观众而言,"狗才是场景的中心",因为蟹儿狗才是朗斯在场景中出现的原因。有研究指出,莎士比亚在其职业生涯中仅有三次使用了真实的动物:《维罗纳二绅士》、《仲夏夜之梦》及《冬天的故事》中出现的熊。这头熊或许是 1610 年 11 月演出《穆塞多罗斯》(*Muce-dorus*)中角色的同一头白熊。坎贝尔进而指出,蟹儿狗与在《仲夏夜之梦》和《罗密欧与朱丽叶》中扮演角色的坎普相关,由此推断剧作完成于 1594—1595 年间。④

实际上,不论狗是否出现在舞台上,即便什么都没有,观众也会赋予狗人的特性,那么狗将会同时在戏剧层面和自然动物行为层面具备意义。正如司德提(Bert O. State)指出的那样:"我们与伯格森的喜剧公式相悖:生物包裹着机械外壳——这里的机械意味着戏剧预制的世界;简而言之,我们

---

① Richard Beadle, "Crab's Pedigree", in M. Cordner, P. Holland and J. Kerrigan, eds., *English Comedy*, Cambridge, 1994, pp. 12—13.

② E. K. Chambers, *The Elizabethan Stage*, vol. II, Oxford: The Clarendon Press, 1923, p. 342.

③ Kathleen Campbell, "Shakespeare's Actors as Collaborators: Will Kempe and *The Two Gentlemen of Verona* (1996)", in June Schlueter, ed., *Two Gentlemen of Verona: Critical Essays*, New York and London: Garland Publishing, Inc., 1996, p. 179.

④ Ibid., pp. 182—183.

在人造的街道上有真正的狗。"①倘若坎普扮演过朗斯,那么观众就在演员和狗这种生物两个层面上理解。由作为不可预料的滑稽演员配角的狗产生的喜剧效果完全是依靠朗斯制造的。当朗斯说:"你什么时候看见我翘起一条腿对着一位小姐的裙子撒尿?你见过我这样胡闹吗?"②(257)他是对着狗说的,然而,我们也可以看到为观众制造的更夸张表演,很多观众真实看到坎普在舞台上胡闹。看到被狗抢了风头,坎普会意识到需要即兴创作,而这也是他在舞台上的经常行为,同时他也坚持诙谐幽默的台词——这种复杂的舞台瞬间反映了罗伯特·魏曼(Robert Weimann)对于这个时代逐渐职业化的丑角的论述。③

莎士比亚同时代的人弗朗西斯·米尔斯(Francis Meres,1565—1647)于1598年出版了一本书《宫殿宝藏:才华的宝库》,认为莎士比亚是喜剧和历史剧"最杰出的"作家,其中提到的第一部作品就是《维罗纳二绅士》,之后是《错误的喜剧》、《爱的徒劳》、《仲夏夜之梦》、《威尼斯商人》。④ 显而易见,《维罗纳二绅士》受到大众欢迎和追捧的最重要原因就是蟹儿狗的戏份,正如导演彼得·哈尔(Peter Hall)指出,"狗成为对话场景中滑稽演员的配角。它就是丑角,如果它什么都不做,演员可以找时机嘲笑狗的一动不动。如果它有一些动作——转眼珠、挠耳朵、摇尾巴——就可以带来更大的笑声。"简而言之,莎士比亚巧妙利用了舞台上的狗,因为演员可以充分利用狗的一切行为。因此,哈尔总结道:"狗赋予了场景即时性和危险性,与年轻恋人间夸张的情感形成了喜剧对比。"⑤

二、狗的分类与社会阶层

在早期现代英国,狗随处可见:F.莫里森认为,从比例上说,英国比其

---

① Bert O. States, *Great Reckonings in Little Rooms*:*On the Phenomenology of Theater*,Berkeley:University of California Press,1987,p. 33.

② 莎士比亚:《维罗纳二绅士》,《新莎士比亚全集(第一卷)》,阮珅译,石家庄:河北教育出版社,2000年,第257页。后文出自该著作的引文,将随文在括号内标出引文出处页码,不另作注。

③ Robert Weimann, *Shakespeare and the Popular Tradition in the Thater*:*Studies in the Social Dimension of Dramatic Form and Function*,Baltimore:Johns Hopkins University Press,1987,pp. 208—252.

④ 转引自 Andrew Murphy, ed., *A Concise Companion to Shakespeare and the Text*,Carlton:Blackwell Publishing Ltd. 2007,p. 43—44.

⑤ Peter Hall, *Shakespeare's Advice to the Players*,New York:Theatre Communications Group,2003,pp. 69—75.

他国家的狗都多。① 约翰·凯厄斯(John Caius)在其早期和影响深远的作品《论英国犬》(*Of Englishe Dogges*,1576)中,详尽阐释了全部狗的分类,其分类是与区分贵族、平民、乞丐相一致的。凯厄斯据此将狗分为"高贵的"、"平常的"和"低贱的"。② 高贵的狗首先和狩猎相关,平常的狗承担着保家护院、"从井中汲水"、牧羊等家务活;而"杂种、下贱的恶狗",干着一些诸如"跑进轮子笼中以体重转动"厨房的烤肉架等低贱的杂活。③ 此外,那些被当作"没用的工具"而丢弃的狗"不在凯厄斯书内容之中"。④ 实际上,情况更为复杂,凯厄斯更多关注的是高贵的狗,他将这类狗又细分为三类:追捕猎物的狗;"衔回猎物的狗";还有出乎意料的第三类不是由狩猎技能区分,而是"满足优雅女性"作为"日常玩耍的愚蠢工具"。⑤ 由于性别的影响,狗的分类将社会阶层复杂化,从而形成了狗群中的特殊群体,就像次一等的贵族一样。基恩·托马斯(Keith Thomas)甚至注意到还有"一种显著的倾向,把狗视作民族的象征。英国狗从罗马时代就紧俏,在伊丽莎白时代,人们习惯上认为它们比任何国家的狗都好"。⑥ 将狗拟人化(如同朗斯对待蟹儿狗)就将特殊的性格和阶级与特殊的喂养联系起来了。狗的身份与其主人一致,人们也根据自己的社会地位饲养合适的狗。⑦ 这种分类和象征意义在莎士比亚早期喜剧《维罗纳二绅士》(1594)中非常明显。《维罗纳二绅士》中出现了三种狗,一是戏份最多的仆人朗斯的蟹儿狗,二是普罗图斯让朗斯送给西尔维亚的玩赏狗,三是西尔维亚家中的狗。

　　首先是玩赏狗,这是普罗图斯原本想送给西尔维亚的礼物,命令仆从朗斯把"那只狗送给他的情人当礼物"(250)。普罗图斯爱慕着西尔维亚,就算西尔维亚不理不睬,他仍然热情如火,将自己比作摇尾乞怜的狗:"尽管她的话全是尖锐的讽刺,只半句就可以打消恋人的希望,我却像只小狗(spaniel-like),她越是讨厌我,我就越是摇尾乞怜地讨好她(247)。"他称呼

① Keith Thomas, *Man and the Natural World*: *Changing Attitudes in England 1500—1800*, London: Allen Lane, 1983, p. 100.

② John Caius, *Of Englishe Dogges*, Abraham Fleming, trans., Amsterdam: Da Capo, 1969, p. 2.

③ Ibid., p. 23,29,35.

④ Ibid., p. 34.

⑤ Ibid., p. 20.

⑥ Keith Thomas, *Man and the Natural World*: *Changing Attitudes in England 1500—1800*, London: Allen Lane, 1983, p. 108.

⑦ Ibid., p. 106.

自己的礼物狗是"小宝贝(little jewel)",不幸的是,"那只小松鼠似的狗(other squirrel,意味小巧的观赏狗,在莎士比亚时代,小松鼠也被当作宠物)在市场上被那些该吊死的孩子们偷走了"(258)。显然普罗图斯试图送给西尔维亚的狗是女士抱着的玩赏狗,"通常指16世纪初期玩具獚与17世纪的哈巴狗"。① 根据凯厄斯的定义,"它们越小,越能带来更多的快乐,更适合娇滴滴的女士们抱在胸前当作玩伴,不仅是客厅里的伴,还是床上的睡伴,吃饭桌上的肉,趴在膝上,坐在马车里呃呃嘴"。② 或许它们很可爱,但凯厄斯也发现它们"是女士玩耍和日常浪费宝贵时间、满足堕落性欲娱乐的愚蠢工具"。③ 普罗图斯之前将自己和这种玩赏狗联系起来,他考虑西尔维亚对自己建议的拒绝:"我却像只小狗,她越是讨厌我,我就越是摇尾乞怜地讨好她。"(245)值得注意的是,剧中普罗图斯的象征——忠诚奉献的玩赏狗被偷了,他送礼的真实本质目的被替换的礼物所破坏,因为蟹儿狗排尿冒犯了西尔维亚。这种替换预见了之后普罗图斯对西尔维亚未遂的强暴,蟹儿狗倒置了狗的世界里众所周知的像人一样忠诚的特点,象征着"普罗图斯内心中的冒犯者(the transgressor in Proteus)"。④

其次是仆人朗斯的蟹儿狗,这是一只低贱的狗。第二幕第三景,普罗图斯的仆人朗斯一出场就牵着狗:"我想我的蟹儿狗(crab),是天底下最狠心的狗。"(200)人们认为这类狗淫荡、乱伦、污秽。⑤ 实际上,莎士比亚时代越低的社会阶层喂养的狗就越低贱,人们对这些狗肮脏和不洁的抱怨声就越多。在1563年后黑死病死亡率高发期间,政府甚至委派特别官员负责"'谋杀'并焚烧街面上所能找到的野狗",而且很多教区支持他们自己的杀狗人。⑥ 蟹儿狗很可能就是一条"恶犬cur",剧中西尔维亚就称呼蟹儿狗为"恶狗cur"(258),用现代的话来说就是一只杂种狗,而且它比起普罗图斯希望送给西尔维亚的狗"大十倍",此外蟹儿狗随地排尿也表明

---

① Keith Thomas, *Man and the Natural World: Changing Attitudes in England 1500—1800*, London: Allen Lane, 1983, p. 107.

② John Caius, *Of Englishe Dogges*, Abraham Fleming, trans., Amsterdam: Da Capo, 1969, p. 21.

③ Ibid., pp. 20—21.

④ Harold Brooks, "Two Clowns in a Comedy (to say nothing of the Dog): Speed, Launce (and Crab) in 'The Two Gentlemen of Verona'", *Essays and Studies* 1963, p. 99.

⑤ Keith Thomas, *Man and the Natural World: Changing Attitudes in England 1500—1800*, London: Allen Lane, 1983, p. 105.

⑥ Frank Percy Wilson, *The Plague in Shakespeare's London*, Oxford: Oxford University Press, 1963, p. 39.

了其身份的低贱。朗斯奉命去送玩赏狗,结果在市场丢失,于是试图用另一类自己的蟹儿狗替代。随后,朗斯讲述了后续之事:"这畜生一下子跑到公爵桌子底下,和三四只绅士模样的狗鬼混在一起,真是不像话!它在那里(见它的鬼!)不到一会儿,就撒了一泡尿,弄得满屋子都是臭味。有人说:'把这狗赶出去!'另一个说:'这是什么杂种狗?'第三个说:'用鞭子把它打出去。'公爵说:'吊死它。'"(257)1698 年,一位多塞特农夫写道:"我的老狗奎恩被杀死了,烤出 11 磅的油脂。"①类似奎恩之类的狗常常被主人吊死,当莎士比亚《维罗纳二绅士》中公爵命令将粗鲁的蟹儿狗吊死时,他的表现似乎是粗暴无礼的,但是莎士比亚对此处提及的对狗的这种残暴、不经意的处置,并没有脱离其娱乐价值。就在公爵宣布吊死蟹儿狗之前,他的随从却叫嚣着要鞭打——这种惩罚让观众想到伦敦娱乐场上对熊和猴子的鞭打,这被视为伊丽莎白剧场中动物娱乐的一种低俗艺术。②

　　最后则是西尔维亚家中的狗,即朗斯口中的"三四只绅士模样的狗"(257),剧中并未提及是哪一种狗,根据当时的情况结合西尔维亚父亲为公爵这一事实,我们可以推断这几只狗很可能就是贵族养的猎犬,而且和蟹儿狗的无理行动对比起来,它们显然是受过良好训练的猎狗。这一时期贵族对于猎狗十分溺爱,一位斯图亚特时代的评论家论述道,主人们打猎归来时,往往"对狗比对仆人更关心,让它们躺在自己身边,而仆人倒常常因为狗的缘故而挨打;在某些人家的房子里,你会看到健硕的狗跑上跑下,而苍白无力的人颤颤巍巍地行走"。③ 而狩猎包含着对动物的驯化话语,狩猎者发展出有关他们猎狗能力和力量的私密知识。④ 据马登(D. H. Madden)所言,这是当时和现在有关打猎的一个重要特征。⑤ 莎士比亚在《驯悍记》序幕第一景中就展示了和动物的亲密对话:

　　① Keith Thomas, *Man and the Natural World*: *Changing Attitudes in England 1500—1800*, London: Allen Lane, 1983, p. 102.

　　② Bruce Boehrer, "Introduction: The Animal Renaissance", in Bruce Boehrer, ed., *A Cultural History of Animals in the Renaissance*, New York: Berg, 2011, p. 23.

　　③ Keith Thomas, *Man and the Natural World*: *Changing Attitudes in England 1500—1800*, London: Allen Lane, 1983, p. 103.

　　④ Charles Bergman, "A Spectacle of Beasts: Hunting Rituals and Animal Rights in Early Modern England", in Bruce Boehrer, ed., *A Cultural History of Animals in the Renaissance*, New York: Berg, 2011, p. 64, 65.

　　⑤ D. H. Madden, *The Diary of Master William Silence*: *A Study of Shakespeare and of Elizabethan Sport*, New York: Longmans, Green, 1903, p. 76.

贵族: 猎夫,好好照顾我那些猎狗,可怜的"梅里曼"奔跑得满嘴是白沫,让它喘口气吧。把"克劳德"和阔嘴的母狗系在一条长链子上。看见吗,孩子,"银毛儿"的狗鼻子多灵,在树篱拐角它居然把失踪的猎物的气味嗅出来了,给我二十磅要我这条狗,我不卖。(304)①

葛塞特(J. Ortega y Gasset)指出,对早期现代的狩猎者而言,猎犬是狩猎的基本条件,"人和狗以自己不同的狩猎方式配合"。② 通过协同作业,两个不同物种创造出人类和动物的特殊空间。驯养的狗是"纯粹野性动物和人类之间的中间真实,反过来说即是类似于对家养动物的驯化操作同理"③,而且驯养动物常被看作负有道义上的责任。训练狗和马有精心设计的赏罚系统,在训练过程中培养个别"品格"。沙夫茨伯里伯爵三世写道:"它们的爱、恨、情、欲被当作像人类情感一样对待,进行最严格的教育训练。"有的固执、愚蠢,有的聪明、机灵。如果它们偷懒或者为非作歹,也会像人类一样受到严惩。④ 地位低贱的朗斯教育蟹儿狗是失败的,"我教育过它,正像一个人说得好:'我要这样教育我的狗'",但是"一走进餐室,它就扒住菜盘子,偷了一块阉鸡腿。唉,一只狗当着大家的面这样放肆,真是糟糕透顶! 我真想有一只如人家所说的懂规矩的狗,在任何场合都有个狗样儿"(256)。在替狗受过之后,他训斥蟹儿狗:"我不是关照过你永远学我的样,我怎么做你就怎么做吗? 你什么时候看见我翘起一条腿对着一位小姐的裙子撒尿? 你见过我这样胡闹吗?"(257)正如布鲁斯·博赫尔(Bruce Boehrer)指出的那样,倘若狩猎和马术专论构成了文艺复兴时期的一种特殊的文雅/礼貌文类(courtesy literature)的话,那么马和狗本身就是这类文雅理论的主体决定者,而《维罗纳二绅士》中的狗就是如此。⑤

因此,我们可以看到,《维罗纳二绅士》中不同类型的狗对应着不同的社会阶层,而且和同时代狩猎和驯化动物知识相关,而实际上不同类型的狗的

---

① 莎士比亚:《驯悍记》,《新莎士比亚全集(第一卷)》,方平译,石家庄:河北教育出版社,2000年,第304页。

② J. Ortega y Gasset, *Meditations on Hunting*, H. B. Wescott, trans., New York: Charles Scribner's Sons, 1972. p. 82.

③ Ibid., p. 81.

④ Keith Thomas, *Man and the Natural World: Changing Attitudes in England 1500—1800*, London: Allen Lane, 1983, p. 97.

⑤ Bruce Boehrer, "Introduction: The Animal Renaissance", in Bruce Boehrer, ed., *A Cultural History of Animals in the Renaissance*, New York: Berg, 2011, p. 16.

不同特点差异其本质是社会性的，狗的特点和地位由于主人的不同而不同。

三、人狗关系

汤姆·麦克弗（Tom MacFaul）认为《艾德蒙的巫师》（*The Witch of Edmonton*）和《维罗纳二绅士》中出现的两只狗角色是伊丽莎白一世和詹姆士一世时期戏剧舞台上呈现动物双重性的突出代表，它们同时复杂化和简单化具现了人的关系。[①]

毫无疑问，狗是最常见的伴侣动物，[②]因此，我们看到剧中的狗和人的关系是密切的。在早期现代英国，某些受宠的动物与人类社会保持密切关系，甚至越来越密切，其中就包括了马、狗、猫等，最受宠爱的动物就是狗。[③]而爱狗的始作俑者则是英国王室，在 1600 最初 10 年，詹姆士一世将自己的大臣罗伯特·西塞尔（Robert Cecil）称为"我的小猎犬（my little beagle）"，甚至两人之间频繁的通信被称为"小猎犬信件（Little Beagle Letters）"。[④]我们看到朗斯甘愿替蟹儿狗遭受鞭打："我早就闻惯了这种味，知道是蟹儿狗干的，连忙走到用鞭子打狗的那个家伙面前，说：'朋友，你要打这条狗吗？'他说：'呃，真的，我要打。'我说：'那你可冤枉他了，你说知道的事是我干的。'他于是对我二话不说，拿鞭子直抽我，把我赶出了门。世上有几个主人肯为他的仆人干这样的事？还有，我敢发誓，因为它偷吃了猪肚子，我被套上足枷，否则它早就给处决了；因为它咬死了人家的鹅，我被套上颈枷，否则它也得活受罪。"（257）正如一位斯图亚特王朝时期的作家写到，某些主人会"对狗赋予比仆人更多的关心照顾"，他引用朗斯对蟹儿狗的自我牺牲为例，"很多仆人因为狗的缘故挨打"。[⑤] 朗斯道出了他对蟹儿狗的深厚感情："这畜生，我把它从小养大，这畜生有一回掉在水里，我把它救了起来，那回

① Tom MacFaul, *Shakespeare and the Natural World*. Cambridge: Cambridge University Press, 2015, p. 127.

② H. Friedmann, *A Bestiary for Saint Jerome: Animal Symbolism in European Religious Art*, Washington, DC: Smithsonian Institution, 1980, p. 162.

③ Keith Thomas, *Man and the Natural World: Changing Attitudes in England 1500—1800*, London: Allen Lane,1983, p. 100, 101.

④ Alan Stewart, "Government by Beagle: The Impersonal Rule of James VI and I", in E. Fudge, ed., *Renaissance Beasts: Of Animals, Humans, and Other Wonderful Creatures*, Champaign: University of Illinois Press, 2004, pp. 101—115.

⑤ T Keith Thomas, *Man and the Natural World: Changing Attitudes in England 1500—1800*, London: Allen Lane,1983, p. 103.

它的三四个刚生下来还没睁开眼睛的兄弟姊妹都淹死了。"(256)甚至狗就像亲人一样,在汤姆·麦克弗(Tom MacFaul)看来,《维罗纳二绅士》中真实在舞台上出现的蟹儿狗呈现出亲属关系(kinship)。[1] 蟹儿狗的首次出场是在朗斯与家人告别之后,我们并没有看到朗斯的家人,但蟹儿狗成为了家族代表。莎士比亚采用近音滑稽误用效果让朗斯自称"浪子(the prodigious son)",与《圣经》中《路加福音》里记载的浪子的比喻相呼应(Luke 15:11—32)。[2] 朗斯认为自己爱哭是因为"一家人都有这个毛病"(198),但是蟹儿狗却没有多少情感:"我想我的蟹儿狗(crab),是天底下最狠心的狗,我妈妈在痛哭,我爸爸在号哭,我妹妹在啼哭,我们的女仆在大哭,我们的猫也悲痛得伸手乱抓,我们全家人都心慌意乱,可是这只狠心的恶狗却没有流一滴眼泪;他是一块石头,一颗鹅卵石,和狗一样没有一点儿同情心。一个犹太人看见我们离别的情景也会哭起来的。唉,我的老祖母眼睛早看不见了,你瞧,因为我要离开家门,她把眼睛都哭瞎了。"(200)紧接着,朗斯用物来重现离别的场景,他用鞋指代父母(鞋底有洞的是母亲,另一只是父亲),棍子指代妹妹,帽子指代丫头小南,最后则用狗指代自己:"我是这只狗;不,狗是他自己,我是狗——哦,狗就是我,我是我自己。"(200)显然,在朗斯看来,狗和他一样都是家族成员,甚至还差点混淆了自己和狗。

进一步而言,剧中通过人与狗的关系探讨了人与人之间(特别是主仆)的关系。伊丽莎白·里福林(Elizabeth Rivlin)就指出,《维罗纳二绅士》是莎士比亚对仆人角色及其与主人关系的最彻底、仔细考量的喜剧之一。戏剧中的背景是早期现代英格兰社会中多样化的服务,而此剧则描述了这种复杂的面相。[3] 根据《牛津英语词典》(OED)的解释,"仆人(servent)"可以理解"受雇照顾或侍候某一特定人士,或服从某一特定人士的指示及满足其需要,或在某一特定家庭或机构(不论是否属某一特定人士所有)中执行特定任务或职能的人;为他人服务的人",广义而言,还具有"承担或受聘为某一特定的个人或组织履行各种职责并执行其命令的人,通常是为了换取工资或薪金"之意,后者即包含了那些在政府机构工作或为宫廷贵族服务的公务人员和侍从,就像剧中在米兰公爵宫廷中服务的维罗纳二绅士普罗图

① Tom MacFaul, *Shakespeare and the Natural World*, Cambridge: Cambridge University Press, 2015, p. 127.

② 《圣经》,南京:中国基督教三自爱国运动会,中国基督教协会,2000年,第138—139页。

③ Elizabeth Rivlin, "Mimetic Service in *The Two Gentlemen of Verona*", in Harold Bloom, ed., *William Shakespeare: comedies*, (*New Edition*), New York: Bloom's Literary Criticism, 2009, p. 55.

斯和瓦伦丁一样。最后"仆人"还指代"一个忠诚的情人,尤指声称愿意为女人'服务'的人",乃至贬义的"与女人发生不正当的浪漫关系或性关系的男人"。① 因此,我们可以看到,西尔维亚在第二幕第四景一开场就称呼他的恋人瓦伦丁为"侍仆"(202)。

不过,《维罗纳二绅士》中主仆关系是复杂而变动的,甚至一人同时具备主人和仆人双重角色,比如普罗图斯是朗斯的主人、米兰公爵的仆人,但在不同的场景下,他又是朱莉亚和西尔维亚的仆人,甚至底层的朗斯也既是普罗图斯的仆人,又是蟹儿狗的主人。最后,朱莉亚在戏剧开场时是女仆卢塞塔的女主人,但后来又装扮成普罗图斯男侍童。他们的角色身份的变化证明了伊丽莎白时期社会下服务角色的普遍性和替换性,所以用固定的术语定义服务显然是困难的。② 因此,正如里福林所言,剧中仆人角色的社会流动性显然是符合社会现实的,并对既有的社会阶层类型提出了质疑。③第二幕中朗斯牵着他毫无反应的蟹儿狗,再演了他离开家的场景,回应着普罗图斯离开朱莉亚后的过度忧虑,将自己置于主人的位置。在他和狗/仆人的戏剧关系中,朗斯同时重塑并戏仿了仆人对主人控制的摆脱。其牵着狗的两段独白起到了双重作用:"一方面强化了戏剧中服务变化的力量,另一方面将主仆关系降格为荒谬的、动物的视角,暗示着等级制度区分是自然而非表演的说法的失败。"④

第一段的独白即是上文中朗斯在舞台上表演他家里的情景剧,其中的中心戏剧角色——"最狠心的狗"蟹儿狗,他的奇怪之处在于将自己比作狗,显示出一种身份上的纠缠,即他试图扮演狗——不忠诚的、没良心的仆人,而狗则是他自己。但是蟹儿狗拒绝模仿并参与他的扮演游戏,朗斯最后评论它:"现在这只狗却始终没有流一滴泪,也没有讲一句话;可是,你们看,我的泪珠儿在地上滚滚流淌呢。"(200)对此,蟹儿狗始终如一,毫无反应。⑤第二段独白出现在第四幕,他指出了自己扮演狗之后会对主人普罗图斯带

---

① *OED*,1,4b,8b.〈https://www.oed.com/view/Entry/176648? redirectedFrom = servent # eid〉

② Mark Thornton Burnett, *Masters and Servants in English Renaissance Drama and Culture: Authority and Obedience*, New York: St. Martin's Press, 1997, p. 2.

③ Elizabeth Rivlin, "Mimetic Service in *The Two Gentlemen of Verona*,", in Harold Bloom, ed., *William Shakespeare: Comedies*, New Edition, New York: Bloom's Literary Criticism, 2009, p. 57.

④ Ibid., p. 64.

⑤ John Timpane, "'I Am but a Foole, Looke You': Lance and the Social Functions of Humor", in June Schlueter, ed., *Two Gentlemen of Verona: Critical Essays*, New York and London: Garland Publishing, Inc., 1996, p. 202.

来的影响："要是一个人的仆人干什么都像一只恶狗,你瞧,他的主人可就要遭殃了。"(256)实际上,朗斯自己就扮演了主人恶狗的角色,他夸张地瞒骗主人,从而反衬出主人的愚蠢。他对蟹儿狗极好,由于蟹儿在西尔维亚餐室里撒尿招致绅士的鞭打,结果他急忙挺身而出,代替自己的狗受鞭。朗斯自己感叹说:"世上有几个主人肯为他的仆人干这样的事?"(257),暗讽自己的主人普罗图斯对自己没有自己对狗好。在朗斯看来,他的主人"不是一个老实人(a kind of a knave)"(233),①"knave"可以理解为不道德的行为和出生低贱,后者特别指"一般意义上的男仆或男佣",所以可以推知普罗图斯在宫廷不是作为廷臣,而是作为仆从。从这点上讲,朗斯和普罗图斯处于同样的地位,他把自己降格为狗也与普罗图斯屈从于宫廷政治形成了相似的平行,可见两人本质上的一致性,消解了主仆关系。就像约翰·廷潘(John Timpane)指出的那样,观众观看此幕的效果是"狗是国王,仆人依然是仆人,而主人变得——无关紧要"。②

正如盖尔布里·伊甘(Gabriel Egan)指出的那样,作为一个角色,"蟹儿狗的存在和另一个角色朗斯形成人类和动物行为的相似和反差"。朗斯对让他失望的狗的忠诚和朱莉亚对让她失望的情人普罗图斯的性格平行,以及莎士比亚通过朗斯将蟹儿狗分裂为理想的和日常的生物指出人类对其他人的期望。③ 剧中的朗斯不仅把蟹儿狗当作亲人,更是自己,狗与人的关系深层次地体现出人与人之间的关系,因此动物类比与隐喻,加强了人与畜牲居住在同一个道德宇宙中的感情,也加强了褒贬词语能够在两者间互换使用的感觉。④

亚历山大·蒲柏(Alexander Pope)早在 1725 年就认为莎士比亚要为戏剧中所呈现的"最细微和最琐碎的华而不实的效果"负全责,他认为此剧全靠演员而可取的场景少之又少。⑤ 同样,斯坦利·威尔斯(Stanley Wells)也指出"莎士比亚对于戏剧手法和结构还有更多需要学习的

---

① *OED*, Knave, 2, 3. ⟨https://www.oed.com/view/Entry/103934? rskey = KugXLH&result = 1&isAdvanced = false#eid⟩

② John Timpane, "'I Am but a Foole, Looke You': Lance and the Social Functions of Humor", in June Schlueter, ed., *Two Gentlemen of Verona: Critical Essays*, New York and London: Garland Publishing, Inc., 1996, p. 198.

③ Gabriel Egan, *Shakespeare and Ecocritical Theory*, London: Bloomsbury, 2015, p. 113.

④ Keith Thomas, *Man and the Natural World: Changing Attitudes in England 1500—1800*, London: Allen Lane, 1983, p. 99.

⑤ Pamela Mason, ed. *Shakespeare: Early Comedies*, London: Macmillan, 1995, p. 141.

地方"。① 但剧中的蟹儿狗显然是出彩的,蟹儿狗不仅愚弄了朗斯、朱莉亚和普罗图斯,更重要的是,它愚弄了观众。② 虽然初出茅庐的莎士比亚模仿意大利喜剧所创作的《维罗纳二绅士》在情节等方面遭到诟病,但当我们通过转换视角关注剧中狗的文化意义时,就可以发现莎士比亚精准地把握了同时代的有关狗的知识以及人们对狗的感情,狗与人的对应更是反映出英国早期现代社会发展过渡时期人们身份流动转变的特征,由此看来,这部剧所使用的演员狗便不仅仅是喜剧传统,而更是社会现实的真实反映。

---

① Pamela Mason, ed. *Shakespeare*: *Early Comedies*, London: Macmillan, 1995, p. 169.

② Bruce Boehrer, *Shakespeare among the Animals*: *Nature and Society in the Drama of Early Modern England*, New York: Palgrave, 2002, p. 165.

第十八章　《冬天的故事》中熊的书写

　　莎士比亚所有剧作中最有名的舞台指示莫过于《冬天的故事》中的"被一头熊追下",此句出现的背景是西西里国王莱昂提斯出于嫉妒,认为王后赫梅尼昂与波西米亚国王波利西尼私通,且认定新生的女儿潘狄姐并非亲生,于是派大臣安提戈努处理掉女婴,但大臣及随从在执行任务途中遭遇海难,漂到波西米亚,并遇到了熊:"暴风雨来了……天空越来越阴沉。只怕你得听一曲狂暴刺耳的'摇篮曲'了。从没有见过大白天这么阴暗。哪来的吓人的吼声! 但愿能平安回船去! 啊,熊冲过来了;我完蛋了。"(400—401)①安提戈努最终被撕咬而亡,这是莎士比亚作品中最耸人听闻的死亡方式之一。艾玛·史密斯(Emma J. Smith)指出"没有任何一条舞台指示,能像《冬天的故事》中的这条那样引发大众的无限遐想"。② 这头熊是真是假? 观众看戏时是恐惧还是愉悦? 伦敦的观众们又是怎样看待熊的? 正如剑桥版《冬天的故事》编者所指出的,此处令人迷惑的舞台指示在 20 世纪之前几乎没有任何编辑和评论家予以重视。弗朗西斯·简特曼(Francis Gentleman)对贝尔(Bell)1774 年的演出剧本(删除了所有关于熊的内容和指涉)的评论暗示着早先人们漠不关心的原因:"莎士比亚在此介绍了一头熊——这是最适合哑剧与木偶剧的演员;但批评研究则将这位粗鄙的绅士排除在外。"③这里暗示着熊和低俗的喜剧相关,熊(以及由演员扮演的熊)的存在可以忽略。然而,从 1930 年代开始,学者们对原初舞台上是如何呈现这段情节与其在舞台上具备何种喜剧意义发生兴趣。④ 因此,本章拟从熊这一动物意象出发,联系莎士比亚时代的演出环境和历史

---

　　① 本章所有引文参考莎士比亚:《冬天的故事》,《新莎士比亚全集(第十一卷)》,方平、张冲译,石家庄:河北教育出版社,2000 年。后文出自该著作的引文,将随文在括号内标出引文出处页码,不另作注。

　　② 艾玛·史密斯:《莎士比亚的冬天》,刘漪译,《小说界》2019 年第 6 期,第 181 页。

　　③ Susan Snyder and Deborah T. Curren-Aquino, eds., *The Winter's Tale*, Cambridge: Cambridge University Press, 2018, p. 30.

　　④ Ibid., p. 31.

背景,分析熊与剧中人物的关联,指出熊在凸显戏剧主题、转换戏剧氛围上的关键作用。

一、真假熊的争论

关于舞台上熊的真假问题,批评界历来分为两派。第一派认为它是由演员身着道具扮演的假熊。他们引用了玫瑰剧院经营者菲利普·亨斯洛维(Philip Henslowe)舞台道具的投资清单中的"熊皮"[①],以及同时代其他戏剧中"人扮熊(man for bear)"的指示,[②]且"熊是所有猛兽中最容易由人扮演的"。[③] 他们在承认当时逗熊极受欢迎的同时,也认为这些熊并未完全驯化,因此不太可能听话地安静待在后台,而且熊是否按照舞台指令只去追逐安提戈努而不伤害其他人也存在疑问。另一派则认为台上是一头真熊。[④]他们指出詹姆士一世时期伦敦斗熊场就在公共剧院附近,环球剧院、玫瑰剧院以及熊园(Bear Garden)都坐落在泰晤士河南岸的班克塞得地区,而经理人亨斯洛维同时经营着玫瑰剧院和熊园,剧院从附近熊园借来熊"串场"表演"风行一时"[⑤],这从侧面支持了"逗熊并不是简单的动物残忍性景象的展示,同时也是戏剧化娱乐场景的呈现这一观点"。[⑥] 值得注意的是,《冬天的故事》演出中的真熊来源有两种说法。一说北极探险队将捕获的两头北极熊幼崽之一于 1609 年进献给詹姆士一世,但这熊并未饲养在国王伦敦塔的野兽园中,而是放在了亨斯洛维经营的熊园。[⑦] 另一说为 1610 年萨沃伊公爵(Duke of Savoy)进献国王詹姆士一世两头白熊,它们曾在新年时上演的本·琼森(Ben Jonson)假面剧《奥伯龙》(*Oberon*)中拉着亨利王子的战车。

---

① John Pitcher, "'Fronted with the Sight of a Bear': *Cox of Collumpton* and *The Winter's Tale*", *Notes & Queries* 1 (1994), p. 50.

② George Reynolds, "*Mucedorus*, Most Popular Elizabethan Play?", in Josephine Bennett, Oscar Coghill, and Vernon Hall, eds., *Studies in The English Renaissance Drama*, New York University Press, 1959, pp. 259—260.

③ G. B. Harrison, ed., *The Winter's Tale*, Harmondsworth: Penguin, 1947, p. 132.

④ Robert Kean Turner and Virginia Westling Hass, eds., *The Winter's Tale*, New Variorum Edition of Shakespeare, New York: Modern Language Association of America, 2005, p. 274.

⑤ John Dover Wilson and Arthur Quiller-Couch, eds., *The Winter's Tale*, Cambridge: Cambridge University Press, 1931, p. xx.

⑥ Susan Snyder and Deborah T. Curren-Aquino, eds., *The Winter's Tale*, Cambridge: Cambridge University Press, 2018, p. 31.

⑦ Ibid., p. 31.

有趣之处在于,如果一头普通的熊被带上舞台略显平常,而一头北极熊则异常新颖。① 莎士比亚所属国王供奉剧团很可能在一个月后于宫廷演出复排的《穆塞多罗斯》(Mucedorus),在 1598 年的版本中,主人公通过(在台下)杀死一头熊、拎着熊头(或至少是熊头复制品道具)救出了公主,而 1610年复演版本则因为熊插入了额外的场景,或许就是为了展示白熊。② 不论此熊为谁所进献,显然莎士比亚剧团演出时有很大可能性使用了真熊。尽管真正的熊出现在伦敦舞台上的安全性和效果不明,但批评家们认为熊在其他的戏剧化表演中起到了主要作用。如特里莎·格兰特(Teresa Grant)认为这些幼崽由于年幼,不会在舞台上下带来太多的危险性③,芭芭拉·拉威尔霍费尔(Barbara Ravelhofer)则认为逗熊是“在一位制作大师操控下的可控暴力的展示品”,并提供了其他更加有创意的方式来利用熊展示“‘表演性’动物对规训的依从性”,援引熊在舞台上跳舞、表演的传统来假设一头经过训练的熊很容易追赶演员穿过舞台,特别是提前在舞台另一侧策略性地放置诱饵。④ 这两派虽然观点不同,但都从侧面证明了同时代逗熊活动及熊的受欢迎程度。实际上,很多批评家观点也发生过变化,如安德鲁·古尔(Andrew Gurr)在 1983 年指出“人批熊皮”,但 1992 年就转而认为是“真正的”熊。⑤

　　伊丽莎白统治时期,熊几乎被列入家畜的行列,因为那时住在伦敦或大城市的人对它异常熟悉。但它不是被关进围栏中,就是被铁链拴着和一只猴子或一两只表演犬一起到处巡演。《冬天的故事》后半部分中,小丑在去为剪羊毛节聚餐采买时大骂无赖奥托里库:“去他的! 一个贼! 一个地地道道的贼! 每逢村子里有节日的庆祝,有集市,有逗熊表演,就少不了他的踪迹。”(433)这从侧面说明逗熊表演的流行程度,而且莎士比亚还在作品中多次提到这一娱乐活动,如《温莎的风流娘儿们》第一幕第一景中史兰德向安妮描述城里的逗熊表演,“逗着熊玩儿才有意思哪;……要是让你看见一头

　　① David Wiles, *Shakespeare's Clown: Actor and Text in the Elizabethan Playhouse*, Cambridge: Cambridge University Press, 1987, p. 170.

　　② Barbara Ravelhofer, “‘Beasts of Recreation’: Henslowe's White Bears”, *English Literary Renaissance* 32 (2002), p. 287.

　　③ Teresa Grant, “Polar performances: The King's bear cubs on the Jacobean stage”, *Times Literary Supplement* 5176 (14 June 2002), pp. 14—15.

　　④ Barbara Ravelhofer, “‘Beasts of Recreation’: Henslowe's White Bears”, *English Literary Renaissance* 32 (2002), p. 288, 309—315.

　　⑤ Andrew Gurr, “The Bear, the Statue, and Hysteria in The Winter's Tale”, *Shakespeare Quarterly* 34 (1983), p. 424; Andrew Gurr, *The Shakespearean Stage 1574—1642*, Cambridge: Cambridge University Press, 1992, p. 200.

狗熊挣脱了链子逃出来,你就要害怕了吧——怕不怕呀?"他随即炫耀自己不怕,甚至"看见过那头撒克逊老狗熊冲出来二十回,我还亲手一把抓住了它的链子呢"。①

异常残忍的"牛熊斗"是伦敦人最喜欢的消遣,也是伦敦最早的群体观赏运动之一。亨利八世将一种嗜好传给了他的孩子们,即观看"逗弄(baited)"公牛和熊,将它们关在竞技场中,或是拴在桩上,再放猛犬攻击它们。逗熊在当时不仅被认为是一项适合在女王及贵族面前呈现的展示行为,也是女王特别偏爱和赞助的娱乐活动。1591 年 7 月,枢密院颁布了一项法令,禁止周四上演戏剧,因为周四有逗熊一类的消遣活动举行。市长发布的禁令也起到了相同的效果,其中提到:"演员利用不同的地方背诵排练戏剧,这对为女王陛下的愉悦而开展的逗熊和类似的娱乐活动造成极大的伤害和破坏",为女王的皇家娱乐活动所留的熊被喂养在泰晤士河畔班克塞得的"巴黎花园"。② 1583 年,英国枢密院发表声明,称斗牛、逗熊是"一种令人轻松愉悦的娱乐活动,是对平和之人的慰藉"。③

逗熊这种游戏几乎堪称英国特产,外国游客在很多旅行日记里常常提到观看这种活动,伊丽莎白女王也曾招待来访大使观看这种表演。而蓄养动物的开销,靠将这种活动公开化来获取,大批的民众付了入场费到木制竞技场中观看表演。④ 1575 年,布商罗伯特·莱恩汉姆(Robert Laneham)在观看逗熊后描述道:"灰熊用充满杀气的眼睛盯着敌人靠近",然后"冷静地等待獒犬先发起进攻",獒犬会冲向灰熊,试图用锋利的牙齿刺穿灰熊厚厚的皮毛。⑤ 此时,被激怒的灰熊会使尽浑身解数"咬、抓、吼、甩、打滚",想方设法摆脱这些挑衅者。獒犬毫不示弱,不断展开进攻。1584 年,一个外国人到伦敦观光,他详细描述所看到的精彩表演:

> 那儿有个三层楼高的圆形建筑,里面大约养着 100 只英国大狗……人们让这些狗和三只熊一一对阵,……随后一匹马被带进来充

---

① 莎士比亚:《温莎的风流娘儿们》,《新莎士比亚全集(第二卷)》,方平译,石家庄:河北教育出版社,2000 年,第 328 页。

② Emma Phipson, *The Animal-Lore of Shakespeare's Time*, Cambridge: Cambridge University Press, 2015, p. 82.

③ Matthew Green, *London: A Travel Guide through Time*, London: Penguin Books, 2016, p. 15.

④ Stephen Greenblatt, *Will in the World: How Shakespeare Became Shakespeare*, New York&London: W. W. Norton & Company, 2005, p. 177.

⑤ Matthew Green, *London: A Travel Guide through Time*, London: Penguin Books, 2016, p. 14.

当狗群追逐的对象，最后是只公牛……接下来有若干男女从独立的隔间中出来，他们一同表演舞蹈、对话和打斗；还有一个男人往观众席撒了些白面包，观众们纷纷去抢。场地中部的上方固定了一个喷嘴，它被烟火点燃；突然间有许多苹果、梨从那里落到下面站着的人身上。……观众既吃惊，又觉得有趣。之后，从各个角落飞出烟火和其他焰火，这就是演出的终场。①

当今很少有人会把这样残酷、花里胡哨的表演当作戏剧，但在伊丽莎白时代的伦敦，逗弄动物和戏剧表演非常奇特地穿插在一起，熊园（bear garden）在英语中也指喧嚣混乱之地。② 实际上，莎士比亚出生时，英格兰的剧院不局限于戏剧表演，它一度包容并提供"娱乐区"必须提供的一切：舞蹈、音乐、杂技、血腥表演、刑罚和性。戏剧模仿与现实，一种娱乐形式和其他娱乐形之间的界限常常模糊不清。③ 但逗熊由于其怪诞的残忍而让我们震惊，斯蒂芬·迪克（Stephen Dickey）从同时代的记述中得出结论："观众通过观赏获得了愉悦，他们欢呼着、大笑着。"④ 而盖尔·帕斯特（Gail Paster）则反对迪克的观点，在他的论述中列举了莎士比亚时代观众对动物遭遇表示同情的例子。⑤ 当时就有清教徒辩论家斥责了活动的残忍并指出了动物的福祉问题，他批评斗兽是"魔鬼般的消遣"，让伦敦人的善念荡然无存。他悲痛地说："基督徒怎么会为了愚蠢的享乐看着可怜的动物被租来相互撕咬、残杀并从中得到快乐？"⑥ 但是，他的话似乎无人在意。到 16 世纪 80 年代，逗熊已经成为最受伦敦人欢迎的活动之一。有趣的是，熊都有自己的名字：萨克森（Sckerson）、内德·怀廷（Ned Whiting）、乔治·斯通（George Stone）、哈利·汉克斯（Harry Hunks）等等，而萨克森和汉克斯甚至在名气上和伦敦的名演员

---

① Stephen Greenblatt, *Will in the World: How Shakespeare Became Shakespeare*, New York & London: W. W. Norton & Company, 2005, p. 181.

② Matthew Green, *London: A Travel Guide through Time*, London: Penguin Books, 2016, p. 14.

③ Stephen Greenblatt, *Will in the World: How Shakespeare Became Shakespeare*. New York&London: W. W. Norton & Company, 2005, p. 181.

④ Stephen Dickey, "Shakespeare's Mastiff Comedy", *Shakespeare Quarterly* 42 (1991), p. 259.

⑤ Gail Paster, *Humoring the Body: Emotions and the Shakespearean Stage*, Chicago: University of Chicago Press, 2004, pp. 148—150.

⑥ Matthew Green, *London: A Travel Guide through Time*, London: Penguin Books, 2016, p. 15.

们并驾齐驱。

因此，由于剧场和熊园比邻而居，戏剧表演和逗熊活动相似，熊与演员的相似性，乃至熊的名气和熊园的吸引力更胜于剧场和演员，出于各种考量，剧作家会让这一噱头在戏剧中出现就毫不意外了。

二、熊与人物象征

莎士比亚同时代极为流行的动物指南书《四脚野兽史》(*The Historie of Foure-Footed Beastes*, 1607)，在封面页就指出其目的不只是描述动物们"真实而生动的特征"，还在于记录它们"对人类的爱恨"以及"上帝创造、保留和毁灭它们的伟业"。作者爱德华·托普塞尔(Edward Topsell)提出虽然动物们有各自的特点和习惯，但是应该将其置于一个有秩序的、按神旨意构建的宇宙之中，因为动物世界与人类世界在本质上是一致的。[1] 显然，剧中熊的出现不是随意的，它和剧中人物息息相关。

首先，熊是凶猛和暴力的化身。伊丽莎白时代的人认为熊丑陋至极，是粗鲁暴力的象征。[2] 正如布里斯托尔(Michael D. Brostol)指出的，对莎士比亚的观众而言，"熊的天性凶猛……与世俗权威的暴力"相关。[3]《四脚野兽史》就记录了暴君和熊的关联："立陶宛的国王维托尔达斯(Vitoldus)出于特定的目的，故意把反对他的人缝在熊皮里；他是如此残忍，以至于如果他命令他们中的任何一个人上吊的话，他们也会服从并忍受暴君愤怒所带来的恐惧。"[4]康斯坦茨·乔丹(Constance Jordan)也赞同关于熊和暴虐权威的象征隐喻，当谈到安提戈努的死亡方式时，她引用了《圣经》中"暴虐的君王辖制贫民，好像吼叫的狮子、觅食的熊"[5]，指出"统治穷人的邪恶统治者"被描述为"咆哮的狮子"或"愤怒的熊"。[6]

---

① Mario Digangi, ed., *The Winter's Tale*: *Texts and Contexts*, Boston and New York: Bedford/St. Martin's, 2008, p. 306.

② Stephen Greenblatt, *Will in the World*: *How Shakespeare Became Shakespeare*, New York & London: W. W. Norton & Company, 2005, p. 177.

③ Michael D. Bristol, "In Search of the Bear: Spatiotemporal Form and the Heterogeneity of Economies in 'The Winter's Tale'", *Shakespeare Quarterly* 42 (1991), p. 159.

④ Edward Topsell, *The Historie of Foure-Footed Beastes*, London: William Iaggard, 1607, p. 43.

⑤ 《圣经》，南京：中国基督教三自爱国运动委员会，中国基督教协会，2000 年，第 1041 页。

⑥ Constance Jordan, *Shakespeare's Monarchies*: *Ruler and Subject in the Romances*, Ithaca and London: Cornell University Press, 1997, p. 127.

实际上,《冬天的故事》就是一个"陷入疯狂、开始像暴君一样行事的合法统治者的故事"①,即作为君王和丈夫的莱昂提斯的故事。戏剧的开场一片祥和,莱昂提斯深爱王后,与波利西尼之间友谊深厚,但在第二幕第一景却发生了突变,莱昂提斯认定妻子与朋友有出轨行为,他选中卡米洛去给波利西尼下毒,把妻子送进监狱,大臣们的劝谏和反对没有任何效果。他独断专行,展示出暴君的专制,因为"暴君不需要根据事实或证据来行动,他认为他的指控就足够了"。②"王上能独断独行,无需征询你们的意见……如何处置发落,全由我本人决断。"(387)安提戈努的妻子鲍丽娜抱着王后刚分娩的女婴前去求情,但被愤怒冲昏头脑的莱昂提斯不为所动,甚至叫嚣:"瞧她那无法无天的舌头,方才咬了自己的丈夫,现在又咬到了我的头上!"(398)正如丹尼斯·比金斯(Dennis Biggins)所言,莱昂提斯在这句有关"撕咬"的"逗熊"双关语中把自己塑造成一只熊。③他让安提戈努处置刚出生的潘狄姐,其残暴更是表露无疑,他"真正想要的是忠诚,而忠诚并不意味着正直、荣誉或责任,而是立即、毫无保留地确认他的观点,毫不犹豫地执行他的命令。当一个专制、偏执、自恋的统治者与臣子讨论事情并索要忠诚时,国家就处于危险之中了"。④一方面他命令、恐吓、威胁大臣安提戈努,另一方面其处理方式异常残忍,先是说:"扔进火堆里,把它当场烧死……不然就要你的命,抄了你所有的财产。"而后,又在众大臣的求情下,改为让安提戈努把女婴遗弃,"若有一点没做到,不仅你自己送命,你那毒舌头的老婆也得陪着死"(402)。为了证明自己没有谋逆之心,安提戈努只能遵循王令。王后赫梅昂妮也一针见血地指出了丈夫对其公开审讯的虚伪,说这个暴君的行为异常残忍:"那是暴政,不是法律。"(411)鲍丽娜也坚持莱昂提斯的暴政:"暴君,你设下了什么酷刑对付我?车轮?刑床?烈火?抽筋扒皮?沸滚的铅水或油锅?还要我忍受什么样的新、老酷刑?……你的暴政和你的忌妒一起发作。"(414—415)比金斯认为熊是"莱昂提斯野蛮残忍的化身",在他看来,熊象征着残暴和无情,这一隐喻也出现在同时代的埃德蒙·斯宾塞和托马斯·纳什等人的作品中。⑤因此,安提戈努对婴儿所言无疑是具

① Stephen Greenblatt, *Tyrant*: *Shakespeare on Politics*, New York & London: W. W. Norton & Company, 2019, p. 123.

② Ibid.

③ Dennis Biggins, "'Exit pursued by a Beare': A Problem in *The Winter's Tale*", *Shakespeare Quarterly* 13 (1962), p. 13.

④ Stephen Greenblatt, *Tyrant*: *Shakespeare on Politics*, New York & London: W. W. Norton & Company, 2019, p. 124.

⑤ Dennis Biggins, "'Exit pursued by a Beare': A Problem in *The Winter's Tale*", *Shakespeare Quarterly* 13 (1962), pp. 10—11.

有讽刺性的:"可怜的娃娃,愿神灵让老鹰、乌鸦做你的奶娘! 听人说,狼和熊会忘了他们的野性,发出善心,干过这一类好事。"(403)事实上,凶猛的熊并未成为潘狄妲的守护神,反而是安提戈努被其攻击、吃掉。从某种意义上讲,是莱昂提斯这位暴君"吞食"了安提戈努。在该剧材料来源罗伯特·格林(Robert Greene)的《潘朵斯托》(Pandosto)中,安提戈努和鲍丽娜并没有对应的角色,莎士比亚笔下的两人"代表着道德的正义",鲍丽娜以正义与莱昂提斯抗争到底,但安提戈努失去了正义,最终动摇并屈服于暴政,"安提戈努牺牲了自己的荣誉,承诺履行他明知是不公而残忍的任务,最后在相信赫梅昂妮有罪的情况下死去"。[①] 莱昂提斯将其偏执的观念强加给安提戈努,并命令他杀死潘狄妲,从而使安提戈努在道德上死亡。他的行为实际上与熊把安提戈努完全消灭掉是类似的,特别是在一些演出实践中,熊和莱昂提斯为同一演员所扮演,因此观众看到他"戴着熊爪手套扑向安提戈努"。[②] 路易斯·克鲁布(Louise G. Clubb)在分析包括《冬天的故事》这类欧洲文艺复兴时期悲喜剧中熊的引入时说:"田园诗中的熊比起其他野兽来既可怕又不可怕,因为它是类人动物,能够直立行走,在声誉上模棱两可"。[③] 倘若此剧中熊追逐安提戈努时摆出站立似人的姿态,无疑加强了熊与莱昂提斯的相似性。只要观众和读者将莱昂提斯和剧中的熊联系在一起,在重新解读文本时就会明了如上文提到的莱昂提斯的逗熊话语的双关。

　　另一个细节则来自对女婴潘狄妲的描述,老牧羊人描述她裹着的是"一个大户人家孩子的襁褓(a bearing cloth)",这指的是詹姆士一世时期的一件洗礼服。一方面,这件华丽的衣服表明婴儿是一个出身高贵的基督徒。另一方面,"襁褓"这一双关语暗示着她是莱昂提斯这头"熊"的后代。莫里斯·亨特(Maurice Hunt)指出,其"襁褓"表示"洗礼",从而为她幸存下来并重获新生提供了"一种仪式的维度"。[④] 那么,在此种背景之下,安提戈努的死也就成为了仪式的一部分,可以被视为一种令人敬佩的牺牲,即为拯救婴孩而吸引猛兽的注意力。[⑤] 因为之前安提戈努曾说:"拼着我残剩的热

---

　　① Dennis Biggins, "'Exit pursued by a Beare': A Problem in *The Winter's Tale*", *Shakespeare Quarterly* 13 (1962), p. 7.

　　② John Pitcher, "'Fronted with the Sight of a Bear': *Cox of Collumpton* and *The Winter's Tale*", *Notes & Queries* 1 (1994), p. 47.

　　③ Louise G. Clubb, "The Tragicomic Bear", *Comparative Literature Studies* 9 (1972), pp. 23—24.

　　④ Maurice Hunt, "'Bearing Hence' Shakespeare's *The Winter's Tale*", *Studies in English Literature* 2 (2004), p. 337.

　　⑤ Maurice Hunt, "'Bearing Hence' Shakespeare's *The Winter's Tale*", *Studies in English Literature* 2 (2004), p. 337.

血,去拯救无辜的婴儿——尽一切可能。"(402)西德尼·李(Sidney Lee)指出:"表演有时会引入瞎熊使之多样化,人手持鞭子抽打由长链拴在木桩上的熊。瞎熊偶尔会挣脱链子,在人群中横冲直撞,从而造成灾难性后果。"①上文中提到《温莎》史兰德有关熊挣脱链子逃出来的话或许有所夸张,但确实是基于熊出逃带来危险的现实。1609 年夏天,就发生了一个轰动一时的事件,一只熊咬死了被家长大意留在熊屋内的孩子,由此,6 月底时,"国王下令将这头熊处死在舞台上;从人们为看熊处刑所付的钱中拨出 20 镑给了被害孩子的母亲"。②《冬天的故事》最初的观众,可能会因为熊突然出现在舞台上冲向毫无防备的婴儿而惊恐不已,虽然熊没有理会婴儿而是直奔安提戈努,但他们会联想到之前现实中发生的惨剧。

另一方面,赫梅昂妮也和熊有关。首先是她的身份,在被丈夫冤枉出轨时,她提及亡父是"俄罗斯皇帝"(411)。此处是莎士比亚特意的改动,达里尔·帕梅尔(Daryl Palmer)指出莎士比亚时代广为人知的俄国皇帝——暴君伊凡四世,他谋杀了自己的儿子,而且传说他"将熊扔在人群中"以此取乐。③ 其次,熊"冬眠"的特征还与王后的"复活"相联系。鲍丽娜在雕像场景中唤起了冬眠的概念,正如她告诉她的客人们"准备好欣赏从没有这么逼真的生命的模仿吧——就像沉睡对死亡的模拟"(499)。在芭芭拉·埃斯特林(Barbara L. Estrin)看来,莎士比亚以睡眠嘲笑死亡,"暗示了赫梅昂妮像熊一样的冬眠和隐居"④,即其长达 16 年的假死状态和这一场景中在雕像基座上的装睡状态。就像冬眠的熊等待春天的复苏一样,赫梅昂妮也在等待着一个契机。再次,熊的"淫欲和好色"虽通常指男性,但也可指女性,如托普赛尔的描述,母熊的特点就是持续的欲望。⑤ 从这点上讲,熊也可指向莱昂提斯所误以为的淫荡不贞的赫梅昂妮。

可见,熊的类人的行为、性情和剧中的主要角色都有关联,所以当莎士比亚选择了熊而不是狮子或老虎时,他很可能已经考虑到了这种动物丰富的象征意义,通过人物与熊的隐秘关联大大丰富了人物形象。

---

① Sidney Lee, *Shakespeare's England: An Account of the Life and Manners of His Age*, vol. 2, Oxford: Clarendon Press, 1917, p. 430.

② John Nichols, *The Progresses, Processions, and Magnificent Festivities of King James the First*, vol. 2, London: J. B. Nichols, 1828, p. 259.

③ Daryl W. Palmer, "Jacobean Muscovites: Winter, Tyranny and Knowledge in *The Winter's Tale*", *Shakespeare Quarterly* 46 (1995), pp. 323—339.

④ Barbara L. Estrin, "The Foundling Plot: Stories in *The Winter's Tale*", *Modern Language Studies* 7 (1977), p. 35.

⑤ Edward Topsell, *The Historie of Foure-Footed Beastes*, London: William Iaggard, 1607, p. 37.

三、氛围和文类的转变

在这一舞台指示后,小丑向老牧羊人详细描述了同一时间发生的水手和船被海浪吞噬及安提戈努在陆地上被熊追赶后被吃掉的可怕场景。一边是风暴袭击船只,人们只能高喊救命,但无济于事,最终淹死,另一边陆地上"那头熊把那人的肩胛骨都抓出来了,那人哭喊着向我求救",到最后"一眨眼的工夫。那淹死的怕还没凉透,那狗熊拿人当点心,怕还没吃完一半,正在吃哪"(423)。安提戈努和台下水手一起死亡是可行的,但可有可无,此处出现的插曲包含了多重意义。首先,从一般意义上讲,它可被视为"蛮荒自然消灭海上水手的陆地视角"。[①] 小丑论述海难,以及与此同时熊追逐、撕咬安提戈努的话支撑了这一论点。其次,从象征意义上讲,熊一方面与专制暴君相似,神经错乱的君王肆意迫害臣子就跟熊袭击人类一模一样;另一方面熊又是作为"天谴和神罚的具现"[②],这一观点隐藏在对动物与随后的开场白角色(即时光[Time])的选择上。在第四幕开场时,时光就指出"把善和恶的赏罚颠倒了又纠正"(425)。

进一步而言,熊在剧中最重要的意义在于转换,特别是剧中从悲剧向喜剧的转向,所以必须"在全剧的中间位置实现一系列快速的档位切换"[③],也正如内维尔·希尔(Nevill Coghill)描述的那样,安提戈努被熊迅速杀死是"编剧谋篇布局的关键和转折点"。[④]

首先是关于时间的转换,即熊成为剧中第四幕开场白中致辞者时光的另一化身(讲述时光荏苒,16 年匆匆而过,戏剧进入后半段)。这一情节设置在波西米亚的海岸,是莎士比亚对材料来源《潘朵斯托》的继承,这并非一个错误,而是将此剧作为道德寓言的因素之一,就像该剧的剧名《冬天的故事》一样,从而把戏剧行为从文学地理空间及历史时间中移除。[⑤] 从欧洲民间传说的语境来看,动物唤起了"狂欢节"或"圣烛节",熊意味着基督教节日季的结束以及农业年的开始;节日中出现的熊往往是一个粗糙、多毛、脏兮

① Susan Snyder and Deborah T. Curren-Aquino, eds., *The Winter's Tale*, Cambridge: Cambridge University Press, 2018, p. 31.

② Dennis Biggins, "'Exit pursued by a Beare': A Problem in *The Winter's Tale*", *Shakespeare Quarterly* 13 (1962), p. 13.

③ 艾玛·史密斯:《莎士比亚的冬天》,刘潞译,《小说界》2019 年第 6 期,第 183 页。

④ Nevill Coghill, "Six Points of Stage-Craft in *The Winter's Tale*", *Shakespeare Survey* 11 (1958), pp. 34—35.

⑤ Stephen Orgel, ed., *The Winter's Tale*. Oxford: Oxford University Press, 2008, p. 37.

兮的男人,一个追逐年轻女性的可怕怪物。熊人的实际出现日期可能因地点而异。当熊出现在暴风雨期间,冬季会缩短,春天也会更早到来。从这点上看,剧中熊的出现是正确的,因为故事中的冬天部分在这个场景中结束,而春天的喜剧在中场休息后不久就开始了。① 作为"界限与转变的角色"②,熊因而成为"时空形式的重要制造者"。③

接着是氛围的改变。熊的突然出现对观众产生了巨大的影响。观众的最初反应是"一种战栗的恐惧伴随着哄堂大笑"。④ 人在面对突如其来的危险时会自动释放肾上腺素,但随即观众会意识到自己多虑了,正如古尔推测当时的观众会经历一种"反应迟钝、过后才恍然大悟"的过程。⑤ 因为舞台上出现的要么是一头没有威胁的驯化之熊,要么是演员装扮而来的假熊,这一瞬间的变化将现实的悲剧事件变成了一场闹剧,从而标志着该剧从悲剧到喜剧的过渡。迪基总结道:"从少数同时代观察者的描述来看,观众一次又一次地为其所见感到喜悦,为之欢呼,为之大笑……(观众)快乐、满足的证词表明,若问及伊丽莎白时代的观众在熊园看到的是何种精彩表演时,答案很可能是'喜剧'。"⑥因此,观众在认识到扮演安提戈努的演员并未真正处于危机之后,他们在戏剧的最后自然也就接受了雕像复活的魔幻桥段。⑦ 莎士比亚显然将当时观众对"逗熊"的看法挪用到了该剧之中。当他们看到拿着鞭子的表演者在熊坑里拼命逃命时,他们可能会开怀大笑;当他们看到一只熊追逐安提戈努时,他们也会不出所料地大笑起来。若舞台上追逐安提戈努的熊是演员假扮的,那么无疑大大增加了戏剧的滑稽效果。因此,被熊追下这条舞台指示的作用就是"转变戏剧的基调",而安提戈努则成为了体裁转换的牺牲品,作为全剧死掉的最后一人,他结束了此剧的所有悲剧事件,同时作为"滑稽剧式的受害者",他又开启了此剧的喜剧情节。⑧ 正如古

---

① Michael D. Bristol, "In Search of the Bear: Spatiotemporal Form and the Heterogeneity of Economies in 'The Winter's Tale'", *Shakespeare Quarterly* 42 (1991), p. 159.

② Ibid., p. 161.

③ Ibid., p. 159.

④ Nevill Coghill, "Six Points of Stage-Craft in *The Winter's Tale*", *Shakespeare Survey* 11 (1958), p. 35.

⑤ Andrew Gurr, "The Bear, the Statue, and Hysteria in The Winter's Tale", *Shakespeare Quarterly* 34 (1983), p. 424.

⑥ Stephen Dickey, "Shakespeare's Mastiff Comedy", *Shakespeare Quarterly* 42 (1991), p. 259, 263.

⑦ Mario Digangi, ed., *The Winter's Tale: Texts and Contexts*, Boston and New York: Bedford/ St. Martin's, 2008. p. 302.

⑧ 艾玛·史密斯:《莎士比亚的冬天》,刘漪译,《小说界》2019 年第 6 期,第 185 页。

尔指出的那样,随后一幕的时光这一开场白角色,庆祝了时间的流逝和从恐怖到欢乐的转变。①

　　当然,更重要的是悲剧到喜剧的转变,以及现实主义到浪漫主义的改变,虽然《冬天的故事》是莎士比亚作品中"一部少见的脱离现实主义思维的作品",其"大团圆结局符合浪漫主义的风格,用戏谑的笔触有意违反了人们的现实主义预期"②,倘若剧目上演时出场的是北极熊的话,那么"白色性(whiteness)"在舞台文本中更是强调了残酷的冬天,而熊退场预示着春天的到来和田园牧歌的重生。③ 戏剧的前半部分一直是按照悲剧和现实主义方式叙述的,而浪漫主义和喜剧风格则是直到安提戈努成为熊的牺牲品的场景才出现。这种转变在老牧羊人与儿子小丑随后的对话中表露无疑,特别是老牧羊人的话"你碰见了要死的东西,我碰到了才生下的"(423)被认为是对古希腊喜剧家伊万提乌斯(Evanthius)的互文,其《悲剧与喜剧》(De Tragoedia et Comedia)在 16 世纪学校版古罗马喜剧诗人泰伦斯(Terence)的作品中经常被引用,每一个读到文法学校三年级的十二三岁的孩子都会熟悉他的作品。④ 古尔认为牧羊人对死亡与新生的描述,类似伊万提乌斯对悲剧和戏剧的定义划分,即悲剧展示着失去生命,而喜剧上演着制造生命。⑤ 进一步而言,这句话抓住了喜剧和悲剧的融合和相关的特点,因此这出戏可以看作是对这一特定台词所传达的观念的思考:生命的循环和稳定的、不可避免的时间流逝既是毁灭,也是创造。一个婴儿(潘狄妲)在舞台上开启了新生,而一个老人(安提戈努)在舞台下被暴力夺去了生命。熊被许多评论家视为一种野性和不可驯服的本性的象征,再加上摧毁安提戈努的船和船员的风暴,两者共同加强了自然世界的概念,它"既是养育我们的摇篮,又是捕食我们的元凶"。⑥ 牧羊人和他的儿子讨论了熊吃掉安提戈努的可能进展,以及安排埋葬老朝臣剩余尸骨的行动之后,离开了舞台。

① Andrew Gurr, "The Bear, the Statue, and Hysteria in The Winter's Tale", *Shakespeare Quarterly* 34 (1983), p. 424.

② Stephen Greenblatt, *Tyrant*: *Shakespeare on Politics*, New York & London: W. W. Norton & Company, 2019, p. 137.

③ David Wiles, *Shakespeare's Clown*: *Actor and Text in the Elizabethan Playhouse*, Cambridge: Cambridge University Press, 1987, p. 170.

④ T. W. Baldwin, *Small Latine and Lesse Greeke*, vol. 1, Urbana: University of Illinois Press, 1944, p. 125, 642.

⑤ Andrew Gurr, "The Bear, the Statue, and Hysteria in The Winter's Tale", *Shakespeare Quarterly* 34 (1983), p. 421.

⑥ Harold Bloom, ed., *Bloom's Shakespeare Through the Ages*: *The Winter's Tale*, New York: Infobase Publishing, 2010, p. 13.

"孩子，今天真是幸运。我们可以交好运了。"（424）这句台词似乎是为了遮蔽残忍死亡的阴影。这部剧最终以奇迹和魔法的出现实现了大团圆结局。因此，我们看到，老牧羊人很快就从他对死亡和新生事物的评论转向了神仙和神仙留下的金子（实际上是安提戈努和他留在婴儿身旁的钱财）。"羊就随它们去吧"（424），老牧羊人最后如是说，意味着他背弃了放羊这一日常的责任，不想再面对刚刚所经历的人的出生、成长和死亡的残酷现实，标志着戏剧转而拥抱幻想，同时也表明剧作家开始把与现实主义相抗衡的浪漫和幻想融入戏剧。

因此，我们可以说，剧中的熊实际上是一个复杂的符号，莎士比亚将其视为演员以传达微妙的含义。他巧妙利用熊作为卖点以吸引观众、增强戏剧效果，特别若是白熊的话，就更意味着纯洁、异国情调以及被"放养"的皇室财产（与剧中被国王抛弃、牧羊人收养的潘狄姐类似）。[1] 此外，剧作家透过熊撕咬人类的可怖行为颠倒着秩序，探寻着人类与动物之间的关系，乃至暴政和秩序的问题。更进一步而言，正是这一动物角色及其后续影响导致了整部戏剧氛围从现实主义走向浪漫主义，从宫廷转向田园，从悲剧转向喜剧，从而创造出莎士比亚特有的悲喜剧——即传奇剧。莎士比亚意识到一种在兼有悲喜剧特征与田园风格的同时又独具王室特色的、更和缓的传奇剧能够顺应时代要求。[2] 正如史密斯指出的，剧中这条短短的有关熊的舞台指示，其重要性在于它处于全剧一系列戏剧的、语言的、结构设计组成部分中的"正中"位置，其想要实现的目的就是"使这部剧脱离悲剧的路径，伸手到故事的最黑暗处，再从那里采摘出一朵喜剧之花"。[3] 因此，这句舞台指示及其包含的动物意象所传达出的丰富内涵毋庸置疑，正是这样一些细节成就了莎士比亚作品的经典性。

---

[1]　David Wiles, *Shakespeare's Clown*: *Actor and Text in the Elizabethan Playhouse*, Cambridge: Cambridge University Press, 1987, p. 170.

[2]　Jonathan Bate and Eric Rasmussen, eds., *The RSC Shakespeare*: *William Shakespeare Complete Works*, New York: The Modern Library, 2007, p. 698.

[3]　艾玛·史密斯：《莎士比亚的冬天》，刘漪译，《小说界》2019 年第 6 期，第 183 页。

第十九章 《哈姆莱特》的植物隐喻

　　植物在莎士比亚的戏剧和诗歌中非常普遍,批评家们认为很可能剧作家受到其生长环境的影响,因为他的家乡沃里克郡有着丰富的民间传说和多样化的植被,但有关植物的语言,实际上体现出莎士比亚时代伦敦所谓的"绿色愿景(green desire)",即一种对植物与花园的新兴追捧。16世纪后半期,人们对植物世界产生极大兴趣,相关的书籍不断涌现并在1590年代达到巅峰。① 福柯追溯了17世纪一系列认识上的转移,认为最终导致了文艺复兴时期主导的同调(homological)思维观念被替换掉。倘若说新的分类法体现出合理的分类及对不同物种、类型之间的仔细观察的话,那么之前更早的模式则注意到相似性,认识到生物之间密切的关系。正如福柯指出,通过这一过程"文本不再是符号和真理形式的组成部分;语言不再是世界的一个形式,也不是有史以来就强加在事物上的记号"。因此,科学从历史中剥离出来,他的论述体现我们重新思考受到规训的区隔如何继续塑造我们看待、划分物质属性的问题。② 从这一角度看,在所谓的前现代时期,科学与文化显然是相互交织、缠绕的,一方面科学知识会侵入文本和文化,而同时文本也不只是记述甚至还参与了科学的分类,更直白地讲,两者本就是一体。本章将通过对《哈姆莱特》中植物话语的细读,展示不同角色与不同植物间的隐喻关系,结合同时代的博物学知识,指出戏剧中大量的植物意象并不仅仅是简单的象征,而是试图以植物学话语来解决人类差异的关键概念议题,同时也体现出剧作家在早期现代植物学转变过程中的构建参与作用。

---

　　① Michael Dobson, Stanley Wells, Will Sharpe, Erin Sullivan, eds., *The Oxford Companion to Shakespeare*, second edition, Oxford: Oxford University Press, 2015, p. 434

　　② Michel Foucault, *The Order of Things: An Archaeology of the Human Sciences*, London and New York: Routledge, 2002, p. 62.

一、植物学分类与人类及人类社会

莉娅·奈特(Leah Knight)就曾指出"16 世纪后半叶对应出现了英国植物学文艺复兴","1590 年代英国的植物学和园艺文学最丰富多彩"。① 马刺·莱登(Mats Ryden)也认为莎士比亚"包括植物名称等植物学知识首要的印刷本来源是杰拉德(Gerard)和莱特(Lyte)的草本志,同时,他也非常熟悉同时代的园艺文学作品"。②《哈姆莱特》中出现大量有关植物和园艺方面的词汇,据统计有 102 个之多。③ 我们看到剧中的世界常以种子、花朵、动物等意象来表达自然、生殖、生长等意义。如莱阿提斯警告妹妹奥菲丽雅:"留神,可不许让七情六欲来制服你⋯⋯冰清玉洁,都逃不过恶口毒舌的肆意中伤。"(241—242)④正如大卫·罗森(David Rosen)指出的那样,这无疑表现出"男性气质对自然生长的厌恶"。⑤ 后来,莱阿提斯又将生殖比喻与花朵比喻结合:"青春的嫩芽还没有把花蕾开放,往往被毛虫摧残了;朝霞般晶莹的青春,怕的是一瞬间卷起了天昏地暗的恶风瘟雨。"(242)显然,植物及其生长环境常成为剧作家精致想象的来源,就如我们看到哈姆莱特斥责整个丹麦及世界的迅速堕落:"这是个荒废了的花园,一片的冷落,那乱长的荆棘和野草占满了整个园地。"(233)

正如珍·费瑞克(Jean Feerick)指出的那样,对莎士比亚及其同时代的作家而言,植物生活作为极具吸引力的话语,展示出人与人之间固有的广泛关系,提供了灵活而细微的词汇以考虑繁殖与差异问题。在莎士比亚的时代,草药学与农业指南被大量译介传入,书中将植物学部分视为人类解剖学的一部分。⑥ 约翰·杰拉德(John Gerarde)1597 年的《草本志》(*The Herb-*

---

① Leah Knight, *Of Books and Botany in Early Modern England: Sixteenth Century Plants and Print Culture*, Farnham: Ashgate Publishing Limited, 2009, p. 6, 8.

② Mats Ryden, *Shakespearean Plant Names: Identifications and Interpretations*, Stockholm: Almqvist& Wiksell International, 1978, p. 18.

③ Vivian Thomas and Nicki Faircloth, *Shakespeare's Plants and Gardens: A Dictionary*, London: Bloomsbury, 2014, p. 368.

④ 莎士比亚:《哈姆莱特》,《新莎士比亚全集(第四卷)》,方平译,石家庄:河北教育出版社,2000 年。后文出自该著作的引文,将随文在括号内标出引文出处页码,不另作注。

⑤ David Rosen, *The Changing Fictions of Masculinity*, Champaign: University of Illinois Press, 1993, p. 78.

⑥ Jean Feerick, "Botanical Shakespeares: The Racial Logic of Plant Life in 'Titus Andronicus'", *South Central Review* 26 (2009), p. 84, 85.

all，or，Generall Historie of Plantes)一书中列举了品类繁复的草本植物和花卉，将植物和人以极为纠缠的方式区隔开来。如提到"杂种的水仙"、"野蛮的藏红花"、"喝醉的枣树"等等，展示出另一种自然的感觉，即体现出分离的社会和政治行为间的渗透交叉，就像人类世界和植物生活一样。① 而坊间流传的农业指南也记载了这种逻辑，展示出植物部分与人类解剖之间的类比。实际上，植物和人类血肉的相似性是由于它们共享了体液生物学知识。树木流出的汁液被视为血液，其嫩芽就像眼睛，树皮就像人类皮肤一样也怕在嫁接时受到伤害。② 因此，我们可以发现，在剧中第四幕第二景罗森克兰询问哈姆莱特如何处置波洛纽斯的尸体时，他回答："它去跟泥土做伴了，泥土是他的本家。"(352)值得注意的是，当莱阿提斯蔑视神职人员拒绝给妹妹庄重葬礼时，他讲道："但愿她洁白无瑕的肉体开放出紫罗兰鲜花吧。"(399)这两个例子都是以人和生长在泥土中的植物作类比。

实际上，布莱恩·奥高维(Brain Ogilvie)在讨论16—17世纪的自然史时就指出，在这个前林奈和前分类学时期，自然史是作为一种规训存在的，这种规训是由对自然细节的着迷和拒绝将"自然简化为系统"的抵抗相联系的，文艺复兴时期的博物学家们支持"包含一种明显人类中心论因素"的分类原则。③ 正如格瑞科(Allen J. Grieco)指出的那样，自然王国和社会王国都是"由一种垂直的、等级的原则所构建"，因此"社会拥有'自然的'秩序，而自然也具备'社会的'秩序"，而且"植物的类型和分类系统的存在远远早于林奈所创造的现代分类法"。④ 长久以来，人们头脑中总是倾向于将人类社会的分类与价值取向投射到自然界，然后再反过来用于判断或强化人类秩序，证明某些特定社会与政治措施比其他的更为"自然"。如一些马克思主义者认为"所有与自然相关的论述……都表现出社会秩序的状态"，在现代初期，人们普遍想象类比与对应关系，顺理成章地从自然界看出人类社会与政治组织的镜像，人们想象即使在单一自然物种内部，也存在着社会与政治分工，与人类世界相类似。⑤ 早期现代植物学家努力辨认古代经典权威所描述植物的现代对应

① John Gerarde, *The Herball of Generall Historie of Plantes*, London: Iohn Norton, 1597, p. 115, 125, 1336, 102.

② Jean Feerick, "Botanical Shakespeares: The Racial Logic of Plant Life in 'Titus Andronicus'", *South Central Review* 26(2009):82—102. p. 85.

③ Brian Ogilvie, *The Science of Describing: Natural History in Renaissance Europe*, Chicago: University of Chicago Press, 2006, p. 219, 215, 217.

④ A. J. Grieco, "The Social Politics of Pre-Linnaean Botanical Classification", *I Tatti Studies: Essays in the Renaissance* 4 (1991), pp. 135—136, 138.

⑤ Keith Thomas, *Man and the Natural World: Changing Attitudes in England 1500—1800*, London: Allen Lane, 1983, p. 61.

物,之后开始更加野心勃勃地工作,给整个植物界归类。其中最引人注目之处在于逐渐增加植物分组,不是按照字母或对人类的用处,而是按照其内部结构特点分组。大多数体系都带有"人为性",因为它们人为地聚焦某一明显的外部特征,而不是根据植物之间总体相似性进行的"自然"分类。但是,可以看出,他们越来越意识到物种之间天然的密切关系,减少了以植物用处和与人的关系为标准。① 然而,所有的分类不可避免都含有等级含义,自然界与人类社会的同化几乎从来没有这么密切过。不过,尽管它们都具有拟人化倾向,但是新的分类模式表现出一种重要取向,即摆脱以人为中心的旧观念。因为,博物学家不是评定植物的可食用性、美、用处或者道德,而是寻求植物内在特性,只把结构当作区分物种的依据。② 这种有关文艺复兴时期草药的社会逻辑很早就被布鲁诺·拉图尔(Bruno Latour)在论述现代性时提及,他认为现代"在自然和社会秩序之间坚定保持着完全的二元论",而前现代对这种二分漠不关心,而是"永无止境地、着迷地栖息于自然与文化的关联之中"。③ 因此,文艺复兴时期植物的文化逻辑实际上全面影响了文化的分类。

此外,正如福柯提出我们历史的主体是一个身体,他也指出了身体经常由哪些描述身体形式的文学话语所构建。④ 从这一点上看,早期现代的戏剧家与博物学家们的步调显然是趋同乃至一致的,我们看到剧中莱阿提斯劝告妹妹奥菲丽雅时,将哈姆莱特的身体和国家作比:"他做不了自己的主,因为他得受自己身份的约束……他作出一个选择先得考虑国家的安危和利益,他是首脑,他这样那样的选择,必须要听取'躯体'各部分的意见,取得他们的赞同。"(241)可见,剧同样采用了具体自然世界的意象比喻,想象着国家不仅是人的身体,也是植物的身体。

二、《哈姆莱特》中角色与植物的对应

我们可以看到剧中植物意象与人的对应分类关系,特别是其象征意义与主要角色的对应关系在第四幕第五景中尤为突出,在满头带花、疯癫的奥

---

① Keith Thomas, *Man and the Natural World: Changing Attitudes in England 1500—1800*, London: Allen Lane, 1983. p. 65.

② Ibid., p. 66.

③ Bruno Latour, *We Have Never Been Modern*, Catherine Porter, trans. Cambridge, MA: Harvard University Press, 1993, pp. 40—41.

④ Jean Feerick, "Botanical Shakespeares: The Racial Logic of Plant Life in 'Titus Andronicus'", *South Central Review* 26 (2009), p. 83.

菲丽雅分花的场景中体现得尤为明显：

> **奥菲丽雅**：（玩弄手里的花束）这是迷迭香（rosemary），表示心里有个
> 我——求你啦，我的亲亲，要记得我啊，——这又是三色堇（pan-
> sies），表示的是相思。
>
> **莱阿提斯**：疯话有疯话的道理——相思，纪念，配合得好啊。
>
> **奥菲丽雅**：这是给你的茴香（rue）——还有这楼斗菜（columbine）。这
> 是给你的芸香花（fennel）——（又拿起一枝花）这是留给我自己
> 的。（指着芸香 rue）我们可以叫它做"慈悲草"，你得把你的芸
> 香戴得别致些。这儿是一只雏菊（daisy），我本想给你几只紫罗
> 兰（violets），可惜我父亲一死全凋谢了。（371）

这一幕由于其典型性得到众多批评家们的重视，因为里面所涉及的花卉意指涵盖了剧中主要角色，批评家们和编辑者们假设每种植物都具备相关潜在信息并指向不同的接受者，一直以来都试图阐释、梳理清楚舞台上奥菲丽雅分派植物的意义和对象。正如哈罗德·詹金斯（Harold Jenkins）指出的那样，奥菲丽雅对花朵的分派是我们值得进一步阐释的问题，问题有两种且相互纠缠：一是其植物的象征意义，二是在舞台指引缺失的状态下如何界定赠予的对象。① 笔者根据上下文语境及其潜在象征意义将此段中奥菲丽雅分派的植物分为以下三组。

首先我们来看段落中明确赠予莱阿提斯的迷迭香与三色堇。同时代植物学家杰拉德（Gerarde）在《草本志》有关迷迭香的特性描述中记录了其纪念的主题："迷迭香促进血液流动，对所有头部和脑部的疾病都有益处……使脑部干燥，加速感知和记忆。"② 一般而言，迷迭香用于园艺、烹饪、香水制造和医药，由于其象征记忆，因此与婚礼、葬礼都有关。人们认为它可以防止瘟疫的感染，也是有效的堕胎药。③ 剧中显然强调的是其思念的象征意义。在笔者看来，迷迭香的思念有三重含义。一是表达奥菲丽雅自己对死去父亲的思念，正如奥菲丽雅之前唱道："他光着脸儿躺在柩架上，嗨，诺呢诺呢，嗨，诺呢——泪如雨下，洒在他坟头上……"（370）虽然她疯疯癫癫，但

---

① Harold Jenkins, ed., *Hamlet*, London and New York: Methuen, 1982, p. 536.

② John Gerard, *The Herball, or, Generall Historie of Plantes*, London: Iohn Norton, 1597, p. 1110.

③ Vivian Thomas and Nicki Faircloth, *Shakespeare's Plants and Gardens: A Dictionary*, London: Bloomsbury, 2014, p. 297.

潜意识中对父亲的爱与思念依旧存在。二是从侧面提醒哥哥勿忘父亲,莱阿提斯的回应无疑证明了这点,他发出愤怒的呼声,"一定要追查个明白"(374)。但詹金斯也指出,反讽的是,奥菲丽雅将迷迭香给了哥哥莱阿提斯,实际上是戏弄了哈姆莱特复仇行为中的鬼魂角色。① 三是象征着情人之间的思念,因为迷迭香在当时被视为情人之间的"小花束":"迷迭香在我们日常生活(白天、黑夜)中意为思念,含有我的眼中你一直存在的美好愿景。"② 她将情人与死去的父亲联系在一起,显然是疯癫状态下混淆了兄弟与情人。和迷迭香一起出现的三色堇,继续这样的双重暗示,三色堇的名称源自法语"pensée",意为思考,因此产生了文字游戏效果。其在医学上应用广泛,能够治疗心脏疾病,故而又有"心灵的安慰"(heartsease)之名,由此与思想和爱情有关。③ 三色堇仅在《哈姆莱特》中以"pansy"的名称出现。通过获得花朵,莱阿提斯会强化自己对父亲之死的怨念,但是它们两者相联系也和爱情的哀伤相关,同样体现出奥菲丽雅对哈姆莱特的深深爱恋。

接下来是芸香、耧斗菜和茴香。奥菲丽雅反复所称的"给你……给你……"意味着赠花行为的成功,特别是在场的关键角色克劳迪斯和王后。虽然一般认为给王后的是芸香,给国王的是茴香和耧斗菜,但编辑者们并未对此达成一致。如河滨版认为克劳迪斯获得茴香和耧斗菜(flattery),阿登二版则认为茴香暗示着婚姻的不忠,因此是给王后的。阿登三版则接受了茴香是奉承的象征这一观点,所以是给了"任何侍从(或国王)"。④ 虽然有其他含义,但茴香与奉承的关系是强烈且持续的。而耧斗菜因为其花朵的喇叭状,常被认为与性和通奸行为相关,同时它还被视为不知回报、无任何特效或用途的花。⑤ 它被认为是一种"忘恩负义的花",因为它就像"忘恩负义之人",因此适用于王后,正如哈姆莱特痛斥其母迫不及待地改嫁叔父是对父亲婚姻盟誓的背叛一样。同时,克劳迪斯也是忘恩负义之人,对于其忠实走狗波洛纽斯的死,他也只是"私下里草草地把他埋葬了"(365)。阿登二版认为"茴香和耧斗菜,指向了婚姻的不忠实",是给王后的。虽然喇叭状一

① Harold Jenkins, ed., *Hamlet*, London and New York: Methuen, 1982, p. 537.

② Ibid.

③ Vivian Thomas and Nicki Faircloth, *Shakespeare's Plants and Gardens: A Dictionary*, London: Bloomsbury, 2014, p. 255.

④ G. Blakemore Evans and J. J. M. Tobin, eds., *The Riverside Shakespeare*, second edition, Boston & New York: Houghton Mifflin Company, 1997, p. 1222; Harold Jenkins, ed., *Hamlet*. London and New York: Methuen, 1982, p. 359; Ann Thompson and Neil Taylor, ed., *Hamlet* (The Arden Shakespeare), Beijing: China Renmin University, 2008. p. 388.

⑤ Vivian Thomas and Nicki Faircloth, *Shakespeare's Plants and Gardens: A Dictionary*, London: Bloomsbury, 2014, p. 84.

般指向外遇对象,但也可指向出轨人本身。正如此幕中王后过去和现在的不一致,体现出王后的不忠,暗示她是接受者。① 实际上,我们可以认为茴香和耧斗菜可以指向克劳迪斯和王后两人,因为茴香有奉承、恭维之意,指向了两人的尊贵地位,而耧斗菜则都指向了婚姻不忠的事实及两人忘恩负义的特性。

芸香又被称为"慈悲草"(herb grace/herb of grace),一般我们认为奥菲丽雅的行为和演员都是直接朝向王后的:"这是给你的芸香花——(又拿起一枝花)这是留给我自己的。(指着芸香)我们可以叫它做'慈悲草',你得把你的芸香戴得别致些(with a difference)。"" difference"是来自于纹章学(heraldry)的术语,即以不同变体的盾形纹章来区别同一家族的不同分支。实际上,这种指涉暗指王后的两次婚姻,也表现出王后和叔父的关系和谱系的改变,暗指她们过去的行为、刺激她们忏悔和改变。② 而阿登第二版中认为克劳迪斯是接受者,那么国王接受的就是芸香了,这一词汇的意义源自同形异义,不仅含有悲伤之意,还有忏悔之意。它说明了国王的罪孽需要忏悔,特别反映出第三幕第三景中他单独在舞台上的忏悔。而芸香的另一个名称"慈悲草"则更是强调了这一意义。③ 而阿登第三版则认为可能是克劳迪斯或王后。④ 不管王后或克劳迪斯,都具备懊悔和忏悔的原因。因此,我们可以认为,这两个角色都被依次分发了芸香,而奥菲丽雅自己留下的芸香则表现出她的悲伤。

而最后奥菲丽雅所言的雏菊和紫罗兰都指向了她自己,雏菊是最早盛开的报春花之一,象征着春天。同样也象征着天真、谦逊、纯洁;而且由于花期短,所以还代表着悲伤和死亡。⑤ 阿登三版中认为"雏菊指向了爱,更契合奥菲丽雅本身",而且这也是唯一一种在王后描述奥菲丽雅溺死情景中再次出现的植物。⑥

实际上,正如博物学家发现,早期现代大部分人认为植物界充满了象征意义。如树和灌木被穿在身上或悬挂起来驱邪……这些实践活动的关键在

---

① Harold Jenkins, ed., *Hamlet*, London and New York: Methuen, 1982, p. 359.

② Vivian Thomas and Nicki Faircloth, *Shakespeare's Plants and Gardens: A Dictionary*, London: Bloomsbury, 2014, p. 300.

③ Harold Jenkins, ed., *Hamlet*, London and New York: Methuen, 1982, p. 359.

④ Ann Thompson and Neil Taylor, ed., *Hamlet* (The Arden Shakespeare), Beijing: China Renmin University, 2008, p. 387.

⑤ Vivian Thomas and Nicki Faircloth, *Shakespeare's Plants and Gardens: A Dictionary*, London: Bloomsbury, 2014, p. 100.

⑥ Ann Thompson and Neil Taylor, ed., *Hamlet* (The Arden Shakespeare), Beijing: China Renmin University, 2008, p. 387.

于古老的假设:人与自然界在一个互动的世界里紧密联结。物种之间有比拟性和对应性,而且植物、鸟兽能感应表达,影响甚至预示人类的命运。①因此,我们看到,奥菲丽雅选择给主要角色分发不同的植物,实际上是基于其心理状态所体现的一种表达模式,从而间接表现出她的心理感受,但对观众和读者而言,它们的意义是精确的,莎士比亚显然利用了大众熟知的植物象征意义揭示出对应人物的心理和行为,但这种分类还是建立在植物的效用功能之上的。

三、植物之分与人种之分

接着细读文本后,我们还能发现剧中所展示出的早期现代对自然界(包括人、动物、自然)的分类之实质,即从内部结构这一本质特点进行的分类,表面上不同植物指涉、对应不同角色,实际上是有关肤色与种族的差异,进而展现出植物种类与人类种族差异的相似性。正如哈姆莱特著名段落所讲的那样,"人是多么了不起的一件杰作啊!……宇宙的精英,万物之灵"(285),因此衡量万物的尺度正是人本身。

首先,我们可以发现剧中的关键词"kin"和"kind",当篡位的克劳迪斯称呼哈姆莱特"我的侄子,我的儿子"时,哈姆莱特低头自语:"说亲上加亲,倒不如说是陌路人(a little more than kin and less than kind)。"(228)(亲上加亲,指克劳迪斯在口头上不仅称他侄子,而且说成了继子。陌路人,指双方的感情冰炭不能相容。)我们通常理解"*kind*"有两种意思:属于自然(belonging to nature);有感情的、善意的(affectionate,benevolent)。② 但此处的"kind"还集中体现了基于血缘关系的身份认同,而根据《牛津英语词典》(*OED*)的解释,"kind"一词在莎士比亚时代与"种族(race)"同义,都指向通过血统造就的物质上和形而上学上的结合。③ 哈姆莱特所表达的是叫他"儿子"会比实际亲属关系更亲密,让他感觉非常不舒服。

进一步而言,我们可以发现莎士比亚暗自通过这句话营造出种族差异

---

① Keith Thomas,*Man and the Natural World:Changing Attitudes in England 1500—1800*. London:Allen Lane,1983,p. 75.

② Philip Edwards,ed.,*Hamlet*,*Prince of Denmark*(*The New Cambridge Shakespeare*),New York:Cambridge University Press,2003,p. 98.

③ *The Oxford English Dictionary*,second edition,vol. VIII,Oxford:Clarendon Press,1989,p. 437.

的氛围,在第三幕第二景哈姆莱特通过戏中戏发现了国王的罪行,他提到:
"万一命运和我作对(turn Turk with me)。"(325)"turn Turk"意为宣布放
弃某人的宗教,成为变节者和叛徒,"with"有"against"的意思,所以这句话
的意思是"违背我"或"抛弃我"。① 还有当哈姆莱特责问母亲时:"你有眼睛
吗? 走向了郁郁葱葱的山林(fair mountain),你居然走到荒野觅食(batten
on the moor)"(341),哈姆莱特的言下之意是母亲的选择是非理性的。② 但
同时"fair"一词激发了对"moor"一词的种族含义,因为"moor"对"blacka-
moor"的一语双关同样也出现在第一四开本(Q1)中,哈姆莱特称国王"有
一张伏尔甘的脸"(伏尔甘是罗马神话中火与锻造之神,由于其职业特性,他
的脸常年被烟熏黑)。③ 两个例子都是偶发的、短暂的,但值得注意的是,它
们都是剧中核心角色的话,暗指叔父在哈姆莱特的眼中就像异域的土耳其
人和摩尔人一样,拓展了戏剧表演所展示历史的地理范畴。迈克尔·尼尔
(Michael Neill)就观察到"莎士比亚在其生涯中开始捕捉到帝国的血脉",
1607 年《哈姆莱特》甚至在西非海面的船上演出,这表明了此剧"展示英国
性"的特点。④ 虽然莫林·奎尔利根(Maureen Quilligan)在对比弥尔顿和
莎士比亚时指出,弥尔顿的作品展示出对英国快速增长的奴隶贸易的关注,
而同时莎士比亚的作品则在历史上早于这个现象。⑤ 但彼得·艾瑞克森
(Peter Erickson)则认为,在大西洋奴隶贸易之前有关种族的观念就已经存
在了,特别是有关人种的肤色问题。整个欧洲出现了大量当仆人的非洲黑
人及宫廷娱乐表演中出现的黑人。实际上,16 世纪,苏格兰比起英格兰在
文化上更为关注有关非洲黑人的展示问题。詹姆士一世从苏格兰来到英格
兰,给英国文化中带来了更多的种族差异文化。⑥ 因为他带来了大量的苏
格兰人进入伦敦,他们在语言、习俗等各方面都与英格兰人有着显著区别,
甚至比"外国人"更陌生。此外,伊丽莎白一世时期还出现了有关种族的论

---

① Philip Edwards, ed., *Hamlet*, *Prince of Denmark* (*The New Cambridge Shakespeare*),
New York: Cambridge University Press, 2003, p. 177.

② Ibid., p. 189.

③ Ann Thompson and Neil Taylor, ed., *Hamlet* (The Arden Shakespeare), Beijing: China
Renmin University, 2008, p. 341.

④ Michael Neill, "Post-Colonial Shakespeare?: Writing away from the Centre", in Ania Loom-
ba and Martin Orkin, eds., *Post-Colonial Shakespeare*, London: Routledge, 1998, pp. 171—172.

⑤ Maureen Quilligan, "Freedom, Service, and the Trade in Slaves: The Problem of Labor in
Paradise Lost", in Margreta de Grazia, Maureen Quiligan and Peter Stallybrass, eds., *Subject and
Object in Renaissance Culture*, Cambridge: Cambridge University Press, 1996, p. 220.

⑥ Peter Erickson, "Can We Talk about Race in Hamlet?", in Arthur F. Kinney, ed., *Ham-
let: New Critical Essays*, New York: Routledge, 2002, pp. 208—209.

述,如女王在1601年1月颁布的法令中就要求把"黑人和黑摩尔人(Negroes and blackamoors)"都"赶出女王陛下的王国"。①

因此,我们可以说哈姆莱特痛恨叔父的原因之一就在于虽然其父与克劳迪斯是亲兄弟,但两人迥异,身为老王的亲骨肉,他和叔父在剧中不仅代表不同植物品种,甚至是相互排斥的"不同人种"。我们看到奥菲丽雅是"五月的玫瑰"(370),哈姆莱特自己也是花,他被奥菲丽雅称作"是朝廷大臣的眼光,学者的口才,是军人的剑术,国家的精华和期望(rose of the fair state),是名流的镜子,举止风度的模范",尽管最后"翩翩美少年,正当是花好叶好,如水的年华,给疯狂一下子摧毁了(blasted with ecstasy)"(308—309),而罪恶是"开花结果(blossoms)"(255),叔父是"蔓延病毒的霉麦穗(mildew's ear)"(341),还有哈姆莱特的父亲警告他要加紧复仇,不要"比随意丛生在忘川边上的野草(fat weed)还要迟钝"(254),显然,植物的区隔影射出人的区别。

此外,实际上,哈姆莱特有关土耳其人和摩尔人的种族指涉是与"白色"相联系的。有批评家注意到早期现代白种人身份作为种族类型的阐释,玛丽·弗洛伊德-威尔森(Mary Floyd-Wilson)在分析这一时期的白色性(whiteness)时指出,早期现代白色的身份还处于建构的过程之中,所以是流动的、不稳定的。此外,白色身份的塑形还未完全展开,因为白色还具有某种消极负面含义需要处理。这种具有瑕疵的白色观念创造出一种不安全感和焦虑感。② 正如艾瑞克森指出的那样,白色与脆弱是此剧戏剧化呈现的重要主题之一,有关白色意象在戏剧中的例子有两个,一则关于男性,二则关于女性,但两个例子中的白色都是作为"无法修复的理想错失"(ideal lost beyond recovery)呈现的。③ 第一个例子谈到的是哈姆莱特的父亲与叔父,第一幕中鬼魂的形态由最初霍拉旭形容的"昂首阔步的英武姿态"(fair and warlike form)变成了"很苍白"(very pale)的脸色(218,238),此处的脸色苍白后来转换为鬼魂揭露其死亡的过程,在艾瑞克森看来,与鬼魂相连的白色意象不仅指向了侵害破坏,也指向了脆弱无助,这种白色与弱者的联系成为剧中无法解决的因素,而且国王讲述的受害过程通过身体皮肤状况的破坏展示了对白色身份的令人极度恐惧的外观毁坏。④ 另一方面,我

① Kim F. Hall, *Othello, the Moor of Venice: Texts and Contexts*, Boston and New York: Bedford/St. Martin's, 2007, pp. 194—195.

② Mary Floyd-Wilson, "Temperature, Temperance, and Racial Difference in Ben Jonson's *The Masque of Blackness*", *English Literary Renaissance* 28 (1998), pp. 183—209.

③ Peter Erickson, "Can We Talk about Race in Hamlet?", in Arthur F. Kinney, ed., *Hamlet: New Critical Essay*, New York: Routledge, 2002, p. 210.

④ Peter Erickson, "Can We Talk about Race in Hamlet?", in Arthur F. Kinney, ed., *Hamlet: New Critical Essays*, New York: Routledge, 2002, p. 210—211.

们看到哈姆莱特在戏中戏里将谋害父亲的凶手比作黑色人种:"杀气腾腾的庇勒斯,黑心黑肺……这狰狞漆黑的凶相更套上一张令人心惊胆战的脸具。"(292)和哈姆莱特的父亲一样,戏中戏里的受害者普赖姆也被想象成无辜纯洁的白色,其所遭受的外表破坏也是无法恢复的(293)。显然,对克劳迪斯作为摩尔人的种族偏见暗示是在白色和黑色的对比中展现的,而庇勒斯对白色身份的恐惧实际上展示出一种种族对立。① 第二个例子涉及的是两个脆弱的白人女性,哈姆莱特提到奥菲丽雅拥有"雪白的胸怀"(276),但随即就被他自己所消解:"有一天你要出嫁了,我就送给你一个诅咒当嫁妆吧,哪怕你冰清玉洁,白雪一般干净,你还是逃不过恶毒的毁谤。"(307)哈姆莱特在她死后简短地说:"怎么,美丽的奥菲丽雅(the fair Ophelia)"(399),又否定了之前的话"你美丽吗?"(306)以及"躺在姑娘的大腿中间,倒是挺有意思呢"(316)。金姆·哈尔(Kim Hall)就指出"fair"一词不仅具有美学意义,对女性而言还具备道德、性及伦理意义,乃至于有关黑色和白色人种指涉。② 而在哈姆莱特责骂之后,王后忏悔道:"你叫我睁开眼直看到我灵魂深处,看见了那里布满着斑斑的黑点,这污秽再也洗不清了(not leave their tinct)。"(342)王后的话说明了其罪孽无法消除,就像不可能将黑人变白一样。

　　从上面的例子可以看出,剧中将白色与脆弱、女性相联系,一方面是因为剧中正面角色如哈姆莱特等所对应的植物(玫瑰、雏菊)都是美好而易受摧残、凋零的,另一方面说明了女性的脆弱、易受侵染,正如哈姆莱特所言:"'脆弱'啊,你的名字就叫'女人'"(233),她们都与不稳定的"白色性"相关,而剧中反面角色特别是克劳迪斯则是"黑色"的代表,他所对应的植物"霉麦穗"、"耧斗菜"等都是强大、有毒的。这也是因为同时代的英国人对异邦、异族有着既迷恋又恐惧的心理,就像当时植物分类定义中使用对人的形容词一样,进一步而言,现实中1550年代,曾经有黑人在英国与"一位白种英国女性"结婚,并生下了"无论从哪方面来说都和他父亲一样黑"的婴儿。当时舆论哗然,认为一位白人女性在英国土壤中孕育出"一个煤炭一般黑的埃塞俄比亚人"是对白色人种的贬低与蔑视。③ 这种人种杂交所带来的恐惧感

---

① Peter Erickson, "Can We Talk about Race in Hamlet?", in Arthur F. Kinney, ed., *Hamlet: New Critical Essays*, New York: Routledge, 2002, p. 211.

② Kim F. Hall, "Fair Texts/Dark Ladies: Renaissance Lyric and the Poetics of Color", in *Things of Darkness: Economies of Race and Gender in Early Modern England*, Ithaca: Cornell University Press, 1995, pp. 70—71.

③ Elliot H. Tokson, *The Popular Image of the Black Man in English Drama*, 1550—1688, Boston: G. K. Hall and Co., 1982, p. 1.

是一直存在的,因此,不管是摩尔人,还是其他人,在当时的英国人看来都具有危险性。在艾瑞克森看来,尽管缺少准确的种族描述,但此剧通过黑白二色的词汇意象为我们展示了"涂抹的白色和支配的黑色所构建的象征世界",在这一表面下是对种族的忧虑。① 而这种对黑白色的差异性乃至对人种差异的担忧和恐惧,正是隐藏在植物对应人物形象的表层之下。

奥高维研究了1490至1630年间的四代博物学家,他发现虽然他们的关注点和工作方式有所不同,但他们之间有连续性,并有一个重要共性,即"描述",他们工作的过程和结果都表现为"描述"。② 从1530至1630年代,博物学作为一门学科已初具雏形,其中心工作就是描述大自然,对大自然中的奇异、普通的造物进行分类、编目。认真测量、仔细记录和描写,可能是文艺复兴那个时代的共同文化气质,表现在文学、绘画、医学解剖、天文观测和对动植物的考察上。③ 因此,人文主义是文艺复兴时期一个宽广的智识框架,博物学正是在此框架内得以生根发芽、走向繁荣,正如巴罗(J. F. Barrau)所言:"博物学过去和现在都打上了人文文化的烙印"。④

从人们司空见惯的植物意象入手,深入探讨其象征性内涵及在文学中的运用,无疑有助于对莎士比亚的文学世界的理解,这种探讨也将为早期现代文学研究提供一个新的视角。通过对《哈姆莱特》的植物意象进行分析,我们可以看到莎士比亚的文学作品同样参与了"植物文艺复兴",从表面上以人与植物疗效、特点的类比拟,到深层次的物种分类问题,莎士比亚无疑为我们提供了准确的"描述",同时也体现出过渡时期分类、定义的不稳定性。

———————————

① Peter Erickson, "Can We Talk about Race in Hamlet?", in Arthur F. Kinney, ed., *Hamlet: New Critical Essays*, New York: Routledge, 2002, p. 211—212.

② B. W. Ogilvie, *The Science of Describing: Natural History in Renaissance Europe*, Chicago: The University of Chicago Press, 2006, p. 6.

③ 刘华杰,《博物学文化与编史》,上海:上海交通大学出版社,2014年,第11页。

④ 舍普等,《非正规科学:从大众化知识到人种科学》,万佚等译,北京:生活读书新知三联书店,2000年,第6页。

第二十章 《亨利六世(中篇)》《罗密欧与朱丽叶》《亨利四世(下篇)》《奥瑟罗》及《安东尼与克莉奥佩特拉》中的曼德拉草

曼德拉草由于其根类似人形,再加上其麻醉和迷幻的药效,自古以来就是人们所熟知、着迷和敬畏的植物之一。莎士比亚的写作广泛涉及各种植物知识,其戏剧和十四行诗中大致有 175 种特殊品种的植物和其他的延伸知识。在伊丽莎白一世统治时期,对知识的渴求度和植物的探寻兴趣愈发高涨,大量的园林书籍进入市场并受到热捧:如被誉为英格兰科学植物学之父的威廉·特纳(William Turner),其《新草本志》(*A New Herball*)风靡一时;托马斯·希尔(Thomas Hills)的《园林的有益艺术》(*Profitable Arte of Gardening*)于 1563 年出版;休·普拉特(Hugh Platt)的《众花天堂》(*Floraes Paradis*),植物学家亨利·莱特 (Henry Lyte)1578 年出版的《最新草本志》(*A niewe Herball*),托马斯·图瑟尔(Thomas Tusser)1557 年出版的《好园艺的一百条好建议》(*A Hundreth Good Pointes of Husbadrie*) 到 1573 年扩充为《五百条好建议……》(*Five Hundred Pointes……*)等都是畅销书。而莎士比亚广博的植物学知识的首要来源被认为是约翰·杰拉德(John Gerard)的鸿篇巨制《草药或植物志》(*Herball*, *or General Historie of Plantes*)。由于人们对身份地位、美好事物、秩序与神奇事物的向往,这股"绿色的欲望"很快蔓延开来。① 玛格丽特·威乐斯(Margaret Willes)在《莎士比亚植物志》(*A Shakespearean Botanical*)中指出了戏剧家和植物学家之间相互认识了解的可能性,因为杰拉德记载了和一位朋友在前往"剧场"(the Theatre)的路上发现的一种双花奶油花(double-form butter flower),"剧场"是当时由理查德·伯比奇(Richard Burbage)运营的戏剧舞台,直到 1598 年才拆毁,其木材还用作环球剧院的

---

① Gerit Quealy, *Botanical Shakespeare*: *An Illustrated Compendium of All the Flowers*, *Fruits*, *Herbs*, *Trees*, *Seeds*, *and Grasses Cited by the World's Greatest Playwright*, New York: HarperCollins Publishers, 2017, pp. 11—12.

修建。① 莎士比亚的作品中共出现过"曼德拉草（mandrake/mandragora）"6次，分别出现在《亨利六世（中篇）》（1591—1592）、《罗密欧与朱丽叶》（1594—1596）、《亨利四世（下篇）》（1598）、《奥瑟罗》（1601—1603）及《安东尼与克莉奥佩特拉》（1606—1607）之中，基本上贯穿了其写作生涯。本章拟从曼德拉草这一植物入手，结合药理特性和民间传说，指出莎士比亚时代人们对待植物的复杂态度。②

一

亨利·尼古拉森·艾拉康伯（Henry Nicholson Ellacombe）指出曼德拉草或许是书籍中出现最多的植物，也是迷信观念最集于一身的植物。自《圣经》中提及以来，曼德拉草逐渐被赋予各种奇怪的特性。③ 杰拉德对于这些迷信故事的描述最为准确："关于此植物有诸多荒谬故事，或许是老妇人或游医或药贩子甚至我不知道的人……他们添油加醋，认为其不是自然生长产生，而是长于绞刑架下，死尸的掉落物赋予其人形，男尸、女尸分别生成它的男形、女形，还有很多愚蠢的想象。他们进一步杜撰并断言拔取、采集曼德拉草的人必须用绳子一头栓狗，一头绑根须，因为它会在拔出时发出尖叫。如若不然，采集者会立即暴毙。"④这些杜撰并非来自英国中世纪的故事，而是自古代从遥远异国传入的。犹太史学家约瑟夫斯·弗莱维厄斯（Josephus Flavius，37—100）就曾记述了他的时代及之前犹太人所讲的同样故事。科留梅拉（Columella）甚至说这种植物是"半人"；毕达哥拉斯（Pythagoras）称其为"人形"（Anthropomorphus）。⑤ 托马斯·纽顿（Thomas Newton）就指出"它被认为是具有生命的创造物，种子是由那些因谋杀被处

① Margaret Willes, *A Shakespearean Botanical*, Oxford：Bodleian Library, 2015, p. 16.

② 莎士比亚.《罗密欧与朱丽叶》,《新莎士比亚全集（第四卷）》,方平译；《奥瑟罗》,《新莎士比亚全集（第四卷）》,方平译；《亨利四世（下篇）》,《新莎士比亚全集（第七卷）》,吴兴华译,方平校；《亨利六世（中篇）》,《新莎士比亚全集（第八卷）》,谭学岚译,辜正坤校；《安东尼与克莉奥佩特拉》,《新莎士比亚全集（第五卷）》,方平译；石家庄：河北教育出版社,2000 年。后文出自该著作的引文,将随文在括号内标出引文出处页码,不另作注。

③ Henry Nicholson Ellacombe, *The Plant-lore & Garden-craft of Shakespeare*, London：W. Satchell and CO., 1884, p. 153.

④ John Gerard, *The Herball, or, Generall Historie of Plantes*, London：Iohn Norton, 1597, pp. 280—281.

⑤ Henry Nicholson Ellacombe, *The Plant-lore& Garden-craft of Shakespeare*, London：W. Satchell and CO., 1884, p. 154.

死的某些死尸形成的"。① 中世纪时期，人们认为它长在绞刑架下，正如杰里米·斯考特(Jeremy Scott)在《曼德拉草之根：奇异故事选集》(*The Mandrake Root：An Anthology of Fantasic Tales*)中记录的那样：

> （曼德拉草）由于其出色的医学特性而被看重，但也存在问题。不仅因其根茎若剂量有误而会致毒，还有从土里获得的过程也被认为是危险的。根据流行的迷信观点，正确拔出人形曼德拉草根须的方法是将其根须一端和狗用绳子绑好，强迫把它从泥土中拔出来，这种仪式是为了避免导致曼德拉草尖叫，因为人听到声音后不久就会死亡。仪式往往是在月光下进行，最好的地方是依然挂着绞死犯人尸体的绞刑架附近。②

在《亨利六世(中篇)》和《罗密欧与朱丽叶》中，莎士比亚提到了古代传说中被拔出根的曼德拉草的哭声会导致人们发疯或死亡。我们看到《亨利六世(中篇)》中萨福克将曼德拉草的这一特性和致命之物联系起来：

萨福克：他们两个遭瘟的！我为什么要咒骂他们？要是咒骂能像曼德拉草(mandrake)的呻吟置人于死地，那我就想出刻毒、刺耳、叫人毛骨悚然的尖酸刻薄的言辞，让它们从我紧咬着的牙缝里迸出来，带着住在龌龊洞窟里那个面容削瘦的妒神所表现出的恨之入骨的表情。(248)

在当时的人们眼中，曼德拉草之根常自分为两部分，其轮廓类似人形……一些曼德拉草从泥土中拔出会导致致命后果，因此需用绳索固定根部并拴在狗脖上，狗被驱赶拔出曼德拉草并死亡。另一种迷信说法是当其被拔出时会发出尖叫，而闻者即死。③

同样在《罗密欧与朱丽叶》中，曼德拉草也被用作强调声音的力量对健

---

① E. Cobham Brewer, *Dictionary of Phrase and Fable*, London：Casell and Company, Ltd., 1897, p. 802.

② Jeremy Scott, ed., *The Mandrake Root：An Anthology of Fantastic Tales*, London：Kosta Press, 2012, p. 150.

③ Ronald Knowles, ed., *King Henry VI*, Part 2, London：Bloomsbury, 2016, p. 274；Roger Warren, ed., *Henry VI, Part Two*, Oxford：Oxford University Press, 2008, p. 217；Michael Hattaway, ed., *The Second Part of King Henry VI*, Cambridge：Cambridge University Press, 2012, p. 158.

全精神的破坏,朱丽叶如是说:"说不准我太早醒来了,一股恶臭冲向我鼻子,一阵阵凄厉的惨叫直刺向我耳膜,把我逼疯了,仿佛听到了连根拔起的曼德拉草(mandrakes)在喊叫。"(153)正如牛津版编辑者认为的那样,此处将有关曼德拉草的真实和想象都置入了戏剧,它具有散发恶臭的叶子,是一种麻醉品和毒药,在朱丽叶眼中是一种"魔药"。① 而朱丽叶提到是因为她即将吞下这种具备麻醉和药用特性的植物汁液制成的麻醉药。② 此时的朱丽叶十分恐惧,一是因为要服下药汁伪装死亡被放进家族墓地,紧挨刚入土不久的亲友遗体,二是怕听到曼德拉草的尖叫声。

　　进一步而言,曼德拉草的迷信观念和神秘的巫术、巫师紧密相连。正如威廉·布勒因(William Bullein)在《抵御一切疾病的堡垒》(*Bulleins Bulwarke of Defence against All Sicknesse*,1579)中写道:"曼德拉草,古时被称为女妖喀耳刻,她能将人变成兽。此外,她们擅长以药草引诱、迷惑他人或让人陷入幻象而变得疯狂。"③人们往往认为巫师和女巫制造魔药的必备原料之一就是曼德拉草,雷纳(Lehner)就曾指出:"在黑暗时代,(曼德拉草)根是每一个女巫坩埚中必不可少的部分。"人们认为女巫采集曼德拉草并塑造成人形或为魔法目的售卖使用。拥有曼德拉草可能是危险的,因为普遍认为每一个女巫都拥有一株曼德拉草。这种流言直到早期现代时期依然存在,例如1603年一个法国女人被当作女巫绞死,就是因为她拥有一株酷似雌性猿猴的曼德拉草。④ 而1603年一名威斯敏斯特男子向政府报告:"他看见一株7英寸的曼德拉草,其发长至脚,披着挂肩,就像人一样,这是治安官从一位女巫处缴获握在手上,这位女巫因对约翰·哈里爵士的儿子施法而被捕。"⑤同时代剧作家约翰·韦伯斯特(John Webster,1580—1634)的《马尔菲公爵夫人》(*The Duchess of Malfi*,1612—1613)中,费迪南德告诉主教:"我今晚挖到一株曼德拉草。"(2.5.1—2)正如约翰·罗瑟尔·布朗(John Russell Brown)所言:"费迪南德的话以令人震惊的方式证明了关键性的一幕,曼德拉草立即构建出一个奇幻世界,它具有生动的感

　　① Jill L. Levenson, ed., *Romeo and Juliet*, Oxford: Oxford University Press, 2008, p. 315.

　　② René Weis, ed., *Romeo and Juliet*, London: Bloomsbury, 2012, p. 300.

　　③ Mary Floyd-Wilson, *Occult Knowledge*, *Science*, *and Gender on the Shakespearean Stage*, Cambridge: Cambridge University Press, 2013, p. 114.

　　④ Frederick J. Simoons, *Plants of Life*, *Plants of Death*, London: University of Wisconsin Press, 1998, p. 119.

　　⑤ Lauren Kassell, *Medicine and Magic in Elizabethan London*, Oxford: Clarendon Press, 2005, p. 214.

知、丑陋而赤裸的身体。韦伯斯特用挖取代拔突出了一种极度夸张的身体效果。"①

无独有偶,我国宋人周密在《癸辛杂识》中写道:

　　回回国之西数千里地,产一物极毒,全类人形,若人参之状,其酋名之曰"押不芦"。生土中深数丈,人或误触之,着其毒气必死。取之法,先于四旁开大坎,可容人,然后以皮条络之,皮条之系则系于犬之足。既而用杖击逐犬,犬逸而根拔起。犬感毒气随毙。然后就埋土坎中,经岁,然后取出曝干,别用他药制之。每以少许磨酒饮之人,则遍身麻痹而死,虽加以刀斧亦不知也。至三日后,别以少药投之即活,盖古华佗能刳肠涤胃以治疾者,必用此药也。今闻御药院中亦储之,白廷玉闻之卢松厓。或云:"今之贪官污吏赃过盈溢,被人所讼,则服百日丹者,莫非用此。"②

简言之,押不芦的几个特点为:毒气致命、根似人形、挖取用狗、作麻醉剂,除了致命尖叫变成了致命毒气这点差异外,其余与曼德拉草并无二致。另外一个重要信息是,押不芦——曼德拉草被认为可能是华佗进行外科手术的必备之物麻沸散的原料,可见东西方对该植物的阐释和记录是基本一致的。

在 16 世纪的英格兰,曼德拉草的意象从德国和其他地区传入英国,其根须常被装在盒子里由小贩兜售。甚至早在 12 世纪,曼德拉草可以在伦敦下层区域的药剂师商店中找到,也有小贩沿街叫卖。在 16 世纪的德国和英格兰,曼德拉草已经种植于庭院之中。③ 特纳就在《新草本志》中指责了有关曼德拉草的愚蠢故事:"根茎伪造成小木偶和玩偶状,装在盒子里和头发一起在英格兰售卖,(实际上)人形毫无意义,只为愚弄小民且不自然。被狡猾的贼所修剪装饰,嘲弄贫民,既抢了智慧,又抢了钱。"④冯·卢宣(Von Luschan)描述了两种土耳其和叙利亚几乎专业的艺术家如何对曼德拉草根须塑型的方法。最简单的是在刚拔出比较柔软的时候小心进行修剪挤压,待干燥后进一步挤压。第二种效果更好,包括小心拔出、仔细修剪、用线

---

① John Webster, *The Duchess of Malfi*, John Russell Brown, ed. Manchester: Manchester University Press, 1997, p. 94.

② [宋]周密撰、吴企明点校:《癸辛杂识》,北京:中华书局,1988 年,第 158 页。

③ Frederick J. Simoons, *Plants of Life*, *Plants of Death*, London: University of Wisconsin Press, 1998, p. 103.

④ Nathalie Vienne-Guerrin, *Shakespeare's Insults: A Pragmatic Dictionary*, London: Bloomsbury, 2016, p. 280.

绑住,再埋回让它生长一段时间,最后挖出时形状就极为自然了。①

实际上,这些流言在医学家看来是毫无道理的,因为曼德拉草和迷信、巫术的关联是为了防止人偷采并便于售卖而编造出来的。

二

自古以来,人们就认识到曼德拉草独有的药理特性。乔瓦尼·安东尼尼(Giovanni Antonini)和乔瓦尼·格拉齐亚·罗莎(Gloria Grazia Rosa)详细梳理了曼德拉草自古代到文艺复兴时期的记载状况。他们指出,提奥弗拉斯特(Theophrastus,约公元前 372—前 287 年,古希腊生物学家、逻辑学家)在公元前 4 世纪首先记述了用作治疗伤口、痛风、失眠和春药的曼德拉草。随后常被称为老普林尼(Pliny the Elder,公元 23—79 年)的古罗马作家加伊乌斯·普林尼·塞坤杜斯(Gaius Plinius Secundus)在《自然史》(Historia Naturalis)中收录了同时代的知识,写下了曼德拉草“用于治疗蛇咬之伤”,即用在医者给病患的“身体做切口或穿刺之前,以确保[患者]对疼痛无感……因为一些人认为其气味足以致人昏睡”。② 同样,古代希腊的军医和药理学家迪奥斯科里斯(Pedanius Dioscorides,约公元 40—90 年)认识到曼德拉草不仅有止痛和催眠的药理特性,还具有麻醉效果。他著名的 5 卷本《药物论》(De Materia Medica)被认为是现代药典的先驱,其中就记录了曼德拉草怎样运用于外科手术或麻醉伤口。随后,医学家盖伦(Galen,约公元 130—200 年)建议将曼德拉草和酒精结合作为麻醉剂在外科手术前使用。然而,他注意到,达到麻醉效果所使用曼德拉草的剂量有造成病人死亡的危险。后来,希腊医学家埃吉纳的保罗(Paul of Aegina or Paulus Aegineta,约公元 625—690 年)在其医学论著《医学纲目七书》(Medical Compendium in Seven Books)中专辟一节论述曼德拉草,详细描述了人们摄入曼德拉草的强烈催眠效果,会导致类似嗜睡、无精打采和中风的状况。而到了中世纪,随着大量古代知识的湮灭,曼德拉草被称为“撒旦的苹果”(Satan's apple),这一称呼源于其果实就像小小的苹果,牛吃了之

---

① Frederick J. Simoons, *Plants of Life*, *Plants of Death*, London: University of Wisconsin Press, 1998, p. 104.

② Giovanni Antonini and Gloria Grazia Rosa, "Shakespeare and Mandragora", in Maria Del Sapio Garbero, Nancy Isenberg, Maddalena Pennacchia, eds., *Questioning Bodies in Shakespeare's Rome*, Göttingen: V&P unipress, 2010, p. 296.

后会中毒。① 直到 16 世纪，由于对古代典籍的翻译和传播，人们终于认识到曼德拉草的药理特性。如上面的《医学纲目七书》及《药物论》和《自然史》分别于 1532、1558、1601 年被翻译出版，大大扩展了人们的知识。此外，在16 世纪的欧洲也有几部草药书和药典出版，其中很多都指出了曼德拉草的特性。如翻译《药物论》的马蒂奥利（Pier Andrea Mattioli，1500—1577）就对曼德拉草进行了定义性描述，加入了植物插画，但舍弃了人性的阐释。正如特斯·安·欧斯班德斯顿（Tess Ann Osbaldeston）在《希腊迪奥斯科里斯药物论》(*The Herbal of Dioscorides the Greek*) 的介绍中所说："马蒂奥利在囚犯身上实验了众多有毒植物的剂量，保证了其书中的医学知识的可靠性和普遍性。"②第一本英文版的植物志是由彼得·特勒维勒斯（Peter Treveris）于 1526 年出版的《大草本志》(*The Grete Herball*)，这是从法国无名氏的作品翻译而来。这本书中尽管描述了曼德拉草的人形相似，但也表达出对曼德拉草魔法能力的怀疑，同时认识到其导致昏睡的功效可用于治疗头痛、脓肿和调理月经。③ 可见文艺复兴时期有关曼德拉草致睡和麻醉的知识是精准的。

　　在《亨利四世（下篇）》中，莎士比亚两次用曼德拉草作为人物的绰号。首先他将仆从童儿比作曼德拉草：

福斯塔夫：……你（童儿）这婊子养的人参果（mandrake），跟在我脚跟后头还不如别在我帽檐上像样呢！我活了这么大，这还是头一次带着一块玛瑙做跟班。可是你别打算我会拿什么金子银子把你镶起来；破衣裳一裹，送你回你主人那儿去，让他当珍宝去吧，——那小伙子，那太子爷，你的主人，下巴上还没长毛！（380）

　　福斯塔夫此处提到身材纤细的童儿并将他比作小贩售卖的小木偶和曼德拉草，可能指童儿瘦弱的身躯，就像侏儒和矮人一样。④ 而在随后的第三幕第二景中，年轻的法官浅潭被福斯塔夫描述为"一个生杈的萝卜（a forked

---

①　Giovanni Antonini and Gloria Grazia Rosa, "Shakespeare and Mandragora", in Maria Del Sapio Garbero, Nancy Isenberg, Maddalena Pennacchia, eds., *Questioning Bodies in Shakespeare's Rome*,Göttingen：V&P unipress, 2010, p. 296.

②　Ibid., pp. 297—298.

③　Ibid., p. 298.

④　James C. Bulman, ed., *King Henry IV*,Part 2, London：Bloomsbury, 2016, p. 184.

radish)"(453),但同时也是"跟猴子一样贪淫"(545),而"窑姐儿都管他叫人参果(mandrake)"(453),又将曼德拉草映入观众脑海。① 由于萝卜有分根,通过想象从萝卜根上雕刻出腿和一个怪异的头,福斯塔夫暗示法官赤裸身体时像一个没有身体的人,只剩下头和腿。根雕在莎士比亚的时代是一种常见的消遣活动,而福斯塔夫随后的形容则利用了萝卜和曼德拉草根须的相似,此处用曼德拉草形容法官具有双重意义,其一是将其身形与曼德拉草的形状作比,其二是从古代开始曼德拉草就被视为一种催情药,因此福斯塔夫暗示着妓女嘲笑法官的性欲望,也即妓女将他视为欲望的象征和缩影。②

由于曼德拉草根须酷似人形,自《圣经》起就被赋予了促进性欲的观念,由此和性欲、生殖以及带来堕落、死亡的力量相关,就像伊甸园中的智慧果一样。③ 莎士比亚在这里遵循的是曼德拉草作为神人同形同性的萝卜,但也被当作受欢迎的春药。④ 因为曼德拉草是"欧洲历史上最著名的性爱药剂",迪奥斯克利德斯认为这种植物在"性爱行为"中具有"特殊的力量",甚至母象在吃了曼德拉草后,就会发情疯狂、四处寻找有意的公象交尾。⑤

实际上,早在《圣经》中就提及了曼德拉草春药的特质,《雅歌》中这样写道:"我的良人,来吧,你我可以往田间去,你我可以在村庄住宿。我们早晨起来往葡萄园去,看看葡萄发芽开花没有,石榴放蕊没有;我在那里要将我的爱情给你。风茄(mandrakes)放香,在我们的门内有各样新陈佳美的果子;我的良人,这都是我为你存留的。"⑥而在《创世记》中,拉结在和丈夫雅各婚后多年未孕,而她的姐妹、雅各的另一位妻子利亚则育有四子。当利亚的儿子流便为母亲寻得曼德拉草后,拉结向利亚请求要一些风茄。姐妹二人达成协议,而后拉结终于怀孕:"割麦子的时候,流便往田里去寻见风茄(mandrakes),拿来给他母亲利亚。拉结对利亚说:'请你把你儿子的风茄给我些。'利亚说:'你夺了我的丈夫还算小事吗? 你又要夺我儿子的风茄吗?'拉结说:'为你儿子的风茄,今夜他可以与你同寝。'到了晚上,雅各从田

---

① Gordon Williams, *Shakespeare's Sexual Language*: *A Glossary*, London and New York: Continuum, 2006, p. 201.

② James C. Bulman, ed., *King Henry IV*, Part 2, London: Bloomsbury, 2016, p. 315; René Weis, ed., *Henry IV*, Part 2, Oxford: Oxford University Press, 2008, p. 209.

③ Vivian Thomas and Nicki Faircloth, *Shakespeare's Plants and Gardens*: *A Dictionary*, New York: Bloomsbury, 2014, p. 220.

④ René Weis, ed., *Henry IV*, Part 2, Oxford: Oxford University Press, 2008, p. 209.

⑤ [德]克劳迪亚·米勒-埃贝林,克里斯蒂安·拉奇《伊索尔德的魔汤:春药的文化史》,王泰智、沈惠珠译,北京:生活·读书·新知三联书店,2013 年,第 46 页。

⑥ 《圣经》,南京:中国基督教三自爱国运动委员会,中国基督教协会,2000 年,第 1071 页。

里回来,利亚出来迎接他,说:'你要与我同寝,因为我实在用我儿子的风茄把你雇下了。'那一夜雅各就与她同寝。"①故事中的曼德拉草成为了帮助不孕不育妇女怀孕的工具。

杰拉德的《草药或植物志》解释了人们会这样认为的原因:"其根长、厚、稍白,多次分叉形成两到三部分,类似人的腿和身体的隐私部分。"②也许就是最后的陈述导致曼德拉草自古代就被认为可激发性欲。莎士比亚同时代的诗人迈克尔·德雷顿(Michael Drayton)在其诗中写到"曼德拉草带来爱情……让贫瘠充满果实"证实了曼德拉草的两种特性:一是能激起性欲,二是让不孕不育的妇女怀孕。③ 因此,福斯塔夫暗指妓女调笑法官永不满足的性欲也就顺理成章了。

<h2 style="text-align:center">三</h2>

莎士比亚区分了"mandragora"和"mandrake",前者是安眠药,而后者是植物。④ 盖伦曾推荐将其制药用于灌肠或混入酒中饮下,能够减轻疼痛,而加入鸦片,则成为了早期现代医生能使用的效果最好的安眠药。⑤ 作家十分熟悉曼德拉草的药理特性,在其写作《安东尼与克莉奥佩特拉》与《奥瑟罗》时,曼德拉草都意味着诱导睡眠的药物。正如特纳医生这样说道:"曼德拉草全株都可入药,能治疗身体许多方面的不适。用曼德拉草根酿造的酒可以给不得不经历刀伤、烫伤或烧伤的人服下,他们会进入大脑迟钝状态,整个人感到昏昏欲睡,从而不再感到疼痛。要是吃一口其蒴果,也会被催眠。"⑥

在《奥瑟罗》中,伊阿哥观察到奥瑟罗的改变,兴高采烈地谈到心烦意乱的奥瑟罗:"他中了我的毒,已经变了个样儿啦——危险的观念本来就是一种毒药,刚上口,还不觉得是苦是辣,可是,慢慢地,在血液里它发作起来,就

　　① 《圣经》,南京:中国基督教三自爱国运动委员会,中国基督教协会,2000年,第45页。

　　② John Gerard, *The Herball*, *or*, *Generall Historie of Plantes*, London:Iohn Norton,1597, p. 280.

　　③ Frederick J. Simoons, *Plants of Life*, *Plants of Death*, London:University of Wisconsin Press, 1998, p. 107.

　　④ Sujata Iyengar, *Shakespeare's Medical Language*, New York:Bloomsbury, 2014,p. 210.

　　⑤ Sujata Iyengar, *Shakespeare's Medical Language*, New York:Bloomsbury, 2014,p. 209.

　　⑥ [英]西德尼·比利斯《莎士比亚的花园》,张娟译,北京:商务印书馆,2017年,第167页。

会像硫磺矿一样烧成一片。……瞧,他不是来了! 罂粟,曼陀罗(not poppy, nor mandragora)——不管世上什么麻药,都不能给你带来昨天那一晚享受的好梦。"(539)罂粟和曼德拉草一样都具有麻醉功能,而曼德拉草尤其效果强烈,因此伊阿哥将其视为安眠药。此处丰富的语言突出了伊阿哥花言巧语的诱导性,他让嫉妒在奥瑟罗的心中生根发芽产生了魔法般的效果,话语中无不体现出其对奥瑟罗痛苦内心的幸灾乐祸。而睡眠被剧作家视为平复心灵的手段和自然界最基本的心理需求之一。薇薇安·托马斯和尼基·费尔克洛思(Vivian Thomas and Nicki Faircloth)特别指出这段台词中"poppy nor mandragora"是核心,"两种麻醉品通过字面结构相结合,'罂粟'读起来是舒缓的,而'曼德拉草'则拥有奇异的双重性,其发音中的两个'r'和轻音节相冲突暗示着某种混乱和动荡"。①

而在《安东尼与克莉奥佩特拉》中,由于安东尼的离开及回归罗马,导致克莉奥佩特拉大声抱怨并抗议:

埃及女王:(打呵欠)呵,呵! 给我一杯曼陀罗(mandragora)吧。

夏蜜安:怎么,娘娘?

埃及女王:好让我把这一大片空虚的时间昏睡过去——我的安东尼走啦。(451)

莎士比亚可能从古罗马剧作家阿普列尤斯(Apuleius)的《金驴记》(*Golden Ass*)中得知了这种植物的麻醉力量:"我没有给他毒药,而是一杯曼德拉草汁,它具有导致任何人像死尸一样昏睡的效果。"因为他也采用了其英译本作为《仲夏夜之梦》的来源材料。② 代表着春药和毒药双重属性的曼德拉草在这里则是作为由于安东尼离开给克莉奥佩特拉带来空虚所需要的治疗药剂,成为了安东尼的替代品。③ 尽管她需要曼德拉草,但实际上至少可以用它来制造幻觉,让自己从焦虑不安中转移,沉迷于愉悦的幻想:

埃及女王:啊,夏蜜安,你想他这会儿在什么地方? 他站着? 还是坐

① Vivian Thomas and Nicki Faircloth, *Shakespeare's Plants and Gardens*:*A Dictionary*, New York:Bloomsbury, 2014, p. 219.

② John Wilders, ed., *Antony and Cleopatra*, London and New York:Bloomsbury, 1995, p. 119,69.

③ Tanya Pollard, *Drugs and Theater in Early Modern England*, Oxford:Oxford University Press, 2005, p. 71.

着？还是在行动？也许他骑在马背上吧？啊，幸运的马儿呀，
把安东尼驮在你的马背上！出力啊，马儿，知道吗：谁骑着
你？——半个支撑着世界的巨人！是人类的宝剑和盾牌！他
这会儿在说话呢——也许在咕哝着说："我那古老的尼罗河畔
的花蛇呢？"他就是这么称呼我的呀。我正在用最美妙的毒药
麻醉自己啊！（452）

　　克莉奥佩特拉在自己内心世界中描绘、想象着离开的安东尼，用想象的
动作、地方和语言来填满心中的空虚。她颠倒互换了自己和安东尼二者的
位置，好像安东尼正在想念和呼唤远处的自己。她的药剂有着矛盾的功效，
是"最美妙的毒药"，腐蚀、破坏的危险与其幻想的愉悦相联系。正如塔妮
娅·波拉德(Tanya Pollard)指出的那样，此时的克莉奥佩特拉同时具有多
重身份：病人与药剂师，药物的消费者和制造者。其对嗜睡的引起性欲的毒
药——曼德拉草的渴望在其性欲幻想中找到了答案。[1] 尽管此幕中克莉奥
佩特拉被自己的白日梦所麻醉，但自始至终剧中都是安东尼和他的罗马士
兵们在迷恋并消耗着令人愉快而危险的催眠药——埃及与埃及女王。正如
她将幻想和麻醉药物合在一起，罗马人也被克莉奥佩特拉戏剧性的场面和
酒池肉林的盛宴所引诱，强调了戏剧性和麻醉药品的平行。[2]

　　曼德拉草的致幻效果，让人们困惑了很长时间，再加上其人形草根，人
们将两者结合编造一个完美传说也就不足为奇了。这是一个大部分人都没
有办法得到任何药草的时期，一个小伤口就会要了你的命，人们把赌注压在
身边那些可能救命的植物上就不足为奇了，甚至于在《哈利波特与密室》第
六章也提到了这一神话：

　　　　哈利迅速戴上耳套，一下子外面的声音都听不见了。斯普劳特教
授自己戴上一副粉红色的绒毛耳套，卷起袖子，牢牢抓住一丛草叶，使
劲把它拔起。哈利发出一声没有人听得到的惊叫。从土中拔出的不是
草根，而是一个非常难看的婴儿，叶子就生在他的头上，他的皮肤是浅
绿色的，上面斑斑点点，这小家伙显然在扯着嗓子大喊大叫。斯普劳特
教授从桌子底下拿出一只大花盆，把曼德拉草娃娃塞了进去，用潮湿的
深色堆肥把他埋住，最后只有丛生的叶子露在外面。她拍拍手上的泥，

---

[1]　Tanya Pollard, *Drugs and Theater in Early Modern England*, Oxford: Oxford University Press, 2005, p. 72.

[2]　Ibid.

朝他们竖起两只大拇指,然后摘掉了自己的耳套。"我们的曼德拉草只是幼苗,听到他们的哭声不会致命",她平静地说,好像她刚才只是给秋海棠浇了浇水那么平常,"但是,它们会使你昏迷几个小时"。①

弗雷德里克·西蒙斯(Frederick J. Simoons)对曼德拉草进行了广博的历史分析,注意到其半人的属性观念始于古代,而其相当大的需求后来导致被易于获取且便宜的白泻根所取代。他记录了其作为刺激性欲的使用方法和观念,同时作为万灵丹以及导致、治疗疯癫,还有作为强效麻醉剂的作用,因此通常和恶魔、巫师的世界相关。② 显然,莎士比亚采用了民间广为流传的有关曼德拉草的迷信观念和医学知识为自己的作品增添戏剧效果。也正如著名史学家基思·托马斯(Keith Thomas)在其代表作《宗教与魔法的衰落》(Religion and the Decline of Magic,1971)开篇指出的那样,"16、17世纪的英格兰依然是前工业社会,其很多本质特征和我们现代认为的'不发达地区'非常接近"。但随着众多新领域新科技的发展(如天文学、医学等),旧有的信仰系统受到挑战,宗教、巫术等所谓存在魔法的领域逐渐衰落。③ 因此,我们毫不奇怪莎士比亚早期还使用有关曼德拉草的迷信和魔法观念,但后期所呈现的都是其药物特性。

自古以来,由于某些植物的形状和药效,使得人们怀着好奇和敬畏之心,并赋予这些植物丰富的想象并留下众多民间传说,曼德拉草显然就是其中的代表。随着社会的发展和医学的进步,人们对自然界特别是植物的理解也愈发深入,但广阔的自然界依然有众多谜团亟待解开,这或许正是曼德拉草故事依旧吸引大众的原因。莎士比亚时代如此,我们现代亦如此,曼德拉草的奇幻故事或许会永远流传下去。

---

① J. K. Rowling, *Harry Potter and the Chamber of Secrets*, New York: Scholastic Inc., 1999, pp. 92—93.

② Frederick J. Simoons, *Plants of Life*, *Plants of Death*, London: University of Wisconsin Press, 1998.

③ Keith Thomas, *Religion and the Decline of Magic*: *Studies in Popular Beliefs in Sixteenth and Seventeenth-Century England*, London: Weidenfeld& Nicolson, 1971, p. 3.

余论 "物质"的莎士比亚

学者傅修延在《文学是"人学"也是"物学"———物叙事与意义世界的形成》一文中指出：

> 一些与人关系密切之物，如服饰、饮食和住宅等，往往携带着多种复杂微妙的意义；与物相关的许多行为，如对物的保有、持用、分享、馈赠、消费、呵护和毁弃等，也需要对其做深入文本内部的细究和详察。由于时代悬隔和文化差异，我们对这些常常是囫囵吞枣不求甚解。许多情况下，物叙事构成语言文字之外的另一套话语系统，如果不予以重视，作者植于故事内部的意义便得不到破译。这方面并无一套可以通行的破译规则，也不能说所有的物都是有某种意味的能指，但叙事中那些一再提及或被置于重要位置的物，一定都是有深意存焉，如果忽视它们便有买椟还珠的嫌疑。①

即是说人的所有物，特别是关系密切之物，通常具备多重意义，而对文本的理解更是必须深入进行文本内部和外部结合的研究，从而找出其背后隐含的深意。

最后，让我们跳出莎士比亚的作品，透过莎士比亚本人及其生平一窥剧作家的物质生活和物质情结。莎士比亚的父亲约翰·莎士比亚，生于1530年前后，早年弃农到斯特拉福德学制软皮手套和其他皮饰物的手艺，从1552年起住亨利街，成为生意兴隆的皮手套工匠和商人，兼营谷物、羊毛、麦芽（酿啤酒原料）以及羊、鹿肉和皮革的买卖。② 约翰生意兴隆，甚至于从1565年至1577年担任市政官员（莎士比亚1—13岁），作家曾经享受到比较优渥的生活，甚至凭借市政官员子弟可以免费入学的优待规定进入文法

---

① 傅修延：《文学是"人学"也是"物学"——物叙事与意义世界的形成》，《天津社会科学》2021年第5期，第162页。

② 裘克安：《莎士比亚年谱》，北京：商务印书馆，2006年，第121页。

学校学习。但好景不长,大概由于约翰生意失利,家庭开销又增大,故现金短缺,不得不举债,最终失去了官员身份。而莎士比亚也不得不辍学,跟随父亲学习手艺和干活,补贴家用,因此对于手套、纺织、生意之类的事务再熟悉不过。据约翰·奥布里 17 世纪后半期所撰《名人传略》记载:"我以前听他们的一些邻居说,他(莎士比亚)少年时操过他父亲的行业,不过他宰小牛时煞有介事,要作一番演讲。"(按:"宰杀小牛"是当时一出滑稽的短剧,可能莎士比亚加以模仿)又据托马斯·普卢姻约 1657 年记载:"他(莎士比亚)是手套工匠的儿子。约翰·门尼斯爵士曾听他面带酒红的老父在自己铺子里说,威廉这孩子很好,很老实,不过任何时候他都敢对爸爸讲几句开玩笑的俏皮话。"①实际上,约翰是屠夫的说法并不可信,他并未得到宰杀牲畜的行业许可,但正如格林布拉特指出的那样,我们有把握认为"威尔从小就帮父亲打点自家生意,在占了亨利街那栋气派的二层楼房部分空间的店面中制作、出售手套",因此"手套、兽皮和皮革在他的剧本里频繁出现可以被视为他非常熟悉该行业的表现"。②

父亲营生的影响不仅限于此。除了皮革生意,约翰做羊毛走私生意也给威尔的脑海中留下了深刻印象,其《皆大欢喜》中就有牧羊人谈及买卖羊毛的相关内容,而"19 世纪时约翰住宅中用作店面的侧厅需要更换新地板,人们发现地板下的土里嵌着碎羊毛"。③ 此外,约翰从事农产品生意和购买、租赁斯特拉福德镇附近的土地,威尔由此经常和父母到乡村去,因此在威尔的想象中,"最美好、最吸引人的就是对动物的生活、反复无常的天气、花花草草和自然周期进行轻松、优美、准确的描述"。④ 莎士比亚早期的文学作品表明,在乡村生活时,他如饥似渴地研究鸟类、花朵和树木,并详细了解了马和狗的知识。乡亲们都是农民,与他们待在一起时,年轻的莎士比亚必定参加过很多田野运动项目。他在早期的戏剧和诗歌中常常会满怀同情地提及猎鹰、枪猎和钓鱼,以至于有人说他久别故乡、远赴伦敦是因为冒险偷猎。⑤

到 1582 年 11 月,时年 18 岁的莎士比亚与 26 岁的安妮·海瑟薇在当地教堂结婚,次年 5 月长女苏珊娜就降生了,1585 年又喜添双胞胎。1587

---

① 裘克安:《莎士比亚年谱》,北京:商务印书馆,2006 年,第 127 页。
② Stephen Greenblatt, *Will in the World: How Shakespeare Became Shakespeare*, New York and London: W. W. Norton & Company, 2005, p. 55.
③ Ibid., p. 57.
④ Ibid.
⑤ 西德尼·李:《莎士比亚传》,黄四宏译,北京:华文出版社,2019 年,第 30 页。

年,23 岁的莎士比亚来到伦敦,开启了戏剧生涯。通过不断的努力,剧作家声名大噪,且由于参与重建环球剧院,莎士比亚获得了剧院的股份,而到1597 年他已经成为富人并买下了更大的居所——斯特拉福德镇上第二大、被称为"新屋"的房子,有"三层高十个壁炉"以及"两个谷仓、两个花园及其附属建筑",还有"两个额外的果园",在那里,"他有名的桑树、玫瑰和葡萄在花园里繁茂"。到 1598 年,莎士比亚拥有近 80 蒲式耳的谷物和麦芽,镇上第三多的土地,而在其遗嘱中,除了房子之外,"位于埃文河畔斯塔拉福德、旧斯特拉福德、毕肖普顿和威尔科姆镇、村、田、地上的我的所有谷仓、牛马厩、果园、花园、土地、住房和其他任何不动产"以及"伦敦华德罗布街附近黑僧区由约翰鲁宾逊居住的房屋"。

莎士比亚不仅通过剧场赚钱,而且还投资地产,放高利贷,甚至囤积居奇。1598 年 1 月 24 日,在斯特拉福德莎士比亚家的邻居亚伯拉罕·斯特利写信给另一邻居理查德·奎尼:"我们的同乡莎士比亚先生愿花一些钱在肖特里或我们附近买一块地;他认为有适当的先例,可促使他参与我们什一产益权的交易。"2 月 4 日,斯特拉福德市政当局开列小教堂街区 13 家大麦囤积户名单,其中包括莎士比亚的名字,说他囤积了 10 夸特(约合 2.5吨)大麦(按:英国连年夏季淫雨,造成缺粮,居民对囤粮户不满)。是年,莎士比亚妻安妮 42 岁,长女苏姗娜 15 岁,次女朱迪斯 13 岁,已迁入位于该街的"新居",为殷实户,除囤粮外,还自酿麦酒。[1] 1599 年,就建筑中的"寰球剧院",地主尼古拉斯·布伦德为一方,伯比奇兄弟为一方,宫内大臣剧团的5 名演员莎士比亚、海明、菲利普斯、波普和肯普为一方,三方签订了租约,规定由后两方平均负担土地租金,同时他们也分担剧院建筑和经营的费用,并将分得剧院的纯收入。这样,莎士比亚成为剧院的"管家"之一,可以分得1/10 的纯利。不久,肯普退出宫内大臣剧团(原因之一据说是莎士比亚反对他即兴自编插科打诨的话),他的股份由其余四人分摊。从此,莎士比亚从剧院纯收益中可分得 1/8。[2] 7 月,寰球剧院落成开幕,它是莎剧的主要舞台,在经济上也很成功。此后,莎士比亚平均年收入约为 250 镑,在当时相当可观。[3]

此外,由于莎士比亚时代没有灯光设施,布景也极少,因此剧团非常注重道具的使用,他们会花费大量的钱财用于购置服装、饰品,乃至于为了舞台的生动也会带上某些实际生活中使用的物品和动植物,而莎士比亚的戏

---

① 裘克安:《莎士比亚年谱》,北京:商务印书馆,2006 年,第 148 页。

② 同上,第 152 页。

③ 同上,第 154 页。

剧演出非常注重现实感,可以从《亨利八世》的演出一窥全貌。1613 年 6 月 29 日,国王供奉剧团在寰球剧院初演《亨利八世》时剧院失火焚毁。关于此事,亨利·沃顿爵士 7 月 2 日致信埃德蒙·培根爵士说:"现在让政事休息一下,我要告诉你本周在岸边发生的趣事。国王剧院有一出新戏叫作《全是真事》,演亨利八世朝一些大事,有很多富丽堂皇的场面,甚至舞台都铺了草席,爵士们佩戴乔治和嘉德勋章,卫士们穿着绣花的上衣,等等,一时间确是足以使高贵者显得过分亲昵,如果不是可笑的话。这时,亨利王在伍尔习红衣主教家里举行假面舞会,国王上场时鸣炮致敬,其中堵塞一尊炮口的纸或是其他东西落在了屋顶的茅草上,起初人们以为不过是一缕淡烟,大家的眼光都更注意于演出,火就往内燃了,象导火线似的四圈奔跑,在不到一小时之内把整个剧院烧成了平地。"①

再让我们回到 1616 年莎士比亚逝世留下的遗嘱,全文如下。

> 詹姆斯英格兰在位第 14 年,
> 苏格兰王在位第 49 年,纪元 1616 年 3 月 25 日
> 立遗嘱人威廉·莎士比亚

立遗嘱者,以上帝的名义,阿门,余沃里克郡埃文河畔斯特拉福德绅士威廉·莎士比亚,感谢上帝身体完全健康,记忆力良好,兹订立余最后之遗嘱如下:首先,我将灵魂交托给造物主上帝,希望并深信凭借救世主耶稣基督的恩典得分享永生,并将躯体交付它的原料泥土。

我遗给女儿朱迪思壹佰伍拾镑合法的英币,按下述方法付给,即其中壹佰镑在我死后一年中偿付其嫁妆,在我死后未付该款期间按每镑先令的比例给予补贴;其余伍拾镑之付给,须俟她将我死后她所得到或她现有对位于沃里克郡埃文河畔斯特拉福德的一宗誊本保有权地产(系罗因顿采邑的一部分或租入地)及其附属物之一切产权永久让予我的女儿苏姗娜·霍尔及其子嗣,或俟她已给予本遗嘱监督人所要求之充分保证,将让予此等产权之时。我还要遗给女儿朱迪思壹佰伍拾镑,如果她或她的任何子女在本遗嘱订立日期三年之后还活着的话,在此期间遗嘱执行人将从我死时算起按前述比率给予补贴。但如她在此期间死去而无子女,则我将把这笔钱中的壹佰镑遗给我的外孙女伊丽莎白·霍尔,其余伍拾镑则由遗嘱执行人在我妹妹琼·哈特有生之年加以投资,其收益付给我妹妹琼,而在她死后该伍拾镑将留在该妹妹的子

女之间,加以均分。但如在上述三年之后我的女儿朱迪思或她的任何子女活着的话,则我的遗愿是把这笔壹佰伍拾镑钱交由遗嘱执行人和监督人加以投资,以给她及其子女最佳的收益,而此本金则在她结了婚但无子女期间不得付给她,但我的遗愿是使她在有生之年每年得到付给的补贴,而在她死后则把该本金和补贴付给她的子女(如果她有子女的话),如无子女则付给她的遗嘱执行人或受托人(如果她在我死后活了三年)。倘若在此三年之末她已婚配或嗣后获得的丈夫充分保证传给她及其子女相当于我的遗嘱所给予嫁妆价值的土地,该保证并经我的遗嘱执行人和监督人查明妥善后,则我的遗愿是,这笔壹佰伍拾镑将付给该作出此项目保证的丈夫,归他使用。我遗给妹妹琼贰拾镑和我全部穿的衣服,在我死后一年内付给和交给,我并在她有生之年遗租给她现在她在斯特拉福德居住的这所房屋及其附属物,每年租金拾贰便士。我遗给(以上第一纸。在左边空白处签字;威廉·莎士比亚)

她的三个儿子;威廉·哈特、[空白]·哈特和迈克尔·哈特每人伍镑,在我死后一年内付给。在我死后一年内由我的遗嘱执行人按照监督人的意见和指示为她进行投资,使她得到最佳收益,直到她结婚为止,然后将该款及其增值付给她。我遗给前述伊丽莎白·霍尔我在此订立遗嘱日所有的全部金银餐具(除了我的银质镀金的大碗)。我遗赠给斯特拉福德的穷人拾镑,给托马斯·孔姆先生我的剑,给277托马斯·拉塞尔先生五镑,给沃里克郡沃里克镇的弗朗西斯·柯林斯绅士拾叁镑陆先令捌便士,于我死后一年内付给。我遗赠给老哈姆雷特·萨德勒贰拾陆先令捌便士让他买一枚戒指,给威廉·雷诺兹绅士贰拾陆先令捌便士让他买一枚戒指,给我的教子威廉·沃克尔贰拾先令金币,给安东尼·纳什绅士拾陆先令便士,给约翰·纳什先生贰拾陆先令捌便士,给我的同事们约翰·海明、理查德·伯比奇和亨利·康德尔各贰拾陆先令捌便士让他们买戒指。我遗给我女儿苏珊娜·霍尔,以使她能更好地履行并推动执行我的这一遗嘱,我现在在斯特拉福德居住的、名为"新居"的全部大屋房产及附属物,位于斯特拉福德镇内亨利街的两处房地产及附属物,以及位于沃里克郡埃文河畔斯特拉福德、旧斯特拉福德、毕晓普顿和韦尔科姆镇、村、田、地上的我的所有谷仓、牛马厩、果园、菜园、土地、住房和其他任何不动产,还有位于伦敦华德罗布街附近黑僧区现由约翰·鲁宾逊居住的房屋及附属物,以及我其他所有的土地、房屋和不动产,以上一切房地产及附属物全归苏珊娜·霍尔终身所有,在她死后归她合法生育的第一个独生子以及该合法出生的头生子的男嗣,如无则归她合法生育的第二个独生子以及该合法出生的次子的男嗣,如无则归苏姗娜合法生育的第三个以及合法出生的三子的男嗣,如无则依此类推归她合法生育的第四、第五、第六和第七个儿子以及[以上第二纸。右下纸签字:威廉·莎士比亚]该合法出生的第四、第五、第六和第七子的男嗣,其法如上规定归属她所生育的第一、第二和第三子及其男嗣一样;如无这些后嗣,则上述各房地产归属我的外孙女霍尔和她合法生育的男嗣,如无则归属我的女儿朱迪思和她合法生育的男嗣,再无则归我威廉·莎士比亚的其他合法继承人直到永远。我给我的妻子我的次优的床及附件。我遗给我女儿朱迪思我的银质镀金的大碗。我的其他一切财物、器278具、餐具、珍宝和家用什物,在我的债务和遗赠已付清,我的丧葬费用已偿付之后,我都遗给我的女婿约翰·霍尔绅士及其妻——我的女儿苏姗娜,我并指定他们为我这一最后遗嘱的执行人。我延请并委任托马斯·拉塞尔先生和弗朗西斯·柯林斯绅士为遗嘱监督人。我废除所有以前的遗嘱并宣布本章件为我最后的遗嘱。我已于文首所书年和日期在此文件上签字,以资证明。

（签字）由我威廉·莎士比亚立

遗嘱宣布证人:

（签字）弗朗·柯林斯

裘力斯·肖

约翰·鲁宾逊

哈姆尼斯· 萨德勒

罗伯特·沃特科特[以上第三纸]①

我们看到莎士比亚遗嘱异常详细,第一纸显然重新写过,可能因对朱迪思的婚事不满意,改变了给她的遗产。看得出莎士比亚迫切希望长女苏姗娜能有男嗣,继承主要家业。但更值得注意的是,莎士比亚对财物的分配事无巨细,大到"房产及附属物"、"谷仓、牛马厩、果园、菜园、土地",小到"金银餐具"、"衣服"、"器具"、"珍宝"和"家用什物",乃至于赠款用于购买"戒指",可见这位剧作家对于财产和物品的关切,也说明了逝世前莎士比亚所积累的财富,正是由于他经历了家庭的起起落落,毕生都对于投资有着巨大兴

---

① 裘克安:《莎士比亚年谱》,北京:商务印书馆,2006年,第186—188页。

趣,显然莎士比亚成功了。有趣的是,《莎士比亚与生活物品》收录的 50 件藏品中,特意列出了他妻子"哈瑟薇的床",这是近代早期上流精英和中产阶级家中最为贵重的家具之———带天蓬的架子床,这是财富与地位的象征,还有带有被认为是莎士比亚所持有的"W. S."首字母的印章戒指,以及 2010 年"新居"考古挖掘中发现的骰子这一消遣娱乐、赌博游戏的工具。这些都说明了莎士比亚晚年所拥有的财富和惬意的生活。正如格林布拉特所言:"探究莎士比亚生平的全部动力都来源于一种强烈的信念,即他的戏剧、诗歌不仅来源于其他戏剧和诗歌,也来源于亲身经历,来源于他的身体和灵魂。"①

特别值得我们注意的是一件莎士比亚及其家族毕生执念的物品:纹章。《温莎的风流娘儿们》以法官夏禄及其侄儿史兰德、牧师三人的对话作为开场,其中夏禄愚蠢的侄儿史兰德自大地吹嘘叔叔的高贵地位,继而在其可笑的错误用词的对话中强调其家族纹章,甚至牧师也加入了对话:

夏禄:休牧师,别拦着我吧;碰上这档子事儿,我还能不闹到京里的大法院去吗?哪怕他是二十个约翰·福斯塔夫爵士(Sir John Falstaffs)他也不能欺侮到我罗伯特·夏禄老爷的头上来呀(Robert Shllow esquire)。

史兰德:我舅舅是格洛斯德郡的民事法官,还是个"探子"呢(Justice of Peace and Coram)。

夏禄:对了,外甥,还是个"推事"——明摆着是个"宗卷推事"(Cust-a-lorum)。

史兰德:对了,外加还摆了个"摊子"(Rato lorum)呢;——葱韭摊子呢。牧师老人家,他是乡绅人家(gentleman born)的子弟;他拿起笔来就给自己写上了"老太爷"(Armigero)——不管是公文、委任状、收据、契约,他都写上这三个字:"老太爷"。

夏禄:说对了,我倒是这么写来着——咱们家这三百年来总是这么写来着。

史兰德:赶在他前头的子子孙孙,没有一个不是这么写来着;落在他后头的祖祖辈辈,一个个都会跟着他这么写。咱舅舅家的纹章上描着十二条白梭子鱼呢。(They may give the dozen white lu-

---

① Stephen Greenblatt, *Will in the World*: *How Shakespeare Became Shakespeare*, New York and London: W. W. Norton & Company, 2005, pp. 119—120.

ces in their coat [-of-arms].)

夏禄：这是老纹章了。

牧师：十二个白虱子，这倒是篇老文章了。要知道虱子这东西跟人混得极熟极熟，早就打成一片了呢。它是爱的象征。(The dozen white louses do become an old coat well. It agrees well passant. It is a familiar beast to man, and signifies love.)

夏禄：白梭子是淡水鱼；那咸水鱼就叫做老鳕鱼。(The luce is the fresh fish—the salt fish is an old coat.)

史兰德：这十二条鱼我都可以"借光"，舅舅。(I may quarter, coz.)

夏禄：你可以，等你娶了大娘子，你可以借你妻家的光。(You may, by marrying.)

牧师：家里的钱财都让人借个光，这可坏事了。(It is marring indeed, if he quarter it.)(314—315)①

一方面，我们可以看到该剧对夏禄个人阶级和社会地位的强调。初登场的法官怒气冲冲，扬言要到御前状告福斯塔夫，声称"就算他是二十个约翰-福斯塔夫爵士(Sir John Falstaffs)，他也不能欺侮夏禄老爷(Robert Shllow esquire)"，其侄儿史兰德则立马补充说他的舅舅"是格洛斯德郡的民事法官(Justice of Peace and Coram)"，而夏禄骄傲地介绍自己还是个"推事(Cust-a-lorum)"。夏禄老爷(Esquire)控诉福斯塔夫骑士(Knight)，彰显出地位的差异，实际上骑士是不能欺辱老爷的，因为"Esquire"意为在战场上手持骑士盾牌的绅士，后来特指"一位绅士，地位略低于骑士，有资格佩戴纹章"，大部分绅士都是有佩戴纹章资格的人，拥有继承自先代的财产与庄园。史兰德说夏禄是"Coram"，实际上是拉丁文"quorum"(源自法官就任时的准则，引申为仲裁官)的变体，暗示着对夏禄法官头衔的正式承认。② 而夏禄特意突出拉丁文"custos rotulorum"的缩写"推事"，意味着自己是掌管档案的法官，即记录审判的治安法官中的首席法官。③ 另一方面，史兰德和夏禄在对话中展现着他们家族三百年的悠久历史，强调高贵的出身和血脉谱系：牧师老人家，他是乡绅人家(gentleman born)；他拿起笔来就给自己写

---

① 莎士比亚：《温莎的风流娘儿们》，《新莎士比亚全集(第二卷)》，方平译，石家庄：河北教育出版社，2000年。后文出自该著作的引文，将随文在括号内标出引文出处页码，不另作注。

② Giorgio Melchiori, ed., *The Merry Wives of Windsor*, London and New York: Bloomsbury, 2000, pp. 124—125.

③ Ibid., p. 125.

上了"老太爷"(Armigero)——不管是公文、委任状、收据、契约,他都写上这三个字:"老太爷"。他吹捧绅士出身的舅舅在正式文件上签名都要加上"Armigero",这也是对拉丁文"Armiger"的拼写错误,原拉丁文指中世纪对绅士的定义:"一个拥有高贵出生并在战斗中带着骑士盾牌的人",实际与上文中的"老爷"同义。① 史兰德接着说,"赶在他前头的子子孙孙,没有一个不是这么写来着;落在他后头的祖祖辈辈,一个个都会跟着他这么写",史兰德是个低能儿,说话总是颠倒的,此句话应当理解为他前面的祖祖辈辈和他后面的子子孙孙,接着指明了引以为傲的家族纹章:"咱舅舅家的纹章上描着十二条白梭子鱼呢(the dozen white luces in their coat [-of-arms])。"在他看来,自己也是其中之一,能够借光使用十二条梭子鱼的家族纹章。不知有意还是无意,梭子鱼在爱文斯的威尔士英语中变成了白虱子(louses),牧师还津津有味地评论"这倒是篇老文章了(well passant)",他实际上想表达的是"passing well",而"passant"是一个纹章学术语,即纹章上的爬行动物或生物抬足呈步态状,但是这里却变成了步行的鱼或虱子,充满讽刺意味。② 夏禄赶紧纠正他的话并强调了两点,其一这不是白虱子,其二这是"淡水河里的'白梭子鱼'",而不是爱文斯错误发音"cod"所指海水中的鳕鱼。史兰德对舅舅说:"这十二条鱼我都可以'借光'(quarter)",对方则肯定地回答:"你可以,等你娶了大娘子,你可以借你妻家的光。"quarter"也是纹章学术语,即娶绅士家女子后可添加对方家族纹章到自己纹章上面,占盾形纹章四分之一的面积。无论如何,作为夏禄假定的继承人,他可以将夏禄家族的纹章图形放在自己的纹章之中,实际上就是把纹章一分为四,其中两部分包含原有家族的纹章,另外两个部分则是通过与一位绅士女性家庭联姻获得。③ 反讽的是爱文斯接口说"家里的钱财都让人借个光,这可坏事了",剧作家利用牧师的错误解释指出了通过婚姻获得四分之一的纹章实际上变成了"婚姻"本身。

进一步而言,剧中有关纹章的内容是莎士比亚年轻时斯特拉福德镇的真实写照。"十二条白梭子鱼"指向了斯特拉福德镇附近查莱克特的露西家族,他们的纹章中就包含三条银梭子鱼。早在18世纪就有这样的传闻(特

---

① Giorgio Melchiori, ed., *The Merry Wives of Windsor*, London and New York: Bloomsbury, 2000, p. 125.

② Rodney S. Edgecombe, "'The salt fish is an old coat' in *The Merry Wives of Windsor* 1.1", *The Upstart Crow: A Shakespeare Journal* 24 (2004), pp. 34—35.

③ Giorgio Melchiori, ed., *The Merry Wives of Windsor*, London and New York: Bloomsbury, 2000, p. 126.

别在很多传记中有记载），说莎士比亚不得不离开家乡是因为他在托马斯·露西爵士(Sir Thomas Lucy)的林苑里偷猎麋鹿，因此有人认为莎士比亚在剧中对夏禄的嘲讽是为了向露西家族报复。[1] 而威尔士牧师爱文斯把"coat"念成了"cod"，这个词不仅有"鳕鱼"之意，更是伊丽莎白一世时期指"阴囊"的俚语，从而丑化了露西家族的纹章。17 世纪晚期的牧师理查德·戴维斯初次记录说，莎士比亚"在偷猎鹿和野兔时陷入了极大的麻烦，尤其是因为偷了——露西爵士的鹿和野兔，这个爵士派人多次鞭打他，还将他关押了一段时间，最终迫使他逃离家乡，直奔大好前程而去"，这一说法被后来的传记作家采用，但其真实性存疑，一是露西爵士 1600 年就过世了，二是他没有林苑，三是鞭挞并非当时对盗猎行为的合法处罚。[2] 重要的人物通常会因为其重要性成为人们揶揄的对象，我们唯一能肯定的是莎士比亚对露西家族印象深刻。

更为重要的是莎士比亚及其家族在具备财力的基础上试图申请纹章寻求自身社会地位上升的努力。那时的社会在贵族和"普通人"、"下等人"之间存在十分严格的等级划分，一般被神化为血统的区别，一种无法改变、与生俱来的特性。但此界限同时又是可以跨越的，"至于绅士"，托马斯·史密斯写道："他们在英格兰变得廉价了。因为任何学习王国律法、上过大学、声称受过文科教育的人，简单地说，任何无所事事、不从事体力劳动、具有绅士的姿态、钱财和外表的人都会被称作老爷，因为这是人们对乡绅和其他绅士的称呼……而且，如果需要的话，他可以出钱向纹章局购买新造好、新设计的纹章，这个称号就会由上述纹章局伪称是通过读旧文献发现的。"[3] 早在约 1576 年，成为当地市镇官员之后的约翰·莎士比亚就曾提出过申请，但后来由于经济情况恶化而搁置。1596 年 10 月 20 日，纹章官威廉·迪斯克同意了约翰·莎士比亚的第二次纹章申请，拟授予其纹章，但实际上莎士比亚和父亲足足等了三年，直到 1599 年，这项梦寐以求的家族殊荣最终成功实现，在这一过程之中，约翰·莎士比亚也如愿以偿地将自己的纹章与妻子娘家阿登家族的纹章合并，他的男性后代也可以将母亲家族的纹章置于四分之一盾面上。[4]

---

[1] David Crane, ed., *The Merry Wives of Windsor*, Cambridge: Cambridge University Press, 1997, p. 4.

[2] Stephen Greenblatt, *Will in the World: How Shakespeare Became Shakespeare*, New York and London: W. W. Norton & Company, 2005, pp. 150—151.

[3] Ibid., p. 77.

[4] 西德尼·李：《莎士比亚传》，黄四宏译，北京：华文出版社，2019 年，第 196—199 页。

因此,正如莫里斯·亨特(Maurice Hunt)指出的那样,这部喜剧的开场对话实际上强调了三点:首先这是一部关于绅士状态和地位的戏剧;其次,莎士比亚当时为自己的家族申请纹章(或许当时还在担心能否合法地获得纹章)也可以部分解释他为何对这一主题感兴趣。最后矛盾的是,莎士比亚在戏剧的开始通过展示自大的角色,从而讽刺了拥有纹章的人,但他们的社会状态正是作家个人及其家族所渴求的。① 1577 年,威廉·哈里森(Wlilliam Harrison)划分了四个阶层:"绅士、市民、约曼、工匠/劳工。"②史学家基思·赖特森(Keith Wrightson)将 1600 年的英国人划分为贵族、市民、约曼、工匠和农民工。③ 两人的划分思路基本相同,约曼指拥有 40 先令每年收益价值土地的自耕农男性或农民乡绅,而社会最底层包括"零工、贫农、技工和仆人",他们"既没有声音,也没有权力,却是被统治的对象且不能统治别人"。④ 赖特森将贵族和绅士等同,隐晦地把某些市民也当作了绅士(显然不是所有的绅士都是贵族)。在莎士比亚的时代,"gentry"是"gentlemen"的一个更广义的同义词。绅士的顶层接近贵族的底层,即那些没有佩戴纹章资格的非贵族绅士,同时比他们地位低的是乡绅租户(Gentlemen tenants)。⑤ 培琪家族有产业无纹章却被视为绅士就说明了这一点,我们知道莎士比亚的祖父理查德是农民、约曼,而他的儿子约翰和孙子威廉则通过努力成为了市民以及拥有纹章的乡绅。但演员属于社会底层,亨利·皮查姆(Henry Peacham)在《绅士全集》(*The Complete Gentleman*,1622)中讨论"舞台演员"时标注了 16 世纪的观念,即演员和那些"击剑手、杂耍人、舞者、江湖骗子、饲熊者类似的人"一样不可能成为绅士,因为"他们用身体进行辛苦工作"。⑥因此,毫不奇怪剧作家不以自己职业身份为荣,在世时仅仅将之视为谋生手段,赚取钱财后则在家乡置地买房,并申请纹章以获得更好的社会地位。与其说《温》剧是有关"绅士状态"的戏剧,倒不如说是有关类

① Maurice Hunt,"'Gentleness' and Social Class in *The Merry Wives of Windsor*",*Comparative Drama*,vol. 42,no. 4,winter 2008,p. 411.

② William Harrison,*The Description of England*,Georges Edelen,ed.,Ithaca:Cornell University Press,1968,p. 94.

③ Keith Wrightson,*English Society 1580—1680*,New Brunswick:Rutgers University Press,1982,p. 21.

④ Ibid.,p. 19.

⑤ Maurice Hunt,"'Gentleness' and Social Class in *The Merry Wives of Windsor*",*Comparative Drama* 42 (4),p. 418;Jeffrey Theis,"The 'ill-kill'd Deer':Poaching and Social Order in *The Merry Wives of Windsor*",*Texas Studies in Literature and Language* 43 (2001),p. 48.

⑥ Henry Peacham,*"The Complete Gentleman"*,*"The Truth of Our Times"*,*and "The Art of Living in London"*,Virgil B. Heltzel,ed.,Ithaca:Cornell University Press,1962,p. 23.

似作家本人这样的中产阶级的戏剧,而且该剧几乎反讽了每一个角色所宣称的社会地位和身份。史兰德对自己高贵出身的自吹自擂从头到尾都受到无情的嘲笑,夏禄开场时的表现不是维持和平而是破坏和谐,相似的是威尔士籍的牧师爱文斯,他赞同去对付另一个外国人——法国籍医生卡厄斯,但剧中的大部分角色都是"从外部(如教会或宫廷)获得某种权威",①侧面反映出伊丽莎白时代阶级问题的矛盾性和复杂性。正如格林布拉特指出的那样,莎士比亚是具有双重意识的大师,他既为纹章花钱,又嘲弄这种权利要求的做作虚伪,在嘲笑为纹章自负的人时,也暗自忍受了同样的嘲笑。②

可见,"物质文化"贯穿了莎士比亚所有的作品以及他本人的经历和职业生涯,正如马克思的著名论断"经济基础决定上层建筑",如果没有对"物"的追求和出身、职业的磨砺,莎士比亚的作品丰富性也就会大打折扣。莎士比亚理所当然受到当时社会的物质文化条件制约和影响,但另一方面却又以自己的作品自觉不自觉地参与建构了当时的社会文化,最终以文学与社会进行了互动,大大丰富了时代精神。正如尼尔·麦克格雷格(Neil MacGregor)在他的《莎士比亚的动荡世界》中指出的那样:"这些物件可以说是三重对话的物质起点:物件与使用者、观看者,以及剧作家之间的对话——莎士比亚的剧本早已在我们的语言和生活里生根了",而且"物件有种奇怪的特性,人一旦把它制造出来,它就会反过来对人造成改变"。③通过物质文化视角分析莎士比亚,我们不仅能够以此明晰其作品的内涵,也能窥视莎士比亚生活的时代,更能瞥见剧作家利用物的意义进行的或接受、拥护或反抗的种种态度。尤为有趣的是,"莎士比亚的剧本首次在1623年以第一对开本出版时,就已经成为了一个物件,并且可以在全世界无限次复制"。④

物质文化与莎士比亚这一论题无论在伊丽莎白一世和詹姆士一世时期,还是在我们当代,其所透露出的有关宗教、政治、文化、医学、科技、自然等诸多面相,以及有关人物和群体身份(阶级、性别、国族等)的讨论,仍旧是个未尽的话题。特别是在当下,"无论是人工智能、量子物理学、分子生物学等科技前沿对于人类认知极限的不断突破,还是气候变化、细胞变异、基因

① Stephen Greenblatt, ed., *The Norton Shakespeare*, third edition, New York & London: W. W. Norton &Company, 2016, p. 1463.

② Stephen Greenblatt, *Will in the World: How Shakespeare Became Shakespeare*, New York and London: W. W. Norton &Company, 2005, p. 155.

③ Neil MacGregor, *Shakespeare's Restless World*, New York: Penguin Group, 2012, p. viii.

④ Ibid., p. xv.

修改等给人类带来的生存危机和伦理困境,人类需要重新审视自己与周围物的关系"。[1] 从这个意义上而言,我们需要看清楚"人类在物质世界的位置",重新定位"物的地位和力量"。[2]

————————

[1]　韩启群:《布朗新物质主义批评话语研究》,《外国文学》2019 年第 6 期,第 105 页。

[2]　Richard Rankin Russell,"The Life of Things in the Place of Howards End", *Journal of Narrative Theory* 46 (2), 2016, p. 198.

参 考 文 献

英文文献：

Ackerman, Diane. *A Natural History of the Senses*. New York: Vintage Books, 1990.

Adams, Richard. ed., *Richard II*. London: Macmillan, 1975.

Adelman, Janet. "'Anger's my meat': feeding, dependency and aggression in *Coriolanus*", in Murray Schwartz and Coppélia Kahn, eds., *Representing Shakespeare*. Baltimore: The Johns Hopkins University Press, 1980, pp. 129—149.

Adelman, Janet. "Her Father's Blood: Race, Conversion, and Nation in 'The Merchant of Venice'", *Representations* 81(2003):4—30.

Adelman, Janet. *Twentieth Century Interpretations of King Lear: A Collection of Critical Essays*. Prentice-Hall, 1978.

Alaimo, S. "Sustainable This, Sustainable That: New Materialisms, Posthumanism, and Unknown Futures", *PMLA*, 2012, 127(3):558—564.

Anderson, B. S. and J. P. Zinsser. *A History of Their Own: Women in Europe from Prehistory to the Present*. Vol. 1. London and New York: Penguin, 1988.

Antonini, Giovanni and Gloria Grazia Rosa. "Shakespeare and Mandragora", in Maria Del Sapio Garbero, Nancy Isenberg, Maddalena Pennacchia, eds., *Questioning Bodies in Shakespeare's Rome*. Göttingen: V&P unipress, 2010, pp. 295—308.

Appelbaum, Robert. *Aguecheek's Beef, Belch's Hiccup and Other Gastronomic Interjections: Literature, Culture and Food among the Early Moderns*. Chicago, IL: University of Chicago Press, 2006.

Appelbaum, Robert. "Aguecheek's beef", *Textual Practice* 14.2(2000):327—341.

Archer, Ian W. "Economy", in Arthur F. Kinney, ed., *The Oxford Handbook of Shakespeare*. Oxford: Oxford University Press, 2012, pp. 165—181.

Archer, Ian. *The Pursuit of Stability: Social Relations in Elizabethan London*. Cambridge: Cambridge University Press, 1991.

Archer, Jayne Elisabeth & Howard Thomas & Richard Marggraf Turley, "Reading Shakespeare with the grain: sustainability and the hunger business", *Green Letters:*

Studies in Ecocriticism, 19. 1(2015):8—20.

Ariès, Philippe and Georges Duby, eds.,*A History of Private Life: iii, Passions of the Renaissance*. Arthur Goldhammar, trans., Cambridge, MA: Harvard University Press,1989.

Arnold, Catharine. *The Sexual History of London: From Roman Lodinium to the Swinging City- Lust, Vice, and Desire Across the Ages*. New York: St. Martin's Press, 2011.

Bacon, Francis. *The New Organon*. Lisa Jardine and Michael Silverthorne, eds., Cambridge: Cambridge University Press, 2000.

Back, Kurt W. "Food, Sex and Theory", in Thomas K. Fitzgerald, ed.,*Nutrition and Anthropology in Action*. Amsterdam: CanGorcum, 1977, pp. 24—34.

Baldwin, T. W. *Small Latine and Lesse Greeke*. Urbana: Univ. of Illinois Press, 1944. I.

Barad, Karen. "Posthumanist Performativity: Toward an Understanding of How Matter Comes to Matter",in Stacy Alaimo and Susan Hekman, eds., *Materail Feninisms*, Bloomington and Indianapolisn: Indiana University Press,2008, pp. 120—154.

Barnet, Sylvan ed., *Hamlet*. New York: Signet, 1998.

Barret, Robert. *The Theorike and Practike of Modern Warres, Discoursed in Dialogue Vvise*. London: William Ponsonby, 1598.

Barthes, Roland. *The Language of Fashion*. Andy Stafford, trans., Andy Stafford and Michael Carter. Oxford: Berg, 2006.

Barbour, Richmond Tyler. *Before Orientalism: London's Theatre of the East*. New York: Cambridge UP, 2003.

Barker, David. J. "'Wildehirissheman': Colonialist Representation in Shakespeare's *Henry V*", *English Literary Renaissance*. 22(1993):37—61.

Barthes, Roland. *Roland Barthes: The Language of Fashion*. Andy Stafford, trans., Andy Stafford and Michael Carter. Oxford: Berg, 2006.

Basalla, George. *The Evolution of Technology*. Cambridge: Cambridge University Press, 1989.

Bate, Jonathan and Dora Thornton. *Shakespeare: Staging the World*. London: The British Museum Press, 2012.

Bate, Jonathan and Eric Rasmussen, eds. *The RSC Shakespeare: William Shakespeare Complete Works*. New York: The Modern Library, 2007.

Bate, Jonathan and Eric Rasmussen. eds.*William Shakespeare Complete Works*. Beijing: Foreign Language Teaching and Research Press, 2008.

Bate, Jonathan and Eric Rasmussen. eds. *Henry V*. New York: The Modern Library, 2010.

Bate, Jonathan and Eric Rasmussen. eds. *The Merry Wives of Windsor*. New York: The Modern Library, 2011.

Beadle, Richard. "Crab's Pedigree", in M. Cordner, P. Holland and J. Kerrigan, eds., *English Comedy*, Cambridge, 1994, pp. 12—35.

Beardsworth, Alan, and Teresa Keil, *Sociology on the Menu: An Invitation to the Study of Food and Society*. London: Routledge, 2000.

Behringer, Wolfgang. *A Cultural History of Climate*. London: Polity, 2011.

Beier A L. *Masterless Men: The Vagrancy Problem in England 1560—1640*. London: Methuen, 1985.

Benedict, Barbara M. "Jewels, Bonds and the Body: Material Culture in Shakespeare and Austen", in Marina Cano and Rosa García-Periago, eds., *Jane Austen and Willam Shakespeare: A Love Affair in Literature, Film and Performance*. Palgrave Macmillan, 2019, pp. 97—126.

Bennett, H. S. *English Books and Readers 1558—1603: Being a Study in the History of the Book Trade in the Reign of Elizabethan I*. Cambridge: Cambridge University Press, 1965.

Bennet, Jane. *Vibrant Matter: A Political Ecology of Things*. Durham: Duke University Press, 2010.

Bennett, Judith M. *Ale, Beer, and Brewsters in England: Women's Work in a Changing World, 1300—1600*. New York: Oxford University, 1996.

Bennett, H. S. *The Pastons and Their England: Studies in an Age of Transition*. London: Cambridge University Press, 1922.

Berger, Arthur Asa. *What Object Mean: An Introduction to Material Culture*. Walnut Creek: Left Coast Press, 2009.

Berger, Harry. "Against the Sink-a-Pace: Sexual and Family Politics in *Much Ado About Nothing*", in Peter Erickson, ed., *Making Trifles of Terrors Redistributing Complicities in Shakespeare*. Stanford: Stanford University Press, 1997, pp. 10—24.

Bergman, Charles. "A Spectacle of Beasts: Hunting Rituals and Animal Rights in Early Modern England", in Bruce Boehrer, ed., *A Cultural History of Animals in the Renaissance*. New York: Berg, 2011, pp. 53—74.

Bernard. Richards. "Hamlet and the Theater of Memory", *Notes and Queries* 233 (1988):53.

Berry, Edward. "Twentieth-century Shakespeare criticism: the histories", in Stanley Wells, ed., *The Cambridge Companion to Shakespeare Studies*. Cambridge: Cambridge University Press, 1986, pp. 249—256.

Berry, Edward. *Shakespeare and the Hunt: A Cultural and Social Study*. Cambridge: Cambridge University Press, 2001.

Bevington, David and David L. Smith. "James I and *Timon of Athens*", *Comparative Drama* 33(1999):56—87.

Bevington, David. ed., *The Complete Works of Shakespeare*. New York: Pearson Longman, 2004.

Biggins, Dennis. "'Exit pursued by a Beare': A Problem in *The Winter's Tale*", *Shakespeare Quarterly* 13 (1962): 3—13.

Black, Jeremy. *A Military Revolution? Military Change and European Society*, *1550—1800*. Atlantic Highlands, NJ: Humanities, 1991.

Bloom, Harold. ed., *Bloom's Shakespeare Through the Ages: The Winter's Tale*. New York: Infobase Publishing, 2010.

Bloom, Harold. *Shakespeare: The Invention of the Human*. New York: Riverhead Books, 1998, p. 36.

Boeher, Bruce Thomas. "Renaissance Overeating: The Sad Case of Ben Jonson", *PMLA* 105 (1990): 1071—1081.

Boehrer, Bruce. "Introduction: The Animal Renaissance", in Bruce Boehrer, ed., *A Cultural History of Animals in the Renaissance*. New York: Berg, 2011, pp. 1—26.

Boehrer, Bruce. "Shylock and the Rise of the Household Pet: Thinking Social Exclusion in The Merchant of Venice", *Shakespeare Quarterly* 50(1999):152—170.

Boehrer, Bruce. *Shakespeare among the Animals: Nature and Society in the Drama of Early Modern England*. New York: Palgrave, 2002.

Boorde, Andrew. *A Compendyous Regyment or a Dyetary of Healthe Newly Corrected with Dyuers Addycyons*. London: William Powell, 1547.

Boose, Lynda E. "Othello's Handkerchief: 'The Recognizance and Pledge of Love'", *English Literary Renaissance* 5(1975):360—374.

Borlik, Todd A. *Ecocriticism and Early Modern English Literature: Green Pastures*. London and New York: Routledge, 2011.

Boswell, Jackson Campbell. "Shylock's Turquoise Ring", *Shakespeare Quarterly* 14:4 (Autumns 1963):481—483.

Botting, Fred and Scott Wilson, eds. *The Bataille Reader*. Oxford: Blackwell Publishing, 1997.

Brake, William H. "Air Pollution and Fuel Crises in Preindustrial London, 1250—1650", *Technology and Culture*, vol. 16, No. 3(Jul., 1975), pp. 337—359.

Breitenberg, Mark. *Anxious Masculinity in Early Modern England*. Cambridge: Cambridge University Press, 1996.

Brenner, Robert. *Merchants and Revolution: Commercial Change, Political Conflict, and London's Overseas Traders, 1550—1653*. Princeton, NJ: Princeton University Press, 1993.

Bretherton, R. F. "Country Inns and Alehouses", in Reginald Lennard, ed., *Englishmen at Rest and Play: Some Phases of English Leisure, 1558—1714*. Oxford: Clarendon Press, 1931, pp. 147—201.

Breu, Christopher. *Insistence of the Material: Literature in the Age of Biopolitics*. Minneapolis: University of Minnesota Press, 2014.

Brewer, E. Cobham. *Dictionary of Phrase and Fable*. London: Casell and Company, Ltd., 1897.

Brewer, J. S. and R. H. Brodie. eds. *Letters and Papers, Foreign and Domestic, of the Reign of Henry VIII*. London: H. M. Stationery Office, 1862—1920. Volume I, Part 2.

Brimblecombe, Peter. *The Big Smoke: A history of air pollution in London since medieval times*. London and New York: Routledge, 1987.

Bristol, Michael D. "In Search of the Bear: Spatiotemporal Form and the Heterogeneity of Economies in 'The Winter's Tale'", *Shakespeare Quarterly* 42 (1991): 145—167.

Bright, Timothy, *A Treatise of Melancholy*. London: Iohn Windet, 1586.

Brooks, Harold. "Two Clowns in a Comedy (to say nothing of the Dog): Speed, Launce (and Crab) in 'The Two Gentlemen of Verona'", *Essays and Studies* 1963(1963): 91—100.

Brotton, Jerry. *Trading Territories: Mapping the Early Modern World*. Ithaca and New York: Cornell University Press, 1997.

Brown, E. H. Phelps and S. V. Hopkins. "Seven Centuries of Prices of Consumables, Compared with Builders'Wage-Rates", *Economica*, vol. 92 no. 23 (1956): 296—314.

Brown, Georgia. *Redefining Elizabethan Literature*. London: Cambridge University Press, 2004.

Brown, Jennifer M. "Scottish Politics, 1567—1625", *The Reign of James VI and I*. A. G. R. Smith, ed., London: Macmillan, 1973, pp. 22—39.

Brown, John Russell. "The Realization of Shylock: A Theatrical Criticism", in John Russell Brown and Bernard Harris, eds., *Early Shakespeare (Stratford-upon-Avon Studies 3)*. London: Arnold, 1961. pp. 187—209.

Bruster, Douglas. *Drama and the Market in the Age of Shakespeare*. Cambridge: Cambridge UP, 1992.

Buchanan, R. A. *Technology and Social Progress*. Oxford: Pergamon, 1963.

Bucholz, Robert. Newton Key, *Early Modern England 1485—1714: A Narrative History*. Oxford: Wiley-Blackwell, 2009.

Bühler, Curt F. *The Fifteenth-Century Book: the Scribes, the Printers, the Decorators*. Philadelphia: University of Pennsylvania Press. 1960.

Bullough, Geoffrey. ed., *Narrative and Dramatic Sources of Shakespeare*. 8 vols. New York: Columbia UP, 1957—1975.

Bullein, William. *A Newe Booke Entituled the Gouernement of Healthe, Wherein is Vttered Manye Notable Rules for Mannes Preseruacion, with Sondry Symples and Other Matters, no Lesse Fruiteful Then Profitable: Colect Out of Many Approued Authours. Reduced Into the Forme of a Dialogue, for the Better Vnderstanding of Thunlearned. Wherunto is Added a Sufferain Regiment against the Pestilence*. STC 4039. London. Iohn Day. 1558.

Bulman, James C. ed., *King Henry IV, Part 2*. London and New York: Bloomsbury, 2016.

Burke, Kenneth. *Language as Symbolic Action: Essays on Life, Literature and Method*. Berkeley: University of California Press, 1966.

Burke, Peter. *Popular Culture in Early Modern Europe*. New York: Harper & Row, 1978.

Burnett, Mark Thornton. *Masters and Servants in English Renaissance Drama and Culture: Authority and Obedience*. New York: St. Martin's Press, 1997.

Butler, Judith. *Excitable Speech: A Politics of the Performative*. New York: Routledge, 1997.

Butler, Judith. *Undong Gender*. New York: Routledge, 2004.

Cady, Joseph. "'Masculine Love,' Renaissance Writing, and the 'New Invention' of Homosexuality", in Claude J. Summers. ed., *Homosexuality in Renaissance and Enlightenment England: Literary Representations in Historical Context*. New York: Harrington Park, 1992. pp. 9—40.

Cahill, Patricia A. "Nation Formation and the English History Plays", in Richard Dutton and Jean E. Howard. eds., *A Companion to Shakespeare's Works, Volume II: The Histories*. Oxford: Blackwell Publishing, 2003, pp. 70—93.

Caius, John. *Of Englishe Dogges*. Abraham Fleming trans., Amsterdam: Da Capo, 1969.

Callaghan, Dympna. *Shakespeare without Women: Representing Gender and Race on the Renaissance Stage*. New York: Routledge, 2000.

Campbell, Kathleen. "Shakespeare's Actors as Collaborators: Will Kempe and *The Two Gentlemen of Verona* (1996)", in June Schlueter, ed., *Two Gentlemen of Verona: Critical Essays*. New York and London: Garland Publishing, Inc. 1996, pp. 179—188.

Campbell, Lily B. *Shakespeare's 'Histories': Mirrors of Elizabethan Policy*. San Marino, Calif.: Huntington Library, 1947.

Cairns, David and Shaun Richards, *Writing Ireland: Colonialism, Nationalism, and Culture*. Manchester: Manchester University Press, 1988.

Caplan, Pat. "Approaches to the Study of Food, Health and Identity", in Pat Caplan, ed., *Food, Health and Identity*. London: Routledge, 1997. pp. 1—31.

Carrol, William C. *Fat King, Lean Beggar: Representations of Poverty in the Age of Shakespeare*. Ithaca: Cornell University Press, 1996.

Cavell, Stanley. "'Who Does the Wolf Love?': *Coriolanus* and Interpretations of Politics", in Patricia Parker and Geoffrey Hartman eds., *Shakespeare and the Question of Theory*. New York: Methuen, 1985, pp. 245—272.

Caygill, Howard. "Shakespeare's Monster of Nothing", in John J. Joughin, ed., *Philosophical Shakespeare*, London: Routledge, 2000, pp. 105—114.

Chambers, E. K. *The Elizabethan Stage*. Vol. II Oxford: The Clarendon Press, 1923.

Champion, Larry S. *Perspectives in Shakespeare's English Histories*. Athens, Georigia: University of Georgia Press, 2011.

Charney, Maurice. *Shakespeare on Love and Lust*. New York: Columbia University Press, 2000.

Cipolla, Carlo M. *Before the Industrial Revolution: European Society and Economy, 1000—1700*. New York: W. W. Norton &- Company, 1976.

Cixous, Hélène. "Sorties: Ways Out/Attacks/Forays", in Hélène Cixous and Catherine Clément, eds., Betsy Wing, trans., *The Newly Born Woman*. Minneapolis: U of Minnesota P, 1986, pp. 63—132.

Clark, Peter. *The English Alehouse: A Social History, 1200—1830*. London: Longman, 1983.

Clark, Peter. "The Alehouse and the Alternative Society", in Donald Pennington and Keith Thomas, eds., *Puritans and Revolutionaries: Essays in Seventeenth-Century History Presented to Christopher Hill*. Oxford: Clarendon Press, 1978. pp. 47—72.

Clarke, Charles and Mary Cowden. *The Shakespeare Key: Unlocking the Treasures of His Style, Elucidating the Peculiarities of His Construction, and Displaying the Beauties of His Expression from a Companion to "The Complete Concordance to Shakespeare"*. London: Sampson Low, Marston, Searle&-Rivington, 1879.

Clay, C. G. A. *Economic Expansion and Social Change: England 1500—1700, vol. I*. Cambridge: Cambridge UP, 1984.

Clough, Arthur Hugh et al, eds. *Plutarch: The Lives of the Noble Grecians and Romans*. John Dryden, trans. New York: Modern Library, 1932.

Clubb, Louise G. "The Tragicomic Bear", *Comparative Literature Studies* 9 (1972): 17—30.

Cogan, Thomas. *The Haven of Health. Chiefly Gathered for the Comfort of Students, and Consequently of All Those That Have a Care of Their Health, Amplified Upon Five Words of Hippocrates···. Hereunto is Added a Preservation form the Pestilence, with a Short Censure of the Late Sicknes at Oxford.* STC 5484. London: Anne Griffin for Roger Ball, 1636.

Coghill, Nevill. "Six Points of Stage-Craft in *The Winter's Tale*", *Shakespeare Survey* 11 (1958):31—41.

Cohen, Adam Max. "Hamlet as Emblem: The Ars Memoria and the Culture of the Play", *The Journal for Early Modern Cultural Studies* 3 (2003):77—112.

Cohen, Adam Max. *Shakespeare and Technology: Dramatizing Early Modern Technological Revolutions.* New York: Palgrave Macmillan, 2006.

Cohen, Adam Max. *Technology and the Early Modern Self.* New York: Palgrave Macmillan, 2009.

Cohen, Adam Max. "Englishing the Globe: Molyneux's Globes and Shakespeare's Theatre Career", *Sixteenth Century Journal* 37(2006), pp. 963—984.

Cohen, Adam Max. "Science and Technology", in Arthur F Kinney, ed., *The Oxford Handbook of Shakespeare.* Oxford: Oxford University Press, 2012. pp. 702—718.

Cohen, Adam Max and King, David B. "Post-Posthumanist Me-An Illiterate Reads Shakespeare", in Stefan Herbrechter and Ivan Callus, eds., *Posthumanist Shakespeares.* New York: Palgrave Macmillan. 2012, pp. 241—254.

Collinson, Patrick. "The Monarchical Republic of Queen Elizabeth I", *Bulletin of the John Rylands Library* 69. 2 (1987): 394—424.

Cook, Carol. "The Fatal Cleopatra" in Shirley Nelson Garner and Madelon Sprengnether, eds., *Shakespearean Tragedy and Gender.* Bloomington: Indiana UP, 1996, pp. 241—267.

Craik, T. W. ed. *The Merry Wives of Windsor.* Oxford: Oxford University Press, 2008.

Crane, David ed. *The Merry Wives of Windsor.* Cambridge: Cambridge University Press, 1997.

Craik, T. W. ed., *King Henry* (the arden shakespeare). London: Bloomsbury, 2016.

Cressy, David. *Birth, Marriage, and Death: Ritual, Religion, and the Life-Cycle in Tudor and Stuart England.* Oxford: Oxford University Press, 1997.

Crewe, Jonathan. "Introduction", in Jonathan Crewe, ed., *The Narrative Poems*, by William Shakespeare, New York: Penguin Books, 2019, pp. xxix—lii.

Croft, Pauline. "Trading with the Enemy 1585—1604", *The Historical Journal* 32, no. 2 (June 1989): 281—302.

Cruickshank, C. G. "Military Developments of the Renaissance", in Robin Higham, ed., *A Guide to the Sources of British Military History*. Berkeley: University of California Press, 1971, pp. 65—83.

Cull, Marisa R. *Shakespeare's Princes of Wales: English Identity and the Welsh Connection*. Oxford: Oxford University Press, 2014.

David Watkin Waters. *The Art of Navigation in England and Early Stuart Times*. New Haven: Yale University Press, 1958.

Davidson, Clifford. "Antony and Cleopatra: Circe, Venus, and the Whore of Babylon", in Harry Raphael Garvin ed., *Shakespeare, Contemporary Critical Approaches*. Harry Raphael Garvin. London: Associated UP, 1980. pp. 31—55.

Dawson, Anthony B. and Gretchen E. Minton. eds. *Timon of Athens*. London and New York: Bloomsbury, 2008.

Dawson, Anthony B. and Paul Yachnin. eds., *Richard II*. Oxford: Oxford University Press, 2011.

Deerr, Neol. *The History of Sugar*, vol. 1. London: Chapman and Hall, 1949.

Deetz, James. *In Small Things Forgotten: The Archaeology of Early American Life*. New York: Anchor Books, 1977.

Degenhardt, Jane Hwang. "Foreign Worlds", in Arthur F. Kinney, ed., *The Oxford Handbook of Shakespeare*. Oxford: Oxford University Press, 2012, pp. 433—457.

Dent, Anthony. *Horse in Shakespeare's London*. London: Allen, 1987.

Derrida, Jacques. *Given Time: I. Counterfeit Money*. Peggy Kamuf, trans., Chicago: Univ. of Chicago Press, 1991.

Derrida, Jacques. *The Animal That Therefore I Am*. Marie-Luise Mallet, ed., David Wills, trans., New York: Fordham University Press, 2008.

Desmet, Christy. *Reading Shakespeare's Characters: Rhetoric, Ethics, and Identity*. Amherst: University of Massachusetts Press, 1992.

Dewar, Mary. ed. A *discourse of the commonweal of this realm of England, attributed to Sir Thomas Smith*. Charlottesville: University Press of Virginia, 1969.

Dickey, Stephen "Shakespeare's Mastiff Comedy", *Shakespeare Quarterly* 42 (1991): 255—275.

Digangi, Mario. ed., *The Winter's Tale: Texts and Contexts*. Boston and New York: Bedford/ St. Martin's, 2008.

Digges, Leonard and Thomas Digges. *An Arthmeticall Militarie Treatise Named Stratioticos*. London: R. Field, 1590.

Dobson, Michael & Stanley Wells, Will Sharpe, Erin Sullivan, eds. *The Oxford Companion to Shakespeare* (second edition). Oxford: Oxford University Press, 2015.

Dodoens, Rembert. *A nievve herball, or historie of plantes wherin is contayned the whole discourse and perfect description of all sortes of herbes and plantes.* Henry Lyte Esquyer. trans. London: Henry Los, 1578.

Doebler, John. "The Reluctant Adonis: Titian and Shakespeare", *Shakespeare Quarterly* 33. 4(1982):480—490.

Dolan, Frances E. ed., *Richard II.* New York: Penguin Books, 2017.

Dollimore, Jonathan. "Shakespeare, Cultural Materialism, Feminism, and Marxist Humanism", in *New Literary History* 21. 3 (1990): 471—493.

Drakakis, John. ed., *The Merchant of Venice.* London: Bloomsbury, 2010.

Dubrow, Heather. *Captive Victors: Shakespeare's Narrative Poems and Sonnets.* Ithaca and London: Cornell University Press, 1987.

Dubrow, Heather. *Shakespeare and Domestic Loss, Forms of Deprivation, Mourning, and Recuperation.* Cambridge: Cambridge University Press, 1999.

Dugan, Holly. "Scent of a Woman: Performing the Politics of Smell in Late Medieval and Early Modern England", *Journal of Medieval and Early Modern Studies* 38. 2 (2008):229—252.

Dugan, Holly. "Shakespeare and the Senses", *Literature Compass* 6. 3 (2009): 726—40.

Dugan, Holly. *The Ephemeral History of Perfume: Scent and Sense in Early Modern England.* Baltimore: Johns Hopkins UP, 2011.

Dusinberre, Juliet. "Women and Boys Playing Shakespeare", in Dympna Callaghan, ed., *A Feminist Companion to Shakespeare.* Malden, MA: Blackwell, 2000, pp. 251—263.

Dutton, Richard. "The Second Tetralogy", in Stanley Wells, ed., *Shakespeare: A Bibliographical Guide.* Oxford: Clarendon Press, 1990, pp. 337—380.

Edelman, Charles. *Shakespeare's Military Language: A Dictionary*, New Brunswick: Athlone Press, 2000.

Edgecombe, Rodney S. "'The salt fish is an old coat' in *The Merry Wives of Windsor* 1. 1", *The Upstart Crow: A Shakespeare Journal* 24 (2004): 34—35.

Edmondson. Paul. "Introduction", in Stanley Wells, ed., *Richard II*, London: Penguin Classics, 2015. pp. xxi—lviii.

Edwards, Philip. ed. *Hamlet, Prince of Denmark (The New Cambridge Shakespeare).* New York: Cambridge University Press, 2003.

Edwards, Philip. *Threshold of a Nation: A Study in English and Irish Drama.* Cambridge: Cambridge University Press, 1979.

Egan, Gabriel. *Shakespeare and Ecocritical Theory.* London: Bloomsbury, 2015.

Eisenstein, Elizabeth. *The Printing Press as an Agent of Change.* Cambridge: Cambridge University Press. 1979.

Ekmekçioğlu, Neslihan. "The Unfolding of Truth and Self-representation within the Cracked Mirror in Shakespeare's *Richard II*", *Gender Studies* 2013. 12(1):32—51

Elias, Norbert. *The Civilizing Process: Sociogenetic and Psychogenetic Investigations*. Eric Dunning, Johan Goudsblom, and Stephen Mennell, eds., Edmund Jephcott, trans., Oxford: Blackwell, 2000.

Ellacombe, Henry Nicholson. *The Plant-lore& Garden-craft of Shakespeare*. (second edition). London: W. Satchell and Co., Simpkin, Marshall, and Co., 1884.

Ellis, Ellen Deborah. *An Introduction to the History of Sugar as a Commodity*. Philadelphia: J. C. Winston Co.,1905.

Elsky, Martin. *Authorizing Words: Speech, Writing, and Print in the English Renaissance*. Ithaca, NY: Cornell University Press, 1989.

Elyot, Thomas. *The castell of health, corrected, and in some places augmented by the first author thereof*. London: Printed by the Widdow Orwin,1595.

Elton, G. R. *England Under the Tudors*. London: Methuen, 1974.

Epstein, Andrew. "The Disruptive Power of Ordinary Things", *Journal of Modern Literature*, 2016(40)2: 184—188.

Erickson, Peter. "Can We Talk about Race in Hamlet?", in Arthur F. Kinney, ed., *Hamlet: New Critical Essays*. New York: Routledge, 2002, pp. 207—215.

Erickson, Peter. *Rewriting Shakespeare, Rewriting Ourselves*. University of California Press, 1991.

Erickson, Peter. "Representations of Blacks and Blackness in the Renaissance", *Criticism* 35 (1993): 499—527.

Estrin, Barbara L. in "The Foundling Plot: Stories in The Winter's Tale", *Modern Language Studies* 7(1977):27—38.

Evans, G. Blakemore and J. J. M. Tobin, eds., *The Riverside Shakespeare* (second Edition). Boston & New York: Houghton Mifflin Company, 1997.

Evans, Joan. *English Posies and Posy Rings*. London: Oxford University Press, 1931.

Evans, J. X. ed., *The Works of Sir Roger Williams*. Oxford: Clarendon, 1972.

Espinosa, Ruben. "Fluellen's Foreign Influence and the Ill Neighborhood of *King Henry V.*", in Ruben Espinosa and David Ruiter, eds., *Shakespeare and Immigration*. London and New York: Routledge, 2016, pp. 73—90.

Evans, Herbert Arthur. ed., *The Life of King Henry the Fifth*. London: Methuen. 1903.

Fagan, Brian. *The Little Ice Age: How Climate Made History 1300—1850*. New York: Basic Books, 2000.

Farquhar, James Douglas. "The Manuscript as a Book", in Sandra Hindman and James

Douglas Farquhar, eds.,*Pen to Press: Illustrated Manuscript and Printed Books in the First Century of Printing*. College Park: University of Maryland Art Department. 1977. pp. 11—99.

Farb, Peter, and George Armelagos,*Consuming Passions-The Anthropology of Eating*. Boston: Houghton, 1980.

Feerick, Jean. "Botanical Shakespeares: The Racial Logic of Plant Life in 'Titus Andronicus'", *South Central Review*. 26(2009):82—102.

Feerick, Jean E. "The Imperial Graft: Horticulture, Hybridity, and the Art of Mingling Races in *Henry V* and *Cymbeline*." in Valerie Traub, ed., *The Oxford Handbook of Shakespeare and Embodiment: Gender, Sexuality, and Race*. Oxford: Oxford University Press, 2016, pp. 211—227.

Ferguson, Leland. "Historical Archaeology and the Importance of Material Things", in Leland Ferguson, ed., *Historical Archaeology and the Importance of Material Things*. East Lansing: Society for Historical Archaeology, 1977. pp. 5—8.

Ferguson, Arthur B. *The Chivalric Tradition in Renaissance England*. Washington: Folger Shakespeare Library, 1986.

Fernández-Armesto, Felipe. *Near a Thousand Tables: A History of Food*. New York: The Free Press, 2002.

Fischer, Joshua B. "Digesting Falstaff: Food and Nation in Shakespeare's *Henry IV* plays", *Early English Studies* 2 (2009):1—23.

Fisher, ill. *Materializing Gender in Early Modern English Literature and Culture*. Cambridge: Cambridge University Press, 2006.

Fitter, S. W. *London's Natural History*. London: ollins, 1945.

Fitzpatrick, Joan. "Die and Identity in Early Modern Dietaries and Shakespeare: The Inflections of Nationality, Gender, Social Rank, and Age", *Shakespeare Studies* 42 (2014):75—90.

Fitzpatrick, Joan. *Food in Shakespeare: Early Modern Dietaries and the Plays*. Burlington: Ashgate, 2007.

Fitzpatrick, Joan. *Renaissance Food from Rabelais to Shakespeare: Culinary Readings and Culinary Histories*. Burlington: Ashgate, 2010.

Flasherty, Jennifer. "'Know us by our horses': Equine Imagery in Shakespeare's *Henriad*", in Peter Edwards, Karl A. E. Enenkel and Elspeth Graham, eds., *The Horse as Cultural Icon: The Real and the Symbolic Horse in the Early Modern World*. Leiden and Boston: Brill, 2012, pp. 307—326.

Fletcher, Lorraine. "Animal Rites: A Reading of *Venus and Adonis*", *Critical Survey* 17. 3(2005):1—14.

Flinn, M. W. "Timber and the advance of technology: a reconsideration", *Annals of*

Science 1959(15):109—120.

Floyd-Wilson, Mary. "Temperature, Temperance, and Racial Difference in Ben Jonson's *The Masque of Blackness*", *English Literary Renaissance* 28(1998):183—209.

Floyd-Wilson, Mary. *Occult Knowledge, Science, and Gender on the Shakespearean Stage*. Cambridge: Cambridge University Press, 2013.

Flover, John. *Pharmxako-Basenos, or the Touchstone of Medicines, Discovering the Vertues of Vegetables, Minerals, and Animals by Their Tastes and Smells*. Strarfordshire: Michael Johnson, 1687.

Foakes, R. A. and R. T. Rickert, eds. *Henslowe's Diary*. 2nd edn. Cambridge: Cambridge University Press, 2002.

Forker, Charles R. ed. *King Richard II*. London: Bloomsbury, 2016.

Foss, Michael. *Undreamed Shores: England's Wasted Empire in America*. New York: Charles Scribner's Sons, 1974.

Foucault, Michel. *The Order of Things: An Archaeology of Human Sciences*. New York: Vintage Books, 1970.

Foucault, Michel. *The Order of Things: An Archaeology of Human Sciences*. London and New York: Routledge, 2002.

Freedgood, Elaine. *The Ideas in Things: Fugitive Meaning in the Victorian Novel*. London: University of Chicago Press, 2006.

Freese, Barbara. *Coal: A Human History*. New York: Basic Books. 2016.

Friedmann, H. *A Bestiary for Saint Jerome: Animal Symbolism in European Religious Art*. Washington, DC: Smithsonian Institution, 1980.

Frye, Northrop. *Northrop Frye on Shakespeare*. Robert Sandler, ed., New Haven and London: Yale University Press, 1986.

Frye, Susan. "Staging Women's Relations to Textiles in Shakespeare's *Othello* and *Cymbeline*", in Peter Erickson and Clark Hulse, eds., *Early Modern Visual Culture: Representation, Race, and Empire in Renaissance England*. Philadelphia: U of Pennsylvania P, 2000, pp. 215—250.

Fumerton, Patricia. *Cultural Aesthetics: Renaissance Literature and the Practice of Social Ornament*. Chicago: University of Chicago Press, 1991.

Furness, Horace Howard. ed., *The New Variorum Edition of Twelfth Night*. Philadelphia and London: J. B. Lippincott Company, 1915.

Gajda, Alexandra. "Debating War and Peace in Late Elizabethan England", *The Historical Journal* 52. 4(2009):851—878.

Galen. *On the Usefulness of the Parts of the Body*. 2 vols. Margaret Tallmadge May, trans., Cornell Publications in the History of Science. Ithaca. Cornell University Press. Vol. 1. 1968.

Galison, Peter. *Image and Logic: The Material Culture of Microphysics*. Chicago: University of Chicago Press, 1997.

Galloway, Bruce. *The Union of England and Scotland, 1603—1608*. Edinburgh: J. Donald, 1986.

Gasset, J. Ortega y. *Meditations on Hunting*. H. B. Wescott, trans. New York: Charles Scribner's Sons, 1972.

Gerarde, John. *The Herball of Generall Historie of Plantes*. London: Iohn Norton, 1597.

Georgopoulou, Xienia. "Food and Identity in Shakespeare's Plays", in Emilia Parpală, ed., *Signs of Identity: Literary Constructs and Discoursive Practices*. Newcastle upon Tyne: Cambridge Scholars Publishing, 2017. pp. 66—80.

Gifford, T. "Pastoral, Anti-Pastoral, and Post-Pastoral", in L. Westling, ed., *The Cambridge Companion to Literature and the Environment*. Cambridge: Cambridge University Press, 2014, pp. 17—30.

Gillespie, James E. *The influence of overseas expansion on England to 1700*. New York: Columbia University Press, 1920.

Gillies, John. *Shakespeare and the Geography of Difference*. Cambridge: Cambridge University Press, 1994.

Goddard, Harold. C. *The Meaning of Shakespeare*. Chicago: The University of Chicago Press, 1951.

Godfery, Eleanor S. *The Development of English Glassmaking 1560—1640*. Oxford: Oxford University Press: Clarendon Press, 1975.

Goldman, Michael. *Shakespeare and the Energies of Drama*. Princeton: Princeton Univ. Press 1972.

Goldstein, Darra. ed. *The Oxford Companion to Sugar and Sweets*. Oxford: Oxford University Press, 2015.

Goldstein, David B. *Eating and Ethics in Shakespeare's England*. New York: Cambridge University Press, 2013.

Goodman, Godfrey. *The Court of King James the First*, vol 1. J. S. Brewer, ed., London: R. Bentley, 1839.

Gowing, L. "The Haunting of Susan Lay: Servants and Mistresses in Seventeenth-Century England", *Gender and History*, 14. 2(2002): 183—201.

Grabes, Herbert. *The Mutable Glass: Mirror Imagery in Titles and Texts of the Middle Ages and the English Renaissance*. Cambridge: Cambridge University Press, 1982.

Grafton, Anthony. "Humanism and Science in Rudolphine Prague: Kepler in Context", in James A. Parente Jr., Richard Erich Schade and George C. Schoolfield, eds., *Lit-*

erary Culture in the Holy Roman Empire, *1555—1720*, Chapel Hill: University of North Carolina Press, 1991. pp. 19—45.

Grant, Teresa "Polar performances: The King's bear cubs on the Jacobean stage", *TLS* 14 June 2002, pp. 14—15.

Grav, Peter F. *Shakespeare and the Economic Imperative*: *"What's aught but as 'tis valued?"*. Routledge: New York, 2008.

Grazia, Margreta de. Maureen Quiligan, and Peter Stallybrass, eds. *Subject and Object in Renaissance Culture*. Cambridge: Cambridge University Press, 1996.

Green, Juana. "The Sempster's Wares: Merchandising and Marrying in*The Fair Maid of the Exchange* (1607)", *Renaissance Quarterly* 53 (2000): 1084—1118.

Green, Matthew. *London: A Travel Guide through Time*. London: Penguin Books, 2016.

Greenaway, Peter. *Prospero's Books: A Film of Shakespeare's The Tempest*. New York: Four Walls Eight Windows. 1991.

Greenblatt, Stephen. "Invisible Bullets: Renaissance Authority and its Subversion, Henry IV and Henry V", in Richard Wilson & Richard Dutton. eds., *New Historicism and Renaissance Drama*. London: Longman, 1992, pp. 83— 108.

Greenblatt, Stephen. *Will in the World: How Shakespeare Became Shakespeare*. New York: W. W. Norton &Company, 2005.

Greenblatt, Stephen. "Shakespeare and the Exorcists", in Patricia Parker and Geoffrey Hartman, eds., *Shakespeare and the Question of Theory*. London: Methuen, 1985, pp. 163—186.

Greenblatt, Stephen. ed.. *The Norton Shakespeare (second edition)*. New York &London: W. W. Norton&Company, 2008.

Greenblatt, Stephen. ed., *The Norton Shakespeare* (third edition). New York&London: W. W. Norton &Company, 2016.

Greenblatt, Stephen. *Tyrant: Shakespeare on Politics*. New York & London: W. W. Norton & Company, 2019.

Greene, Jody. "'You Must Eat Men': The Sodomitic Economy of Renaissance Patronage", *Gay and Lesbian Quarterly* 1 (1994): 163—197.

Grieco, Allen J. "The Social Politics of Pre- Linnaean Botanical Classification", *I Tatti Studies: Essays in the Renaissance* 4(1991):131—149.

Guin, Elisabeth Le. "Man and Horse in Harmony", in Karen Raber and Treva J. Tucker, eds., *The Culture of the Horse: Status, Discipline and Identity in the Early Modern World*. New York: Palgrave Macmillan, 2005, pp. 175—96.

Guilemeau, Jacques. *Child-birth or, The happy deliuerie of women. Written in French by Iomes Guillimeau the French Kings chirurgion*. London: A. Hatfield, 1612.

Gurr, Andrew. *Playgoing in Shakespeare's London*. Cambridge: Cambridge University Press, 2004.

Gurr, Andrew. "The Bear, the Statue, and Hysteria in The Winter's Tale", *Shakespeare Quarterly* 34 (1983), 420—425.

Gurr, Andrew. *The Shakespearean Stage 1574—1642*. Cambridge: Cambridge UP, 1992.

Gurr, Andrew and Mariko Ichikawa. *Staging in Shakespeare's Theatres*. Oxford: Oxford University Press, 2000.

Gurr, Andrew. ed., *King Henry V* (NCS). Cambridge: Cambridge University Press, 2017.

Gurr, Andrew. ed., *King Richard II*. Cambridge: Cambridge UP, 2018.

Hackett, Helen. *Virgin Mother, Maiden Queen: Elizabeth I and the Cult of the Virgin Mary*. Basingstoke: Palgrave Macmillan, 1995.

Hadfield, A. *Shakespeare and Renaissance Politics*. London: Thomason Learning, 2004.

Hadfield, Andrew. *Shakespeare and Republicanism*. Oxford: Oxford University Press, 2005.

Hadfield, Andrew, "*Republicanism*", in Arthur F. Kinney, ed., *The Oxford Handbook of Shakespeare*. Oxford: Oxford Univeristy Press, 2012, pp. 587—603.

Hale, David G. "Intestine Sedition: The Fable of the Belly", *Comparative Literature Studies* 5(1968):377—388.

Hale, K. R. *Renaissance Europe 1480—1520*. London: Fontana, 1971.

Halio, Jay L. ed., *The Merchant of Venice*. Oxford: Oxford University Press, 1993.

Hall, James. *Dictionary of Subjects and Symbols in Art*. London: Harper and Row, 1974.

Hall, Kim F. "Culinary Spaces, Colonial Spaces: The Gendering of Sugar in the Seventeenth Century", in Valerie Traub, M. Lindsay Kaplan, and Dympna Callaghan, eds., *Feminist Readings of Early Modern Culture: Emerging Subjects*. Cambridge: Cambridge University Press, 1996, pp. 168—190.

Hall, Kim F. "Fair Texts/Dark Ladies: Renaissance Lyric and the Poetics of Color", in Kim F. Hall, ed., *Things of Darkness: Economies of Race and Gender in Early Modern England*. Ithaca: Cornell University Press, 1995, pp. 62—122.

Hall, Kim F. ed., *Othello, the Moor of Venice: Texts and Contexts*. Boston and New York: Bedford/St. Martin's, 2007.

Hall, Kim F. *Things of Darkness: Economies of Race and Gender in Early Modern England*. Ithaca, NY: Cornell University Press, 1995.

Hall, Peter. *Shakespeare's Advice to the Players*. New York: Theatre Communications

Group, 2003.

Halliday, Frank Ernest. *A Shakespeare Companion 1564—1964*. Baltimore: Penguin, 1964.

Hammer, Paul E. J. *Elizabeth's Wars: War, Government and Society in Tudor England, 1544—1604*. New York: Palgrave Macmillan, 2003.

Haraway, Donna. *The Companion Species Manifesto: Dogs, People, and Significant Otherness*. Chicago: Prickly Paradigm Press, 2003.

Harington, John. *Nugae Antiquae: Being A Miscellaneous Collection of Original Papers in Prose and in Verse*. vol. I, ed. Henry Harington, London: Vernor and Hood [etc.] 1804.

Harkness, Deborah E. *The Jewel House: Elizabethan London and the Scientific Revolution*. New Haven and London: Yale University Press, 2007.

Harkness, Deborah. "'Strange' Ideas and 'English' Knowledge: Natural Science Exchange in Elizabethan London", in Pamela H. Smith and Paula Findlen, eds., *Merchants and Marvels: Commerce, Science, and Art in Early Modern Europe*. New York: Routledge, 2002, pp. 137—162.

Harley, J. B. "Meaning and Ambiguity in Tudor Cartography," in Sarah Tyacke, ed., *English Map-Making 1500—1650*. London: British Library, 1983, pp. 22—25.

Harman, Graham. *Tool-Being: Heidegger and the Metaphysics of Objects*. Chicago: Open Court, 2002.

Harris, Jonathan Gil and Natasha Korda. eds. *Staged Properties in Early Modern English Drama*. Cambridge: Cambridge UP, 2002.

Harris, Jonathan Gil. "'Narcissus in Thy Face': Roman Desire and the Difference It Fakes in *Antony and Cleopatra*", *Shakespeare Quarterly* 45. 4 (1994): 408—25.

Harris, Jonathan Gil. "The New New Historicism's Wunderkammer of Objects", *European Journal of English Studies* 4:2(2000):111—123.

Harris, Jonathan Gil. "The Smell of Macbeth", *Shakespeare Quarterly* 58. 4(2007): 465—486.

Harris, Jonathan Gil. *Untimely Matter in the Time of Shakespeare*. Philadelphia: University of Pennsylvania Press, 2009.

Harrison, G. B. ed. *The Winter's Tale*. Harmondsworth: Penguin,1947.

Harrison, William. *The Description of England*. Georges Edelen, ed. Ithaca: Cornell University Press, 1968.

Harrison, William. *The Description of England* (1587). Georges Edelen, Ed., Washington and New York: The Folger Shakespeare Library and Dover Publications, 1994.

Harvey, Karen. ed., *History and Material Culture*. London: Routledge, 2009.

Hawkes, David. *Shakespeare and Economic Theory*. Bloomsbury: London, 2015.

Hattaway, Michael. ed., *The Second Part of King Henry VI*. Cambridge: Cambridge University Press, 2012.

Hayward, Maria. *Rich Apparel*: *Clothing and the law in Henry VIII's England*. Burlington, VT: Ashgate, 2009.

Heal, Felicity. *The Power of Gifts- Gift-Exchange in Early Modern England*. Oxford: Oxford University Press, 2014.

Heaney, P. E. "Petruchio's Horse: Equine and Household Mismanagement in*The Taming of the Shrew*", *Early Modern Literary Studies* 4,1(1998) 2. 1—12.

Henderson, Diana E. "Magic in the Chains: *Othello*, *Omkara*, and the materiality of gender across time and media", in Valerie Traub. ed. *The Oxford Handbook of Shakespeare and Embodiment*. Oxford: Oxford University Press, 2016, pp. 673—693.

Hentschell, Roze. *The Culture of Cloth in Early Modern England*. Burlington: ASHGATE: 2008.

Hentzner, P. *A Journey into England(1598)*. London: Strawberry Hill Press, 1757.

Herz, Rachel. *That's Disgusting*: *Unraveling the Mysteries of Repulsion*. New York: W. W. Norton, 2012.

Herz, R. S. and T. Engen. "Odor Memory: Review and Analysis", *Psychonomic Bulletin and Review* 3 (1996): 300—313.

Hibbard, G. R. ed., *The Taming of the Shrew*. Harmondsworth: Penguin, 1968.

Hibbard, G. R. ed., *Hamlet*. Oxford: Oxford University Press, 2008.

Hill, Thomas. *Gardeners Labyrinh*. London: Henry Bynneman, 1577.

Hiltner, Ken. *What Else is Pastoral?*: *Renaissance Literature and the Environment*. Ithaca, NY: Cornell University Press, 2011.

Hiltner, Ken. "Renaissance Literature and Our Contemporary Attitude toward Global Warning", *Interdisciplinary Studies in Literature and the Environment* 16. 3 (Summer 2009):429—441.

Hirst, Derek. *Authority and Conflict*: *England, 1603—1658*. London: E. Arnorld, 1986.

Hodgdon, Barbara. "Antony and Cleopatra in the Theatre", in Claire McEachern, ed., *The Cambridge Companion to Shakespearean Tragedy*. New York: Cambridge UP, 2002, pp. 241—263.

Hodgdon, Barbara. ed. *The First Part of King Henry the Fourth*: *Texts and Contexts*. Boston and New York: Bedford Books, 1997.

Hogg, O. F. G. *English Artillery 1326—1716*. London: Royal Artillery Institute, 1963.

Holinshed, Raphael. *The Chronicles of England, Scotland and Ireland*. London: J. Johnson *et al.*, 1807, vol. I.

Holland, Peter. "Introduction", in W. Moelwyn Merchant, ed., *The Merchant of Venice*. London: Penguin Books, 2005, pp. xxii—lxiii.

Holland, Peter. ed.,*Coriolanus*. London and New York: Bloomsbury, 2017.

Homan, Sidney. *Directing Shakespeare: A Scholar Onstage*. Athens: Ohio University Press,2004.

Hoskins, W. G. "The Rebuilding of Rural England", *Past & Present* 4 (November 1953): 44—59.

Howard, Jean E. *The Stage and Social Struggle in Early Modern England*. London and New York: Routledge, 1993.

Hues, Robert. *Tractaus de Globis et euorum usu: A Treatise Descriptive of the Globes Constructed by Emery Molyneux*. Clements R. Markham, ed., London: Hakluyt Society, 1889.

Hunt, Alan. *Governance of the Consuming Passions: A History of Sumptuary Law*. New York: St. Martin's Press, 1996.

Hunt, Maurice. "'Bearing Hence' Shakespeare's *The Winter's Tale*", *Studies in English Literature* 2 (2004): 333—346.

Hunt, Maurice. "'Gentleness' and Social Class in*The Merry Wives of Windsor*", *Comparative Drama* Vol. 42, no. 4, winter 2008, pp. 409—432.

Hunter, G. K. "Flatcaps and Bluecoats: Visual Signals on the Elizabethan Stage",*Essays and Studies* 33 (1980): 16—47.

Humphreys, A. R. ed.,*Henry V*. London: Penguin Books, 1968.

Hutchinson, Robert. *Thomas Cromwell: The Rise and Fall of Henry VIII's Most Notorious Minister*. New York: Thomas Dunne Books, 2007.

Hutson, Lorna. *The Usurer's Daughter: Male Friendship and Fictions of Women in Sixteenth-Century England*. London: Routledge, 1994.

Iyengar, Sujata. *Shakespeare's Medical Language: A Dictionary*. London: Bloomsbury, 2014.

James I. *The Political Works of James I*. Charles Howard McIlwain, ed., Cambridge: Harvard University Press, 1918.

Jankowski, Theodra A. "… in the Lesbian Void: Woman-Woman Eroticism in Shakespeare's Plays", in Dympna Callaghan, ed.,*A Feminist Companion to Shakespeare*. Malden: Blackwell Publishers Ltd., 2000, pp. 299—319.

Jankowski, Theodora A. "'As I am Egypt's Queen': Cleopatra, Elizabeth I, and the Female Body Politic",*Assays* 5 (1989):91—110.

Jardine, Lisa and Anthony Grafton. "'Studied for Action': How Gabriel Harvey Read

His Livy", *Past and Present* 129(1990):30—78.

Jardine, Lisa. *Worldly Goods: A New History of the Renaissance*. New York: Norton, 1996.

Jenkins, David. ed., *The Cambridge history of western textiles*. New York: Cambridge University Press, 2003. vol. 1.

Jenkins, Harold. ed., *Hamlet*. London and New York: Methuen, 1982.

Jenkins, Geraint H. *A Concise History of Wales*. Cambridge: Cambridge University Press, 2014.

Jenstad, Janelle. "Paper, Linen, Sheets: Dinesen's 'The Blank Page' and Desdemona's Handkerchief", in Peter Erickson and Maurice Hunt, eds., *Approaches to Teaching Shakespeare's "Othello"*. New York: Modern Language Association of America, 2005, pp. 194—201.

Johns, Adrian. *The Nature of the Book: Print and Knowledge in the Making*. Chicago: University of Chicago Press. 1998.

Jones, A R, Stallybrass P. *Renaissance Clothing and the Materials of Memory*. New York: Cambridge University Press, 2000.

Jordan, Constance. *Shakespeare's Monarchies: Ruler and Subject in the Romances*. Ithaca and London: Cornell Univ. Press, 1997.

Jordan, Winthrop. *White Over Black: American Attitudes Toward the Negro, 1550—1812*. Chapel Hill, N. C. : The University of North Carolina Press, 1968.

Jorgensen, Paul A. *Shakespeare's Military World*. Berkeley: University of California Press, 1956.

Jowett, John. "Middleton and Debt in *Timon of Athens*", in Linda Woodbridge, ed., *Money and the Age of Shakespeare: Essays in New Economic Criticism*. New York: Palgrave Macmillan, 2003, pp. 219—236.

Jowett, John. ed., *The Life of Timon of Athens*. Oxford: Oxford University Press, 2004.

Kahn, Coppélia. "'Magic of bounty': Timon of Athens, Jacobean Paronage and Maternal Power", *Shakespeare Quarterly* 38(1981):34—57.

Kantorowicz, Ernst H. *The King's Two Bodies: A Study in Mediaeval Political Theology*. Princeton, New Jersey: Princeton University Press, 1957.

Kanelos, Peter. "So Many Strange Dishes: Food, Love, and Politics in *Much Ado about Nothing*", in David B. Goldstein and Amy L. Tigner, eds., *Culinary Shakespeare: staging food and drink in early modern England*. Pittsburgh: Duquesne University Press, 2016, pp. 57—74.

Kanelos, Peter. ed., *Much Ado About Nothing*. Newburyport: Focus, 2010.

Karim-Cooper, Farah. *Cosmetics in Shakespeare and Renaissance Drama*. Edinburgh:

Edinburgh UP, 2006.

Kassell, Lauren. *Medicine and Magic in Elizabethan London*. Oxford: Clarendon Press, 2005.

Kastan, David Scott. "Plays into Print: Shakespeare to His Earliest Readers", in Jennifer Anderson and Elizabeth Sauer, eds., *Books and Readers in Early Modern England: Material Studies*. Philadelphia: University of Pennsylvania Press, 2002, pp. 23—41.

Kastan, David Scott. *Shakespeare and the Book*. Cambridge: Cambridge University Press, 2001.

Kennedy, Colleen E. "'Qualmish at the smell of leek': overcoming disgust and creating the nation-state in Henry V", in Natalie K. Eschenbaum and Barbara Correll, eds., *Disgust in Early Modern English Literature*. New York: Routledge, 2016, pp. 124—141.

Kerrigan, John. *Shakespeare's Binding Language*. Oxford: Oxford University Press, 2016.

Kelly, Francis M and Schwabe Randolph. *European Costume and Fashion 1490—1790*. Mineola, New York: Dover Publications, 2002.

Kiernan, Victor. *Eight Tragedies of Shakespeare: A Marxist Interpretation*. London: Verso, 1996.

Kinney, Arthur F. *Shakespeare and Cognition: Aristotle's Legacy and Shakespearean Drama*. New York and London: Routledge, 2006.

Kiernan, Pauline. *Staging Shakespeare at the New Globe*. New York: St. Martin's Press, 1999.

Knapp, Peggy A. *Time-Bound Words: Semantic and Social Economies from Chaucer's England to Shakespeare's*. New York: Palgrave Macmillan, 2000.

Knight, Leah. *Of Books and Botany in Early Modern England: Sixteenth Century Plants and Print Culture*. Farnham: Ashgate Publishing Limited, 2009.

Knowles, Ronald. ed., *King Henry VI, Part 2*. London: Bloomsbury, 2016.

Kopytoff, Igor. "The Cultural Life of Things: Commoditization as Process", in Arjun Appadurai, ed., *The Social Life of Things: Commodities in Cultural Perspective*. Cambridge: Cambridge UP, 1986, pp. 64—91.

Korda, Natasha. *Labors Lost: Women's Work and the Early Modern English Stage*. Philadelphia: U of Pennsylvania P, 2011.

Kristeva, Julia. *Powers of Horror: An Essay on Abjection*. Leon S. Roudiez, trans. New York: Columbia University Press, 1992.

Krogt, Peter van der. *Old Globes in the Netherlands: A catalogue of terrestrial and celestial globes make prior to 1850 and preserved in Dutch collections*. Willieten

Haken, trans, Utrecht: HES, 1984.

Krohn, Deborah L. "Rites of Passage: Art Objects to Celebrate Betrothal, Marriage, and the Family", in Andrea Bayer, ed. *Art and Love in Renaissance Italy*. New York: The Metropolitan Museum of Art, 2009, pp. 60—67.

Kuchta, David. *The Three-piece Suit and Modern Masculinity: England, 1550—1850*. Berkeley: University of California Press, 2002.

Kumar, Krishan. *The Making of English National Identity*. Cambridge: Cambridge University Press, 2003.

Lakoff, George and Mark Johnson. *Metaphors We Live By*. Chicago: U of Chicago P, 1980.

Lamb, H. H. *Climate, History, and the Modern World*. New York: Routledge, 1995.

Lambert, Ladina Bezzola and Balz Engle, eds. *Shifting the Scene: Shakespeare in European Culture*. Cranbury, NJ: Rosemont Publishing& Printing Corp.,2004.

Laporte, Dominique. *History of Shit*. Nadia Benabid and Rodolphe El-Khoury, trans., Cambridge, MA: MIT Press, 2002.

Latour, Bruno. *We Have Never Been Modern*. Catherine Porter, trans. Cambridge, MA: Harvard University Press, 1993.

Lee, Sidney. *Shakespeare's England: An Account of the Life and Manners of His Age*, 2 vols. Oxford: Clarendon Press, 1917.

Lee, Sidney. "The American Indian in Elizabethan England", in F. S. Boas, ed.,*Elizabethan and Other Essays*. Oxford: The Clarendon Press, 1929, pp. 263—301.

Leech, Clifford. ed. *Two Gentlemen of Verona*. New Arden Shakespeare. London: Methuen, 1969. pp. xviii—xxii.

Leggart, Alexander. *Shakespeare's Political Drama: The History Plays and Roman Plays*. London: Routledge, 1982.

Leland,John and Alan Baragona. *Shakespeare's Prop Room: An Inventory*. Jefferson, North Caroline: McFarland & Company, Inc., 2016.

Lenin, V. I. *Imperialism: The Highest Stage of Capitalism*. Sydney: Resistance Books, 1999.

Leopold, Aldo. *A Sand County Almanac and Sketches from Here and There*. New York and Oxford: Oxford University Press,1987.

Lester, Katherine and Bess Viola Oerke. *Accessories of Dress*. Peoria, IL: C. Bennett, 1940.

Levin, Carole and Cassandra Auble. "'I would not have given it for a wilderness of monkeys': Turquoise, Queenship, and the Exotic", in Estelle Paranque, Nate Probasco, and Claire Jowitt, eds.,*Colonization, Piracy, and Trade in Early Modern Eu-*

rope: *The Roles of Powerful Women and Queens*. London: Palgrave Macmillan, 2017, pp. 169—194.

Levenson, Jill L. ed.,*Romeo and Juliet*. Oxford: Oxford University Press, 2008.

Lewis, C. S. *English Literature in the Sixteenth Century, excluding Drama*. Oxford: Oxford University Press, 1954.

Little, Arthur L. Jr. *Shakespeare Jungle Fever: National-Imperial Re-Visions of Race, Rape, and Sacrifice*. Stanford: Stanford UP, 2000.

Long, Pamela O. Technology,*Society, and Culture in Late Medieval and Renaissance Europe, 1300—1600*. Washington, DC: Society for the History of Technology and the American Historical Association, 2000.

Love, Harold. "Manuscript versus Print in the Transmission of English Literature, 1600—1700",*Bibliographical Society of Australia and New Zealand* 9(1985): 95—107.

Lublin, Robert I. *Costuming the Shakespearean Stage: Visual Codes of Representation in Early Modern Theatre and Culture*. Burlington: Ashgate,2011.

Lynn Townsend, White. *Medieval Religion and Technology: Collected Essays*. Berkeley: University of California Press, 1978.

Macey, Samuel L. *Clocks and the Cosmos: Time in Western Life and Thought*. Hamden, CT: Archon Books, 1980.

MacFaul, Tom. *Shakespeare and the Natural World*. Cambridge: Cambridge University Press, 2015.

MacGregor, Nei. *Shakespeare's Restless World: An Unexpected History in Twenty Objects*. New York: Penguin Group, 2012.

Madden, D. H. *The Diary of Master William Silence: A Study of Shakespeare and of Elizabethan Sport*. New York: Longmans, Green, 1903.

Madelaine, Richard. ed. *Antony and Cleopatra*. Cambridge: Cambridge UP, 1998.

Mahood, M. M. ed.,*The Merchant of Venice*. Cambridge: Cambridge University Press, 2003.

Marcus, Leah S. "Renaissance/Early Modern Studies", in Stephen Greenblatt and Giles Gunn, eds.,*Redrawing the Boundaries: The Transformation of English and American Literary Studies*. New York: Modern Language Association of America, 1992. pp. 41—63.

Margolies, David. "Teaching the handsaw to fly: Shakespeare as a hegemonic instrument", in Graham Holderness, ed., *The Shakespeare Myth*. Manchester: Manchester University Press, 1988. pp. 42—53.

Marjorie, Garber. *Profiling Shakespeare*. New York: Routledge,2008.

Markham, Gervase. *The English Housewife*. Michael R. Best, ed., London: McGill-

Queen's University Press, 1994.

Marotti, Arthur. *Manuscript*, *Print*, *and the English Renaissance Lyric*. Ithaca, NY: Cornell University Press. 1995.

Martin, Randall. *Shakespeare and Ecology*. Oxford: Oxford University Press, 2015.

Masefield, G. B. "Crops and livestock", in E. E. Rich and C. H. Wilson. eds. *Cambridge Economic History of Europe*. Vol. IV, Cambridge: Cambridge University Press, 1967, pp. 275—299.

Mason, Pamela. ed.,*Shakespeare: Early Comedies*. London: Macmillan, 1995.

Masten, Jeffrey. *"The Two Gentlemen of Verona"*, in Richard Dutton and Jean E. Howard, eds., *A Companion to Shakespeare's Works*, *Vol. III: Comedies*. Oxford: Blackwell Publishing, 2003, pp. 266—288.

Matthes, F. E. "Report of Committee on Glaciers, April 1939",*Transactions*, *American Geophysical Union* 20(1939): 518—523.

Maurice, Klaus and Otto Mayr, eds. *The Clockwork Universe: German Clocks and Automata 1550—1650*. Washington, DC: Smithsonian, 1980.

Mauss, Marcel. *The Gift: Forms and Functions of Exchange in Archaic Societies*. Ian Cunnison, trans. London: Cohen& West Ltd. 1966.

Mayr, Otto. *Authority*, *Liberty*, *and Automatic Machinery in Early Modern Europe*. Baltimore: Johns Hopkins University Press, 1986.

McDonald, Russ and Lena Cowen Orlin, eds. *The Bedford Shakespeare*. Boston and New York: Bedford/ St. Martin's, 2015.

McDonald, Russ. *The Bedford Companion to Shakespeare: An Introduction with Documents* (second edition). Boston and New York: Bedford/St. Martins's, 2001.

McEachern, Claire. ed.,*Much Ado About Nothing*. London and New York: Bloomsbury, 2016.

McLuhan, Marshall. *The Gutenberg Galaxy: The Making of Typographic Man*. London: University of Toronto Press, 2011.

McNally, Teresa. "Shylock's Turquoise Ring and Judaic Tradition",*Notes and Queries* (September 1992): 320—321.

Mead, William Edward. *The English Medieval Feast*. London: George Allen and Unwin, 1967[1931].

Melchiori, Giorgio. ed.,*The Merry Wives of Windsor*. London: Bloomsbury. 2000.

Miller, Robert P. "Venus, Adonis, and the Horses",*ELH*, 19. 4(1952):249—264.

Miller, Daniel. ed.,*Material Cultures: Why Some Things Matter*. Chicago: University of Chicago Press, 1998.

Miller,Robert P. "The Myth of Mars' Hot Minion in*Venus and Adonis*", *ELH* 36. 4 (1959):470—481.

Mintz, Sidney Wilfred. *Sweetness and Power: The Place of Sugar in Early Modern History*. New York: Viking Penguin Inc., 1985.

Mintz, Sidney Wilfred. *Tasting Food, Tasting Freedom: Excursions into Eating, Culture, and the Past*. Beacon: Beacon Press, 1996.

Mirabella, Bella. ed., *Ornamentalism: The Art of Renaissance Accessories*. Ann Arbor: University of Michigan, 2011.

Moffett, Thomas. *Healths Improvement: Or, Rules Comprizing and Discovering, the Nature, Method, and Manner of Preparing All Sorts of Food Use in This Nation, 1ˢᵗ edition*. Wing M2382. London: Thomas: Newcomb for Samuel Thomson. 1655.

Monks, Aoife. *The Actor in Costume*. London: Palgrave MacMillan, 2010.

Montaigne, Michel de. "Of Friendship", *Montaigne's Essays*. John Florio, tran., L. C. Harmer, intro., London: Dent; New York: Dutton, 1965. Vol. 1, pp. 195—209.

Montrose, Louis. "Shaping Fantasies: Figurations of Gender and Power in Elizabethan Culture", *Representations* 2 (1983): 61—94.

Moore, Philip, *The Hope of Health Wherin is Conteined a Goodlie Regimente of Life: as Medicine, Good Diet and the Goodlie Vertues of Sonderie Herbes*. STC 18059. 5. London. Ihon Kingston. 1564.

Moore, Grace. "Nature", in Susan Broomhall, ed. *Early Modern Emotions: An Introduction*, New York: Routledge, 2017, pp. 346—349.

Moretti, Franco. *Graphs, Maps, Trees: Abstract Models for a Literary History*. New York: Verso, 2005.

Mortimer, Ian. *The Time Traveller's Guide to Elizabethan England*. London: The Bodley Head, 2012.

Moulton, Ian Frederick. "Fat Knight, or What You Will: Unimitable Falstaff", in Richard Dutton and Jean Howard, eds. *A Companion to Shakespeare's Works Volume III: The Comedies*. Malden, MA: Blackwell, 2003, pp. 223—242.

Moulton, Ian Frederick. *Love in Print in the Sixteenth Century: The Popularization of Romance*. New York: Palgrave Macmillan, 2014.

Mowat, Barbara. "Prospero's Book", *Shakespeare Quarterly* 52(2001): 1—33.

Mowat, Barbara A. and Paul Werstine, eds., *The Life of Henry V*. New York: Simon&. Schuster Paperbacks, 2009.

Muldrew, Craig. *Food, Energy and the Creation of Industriousness: Work and Material Culture in Agrarian England, 1550—1780*. Cambridge: Cambridge University Press, 2011.

Mullaney, Steven. "Affective Technologies: Toward an Emotional Logic of the Elizabethan Stage", in Mary Floyd-Wilson and Garrett Sullivan, eds., *Environment and*

Embodiment in Early Modern England. London: Palgrave Macmillan, 2006, pp. 71—89.

Mumford, Lewis. *Technics and Civilization*. New York: HBJ, 1962.

Murley, John A. &-Sean D. Dutton. *Perspectives on Politics in Shakespeare*. Lanham: Lexington Books, 2006.

Murphy, Andrew. *Shakespeare in Print: A History and Chronology of Shakespeare Publishing*. Cambridge: Cambridge University Press. 2003.

Murphy, Andrew. ed., *A Concise Companion to Shakespeare and the Text*. Carlton: Blackwell Publishing Ltd., 2007.

Murrin, Michael. *History of Warfare in Renaissance Epic*. Chicago: University of Chicago Press, 1994.

Musacchio, Jacqueline Marie. "Jewish Betrothal Ring", in Andrea Bayer, ed., *Art and Love in Renaissance Italy*. New York: The Metropolitan Museum of Art, 2009, p. 102.

Nardizzi, Vin. "Felling Falstaff in Windsor Park", in Lynne Bruckner and Dan Brayton, eds., *Ecocritical Shakespeare*. Burlington: Ashgate Publishing Company, 2011, pp. 123—138.

Nardizzi, Vin. "Shakespeare's Globe and England's Woods", *Shakespeare Studies* 39 (2011):54—63.

Neill, Michael. "Post-Colonial Shakespeare?: Writing away from the Centre", in Ania Loomba and Martin Orkin, eds., *Post-Colonial Shakespeare*. London: Routledge, 1998, pp. 164—185.

Neill, Michael. "Unproper Beds: Race, Adultery, and the Hideous in *Othello*", *Shakespeare Quarterly* 40(1989):383—412.

Neill, Michael. *Putting History to the Question: Power, Politics, and Society in English Renaissance Drama*. New York: Columbia University Press, 2000.

Newman, Karen. "'And wash the Ethiop white': Femininity and the Monstrous in *Othello*", in Anthony Gerard Barthelemy, ed., *Critical Essays on Shakespeare's Othello*. New York: G. K. Hall, 1994. pp. 124—143.

Newman, Karen. "Portia's Ring: Unruly Women and the Structure of Exchange in *The Merchant of Venice*", *Shakespeare Quarterly*, 38 (1987): 19—33.

Nichols, John. *The Progresses, Processions, and Magnificent Festivities of King James the First*, 4 vols. London: J. B. Nichols, 1828.

Noble, Louise. *Medicinal Cannibalism in Early Modern English Literature and Culture*. New York: Palgrave Macmillan, 2011.

Norman, Marc and Tom Stoppard. *Shakespeare in Love: A Screenplay*. New York: Hyperion, 1998.

O'Dair, Sharon. *Class, Critics and Shakespeare: Bottom Lines on the Culture Wars.* Ann Arbor: University of Michigan Press, 2000.

Ogilvie, Brian. *The Science of Describing: Natural History in Renaissance Europe.* Chicago: University of Chicago Press, 2006.

Okri, Ben. *A Way of Being Free.* London: Phoenix, 1997.

Oldmixon, J. *The British Empire in America.* 2vols. London: John Nicholson [ect.], 1708. vol. I.

Olsen, Kristin. *All Things Shakespeare: An Encyclopedia of Shakespeare's world.* Westport, Conn. : Greenwood Press, 2002.

Oman, Charles. *A History of the Art of War in the Sixteenth Century.* London: Methuen, 1937.

Oman, Charles. *British Rings: 800—1914.* Totowa, NJ: Rowman and Littlefield, 1974.

Oppermann, Serpil. "Introduction", in Serenella Iovino and Serpil Oppermann, eds., *Material Ecocriticism.* Bloomington and Indianapolis: Indiana University Press, 2014, pp. 1—20.

Orgel, Stephen & Sean Keilen, eds., *Political Shakespeare.* London& New York: Routledge, 1999.

Orgel, Stephen. *Impersonations: The Performance of Gender in Shakespeare's England.* New York: Cambridge University Press, 1996.

Ornellas, Kevin de. *The Horse in Early Modern English Culture: Bridled, Curbed, and Tamed.* Teaneck, NJ: Farleigh Dickinson University Press, 2013.

Orgel, Stephen ed., *The Winter's Tale.* Oxford: Oxford University Press, 2008.

Outhwaite, R. B. *Dearth, Public Policy and Social Disturbance in England, 1550—1800.* Basingstoke, 1991.

Outland, Allison M. "'Eat a Leck': Welsh Corrections, English Conditions, and British Cultural Communion", in Willy Maley and Margaret Tudeau-Clayton, eds., *This England, That Shakespeare: New Angles on Englishness and the Bard.* Farnham: Ashgate, 2010, pp. 87—103.

Ovid, *The Art of Love.* James Michie, trans. New York: The Modern Library, 2002.

Pacey, Arnold. *The Culture of Technology.* Cambridge: MIT Press, 1983.

Palliser D. M. *The Age of Elizabeth 1547—1603.* London: Longman, 1983.

Palliser, D. M. *The Age of Elizabeth: England under the later Tudors 1547—1603.* New York: 1992.

Palmer, Daryl W. "Jacobean Muscovites: Winter, Tyranny and Knowledge in *The Winter's Tale*", *Shakespeare Quarterly* 46(1995):323—339.

Palmer, Daryl W. "Hamlet's Northern Lineage: Masculinity, Climate, and the Mechanician in Early Modern Britain", in Harold Bloom, ed., *William Shakespeare's Hamlet* (new edition). New York: Bloom's Literary Criticism,2009, pp. 11—32.

Parker, Brian. ed. *The Oxford Shakespeare: The Tragedy of Coriolanus*. Oxford: Oxford University Press, 2008.

Parker, G. *Global Crisis: War, Climate and Catastrophe in the Seventeenth Century*. New Haven, CT: Yale University Press. 2013.

Parker, Geoffrey. *The Military Revolution: Military Innovation and the Rise of the West, 1500—1800*. Cambridge: Cambridge University Press, 1988.

Parkinson, John. *Theatrum botaricum: The theater of plants*. London: Thomas Cotes, 1640.

Parkinson, John. *Paradisi in sole paradlisus terrestri, or, A choise garden of all sorts of rarest flowers*. London: Humfrey Lownes and Robert Young, 1629.

Parolin, Peter A. "'Cloyless Sauce': The Pleasurable Politics of Food in*Antony and Cleopatra*", in Sara Munson Deats, ed., *Antony and Cleopatra: New Critical Essays*. New York: Routledge, 2005. pp. 213—229.

Paster, Gail. *Humoring the Body: Emotions and the Shakespearean Stage*. Chicago: University of Chicago Press, 2004.

Paster, Gail Kern. "To Starve with Feeding: The City in *Coriolanus*", *Shakespeare Studies* 11(1978):123—144.

Paster, Gail Kern. *The Body Embarrassed: Drama and the Disciplines of Shame in Early Modern England*. Ithaca: Cornell University Press, 1993.

Patterson, Steve. "The Bankruptcy of Homoerotic Amity in Shakespeare's *Merchant of Venice*", *Shakespeare Quarterly* 50(1999):9—32.

Peacham, Henry. "*The Complete Gentleman*," "*The Truth of Our Times*," and "*The Art of Living in London*", Virgil B. Heltzel, ed., Ithaca: Cornell University Press, 1962. pp. 3—174.

Peck, Linda Levy. *Consuming Splendor: Society and Culture in Seventeenth-Century England*, Cambridge: Cambridge UP, 2005.

Peck, Russell A. "Edgar's Pilgrimage: High Comedy in King Lear", *Studies in English Literature*, 7 (1967): 219—237.

Pedersen, Tara E. *Mermaids and the Production of Knowledge in Early Modern England*. London and New York: Routledge, 2015.

Peltonen, Markku. *Classical Humanism and Republicanism in English Political Thought, 1570—1640*. Cambridge: Cambridge University Press, 2004.

Pennell Sara, "Mundane materiality, or, should small things still be forgotten? Material culture, micro-histories and the problem of scale", in Karen Harvey, ed., *History and Material Culture: A Student's Guide to Approaching Alternative Sources* (second edition). London: Routledge, 2018, pp. 221—240.

Penuel, Suzanne. "Castrating the Creditor in *The Merchant of Venice*", *Studies in English Literature*, *1500—1900* 44. 2 (Spring 2004): 255—275.

Pettet, E. C. "*Timon of Athens*: The Disruption of Feudal Morality", *Review of English Studies* 23 (1947):321—336.

Pettett, E. C. "*Coriolanus* and the Midlands Insurrection of 1607", *Shakespeare Survey* 3(1950): 34—42.

Phipson, Emma. *The Animal-Lore of Shakespeare's Time*. Cambridge: Cambridge University Press, 2015.

Picard, Liza. *Elizabeth's London*. London: Phoenix Press, 2003.

Pitcher, John. "'Fronted with the Sight of a Bear': *Cox of Collumpton and The Winter's Tale*", *Notes&Queries* 1 (1994): 47—53.

Pittenger, Elizabeth. "Dispatch Quickly: The Mechanical Reproduction of Pages", *Shakespeare Quarterly* 42(1991):389—408.

Pittenger, Paul S. *Sugars and sugar derivatives in pharmacy*. New York: Sugar Research Foundation, Inc., 1947.

Platt, Colin. *The Great Rebuildings of Tudor and Stuart England*. Oxford: Routledge, 2004.

Pollard, Tanya. *Drugs and Theater in Early Modern England*. Oxford: Oxford University Press, 2005.

Prestwich, Menna. *Cranfield: Politics and Profits under the Early Stuarts*. Oxford: Clarendon Press, 1996.

Quealy, Gerit. *Botanical Shakespeare: An Illustrated Compendium of All the Flowers, Fruits, Herbs, Trees, Seeds, and Grasses Cited by the World's Greatest Playwright*. New York: HarperCollins Publishers, 2017.

Quilligan, Maureen. "Freedom, Service, and the Trade in Slaves: The Problem of Labor in *Paradise Lost*", in Margreta de Grazia, Maureen Quilligan and Peter Stallybrass, eds., *Subject and Object in Renaissance Culture*. Cambridge: Cambridge University Press, 1996, pp. 213—234.

Quinones, Richard. *The Renaissance Discovery of Time*. Cambridge, MA: Harvard University Press, 1972.

Raber, Karen. *Animal Bodies. Renaissance Culture*. Philadelphia: University of Pennsylvania Press, 2013.

Rackham, Oliver. *Ancient Woodland: its history, vegetation and uses in England*, 2nd edition. Colvend: Kirkcudbrightshire, 2003.

Rackham, Oliver. *Trees and Woodland in the British Landscape*. London: Dent, 1981.

Rackin, Phyllis. *Stages of History: Shakespeare's English Chronicles*. Ithaca: Cornell University Press. 1990.

Rampling, Jennifer. "Shakespeare and science", in *Nature* 508, (03 April 2014):39—40

Rappaport, Steve. *Worlds within Worlds: Structures of Life in Sixteenth-Century London*. Cambridge: Cambridge University Press, 1989.

Ravelhofer, Barbara. "'Beasts of Recreation': Henslowe's White Bears", *English Literary Renaissance* 32(2002):287—323.

Reynolds, George "*Mucedorus*, Most Popular Elizabethan Play?", in Josephine Bennett, Oscar Coghill, and Vernon Hall, eds., *Studies in The English Renaissance Drama*. New York University Press, 1959. pp. 248—268.

Rees, Joan. "Shakespeare's Welshmen", in Vicent Newey and Ann Thompson, eds., *Literature and Nationalism*. Savage, MD: Barnes and Noble, 1991.

Reinhart, Keith. "Shakespeare's Cleopatra and England's Elizabeth", *Shakespeare Quarterly* 23 (1972): 81—86.

Rhodes, Neil and Sawday, Jonathan. *The Renaissance Computer: Knowledge Technology in the First Age of Print*. London: Routledge. 2000.

Richard, John F. *The Unending Frontier: An Environment History of the Early Modern World*. Berkeley: University of California Press, 2003.

Richardson, Catherine. *Shakespeare and Material Culture*. Oxford: Oxford University Press, 2011.

Rickard, Marcia. "The Iconography of the Virgin Portal at Amiens", *Gesta* 22. 2 (1983): 149.

Rivlin, Elizabeth. "Mimetic Service in *The Two Gentlemen of Verona*", in Harold Bloom, ed., *William Shakespeare: comedies* (New Edition). New York: Bloom's Literary Criticism, 2009, pp. 55—76.

Roberts, Jeanne Addison. *The Shakespearean Wild: Geography, Genus, and Gender*. Lincoln, NE: 1991.

Roberts, Michael. *The Military Revolution 1560—1660*. Belfast: Marjory Boyd, 1956.

Robinson, Jancis. ed. *The Oxford Companion to Wine* (3rd edition). New York: Oxford University Press, 2006.

Robson, Mark. *Stephen Greenblatt*. New York: Routledge, 2008.

Rosen, David. *The Changing Fictions of Masculinity*. Champaign: University of Illinois Press, 1993.

Ross, J. F. *Portraying Analogy*. Cambridge: Cambridge University Press. 1981.

Ross, Lawrence J. "The Meaning of Strawberries in Shakespeare", *Studies in the Renaissance* 7 (1960): 225—240.

Rossum, Gerhard Dohrn-van. *History of the Hour: Clocks and Modern Temporal Or-*

ders. Thomas Dunlap, trans. Chicago: University of Chicago Press, 1996.

Rowling, J. K. *Harry Potter and the Chamber of Secrets*. New York: Scholastic Inc., 1999.

Rubinstein, Frankie. *A Dictionary of Shakespeare's Sexual Puns and their Significance*. London: Macmillan Press Ltd. 1989.

Russell, Richard Rankin. "The Life of Things in the Place of Howards End", *Journal of Narrative Theory*, 2016, 46(2): 196—222.

Ryan, John Charles. *Plants in Contemporary Poetry: Ecocriticism and the Botanical Imagination*. New York: Routledge, 2018.

Ryden, Mats. *Shakespearean Plant Names: Identifications and Interpretations*. Stockholm: Almqvist&. Wiksell International, 1978.

Rye, W. B. *England as Seen by Foreigners*. London: John Russell, 1865.

Rymer, Thomas. "A Short View of Tragedy (1693)", in Zimanksy Curt, ed., *The Critical Works of Thomas Rymer*. New Haven: Conn., 1956.

Saenger, Michael. *The commodification of textual engagements in the English Renaissance*. Burlington: Ashgate Publishing Company. 2006.

Salgado, Gamini. *The Elizabethan Underworld*. London: J. M. Dent, 1977.

Sattaur, Jennifer. "Thinking Objectively: An Overview of 'Thing Theory' in Victorian Studies", *Victorian Literature and Culture* 40 (2012): 347—357.

Sauders, J. W. "Stigma of Print: A Note on the Social Bases of Tudor Poetry", *Essays in Criticism* 1(1951): 139—164.

Sauders, J. W. "The Social Situation of Seventeenth-Century Poetry", in Malcolm Bradbury and David Palmer, eds., *Metaphysical Poetry*, London: Edward Arnold, 1970. pp. 237—259.

Sawday, Jonathan. *The Body Emblazoned: Dissection and the Human Body in Renaissance Culture*. London and New York: Routledge, 1995.

Scarisbrick, Diana *Jewellery in Britain, 1066—1837: A Documentary, Social, Literary and Artistic Survey*. Great Britain: Michael Russell, 1994.

Scarisbrick, Diana. *Tudor and Jacobean Jewellery*. London: Tate Publishing, 1995.

Schoenfeldt, Michael. "Fables of the Belly in Early Modern England", in David Hillman and Carla Mazzio, ed. *The Body in Parts: Fantasies of Corporeality in Early Modern Europe*. New York: Routledge, 1997, pp. 243—262.

Schoenfeldt, Michael. *Bodies and Selves in Early Modern England: Physiology and Inwardness in Spenser, Shakespeare, Herbert, and Milton*. Cambridge: Cambridge University Press, 1999.

Scholz, Susan. *Body Narratives: Writing the Nation and Fashioning the Subject in Early Modern England*. London: Macmillan Press, 2000.

Schwartz, Murray. "Anger, Wounds and the Forms of Theater in King Richard II: Notes for a Psychoanalytical Interpretation", in Peggy Knapp, ed., *Assays: Critical Approaches to Mediaeval and Renaissance Texts*. Vol. 2. Pittsburgh: University of Pittsburgh Press, 1983, pp. 128—139.

Schwoerer, Lois G. "To Hold and Bear Arms: The English Perspective", *Chicago-Kent Law Review* 76(2000):27—60.

Schlereth, Thomas. "Material Culture Studies in America, 1876—1976", in Thomas Schlereth, ed., *Material Culture Studies in America*. Nashville: American Association for State and Local History, 1982. pp. 1—75.

Schwyzer, Philip. *Literature, Nationalism, and Memory in Early Modern England and Wales*. Cambridge: Cambridge University Press, 2005.

Scott, Alison V. *Selfish Gifts: The Politics of Exchange and English Courtly Literature, 1580—1628*. Madison, WI: Fairleigh Dickinson University Press, 2006.

Scott, Jeremy. ed. *The Mandrake Root: An Anthology of Fantastic Tales*. London: Kosta Press, 2012.

Sebek, Barbara. "'More natural to the nation': Situating Shakespeare in the 'Querelle de Canary'", *Shakespeare Studies*, 42(2014):106—121.

Sebek, Barbara. "Canary, Bristoles, Londres, Ingleses: English Traders in the Canaries in the Sixteenth and Seventeenth Centuries", in Jyotsna Singh, ed. *A Companion to the Global Renaissance*. Chichester: Wiley-Blackwell, 2009, pp. 279—93.

Segan, Francine. *Shakespeare's Kitchen: Renaissance Recipes for the Contemporary Cook*. New York: Random House. 2003.

Seneca. *Moral Essays*. John W. Basore, trans., London: William Heineman, 1964. Vol. 3.

Sheidley, William E. "'Unless It Be a Boar': Love and Wisdom in Shakespeare's Venus and Adonis", *Modern Language Quarterly* 35. 1(1974): 3—15.

Sherrow, Victoria. *For Appearance' Sake: The Historical Encyclopedia of Good Looks. Beauty, and Grooming*. Westport: Oryx Press, 2001.

Shirley, John W. "Science and Navigation in Renaissance England", in John W. Shirley and F. David Hoeniger, eds., *Science and the Art in the Renaissance*. Washington, D. C. : Folger Library. 1985, pp. 74—93.

Shohet, Lauren. "Shakespeare's Eager Adonis", *Studies in English Literature, 1500—1900* 42. 1 (2002): 85—102.

Shorter, Alfred. *Paper Mills and Paper Makers in England 1495—1800*. Hilversum: Paper Publications Society. 1957.

Simon, André. *A History of the Wine Trade in England, 3 vols*. London: Wyman and Sons, 1906—9. Vol. 2.

Simon, André. *The Star Chamber Accounts*. London: George Rainbird for the Wine and Food Society, 1959.

Simoons, Frederick J. *Plants of Life, Plants of Death*. London: University of Wisconsin Press, 1998.

Singh, Jyotsna. "The Interventions of History: Narratives of Sexuality", in Dympna Callaghan, Lorraine Helms, and Jyotsna Singh, eds., *The Weyward Sisters: Shakespeare and Feminist Politics*. Oxford: Blackwell, 1994, pp. 7—58.

Smith, Bruce R. *Homosexual Desire in Shakespeare's England: A Cultural Poetics*. University of Chicago Press, 1991.

Smith, Bruce. *Shakespeare and Masculinity*. Oxford: Oxford University Press, 2000.

Smith, Ian. "Othello's Black Handkerchief", *Shakespeare Quarterly* 64. 1 (2013): 1—25.

Snow, Edward A. "Sexual Anxiety and the Male Order of Things in *Othello*", *ELR* (1980):384—412.

Sokol, B. J. *A Brave New World of Knowledge: Shakespeare's The Tempest and Early Modern Epistemology*. London: Associated University Presses. 2003.

Sokol, B. J. and Mary Sokol. *Shakespeare, Law and Marriage*. Cambridge: Cambridge University Press, 2003.

Sombart, Werner. *Luxury and Capitalism*. Ann Arbor: University of Michigan Press, 1967.

Sommerville, Johann P. ed., *King James VI and I: Political Writings*. Cambridge: Cambridge University Press,1994.

Sousa, Geraldo U. De. "The Peasants' Revolt and the Writing of History", in David M. Bergeron, ed., *Reading and writing in Shakespeare*. London: Associated University Presses,1996, pp. 178—193.

Stallybrass, Peter. "Patriarchal Territories: The Body Enclosed", in Margaret W. Ferguson, Quilligan, Maureen and Nancy Vikers, eds., *Rewriting the Renaissance: The Discourses of Sexual Difference in Early Modern Europe*. Chicago: University of Chicago Press, 1986. pp. 123—142.

Stamelman, Richard. *Perfume: Joy, Obsession, Scandal, Sin: A Cultural History of Fragrance from 1750 to Present*. New York: Rizzoli, 2005.

Starks, Lisa S. "'Immoral Longings': The Erotics of Death in*Antony and Cleopatra*", in Sara Munson Deats, ed., *Antony and Cleopatra: New Critical Essays*. New York and London: Routledge, 2005, pp. 243—258.

Starks-Estes, Lisa. *Violence, Trauma, and Virtus in Shakespeare's Roman Poems and Plays*. Basingstoke: Palgrave Macmillan, 2014.

States, Bert O. *Great Reckonings in Little Rooms: On the Phenomenology of*

Theater. Berkeley: University of California Press, 1987.

Stewart, Alan. "Government by Beagle: The Impersonal Rule of James VI and I", in E. Fudge, ed.,*Renaissance Beasts: Of Animals, Humans, and Other Wonderful Creatures*. Champaign: University of Illinois Press, 2004, pp. 101—115.

Stewart, Susan. *Poetry and the Fate of the Senses*. Chicago: U of Chicago P, 2002.

Stirling, Brents. *The Populace of Shakespeare*. New York: AMS Press, 1949, p. 225.

Stone, Lawrence. *The Crisis of the Aristocracy, 1558—1641*. Oxford: Clarendon Press, 1965.

Stow, George B. "Richard II and the Invention of the Pocket Handkerchief",*Albion* 27 (1995): 221—235.

Stowe, J. *Annals of England*. London: R. Newbery, 1592.

Stubbes, Philip. *The Anatomie of Abuses (1583)*. Margatet Jane Kidnie, ed., Arizona: Arizona Center for Medieval and Renaissance Studies, 2002.

Subrahmanyam,Sanjay. *Three Ways to be Alien: Travails and Encounters in the Early Modern World*. Waltham, MA: Brandeis University Press, 2011.

Sugg, Richard. *Mummies, Cannibals, and Vampires: The History of Corpse Medicine from the Renaissance to the Victorians*. New York: Routledge, 2011.

Sutton, A. F. and J. R. Sewell. "Jacob Verzelini and the City of London",*Glass Technology* 21 (1980):190—192.

Snyder, Susan and Curren-Aquino, Deborah T. eds. *The Winter's Tale*. Cambridge: Cambridge University Press, 2018.

Sypher, Wylie. *Guinea's Captive Kings: British Anti-Slavery Literature of the XVIIth Century*. Chapel Hill, N.C. : The University of North Carolina Press, 1941.

Tarlow, Sarah. *Ritual, Belief and the Dead in Early Modern Britain and Ireland*. Cambridge: Cambridge University Press, 2011.

Tatham, J. *Grim the Collier of Groydon: or the Devil and His Dame, with the Devil and St. Dunstan*. London: Printed by R. D. [etc.], 1622.

Taylor, E. G. R. "Early Charts and the Origin of the Compass Rose",*Journal of Navigation* 4 (1951):351—356.

Taylor, Gary ed., *Henry V*. Oxford: Oxford University Press, 2008.

Teague, Frances N. *Shakespeare's Speaking Properties*. London and Toronto: Associated University Presses, 1991.

Tennenhouse, Leonard. *Power on Display: The Politics of Shakespeare's Genres*. London: Methuen, 1986.

The Oxford English Dictionary (second edition). Oxford: Oxford University Press, 1989.

The Eider, Pliny. *The historie of the world: commonly called, The naturall historie of*

C. Plinius Secundus. Philemon Holland, trans. London: Adam Islip, 1634.

Theis, Jeffrey S. *Writing the Forest in Early Modern England: A Sylvan Pastoral Nation*. Pittsburgh, PA: Duquesne University Press, 2009.

Theis, Jeffrey. "The 'ill-kill'd Deer': Poaching and Social Order in *The Merry Wives of Windsor*", *Texas Studies in Literature and Language* 43 (2001): 46—73.

Thirsk, Joan. *Fooles and Fricassees: Food in Shakespeare's England*. Seattle: University of Washington Press, 1999.

Thomas, Keith. *Man and the Natural World: Changing Attitudes in England 1500—1800*. London: Allen Lane,1983.

Thomas, Keith. *Religion and the Decline of Magic: Studies in Popular Beliefs in Sixteenth and Seventeenth Century England*. London: Weidenfeld& Nicolson, 1971.

Thomas, Vivian and Nicki Faircloth. *Shakespeare's Plants and Gardens: A Dictionary*. London: Bloomsbury,2014.

Thompson, Ann and Taylor, Neil eds., *Hamlet* (The Arden Shakespeare). Beijing: China Renmin University, 2008.

Thompson Ann and Thompson, John O. *Shakespeare: Meaning and Metaphor*. Iowa City: University of Iowa Press,1987.

Thompson, Ayanna. "Introduction", in E. A. J. Honigmann, ed., *Othello* (Revised Edition). New York: Bloomsbury, 2016, pp. 1—118.

Thurston,Jonathan W. "Bestia et Amor: Equine Erotology in Shakespeare's '*Venus and Adonis*'", *Филолог* 12(2015):145—155.

Tillyard, E. M. W. *The Elizabethan World Picture*. London: Chatto& Windus, 1950.

Timpane, John. "'I Am but a Foole, Looke You': Lance and the Social Functions of Humor", in June Schlueter, ed., *Two Gentlemen of Verona: Critical Essays*. New York and London: Garland Publishing, Inc. 1996, pp. 189—211.

Timperly, C. H. *Encyclopedia of Literary and Typographical Anecdote*, 2 vols. New York and London: Garland, Vol. 1. 1977.

Tokson, Elliot H. *The Popular Image of the Black Man in English Drama, 1550—1688*. Boston, Massachusetts: G. K. Hall and Co., 1982.

Topsell, Edward. *The Historie of Foure-Footed Beastes*. London: William Iaggard, 1607.

Toussaint-Samat,Maguelonne. *History of Food*. Anthea Bell, tran., Cambridge: Basil Blackwell, 1999.

Trawick, Buckner B. *Shakespeare and Alcohol*. Amsterdam: Rodopi, 1978.

Turner, Gerard L'E. *Elizabethan Instrument Makers: The Origins of the London Trade in Precision Instrument Making*. Oxford: Oxford University Press, 2000.

Turner, Robert Keanand Hass, Virginia Westling eds. *The Winter's Tale*. New Variorum Edition of Shakespeare, New York: Modern Language Association of America, 2005.

Thomas Twyne, *The Schoolemaster, or Teacher of Table Philosophie. A Most Pleasant and Merie Companion, Wel Worthy to be Welcomed (for a Dayly Gheast) Not Onely to All Mens Boorde, to Guyde Them with Moderate [And] Holsome Dyet: but also Into Euery Mans Companie at All Tymes, to Recreate Their Mindes, with Honest Mirth and Delectable Deuises: to Sundrie Pleasant Purposes of Pleasure and Pastyme. Gathered Out of Diuers, the Best Approued Auctours: and Deuided into Foure Pithy and Pleasant Treatises, as it May Appeare by the Contentes*. STC 24411. London. Richarde Jones. 1576.

Ure, Peter. "The Looing-glass of *Richard II*", *Philological Quarterly* 34(1995):219—224.

Vaughan, William. *Natural and Artificial Directions for Health*. London: Richard Bradocke, 1600.

Vieira, Alberto. "The Sugar Economy of Madeira and the Canaries, 1450—1650", in Stuart B. Schwartz, ed., *Tropical Babylons: Sugar and the Making of the Atlantic World, 1450—1680*. Chapel Hill: University of North Carolina Press, 2004.

Vienne-Guerrin, Nathalie. *Shakespeare's Insults: A Pragmatic Dictionary*. London: Bloomsbury, 2016.

Viles, Edward and F. J. Furnivall. eds., *The Rogues and Vagabonds of Shakespeare's Youth: Awdeley's "Fraternitye of Vacabondes"and Harman's "Caveat"*. London: Chatto and Windus, Publishers, 1907.

Vitkus, Daniel. "Introduction: Toward a New Globalism in Early Modern Studies", *The Journal for Early Modern Cultural Studies* 2(2002): v—viii.

Wagner, Johan A. and Susan Walters Schmid, eds., *Encyclopedia of Tudor England*. Oxford: ABC-CLIO, 2012.

Wakefield, Edward Gibbon. "England and America", in M. F. Lloyd Prichard, eds., *The collected works of Edward Gibbon Wakefield*. Glasgow and London: Collins, 1968[1833], pp. 317—430.

Wall, Wendy. "*The Merry Wives of Windsor*: Unhusbanding Desires in Windsor", in Richard Dutton and Jean E. Howard, eds., *A Companion to Shakespeare's Works, Volume III: The Comedies*. Oxford: Blackwell Publishing Ltd. 2003, pp. 376—392.

Wall, Wendy. *Staging Domesticity: Household Work and English Identity in Early Modern Drama*. Cambridge: Cambridge University Press, 2001.

Wall, Wendy. *The Imprint of Gender: Authorship and Publication in the English Re-*

naissance. Ithaca, NY: Cornell University Press. 1993.

Wallace, John M. "*Timon of Athens* and the Three Graces: Shakespeare's Senecan study", *Modern Philology* 83(1986): 349—363.

Wallis, H. M. "Futher Light on the Molyneaux Globes", *Geographical Journal* 121 (1955):304—311.

Walter, John. *Crowds and Popular Politics in Early Modern England*. Manchester: Manchester University Press, 2006.

Warner, J. "Good Help Is Hard to Find: A Few Comments about Alcohol and Work in Preindustrial England", *Addiction Research* 2:3(1995):259—693.

Watkins, Andrew. "The Woodland Economy of the Forest of Arden in the Later Middle Ages", *Midland History* 18 (1993):19—36.

Watts, Cedric. "How Many Shakespearian Canibals?", in John Sutherland and Cedric Watts, eds., *Henry V, War Criminal? And Other Shakespeare Puzzles*. Oxford: Oxford University Press, 2000, pp. 197—202.

Weatherly, Myra. *Elizabeth I : Queen of Tudor England*. Chanhassen, MN: Compass Point Books, 2008.

Webb, Henry J. *Elizabethan Military Science : The Books and Practice*. Madison, WI: University of Wisconsin, 1965.

Webster, John. *The Duchess of Malfi*. John Russell Brown, ed. Manchester: Manchester University Press, 1997.

Weimann, Robert. *Shakespeare and the Popular Tradition in the Thater : Studies in the Social Dimension of Dramatic Form and Function*. Baltimore: Johns Hopkins University Press, 1987.

Weinreb, Ben. ed., *The London Encyclopedia* (third edition). London: Macmillan, 2008.

Weis, René. ed., *Henry IV, Part 2*. Oxford: Oxford University Press, 2008.

Weis, René. ed., *Romeo and Juliet*. London: Bloomsbury, 2012.

Weissenbacher, Manfred. *Sources of Power : How Energy Forges Human History*, 2 *vols*. Santa Barbara, California: ABC-CLIO, LLC. 2009. Vol. 1.

Wells, Robin H. *Shakespeare's Politics : A Contextual Introduction*. London&New York: Continuum, 2009.

Wells, Stanley. Gary Taylor, John Jowett and William Montgomery, eds., *William Shakespeare : A Textual Companion*. Oxford. Clarendon Press, 1987.

Wells, Stanley. ed., *The Oxford Shakespeare : King Lear*. Oxford: Oxford University Press, 2000.

Wells, Stanley. *Shakespeare, Sex, and Love*. Oxford: Oxford University Press, 2010.

Whitney, Charles. "Festivity and Topicality in the Coventry Scene of *1 Henry IV*",

English Literary Renaissance, 24. 2(1994):410—448.

Wilbraham, Roger. "The Journal of Sir Roger Wilbraham, Solicitor-General in Ireland and Master of Requests for the Years 1593—1616", in Harold Spencer Scott, ed., *Camden Miscellany* 10. no. 1, 3rd series, vol. 4. London: Camden Society, 1902. pp. 3—139.

Wilders, John. ed.,*Antony and Cleopatra*. London and New York: Bloomsbury, 1995.

Wiles, David. *Shakespeare's Clown: Actor and Text in the Elizabethan Playhouse*. Cambridge: Cambridge University Press,1987.

Willes, Margaret. *A Shakespearean Botanical*. Oxford: Bodleian Library, 2015.

Williams, Gordon. *A Glossary of Shakespeare's Sexual Language*. London: Athlone, 1997.

Williams, Gordon. *Shakespeare's Sexual Language: A Glossary*. London and New York: Continuum, 2006.

Williams, Raymond. *Marxism and Literature*. Oxford: Oxford University Press, 1977.

Williams, Glanmor. *Renewal and Reformation: Wales c. 1415—1642*. Oxford: Clarendon Press,1987.

Williams, Gwyn. *Madoc: The Making of a Myth*. London: Eyre Methuen,1979.

Willis, Deborah. "Shakespeare's *Tempest* and the Discourse of Colonialism", *Studies in English Literature, 1500—1900* 29. 2(1989):277—289.

Wilson, Arthur. *The History of Great Britain, being the Life and Reign of King James the First*. London: Richard Lownds, 1653.

Wilson, Frank Percy. *The Plague in Shakespeare's London*. Oxford: Oxford University Press, 1963.

Wilson, John Dover and Quiller-Couch, Arthur. eds., *The Winter's Tale*. Cambridge: Cambridge University Press, 1931.

Wilson, Richard. *Will Power: Essays on Shakespearean Authority*. New York. Harvester Wheatsheaf, 1993.

Woodward, Ian.*Understanding Material Culture*. Los Angeles: Sage, 2007.

Woolgar, C. M. *The Senses in Late Medieval England*. New Haven, CT: Yale UP, 2006.

Wright, George T. "Hendiadys and Hamlet",*PMLA* 96 (1981): 168—193.

Wrightson, Keith. "Alehouses, Order and Reformation in Rural England,1590— 1660", in Eileen Yeo and Stephen Yeo, eds., *Popular Culture and Class Conflict 1590—1914: Explorations in the History of Labor and Leisure*. Atlantic Highlands, N. J.: Humanities Press, 1981, pp. 1—27.

Wrightson, Keith. *English Society, 1580—1680*. New Brunswick: Rutgers University Press, 1982.

Xiang，Rong. "The Staffordshire Justices and Their Sessions，1603— 1642"，PhD thesis，University of Birmingham，1996.

Zeeveld，W. G. "*Coriolanus* and Jacobean Politics"，*Modern Language Review* 57 (1962)：321—324.

Zucker，Adam. *The Places of Wit in Early Modern English Comedy*. Cambridge：Cambridge University Press，2011.

中文文献：

艾伦·麦克法兰主讲、刘北成评议、刘东主持、清华大学国学研究院主编：《现代世界的诞生》，上海：世纪出版集团，2013 年。

艾玛·史密斯：《莎士比亚的冬天》，刘漪译，《小说界》2019 年第 6 期。

奥维德：《变形记》，杨周翰译，北京：人民文学出版社，1984 年。

陈雷：《对罗马共和国的柏拉图式批评——谈〈科利奥兰纳斯〉并兼及"荣誉至上的政体"》，《外国文学评论》2012 年第 4 期。

恩格斯：《恩格斯致马克思》，中共中央编译局编译，《马克思恩格斯全集》，北京：人民出版社，1973 年。

恩格斯：《恩格斯致斐·拉萨尔》，中共中央编译局编译，《马克思恩格斯全集》，北京：人民出版社，1972 年。

费尔南·布罗代尔：《十五至十八世纪的物质文明、经济和资本主义（第一卷 日常生活的结构：可能和不可能）》，顾良、施康强译，北京：商务印书馆，2017 年。

傅修延：《文学是"人学"也是"物学"——物叙事与意义世界的形成》，《天津社会科学》2021 年第 5 期。

宫崎正胜：《航海图的世界史：海上道路改变历史》，朱悦玮译，北京：中信出版社，2014 年。

古斯塔夫·勒庞：《乌合之众：大众心理研究》，冯克利译，桂林：广西师范大学出版社，2007 年。

哈孟德夫妇：《近代工业的兴起》，北京：韦国栋译，商务印书馆，1959 年。

韩启群：《物转向》，《外国文学》2017 年第 6 期。

韩启群：《布朗新物质主义批评话语研究》，《外国文学》2019 年第 6 期。

胡鹏：《食物、性与狂欢：〈亨利四世〉中福斯塔夫的吃喝》，《浙江艺术职业学院学报》2016 年第 3 期。

黄应贵：《导论——物与物质文化》，黄应贵主编，《物与物质文化》，台北："中央研究院"民族学研究所，2004 年。

杰弗雷·乔叟：《坎特伯雷故事》，方重译，上海：上海译文出版社，1983 年。

克劳迪亚·米勒-埃贝林，克里斯蒂安·拉奇：《伊索尔德的魔汤：春药的文化史》，王泰智、沈惠珠译，北京：生活·读书·新知三联书店，2013 年。

劳伦斯·斯通：《贵族的危机（1558—1641 年）》，于民，王俊芳译，上海：上海人民出版社，

2011年。

勒布朗:《逊政君主论》,贾石、杨嘉彦译,上海:华东师范大学出版社,2018年。

林美香:《十六、十七世纪欧洲的礼仪书及其研究》,《台大历史学报》2012年第49期。

林美香:《身体的身体:欧洲近代早期服饰观念史》,台北:联经出版事业股份有限公司,
　　2017年。

刘华杰:《博物学文化与编史》,上海:上海交通大学出版社,2014年。

刘永华,《戴维斯及其〈马丁盖尔·归来〉》,娜塔莉·泽蒙·戴维斯,《马丁盖尔·归来》,
　　北京:北京大学出版社,2009年。

刘永华:《物:多重面向、日常性与生命史》,文汇报2016年5月20日第W12版。

姜礼福、孟庆粉:《英语文学批评中的动物研究和批评》,《天津外国语大学学报》2013年
　　第3期,第66—74页。

马克思:《1844年经济哲学手稿》,刘丕坤译,北京:人民出版社,1979年。

马克思:《马克思致斐·拉萨尔》,中共中央编译局编译,《马克思恩格斯全集》,北京:人民
　　出版社,1972年。

马克思:《资本论(第一卷)》,中共中央编译局编译,《马克思恩格斯文集》,北京:人民出版
　　社,2009年。

彭磊:《荣誉与权谋——〈科利奥兰纳斯〉中的伏伦妮娅》,《国外文学》2016年第3期。

普鲁塔克:《希腊罗马名人传》,席代岳译,长春:吉林出版集团,2009年。

裘克安:《莎士比亚年谱》,北京:商务印书馆,2006年。

舍普等:《非正规科学:从大众化知识到人种科学》,万伏等译,北京:生活读书新知三联书
　　店,2000年。

《圣经》,南京:中国基督教三自爱国运动委员会,中国基督教协会,2000年。

苏福忠:《莎士比亚剧本的翻译问题——谈把leek译作leek》,《中国莎士比亚研究通讯》
　　2015年第1期。

瓦尔特·本雅明:《机械复制时代的艺术作品》,王才勇译,北京:中国城市出版社,
　　2011年。

威廉·莎士比亚:《新莎士比亚全集》,方平主编,石家庄:河北教育出版社,2000。

沃尔夫刚·贝林格:《气候的文明史:从冰川时代到全球变暖》,史军译,社会科学文献出
　　版社,2012年。

巫仁恕:《品味奢华:晚明的消费社会与士大夫》,北京:中华书局,2008年。

西德尼·李:《莎士比亚传》,黄四宏译,北京:华文出版社,2019年。

西德尼·比斯利:《莎士比亚的花园》,张娟译,北京:商务印书馆,2017年。

西蒙·特拉斯勒:《剑桥插图英国戏剧史》,刘振前、李毅译,济南:山东画报出版社,
　　2006年。

西蒙娜·德·波伏娃:《第二性》,陶铁柱译,北京:中国书籍出版社,1998年。

西塞罗:《论老年论友谊论责任》,徐奕春译,北京:商务印书馆,2003年。

尹晓霞、唐伟胜:《文化符号、主体性、实在性:论"物"的三种叙事功能》,《山东外语教学》

2019 年第 2 期。

张旭:《礼物:当代法国思想史的一段谱系》,北京:北京大学出版社,2013 年。

赵秀荣:《1500—1700 年英国商业与商人研究》,社会科学文献出版社,2004 年。

周密撰、吴企明点校:《癸辛杂识》,北京:中华书局,1988 年。

附录一　莎士比亚的作品创作年表及材料来源①

可能创作日期	作品和作者	上演或登记时间及日期的证据	版　本	材料来源
1589—1591	一部家庭悲剧《法弗舍姆的阿登》(*Arden of Faversham*)中至少一幕的作者(也有人认为作者还包括托马斯·基德或者/和克里斯托弗·马洛)	取材于1587年霍林舍德的《编年史》中的一个故事;登记出版时间是1592年4月	1592,无名氏,四开本;第一对开本未收录;在1656年的印刷目录中标注为莎士比亚所著	
1589—1592	《驯悍记》(*The Taming of the Shrew*)	从风格上来看,被认为是早期作品;对埃文河畔斯特拉特福附近村庄的提及可能表明,莎士比亚在写作时并没有长期居住在伦敦;如果匿名的四开本《驯悍记》(1594年出版)是一个版本,而不是一个来源,那么就是出现在1592—1594年瘟疫封锁之前;1594年5月2日登记	1623年的第一对开本收录,和1594年的无名氏四开本《驯悍记》有一定关系	(1) *A Merry Jest of a Shrewd and Curst Wife Lapped in Morel's Skin for Her Good Behavior* (c. 1550). (2) Gascogne, *Supposes* (1566). (3) *The Taming of a Shrew* (published 1594).

---

① 本表参考了河滨版《莎士比亚全集》及 RSC 版《莎士比亚全集》。

（续表）

可能创作日期	作品和作者	上演或登记时间及日期的证据	版　本	材料来源
1589—1592	可能写作《爱德华三世》（*Edward III*）中的索尔兹伯里伯爵夫人那场戏或者其他场次	登记出版时间是 1595 年 12 月 1 日；无敌舰队间接表明时间是在 16 世纪 90 年代；伯爵夫人的场景中出现的民谣登记出版于 1593 年 3 月	1596，无名氏，四开本。第一对开本未收录；在 1656 年的印刷目录中标注为莎士比亚	（1）Frossart, *Chronicles*（tr. Lord Berners, c. 1523—25）.（2）Painter, *The Palace of Pleasure Beautified*（1575）.（3）Holinshed, *Chronicles*（2nd ed., 1587）.
1590—1591	《亨利六世（中篇）》（*2 Henry VI*）原名为《约克和兰开斯特两个著名家族之间的争执的第一部分》（*The First Part of the Contention betwixt the Two Famous Houses of York and Lancaster*），可能有合著的部分	其结尾处的一句话在 1592 年被模仿，登记出版时间是 1594 年 3 月	1594 年的四开本版，在 1600 年重印，1691 年与《真实悲剧》（*Ture Tragedy*）重印；1623 年对开本（有大改动）	（1）Hall, *The Union of the Two Noble and Illustre Families of Lancaster and York*（1548）.（2）Fabyan, *Chronicle*（1559 ed.）可能来源：（1）Holinshed, *Chronicles*（2nd ed., 1587）;（2）Foxe, *Acts and Monuments*（1570 ed.）;（3）Grafton, *Chronicle at Large*（1569）;（4）Apuleius, *The Golden Ass*（tr. Adlington, 1566）
1590—1591	《亨利六世（下篇）》（*3 Henry VI*）原名为《约克公爵理查的真实悲剧》（*The True Tragedy of Richard Duke of York*），可能有合著的部分	1592 年的仿作	1595 年的八开本，1600 年重印，1619 年与《争鸣》（*Contention*）一起重印；1623 对开本（有大改动）	（1）Hall, *The Union of the Two Noble and Illustre Families of Lancaster and York*（1548）.（2）Holinshed, *Chronicles*（2nd ed., 1587）. 可能来源：（1）Foxe, *Acts and Monuments*（1570 ed.）;（2）Baldwin, ed., *A Mirror for Magistrates*（1559）
1591—1592	《维洛那二绅士》（*The Two Gentlemen of Verona*）	1598 年被弗朗西斯·米尔斯提及；由于在风格上和 John Lyly 相似，说明创作于 16 世纪 90 年代早期	1623 对开本	（1）Montemayor, *Diana Enamorada*.（2）Brooke, *Romeus and Juliet*（1592）.（3）Lyly, *Midas*（c. 1589）. 可能来源：（1）Elyot, *The Governor*（1531）;（2）Edwards, *Damon and Pithias*（c. 1565）

（续表）

可能创作日期	作品和作者	上演或登记时间及日期的证据	版　本	材料来源
1591—1592，可能于 1594 年修订	《泰特斯·安德洛尼克斯》(*Titus Adronicus*)（可能与乔治·皮尔[George Peele]合著）	1594 年 1 月 24 日上演，1594 年 2 月 6 日登记，标题页可能意味着由两个较早的剧团演出，表明在 1592—1993 年瘟疫封锁之前就存在一个版本（皮尔的?）	1594，四开本；1600，1611，重印；1623 对开本	(1) Anon., *The History of Titus Andronicus*. (2) Ovid, *Metamorphoses*（tr. Golding, 1567），Bk. Ⅵ. (3) Seneca, *Thyestes*（tr. Jasper Heywood, 1560）. (4) Nashe, *Christ's Tears over Jerusalem*(1593). 可能来源：(1) Plutarch, *Lives*（tr. North, 1579 ed.）
1592	《亨利六世（上篇）》(*I Henry VI*)（可能与托马斯·纳什[Thomas Nashe]或其他人合著）	于 1592 年 3 月上演，被标记为"新剧"；同年晚些时候受到纳什（Nashe）的称赞	1623，第一对开本	(1) Hall, *The Union of the Two Noble and Illustre Families of Lancaster and York*（1548）. (2) Holinshed, *Chronicles*（2nd ed., 1587）. (3) Fabyan, *Chronicle*（1559 ed.；first English version 1533）. (4) Geoffrey of Monmouth, *Historia Regum Britaniae*. 可能来源：(1) Sir Thomas Coningsby, *Journal of the Siege of Rouen*（MS；published 1847）
1592—1593	《理查三世》(*Richard III*)	与《亨利六世》密切相关；1592 年，由斯坦利和彭布罗克的奉承画像所暗示，他们的后代是莎士比亚此时似乎与之有联系的演艺公司的赞助人；然而，一些学者将日期定为 1594 年，在瘟疫缓解后，剧院立即重新开放，因此可	1597，四开本；1598,1602,1605,1612,1622,重印；1623，第一对开本(有大改动)	(1) Hall, *The Union of the Two Noble and Illustre Families of Lancaster and York*（1548）；(2) Holinshed, *Chronicles*（2nd ed., 1587）. 可能来源：(1) Baldwin, ed., *A Mirror for Magistrates*（1559）；(2) Anon., *The True Tragedy of Richard III*（c. 1591）；(3) Stow, *The Chronicles of England*（1580）；(4) Nashe, *Summer's Last Will and Testament*, performed 1592(1600)；(5) Apuleius,

（续表）

可能创作 日期	作品和作者	上演或登记 时间及日期的 证据	版　本	材料来源
1592—1593		能是为新成立的宫内大臣剧团写的第一个剧本，由伯奇扮演查理；1597 年10 月 20 日登记		*The Golden Ass*（tr. Adlington, 1566）；(6)Seneca, *Hercules Furens*, *Octavia*, *Medea*（tr. Studley, 1566）, and *Hippolytus*（tr. Studley, 1567）
1592—1593	《维纳斯与阿都尼》（*Venus and Adonis*，长篇叙事诗）	登记出版的时间是 1593 年 4 月 18 日；当时，作家因为瘟疫导致剧院关闭而从事诗歌创作	1593，四开本；1594,1595?,1596,1599, 1599, 1602?1602, 1602, 1617,重印	（1）Ovid, *Metamorphoses*（tr. Golding, 1565, 1567）, Bks. III, IV, X. （2）Apuleius, *The Golden Ass*（tr. Adlington, 1566）. 可能来源：(1)Lodge, *Scilla's Metamorphosis*（1589）
1593—1594	《鲁克丽丝受辱记》（1593—1594）（长篇叙事诗）	登记出版时间是 1594 年；致谢表明它在《维纳斯》之后；当时，作家因为瘟疫导致剧院关闭而从事诗歌创作	1594，四开本；1598,　　1600,1600,　　1607,1616,重印	（1）Ovid, *Fasti*. Bk. II. （2）Livy, *Historia*, Bk. I. (3)Daniel, *The Complaint of Rosamond*（1592）. （4）Southwell, *St. Peter's Complaint*（1595）. 可能来源：(1) Chaucer, *The Legend of Good Women*（lines 1680—1885）
1593—1609	《十四行诗》（*Sonnets*）（154 首），可能是《情女怨》（*A Lover's Complaint*）的作者(挽歌式独白叙事诗)	登记出版时间是 1609 年 5 月 20 日；十四行诗的风潮在 1592—1594 年瘟疫封闭时期达到顶峰；直到 1598 年，米尔斯（Meres）知道一些，其他一些登记的日期可能在 1600 年代早期；第 107 首十四行诗明显暗指伊丽莎白女王的死亡	两首十四行诗收入 1599 年出版的《热情的朝圣者》；1609, 全部十四行诗与《情女怨》一起出版；《情女怨》日期并不知晓；词汇与 1603—1605 年的剧本相联系，如《终成眷属》，但是莎士比亚的作者地位受到了强有力的挑战	*Sonnets*：（1）Ovid, *Metamorphoses*（tr. Golding, 1567）. （2）Daniel, *Delia*（1592）. （3）Sidney, *Arcadia*（1590）and *Astrophel and Stella*（1591）. （4）Spenser, *Ruines of Rome: By Bellay*（1591）. （5）Henry Constable, *Diana*（1592, enlarged 1594）. (6)Wilson, *The Arte of Rhetorique*（1553）. （7）Marlowe and Chapman, *Hero and Leander*（1598）. （8）Barnfield, *The Affectionate Shepherd*（1594）and *Cynthia*（1595）.

（续表）

可能创作日期	作品和作者	上演或登记时间及日期的证据	版本	材料来源
1593—1609		（1603 年春）；对稀有词的分析表明第 1—103 首和第 127—154 首的日期可能是在 1590 年代，第 102—126 首在 1600 年后		*A Lover's Complaint* (1) Daniel, *The Complaint of Rosamond* (1592). (2) Spenser, *Ruines of Time* (1591). 可能来源：(1) Lodge, *The Tragicall Complaint of Elstred* (1593). (2) Henry Willobie, *Willobie His Avisa* (1594).
1594	《错误的喜剧》(*The Comedy of Errors*)	1594 年 12 月在格雷旅店上演；大概 1594 年 12 月 28 日出版。	1623，第一对开本	(1) Plautus, *Menaechmi* (English tr. By William Warner, 1595). (2) Plautus, *Amphitruo*. (3) Lily, *Midas* (c. 1589). (4) Gascoigne, *Supposes* (1566). (5) St. Paul, Acts of the Apostles and Epistle to the Ephesians. 可能来源：(1) Gower, *Confessio Amantis* (1554 ed.), Bk. VIII. (2) Sir Philip Sidney, *The Countess of Pembroke's Arcadia* (1590).
1595	《爱的徒劳》(*Love's Labor's Lost*)	可能暗示了 1594 年在格雷旅店的圣诞狂欢；1598 年演出	1598，四开本；1623，第一对开本，重印；似乎有一个更早的四开本，现已失传（对开本是变动最小的版本）	不确切
1595—1597	《爱的收获》（或者现已失传，或者是另一部喜剧的名字，如《无事生非》、《皆大欢喜》或《终成眷属》等）	1598 年米尔斯的评论中提到	1603 年在书商的目录中提及，但已失传	

（续表）

可能创作日期	作品和作者	上演或登记时间及日期的证据	版　本	材料来源
1595—1596	《仲夏夜之梦》（A Midsummer Night's Dream）	剧中的气象资料表明其创作于 1595—1596 年；与《罗密欧与朱丽叶》紧密相关；1600 年 10 月 8 日登记	1600，四开本；1619，重印；1623，第一对开本（改变较小的版本，源于剧院）	Pyramus 与 Thisby 的故事来源于 Ovid, *Metamorrhoses* (tr. Golding, 1567), Bk. IV; 可能来源：(1) Chaucer, "The Knight's Tale" and "The Miller's Tale." (2) Plutarch, *Lives* (tr. North, 1579 ed.). (3) *Huon of Bordeaux* (tr. Lord Berners, c. 1533—42). (4) Scot, *Discovery of Witchcraft* (1584). (5) Nashe, *Terrors of the Night* (1594). (6) Apuleius, *The Golden Ass* (tr. Adlington, 1566). (7) Robinson, ed, *A Handful of Pleasant Delights* (1584). (8) Preston, *Cambises* (1561). (9) Seneca, *Oedipus* (tr. Neville, 1563), *Medea* (tr. Studley, 1566), *Hippolytus* (tr. Studley, 1567). (10) Spenser, *The Shepherd's Calendar* (1579). (11) Lyly, *Gallathea* (1585). (12) Erasmus, *The Praise of Folly*.
1595—1596	《罗密欧与朱丽叶》（Romeo and Juliet）	包括威廉·坎普（Will Kempe）的部分，他在 1594 年加入宫内大臣剧团；首个版本归"亨斯顿剧团"（这是 1596 年 7 月到 1597 年 8 月莎士比亚剧团的名字）；占星术和地震可能暗示了其创作于 1595—1596 年；与《仲夏夜之梦》紧密相关	1597，四开本（低劣本）；1599，四开本；1609，1622，重印；1623，第一对开本（改动较小的版本，瘟疫从第一对开本中消失）	(1) Brooke, *The Tragical History of Romeus and Juliet* (1562). (2) Daniel, *Complaint of Rosamond* (1592). (3) John Eliot, *Ortho-epia Gallica* (1593). (4) Nashe, *Have With You to Saffron Walden* (1596).

（续表）

可能创作日期	作品和作者	上演或登记时间及日期的证据	版　本	材料来源
1595—1596	《理查二世》(Richard II)	受丹尼尔(Daniel)《内战》(Civil Wars,1595 年早期出版)的影响；登记出版时间是 1597 年 8 月 29 日；相对于早期历史剧，风格接近于"抒情诗"戏剧(《罗密欧与朱丽叶》《仲夏夜之梦》)；在 1601 年早期被莎士比亚的剧团描述为"陈旧不堪"	1597,四开本(废黜场景已被删除)；1598,重印两次；1608(这个版本和后面的版本包含了废黜场景)；1615,重印；1623,第一对开本(在编辑上做了改动,并对废黜场景进行了更好的印刷)	(1) Hall, *The Union of the Two Noble and Illustre Families of Lancaster and York* (1548)；(2) Holinshed, *Chronicles* (2nd ed., 1587)；(3) Anon., *1 Richard II (or Thomas of Woodstock)* (c. 1592). (4) Nashe, *Christ's Tears Over Jerusalem* (1593). 可能来源：(1) Daniel, *Civil Wars* (1595)；(2) Baldwin, ed., *A Mirror for Magistrates* (1559)；(3)Froissart, *Chronicles* (tr. Lord, Berners, c. 1523—25)；(4) Lyly, *Euphues* (1578)；(5) Thomas Lodge, "Truth's Complaint Over England," in *An Alarum Against Usurers* (1584)；(6) Anon., *Chronicque de la Trasison et Mort de Richard Deux*；(7) Jean Créton, *Histoire du Roy d'Angleterre Richard*
1595—1597 可能更早	《约翰王》(King John)	在米尔斯(Meres) 1598 年的评论里提及；与 1591 年出版的《约翰王》两部曲关系密切,但在风格上更接近于后来的历史剧	1623,第一对开本	(1) Anon., *The Troublesome Reign of John, King of England*, 2pts (1591). (2) Holinshed, *Chronicles*(2nd ed., 1587). 可能来源：(1) Hall, *The Union of the Two Noble and Illustre Families of Lancaster and York* (1548)；(2) Foxe, *Acts and Monuments*(1570)
1595—1597	《威尼斯商人》(The Merchant of Venice)	提到名为"安德鲁"的船表明在 1596 晚期或 1597 早期；登	1600,四开本；1619,重印；1623,第一对开本	(1) Marlowe, *The Jew of Malta* (c. 1589). (2) Nashe, *Have With You to Saffron Walden* (1596). (3)Alexan-

（续表）

可能创作日期	作品和作者	上演或登记时间及日期的证据	版　本	材料来源
1595—1597		记出版时间是1598年7月22日,在米尔斯(Meres)的评论中被提及		der Silvayn, *The Orator* (tr. L. Piot, 1596). 可能来源:(1)Giovanni Fiorentino, *Il Pecorone* (1558);(2)Masuccio, *Il Novellino* (1476);(3)Gesta *Romanorum* (tr. Richard Robinson, 1577, 1595);(4)Munday, *Zelauto* (1580);(5)Anon., *The Jew* (c. 1569—79)
1596—1597	《亨利四世(上篇)》(*1 Henry IV*)	登记出版时间是1598年2月25日;"奥尔德卡斯尔"的名字可能是在威廉·布鲁克勋爵(科巴姆勋爵)加入宫内大臣的那几个月里(1596年8月—1597年10月),或者是在煽动性的《狗岛》(*Isle of Dogs*)被禁止上演之后(1597年7—10月)改成福斯塔夫的	1598,四开本(两次印刷,其中一版已丢失,只剩下几张纸);1599,1604,1608,1613,1622,重印;1623,第一对开本(改动较小)	(1) Holinshed, *Chronicles* (2nd ed., 1587). (2)Anon., *The Famous histories of Henry V* (c. 1586). (3) Anon., *1 Richard II* (or *Thomas of Woodstock*) (c. 1592). 可能来源:(1) Stow, *Chronicles of England* (1580);(2) Daniel, *Civil Wars* (1595);(3) Baldwin, ed., *A Mirror for Miagistrates* (1559)
1597—1598	《亨利四世(下篇)》(*2 Henry IV*)	登记出版时间是1600年8月23日;必须在《亨利四世》(上)之前,《亨利五世》之后,所以时间在1599年早期	1600,四开本;1623,重印第一对开本(改动较小但复杂)	(1) Holinshed, *Chronicles* (2nd ed., 1587). (2)Anon., *The Famous histories of Henry V* (c. 1586). 可能来源:(1) Hall, *The Union of the Two Noble and Illustre Families of Lancaster and York* (1548);(2) Daniel, *Civil Wars* (1595);(3) John Eliot, *Ortho-epia Gallica* (1593);(4)Timothy Bright,

可能创作日期	作品和作者	上演或登记时间及日期的证据	版　本	材料来源
1597—1598				*Treatise of Melancholy* (1586)；（5）Elyot, *The Governor*（1531）；（6）Stow, *The Chronicles of England*（1580）；（7）Nicholas Harpsfield, *The Life of Sir Thomas More*（c. 1557 现已轶失）
1598—1599	《无事生非》(*Much Ado about Nothing*)	1598 年后期；在米尔斯（Meres）的评论中提及，但是包括坎普（Will Kempe）的部分，他在 1599 年早期离开剧团；1600 年 8 月 4 日登记	1600，四开本；1623，重印第一对开本	可能来源：(1) Ariosto, *Orlando Furioso*（tr. Harington, 1591），Bk. V；(2) Spenser, *The Faerie Queene*，Bk. II, Canto iv（1590）and Bk. VI, Canto vii（1596）；(3) Bandello, *Novelle*, Novella 22（1554）；（4）Apuleius, *The Golden Ass*（tr. Adlington, 1566）；(5) Whetstone, *The Rocke of Regard*（1576）；(6) Castiglione, *The Courtier*（tr. Adlington, 1561）；(7) Munday(?)，*Fedele and Fortunio*（c. 1584）
1598—1599	《热情的朝圣者》（诗集中有 20 首，署名为莎士比亚；5 首绝对属于莎士比亚，4 首来自其他作者，15 首作者不明）	第一个版本（标题页已遗失）在 1598 年 9 月后出版；第二个版本在 1599 年出版；第一和第二首十四行诗在 1609 年的集子里出版；其他三首绝对是莎士比亚的诗，都来自于《爱的徒劳》	1598—1599，八开本；1599，重印；1612，重印，有托马斯·海伍德（Thonas Heywood）的补充诗作（海伍德和莎士比亚显然都反对这种做法）	

（续表）

可能创作日期	作品和作者	上演或登记时间及日期的证据	版　本	材料来源
1599	《亨利五世》(Henry V)	登记出版时间是 1600 年 8 月 4 日；米尔斯在 1598 年 9 月的评论中并未提到；颂歌显然是在埃塞克斯伯爵的爱尔兰战役期间写就（1599 年 3 月—9 月）	1600，四开本（低劣本）；1602，1609，重印；1623，第一对开本（有大改动）	(1) Holinshed, *Chronicles* (2ⁿᵈ ed., 1587). (2) Tacitus, *Annals*, Bks. I, II(tr. Greneway, 1598). (3) Anon., *The Famous histories of Henry V* (c. 1586). (4) Nashe, *Lenten Stuffe*, 1598—9 (1599). 可能来源：(1) Anon., *The Battle of Agincourt* (c. 1530). (2) Daniel, *Civil Wars* (1595).
1599	《致女王》	为 1599 年 2 月 20 日的宫廷演出而写	在莎士比亚一生中未被印制出版	
1599	《皆大欢喜》(As You Like It)	登记出版时间是 1600 年 8 月 4 日；"世界是一个舞台"暗示了建于 1599 年的环球剧院；包括对马洛和他的死亡的明显暗示，正如 1599 年一本书中描述的那样	1623，第一对开本	(1) Lodge, *Rosalynde* (1590). (2) Nashe, *Pierce Penniless* (1592). 可能来源：(1) Anon., *Sir Clyomon and Sir Clamydes* (c. 1570).
1599	《裘力斯·凯撒》(*Julius Caesar*)	1599 年 9 月在环球剧院演出；在米尔斯 1598 年的评论中未提及	1623，第一对开本	(1) Plutarch, *Lives* (tr. North, 1579). (2) Nashe, *Summer's Last Will and Testament*, performed 1592 (1600), *The Terrors of the Night*, 1593 (1594), and *Lenten Stuffe*, 1598—9 (1599). (3) Daniel, *Musophilus* and *Letter from Octavia* (1599). (4) Baldwin, ed., *A Mirror for Magistrates* (3ʳᵈ ed., 1563). 可能来源：(1) Tacitus, *Annals* (tr. Greneway, 1598); (2) Appian,

（续表）

可能创作日期	作品和作者	上演或登记时间及日期的证据	版　本	材料来源
1599				*Civil Wars*（tr. W. B., 1578）；（3）Pescetti, *Il Cesare*（1594）；（4）Anon., *Caesar and Pompey, or Caesar's Revenge*（c. 1595）
1600—1601	《哈姆莱特》（*Hamlet*）	1602 年 7 月 26 日以"新近上演"登记出版；对裘力斯·凯撒死亡行为的暗示表明其创作于《裘力斯·凯撒》之后不久；显然，在 1601 年 2 月处决埃塞克斯（Essex）之前，加布里埃尔·哈维（Gabriel Harvey）就已经知道了；关于男孩演员的"little eyases"段落可能在 1601 年增加；早期的《哈姆莱特》剧本在 1589 年才存在（许多评论家将这与莎士比亚联系在一起，但是《哈姆莱特》并不在米尔斯 1598 年所列剧本清单中）	1603，四开本（低劣本）；1604—1605，四开本；1623，第一对开本（大量删减和变动）	（1）之前的 *Hamlet* 戏剧（2）Timothy Bright, *Treatise of Melancholy*（1586）.（3）Lavater, *Of Ghosts and Spirits Walking by Night*（tr. R. H., 1572）.（4）Scot, *Discovery of Witchcraft*（1584）.（5）Nashe, *Pierce Penniless*（1592）and *Lenten Stuffe*（1599）.（6）Montaigne, *Essays*（tr. Florio, 1603）.（7）Apuleius, *The Golden Ass*（tr. Adlington, 1566）. 可能来源：（1）Belleforest, *Histoires Tragiques*（vol. V, story 3, 1570）；（2）Gabriel Harvey, *Pierce's Supererogation*（1593）
1600—1601（可能于 1597—1599 年修订）	《温莎的风流娘儿们》（*The Merry Wives of Windsor*）	登记出版时间是 1602 年 1 月 18 日；一定在《亨利四世（上	1603，四开本（低劣本）；1619，重印；1623，第一对开本（有大改动）	可能来源：（1）Ovid, *Metamorrhoses*（tr. Golding, 1567）, Bk. III；（2）J. Rathgeb's *Journal*（1602）；

（续表）

可能创作日期	作品和作者	上演或登记时间及日期的证据	版 本	材料来源
1600—1601（可能于1597—1599年修订）		篇）》出版之后；在米尔斯 1598 年的评论中未提及；一个版本可能是在 1597 或 1599 年的嘉德骑士册封庆典上表演过		（3）Nashe, Lenten Stuffe (1599)；(4)Tarlton, News Out of Purgatory (1590)；(5)Rich, His Farewell to Military Profession (1581)；（6）Lyly, Endimion (1588)
1600—1603	可能是《托马斯·莫尔爵士》(Sir Thomas More) 平息骚乱场景的作者，该剧最初由安东尼·芒戴创作，亨利·切特尔、托马斯·戴克和托马斯·海伍德对其他剧本进行了修改	最初的版本早于 1592 年；增加的内容，包括莎士比亚场景在内的补充内容，几乎可以肯定是几年后的事（其他补充内容中提到的演员托马斯·古戴尔[Thomas Goodale]，大约在 1597 年就加入了宫内大臣剧团）	早期没有印刷本；手抄本直到 1844 年才出版；一些学者认为"手稿 D"是莎士比亚唯一现存的亲笔手稿，这幕只包括在这个版本中	(1)Holinshed, Chronicles (1587 ed.). (2) Nicholas Harpsfied, MS "Life of More" (1557—8). (3)Thomas Stapleton, Vita Thomas Moxi (1588). (4) Foxe, Acts and Monuments (1570). (5)Anon. Marriage of Wit and Science (1568). (6)Thomas Ingelend, The Disobedient Child (c. 1562). (7) Richard Weaver, Lusty Juventus (c. 1550). (8)W. Wager(?), The Trial of Treasure (1567).
1601	《让最吵闹的鸟安息吧》(Let the Bird of Loudest Lay)，自 1807 年以来被称为《凤凰和斑鸠》(The Phoenix and Turtle)（短篇挽歌）	在 1601 年 6 月为纪念约翰·索尔兹伯里 (John Salusbury) 的爵位而出版的诗集中，属于马斯顿 (Marston)、琼生 (Jonson) 和查普曼 (Chapman) 的一组诗，他们在这一时期很活跃；与 1601 年 2 月的事件有关	在 1601 年罗伯特·切斯特 (Robert Chester) 的《爱情的殉道者》(Lover's Martyr) 中出版	The Song of Songs

（续表）

可能创作日期	作品和作者	上演或登记时间及日期的证据	版　本	材料来源
1601—1602	《第十二夜》(*Twelfth Night*)	1602 年 2 月在中殿（Middle Temple）演出；1603 年 2 月 7 日登记；米尔斯 1598 年的评论中未提及；暗指安东尼·谢利（Anthony Sherley）访问波斯的索菲（1598—1601）和 1599 年首次出版的地图；模仿琼生（Jonson）的《辛西娅的狂欢》(*Cynthia's Revels*)(1600 晚期—1601 早期)，显然是在他 1601 年的《蹩脚诗人》(*Poetaster*)中提到	1623，第一对开本	(1)Caxton, *The Ancient History of the Destruction of Troy*(tr. Of Le Fevre; 1596 ed.). (2) Homer, Iliads (tr. *Chapman*, 1598). (3) Lydgate, *The Ancient History and Only True Chronicle of the Wars [of Troy]*(tr. Of Guido delle Colonne; 1555 ed.). 可能来源:(1)Chaucer, *Troilus and Criseyde*; (2) Ovid, *Metamorphoses* (tr. Golding, 1565, 1567), Bks. XII, XIII; (3) Chettle and Dekker, *Troilus and Cressida* (1599); (4) Greene, *Planetomachia* (1585); (5) Nashe, *Summer's Last Will and Testament*, performed 1592(1600)
1601—1602	《特洛伊罗斯与克瑞西达》(*Troilus and Cressida*)	登记出版时间是 1603 年 2 月 7 日；归功于查普（Chapman）于 1598 年出版的《荷马史诗》；似乎是在琼生于 1601 年演出的《蹩脚诗人》(*Poetaster*)之后	1609，四开本；1623，第一对开本(有大改动)	(1)Caxton, *The Ancient History of the Destruction of Troy*(tr. Of Le Fevre; 1596 ed.). (2) Homer, Iliads (tr. *Chapman*, 1598). (3)Lydgate, *The Ancient History and Only True Chronicle of the Wars[of Troy]*(tr. Of Guido delle Colonne; 1555 ed.). 可能来源:(1)Chaucer, *Troilus and Criseyde*; (2) Ovid, *Metamorphoses*(tr. Golding, 1565, 1567), Bks. XII, XIII; (3)Chettle and Dekker, *Troilus and Cressida* (1599); (4) Greene, *Planetomachia* (1585); (5) Nashe, *Summer's Last Will and Testament*, performed 1592(1600)

可能创作日期	作品和作者	上演或登记时间及日期的证据	版　本	材料来源
1602—1603	《终成眷属》（All's Well That Ends Well）	没有确切证据表明日期；在米尔斯 1598 年的评论中未被提及；与《一报还一报》密切关联，可能写于 1603 年 5 月—1604 年 4 月和 1604 年 5—9 月瘟疫封锁之后；因为 1604 年晚些时候未在宫廷上演出，所以可能写于 1605 年	1623，第一对开本	（1）Painter, The Palace of Pleasure（1566—67），Novel 38.（2）Erasmus, A Modest Meane to Marriage, tr. N. L.（1568）.（3）Apuleius, The Golden Ass（tr. Adlington, 1566）.
1604	《奥瑟罗》（Othello）	1604 年 11 月在宫廷演出；明显使用了于 1603 年晚期出版的诺尔斯（Knolles）《土耳其历史》（History of the Turks）；或许在 1603 年 5 月—1604 年 4 月瘟疫封锁之后	1622，四开本；1623，第一对开本（有大改动并增加段落）	（1）Giraldi Cinthio, Hecatommithi（1565）.（2）Pliny, The History of the World（tr. Holland, 1601）.（3）Contareni, The Commonwelath and Government of Venice（tr. Lewkenor, 1599）.（4）Apuleius, The Golden Ass（tr. Adlington, 1566）.（5）Richard Knolles, History of the Turks（1603）. 可能来源：（1）Apuleius, Apologia
1604	《一报还一报》（Measure for Measure）	1604 年 10 月 26 日在宫廷演出；可能写于 1603 年 5 月—1604 年 4 月瘟疫封锁之后	1623，第一对开本，在这个版本中可能由托马斯·米德尔顿（Thomas Middleton）加入了后莎士比亚时代剧场改建的元素	（1）Whetstone, Promos and Cassandre（1578）. 可能来源：（1）Giraldi Cinthio, Epitia（1583）；（2）Giraldi Cinthio, Hecatommithi（1565）；（3）Silvayn, The Orator（tr. L. Piot, 1596）

（续表）

可能创作 日期	作品和作者	上演或登记 时间及日期的 证据	版　本	材料来源
1607—1608	《雅典的泰门》（*Timon of Athens*），可能与托马斯·米德尔顿（Thomas Middleton）合著	没有确切证据表明日期或演出时间；在泰门和李尔中有一些相似之处	1623，第一对开本	（1）Plutarch, *Lives*（tr. North, 1579）. 可能来源：（1）Lucian, *Timon*, *or the Misanthrope*；（2）Lyly, *Campaspe*（c. 1584）；（3）A-non., *Timon*（c. 1602）；（4）Jakob Gretser, *Timon*；*Comoedia Imitata*（1584）
1605—1606	《李尔王》（*King Lear*）	1607 年 11 月登记；1606 年 12 月 26 日在宫廷演出；借鉴于 1605 年出版的早期有关《李尔》（*Leir*）戏剧；似乎提及了 1605 年 9 月和 10 月的日食现象；借用塞缪尔·哈斯内特（Samuel Harsneet）和约翰·弗洛里昂（John Florion）于 1603 年出版的书	1608，四开本；1619，重印；1623，第一对开本（有重大改动，增加或删减）	（1）Anon., *The Chronicle History of King Leir*（c. 1590）. （2）Holinshed, *Chronicles*（2nd ed., 1587）. （3）Sidney, *Arcadia*（1590）. （4）Spenser, *The Faerie Queene*, Bk. II, Canto x and Bk. III, Canto ix—x（1590）. （5）*Mirror for Magistrates*（ed. Higgins, 1574, 1587）. （6）Harsnett, *Declaration of Egregious Popish Impostures*（1603）. （7）Montaigne, *Essays*（tr. Florio, 1603）. （8）Nashe, *Summer's Last Will and Testament*（1600）, *Have With You to Saffron Walden*（1596）. （9）Plutarch, *Lives*（tr. North, 1579）. 可能来源：（1）Marston, The Malcontent（1604）
1605—1608	可能是《四部曲》中的一部或多部的作者（已失传），或许与托马斯·米德尔顿（Thomas Middleton）和其他人合著	根据 1605 年出版的一本小册子改编的，1608 年 5 月登记，由国王陛下伶人们演出，被称为《约克郡悲剧》（*A Yorkshire Tragedy*）	莎士比亚写的《约克郡悲剧》，1608 年四开本；1619，重印，附加于 1664 年第三对开本第二期；不包括在这个版本，现在属于米德尔顿（Thomas Middleton）	

（续表）

可能创作日期	作品和作者	上演或登记时间及日期的证据	版 本	材料来源
1606	《麦克白》（Macbeth）	赞美詹姆斯国王；1611 年 4 月，在环球剧院演出，1606 年 8 月或 12 月，可能在宫廷演出；当地的典故表明是在火药阴谋者受审后不久写的（1606 年 1—3 月）；第一幕第三场提到的"猛虎号"在 1604 年向东航行，1606 年的夏天经历一场糟糕的航行后返回	1623，第一对开本，或许由托马斯·米德尔顿（Thomas Middleton）增加内容	（1）Holinshed, *Chronicles* (2nd ed., 1587). (2) Seneca, *Hercules Furens*, *Medea*, and *Agamemnon*. (3) Nashe, *Christ's Tears over Jerusalem* (1593). 可能来源：（1）Buchanan, *Rerum Scoticarum Historia* (1582)；（2）Apuleius, *The Golden Ass* (tr. Adlington, 1566)；（3）John Leslie, *De Origine*, *Moribus*, *et Rebus Gestis Scotorum* (1578)
1606—1607	《安东尼与克莉奥佩特拉》（Antony and Cleopatra）	登记出版时间是 1608 年 5 月 20 日；显然巴纳比·巴恩斯（Barnabe Barnes）在 1607 年夏天前见过；可能在 1606 或 1607 年的圣诞节于宫廷中表演过	1623，第一对开本	（1）Plutarch, *Lives* (tr. North, 1579 ed.). (2) Appian, *Civil Wars* (tr. W. B., 1578). 可能来源：（1）Daniel, *The Tragedy of Cleopatra* (1599 ed.) and *Letter from Octavia* (1599)；（2）Apuleius, *The Golden Ass* (tr. Adlington, 1566)
1607—1608	《科利奥兰纳斯》（Coriolanus）	没有确切证据表明日期；或许归功于卡姆登（Camden）的《遗迹》（Remains）（1605）；可能是指 1607—1608 年冬天的大霜冻；琼生（Jonson）的《伊	1623，第一对开本	(1) Plutarch, *Lives* (tr. North, 1579). (2) Averell, *A Marvellous Combat of Contrarieties* (1588). (3) Sidney, *A Apology for Poetry* (1595). (4) Camden, *Remains … Concerning Britain* (1605). 可能来源：（1）Livy, *Roman History* (tr. Holland, 1600)；（2）Thomas and Dudley

（续表）

可能创作日期	作品和作者	上演或登记时间及日期的证据	版　本	材料来源
1607—1608		壁鸠鲁》(Epico-ene)中所提到的；剧院在 1606 年 7 月至 1610 年 2 月的大部分时间里因瘟疫而关闭，所以可能属于 1608 年 4—7 月的开放时期		Digges, *Four Paradoxes, or Politique Discourses*（1604）；(3)Jean Bodin, *Six Books of a Commonwel*（tr. Richard Knolles, 1606）；（4）Edward Forset, *A Comparative Discourse of the Bodies Natural and Politique*(1606)
1607—1608	《泰尔亲王配力克里斯》(Pericles)，与乔治·威尔金斯(George Wilkins)合作	登记出版时间是 1608 年 5 月 20 日；威尔金斯(Wilkins)出版于 1608 的《伯里克利的痛苦历险记》(*Painfull Adventures of Pericles*)，从此剧的成功中获利；1608 年 4—7 月威尼斯和法国大使可能观看了演出	1609，四开本(低劣本)；1609，1612，1619，重印；或许由于版权的原因，不见于 1623 年对开本；附加于 1664 年第三对开本第二期	(1) Gower, *Confessio Amantis*(1554 ed.). (2) Twine, *The Pattern of Painful Adventures*(1594 and 1607). 可能来源：(1) Sidney, *Arcadia*（1590）；(2) Silvayn, *The Orator*（tr. L. Piot, 1596）
1609—1610	《辛白林》(Cymbeline)	1611 年 4 月，在环球剧院表演；明显晚于博蒙特和弗莱彻的《菲拉斯特》(Philaster)；或许属于瘟疫封锁很长一段时间之后剧院在 1610 年春重新开放的时期；可能在 1610—1611 年冬于宫廷中上演	1623，第一对开本	（1）Holinshed, *Chronicles*(2nd ed., 1587). (2)*Mirror for Magistrates*(ed. Blenerhasset, 1578 and Higgins, 1587). (3) Anon., *Frederyke of Jennen*（1560 ed.）. (4)Anon., *The Rare Triumphs of Love and Fortune*（1582）. (5) Apuleius, *The Golden Ass*(tr. Adlington, 1566). 可能来源：(1)Boccaccio, *Decameron*, Day 2, Tale 9；（2）Anon., *Sir Clyomon and Clamydes*(c. 1570)

（续表）

可能创作日期	作品和作者	上演或登记时间及日期的证据	版 本	材料来源
1610—1611	《冬天的故事》(The Winter's Tale)	1611 年 5 月，在环球剧院上演；萨提尔之舞明显借鉴了 1611 年 1 月的宫廷表演；1611 年 11 月在宫廷表演	1623，第一对开本	(1)Greene, Pandosto, the Triumph of Time (1588). (2) Sabie, The Fisherman's Tale (1594) and Flora's Fortune (1595). 可能来源:(1) Greene, The Second Part of Cony-Catching (1591)；(2) Forde, The Famous History of Parismus(1598)
1611	《暴风雨》(The Tempest)	1611 年 11 月 1 日，在宫廷表演；归功于 1610 年末之前无法获得的资料	1623，第一对开本	可能来源:(1)Strachey, True Repertory of the Wrack and Redemption of Sir Thomas Gates (dated July 15, 1610)；(2)Jourdain, A Discovery of the Bermudas (1610)；(3) [Virginia Council], True Declaration of the Estate of the Colony in Virginia (1610)；(4) Montaigne, Essays (tr. Florio, 1603)；(5) Ovid, Metamorphoses (tr. Golding, 1567), Bks. VII
1612	《挽歌》(A Funeral Elegy by W. S.)	1612 年 2 月 13 日登记		(1) Samuel Daniel, A Funeral Poem upon the Death of the late noble Earl of Devonshire (1606). 可能来源:(1) Daniel, The Complaint of Rosamond (1592)；(2) Shakespeare, several plays and poems, especially Richard II (1595—6)
1612—1613	《卡登尼欧》(Cardenio[a lost play])，与约翰·弗莱彻合著，已失传	1613 年 5 月和 7 月，在宫廷表演；基于 1612 年出版的《堂吉诃德》的译本	莎士比亚和弗莱彻合著，印刷出版的时间是 1653 年 9 月，但未出版；改编自刘易斯·西奥博德(Lewis	(1) Cervantes, Don Quixote (tr. Shelton, 1612).

（续表）

可能创作日期	作品和作者	上演或登记时间及日期的证据	版 本	材料来源
1612—1613			Theobald）1728年出版的戏剧手稿《双重假象》（*Double Falsehood*）	
1612—1613	《亨利八世/全是真事》（*Henry VIII*），与约翰·弗莱彻合著	1613年6月29日,在环球剧院上演（导致剧院被烧毁）;当时作为一部新剧被记录下来,之前只表演过两三次	1623，第一对开本	（1）Holinshed, *Chronicles*（2nd ed., 1587）. （2）Foxe, *Acts and Monuments*（1570 ed.）. （3）John Speed, *History of Great Britaine*（1611）. 可能来源：（1）Samuel Rowley, *When You See Me, You Know Me*（1604）；（2）Hall, *The Union of the Two Noble and Illustre Families of Lancaster and York*（1548）
1613—1614	《两贵亲》（*The Two Noble Kinsmen*），与约翰·弗莱彻合著	莫里斯舞借用了1613年2月博蒙特的假面舞;开场白明显暗指环球剧院1613年6月的火灾;琼生在《巴塞洛缪集市》（*Bartholomew Fair*）（1614年10月第一次上演）中提到	1634,四开本,署名"威廉·莎士比亚和约翰·弗莱彻合著",但未出版;再版于博蒙特（Beaumont）和弗莱彻1679年的第二对开本	（1）Holinshed, *Chronicles*（2nd ed., 1587）. （2）Foxe, *Acts and Monuments*（1570 ed.）. （3）John Speed, *History of Great Britaine*（1611）. 可能来源：（1）Samuel Rowley, *When You See Me, You Know Me*（1604）；（2）Hall, *The Union of the Two Noble and Illustre Families of Lancaster and York*（1548）

附录二　莎士比亚年表及大事记①

1564 年,莎士比亚出生。

4 月 26 日,威廉·莎士比亚在英格兰中部沃里克郡埃文河畔斯特拉福德镇圣三一教堂受洗礼并被命名。

祖父理查德·莎士比亚,斯特拉福德北偏东三英里半处的斯涅特菲尔德村自耕农,1561 年 2 月 10 日前已死。父亲约翰·莎士比亚,生于 1530 年前后。早年弃农到斯特拉福德学制软皮手套和其他皮饰物的手艺,从 1552 年起住亨利街,成为生意兴隆的皮手套工匠和商人,兼营谷物、羊毛、麦芽(酿啤酒原料)以及羊、鹿肉和皮革的买卖。1556 年,购置亨利街东屋和格林希尔街另一屋,1557 年,结婚,并开始参加斯特拉德福镇政委员会的活动。1558 年 9 月 30 日起,任治安官。1561—1563 年,担任市财务官。1563—1565 年,仍实际担任市财务官的职务。母亲玛丽·阿登(旧姓特奇尔)望族支裔(地主)的幼女,继承了位于斯特拉福德西北威尔姆科村的一座房屋和 50 英亩土地及其他产益权。大姐、二姐死于童年,威廉为第三胎(1564 年 4 月 23 日),长子。

同年,英法在特洛伊缔结和平,英国得以利用法西矛盾,积蓄力量,抵抗西班牙。约翰·霍金斯第二次航海去新大陆。女王对英国"商人冒险家公司"颁发新的特许状。

同年,意大利乐器工匠安德烈·亚马蒂在克雷莫纳设计并制造出小提琴。

同年,意大利雕刻家米开朗琪罗和法国宗教改革家让·加尔文逝世;英国戏剧家克里斯托弗·马洛出生。

1565 年,莎士比亚 1 岁。

7 月 4 日,父亲当选为斯特拉德福镇市政委员会参议员,9 月 12 日就任

---

① 本表摘编自裴克安《莎士比亚年谱》;苏福忠《瞄准莎士比亚》;诺顿版《莎士比亚全集》及河滨版《莎士比亚全集》。

至 1586 年。

同年,托马斯·格雷沙姆爵士在伦敦创办王家交易所。

同年,约翰·霍金斯爵士把马铃薯和烟草引进英国。

同年,皇家外科医学院允许解剖尸体。

1566 年,莎士比亚 2 岁。

夏季,女王首次行幸沃里克和肯尼尔沃思。多年后,这位女王成为莎士比亚的拥趸。

10 月 13 日,大弟受洗礼,被命名为吉尔伯特。

1567 年,莎士比亚 3 岁。

同年,苏格兰女王玛丽为了儿子詹姆斯六世早日登基而退位。许多年后,詹姆斯成为莎士比亚剧团的坚定支持者。

同年,约翰·霍金斯爵士第三次经非洲航行至西印度群岛,进行贩卖黑奴活动;弗朗西斯·德雷克随行。

同年,演员理查德·伯比奇和戏剧家托马斯·纳什出生。阿瑟·戈尔丁英译罗马诗人奥维德的《变形记》从 1565 年起出版。

同年,约翰·布雷恩在伦敦郊区一座名为"红狮"的农舍花园中建造了第一家英国专业剧院。

1568 年,莎士比亚 4 岁。

从同年到 1588 年,英国和西班牙进行了 20 年的势力角逐。英国经常处在威胁之下,促进了内部团结和民族主义的发展。英国在海上连连得利,最后终于战胜西班牙。

9 月 4 日,父亲当选市政委员会执行官,10 月 1 日就任,任期一年。

同年,苏格兰女王玛丽被莫雷击败,逃到英格兰,被伊丽莎白关押在博尔顿城堡。

同年,在帕克大主教倡导下,以《大圣经》(*Great Bible*,1539—1941)为基础修订而成的《主教圣经》(*Bishop's Bile*)出版,并被规定为英国教会中正式使用的英译本(大部分是马修·帕克的作品,是 1611 年国王詹姆斯版本的基础)。

同年,佛兰芒的科学家和制图员杰拉迪乌斯·墨卡托设计出一种改进的制图系统,使得航海更为精确。

1569 年，莎士比亚 5 岁。

4 月 15 日，大妹受洗礼，被命名为琼。

夏天，在父亲任执行官期间，斯特拉德福镇第一次接待了伦敦来的剧团。事后付给"女王供奉剧团"9 先令，付给"伍斯特伯爵剧团"1 先令。这大概是莎士比亚最初看戏的机会，而且坐在贵宾席。

9 月底，父亲市执行官期满后，仍为参议员。

1570 年，莎士比亚 6 岁。

年初，父亲涉及高利贷。

同年，伊丽莎白女王由于对抗罗马天主教廷，被罗马教皇皮乌斯五世宣布开除教籍并"废黜"。

同年，约翰·福克斯的《殉教者记》再版。

同年，戏剧家托马斯·德克出生。罗伯特·享里森编译的《伊索寓言》出版。

同年，英国数学家里奥纳德·迪格斯发明经纬仪。

1571 年。莎士比亚 7 岁。

9 月 5 日，父亲被任命为首席参议员，任期一年。

9 月，莎士比亚入斯特拉福镇文法学校"爱德华六世国王新学校"（免费接受市政委员会成员的子弟）上学。主要学习拉丁文的文法、会话、修辞、逻辑、演说、作诗，攻读由浅入深的拉丁诗文，包括《伊索寓言》，曼图安纳斯的诗，萨勒斯特、普劳图斯、塞内加、泰伦斯、西塞罗、奥维德、霍拉斯、维吉尔等罗马作家的作品选。

9 月 28 日，二妹受洗礼，被命名为安妮。

同年，议会通过组成牛津大学和剑桥大学的法案。

同年，伊丽莎白就与安茹公爵（后来的亨利三世）的婚姻提议进行协商；年底前放弃，转而支持安茹的弟弟阿朗松公爵。

同年，里多尔菲阴谋败露（废黜伊丽莎白，扶持玛丽登上英国王位）。

同年，西班牙、罗马教廷和威尼斯组成的联合舰队在勒班陀战役中打败土耳其人。

1572 年，莎士比亚 8 岁。

1 月，父亲同斯特拉福德当年执行官艾德里安·奎尼骑马去伦敦办市政公事。

3月24日,弗朗西斯·德雷克率三艘小船出发赴西印度群岛。夏季,袭击加勒比海沿岸西班牙属港口,劫夺大批财物,次年回。

6月2日,诺福克公爵因与西班牙国王菲利普二世和教皇的特务共谋协助玛丽·斯图尔特夺取英格兰王位而被处死。英格兰议会要求处死玛丽。北部叛乱和诺福克阴谋的挫败标志着伊丽莎白政权对旧封建势力的最后胜利。

夏季,女王又行幸沃里克和肯尼尔沃思,曾在斯特拉福德以东几英里的查尔科村托马斯·卢西爵士家停留。

8月24日,圣巴塞洛缪日,由于凯瑟丽娜·德·梅迪奇的煽动,法国巴黎发生天主教徒大规模屠杀胡格诺(加尔文派)新教徒事件。

同年,父亲被控非法购进大量羊毛,进行投机活动,此事似经私了。

同年,苏格兰宗教改革家约翰·诺克斯卒。戏剧家本·琼森和诗人约翰·多恩出生。

同年,布卢瓦条约(英法防御同盟)签订。

同年,伊丽莎白开始了与艾恩孔的长期婚姻谈判。

同年,不受赞助人保护的演员被宣布为流氓和流浪者。

1573年,莎士比亚9岁。

同年,莱斯特伯爵剧团曾到斯特拉福德演出。

同年,亨利·沃里斯利(后为第三任南安普敦伯爵,莎士比亚的庇护人)出生(10月6日)。建筑师兼舞台设计师伊尼戈·琼斯出生。

同年,沃尔特·德弗罗试图让英国定居者在阿尔斯特殖民,但未成功;英国暂时失去了对爱尔兰的控制。

同年,第谷·布拉赫宣布发现一颗新星。

1574年,莎士比亚10岁。

3月11日,二弟受洗礼,被命名为理查德。

同年,约翰·希金斯编的《贵官明鉴》第一部分出版,系用诗体记述英国传说和历史人物悲惨下场的故事。这是《李尔王》故事的来源之一。

同年,天主教徒在英国受到迫害。

同年,布里斯托尔条约签订以解决英格兰和西班牙之间的商业纠纷。

1575年,莎士比亚11岁。

夏天,沃里克伯爵剧团和伍斯特伯爵剧团曾到斯特拉福德演出。

10 月,父亲用 40 镑购置享利街西屋和市内另一屋,后者供出租。

同年,早期英国滑稽剧《格顿婆婆的针》上演,作者佚名。

同年,女王命令颁布《新济贫法》禁止乞丐游民,三次违犯者处死刑,没有贵族庇护的小剧团伶人有被视为游民之虞。英国议会通过规定议员及其仆从免于逮捕的法律。

同年,意大利人开始仿制中国瓷器。

1576 年,莎士比亚 12 岁。

同年,莱斯特伯爵剧团和伍斯特伯爵剧团曾到斯特拉福德演出。

12 月,詹姆斯·伯比奇在伦敦城东北郊肖迪奇建筑的"惟一剧院"落成开幕。这是英国第一个永久性的剧院。在唯一剧院演出的,开始主要是莱斯特伯爵剧团。

同年,马丁·弗罗比舍开始了他寻找西北航道的航程;伦敦成立"中国公司",寻求对中国的贸易。

同年,约翰·莎士比亚曾申请纹章,但半途作罢,只因陷入困境,无暇顾及。

1577 年,莎士比亚 13 岁。

1 月 23 日,父亲未出席市政委员会会议,此后几乎退出了所有市政活动。

秋,亨利·兰曼在伦敦东北郊肖迪奇建成"帷幕剧院",这是英国第二家永久性剧院,但它并不成功,时常只是"惟一剧院"的补充。

11 月 15 日,弗朗西斯·德雷克乘"鹈鹕号"和其他四艘船首次环行世界。

同年,威廉·哈里逊的《英格兰描述》和理查德·伊登的《东西印度群岛旅行史》出版。

1578 年,莎士比亚 14 岁。

夏天,莱斯特伯爵剧团到斯特拉福德演出。

11 月,斯特拉德福镇政委员会决定让约翰·莎士比亚免缴市参议员每人每周 4 便士的贫民赈济捐。

11 月 14 日,父亲欠连襟埃德蒙·兰伯特的钱,把其妻遗产(在威尔姆科特的阿斯比地产)的一部分作价 40 英镑抵押给他;把另一处 86 英亩的地产抵押给另一个连襟亚历山大·韦布。

同年,约翰·黎里的委婉体散文传奇故事《优弗伊斯》的第一部分《才智的剖析》出版。拉斐尔·霍林谢德的《英格兰、苏格兰和爱尔兰编年史》开始出版。

同年,12岁的詹姆斯六世在苏格兰开始亲政。

同年,德雷克率领的船队于9月过麦哲伦海峡时受风暴袭击,剩下他乘的一艘船驶入太平洋,沿美洲西岸北上,到处劫掠,到加利福尼亚湾登陆,命名该地为阿尔比翁(意为"白地",是罗马人对英国的称呼),竖立女王领地碑。

1579年,莎士比亚15岁。

同年,莎士比亚大概已辍学,以便跟父亲学手艺和干活,贴补家用。

4月4日,年仅8岁的二妹安妮去世。

同年夏,斯特兰奇勋爵剧团和埃塞克斯伯爵剧团到斯特拉福德演出。

10月15日,父亲把在斯涅特菲尔德的产益权以4镑的代价出售给连襟亚历山大·韦布之子罗伯特。

同年,斯蒂芬·戈森发表《弊病学校》,攻击时尚的舞台艺术;托马斯·洛奇发表《为诗、乐和戏剧进行辩护》。托马斯·诺斯爵士翻译的普鲁塔克《希腊罗马名人列传》出版。诗人埃德蒙·斯宾塞的《牧人月历》出版。戏剧家约翰·弗莱彻出生。

同年,德雷克的船航经摩鹿加群岛和爪哇岛,绕好望角。第一个英国人托马斯·斯蒂芬斯在印度果阿定居。

同年,西米尔访问英格兰,就与阿朗松的婚姻和伊丽莎白进行探讨。虽然对婚姻的反感越来越强烈,但伊丽莎白最喜欢的莱斯特和哈顿的秘密婚姻驱使她邀请阿朗松来访。

1580年,莎士比亚16岁。

5月3日,三弟受洗礼,被命名为埃德蒙。

6月,父亲被伦敦女王高等法院宣布罚款。

夏天,伯克利勋爵剧团到斯特拉福德演出。

9月29日,父亲逾期不能偿还连襟埃德蒙·兰伯特的债。

11月,弗朗西斯·德雷克回到普利茅斯港,成为历史上继葡萄牙人费迪南德·麦哲伦(1522)后第二个完成环球航行的人。他对西班牙航运造成了严重破坏,并获得了巨大的战利品。

同年,约翰·里黎的《尤弗伊斯》第二部分《尤弗伊斯及其英国》出版。

戏剧家约翰·韦伯斯特和托马斯·米德尔顿出生。

同年,伦敦发生地震。伦敦泰晤士河南岸的"纽因顿靶场剧院"开始供演出使用;该地较偏僻,剧院不很成功。

1580—1586年,伦敦市内第一阶段的黑僧剧院开业,由王家教堂和圣保罗教堂唱诗班的男童演出小戏和音乐。

1581年,莎士比亚17岁。

4月4日,女王到达特福德码头迎接弗朗西斯·德雷克的船"金鹿号",并册封这个海盗航海家为爵士。

同年夏,伍斯特伯爵剧团和伯克利勋爵剧团到斯特拉福德演出。

同年,乔治·皮尔的牧歌剧《对帕里斯的控告》上演。

同年,西班牙吞并葡萄牙及其所属殖民地,形成垄断国际贸易。英国成立黎凡特公司,经营地中海贸易,其一部分资金为德雷克抢掠得来的。

同年,坎皮恩和另外两名神父因"叛国罪"而被处决,这是伊丽莎白手下第一位殉职的罗马天主教神父。

同年,与阿朗松的婚姻游戏还在继续,时断时续;他再次拜访伊丽莎白。

同年,布朗派或独立派变得活跃起来。

1582年,莎士比亚18岁。

夏天,伍斯特伯爵剧团和伯克利勋爵剧团到斯特拉福德演出。

夏天,父亲向女王高等法院要求保护安全,自称害怕有4个人要杀害他或使他肢体残缺。

9月5日,父亲最后一次出席市政委员会的会议,参加选举新的官员。

11月28日,富尔克·桑德尔斯和约翰·理查森向伍斯特主教区宗教法庭提出保证书,各以40镑作保,请求批准威廉·莎士比亚和伍斯特主教区斯特拉福德的处女安妮·哈撒韦结婚。安妮时年26岁,比莎士比亚大8岁,已怀孕3个月。她是肖特里村农民理查德·哈撒韦的长女。其父同莎士比亚的父亲系老相识,已于1581年9月去世,遗给安妮嫁妆6镑15先令6便士。桑德尔斯和理查森是他的遗嘱证明人。当时,莎士比亚尚未成年(按法律19岁始为成人),其婚姻先经父亲同意,究竟何日在何教堂成婚不详。

同年,《女王陛下钦定布道文集》出版。理查德·哈克卢特的《发现美洲有关航行记事》出版。

同年,伦敦发生瘟疫;第一个自来水厂建立。

1583 年,莎士比亚 19 岁。

2 月,英国女王派约翰·纽伯雷前往中国,携有致明朝万历皇帝的信,要求开展两国间贸易,互通有无,但使者被葡萄牙人拦截拘留,未能完成使命。

5 月 26 日,长女受洗礼,被命名为苏姗娜。

同年,宴乐官埃德蒙·蒂尔尼爵士奉命从各剧团抽调最佳演员 12 人,包括最红的滑稽演员理查德·塔尔顿,组成新的"女王供奉剧团"。由于此剧团有女王和枢密院的庇护,反对演戏的伦敦城政府不得不指定两家旅馆,允许他们冬季在那里的天井里演出。

同年,伯克利勋爵剧团到斯特拉福德演出。

同年,英商拉尔夫·菲奇和约翰·埃尔德雷德率队经两河流域和波斯湾,探查通往印度的陆上商路。

同年,伽利略·加利雷发现了钟摆的原理,他在比萨一所大教堂里用脉搏为一摇摆的吊灯计时,发现不管重量和变位如何,每次摇摆的所有时间都是一样的。

同年,解除与阿朗松的婚约花费伊丽莎白 65 万英镑来维持与法国的和平。

同年,汉弗莱·吉尔伯特爵士以伊丽莎白的名义声称拥有纽芬兰。

同年,黎凡特公司获得特许证。

1584 年,莎士比亚 20 岁。

同年,伍斯特伯爵剧团、奥克斯福德伯爵剧团和埃塞克斯伯爵剧团到斯特拉福德演出。

同年,约翰·里黎的散文喜剧《亚历山大和坎帕斯比》和《萨福和法翁》由圣保罗童伶剧团在黑僧剧院上演。戏剧家弗朗西斯·博蒙特出生。

同年,英国和西班牙断交。西班牙大使被迫离开英国,与西班牙的战争现在被认为是不可避免的。西班牙开始建造"无敌舰队",准备攻英。

同年,沃尔特·雷利爵士到北美东海岸探险,并将到达的沿海地区命名弗吉尼亚,意为"处女之地",处女指伊丽莎白女王。

同年,西班牙大使被迫离开英国,与西班牙的战争现在被认为是不可避免的。

同年,詹姆斯六世试图让教皇协助共同对抗伊丽莎白。

1585 年,莎士比亚 21 岁。

2 月 2 日,莎士比亚双生的孩子受洗礼,儿子被命名哈姆尼特,女儿朱迪思。

6 月,查尔斯·霍华德勋爵任海军大将后,组织"海军大将剧团",以有名的悲剧演员爱德华·艾林为班首,演员大部分系从原伍斯特伯爵剧团转来。他们得到剧院经理菲利普·亨斯洛的资助。

9 月 14 日,德雷克在女王支持资助下,率 29 艘船劫掠西班牙维哥港和加勒比海西属港口圣地亚哥、圣多明各和卡塔赫纳,次年 7 月成功而归。女王派莱斯特伯爵率军队进入荷兰,援助该地反抗西班牙统治的势力。

同年,伊丽莎白拒绝承认荷兰的国家主权。詹姆斯六世最终倒戈伊丽莎白,并被他的母亲玛丽诅咒。伊丽莎白派遣了一支军队,在莱斯特的领导下,去支援荷兰各州。

同年,德雷克在比戈、圣多明各、卡塔赫纳等地对阵西班牙的胜利严重挫败了西班牙的士气。

同年,殖民者被派往弗吉尼亚州罗阿诺克岛;于 1586 年返回。

同年,爱尔兰成为英国新的定居点。

1586 年,莎士比亚 22 岁。

从 1585 年到 1592 年,没有任何文字记录。莎士比亚一生中的这个时期,被称为"消失的岁月"。

6 月 23 日,伦敦星法院要求所有出版物事先得到教会当局的批准,规定由坎特伯雷大主教和伦敦主教审查书籍,实际由他们指定的一些牧师进行审查。书商和印刷商组成书业公所,归枢密院和宗教法庭监督。书商一般在书业公所进行登记以取得出版权。印刷本单行本是不值钱的生意,登记时每书交登记费 6 便士。

9 月 6 日,斯特拉德福镇政委员会选举新人接替约翰·莎士比亚为参议员,"因为莎士比亚先生虽被通知,却不来本厅开会,而且已久不来开会了"。

同年,伊丽莎白朝模范廷臣、军人、外交家兼诗人菲利普·西德尼爵士在荷兰祖得芬同西班牙军作战受伤后卒。戏剧家约翰·福德出生。威廉·韦布的《英诗论》发表。

同年,苏格兰女王玛丽被控参与安东尼·巴宾顿企图谋杀伊丽莎白一世的阴谋,受审判并被定罪。罗马教皇西克斯特斯五世许诺资助西班牙舰队讨伐英国。托马斯·卡文迪什出发进行环球航行。英格兰庄稼歉收并严重缺粮。

同年,沃尔特·雷利爵士从美洲带回马铃薯和烟草,在英国种植成功。

同年,在纽约,玛格丽特·克利瑟罗因为隐藏僧人被活活压死。

同年,托马斯·卡文迪什进行第一次南海航行。

1587 年,莎士比亚 23 岁。

2月8日,苏格兰玛丽女王因叛国罪被处决。

夏天,女王供奉剧团、莱斯特伯爵剧团、埃塞克斯伯爵剧团、斯塔福德勋爵剧团和另一个未记名的剧团到斯特拉福德演出。其中女王供奉剧团因内部殴斗死一名演员。莱斯特伯爵剧团因部分人员赴欧陆演出,也缺人,一种估计认为,莎士比亚可能作为临时演员随某剧团到伦敦,开始他的戏剧生涯。

同年,克里斯多弗·马洛写成无韵诗悲剧《帖木儿大帝》上篇。托马斯·基德写成《西班牙悲剧》。霍林谢德的《英国编年史》增订第二版出版。亨斯洛在泰晤士河南岸的岸边建成玫瑰剧院。

同年,罗马教皇西克斯特斯五世宣告将组织天主教十字军入侵英国。弗朗西斯·德雷克在女王授意下率船队袭击西班牙加的斯港,俘获了西班牙财宝船"圣菲利普"号。

同年,托马斯·基德《西班牙悲剧》、克里斯托弗·马洛《帖木儿大帝》上演。

同年,菲利普·亨斯洛在泰晤士河畔建造了玫瑰剧院。

1588 年,莎士比亚 24 岁。

初夏期间,多暴雨,斯特拉福德遭水淹。

7月31日至8月8日,西班牙无敌舰队被击败,然后在赫布里底群岛被风暴摧毁。

9月3日,名喜剧演员理查德·塔尔顿去世。他所属的女王供奉剧团分裂为二。

同年,莎士比亚可能开始创作《情女怨》一诗(1609 年附在十四行诗集之后发表),并开始在伦敦剧团里协助改编剧本。

同年,父亲向伦敦高等法院控告连襟埃德蒙·兰伯特的儿子、继承人约翰。

同年,马洛写成悲剧《浮士德博士》的第二部分。格林写成《潘道斯托》传奇剧。

同年,英国第一家造纸厂建成。

同年,出版了西班牙圣奥古斯丁派教士胡安·贡萨莱斯·德·曼多萨《中华大帝国历史和现状,及其巨大的财富和城市、政治制度和稀有的发明》一书的英译本。

同年,非洲公司(英属几内亚公司,奴隶贩子)特许经营。

1589 年,莎士比亚 25 岁。

4月,弗朗西斯·德雷克爵士率领 143 艘舰船出发,试图攻占里斯本,扶植唐·安东尼奥为独立于西班牙的葡萄牙国王,结果失败。

5月,乔治·普登南所著《英诗艺术》由理查德·菲尔德印刷出版。

同年,格林的传奇剧《梅纳封》写成。马洛的《马耳他的犹太人》写成。理查德·哈克卢特的《英国航海与发现纪要》发表。埃德蒙·斯宾塞《仙后》的前 3 卷于 12 月出版。

同年,莎士比亚大概参加了斯特兰奇勋爵剧团和海军大将剧团合并组成的剧团。

同年,英国教会人员威廉·李发明了第一台织布机。

1590 年,莎士比亚 26 岁。

同年,莎士比亚开始创作或修改两个历史剧:(1)《约克和兰开斯特两望族的争斗第一部分》,1594 年似经人回忆脚本凑成残缺文本,以四开本出版(无署名);它相应于 1623 年收入第一对折本剧作全集的《亨利六世:第二部分》。(2)《理查德·约克公爵的真实悲剧》,1595 年似经人回忆脚本凑成残缺文本,以八开本出版(无署名),书名页上说明它曾多次由潘布罗克伯爵剧团演出;它相应于 1623 年收入第一对折本的《亨利六世:第三部分》。两剧都在 1600 年重印过;在 1619 年合成一卷出版,称《兰开斯特和约克两望族的争斗全集》,署名威廉·莎士比亚。从 1587 年到 1591 年,莎士比亚不知属于何剧团。1592 年,他可能是新建的潘布罗克伯爵剧团的成员,但也可能他写的剧属爱德华·艾林所有,而潘布罗克伯爵剧团是艾林经营的剧团之一,故有权上演莎士比亚的剧本。

同年,马洛的《帖木儿大帝》上、下篇出版。西德尼的遗作散文传奇故事《阿开迪亚》出版。托马斯·洛奇的牧歌式传奇《罗莎琳德》出版。

同年,荷兰科学家扎里安·詹森发明了显微镜。

同年,詹姆斯六世与丹麦的安妮结婚。詹姆斯相信女巫们掀起了一场魔法风暴,企图击沉载着他和新娘回家的船,亲自监督了苏格兰的女巫审判。

1591 年,莎士比亚 27 岁。

同年,卡文迪什进行第二次航行。

同年,莎士比亚写作《亨利六世:第一部分》。此剧开始演出时是独立的壮丽行列剧,后来增加了一些场景和结尾,以与《亨利六世:第二部分》《亨利六世:第三部分》相衔接。

同年,莎士比亚模仿罗马悲剧作家塞内加(公元前 4 年—公元 65 年)编写了血腥悲剧《泰特斯·安德洛尼克斯》。

同年,莎士比亚认识 18 岁的南安普顿伯爵,后者成为他的庇护人;他开始写十四行诗赠南安普顿伯爵,劝他结婚。

同年,其他出版的文学作品有:黎里《恩底弥翁》、格林《菲洛美拉》、斯宾塞《哀怨集》、西德尼遗作《爱星者和星》、无名氏《英格兰约翰王治下的多事之秋》和约翰·哈林顿翻译阿里奥斯托的《发疯的奥兰多》(菲尔德印刷)。诗人罗伯特·海里克出生。

同年,法国数学家弗朗索瓦·维耶特发明了一套代数体系,使用字母符号。

同年,伊丽莎白一世在都柏林成立三一学院。

同年,茶最早传入英国。

1592 年,莎士比亚 28 岁。

3 月 3 日,亨斯洛日记中记载,在伦敦泰晤士河南岸色热克地区经过修理重新开张的"玫瑰剧院"中,由斯特兰奇勋爵剧团演出了新剧《亨利六世》。这个剧可能就是莎士比亚的《亨利六世:第一部分》,它在同年又演过 13 次,1593 年 1 月演过两次。

6 月 23 日,由于伦敦瘟疫流行,政府下令关闭所有剧院,直至当年 12 月 29 日。

同年,莎士比亚写作《驯悍记》。

9 月 2 日夜,剑桥大学才子罗伯特·格林在贫困潦倒中死去。不久,其文友亨利·切特尔整理他的遗稿交付出版,书名为《百般懊悔换得的一毫智慧》,其中有致剧作家马洛、洛奇、皮尔三友人的一封信,劝他们勿再写剧,莫信伶人。信中说:"是的,不要相信他们:其中有一支用我们的羽毛装扮着的暴发户乌鸦,他的'老虎的心用伶人的皮包起',自以为他能够像你们中间最优秀者一样善于衬垫出一行无韵诗;而且他既是个什么都干的打杂工,就自以为是全国唯一的'摇撼舞台者'。"这段话明显是在攻击莎士比亚。其中"老虎的心用伶人的皮包起"一句是模仿莎剧《亨利六世:第三部分》1 幕 4 场 137 行:"哦,老虎的心用女人的皮包起!""摇撼舞台者"(Shake-scene)是影射莎士比亚的名字 Shakespeare(摇动长矛者)。这一材料说明莎士比亚在 1592 年 9 月以前已经在剧作方面颇有成就,对受过大学教育的剧作家们构成了严重的挑战;"打杂工"是说他既能做演员,又能改剧、写剧,而且似乎还指他历史剧、喜剧、悲剧都会写。关于"用旁人的羽毛装扮自己",似乎指控他进行抄袭。其实莎士比亚能采集各家之长,青出于蓝,这正是他的优点。

同年,剧院经理菲利普·亨斯洛开始记录有关舞台演出的账目日记,直至 1603 年。可惜他记载的主要是海军大将剧团的演出,只少量和莎士比亚有关。

同年,黎里散文喜剧《米达斯》上演。塞缪尔·丹尼尔《岁莎蒙德的哀怨》及其致迪莉娅的十四行诗集出版。罗伯特·格林、米歇尔·德·蒙田逝世。

1593 年,莎士比亚 29 岁。

从上年 12 月 29 日到本年 2 月 1 日,伦敦剧院曾开了一个月。但因瘟疫之故,枢密院于 1 月 28 日下令,从 2 月 1 日起重又关闭。

4 月 28 日,莎士比亚的长诗《维纳斯与阿多尼斯》经过坎特伯雷大主教审查批准,由莎士比亚的印刷商友人菲尔德在伦敦"书业公所"进行登记,不久以四开本出版。这是署名出版的第一部莎士比亚著作。

5 月 30 日,曾参与政府反对耶稣会士颠覆图谋的间谍活动的马洛在戴特福德的一家酒店与人争吵,被匕首砍伤头部致死。马洛死后,本·琼森崛起(1599)之前,莎士比亚成为英国戏剧界无可匹敌的作家。

同年,莎士比亚写作《维洛那二绅士》。

同年,马洛死前完成剧本《爱德华二世》;乔治·皮尔的《爱德华一世历史剧》写成;罗伯托·亨利逊的《克瑞西达遗嘱》长诗出版。诗人乔治·赫伯特和钓鱼作家艾萨克·沃尔顿出生。

同年,海军上将理查德·霍金斯推荐饮用橘汁和柠檬汁,以此防治海军中的坏血病。

1594 年,莎士比亚 30 岁。

1 月 24 日,据亨斯洛记载,埃赛克斯伯爵剧团在玫瑰剧院恢复上演《泰特斯·安德洛尼克斯》一剧。

2月3日,冬季剧院短期开放后,枢密院下令禁止在伦敦5英里距离内演戏。

2月6日,《泰特斯·安德洛尼克斯》在书业公所登记,旋即以第一四开本出版。这是第一部出版的莎剧,但无署名。

3月12日,伦敦出版商托马斯·米林顿在书业公所登记下列书,不久以劣质四开本出版,无署名。这就是莎士比亚《亨利六世:第二部分》的前身。

4月至5月中,伦敦又有疫情。

5月1日,骚散普顿伯爵的寡母和副官内大臣托马斯·赫尼奇爵士结婚的前夜,在骚散普顿宅邸演出了莎士比亚的喜剧《仲夏夜之梦》。该剧现行文本中的有些地方(如结尾部分)可能是后来加进去的。

5月9日,莎士比亚的长诗《鲁克丽斯受辱记》在书业公所登记,不久以四开本印制出版。

5月,宫内大臣剧团成立,莎士比亚从一开始就是其重要演员、股东和剧作家。该剧团的前身为斯特兰奇勋爵剧团,1593年随其庇护人的晋爵改称达比伯爵剧团;1594年4月16日,达比伯爵逝世,不久,原班子即改由宫内大臣亨利·凯里,即亨利敦男爵一世(伊丽莎白女王的近亲和亲信)庇护。莎士比亚则是新加入者之一,他带来了过去写的剧本,归这个新剧团所有。剧团开办股本700镑,由8位股东集资,分别是:威廉·肯普(1594—1599年,主要喜剧演员)、莎士比亚、理查德·伯比奇(1619年逝世,主要悲剧演员)、托马斯·波普、奥古斯丁·菲利普斯、乔治·布赖恩、理查德·考利和约翰·海明(8人都是演员;海明后来是经理,并担任1623年莎剧全集[即《第一对开本》]两主编之一)。

5月下旬,莎士比亚的喜剧《爱的徒劳》可能在此时开始演出。

6月5日至15日,宫内大臣剧团同海军大将剧团的部分演员(后一剧团一部分人已去欧陆演出)在伦敦南岸纽因顿靶场剧院一起演出,剧目中包括《泰特斯·安德洛尼克斯》《驯悍记》和一部神秘的、现已佚失的名为《哈姆莱特》的剧本。后来文艺界称后者为《前哈姆莱特》(ur-Hamlet)。

6月7日,西班牙犹太医生罗德里戈·洛佩兹在被判和西班牙间谍一起策划毒害伊丽莎白女王罪后处死。此案审理曾延续好几个月,引起伦敦市民对犹太人的议论和歧视。

8月,莎士比亚的《威尼斯喜剧》(即《威尼斯商人》的第一稿)在瑟热克的"玫瑰剧院"上演。理查德·伯比奇因演夏洛克成功,确立了他作为悲剧演员的声誉。从此开始了莎士比亚创作和伯比奇演出的伟大合作。

10 月,宫内大臣剧团在"惟一剧院"和格雷斯街"交叉钥匙旅店"天井里演出。同年,该剧团虽主要在"惟一剧院"和"帷幕剧院"(均为伦敦城东北郊的老剧院)演出,但有时也在其他地方演出。其竞争者海军大将剧团,以爱德华·艾林为领衔演员,从 1594 年到 1600 年主要在南岸属于亨斯洛的"玫瑰剧院"演出。

11 月 3 日,伦敦城市长写信给财政大臣,要他合作制止布商兼高利贷者弗朗西斯·兰利在南岸再建一剧院。领导伦敦城的一批新兴资产阶级主张禁绝一切戏剧,但女王、宫内大臣、宴乐官不支持禁戏,枢密院则态度动摇。兰利终于在南岸兴建"天鹅剧院",因南岸不归伦敦城管辖。

12 月 26 日和 28 日,(据 1595 年 3 月 15 日女王内司库账目记载)宫内大臣剧团在格林尼治行宫演出"两个喜剧或插剧"。

12 月 28 日夜,据伦敦格雷法律协会(法学院)史册记载,在庆祝圣诞节的舞会以后,由演员在该协会大厅演出《错误的喜剧》。该院还邀请了内殿法律协会的代表,双方学生因座位拥挤发生争吵,后来他们称呼此事为"错误之夜"。

同年,莎士比亚继续写作十四行诗,如第 104 首系纪念他结识南安普顿伯爵三周年。

同年,出版的其他著作有:马洛的遗作悲剧《爱德华二世》、格林的遗作喜剧《修道士培根和邦格》、查普曼的诗《夜影》,以及黎里的喜剧《彭璧大娘》。

同年,里斯本关闭对英国和荷兰的香料市场,荷兰东印度公司成立,从亚洲直接获取香料。

同年,西班牙把红薯传入菲律宾;30 年后,红薯进入中国境内。

1595 年,莎士比亚 31 岁。

年初,塞缪尔·丹尼尔的史诗《约克和兰开斯特两家族间的内战》头章出版。莎士比亚据此开始写作他的历史剧《查理二世》。

3 月 15 日,女王宫内司库账目记载,在冬天戏剧季节结束后,"付给威廉·肯普、威廉·莎士比亚和理查德·伯比奇等宫内大臣仆人"赏金 20 镑。这是第一次官方文字记载,提到莎士比亚作为演员,并为宫内大臣剧团三个主要成员之一。

同年,《约克公爵理查的真实悲剧》(即《亨利六世:第三部分》的前身)的第一个劣质八开本(无署名)出版。

同年,莎士比亚写作《罗密欧与朱丽叶》。

12月1日,未署作者名的剧本《爱德华三世》在书业公所登记,次年初出版商卡斯伯特·伯比的四开本出版(1599年又出版过一次,仍没署作者名)。

12月9日,莎士比亚历史剧《理查二世》在爱德华·霍比爵士家作首次私家演出,被邀观看的主宾是首席大臣罗伯特·塞西尔爵士。

同年,剧作家托马斯·肯德逝世。乔治·皮尔的喜剧《老婆娘的故事》、西德尼遗作《为诗辩护》、默凯特尔遗作《世界地图集》出版。

同年,巴斯克人捕鲸船长弗朗索瓦·索皮特·扎布鲁设计出世界上第一艘加工船,用砖砌的火炉在船甲板上提炼鲸鱼脂肪的油。

同年,英国耶稣会会士诗人罗伯特·索斯韦尔,因为叛国罪受审(因做了天主教神甫),判罪并在蒂本被处以绞刑。

同年,荷兰东印度公司第一次派遣船队前往亚洲,荷兰因此在非洲几内亚海岸建起了第一个移民据点。

同年,罗利在前往圭亚那的航行中,探索奥里诺科河。德雷克和霍金斯航行到西印度群岛(两人于1596年在远征中去世)。

同年,学徒在伦敦发生骚乱;5人被绞死。

同年,天鹅剧院建在班克赛德开建(1596年完工)。

1596年,莎士比亚32岁。

年初,西班牙军攻陷法国加莱,但已无力侵英。英海军袭击西班牙加的斯港,从6月20日到7月5日占领该城,洗劫居民,烧毁房屋和船只。此役埃塞克斯伯爵参加指挥立功,他的地位和名誉达到顶峰。10月,西班牙又派出一支舰队,计划攻英,但为风浪所驱散,只好作罢。由于战争负担和歉收,英格兰人民生活困苦。

夏,弗朗西斯·兰利修建的"天鹅剧院"完工。该剧院位于南岸偏西,离伦敦桥较远,交通不便,后来不太成功。荷兰人约翰·德威特在此观剧后对伦敦各剧院有所记载,并绘有剧场内部回忆图一幅,虽不准确,却是现存关于伊丽莎白朝舞台的唯一草图。

夏,《罗密欧与朱丽叶》在"帷幕剧院"演出。

7月23日,宫内大臣亨利·凯里死,其剧团归其子乔治·凯里庇护。后者不是宫内大臣,只是继承了父亲的爵位,称亨利斯顿伯爵二世,故莎士比亚所属的剧团在一段期间(1696年7月至1597年3月)称亨利斯顿伯爵剧团。在此期间任宫内大臣的是不支持演戏的威廉·科巴姆勋爵,故伦敦市政委员会得以禁止职业剧团演出(1596 年 7 月 22 日至 1597 年 11 月 1 日)。

8 月 11 日,莎士比亚 11 岁的独子哈姆尼特夭折入葬。

夏秋,莎士比亚写作《约翰王》。

9 月 7 日,纹章院院长威廉·戴西克爵士起草了批准授予莎士比亚父亲约翰家徽的证书的草稿,其根据是:(1)其祖父曾服务于亨利七世国王有功;(2)历代在地方颇有声誉;(3)配偶为绅士阿登家女;(4)本人曾任治安官和市长;(5)地产值 500 镑。家徽图案是金色盾形斜贯黑带,黑带上有银色矛一枚,盾上方有立鹰,鹰之一爪握矛直立。家铭为古法文:"并非没有权力。"

同年,詹姆斯·伯比奇购买了原黑僧修道院的膳堂,改建为全部有屋顶的剧院。他和其他剧院所有人申请批准作商业性演出,申请书上莎士比亚名列第五。但该地区富有的清教徒居民反对,此时的宫内大臣科巴姆也不支持,剧院只好暂时闲置。

圣诞节,莎士比亚所属剧团在白厅为宫廷演戏 6 场(12 月 26、27 日,1957 年 1 月 1、6 日,2 月 6、8 日)

同年,埃德蒙·斯宾塞的《仙后》第 4—6 卷出版。剧作家乔治·皮尔过世。海盗出身的航海家弗朗西斯·德雷克过世。

同年,伊丽莎白女王又派特使本杰明·伍德同伦敦商人乘 3 艘大船前往中国,寻求通商,但一艘在好望角附近沉没,另两艘在布通岛附近沉没。

同年,与法国(针对西班牙)签订条约。

同年,敦刻尔克海盗开始骚扰英国航运。

同年,粮食价格高、稀缺。

同年,法布里修斯首次观测到一颗变星。

1597 年,莎士比亚 33 岁。

同年初,莎士比亚写成《亨利四世》上、下篇,其中他塑造了极受群众喜爱的福斯塔夫这一角色。据传伊丽莎白女王看过《亨利四世》演出,十分喜爱福斯塔夫一角,遂命莎士比亚再为此角写一戏,表现他陷入爱情之状。莎士比亚在短期内写成《温莎的快乐娘儿们》,于 1597 年 4 月 23 日在温莎宫为嘉德勋章获得者举行的宴会后首次演出。

2 月 2 日,詹姆斯·伯比奇葬于伦敦东北郊肖迪奇。他在遗嘱中把"惟一剧院"传给长子卡思伯特,把"黑僧剧院"(尚未启用)传给次子名演员理查德。

3 月 17 日,亨利斯顿男爵二世被任命为宫内大臣,因此他所庇护的剧团恢复了宫内大臣剧团的名称。

5 月 4 日,莎士比亚以 60 镑的价钱,从威廉·恩德希尔手中购得斯特拉福德第二大的房屋(三层楼,有 5 个人字屋顶和 10 间有壁炉的房间)。

7 月,由托马斯·纳什开始,并为年轻的本·琼森(时年 27 岁,比莎士比亚小 6 岁)完成的喜剧《狗岛》由潘布罗克剧团在"天鹅剧院"上演。10 月,枢密院特准宫内大臣剧团和海军大将剧团在伦敦城以外演出;伦敦的剧院除"天鹅剧院"外又逐渐开放。从此,这两剧团成为相互竞争的两大剧团,而且莎士比亚所属的前者更占优势。

8 月 29 日,《理查二世》在书业公所登记,旋即出版第一四开本,无作者署名。

10 月 8 日,本·琼森因《狗岛》事被关押审查,不久获释。

10 月 20 日,《理查三世》在书业公所登记,旋即出版第一四开本,无作者署名。

同年,还出版了《罗密欧与朱丽叶》的第一四开本,内容残缺颇多,也无作者署名。

11 月 15 日,伦敦城东北部主教门圣海伦区欠缴王室附加地方税(1593 年议会通过)住户名单中列有威廉·莎士比亚的名字。

12 月 26 日,宫内大臣剧团在白厅为宫廷演出。

同年,莎士比亚及其父亲曾再诉约翰·兰巴特,试图赎回 1578 年抵押出去的阿斯比地产,失败。父亲把斯特拉福德亨利街住宅边一条窄地卖给邻居,这说明他还住在老家。莎士比亚大弟吉尔伯特在伦敦圣布赖兹街开缝纫用品商店。

同年,旁人作品出版的有:苏格兰王詹姆斯六世的《论巫术》、弗朗西斯·培根的《社会伦理散文集》、约翰·多兰德的《歌曲集》第一册。

同年,家庭种植西红柿在英格兰首次收获并食用。

同年,荷兰航海家简·海根·冯·林舒顿的《旅行》的英译本中,第一次提到了茶。冯·林舒顿称这种饮料为"茶"(chaa)。

同年,西班牙菲利普二世派遣第二支无敌舰队讨伐英格兰,但是一场暴风雨又一次把他的船舰击碎。

同年,爱尔兰的赫克拉岛火山喷发。

同年,伊丽莎白一世的牙斑被德国旅行者保罗·亨特注意到,他记载说那是过量吃糖造成的,首次把糖与牙病变联系在一起。

同年,约翰·道兰以演奏诗琴和演唱歌谣出名,出版了他的《歌曲:第一部》。

同年,埃塞克斯、弗朗西斯·维尔爵士、罗利率领的对西班牙的海上探险失败了。

同年,反对过度着装的法令颁布(个体必须根据社会地位穿着)。

1598 年,莎士比亚 34 岁。

1 月 1 日和 6 日,2 月 26 日,宫内大臣剧团在白厅为宫廷演出。

2 月 4 日,斯特拉德福镇政当局开列小教堂街区 13 家大麦囤积户名单,其中包括莎士比亚的名字,说他囤积了 10 夸特(约合 2.5 吨)大麦。

2 月 25 日,《亨利四世上篇》在书业公所登记,旋即以第一四开本出版,无作者署名。

同年夏,莎士比亚可能开始写作《无事生非》,冬天完成。

7 月 22 日,书商詹姆斯·罗伯兹在书业公所登记《威尼斯商人》(或称《威尼斯的犹太人》)一书,并说明未经宫内大臣许可不得出版。这次登记看来是为了保护剧团权益、阻止旁人出版而采取的一种方法。

同年,《爱的徒劳》四开本出版。由书商安德鲁·怀斯重版的《理查二世》(废黜国王的场景仍删去)和《理查三世》四开本也出现了莎士比亚的署名。

8 月,伯利伯爵(即首席大臣威廉·塞西尔)逝世,他的爵位和官职均由他的儿子罗伯特·塞西尔继承。他们父子是女王的首席顾问和助手,在政治上都和埃塞克斯伯爵相对立。

8 月,爱尔兰全面叛乱开始。年底,埃塞克斯被任命为爱尔兰总督,率军征讨,南安普顿随行。

9 月,西班牙国王菲利普二世逝世,其子继位,为菲利普三世。

9 月 7 日,弗朗西斯·米尔斯的《帕拉迪斯·塔米阿,机智的宝库》在书业公所登记,旋即出版。书中赞誉了 100 多个英国作家,其中写道:"菲利普·西德尼爵士、斯宾塞、丹尼尔、德雷顿、华纳、莎士比亚、马洛和查普曼……大大丰富了英语,使之华丽地穿戴上珍奇饰物和灿烂衣衫。正如据信尤弗勃斯的灵魂活在毕达哥拉斯身上,奥维德的香馥、机智的灵魂活在舌头流蜜的莎士比亚身上,足以为证者是他的《维纳斯与阿多尼斯》、他的《鲁克丽斯》、他在私交间传阅的沾有糖渍的十四行诗等等。……正如普劳图斯和塞内加被认为是拉丁作家中喜剧和悲剧写得最好的,莎士比亚是英国人中为舞台写这两种剧写得最好的,喜剧方面有他的《维洛那绅士》、他的《错误的喜剧》、他的《爱的徒劳》、他的《爱的收获》、他的《仲夏夜之梦》和他的

《威尼斯商人》为证；悲剧方面有他的《理查二世》、《理查三世》、《亨利四世》、《约翰王》、《泰特斯·安德洛尼克斯》和他的《罗密欧与朱丽叶》为证。……正如埃比乌斯·斯托洛说，如果缪斯神通拉丁语，她们会用普劳图斯的舌头讲话；我说，如果她们通英语，她们会用莎士比亚的精练的词语讲话。"

米尔斯又夸莎士比亚是英国人中最好的抒情诗人之一，是"最激情地哀叹爱情的困惑者之一"。

这段文字有力地说明了莎士比亚当时是两部长诗、《十四行诗集》和至少12部剧本的作者，在文坛已达到很高的地位，并确定了他的这些剧本著作年代的下限。其中提到的《爱的收获》，大概是一部佚失的喜剧，也可能是《驯悍记》的别名，或者《终成眷属》的一个早期版本。

10月25日，到伦敦出差的斯特拉德福镇参议员理查德·奎尼从一家旅馆写信给莎士比亚，向他借30镑。

冬，莎士比亚开始写《亨利五世》（约于1599年3月写完）。

12月25日，伯比奇兄弟言定从尼古拉斯·布伦德那里租用泰晤士河南岸一块地，供建剧院用，租期31年。

12月26日，宫内大臣剧团在白厅为宫廷演出。

12月28日，伯比奇兄弟组织了一帮人，把"惟一剧院"全部拆掉，木料运过泰晤士河，搬到南岸兴建"环球剧院"。这是因为"惟一剧院"土地租约到期，而地主贾尔斯·艾伦故意对续租条件进行刁难。伯比奇利用原租约言明"房屋不属地主"的条款，乘艾伦不在伦敦时突击拆运木料。另外，宫内大臣剧团也有意迁到逐渐兴旺的南岸，以便与在"玫瑰剧院"演戏的海军大将剧团进行竞争。

同年，本·琼森脱离海军大将剧团，带着他的剧本《人人高兴》参加宫内大臣剧团，据说此剧起初不被接受，后因莎士比亚的推荐而上演。据1616年《琼森全集》中载，此剧1598年开始在"帷幕剧院"演出时，主要演员以莎士比亚为首，他大概扮演其中溺爱儿子的老父亲爱德华·诺韦尔一角。

同年，马洛的未完成遗作长诗《希萝与利安德》由乔治·查普曼续成出版。查普曼翻译的《伊利亚德》的示范本出版。托马斯·博德利爵士开始重建牛津大学图书馆。

同年，中国汤显祖写成《牡丹亭》。

同年，托马斯·博德利在牛津开始重建一座图书馆。

同年，英国科学家和杂文家弗朗西斯·培根因负债被关押。

1599 年,莎士比亚 35 岁。

1月1日,宫内大臣剧团在白厅为宫廷演出,2月2日,又在里奇蒙演出。

2月21日,就建筑中的"环球剧院",地主尼古拉斯·布伦德为一方,伯比奇兄弟为一方,宫内大臣剧团的5名演员莎士比亚、海明、菲利普斯、波普和肯普为一方,三方签订了租约,规定由后两方平均负担土地租金,同时,他们也分担剧院建筑和经营的费用,并将分得剧院的纯收入。这样,莎士比亚成为剧院的"管家"之一,可以分得十分之一的纯利。不久,肯普退出宫内大臣剧团(原因之一据说是莎士比亚反对他即兴自编插科打诨的话),他的股份由其余四人分摊。从此莎士比亚从剧院纯收益中可分得八分之一。

4—6月,《亨利五世》开始演出。

6月,枢密院下令禁止出版讽刺时政的小册子。有一个时期,讽刺的材料都集中在戏剧中出现。

同年,出版商威廉·杰加德出版了一本很薄的诗集《热情的朝圣者》,标明为威廉·莎士比亚的作品,其实所收20首短诗中只包括莎士比亚的5首诗。

夏天,莎士比亚写作《皆大欢喜》。接着或同时,莎士比亚写作《裘力斯·凯撒》。

7月,环球剧院落成开幕。它坐落在泰晤士河南岸边迈德巷(现名派克街)路南,为南岸剧院中最东边、靠近伦敦桥南端的一个,地点有利。剧院呈八角形,用支撑木柱盖在沼泽地上,周围是楼座,中间露天。敞开的舞台向前突出,三边是站客的场地。舞台后部有帷幕和后室,上面有阳台,再上为乐池。舞台中央地板上有个盖板的方洞,供鬼魂出没。舞台离地面约有一人高,柱脚三面围以布幛,演喜剧时围白布,演悲剧则围黑布。舞台后有化妆室,楼上为储藏室,再上为双斜坡顶楼,演戏之日就在上面挑挂剧院的旗子,上面画希腊神话中英雄赫克里斯背负着地球。剧院的拉丁文口号意为"全世界一舞台也"。剧院可容2000余人。站客票价1便士,相当于两枚鸡蛋或一磅黄油的价钱;楼座票价2便士,舞台边上显赫的座位再加1便士。新剧首演时票价加倍。演出在下午2时开始,在下午4—5时之间结束,因为主要靠日光照明。环球剧院成为宫内大臣剧团(1603年后为国王供奉剧团)经常演出的场所。它是莎剧的主要舞台,在经济上也很成功。此后,莎士比亚平均年收入约为250镑,在当时相当可观。

同年,纹章院院长威廉·戴西克爵士和威廉·开姆顿正式批准"约翰·莎士比亚及其子嗣直到永远"使用家徽。这是对1596年草案的肯定,但对约翰·莎士比亚的资格有了一些不同的说法。如说他的祖先在亨利七世朝时曾受过赠地,约翰在任市长期间曾用过纹章等。据推测,此事的正式实现是由于莎士比亚声誉大大提高,并得到朋友开姆顿的帮助,后者是埃塞克斯在 1597 年就任军队统帅后新任命的纹章院院长。同时,对是否要在莎士比亚家徽的盾形上四分之一处加绘阿登家的家徽这种议论没有产生结果。

同年,出版了莎士比亚《罗密欧与朱丽叶》的第二个四开本,注明"新经改正、增补和修订",是个较完整的版本。还出版了《亨利四世(上篇)》的第二个四开本,注明"新经威廉·莎士比亚改正"。这些说明,有些莎剧曾经过他自己修改,前后有不同的版本。

同年,达比伯爵恢复了由圣保罗教堂唱诗学校部分学生组成的"圣保罗童伶剧团",他们演一些着重布景、服装、歌舞的戏,相当成功。该剧团演出约翰·马斯顿的剧本《演员的鞭子》,其中有影射本·琼森的地方,琼森在《人人扫兴》中进行讽刺模仿,引起两方互相攻击,当时称为"戏剧战"(1599—1601 年)。

12 月 26 日,宫内大臣剧团在里奇蒙为宫廷演出。

同年,苏格兰国王詹姆斯六世的《论国王的神圣权力》发表。埃德蒙·斯宾塞去世。奥利弗·克伦威尔出生。

1600 年,莎士比亚 36 岁。

1 月 6 日和 2 月 3 日,宫内大臣剧团在里奇蒙为宫廷演出。

2 月 11 日,喜剧演员威廉·肯普开始他著名的一月舞蹈,即从伦敦一直舞到东北方的诺里奇,用 30 天跳了 100 英里路。

6 月 22 日,枢密院颁布命令,限制剧团每周只演出两场;但此命令未严格执行。

同年夏,莎士比亚被邀参加修改《托马斯·莫尔爵士书》一剧。

8 月 4 日,书业公所登记册的一张空页上写着:"宫内大臣剧团的剧本《皆大欢喜》《亨利五世》《人人高兴》和《无事生非喜剧》予以登记,但暂不出版。"

8 月 23 日,《亨利四世(下篇)》和《无事生非》在书业公所登记,旋即出版四开本,均有莎士比亚署名。

同年,莎士比亚写《第十二夜》。

9 月 2 日,理查德·伯比奇同"王家教堂童伶剧团"经理亨利·埃文斯签订合同,将黑僧剧院租予后者,租期 21 年。

同年，莎士比亚写成《哈姆莱特》。

10月8日，《仲夏夜之梦》在书业公所登记，旋即以四开本出版，莎士比亚署名。同年，《亨利六世：第二部分》第二四开本、《亨利六世：第三部分》四开本和《泰特斯·安德洛尼克斯》第二四开本出版，均无作者署名。

12月21日，伦敦发生轻度地震。

12月26日，宫内大臣剧团在白厅为宫廷演出。

同年，本·琼森脱离宫内大臣剧团后所写的《月神的欢乐》由王家教堂童伶剧团在黑僧剧院演出。

同年年底，爱德华·阿莱恩和菲利普·亨斯洛为海军大将剧团在伦敦城北郊新兴的芬斯伯里区修建的"鸿运剧院"建成。

12月31日，女王批准英国东印度公司成立，开办资金7万镑。

同年，其他作家出版作品者有：托马斯·德克尔的《鞋匠的假日》、托马斯·纳什的《夏季的遗嘱》、威廉·肯普的《九日奇迹》。

同年，英国东印度公司成立。

同年，意大利乔尔丹诺·布鲁诺以宣传邪教罪名在罗马被焚死。

同年，英国物理学家威廉·吉伯特完成他的先锋作品《磁与磁性》，介绍了电磁力、电力和磁极等概念。

同年，烟叶在伦敦出售，需用银币先令购买，一时间在花花公子之间非常时兴。

同年，走私犯偷走7粒咖啡豆种子，带往印度，打破了阿拉伯人垄断咖啡种植的局面。

同年，英国声称拥有圣赫勒拿岛。

1601年，莎士比亚37岁。

1月6日（圣诞节后第十二夜），女王饬令在白厅演剧招待来访的佛罗伦萨贵族勃拉齐亚诺公爵凡伦丁诺·奥西诺。该剧可能就是莎士比亚的《第十二夜》，是预知这一日程安排而写好了的。剧中有公爵名奥西诺，侍臣名凡伦丁。但现无确定的记载。现存有关《第十二夜》的最早演出记录为1602年2月2日。

2月7日，宫内大臣剧团在环球剧院演出已多年未演的莎剧《理查二世》，这是埃塞克斯伯爵的党羽用40先令的额外酬金买通剧团奥古斯丁·菲利普斯等人而安排的。他们意在用这出弑君篡位的戏来鼓舞士气和制造舆论，但剧团领导不知内情。

2月8日，埃塞克斯伯爵率党羽上街，企图煽动伦敦城市民逼迫女王改变政府,否则要逮捕女王。结果叛乱失败,埃塞克斯和骚散普顿等被捕,两人均被判处死刑。

2月24日,宫内大臣剧团在白厅为宫廷演出,足证女王并未因上演《理查二世》一事迁怒剧团或莎士比亚。

2月25日,埃塞克斯被砍头。

同年,莎士比亚写作《特洛伊罗斯与克瑞西达》,这是一出愤世嫉俗的知识分子戏,可能是为伦敦法律协会的大学生们观看而写的。

同年,莎士比亚的父亲恢复了在市政委员会的席位。

9月8日,莎士比亚的父亲死后在斯特拉福德安葬。

同年,罗伯托·切斯特编印《爱情的殉道者》(又译《殉情者》)一书,列于首位的是莎士比亚的诗《凤凰和斑鸠》。

同年,本·琼森的《蹩脚诗人》上演。

12月24日,伦敦发生地震。

12月26、27日,宫内大臣剧团在白厅为宫廷演出。

同年,戏剧家托马斯·纳什去世。

同年,约翰·兰开斯特率领东印度公司的第一支船队到达苏门答腊。耶稣会传教士利玛窦到达北京。同年,伊丽莎白一世因为昔日宠臣埃塞克斯伯爵在爱尔兰出师不利而处罚他,最终把他交给法庭审判。

同年,西班牙派来两支舰队,帮助爱尔兰反抗英格兰的统治。

同年,英格兰通过贫民救济法案后,一条补充法律随即通过,允许鞭打流浪汉和乞丐。同年,天文学家第谷·布拉赫逝世。

1602年,莎士比亚38岁。

1月1日,2月14日,宫内大臣剧团在白厅为宫廷演出。

1月18日,《温莎的风流娘儿们》在书业公所登记,旋即出版四开本,无作者署名。

2月2日,"中殿律师协会"的年轻律师约翰·曼宁厄姆在日记中写道:"在我们的节日宴会后演一剧名《第十二夜》,或称《随君所愿》,很像《错误的喜剧》或普劳图斯的《孪生兄弟》,但最相似和接近的是意大利剧《欺骗者》。"接着还描述了马伏里奥受作弄的情节。

同年,约克郡纹章官拉尔夫·布鲁克提出一张23人的名单,指斥纹章院院长威廉·戴锡克爵士不该批准这些低贱的人使用家徽。名单中第四人为莎士比亚。布鲁克还称莎士比亚为"戏子"。3月21日,戴西克和另一纹章官威廉·开姆顿进行反驳,说鉴于威廉·莎士比亚才能出众,对社会起了重大作用,应得此荣誉。

4月19日,在书业公所登记,《亨利六世:第二部分》《亨利六世:第三部分》和《泰特斯·安德洛尼克斯》的出版权从一个出版商转移给另一个出版商。

5月1日,莎士比亚用320镑在旧斯特拉福德购耕地107英亩、牧地20英亩。立买契时系由大弟吉尔伯特代理。

同年,莎士比亚写作《终成眷属》,该故事取材于意大利小说家薄伽丘《十日谈》中第三天第九个故事。

7月26日,印刷商詹姆斯·罗伯兹在书业公所登记《丹麦王子哈姆雷特复仇记,据最近宫内大臣仆人演出本》(《哈姆雷特》),但未见出版。

同年,《理查三世》(第三四开本)和《亨利五世》(第二四开本)重印问世。

9月28日,莎士比亚在斯特拉福德小教堂巷,"新居"斜对面又买一所茅屋。同日,在罗因顿从瓦尔特·格特利手中购得1/4英亩土地,包括农舍和菜园。

12月26日,宫内大臣剧团在白厅为王室演出。

同年,莎士比亚已从南岸迁居伦敦城北部克里佩尔(瘸子)门附近银子街法国新教徒、女用头饰匠克里斯托弗·蒙乔伊家的三楼阁楼上。他在该处住了五六年。

同年,托马斯·德克尔的《讽刺的鞭子》上演。托马斯·坎皮恩的《谈英诗艺术》出版。

1603年,莎士比亚39岁。

2月2日,莎士比亚及宫内大臣剧团在里奇蒙行宫为濒死的女王演出。

2月7日,《特洛伊罗斯与克瑞西达》由印刷商詹姆斯·罗伯兹在书业公所登记,但未见出版。

3月24日,伊丽莎白一世女王逝世,终年70岁。都铎王朝结束。她在位的最后9年期间,莎士比亚所属的宫内大臣剧团为宫廷演出共32次,而海军大将剧团只有20次,其他剧团共13次。

5月17日,新国王指示把原来的"宫内大臣剧团"改组为"国王供奉剧团",并给予一些特权。英王制诰于19日盖了国王大印颁发,文曰:

> 所有治安官、市长、警察、镇长等官民一体周知,朕开恩特许我的仆人劳伦斯·弗莱彻、威廉·莎士比亚、理查德·伯比奇、奥斯西·菲利普斯、约翰·海明、亨利·康德尔、威廉·斯莱、罗伯特·阿尔民、理查

德·孝利及其同事们自由地演出喜剧、悲剧、历史剧、插曲剧、道德剧、牧歌剧、舞台剧等，像他们以前或以后所排演的，为了朕亲爱臣民的娱乐，也为了朕乐意时消遣和观赏。上述各剧，在瘟疫减退后，均得在最佳条件下公开演出，无论在萨里郡他们原用的环球剧院，还是在任何市政厅、聚会或在我的国土内任何其他城市、大学、村镇的自治区的其他方便的地方；朕命令你们不仅允许他们无阻碍地这样做，而且在他们遭到任何非难时协助他们，并给予此前类似的礼遇。如为朕之故给予更多优惠，朕将注意及之。

莎士比亚等同时被任命为宫廷内侍。约翰·海明为剧团的领班。其余海军大将剧团改名为亨利王子剧团，伍斯特伯爵剧团改名为安妮王后剧团。

自此至莎士比亚逝世（1616）的 14 年间，国王供奉剧团在宫廷演出共 187 次。

6 月 25 日，书业公所登记了《理查二世》、《理查三世》和《亨利四世（上篇）》版权的转让。

7 月 25 日，詹姆斯进驻伦敦，加冕为"英格兰、苏格兰、爱尔兰和法兰西国王詹姆斯一世"，这标志着英格兰和苏格兰的统一，以及斯图尔特王朝的开始。

夏秋，伦敦仍有瘟疫。国王供奉剧团在外巡回演出，到过巴斯、什鲁斯伯里、考文垂和伊普斯威奇。《哈姆莱特》在牛津大学和剑桥大学演出。

同年，莎士比亚写作《奥赛罗》。

同年，《哈姆莱特》四开本出版，系残缺的偷印本（劣质本）。

同年，莎士比亚所在的国王供奉剧团中的重要演员托马斯·波普退休，次年初逝世。

10 月，英国发生布赖恩·安斯利及其三个女儿（怀尔德古斯夫人、桑兹夫人及考黛尔）的案子。两个已出嫁的大女儿要求法院判定老父已神经失常，不能管理财产，要把家产分掉；小女儿则要求法院勿这样做。此案似对莎士比亚写作《李尔王》产生了一定影响。同年，沃尔特·雷利爵士被控曾参与反对詹姆斯继承王位的阴谋，被监禁于伦敦塔。

同年，海军大臣剧团的著名悲剧演员爱德华·艾林之妻写信给丈夫，提及在瑟热克（伦敦南岸）看到环球剧院的莎士比亚先生。

同年，伦敦流行黑死病，至少夺去了 3.3 万人的性命。

同年，普拉特不用空气为煤加热，烧出了焦炭，由此提供纯炭服务——对冶炼十分理想。千年请愿书（清教徒要求在圣公会进行改革）。伦敦瘟疫

肆虐(30561 人死亡),从 1603 年中期一直持续到 1604 年 4 月的瘟疫迫使
关闭了伦敦的剧院。

同年,巴塞洛缪·吉尔伯特航行前往弗吉尼亚。

1604 年,莎士比亚 40 岁。

1 月 1 日,国王供奉剧团在汉普顿行宫演戏两场。

1 月,国王供奉剧团领到演戏赏钱 53 镑,并由于瘟疫停演得到补贴
30 镑。

2 月 2 日,国王剧团在汉普顿行宫演出,19 日在白厅演出。

3 月至 5 月,莎士比亚家把 20 蒲式耳(合 727 升)麦芽卖给卖药品和烟
草的邻居菲利普·罗杰斯,还借给他 2 先令。斯特拉福德法院记录表明,当
年莎士比亚曾控告罗杰斯欠债共 1 镑 15 先令未还。

3 月 15 日,补举行庆祝新国王加冕并进入伦敦的游行式(因瘟疫之故
之前未举行群众性庆祝),游行队伍从伦敦塔走到白厅,有许多化装表演和
舞蹈者参加。事先国王供奉剧团主要演员作为宫廷内侍各领到 4.5 码(1
码＝36 英寸)红布制作新衣,名单中莎士比亚列于首位。

4 月,国王正式写信给伦敦市长以及米德尔塞克斯和萨里两郡治安官,
叫他们"允许并容许"国王供奉剧团在他们"惯常的剧院"(即"环球剧院")演
出他们的戏。同样的特许,后来也给予安妮王后剧团(在鸿运剧院)和亨利
王子剧团(在帷幕剧院)。

同年,莎士比亚写作《一报还一报》。

夏天,演员约翰·洛因加入国王供奉剧团,他演福斯塔夫很成功。后
来,莎士比亚指导他演亨利八世。

8 月 9 日至 27 日,西班牙大使、卡斯蒂利亚总督唐·璜·德·裴拉斯
戈在伦敦萨默塞特府邸同英国谈判议和期间,莎士比亚和国王供奉剧团的
其他 11 名演员参加担任侍从 18 天。这 12 名演员为此共得到 21 镑 12 便
士的赏金。《伦敦条约》签订,不列颠和西班牙和好。

同年,《哈姆雷特》第二四开本出版。

10 月 4 日,国王供奉剧团到多佛演出。

11 月 1 日,国王供奉剧团在白厅宴会厅演出《威尼斯的摩尔人》,即《奥
赛罗》。4 月,演出《温莎的风流娘儿们》。

12 月 26 日到 1605 年 2 月 12 日,詹姆斯一世及其宫廷官员在白厅连
续观剧,多数由国王供奉剧团演出,尤以莎士比亚的戏为多,其中包括《一报
还一报》(12 月 26 日)、《错误的喜剧》(12 月 28 日)、《爱的徒劳》(1 月初)、

《亨利五世》(1月7日)和《威尼斯商人》(2月10日,12日奉国王之命重演一次)。

同年,英国和西班牙在长达20年的战争之后签订和约。

同年,约翰·马斯顿的悲喜剧《愤世者》出版,詹姆斯一世的小册子《抨击烟草反对烟草》出版。把吸烟描绘成"低俗""肮脏"和"危险的行径",对烟草征收特殊税以限制其使用。

同年,威廉·卡姆登出版《留下一部关于不列颠的大作品》一书,其中一部分专门写到名姓的起源。

同年,汉普顿宫会议举行,讨论在不列颠进行教会改革。

同年,意大利画家卡拉瓦乔完成《耶稣下葬》。

同年,乔治·韦茅斯船长前往新英格兰的航行,以及查尔斯·利船长在圭亚那建立殖民地的远征。

1605年,莎士比亚41岁。

同年,天气恶劣,几乎人人生病。

1月和2月,国王供奉剧团在白厅为宫廷演戏11场。

5月8日,莎士比亚以前的《李尔王和他的三个女儿高纳里尔、里根和考黛拉的真实历史剧》(一般简称Leir或"前李尔")在书业公所登记,并按"最近演出本"出版。这个剧本作为"悲剧"有记录的最早演出日期为1594年4月8日,当年5月14日也曾在书业公所进行登记,但未见出版。这是莎士比亚《李尔王》的主要来源之一。

7月24日,有文书上写"埃文河畔斯特拉福德绅士威廉·莎士比亚"投资440镑,购买了在旧斯特拉福德、韦尔科姆和毕肖普顿一些土地的什一产益权。据估计,每年可收益60镑。

同年,莎士比亚写作《李尔王》。

夏秋,国王供奉剧团到外地演出,10月9日在牛津大学,后曾去巴恩斯特普尔和萨弗隆·沃尔登。

同年,《理查三世》和《哈姆莱特》四开本重印出版。

11月5日,在议会开幕日前夕,"火药阴谋案"被揭露。

同年,英国新出版物中有:乔治·查普曼的喜剧《全是愚人》、塞缪尔·丹尼尔的悲剧《菲洛塔斯》、迈克尔·德雷顿的诗集和弗朗西斯·培根的论文《学术的促进》。

同年,西班牙塞万提斯的《堂·吉诃德》第一部分发表。

同年,第一条铁路在不列颠修筑,地点是诺丁汉郡的沃拉顿。

同年,米古尔·塞万提斯的长篇小说《堂吉诃德》在西班牙出版。

1606 年,莎士比亚 42 岁。

3 月 24 日,1605 年圣诞节以来,国王供奉剧团在白厅为宫廷演戏 10 场。

同年,莎士比亚写作《麦克白》,其中苏格兰新王班柯是詹姆斯一世的祖先。

5 月 27 日,议会通过了"禁止滥用演员的法案",禁止在舞台上宣誓或使用亵渎语言。

7 月至 8 月间,国王供奉剧团在格林尼治行宫(其中 8 月 7 日在汉普顿行宫)为国王及其来访的妻弟、丹麦国王克里斯蒂安四世演出三剧,其中一剧很可能是《麦克白》。

7 月至 11 月,国王供奉剧团曾到牛津、莱斯特、马尔堡、多佛和梅德斯通演出。

12 月 26 日,圣斯蒂芬夜,国王供奉剧团在白厅为国王和宫廷演出莎士比亚的《李尔王》。29 日,演另一剧。

同年,安妮王后剧团的"红牛剧院"在伦敦克拉肯韦尔落成开幕。

同年,新出版物中有托马斯·德克尔的小册子《伦敦的七大罪恶》、本·琼森的喜剧《狐狸》和约翰·马斯顿的喜剧《寄生虫》。约翰·黎里死。

同年,伦敦的"弗吉尼亚公司"领到王家特许证,并派 120 人去(美国)弗吉尼亚殖民。在克里斯托弗·纽波特船长的带领下,种植园探险队于 12 月 19 日启航。

同年,乘坐荷兰"杜耶肯"号船的水手成为第一批看见澳大利亚人的欧洲人。

同年,"联合杰克"被采纳为不列颠国旗。

1607 年,莎士比亚 43 岁。

1 月 4、6、8 日和 2 月 2、5、15、27 日,国王供奉剧团在白厅为宫廷演出。

1 月 22 日,《爱的徒劳》和《罗密欧与朱丽叶》的版权转手。

4 月,规定剧本一般由宴乐官审查批准。

5 月,诺散普顿郡爆发群众性的反圈地运动,并扩及沃里克郡和其他邻近各郡。

6 月 5 日,莎士比亚喜爱的长女苏珊娜(24 岁)和剑桥大学毕业的医生约翰·霍尔(32 岁)结婚。霍尔系清教徒。

7月至11月，伦敦瘟疫流行，剧院关闭。

同年，莎士比亚写作《安东尼与克莉奥佩特拉》。

同年，莎士比亚独撰或与人（可能是乔治·威尔金斯）合撰《泰尔亲王配力克里斯》。

9月5日，据东印度公司"巨龙号"船长威廉·基林的日记，在赴东印度群岛航程中，该日在船上演出《哈姆雷特》；9月30日，"我的伙伴们演出《理查二世》"。次年3月31日，他的日记载："我邀请（威廉）霍金斯船长来吃鱼餐，并在我船上演出《哈姆雷特》；我允许这样做是为了免得我的船员闲着无事，作不法赌博，或者睡觉。"

9月7日，国王供奉剧团在牛津演出，其后又曾在巴恩斯泰普尔和邓尼奇演出。

11月19日，《爱的徒劳》、《罗密欧与朱丽叶》和《哈姆雷特》的版权转手。

11月26日，《李尔王》在书业公所登记，次年（即1608年）出版为四开本，错讹颇多。

12月26、27、28日，国王供奉剧团在白厅为宫廷演出。

12月31日，伦敦南岸"圣玛丽教堂"的埋葬登记册中记载："戏子埃德蒙·莎士比亚葬于教堂内"，账册上还记道："上午用大钟为鸣丧钟，共收20先令。"可见莎士比亚的三弟埃德蒙也是演员；大哥为哀悼27岁夭折的弟弟作了额外的破费，因为普通葬费只需2先令。

同年，英国出版物尚有乔治·查普曼的悲剧《布西·德·昂布河》、托马斯·海伍德的悲剧《一个为仁慈杀害的女人》、约翰·马斯顿的喜剧《听从君便》和西里尔·图尔纳的《复仇者的悲剧》。属对手剧团的剧作者兼诗人威廉·巴克斯泰德在《阿都尼的母亲迷拉》中称莎士比亚为"一位如此受敬爱的邻居"。

同年，英国东印度公司第三支舰队于3月开往印度，带回大量丁香和其他货物，获利甚丰。

同年，托马斯·史密斯在弗吉尼亚州詹姆斯镇建立了第一个英国北美殖民地。

同年，教会法庭（以大主教班克罗夫特为首）和民事法庭（以科克为首）就其管辖权进行争论。

同年，普利茅斯公司在弗吉尼亚北部詹姆斯敦建立殖民地；约翰·史密斯船长定居詹姆斯敦。

1608 年，莎士比亚 44 岁。

同年，瘟疫流行。莎士比亚似抱病在家，写作《科利奥兰纳斯》和《雅典的泰门》，后者未完成。

1 月 2、6、7、9、17、26 日和 2 月 2、7 日，国王供奉剧团在白厅为宫廷演出，有时一天演两场。

2 月 21 日，外孙女伊丽莎白·霍尔在斯特拉福德受洗礼。

同年，《李尔王》的四开本出版。

5 月 20 日，书商爱德华·布朗特在书业公所登记《泰尔亲王配力克里斯》和《安东尼与克莉奥佩特拉》，但未出版这两剧。

同年，《理查二世》重印出版，废黜国王的场景已补入，这时英国国王王位继承问题业已解决，不再有政治上的忌讳。《亨利四世上篇》重印出版。

8 月，卡思伯特·伯比奇将黑僧剧院的租赁从王后宴乐童伶剧团那里收回，由他自己、托马斯·埃文斯和国王供奉剧团的五个人（理查德·伯比奇、莎士比亚、斯莱、海明和康德尔）七人组成"管家团"共同分摊租金和维修费用，并按股分享收入。黑僧剧院比环球剧院小而精致（座位 700 个），处于室内，用烛火照明，夜晚和冬天也能演出，门票昂贵（至少 6 便士），观众多属上流社会。这些条件对所演的戏提出了新的要求，产生了新的问题。新戏的方向是新奇、华丽、高雅、多音乐插曲，适于上流社会的口味。莎士比亚晚年写浪漫剧以及博蒙特和弗莱彻剧的受欢迎（该年，他们合写的四短剧首次演出）都与此有关。此后，这类上流室内剧院渐增，而大众化的露天剧院（如环球剧院）逐渐衰落。

8 月 16 日，剧团同事威廉·斯莱染瘟疫死后埋葬。

9 月 9 日，莎士比亚的母亲玛丽死后埋葬在斯特拉福德。

9 月 24 日，莎士比亚大妹琼的第三子迈克尔·哈特受洗礼。

10 月 16 日，斯特拉福德副市长亨利·沃克的婴儿（威廉·沃克）受洗礼。由莎士比亚任教父，命名为威廉。莎士比亚到洗礼现场。

10 月 29 日，国王供奉剧团在教文垂演出。此前还在马尔堡演出过。

12 月 9 日，诗人约翰·弥尔顿出生。

圣诞节期间和前后，国王供奉团在白厅为国王、王后、王子和约克公爵演戏 12 场。

同年，乔治·查普曼的《法国元帅比隆公爵查理的阴谋和悲剧》上演。因有讽刺法国人的内容，引起法国大使的抗议。当时还有剧模拟和讽刺詹姆斯一世的举止癖性。为此，政府一度禁止所有剧团演出。在剧团缴纳巨额罚款后，禁令始撤销。

　　同年,乔治·威尔金斯的散文著作《泰尔亲王配力克里斯的痛苦冒险》出版。

　　同年,詹姆斯关于英格兰和苏格兰联合的提议被议会否决;但在他1603年即位后出生的所有臣民(特指"某大事件后出生的人";尤指"苏格兰并入英格兰后出生的苏格兰人")在法律上都被视为具有双重国籍。

　　同年,詹姆斯对商人征收新税导致议会开始争论"伟大的契约"(议会将授予国王一笔固定的年收入,以换取国王放弃某些封建特权)。

　　同年,尚普兰建立了魁北克。

1609 年,莎士比亚 45 岁。

　　同年,班克罗夫特和科克之间的争议进一步加剧,其中科克争辩说要限制国王将案件从民事法庭移至教会法庭的权力。弗吉尼亚公司(1612 年殖民)声称英格兰对百慕大群岛拥有所有权。

　　1 月 28 日,《特洛伊罗斯与克瑞西达》在书业公所登记,旋即出版四开本,但印了两次。

　　同年,《泰尔亲王配力克里斯》作为四开本出版了两次,但出版商已不是布朗特,而是亨利·戈森。《罗密欧与朱丽叶》重印出版。

　　5 月 9 日,国王供奉剧团在伊普斯威奇演出。

　　同年,莎士比亚写作《辛白林》。

　　圣诞节假期,国王供奉剧团在白厅为宫廷演戏 13 场。

　　同年,上演或出版的剧本有:本·琼森的喜剧《安静的女人》、德克的社会剧《傻瓜课本》、博蒙特和弗莱彻合著的喜剧《燃杵骑士》。

　　同年,荷兰东印度公司首次把中国茶叶用船运到欧洲。

　　同年,伽利略制造了一架天文望远镜,观察到了月亮上的火山口。

　　同年,英国探险家亨利·哈德逊到达纽约湾,扬帆逆流而上,现在这条河仍使用他的名字。

1610 年,莎士比亚 46 岁。

　　2 月 2 日,《李尔王》和《泰尔亲王配力克里斯》在约克郡尼德戴尔的高斯韦特厅演出,剧团不详。

　　4 月 30 日,符腾堡的刘易斯·腓德烈亲王访英期间在环球剧院观看《威尼斯的摩尔人》(即《奥赛罗》)。

　　同年,莎士比亚写作《冬天的故事》。

　　9 月,牛津大学基督圣体学院的亨利·杰克逊在一封拉丁文书信中谈到,他看到国王供奉剧团在牛津大学上演《奥赛罗》。

圣诞节前后,直至次年 2 月 12 日,国王供奉剧团在白厅为宫廷演戏 15 场。

同年,上演的戏有:本·琼森的喜剧《炼金术士》、弗莱彻的牧歌剧《忠贞的牧羊女》。

同年,詹姆斯国王曾暂令中断议会的会议。

同年,书业公所开始把英国出版的每种新书各送一本给牛津大学博德利图书馆收藏。

同年,英格兰历史学家和制图师约翰·斯皮德开始撰写他的出版物《大英帝国的舞台》——关于英格兰和威尔士不同地区的 54 幅系列图。

同年,伽利略出版《星体信使》,描述银河系和木星的卫星。

同年,荷兰东印度公司引进"股票"的概念。

同年,意大利画家卡瓦拉乔死于瘴气,最后 4 年沦落成一个流浪汉,在罗马的一次口角中一直叫嚷要杀人。

1611 年,莎士比亚 47 岁。

1 月 19 日,托马斯·谢尔顿英译的塞万提斯的《堂·吉诃德》在书业公所登记,1612 年初出版。

4 月 20 日,英国医生兼占星术家西门·福尔曼的《观剧记》手稿中记此日他在环球剧院观《麦克白》;5 月 15 日,观《冬天的故事》;又观《辛白林》,日期不详。从他描述的剧情看,他在 4 月 30 日观看的《理查二世》似不是莎士比亚所作。

同年,《泰特斯·安德洛尼克斯》《哈姆莱特》和《泰尔亲王配力克里斯》重印出版。

同年,莎士比亚回斯特拉福德居住,并写作《暴风雨》。

11 月至 12 月,国王供奉剧团在白厅为宫廷演戏 8 场。11 月 1 日,演《暴风雨》,这是该剧演出的最早记录。11 月 15 日,演《冬天的故事》。

同年,詹姆斯一世的钦定版《圣经》出版。

同年,乔治·查普曼完成对荷马《伊利亚特》的翻译;本·琼森的悲剧《卡蒂林》上演,但不成功;托马斯·米德尔顿的喜剧《咆哮女人》上演;西里尔·图尔纳的《无神论者的悲剧》上演;约翰·多恩的哀歌《世界解剖》发表。

同年,詹姆斯一世解散国会,通过由他的亲信组成的、以萨默塞特伯爵罗伯特·卡尔为首的枢密院进行治理。

同年,由英国人和苏格兰人在爱尔兰建造的阿尔斯特新种植园落成。

1612 年,莎士比亚 48 岁。

同年初至 4 月 16 日,国王供奉剧团在白厅和格林尼治为宫廷演戏 10 场。

2 月 3 日,莎士比亚的大弟吉尔伯特死后在斯特拉福德埋葬,终年 45 岁,未婚。

2 月 7 日,斯特拉德福镇政委员会时受清教徒操纵,决议演戏为非法,做戏子要罚金 41 先令。

同年,莎士比亚和约翰·弗莱彻合作撰写《卡迪纽》,其故事取自《堂·吉诃德》第 24、27、28 和 36 章(按:1623 年的对折本未收此剧)。1653 年,汉弗莱·莫斯利将此剧在书业公所登记时称其为弗莱彻和莎士比亚合著,后未出版。此剧已失传。

同年,莎士比亚还和弗莱彻合作撰写了《亨利八世》。

同年,《理查三世》重印出版。

同年,出版商威廉·杰加德出版了《热情的朝圣者》(1599)的新版。

10 月 16 日,莱因(神圣罗马皇帝)选举人王权伯爵腓德烈到达英国。经过长期谈判,他和詹姻斯一世的女儿伊丽莎白公主订婚,并为此安排了许多喜庆活动。据宫廷账目记载,国王供奉剧团在白厅"为王子殿下、伊丽莎白公主和选举人王权伯爵演戏 14 出",其中包括《无事生非》《暴风雨》《冬天的故事》《约翰·福斯塔夫爵士》《威尼斯的摩尔人》和《凯撒的悲剧》。为此,剧团从宫廷得赏金 93 镑 6 先令 8 便士。

11 月 6 日,亨利王子突然逝世,年仅 18 岁。群众不喜欢詹姆斯国王,故对王子曾寄予厚望。他的死引起了人们的惋惜和悲痛,全国举哀直至圣诞节。

同年,讽刺作家塞缪尔·勃特勒出生。约翰·韦伯斯特的悲剧《白魔》出版。韦伯斯特在附信中赞扬了查普曼、琼森、博蒙特和弗莱彻,最后提到莎士比亚、德克尔和海伍德的"圆熟而多产的产品"。迈克尔·德雷顿的长诗《不列颠地貌》第一部分出版。德雷顿是莎士比亚的同乡,是沃里克郡当代与莎士比亚齐名的诗人,他在作品中描述了许多故乡的风貌。

同年,詹姆斯一世送信给中国皇帝(明万历),无结果。

同年,英国此后不再有因持宗教异端而被烧死者。巴塞洛缪·莱盖特和爱德华·怀特曼,作为一神论者,因异端邪说被烧死(最后一个在英格兰因纯粹的宗教信仰而被处决)。

同年,音乐家奥兰多·吉朋斯出版《五部牧歌和经文歌的第一部,适合提琴和嗓音演奏》。

同年，弗吉尼亚州开始种植烟草。

1613 年，莎士比亚 49 岁。

年初，1612 年圣诞节以来，国王供奉剧团在白厅为宫廷演戏 6 场，其中包括《卡迪纽》《霍茨波》（即《亨利四世（上篇）》）和《培尼狄尼与贝特丽丝》（即《无事生非》），得赏金 60 镑。

1 月 28 日，莎士比亚同乡约翰·孔姆在遗嘱中规定死后赠莎士比亚 5 镑。

2 月 4 日，莎士比亚二弟理查德死后埋葬在斯特拉福德，终年 39 岁，未婚。至此，莎士比亚的三个弟弟均已去世并无后。

3 月 10 日，莎士比亚以 140 镑的价格从亨利·沃克那里购得伦敦黑僧区大门楼上的宽敞屋子。

5 月 20 日、6 月 8 日和 7 月 9 日，国王供奉剧团为宫廷演出《卡迪纽》获赏，其中一次系在格林尼治行宫为萨伏伊公爵的大使演出，得赏金 6 镑 13 先令 4 便士。

6 月 29 日，国王供奉剧团在环球剧院初演《亨利八世》时剧院失火焚毁。

同年，莎士比亚和弗莱彻合作撰写《两个高贵的亲戚》。

同年，《亨利四世上篇》重印出版。

同年，国王供奉剧团到外地演出，曾到过福克斯通、牛津、斯塔拉福德（10 月 18 日）和什鲁斯伯里。

11 月至 12 月，国王供奉剧团在白厅为宫廷演戏 6 场。

同年，乔治·查普曼的悲剧《布西·德·昂布阿的复仇》出版。

同年，伦敦德里在北爱尔兰建立，这是英格兰给来自英格兰和苏格兰的新教徒移民划分的每人多达 3000 英亩的"殖民地"。

1614 年，莎士比亚 50 岁。

年初至 3 月 6 日，国王供奉剧团为宫廷演戏 10 场。

6 月，伦敦南岸的环球剧院重建落成，屋顶已从草改为瓦，舞台有新的结构，室内装饰比以前华丽。重建时，莎士比亚已不再入股。在环球剧院被焚毁期间，亨斯洛乘机在附近的"斗熊园"盖"希望剧院"，其舞台系活动的，可以在斗熊时拆除。

10 月 28 日，莎士比亚和威廉·雷普林罕在斯特拉福德签订协议，雷普林罕圈地如损及莎士比亚和托马斯·格林的地产利益,将给予补偿。

同年,本·琼森的喜剧《巴托罗缪市集》在"希望剧院"上演。

同年,约翰·韦伯特的悲剧《马尔菲公爵夫人》上演。沃尔特·雷利爵士《世界史》出版。

同年,詹姆斯一世的第二届议会开幕,对国王的征税权争执甚烈,未通过任何议案。6月7日詹姆斯下令解散议会,并逮捕了几名议员,本届议会史称"废蛋议会"。

同年,约翰·纳皮尔发明了对数。

1615 年,莎士比亚 51 岁。

年初,1614 年圣诞节以来,国王供奉剧团在白厅为宫廷演戏 8 场。

同年,《理查二世》重印出版。

11 月 1 日至 1616 年 4 月 1 日,国王供奉剧团在白厅和萨默塞特府邸为宫廷演戏 15 场,其中 12 月 21 日一场专为王后演出。

冬天,淫雨,多疾病。

同年,喜剧演员罗伯特·阿尔民去世。乔治·查普曼完成对荷马《奥德赛》的英译。伊尼戈·琼斯(时年 42 岁)成为英国当代最主要的建筑师。

同年,伽利略首次面对天主教审判异端的宗教法庭。

同年,焦炭价格日渐攀升,廉价的煤首次取而代之。

同年,出售散装烟叶的投币售货机在不列颠的酒店里使用。

1616 年,莎士比亚 52 岁。

1 月 15 日左右,莎士比亚请律师弗朗西斯·柯林斯(他接替托马斯·格林任斯特拉德福镇政府文书)为他起草第一份遗嘱。

2 月 10 日,莎士比亚的二女儿朱迪思(31 岁)和托马斯·奎尼(27 岁,酒商理查德·奎尼之次子)结婚。

3 月 6 日,戏剧家弗朗西斯·博蒙特去世。

3 月 25 日,莎士比亚召请柯林斯律师,修改了他的遗嘱。

4 月 17 日,莎士比亚大妹琼的丈夫威廉·哈特逝世,于是日埋葬。

4 月 23 日,(英格兰守护圣徒圣乔治日)莎士比亚逝于斯特拉福德"新居",终年 52 岁。

4 月 25 日,莎士比亚的遗体在圣三一教堂内北墙旁安葬,教堂对此有登记。

同年,英格兰的詹姆斯一世为了补充已经耗尽的皇家国库,开始兜售爵位。

　　同年，梵蒂冈命令伽利略·伽利雷停止捍卫哥白尼的"异端邪说"，并将他关押起来。

　　同年，弗朗西斯·博蒙特、塞万提斯、理查德·哈克吕特、菲利普·亨斯洛、威廉·莎士比亚逝世。

1623 年，莎士比亚戏剧的第一对开本出版。

后　记

　　看着书稿，一时思绪万千，自硕士求学阶段初入莎士比亚研究领域，回首已十几年过去，其中多少辛酸、多少苦痛、多少快乐，冷暖自知，百感交集。

　　本书的缘起说是偶然也是必然，我自小就对历史特别感兴趣，犹记得很小的时候，在别的小孩都在看画本时，我就有了第一套大部头——纯文字版的二十四史，由于年纪小认字不多，往往在阅读的时候"认字认半边"、囫囵吞枣。长大后更是偏爱各种历史类书籍，除了中国史和世界史外，尤其喜欢阅读各种专门史如社会史、疾病史、环境史等等，这些在不经意间又开阔了我的学术视野和研究视角。读着书时，常常会畅想、代入各种历史角色，想象着他们的生活和时代。实际上这本书一方面是自己在莎士比亚研究领域的某种延续，另一方面则受到了很早时读到的年鉴学派史学家布罗代尔的著作的影响，还有就是 2012 年在英国曼彻斯特大学学习时偶然在书店购入的《莎士比亚与物质文化》(*Shakespeare and Material Culture*) 的启发，彼时"物质文化研究"还未大火，未曾想若干年后回望整理之前的一些文字时才发现恰好契合了这一主题，由此才有了这本书的诞生。

　　感谢我的博士生导师王志耕教授、硕士生导师张旭春教授以及带我了解、进入国内莎学界的李伟民教授，三位师长在各方面对我的影响将陪伴我一生。感谢学界的诸位老师和朋友的关心、帮助和鼓励，特别是西南大学罗益民教授、郭方云教授、刘立辉教授，上海戏剧学院宫宝荣教授、俞建村教授，四川外国语大学董洪川教授、胡安江教授、肖谊教授、李小青教授，东华大学杨林贵教授，复旦大学张冲教授，河南大学高继海教授、李伟昉教授，浙江大学郝田虎教授，东北师范大学冯伟教授，南京大学从丛教授，武汉大学汪余礼教授、戴丹妮博士，重庆邮电大学史敬轩教授，北京理工大学徐嘉教授，郑州大学辛雅敏博士，上海大学张薇教授，天津师范大学邱佳岺教授等等。感谢同门师弟朱毅不辞辛劳在国外帮我寻找资料。感谢我的学生鄢笑笑、李波、梁艺、刘慧琼、马倩芸在书稿的校对、格式修订等方面的帮助。本书的部分章节曾在期刊上先行发表，这些期刊的众多编辑老师和审稿专家提出了富有洞察力的修改意见,他们的帮助让本书在细节更完善,在此一并对他们表示感谢。其他未具名的领导、老师、朋友、同学,在此一并致谢。

此外,这本小书获得国家社科基金后期项目的资助并顺利结项,十分感谢社科基金的评委专家们中肯而高屋建瓴的建议,他们提出的问题一针见血,同时也为我的研究指明了方向,每每回想起来既是极大的鼓励也是鞭策。非常感谢科研处丁健琼老师等在项目申报、管理等方面给予的大力帮助。特别感谢华东师范大学出版社的朱妙津老师和徐海晴老师,她们细致、耐心、专业的工作为本书的顺利出版贡献良多。

最后我要感谢妻子、母亲、岳父母等家人们一直以来的支持和鼓励,让我在学术这条孤寂的道路上能坚持下去,感谢她们为我所做的一切。感谢我的小棉袄,她是上天赐予我最好的礼物。

转眼间已入不惑之年,这本书算是这些年逝去时光的见证,"凡是过往,皆为序章",前面的酸甜苦辣已成过去,收拾心情继续前行,新的旅程也正开启。此外,物质文化研究本身就是一个非常宽泛的话题,而莎士比亚也有更多丰富的内容值得探究,该书只是抛砖引玉,希冀能够给读者提供一点思路和角度,还有很多不足、遗憾和未尽之处,唯待将来有机会进一步深入研究,相关粗陋、不当、有失偏颇的地方,恳请各位方家批评指正。

胡　鹏

2023 年 7 月 15 日

图书在版编目(CIP)数据

莎士比亚与早期现代英国物质文化研究/胡鹏著.
--上海:华东师范大学出版社,2023

ISBN 978-7-5760-4498-0

Ⅰ.①莎… Ⅱ.①胡… Ⅲ.①莎士比亚(Shakespeare,
William 1564—1616)—戏剧文学评论②物质文化—研究—
英国—中世纪 Ⅳ.①I561.073②K885.61

中国国家版本馆 CIP 数据核字(2024)第 000105 号

华东师范大学出版社六点分社

企划人 倪为国

莎士比亚与早期现代英国物质文化研究

著　者　胡　鹏
责任编辑　徐海晴
责任校对　王　旭
封面设计　刘怡霖

出版发行　华东师范大学出版社
社　　址　上海市中山北路 3663 号　邮编　200062
网　　址　www.ecnupress.com.cn
电　　话　021-60821666　行政传真　021-62572105
客服电话　021-62865537　门市(邮购)电话　021-62869887
地　　址　上海市中山北路 3663 号华东师范大学校内先锋路口
网　　店　http://hdsdcbs.tmall.com

印刷者　上海盛隆印务有限公司
开　　本　787×1092　1/16
插　　页　2
印　　张　27
字　　数　450 千字
版　　次　2024 年 2 月第 1 版
印　　次　2024 年 2 月第 1 次
书　　号　ISBN 978-7-5760-4498-0
定　　价　88.00 元

出版人　王　焰